Edward Stewart

EDWARD STEWART
ARIANA

ROMAN

DIANA VERLAG ZÜRICH

Aus dem Englischen übersetzt
von Hilde Linnert

Titel der Originalausgabe
ARIANA

Dies ist ein Roman. Ähnlichkeiten mit lebenden oder toten
Personen sowie Geschehnissen sind zufällig und
vom Autor nicht beabsichtigt. Personen der Zeitgeschichte,
die mit ihren wirklichen Namen genannt werden,
sind beiläufig erwähnt und haben mit der Handlung nur am
Rande zu tun.

Printed in Austria
© 1985 by Edward Stewart
All Rights Reserved
First published in Great Britain 1985
by Macmillan London Limited
© der deutschsprachigen Ausgabe 1989
by Paul Neff Verlag KG, Wien
Eine Neff-Edition im Diana Verlag AG, Zürich
ISBN 3-905414-83-X
Umschlaggestaltung: Atelier Schütz, München
Umschlagabbildung: © Länderpress, Düsseldorf/Prof. Erich Lessing
Satz: Compusatz GmbH, München
Druck und Bindung: Wiener Verlag, Himberg bei Wien

Ich widme dieses Buch
in immerwährender Liebe und Dankbarkeit
Edward Sheldon Stewart senior,
meinem Vater und Freund.

Alexandra Hunt hat diesem Projekt unermüdlich, uneingeschränkt und sachkundig ihre hervorragende Musikalität und reiche Opernerfahrung zur Verfügung gestellt. Während dieses Buch entstand, war sie mir nicht nur bei technischen, sondern auch bei zahllosen anderen Problemen eine unschätzbare Hilfe.

Vorspiel

7. Februar 1979

Morgens um neun reichte die Menschenschlange vor der St.-Patricks-Kathedrale an der Fifth Avenue zehn Straßen weit. Das waren die gewöhnlichen Leute, die keine Einladung für den Trauergottesdienst vorweisen konnten.

Einige hatten Bücher mitgenommen und lasen, andere trugen Kameras und Kassettenrecorder umgehängt, ein paar hatten sich mit Proviant versorgt. Sie hielten Einkaufstüten im Arm und hatten Jeans und Wolljacken an. Manche hatten kleine Blumensträuße mitgebracht, vielleicht ergab sich ja doch eine Möglichkeit, die Blumen auf den Sarg von Ariana Kavalaris zu werfen – jener Frau, der sie einige der schönsten Abende ihres Lebens verdankten.

Polizisten forderten sie auf, hinter der Absperrung zu bleiben und die Querstraßen freizuhalten. Sie gehorchten widerwillig und drängten sich bei der ersten Gelegenheit wieder vor.

Kurz nach neun begann sich die Kathedrale zu füllen. Die Nebendarsteller, die Mitglieder des Chors und die Bühnenarbeiter, die mit der Kavalaris gearbeitet hatten, suchten ihre Plätze auf.

Um neun Uhr dreißig stieß eine Gruppe von beinahe hundert Frauen mit Transparenten über die 49. Straße nach Osten vor, ihr Ziel war eindeutig die Kathedrale. DER PAPST HAT NIE EIN UNGEWOLLTES KIND AUFZIEHEN MÜSSEN, verkündete ein Transparent. NEW YORKER MÜTTER FÜR DAS RECHT AUF FREIE ENTSCHEIDUNG, hieß es auf einem anderen, und auf einem dritten: WAS JESUS ÜBER DIE ABTREIBUNG ZU SAGEN HATTE – NICHTS!

Einer Phalanx aus Polizei und weiter nach vorn gezogenen Absperrgittern gelang es, die Mütter bis hinter die Fifth Avenue zurückzudrängen. Sie bezogen um die Atlasstatue vor dem Rockefeller Center Stellung und begannen zu skandieren: Laßt separat Kirche und Staat.

Punkt zehn Uhr trafen die ersten Berühmtheiten ein.

Es kamen Giorgio Montecavallo, der einst der Partner der Kavalaris gewesen war und der in seinem dunklen Anzug sehr elegant aussah. Dann traf Rodney Maxwell ein, dem Zeitungen und Fernsehstationen auf drei Kontinenten gehörten. Ihm folgten Tad Brinks, der Moderator der CBS-Abendnachrichten, und Adolf Erdlich, Direktor der Metropolitan Opera, an der die Kavalaris so viele ihrer Triumphe gefeiert hatte.

Kurz nach zehn Uhr dreißig zog eine Gruppe von zwei Dutzend Priestern und Nonnen auf der 49. Straße nach Westen. Man konnte sie über den Lärm hinweg das *Salve Regina* singen hören. Auf ihren sauber gedruckten Plakaten stand immer der gleiche Satz: DU SOLLST NICHT TÖTEN.

Zehn Polizisten genügten, um die Neugierigen auf der 49. Straße zurückzudrängen und der kleinen, würdevollen Prozession einen Weg zu bahnen.

Ein Dutzend weiterer Polizisten hielt die Stufen zur Kathedrale frei, damit Platz war für die Industriemagnaten, Schauspieler, Schauspielerinnen, Diplomaten, Bankpräsidenten und Damen der Gesellschaft, die heute viel früher als üblich aufgestanden waren – genau wie ihre Friseure. Man sah die Witwe eines ehemaligen Präsidenten der USA (»Sie schaut nicht einen Tag älter aus als neunundvierzig.«) und den Sieger sowie die Siegerin der letzten Wimbledon-Meisterschaft, die angeblich ein Verhältnis miteinander hatten, und schließlich einige Rockstars, zwei amerikanische Senatoren mit ihren Frauen...

Jenseits der Fifth Avenue nahmen die Priester und die Nonnen nördlich von den Müttern Aufstellung.

Ab zehn Uhr dreißig fuhr alle fünfzehn Sekunden eine Lincoln- oder Cadillac-Limousine, dann wieder ein Bentley oder ein Rolls vor, und es stieg – nachdem sie kurz den Pelz oder den Mantel in Ordnung gebracht hatte – eine neue Berühmtheit aus und vergrößerte das Gedränge.

»Laßt separat Kirche und Staat.«

Man verrenkte sich den Hals, erkannte Gesichter, kreischte Namen, Blitzlichter flammten auf, TV-Minikameras schnurrten.

Ein Rettungswagen jagte mit heulender Sirene die Fifth Avenue hinunter.

Ein silberfarbener Mercedes – Spezialanfertigung – hielt vor den Stufen der Kathedrale. Man erkannte die Hollywood-Schauspielerin, der im vergangenen Jahr der Oscar verliehen worden war. Ihr Barsoi wollte ihr folgen, aber ihr Begleiter (Wer war das? Sah er nicht aus wie der Held im neuesten Melodram von CBS?) packte den Hund am juwelenbesetzten Halsband, wies ihn an, brav auf dem Rücksitz zu warten, und reichte ihn an den Chauffeur weiter.

Gut Informierte machten den Herzog und die Herzogin Nicholas von Hohenschmidt-Ingolf aus, beide blond und braungebrannt von der Sonne an der Costa Brava; sie gehörten zu der Minderheit unter den Gästen, die Trauerkleidung trug. Als Repräsentanten der königlichen Familie waren sie von Dänemark herübergeflogen.

Botschafter fuhren in Limousinen vor, an deren Kühler die Standarten ihrer Länder aufgezogen waren – Paco und Pilar de Guzman von Mexiko; Sir Robert und Lady Fitzmorency von Neuseeland; Ali Ben-Golah von Algerien; Dutzende andere.

»Laßt separat Kirche und Staat.«

Der Bürgermeister traf ein und winkte den Reportern ernst zu.

Der Gouverneur und seine Frau trafen ein und winkten nicht.

Vertreter aller großen Opernhäuser der Welt waren anwesend: die Direktoren der Opéra in Paris, des Teatro Colón in Buenos Aires, der Covent Garden Opera, der Scala in Mailand.

Die internationale Welt der großen Namen und des Luxus war zu Ariana Kavalaris' letztem öffentlichen Auftritt zusammengekommen. Sie alle schritten die Stufen hinauf und durch die gußeisernen Tore wie zu einer Opernpremiere: strahlende Gesichter, glanzvolle Namen, Lächeln, Begrüßungen, auf die Wangen gehauchte Küsse.

Als der Beginn der Messe näher rückte, wurde das Gedränge dichter. Zwischen zehn Uhr fünfundvierzig und elf Uhr strömten in weniger als fünfzehn Minuten fünfzehn Millionen Dollar in Form von Pelzen und Modellkleidern der Haute Couture in die St.-Patricks-Kathedrale.

Durch die offenen Tore des Gotteshauses drangen, den Lärm schwach übertönend, die getragenen feierlichen Klänge einer Orgel nach draußen. Die Luft in der Kirche war schwer und süß vom Duft des Reichtums und des Ruhms; es blühte und summte wie in einem dunklen Garten.

Drinnen war alles Bewegung, Unruhe, Farbe.

Die Kirchenbänke füllten sich allmählich, und das Innere der Kathedrale verwandelte sich in ein Meer aus Modellhüten. Köpfe wandten sich um, Küsse wurden getauscht, Begrüßungen gemurmelt. Ohrringe und Halsketten blitzten im Licht auf. Unter Zobel und Nerz raschelten Seidenroben von Galanos, Saint Laurent und de la Renta auf weltberühmten Körpern.

Ein Raunen ging durch die Reihen, als Nikos Stratiotis allein durch den Mittelgang schritt. Der Besitzer von sechs weltweiten Gesellschaften, den *Fortune* unter die hundert reichsten Männer der Welt reihte, war einmal der Geliebte der toten Frau gewesen – und hatte sie dann verlassen.

Er blieb einen Augenblick vor dem Altar stehen. Dann ließ er sich rasch auf ein Knie nieder und bekreuzigte sich nach Art der Orthodoxen, indem er mit dem Zeigefinger die rechte Schulter und dann erst die linke berührte. Er trat in eine Bankreihe, und als er wieder niederkniete, zeichnete sich der Umriß seiner kräftigen Gestalt und seines ergrauenden Löwenkopfs vom hellen Hintergrund ab. Er schloß die Augen und bewegte die Lippen in einem stillen Gebet.

Überall funkelte berühmter Schmuck auf Samt und Seide, Satin und zarter Haut.

Der mit einem burgunderroten Tuch bedeckte Sarg stand im Mittelschiff vor den zum Altar führenden Stufen. Auf ihm lag ein großes Kreuz aus weißem Flieder, an dessen vier Enden sich Sträuße aus roten Rosen befanden.

Als der Platzanweiser Kavalaris' Erzrivalin Clara Rodrigo zu ihrer Bankreihe führte, wandten sich ihr alle Köpfe zu. Mit dem Tod der Kavalaris war die Rodrigo die berühmteste Sopranistin der Welt geworden. Sie trug einen weißen Nerzmantel, hatte den Kopf hoch erhoben, und ihre starkgeschminkten Augen blickten wachsam. Sie wandte sich dem Altar zu, warf ihren Nerzmantel schwungvoll auseinander und ließ sich auf ein Knie nieder. Betont langsam berührte sie mit dem juwelengeschmückten Zeigefinger ihre Stirn – *En el nombre del Padre* – ihre Brust – *del Hijo* – die linke und die rechte Schulter – *y del Espíritu Santo*.

Der griechische Botschafter bei den Vereinten Nationen begriff, daß sie längere Zeit in dieser Stellung verharren würde, und machte respektvoll einen Bogen um sie.

Schließlich begab sich Clara Rodrigo auf ihren Platz. Sie öffnete ihre Tasche – das Schloß machte einen Laut wie ein kleiner Knallfrosch – und entnahm ihr einen dicken Rosenkranz mit Perlen aus Onyx und Elfenbein, jede von der Größe einer Walnuß. Dann kniete sie wieder nieder. Sie umfaßte das leuchtende Goldmedaillon mit dem Bild Unseres Herrn und begann mit leiser Stimme, die dennoch das Gemurmel rings um sie übertönte, das *Padre Nuestro* zu beten.

Boyd Kinsolving, der siebzehn Jahre lang der Ehemann der Kavalaris und einundzwanzig Jahre lang ihr Dirigent gewesen war und jetzt als Musikalischer Leiter der New Yorker Metropolitan Opera wirkte, beugte den Kopf und flüsterte die Worte des dreiundzwanzigsten Psalms: »Und ob ich schon wandelte im finsteren Tal...«

Hinter ihm saß schweigend Richard Schiller, der beinahe ein Vierteljahrhundert lang Agent der Kavalaris gewesen war, hatte den Kopf gesenkt und wandte sich ostentativ von dem Getuschel und der Unruhe um ihn ab.

Endlich hatten auch die letzten Trauergäste Platz genommen. Die Menge war jetzt ruhig geworden. Schweigen breitete sich aus wie in der Oper, bevor der Vorhang hochgeht.

Aus der Tür der Sakristei kam ein Zug von Ministranten unter der Führung eines weißgekleideten Meßdieners, der ein an goldenen Ketten hängendes Räuchergefäß schwang. Dann folgten, wie bei einer königlichen Prozession, der römisch-katholische Kardinal und der Erzbischof und hinter ihnen, in einem einfachen schwarzen Anzug, der Bischof der Episkopalkirche, der den Nachruf für Ariana Kavalaris halten sollte.

Er war ein gutaussehender, würdiger, grauhaariger Mann, der vor innerer Bewegung kaum sprechen konnte.

»Die Frau, um die wir heute trauern, hat uns das Tor zu einer anderen Welt geöffnet. Sie hat uns mit der Gabe ihres Gesanges nicht nur aufgeheitert und ergriffen und unserem Leben durch ihre hohe Kunst Farbe verliehen, sie hat uns auch erhöht, hat unseren irdischen Ohren die einzige Vorstellung von der Ewigkeit gegeben, die sie wahrnehmen können. Sie hat uns Musik geschenkt. In mancher Hinsicht war es Musik von jener Art, die am deutlichsten in der Erinnerung ertönt. Wir hören sie erst wirklich, wenn sie verklungen ist. Wie das Licht, das uns nur durch den Schatten bewußt wird, den es wirft, hören wir sie – kennen wir sie, trauern wir um sie – erst, wenn sie verstummt ist.«

Der Bischof wandte sich um und verließ das Lesepult.

Einen Augenblick lang atmete, bewegte sich niemand.

Von irgendwoher, hoch aus dem Hintergrund der Kathedrale, wob sich ein Klangfaden in die Stille. Ein Sopran sang, leise und dann immer lauter, das *Et lux perpetua* aus Verdis *Requiem*. Der Klang erfüllte die Wölbung der Kirche wie das Licht eines strahlenden Sommertages.

Unruhe, Bewegung kamen auf. Erschrockenes Erkennen lief durch die Menge.

Diese Stimme war unverwechselbar. Es war die Stimme der Frau, die gestorben war... Ariana Kavalaris.

Noch bevor die letzten Töne verklungen waren, erzitterte die Luft von unsichtbaren Wellen. Ein Meer von Köpfen fuhr herum. Augen starrten auf die Empore. Dutzende Trauergäste erhoben sich, und die Ausdrucksskala auf ihren Gesichtern reichte von Verblüffung bis zu Entsetzen.

In der zwölften Reihe drehte sich Richard Schiller um und blickte zurück. »Ist es eine Aufzeichnung?« fragte er leise.

Neben ihm saß regungslos Boyd Kinsolving. Einen Augenblick lang blickte er starr vor sich hin, auf seinem blassen, ovalen Gesicht zeichnete sich Unglauben ab, dann wandte er sich um und sah die Frau, die auf der Empore stand.

»Das ist keine Aufzeichnung«, flüsterte er. »Wer ist sie?«

Zwei Reihen vor ihm schloß Nikos Stratiotis die Augen. Die Stimme schnürte ihm die Kehle zusammen und jagte ihm Schauer über den Rücken. Plötzlich hatte er das Bedürfnis zu weinen.

Er drehte sich langsam um.

Die Stimme versetzte Clara Rodrigo einen Schlag in die Magengrube. Sie wollte es nicht glauben. Die plötzliche Blutleere in ihrem Kopf verursachte ihr Übelkeit.

Die Menge um sie regte sich, die Stille war wie ein erschrockenes Flüstern.

Ihr Kopf fuhr herum.

Der Bischof der Episkopalkirche blickte auf.

Und plötzlich löste sich etwas in ihm. Er begann zu zittern, seine Augen sahen nur noch verschwommen.

Es war wie ein Traum, den er durch die schimmernden Schichten der Erinnerung hindurch erblickte.

Sie stand auf der Empore. Das Licht hatte sich verändert: Der Raum um sie war dunkler geworden, und ein weißer Scheinwerfer schien sich auf sie gerichtet zu haben.

Ihr Gesicht überwältigte ihn.

Blendende Helligkeit ging von ihr aus, als wäre sie allein – eine Silhouette vor einem dunklen Himmel.

Sie schien jemand anderer zu sein, jemand, den er vor langer Zeit gekannt hatte. Er stand auf und streckte die Arme nach ihr aus.

Dann veränderte sich das Licht wieder, und er sah ihr blondes Haar mit dem Mittelscheitel, das in zwei langen Flechten herabhing und das Oval ihres Gesichtes umrahmte.

Er taumelte, als hätte er einen Schlag erhalten.

Ein Meßdiener führte ihn auf seinen Platz zurück.

»Mark?«

Es war Nacht. Eine Frauenstimme durchbrach die Gedanken des Bischofs. Er drehte sich um, und im Türrahmen stand seine kleine, adrette sechsundfünfzig Jahre alte Frau, auf deren Gesicht der Feuerschein vom Kamin fiel.

»Ja, meine Liebe?« fragte er freundlich. Der Tag war anstrengend gewesen. Es war gut, zu Hause, wieder innerhalb der vertrauten episkopalischen Wände zu sein.

»Gehst du schlafen?«

»Noch nicht. Ich bleibe noch eine Weile am Kamin sitzen.«

Seine Frau sah ihn an. »Sie hat dir sehr viel bedeutet, nicht wahr?«

»Wer?«

Seine Frau lächelte sanft, kaum merklich. »Du mußt mir nichts vormachen, Mark. Wir alle haben unsere Erinnerungen, die unser Herz warm und jung bleiben lassen.«

Der Bischof erhob sich, schritt langsam zum Schreibtisch und begann verlegen, seine Pfeife zu stopfen.

»Ich wollte dich nicht stören«, bemerkte seine Frau.

»Du störst mich nie, meine Liebe.«

»Ich liebe dich, Mark.« Sie hauchte ihm einen Kuß zu und schloß die Tür.

»Ich liebe dich auch«, erwiderte er leise, aber sie war schon gegangen.

Das erlöschende Feuer erfüllte das alte Zimmer mit flackernden Schatten.

Der Bischof blieb eine Weile schweigend stehen, dann ging er zu dem Regal mit den Schallplatten. Er suchte einen Augenblick lang, nahm eine Platte heraus und legte sie vorsichtig auf den Plattenteller. Dann kehrte er zu dem Lehnstuhl neben dem Kamin zurück.

Langsam ließ er sich nieder.

Die Nadel senkte sich auf die Platte. Leises, knisterndes Rauschen erfüllte die einschläfernde, warme Luft.

Der Bischof nickte im Takt zu Puccinis Melodie.

Aus der weiten Ferne der Jahre drang der herrliche, unvergessene Sopran durch das Dunkel.

Tu, tu, amore? Tu? Es war das große Duett aus dem zweiten Akt von *Manon Lescaut*.

Der Tenor setzte ein, und die Musik schwoll an.

Der Bischof schloß die Augen, und die Gegenwart verblaßte.

In seiner Erinnerung begannen die Kronleuchter zu funkeln, die Vergangenheit erwachte zum Leben; er war wieder acht Jahre alt und sah sie zum erstenmal.

ERSTER TEIL

Das Versprechen

1928–1950

1

Im Jahre 1928 wurde Herbert Hoover zum Präsidenten der Vereinigten Staaten gewählt, Amelia Earhart flog als erste Frau über den Atlantik, und Mark Rutherford sah im alten Gebäude der Metropolitan Opera Ecke Broadway und 39. Straße seine erste Oper, Puccinis *Manon Lescaut*.

Er begriff sehr schnell, daß sich die Oper grundlegend vom wirklichen Leben unterschied. Auf der Bühne gaben erwachsene Menschen alles für einen Kuß hin. Im Publikum glaubten erwachsene Menschen daran, darunter auch seine Eltern, und klatschten Beifall.

Die ersten drei Akte entführten ihn sanft in ein schwindelerregendes, von Melodien erfülltes Universum, von dem er sich nie hätte träumen lassen.

Während der letzten Pause ging er in den großen Wandelgang im ersten Rang hinauf. Er war neugierig und unbefriedigt und empfand eine unbestimmte Sehnsucht nach den Dingen, die ihn auf der Bühne fasziniert hatten.

Plötzlich erblickte er in der Ferne, am Rand der festlichen, wogenden Menge zwischen den Pfeilern, an denen sich breite vergoldete Girlanden emporrankten, einen Augenblick lang eine kleine Gestalt, die sich von der mit rotem Samt bespannten Wand abhob. Sie stand neben dem Springbrunnen.

Während dieses kurzen Augenblicks begegneten ihre Blicke einander. Sie sah aus wie ein von der Opernbühne herabgestiegener Traum. Er hatte noch nie ein so schönes, seltsames Mädchen gesehen.

Das Licht der Kronleuchter weckte kleine Funken in ihrem dichten schwarzen Haar, das in der Mitte gescheitelt war und in zwei langen Zöpfen herabhing. Ihr Gesicht war schmal, dunkel und glühte. Sie trug einen weißen Rock, weiße Handschuhe, weiße Baumwoll-Kniestrümpfe. Ihre kleine rote Handtasche an der goldfarbenen Kette hätte auch zu einer Puppe gehören können. Sie war bestimmt nicht älter als sechs Jahre.

All das erfaßte er mit einem Blick, bis die Menge sich wie Meerwasser um sie schloß. Er schob sich durch das Gedränge, bis er das Mädchen wieder zu Gesicht bekam.

Die rosa Bänder an ihrem Hut flatterten unruhig, als sie den Kopf hin und her wandte. Mit erstaunlicher Sicherheit spürte er, daß sie Angst hatte, sich vielleicht verirrt hatte, Hilfe brauchte. Seine Hilfe.

Er war acht Jahre alt. Alt genug, um ihr zu helfen.

Die Oper flüsterte ihm zu: *Komm schon, zögere nicht.*

Er überzeugte sich davon, daß die Messingknöpfe auf seinem marineblauen Schulblazer geschlossen waren, und schlenderte zunächst nach rechts, dann nach links, als verfolge er kein bestimmtes Ziel. Als er an ihr vorbeikam, hob sie den Kopf.

Eine Sekunde lang blickten ihre seltsam traurigen, sanften Augen direkt in die seinen. Nie gekannter Schmerz durchzuckte ihn. Sie lächelte ihn an. Er stand vor ihr.

»Hallo«, sagte er. Eigentlich hätte er singen sollen, statt zu sprechen.

Sie antwortete leise: »Hallo.«

Es war, als würden sie einander seit langem kennen. Etwas wallte in ihm auf. Er trat auf sie zu und küßte sie schnell auf die Stirn. Es war ein Kuß aus einem Märchen; ein Kuß aus einer Oper.

Sie wich lächelnd schüchtern zurück.

»Da bist du ja, Ariana!« Eine Frau im schwarzen Kleid ergriff die Hand des Mädchens und zerrte es zur Treppe, die zum Balkon hinaufführte.

»Warum bist du einfach davongelaufen, Mark?« Seine Mutter im glitzernden blaugrünen Kleid zog ihn zur Treppe, die hinunter ins Parkett führte.

Bevor das Mädchen um die Ecke verschwand, drehte es sich um und lächelte ihm zu.

Er sah sie erst nach achtzehn Jahren wieder.

Inzwischen waren eine Depression und ein Weltkrieg vorübergegangen. Er hatte sein Studium in Harvard abgeschlossen, die militärische Ausbildung in einem Lager in North Carolina hinter sich gebracht und dank seines Sprachtalents drei Jahre lang im Stab von General Dwight D. Eisenhower gedient.

1946 hatte sich die Welt bereits verändert, aber sie wußte es noch nicht. Die Leute rissen sich um Karten zu *Annie get your Gun* mit Ethel Merman in der Hauptrolle; Joe Louis war immer noch Weltmeister im Schwergewicht; in Fulton, Missouri, stellte Winston Churchill in einer Rede fest, daß ein Eiserner Vorhang Europa in zwei Hälften geteilt hatte.

Mark Rutherford fand, daß er nicht nur zum Priester berufen

war, sondern auch eine verdammt gute Singstimme besaß, und begab sich zu einem öffentlichen Vorsingen bei der Domani Opera Company, einer halbprofessionellen, also ganz amateurhaften, ganz ehrenamtlichen Operntruppe von jungen, vielversprechenden Talenten. Die Domani, die liebevoll als Mañana Met (die Met von morgen, Anm. d. Ü.) bezeichnet wurde, hauste in einer ehemaligen Bar neben einer Tankstelle in einem heruntergekommenen Viertel an der unteren Third Avenue, das genauso aussah wie Berlin, nachdem die Alliierten es erobert hatten.

Über hundert junge, vielversprechende Talente drängten sich in dem kleinen, behelfsmäßigen Zuschauerraum mit den hölzernen Klappstühlen, den wackligen Holzbänken und dem Schmutz in den Ecken. Die Bretter, aus denen die Bühne bestand, lagen auf Holzböcken; jemand hatte vergeblich versucht, sie hinter einer schmutzigen, gekräuselten Stoffbahn zu verstecken.

Wenn ein junges Talent sang, warteten die anderen schweigend und tranken aus durchweichten Pappbechern Kaffee aus dem Delikatessenladen auf der anderen Straßenseite. Zwischen den einzelnen Stücken – *Mi chiamano Mimi* und *Près des remparts de Seville* für Sopran und Mezzosopran, *Celeste Aida* und *Piangi, piangi* für Tenor und Bariton – war der Raum von geflüsterten Gesprächen erfüllt. Mark begriff sofort, daß er ein Außenseiter war: Er hatte niemanden, mit dem er flüstern konnte. Außerdem trugen die jungen Männer Jeans oder Kordsamthosen, während er in seinen lächerlichen Nadelstreifen gekommen war.

Beinahe alle jungen Frauen hatten schwarze Röcke und schwarze Rollkragenpullis an und die Haare zu Pferdeschwänzen zusammengefaßt.

Doch eine junge Frau, die in der Nähe der Bühne saß, war anders. Die Lampe auf dem armseligen Piano ließ helle Funken in ihrem Haar aufblitzen, das dunkel, weich und offen ihr Gesicht umrahmte. Sie trug eine leuchtendweiße Bluse und las einen Klavierauszug. Nichts konnte ihre Konzentration stören.

Er sah sie und hatte sofort das Gefühl, daß er sie schon einmal getroffen hatte. Es war nur die winzige Andeutung eines Gefühls – doch sie war gar nicht so winzig. Er wußte, daß er sie kannte.

Sie bemerkte, daß er sie ansah, und er senkte verlegen den Blick und tat, als würde er seine Partitur studieren.

Dann fiel ihm ein, wo er sie gesehen hatte. Er stand auf und ging durch den Seitengang zu ihr.

»Entschuldigen Sie.« Er beugte sich eifrig zu ihr hinunter. »Es klingt abgedroschen, aber wir haben uns schon einmal gesehen. Vor langer Zeit.«

Ihr Lächeln war verständnisvoll und herzlich. Gleichzeitig wirkte es jungmädchenhaft und weckte seinen Beschützerinstinkt. »Sie hatten damals blonde Locken«, sagte sie. »Jetzt ist Ihr Haar braun und glatt.«

»Es war in der Metropolitan Opera, nicht wahr? Und Sie trugen Ihr Haar lang?«

»Es reichte bis daher.« Sie berührte ihre Schulter.

»Ich habe Sie geküßt. Was war ich doch für ein zudringlicher Balg.«

Sie blickte zu Boden.

Nach einer kurzen Pause fragte er: »Haben Sie etwas dagegen, wenn ich mich zu Ihnen setze?«

Sie rutschte ans Ende der Bank, um ihm Platz zu machen, und sah ihn an.

»Gehen Sie oft zu einem Vorsingen?« fragte er.

»Sooft ich kann. Und Sie?«

»Nur hie und da, wenn das Bedürfnis zu stark wird. Ich bin wirklich nur ein Badewannenbariton.«

Ihr Lachen gefiel ihm. Etwas an ihr paßte zu etwas in ihm. Riegel schnappten zurück, als glitte der richtige Schlüssel ins Schloß.

Er hielt ihr die Hand hin. »Ich bin Mark Rutherford.«

»Ariana Kavalaris.«

Sie schüttelten sich die Hände, und damit war diese Hürde genommen.

»Wie wäre es nachher mit einer Tasse Kaffee?« schlug er vor. »Wir können dabei die letzten zwei Jahrzehnte aufarbeiten.«

»Gern«, antwortete sie.

Und dann rief jemand ihren Namen.

»Entschuldigen Sie, Mark.«

Sie ging auf die Bühne zurück, warf dem Begleiter einen Blick zu, und ein Akkord dröhnte auf. Sie hob den Kopf, und ihr Hals war ein milchweißer Fleck, dessen Höhlung nur ein Schatten war.

Sie setzte einen Ton an, und es war wie ein winziges Loch, aus dem ein Lichtstrahl drang, der allmählich anschwoll und dann durch die Stille schwebte. Sie sang nicht einfach eine Arie: Sie gab eine Vorstellung. Ihre Augen waren groß, erstaunt und verletzlich, sie hatte die Hände um ihre Brust geschlagen und war die schwindsüchtige kleine Mimi.

Die Stimme schwang sich empor. Der Ton war frisch, süß,

rührend und entsprach genau der Rolle. Als sie verstummte, dröhnte Applaus auf.

Nach ihr zu singen war unmöglich. Zum Glück warteten noch sieben Soprane und drei Tenöre, bevor die Reihe an Mark kam.

Als er in seinem dreiteiligen Anzug auf der wackligen Bühne stand, kam er sich wie ein Idiot vor, und dann wurde es noch schlimmer, als er seinen Einsatz verpaßte, und der Begleiter noch einmal beginnen mußte.

Er kam in *Piangi, piangi* bis zum zwölften Takt.

Die Frau, die das Vorsingen veranstaltete, stand in den Kulissen und hörte zu. Jetzt trat sie aus dem Schatten in das Rampenlicht und unterbrach die Arie. »Danke, Mr. Rutherford.«

Er verließ schuldbewußt die Bühne. Er konnte Ariana Kavalaris nicht gegenübertreten. Er schlich zum Notausgang hinaus, schlich über die Straße und schlich in eine Nische der Kaffeestube, von der aus er den Eingang zum Domani überblicken konnte.

Er hatte fünf Tassen Kaffee getrunken und schreckliche Kopfschmerzen, als sie endlich mit sechs jungen Männern und Frauen herauskam. Alle lachten.

Ariana blieb einen Augenblick lang stehen und sah sich um. Auf ihrem Gesicht zeichnete sich ein Anflug von Enttäuschung ab. Dann lachte sie wieder, hängte sich bei den anderen ein und lief mit ihnen die Straße hinauf.

Ariana Kavalaris, dachte er. Ich bin verrückt nach dir. Und ich habe mich benommen wie ein Idiot.

Ihr Bild lebte in ihm fort: Ariana Kavalaris. Die sonnendurchfluteten Monate Juni, Juli und August lösten sich in Schwimmen, Segeln, Parties und zielloser Schwermut auf. Es gab in diesem Sommer keinen Augenblick, in dem er nicht an sie dachte, sie nicht begehrte und nicht vor Sehnsucht nach ihr starb.

Im Herbst trat er in das Priesterseminar ein.

Das Seminar der Episkopalkirche hatte in New York nicht seinesgleichen: ein friedliches Kloster, mit Steinplatten belegte Gartenwege, sonnengesprenkelte Eichen, darüber der blaue Himmel. Die dunklen, efeubewachsenen Backsteingebäude und der hohe gotische Turm der Kapelle erweckten den Eindruck von etwas Ehrwürdigem und Tröstlichem, das ein unruhiges Jahrhundert überdauert hatte.

Zwei Monate lang quälte er sich durch die Predigten des heiligen Johannes Chrysostomus und durch hebräische Konsekutivsätze.

Und dann rief ihn an einem kühlen Novembertag seine alte Freundin Nita Farnsworth an. »Was hältst du davon, am Freitag in die Oper zu gehen?«

»Okay«, stimmte er zu.

Als Treffpunkt einigten sie sich auf den Garten des Seminars. Nita erschien in Bluejeans. Sie war blond, von jener unaufdringlichen Schönheit, die nur dort anzutreffen ist, wo Reichtum leidenschaftslos und ohne Unterbrechung von Generation zu Generation weitergegeben wird, und ihre Haltung war die einer reichen Erbin.

Mark trug einen Smoking.

»Hab' ich's nicht gesagt?« fragte sie. »Wir gehen nicht in die Met.«

»Du hast nichts erwähnt.«

»Tut mir leid. Du siehst großartig aus.«

Sie waren zusammen aufgewachsen. Er hatte sie zu ihrem ersten High-School-Ball, zu ihrem zweiten und zu ihrem Debüt in der Gesellschaft auf dem New Yorker Krankenhausball begleitet. Sie hatten Chapin und Farmington besucht und gemeinsam mit Vanderbilts, Rockefellers und reichen Erbinnen aus Brasilien reiten, Tennis spielen und Französisch gelernt. Vor drei Jahren hatte sie eines Abends überraschendes Talent beim Küssen entwickelt, aber Mark hatte beschlossen, nicht weiterzugehen und sie lieber als Schwester und guten Kamerad zu behalten. Und dabei war es geblieben.

Sie nahmen ein Taxi. Er erkannte das alte Backsteingebäude wieder, das einmal eine Bar gewesen war. Er erkannte die wackligen Holzstühle, den zerschlissenen blauen Vorhang und das Piano an der Betonwand wieder. Nita hatte ihn in die Domani-Oper zurückgeführt.

»Warum interessierst du dich für einen Verein von Dilettanten?« fragte er, nachdem sie sich gesetzt hatten.

»Das Mädchen, das die Annina singt, ist Mutters Patenkind.«

Die Lichter gingen aus. Das Publikum flüsterte und raschelte erwartungsvoll. Das Piano spielte das Vorspiel. *Traviata*, mit vielen Fehlern.

Dann trat im ersten Akt die junge Frau auf, die die Flora sang: Sie trug Federn und Juwelen im Haar.

Es war Ariana.

Mark schwitzte, atmete zu rasch, seine Hände zitterten, sein Herz hämmerte.

Die Vorstellung zog sich lang und quälend hin: eine Zumutung an miserabler Gesangskunst, wackelnden Kulissen und schlechter Regie.

Nach dem Vorhang wandte sich Nita kleinlaut an ihn: »Ich weiß, daß es schrecklich lästig ist, aber ich habe versprochen, hinter die Bühne zu kommen. Macht es dir etwas aus?«

Er brachte stotternd heraus, daß es ihm nicht lästig sei, nein, es mache ihm überhaupt nichts aus.

In der Damengarderobe drängten sich bereits ein Dutzend Menschen. Die Besucher standen, die Sänger saßen, kämpften um einen Platz vor den Spiegeln, um die falschen Wimpern abzunehmen und die Bühnenschminke abzureiben.

»Du warst wunderbar, Shoog!« Nita umarmte das rundliche Mädchen, das die Zofe gesungen hatte. »Mark – Shoog, Shoog – Mark.«

Mark sah Shoog in die Augen, aber er suchte Ariana. Hinter ihm sagte eine Stimme, »Mark – Mark Rutherford.«

Er drehte sich um. Arianas Blick berührte ihn so sanft, daß er bereits eine Liebkosung war.

Warum schmerzt es, wenn ich sie ansehe? Warum schnürt sich mir die Brust zusammen, wenn ich feststelle, daß die Haut ihrer Arme honigfarben ist?

»Es war eine wunderbare Vorstellung«, sagte er. Dann fiel ihm ein, daß er Nita nicht vergessen durfte. »Nita, das ist Ariana«, und dann fügte er so unbeholfen, daß er sich selbst darüber wunderte, hinzu: »Ariana hat heute abend gesungen.«

Er spürte, wie Nita sich fragte, wer, was, wie, warum, alles Erdenkliche, und er spürte, wie Ariana sich die gleichen Fragen stellte. Nita murmelte die üblichen wohlerzogenen Worte, und er stand daneben und wünschte sich, sich schlecht benehmen zu können und Ariana um ihre Telefonnummer, ihre Adresse zu bitten, ihr zu zeigen, daß er zwar mit Nita gekommen, aber nicht mit ihr beisammen war.

Aber er war ein Gentleman. Die gute Erziehung war stärker.

Dann begann das allgemeine Abschiednehmen, und Ariana schenkte ihm wieder diesen Blick, dunkel, fragend, liebkosend.

»Wer ist Ariana?« fragte Nita im Taxi.

»Ich kenne sie eigentlich kaum. Wir haben uns einmal im Frühjahr bei einem Vorsingen kennengelernt.«

»Ich habe nicht gewußt, daß du noch immer singst.«

»Nur gelegentlich.«

Während der nächsten acht Straßen schwiegen sie. »Sie ist hübsch«, stellte Nita fest.

»Findest du?«

»Ja. Ich finde, daß sie sehr hübsch ist.«

2

Harry Forbes starrte Mark ehrlich entsetzt an. »Du hast abgenommen.«

Mark und Harry hatten während ihres zweiten Jahres in Harvard zusammen ein Zimmer bewohnt, und sie saßen jetzt in der 10. Straße West in Harrys Wohnung, die ein ganzes Stockwerk einnahm. Harry arbeitete in einer Maklerfirma in der Wall Street. Er hatte innerhalb von sechs Monaten zweimal Gehaltserhöhung bekommen, trug jetzt einen Schnurrbart und hatte sieben Kilo zugenommen.

Er erkundigte sich nach Marks Studium.

Mark erzählte ihm von Ariana. »Ich komme nicht von ihr los.«

Harry mixte eine zweite Runde Drinks, lehnte sich zurück und hörte Mark dreißig Minuten lang zu. Dann griff er nach dem Telefon.

»Wen rufst du an?«

»Ich bringe Ordnung in dein Leben.« Harry wählte und fragte mit seiner fein nuancierten Stimme: »Fräulein, haben Sie die Nummer der sogenannten Domani-Oper...? Danke.« Er wählte wieder. »Hallo, könnte ich bitte mit Ariana Kavalaris sprechen?«

Mark riß ungläubig die Augen auf.

»Wissen Sie, wo ich sie erreichen kann...? Danke.« Harry unterbrach die Verbindung. »Fräulein, gibt es an der Ecke 39. Straße und Broadway etwas, das Fennimores Imbißstube heißt...? Danke.« Er wählte. »Kann ich bitte Ariana Kavalaris sprechen? Hi. Hier spricht Mark... Mark Rutherford, erinnern Sie sich noch an mich?«

Mark sprang auf. Harry bedeutete ihm, sich wieder zu setzen.

»Wie geht es Ihnen? Hören Sie, ich möchte nicht, daß Ihre Kunden verhungern. Aber ich habe Opernkarten für nächste Woche. Würde Sie das interessieren?«

Er deckte die Sprechmuschel ab und flüsterte: »An welchem Tag?«

»Dienstag«, antwortete Mark tonlos.

»Paßt Ihnen Dienstag...? Wo soll ich Sie abholen...? Von der Arbeit? Schön, dann um neunzehn Uhr dreißig. Auf Wiedersehen. Ich freue mich schon.«

Einen Augenblick lang war Mark sprachlos. »Du kannst doch nicht...«

Harry drehte sein Glas zwischen den Fingern. »Jemand mußte es ja tun, bevor du verhungerst. Und jetzt mach dich auf die Socken und besorge Opernkarten für Dienstag.«

Mark traf um neunzehn Uhr fünfzehn an der Ecke Broadway und 39. Straße ein. Fennimores Imbißstube bestand aus Neonbeleuchtung, Kunststoff und Reklame für Tagesspezialitäten.

Er beobachtete Ariana durch das Fenster. Sie trug eine frischgestärkte weiße Schürze, lächelte die Kunden an, lächelte den Koch an, und es versetzte Mark einen Stich, weil sie nicht ihn anlächelte.

Um neunzehn Uhr fünfundzwanzig ging er hinein. Er setzte sich an die Theke und lächelte, bis ihm der Mund weh tat. Sie servierte zwei rote Grützen, eine Malzmilch und drei Kaffees, ohne Mark auch nur einen Blick zuzuwerfen. Endlich kam sie zu ihm, zog ihren Block und einen Bleistift heraus und wartete auf seine Bestellung.

»Unsere heutige Tagesspezialität sind gefüllte Paprika.« Sie unterbrach sich. »Mark. Du meine Güte, Mark!«

Sie hatte wirklich das bezauberndste Lächeln, das er je gesehen hatte. »Ich muß nur noch zwei Kunden bedienen. Trinken Sie einen Kaffee auf Kosten des Hauses. Er ist eine ganz neue Erfahrung.«

Mark trank den Kaffee. Sie hatte recht: Es war eine neue Erfahrung.

»Ich werde Ihnen irgendwann einmal griechischen Kaffee kochen«, versprach sie.

Auf ihren Vorschlag hin – »Um diese Zeit braucht ein Taxi Stunden« – benützten sie die U-Bahn. Das Metropolitan war ein gediegenes Gebäude aus dem neunzehnten Jahrhundert, das zwischen den umliegenden Wolkenkratzern vollkommen deplaciert wirkte. Sie führte ihn zum Bühneneingang, wo auf dem Gehsteig die Kulissen in vier Reihen übereinander an der Mauer lehnten.

»Drinnen ist kein Platz für sie. Ich versuche immer zu erraten, aus welcher Oper sie stammen. Die hier sind aus *Macht des*

Schicksals.« Sie suchte das Fettstiftgekritzel auf der Rückseite. »Stimmt. Erster Akt.«

Er sah auf die Uhr. »Wir müssen uns beeilen, Ariana.«

»Nur einen Augenblick. Tun Sie so, als würden Sie dazugehören.«

Sie lächelte den Wächter an, zog Mark durch den Bühneneingang und hinüber zum Schaltbrett. Eine kleine Frau in einem riesigen Nerzmantel kam die geschwungene Holztreppe herunter. »Das ist Lily Pons«, flüsterte Ariana. »Die beste Koloratursängerin aller Zeiten.«

Er starrte hin, es war tatsächlich Lily Pons.

»Guten Abend, Miss Pons«, grüßte Ariana fröhlich.

Die kleine Frau erwiderte das Lächeln. »Guten Abend, meine Liebe.«

Draußen auf dem Gehsteig schüttelte Mark den Kopf. »Sie haben Mut.«

»Warum? Ich habe genauso das Recht, hier hineinzugehen, wie alle anderen – schließlich werde ich einmal an der Met singen.«

Sie bogen um die Ecke zum Broadway. Nach der riesigen Uhr über dem großen, viereckigen Vordach hatten sie noch genau eine Minute Zeit, um ihre Plätze einzunehmen. Sie liefen durch das Foyer, während das letzte Klingelzeichen ertönte. Einen Augenblick lang leuchtete dunkelroter, mit Quasten und Goldborten besetzter Plüsch auf, glitzerten Diamanten auf Abendkleidern und Dinnerjacketts, dann rannten sie im langsam verlöschenden Licht den Gang zu ihren Plätzen hinunter.

»Ich bin nicht angezogen«, flüsterte Ariana.

»Es waren die einzigen Plätze, die ich bekommen konnte«, log Mark. Er hatte Orchestersitze genommen, um sie zu beeindrucken.

»Darüber beschwere ich mich ja. Die besten Plätze im ganzen Haus.«

Sie zog den Wollmantel aus. Er führte sie an den Knien der Abonnenten vorbei zu ihren Plätzen. Juwelenbehängte alte Damen musterten den jungen Mann im dreiteiligen Konfektionsanzug und das Mädchen im Kleid aus dem Billigkaufhaus.

Die Oper begann mit einer Explosion der Holzbläser und Streicher. Der große goldene Vorhang der Metropolitan ging auf und gab den Blick auf den Hof des Wirtshauses in Amiens frei. Es war die gleiche Inszenierung, die Mark vor Jahren gesehen hatte. Die Kulissen, die Melodien, die Handlung – nichts hatte sich verändert. Er war jetzt ein erwachsener Mann, aber *Manon Lescaut* war um keinen Tag älter geworden.

Während Mark die Sänger beobachtete, schien die Zeit stillzustehen. All dies war schon tausendmal erlebt und durchlitten worden: Manon war aus der Kutsche gestiegen, die sie ins Kloster brachte, hatte den Chevalier des Grieux erblickt und sich sofort in ihn verliebt. Mark wußte, daß die Menschen nie solche Gefühle empfanden, geschweige denn, sie aus voller Kehle hinausposaunten, und dennoch saßen viertausend Menschen zusammen mit ihm in der Dunkelheit und glaubten jeden einzelnen Ton.

Er sah Ariana an, das schwarze Haar umrahmte ihr Gesicht, das in dem von der Bühne ausgehenden schwachen Lichtschein schimmerte. Sie hörte so andächtig zu, als bete sie, und dadurch veränderte sich Marks Wahrnehmung, als sähe er mit ihren Augen, hörte mit ihren Ohren. Er hatte Dutzende Opernaufführungen besucht, doch die Personen und die Handlung auf der Bühne erschienen ihm zum erstenmal in seinem Leben fesselnd, entsetzlich lebensnah.

Er wußte, daß die Vorgänge auf der Bühne nicht dem Leben entsprachen, ja es nicht einmal andeutungsweise widerspiegelten. Es war ein Traum, der Traum des Mädchens neben ihm und der Traum der übrigen Menschen im Opernhaus. Ich habe zu lange mit dem Kopf zugehört, wurde ihm klar. Das Zeug wird für das Herz geschrieben.

Besonders beeindruckte ihn Ricarda DiScelta, die Sopranistin, die die Titelpartie sang. Obwohl sie Ende Vierzig oder Anfang Fünfzig war, gelang es ihr, dem Publikum Manons Jugend, Sinnlichkeit und kindliche Unschuld nahezubringen. Jede Schauspielerin im Alter DiScelta, die diese Gestalt spielte, hätte sich lächerlich gemacht, aber weil die Rolle gesungen wurde, wirkte sie absolut überzeugend.

Während der ersten Pause führte Mark Ariana zu Sherry's im ersten Rang. Die altmodischen Gemälde und Plastiken und die roten Samttapeten verliehen dem Restaurant die verblassende Eleganz des neunzehnten Jahrhunderts. An einem kleinen Tisch neben einer der spiegelgeschmückten Säulen aßen sie teure Pasteten und tranken starken schwarzen Kaffee.

»Sie scheinen schrecklich viel zu arbeiten«, stellte er fest. »Die Stellung in der Imbißstube, die Rollen bei Domani...«

Sie spießte das letzte Stückchen Pastete auf. »Alle reden mir ein, daß ich zu schwer arbeite, es übertreibe.«

»Stimmt das?«

»Wenn ich auf dieser Welt etwas erreichen will, muß ich einen Plan haben und ihn einhalten.«

Anscheinend lebten er und das dunkelhaarige Mädchen in

zwei verschiedenen Universen. »Ihre Welt scheint eine viel härtere zu sein als die meine.«
»Natürlich ist sie härter. Ich bin Opernsängerin.«
»Können Sie denn nie ausspannen?«
»Mit Ausspannen hat noch niemand Karriere gemacht.«
»Aber den heutigen Abend genießen Sie, nicht wahr?«
»Heute abend lerne ich, indem ich zuhöre und zuschaue. Nächste Woche komme ich wieder hierher und lese während der Aufführung die Partitur.« Sie beschrieb die Pulte für die Partiturplätze, die im obersten Rang so angeordnet waren, daß das Publikum nicht durch die Leselämpchen gestört wurde. »Wenn man sich ein wenig vor und zur Seite neigt, kann man ein Stück der Bühne sehen.« Sie erzählte, daß sie die meisten Inszenierungen der Met zweimal sah; beim erstenmal beobachtete sie die Aufführung, beim zweitenmal verfolgte sie sie anhand der Partitur.

Die Pausenklingel ertönte. Während sie die Haupttreppe hinunterliefen, reichte sie ihm ihre wunderbar weiche Hand.

Als der Tenor *Pazzo son* sang, berührte ihr Arm seine Schulter. »Er forciert die hohen Töne«, flüsterte sie. »Eine weitere Saison hält er nicht mehr durch.«

Mark versuchte, verständnisvoll die Stirn zu runzeln.

Nach der Oper nahmen sie ein Taxi. Ein Gefühl der Völle unterhalb des Brustkorbs verursachte ihm Schwindel. Ich könnte sie jetzt küssen, dachte er. Sie sehnt sich genauso danach wie ich.

Sie beugte sich zum Fahrer vor. »Dort drüben, das Haus an der Ecke.«

Sie stiegen aus, und sie begann, in ihrer Handtasche nach dem Schlüssel zu suchen.

Er hauchte ihr einen Kuß auf die Wange. Sie lächelte ihn beinahe schüchtern an, dann drückte sie ihm einen Zettel in die Hand. »Das ist die Telefonnummer meiner Zimmervermieterin. Wenn Sie mich nicht bei der Arbeit oder bei Domani erreichen, können Sie bei ihr immer eine Nachricht hinterlassen.«

Er faltete den Zettel zusammen und steckte ihn in die Brieftasche. Als er ihr seine Telefonnummer diktierte, schrieb sie sie in ihr Telefonbüchlein.

Gut, dachte er. Ich gehöre zum Stammpublikum.

Sie zögerte. »Gute Nacht. Und danke. Es war wunderbar.«

Er sah zu, wie sie die Tür aufsperrte. Sie drehte sich um und lächelte ihm wieder schüchtern zu. Er lächelte zurück.

Am nächsten Tag aß Mark mit Harry in dessen Club. »Warum hat sie mich nicht aufgefordert, hineinzukommen?«

»Vielleicht wollte sie nicht zu entgegenkommend wirken«, meinte Harry.

»Ist es denn zu entgegenkommend, wenn sie dem Kerl, der sie in die Oper ausführt, eine Tasse Kaffee anbietet? Oder einen Drink? Oder zumindest ein Glas Wasser?«

»Vielleicht kann sie auf Kaffee nicht einschlafen. Vielleicht hat sie keine alkoholischen Getränke.«

»Vielleicht hat sie kein Wasser?«

Harry legte seinem Freund die Hand auf die Schulter. »Hör auf, Mark. Du mußt vernünftig sein.«

»Wie zum Teufel kann ich vernünftig sein, wenn ich den Verstand verliere?«

»Indem du so tust, als wärst du vernünftig. Das Leben besteht zu neunundneunzig Prozent daraus, daß man den Mitmenschen etwas vormacht.«

Mark rief Ariana bei ihrer Zimmervermieterin an. Bei Fennimores. Bei Domani. Im Schnellimbiß. Bei Domani. Er fand, daß er sich vernünftig benahm.

Dann versank er in totale, hoffnungslose Trübsal; ihm wurde klar, daß er den Rest seines Lebens damit verbringen würde, auf ein Mädchen mit dunklen Augen zu warten, das nie anrief.

Es war neunzehn Uhr dreißig, und er befand sich in seinem Zimmer im Seminar, als das Telefon klingelte.

»Mark?« Es war Ariana. »Sie haben angerufen.«

»Achtmal.«

»Neunmal.«

»Ich habe vermutlich die Übersicht verloren. Wie geht es Ihnen?«

»Ich arbeite. Ich bin tot. Das Übliche. Und Sie?«

»Ach, das Übliche. Ich arbeite. Ich bin tot. Und ich habe den gestrigen Abend genossen.«

»Ich auch.«

»Vielleicht können wir es wiederholen.«

Zwei Takte Pause. Unheilvoll.

»Ich habe einen Freund, der als Platzanweiser in der Met arbeitet und uns in eine Vorstellung hineinlassen könnte. Meine Freunde wären auch dabei.«

»Klingt großartig. Wann?«

»Übernächste Woche?«

Warum nicht übernächstes Jahrhundert. Bleib cool. Jetzt nur kein Geschwafel.

»Verdammt«, sagte sie, »das ist mein Stichwort.«

Er hörte im Hintergrund ein durchdringendes, verstimmtes Klavier.

»Ich rufe an, wenn mein Freund die Freikarten hat, okay?«

In den nächsten beiden Wochen studierte er nicht, hörte nichts von ihr und schaffte es irgendwie, nicht verrückt zu werden.

3

Augusta Rutherford rief außer Atem an. »Mark, wie lange brauchst du, um dir etwas Ordentliches anzuziehen? Wir gehen in die Oper.«

»Ich habe morgen eine Prüfung in Pastoraltheologie, Mutter.«

»Du beherrschst doch die Theologie schon. Sei in einer halben Stunde bei der Metropolitan. Harry Havemeyer hat uns seine Loge überlassen. Die DiScelta singt.«

Bei der Oper handelte es sich um Mozarts *Don Giovanni*. Marks Mutter hatte Nita Farnsworth eingeladen, und er begriff, daß er Teil eines Komplotts war: Wie verheirate ich Mark mit dem richtigen Mädchen?

»Hallo, Mark.« Verlegenheit hüllte Nita ein wie Nebel.

»Hallo, Nita.«

Die Lichter verloschen barmherzig, und der Vorhang ging vor einer Dekoration auf, die Sevilla im siebzehnten Jahrhundert darstellte. Weil heute abend Ariana nicht neben ihm saß, fand Mark, daß Mozarts anmutige Partitur überhaupt nicht zu der deprimierenden Erzählung vom sexbesessenen Giovanni und der Schar seiner weiblichen Opfer paßte.

In der Pause schlenderte er mit Nita durch das Foyer im ersten Rang. Es war peinlich, wie wenig sie einander zu sagen hatten, bis die Klingel das Publikum zum zweiten Akt zurückrief.

Als die künstlichen Höllenflammen den unbußfertigen Don verschlungen hatten und der Vorhang unter tobendem Applaus fiel, war es beinahe Mitternacht. Augusta Rutherford hüllte sich in ihren Pelz und hatte plötzlich eine Eingebung.

»War es nicht reizend? Du könntest eigentlich Nita nach Hause bringen, Mark.«

Mark dachte sofort an eine zweistündige Fahrt nach Lloyd Harbor, Long Island. Nita hängte sich lächelnd bei ihm ein. »Mach dir keine Sorgen. Ich wohne im Barbizon und kann allein nach Hause fahren.«

»Das tust du auf keinen Fall!« rief Augusta. »Mark bringt dich selbstverständlich gern nach Hause. Mark?«

Auf dem Rücksitz des Taxis strich Nita immer wieder ihren Rock glatt. Mark suchte krampfhaft ein Gesprächsthema. »Ich habe nicht gewußt, daß du in der Stadt wohnst.«

»Ich bin seit einem Monat hier und arbeite bei Digby Welles, einer kleinen Reklameagentur. Eigentlich bin ich nichts als ein Lehrling. Aber die Stellung liefert mir einen guten Vorwand dafür, in New York zu leben. Ich bin gern selbständig.«

Er fragte sich, wie selbständig sie wohl wirklich war. In der Halle des Barbizon hing ein Schild: GENTLEMEN BLEIBEN AB HIER ZURÜCK. Die Frau am Empfangspult hatte das graue Haar straff zu einem Knoten zurückgekämmt und betrachtete Mark mißtrauisch, als sie Nita den Zimmerschlüssel aushändigte.

»Ein freundliches Haus«, bemerkte Mark. »Ich darf dich doch zum Lift begleiten?«

»Aber keinen Schritt weiter.« Sie küßte ihn rasch auf die Wange. »Es war nett, mit dir zusammenzusein, Mark. Ich fahre an den Wochenenden nach Hause, aber vielleicht könnten wir uns einmal unter der Woche treffen?«

»Das wäre großartig.«

Ariana rief am Dienstag zehn Minuten vor ihrer Verabredung an. »Es handelt sich um eine echte Katastrophe, Mark. Laurie war zweite Besetzung für Sue, aber Sue sitzt in Pittsburgh fest, deshalb singt Laurie, und ich muß die zweite Besetzung machen. Ich kann Sie heute abend nicht treffen. Es tut mir leid. Sie haben mich vor zwei Minuten angerufen. Darf ich ein andermal auf Ihr Angebot zurückkommen?«

»Natürlich dürfen Sie.«

Mark saß vollkommen regungslos auf dem ungemachten Bett und versuchte, die hundert Gedanken zu verdrängen, die durch sein Gehirn rasten. Er streckte den Arm steif aus und fegte ein Buch vom Nachttisch. Siebenhundert Seiten Dom Gregory Dix, *Die Form der Liturgie*, flogen durch das Zimmer.

Harry hörte ihm halb lächelnd, halb nickend zu und fuhr dann fort, seine Lacklederschuhe zu polieren.
»Bist du je auf die Idee gekommen, Mark, daß sie die Wahrheit sagt?«
»Zweite Besetzung für eine zweite Besetzung? Komm, komm. Sie hat es sich überlegt, sie hat eine andere Verabredung.«
Harry sah seinen Freund an wie ein Arzt, der einen Patienten abschätzt. »Oder es ist ein Test.«
»Was für ein Test?«
»Sie testet dich, du Hornochse. Sie will herausbekommen, wieviel du schluckst.«
»Machen Mädchen so etwas?«
»Jeder macht so etwas.«
Mark seufzte. »Damit werde ich nicht fertig.«
Harry füllte die Weingläser nach. Mark hatte den Eindruck, daß der Wein jetzt etwas besser schmeckte als vor einer Stunde.
»Du mußt ihr nachlaufen. Logischerweise kann sie nicht in das Seminar eintreten. Deshalb mußt du zur Oper gehen.«
»Das habe ich versucht.«
»Aber diesmal wird es klappen.«

Mark rief die Domani-Oper an. Eine Frau meldete sich, die sich als Mabel Dowd vorstellte und bereit war, ihn um vierzehn Uhr zu empfangen. »Seien Sie pünktlich.«
Er war pünktlich. Aufgeregt und pünktlich.
Mabel Dowds graumeliertes Haar war zu einem straffen Pferdeschwanz zusammengebunden. Sie trug Perlen, einen formlosen Pullover und Bluejeans. »Was tun Sie – oder wollen Sie tun? Vom Standpunkt der Oper aus gesehen?«
»So ziemlich alles.«
Sie saßen in ihrem engen Büro. Sie rauchte eine Camel nach der anderen und erklärte Mark, was sie nicht brauchte.
»Baritone, Tenöre, Tänzer, Klavierspieler, die nicht transponieren können.«
»Ich könnte Kulissen malen«, schlug Mark vor.

Domani führte jeden Monat zwei Opern auf, und zwar immer am Dienstag, Freitag und Samstag. Im November brachten sie den *Troubadour* mit einem Etat von 82 Dollar (Mark malte Kulissen mit Schloßtürmchen und Zigeunerzelten) und *Adriana Lecouvreur* mit einem Etat von 120 Dollar (er malte Kulissen mit Boudoirs und Salons).

Er lernte, wie man Türen aus Leinwand, Fenster aus Zellophan und Bäume aus Stoff anfertigt. Er holte Kaffee. Er fegte den Boden. Er blätterte dem Pianisten die Noten um. Er bediente die Beleuchtung. Er sah Ariana.

Jedesmal plauderte, lachte, küßte sie irgendwelche Leute, und sein Herz verwandelte sich in einen brennenden Stein.

Einmal gelang es ihm, mit ihr zu sprechen. Die Bühne war drei Meter tief, und es gab hinter ihr keinen Durchgang. Die Sänger mußten durch ein Gäßchen hinter dem Theater laufen. Es regnete, und er hielt einen Regenschirm über Ariana.

Sie sagte »Hi« und lächelte.

Er sagte »Hi« und lächelte ebenfalls.

Ende des Gesprächs.

Aber nicht Ende der Szene. Als er auf seinen Platz an der anderen Seite der Bühne zurückkehrte, bat ihn eine der Sopranistinnen, ihr das Zigeunerkostüm zuzuhaken. Sie hieß Clara Rodrigo, lehnte sich an ihn, und ihre Stimme war leise und spöttisch. »Sie sind in Ariana verliebt, nicht wahr?«

Mark hatte Clara Rodrigo beobachtet. Sie gehörte zu den Sängerinnen, die den Ton länger hielten als der Tenor, sich öfter verbeugten als die anderen und in den Pausen die Requisiten ihrer Rivalinnen versteckten. Wenn jemand eine genügend kräftige Stimme besaß – und Clara Rodrigo konnte eine Feuersirene übertönen –, bezeichnet man dieses Benehmen als Temperament.

»Das geht Sie nichts an.« Mark hakte das Kleid zu und schob sie von sich.

»Sie sind ein netter Junge«, stellte Clara honigsüß fest. »Lassen Sie sich nicht mit ihr ein. Sie wird Sie verletzen.«

Mark war so vernünftig, den Worten einer Intrigantin wie Clara kein Gewicht beizumessen. Außerdem lächelte ihn Ariana während einer Chorprobe für *Nabucco* an und winkte ihm während der Solistenprobe für *Die Fledermaus* zu.

Aber sie lächelte und winkte auch einem Tenor namens Sanche zu.

»Ich hasse Sanche«, erklärte Mark.

Es war ein kühler Februartag im Jahr 1947, und er und Harry tranken am Kamin des Knickerbocker Club Portwein.

»Wer zum Teufel ist Sanche?«

»Der Mann, mit dem Ariana flirtet.«

»Wer zum Teufel kann mit einem Mann flirten, der Sanche heißt? Gelegentlich benimmst du dich wie ein Vollidiot, Mark.«

Dann wurde *Bohème* angesetzt, und Ariana verbrachte die Proben neben einem kahl werdenden Tenor namens Herb.

»Wieso sind Sie überrascht?« flüsterte Clara Rodrigo, als sie hinter der Bühne an Mark vorbeirauschte. »Ich habe Sie gewarnt.«

»Sie interessiert sich für einen schon glatzköpfig werdenden Bariton namens Herb«, erzählte Mark. »Bei den Proben steht sie immer neben ihm.«

Harry starrte in das Glas mit dem rubinroten Portwein. Der Butler hatte Feuer gemacht, und ihre Schatten tanzten über die Bücherregale.

»Vielleicht besitzt Domani nicht genügend Partituren, und sie benützen eine gemeinsam«, schlug Harry vor.

Mark überprüfte diese Theorie durch eine Anfrage bei einer freundlichen Altistin namens Mildred. Sie bestätigte, daß nicht genügend Partituren für die Singstimmen vorhanden waren, deshalb müßten die Solisten eine zu zweit benützen. Mark war erleichtert, bis Ariana mit Max, dem Souffleur, neben dem Wasserbehälter stand.

Max war fünfzig, hatte Arme wie Popeye, und Ariana lächelte ihn an.

Während Harry langsam seinen Portwein trank, hörte er sich die Geschichte von Ariana und dem gewichthebenden Souffleur an. Dann unterbrach er Mark kurzerhand. »Ich habe dir gesagt, daß du an ihr dranbleiben und nicht schluchzend auf deinem Hintern sitzen sollst.«

»Wie zum Teufel kann ich an ihr dranbleiben, wenn sie sich für jeden Mann in der Truppe außer für mich interessiert?«

»Lade sie zum Kaffee ein.«

Mark starrte ihn verständnislos an.

»Kaffee – das schwarze Zeug, in das du Milch und Zucker tust.«

»Milch, keinen Zucker«, sagte Ariana.

»Das gleiche für mich«, bestellte Mark bei der Kellnerin.

Sie warteten, bis ihr Kaffee nicht mehr so heiß war, und beschäftigten sich zehn Minuten lang mit dem Domani-Tratsch: Wer welche Rolle an Land ziehen wollte und wessen Tante das Geld für die *Cavalleria-rusticana*-Kostüme zur Verfügung stellte.

»Ich wollte Sie schon früher auf eine Tasse Kaffee einladen«, erklärte Mark, »aber Sie waren immer so beschäftigt.«

Sie lächelte. »Dienstag und Donnerstag habe ich in der Manhattan-Musikschule Gesangsstunden; Montag und Mittwoch lerne ich in der New School Französisch und Deutsch; Mittwochvormittag putze ich bei einer kleinen alten Gräfin, die mir dafür Russisch beibringt.«

»Russisch?«

»Klar – viele Opernhäuser bringen *Boris Goduonow* und *Eugen Onegin* in der Originalsprache. Ich muß darauf vorbereitet sein.«

»Dann bleiben also die Montag-, Mittwoch- und Freitagnachmittage.«

»An denen serviere ich.«

Er ließ nicht locker. »Und Dienstag und Donnerstag abends?«

»Dienstag studiere ich Bewegungstechnik auf der Bühne bei Stella Adler. Am Donnerstag bekomme ich von einer Lehrerin bei Mannes Klavierstunden. Wir haben einen Tauschhandel vereinbart, am Montagvormittag mache ich dafür ihre Wohnung sauber.«

»Und womit verbringen Sie die langen Stunden dazwischen?«

»Ich studiere Partituren, lerne Rollen. Glauben Sie mir, es gibt immer etwas, das getan werden muß.«

Er wollte ihr glauben, aber es gelang ihm nicht ganz. Sie erfindet Ausreden, dachte er. Sie weiß, daß ich auf eine weitere Verabredung scharf bin, und sie sagt nein, ein freundliches, vernünftiges Nein, weil sie ein freundliches, vernünftiges Mädchen ist.

Mit unvernünftig schönen dunklen Augen, die seinem Blick auswichen.

Er hob seine Tasse. »Selbst Soldaten an der Front werden einmal im Monat ausgewechselt. Sie jedoch stehen im Dauereinsatz.«

»Das muß sein. Neunzig Prozent der Leute, die eine Opernkarriere anstreben, schaffen es nicht. Sie beherrschen die Partie nicht, wenn der Sopran heiser wird, oder ihr Deutsch ist schlecht. Das wird mir nicht passieren. Bei der Oper gibt es keine Entschuldigungen.«

Nach kurzem Schweigen fragte Mark: »Wo haben Sie eigentlich Ihre Zielstrebigkeit her?«

Ihre dunklen Augen sahen ihn nachdenklich an, und ihm wurde klar, daß Ariana über ihn und seine naiven Fragen nachdachte.

»Vermutlich daher, daß ich in der 103. Straße aufgewachsen bin. Waren Sie jemals dort?«

Er schüttelte schuldbewußt den Kopf. Er wußte nichts über die Slums von Nord-Manhattan, nichts über das Mädchen mit den dunklen Augen und Haaren und dem fremdartig klingenden Namen. Er wußte nur, daß sie ihn bezaubert hatte, daß er nichts dagegen unternehmen konnte, und haßte diese Erkenntnis.

Und liebte sie.

Ein strahlendes Lächeln überzog ihr Gesicht. »Aber wenn ich angeben will, kann ich behaupten, daß ich in der Fifth Avenue geboren bin. Bei meiner Mutter haben die Wehen auf dem Gehsteig vor dem Flower-Krankenhaus an der Fifth Avenue eingesetzt. Ich kam auf der Unfallstation zur Welt. Die Adresse klingt gut, finden Sie nicht? Ecke Fifth Avenue und 106. Straße.«

Sie blickte nachdenklich in ihre Kaffeetasse, bevor sie weitersprach.

»Einen Sommer lang haben wir zur Untermiete in der 69. gewohnt. Das war eine elegante Gegend, weil dort die Bahngeleise unterirdisch verlaufen. Aber wir sind in die 103. zurückgezogen, und meine Mutter wohnt heute noch dort.«

»Erzählen Sie mir von Ihren Eltern.«

»Mom ist Französin. Dad war ein waschechter griechischer Bauer. Der Großteil seiner Familie lebt immer noch auf der Peloponnes. Er kam mit sechzehn Jahren in dieses Land und wollte reich werden. Er war sehr geschickt – als Tischler, als Gärtner, es gab keine Maschine, die er nicht reparieren konnte. Als ich ein Kind war, schnitzte er mir kleine Puppen aus Seife. Er arbeitete zwölf Jahre lang als Nachtwächter in der Ruppert-Brauerei und ersparte sich soviel Geld, daß er ein kleines Restaurant aufmachen konnte. Die Mafia erklärte ihm, er müsse Schutzgeld zahlen. Er war Grieche und weigerte sich. Sie schlugen die Bude zu Kleinholz. Damit war die Karriere meines Vater als Hersteller von erstklassiger Moussaka zu Ende.«

»Was ist aus ihm geworden?«

»Er ist später gestorben.« Sie wurde ernst, und er spürte, daß sie etwas verschwieg.

Nach einer Pause fragte er: »Wie sind Sie auf die Idee gekommen, Sängerin zu werden?«

Sie strahlte auf. »Ich wollte es, seit ich denken kann. Als Kind hatte ich das Glück, gute Lehrer zu haben. Sie liebten die Musik, und sie liebten sogar mich.«

Sie starrte in Erinnerungen versunken durch das Fenster auf die Second Avenue, auf der Lastwagen und Taxis vorbeirauschten.

»Sie haben mich ermutigt. Ich habe eifrig gelernt und schwer gearbeitet. Vergangenes Jahr hatte ich ein Guggenheim-Stipendium für den großen Wettbewerb in Toulouse gewonnen. Es reichte nicht für Partituren oder Kleider, also lernte ich sehr schnell, was man als Kellnerin in Imbißstuben zu tun hat. Ich bin dann nach Toulouse gefahren, habe mir die Seele aus dem Leib gesungen und nicht einmal die Andeutung eines Preises gewonnen, aber ich habe Gelegenheit gehabt, die Konkurrenz zu hören. Und unabhängig von der Jury weiß ich, daß ich genauso gut bin wie alle Sängerinnen, die heute auf einer Bühne stehen. Sogar besser.«

Sie sagte es einfach und keineswegs überheblich; es war eine Tatsache, so wie die Erde rund ist und zwei mal zwei vier ergibt.

»Sie imponieren mir«, erklärte Mark. »Sogar ungeheuer. Und ich halte es für ausgesprochen unfair, daß es Ihnen so schwer gemacht wird.«

Sie starrte ihn an. »Unfair? So sehe ich es nicht. Ich bin Sängerinnen mit reichen Verwandten, Mäzenen, Stipendien und staatlichen Förderungen gegenüber im Vorteil, weil ich weiß, was ich kann, was ich tun muß und wie ich mein Ziel erreichen kann. Und ich werde es erreichen. Das steht fest, denn der Erfolg hängt von einem einzigen Menschen ab, nämlich von mir.«

Sie strahlte Stolz, Hoffnung und Sicherheit aus, und Mark merkte beschämt, daß er sie beneidete. Wider Willen dachte er, wenn ich meiner Berufung nur so sicher sein könnte wie sie der ihren.

»Nachdem wir jetzt mit mir fertig sind«, fuhr sie fort, »kommen wir zu Ihnen. Was machen Sie bei der Oper?«

»Nichts. Ich mag sie nur.«

»Was mögen Sie an ihr?«

Dich, dachte er. »Die Melodien. Die Handlung.«

»Und was tun Sie, wenn Sie nicht Kulissen für Domani malen?«

»Ich studiere.«

Sie sah ihn verblüfft an. »Sie studieren – was?«

Instinktiv beschloß er, ihr nicht alles zu gestehen. Vielleicht beinhaltete das Wort Geistlicher für sie Priester und Enthaltsamkeit und womöglich auch Schuld. Heb es dir für später auf, ermahnte er sich.

»Ich studiere Sprachen.« Bibelhebräisch und Altgriechisch waren schließlich Sprachen, oder nicht?

»Warum – wollen Sie einmal unterrichten?«

Er lächelte. »Richtig. Vorausgesetzt, daß jemand einen Lehrer wie mich haben will.«

Ein Lächeln huschte über ihr Gesicht, als hätte jemand das Licht eingeschaltet. »Man wird Sie haben wollen«, behauptete sie.

Sie mag mich, dachte er.

Sie stand auf und schlüpfte in ihren Mantel.
Sie mag mich nicht. Sie kann es nicht erwarten, mich loszuwerden.
»Das hat Spaß gemacht. Wir sollten es wiederholen.« Sie lächelte wieder, und sein Herz schmolz.
»Gern«, antwortete er.

Auf dem Theaterzettel von Domani standen Mascagnis *Cavalleria rusticana* und Leoncavallos *Bajazzo*. Vielerorts werden diese beiden kurzen Meisterwerke voll Rache, Leidenschaft und Melodie hintereinander am selben Abend gegeben.
Cavalleria ist immer zuerst an der Reihe.
An diesem Abend sang Clara Rodrigo die Hauptrolle, die Santuzza. Während des *Intermezzos* erholte sie sich kurz in der Garderobe, als Max, der Souffleur, an die Tür klopfte.
»Haben Sie den kahlköpfigen Mann im grauen Anzug in der letzten Reihe gesehen? Er hat die Aufführung auf Band aufgenommen.«
»Wer ist dieser Glatzkopf?« fragte Clara ruhig.
»Das weiß niemand. Er ist in einer purpurroten Limousine weggefahren.«
Weggefahren? Das konnte nur eines bedeuten. Der Fremde mit dem Tonband war offenbar nicht gekommen, um *Bajazzo*, sondern um *Cavalleria*, also Clara Rodrigo, zu hören.
»Wenn die Limousine morgen wieder kommt, machen Sie mich bitte darauf aufmerksam, Max.«
Am nächsten Abend fing Max während des *Intermezzos* Clara in den Kulissen ab. »Er ist wieder da.«
Clara legte sich einen dramatischen roten Schal um, damit der Mann mit dem Tonbandgerät noch mehr Grund hatte, sie zu beachten. Sie sang voll, hielt die hohen Töne lang, schob hohe C ein. Nach sieben Hervorrufen zog sie sich rasch um. Als sie die Second Avenue erreichte, lag leichter Nebelregen über der Stadt, und eine purpurrote Limousine fuhr gerade weg.
Clara hatte Glück – ein freies Taxi kam vorbei. »Könnten Sie bitte dieser Limousine folgen?«
Der Fahrer sah sie an.
»Sie bekommen fünf Dollar Trinkgeld.«
Die Limousine hielt am Central Park West vor einem Eckhaus mit Türmchen. Clara bezahlte die Taxe und nach einigem Zögern auch das Trinkgeld.
Ein kahlköpfiger Mann verließ die Limousine und lief in das Gebäude. Clara sah, wie er den Fahrstuhlführer begrüßte.

Sie stürzte in die Halle. Sie war sauber, im Art-deco-Stil gehalten und im Augenblick menschenleer. Die Fahrstuhlanzeige hielt bei achtzehn an. Sie überflog die Namensschildchen. Im achtzehnten Stock gab es nur zwei: *H. Ross* und *DiScelta*.

Clara mußte sich an die Marmorwand lehnen und tief Luft holen. Ricarda DiScelta, die erste Sopranistin der Metropolitan Opera, hatte einen Mann beauftragt, Claras Stimme auf Band aufzunehmen.

Sie drehte sich um und verließ langsam das Gebäude. Ihre Füße schienen das Pflaster kaum zu berühren.

Sie fragte sich, welche Rolle ihr die Metropolitan anbieten würde.

Im Musikzimmer ihres Penthouses saß Ricarda DiScelta kerzengerade in ihrem Lehnstuhl. Clara Rodrigos Stimme, die *Voi lo sapete* sang, drang aus dem kleinen Tonband: ein überraschend starker Klang aus einem so kleinen Gerät.

»Heutzutage gibt es unglaubliche Wunder«, murmelte die DiScelta. »Viel zu viele Wunder.«

Während sie zuhörte, überflutete sie Müdigkeit. Die Stimme auf dem Band war wie ein leerer, gefühlloser Blick. Sie gab nichts von der Seele der Musik wieder.

Sie stand auf, setzte sich ans Klavier und betrachtete ihre Hände: Einmal waren sie jung gewesen, aber heute war das einzige, was davon übrig war, ein Smaragdring, den ihr der König von Jugoslawien 1927 geschenkt hatte.

Sie starrte den kahlköpfigen, in Grau gekleideten James Draper an, der gelassen in einer Wolke von Zigarrenrauch dasaß.

Endlich tauchte sie aus ihren Gedanken auf und seufzte. »Ich habe dir ein Vierteljahrhundert lang vertraut.«

»Hör auf, mich anzustarren, als hätte ich dich betrogen.«

»Als hätte ich nach dreißig Jahren überhaupt Zeit, deine Betrügereien zu bemerken.«

»Es ist die Stimme, die ich auf Band aufnehmen sollte.«

»Ist sie nicht. Die Stimme, die ich auf dem Band von dem Wettbewerb in Toulouse gehört habe, besaß Feuer, sichere Höhe, Mitte und Tiefe. Diese Höhe hat keine Farbe. In der Mitte wird sie unterhalb des Mezzoforte kraftlos. Die Tiefe klingt, als gehöre sie einer anderen Sängerin.«

»Es ist eine junge Stimme.«

»Das Problem besteht nicht darin, daß sie jung ist. Diese Frau ist einfach nicht die Sängerin, die ich auf dem Band gehört habe.«

James Draper zuckte die Schultern und schenkte sich Portwein ein. »Ich habe zwei entsetzliche Vorstellungen über mich ergehen lassen und getan, worum du mich gebeten hast.«

»Und du hast versagt. Was bedeutet, daß ich eine entsetzliche Vorstellung über mich ergehen lassen muß. Wird es überhaupt noch eine dritte entsetzliche Vorstellung geben?«

»Am Donnerstag.«

»Ausgerechnet Donnerstag. Da muß ich das Dinner beim Gouverneur absagen.«

Ricarda DiScelta traf zwei Minuten vor Beginn der Vorstellung ein. Das Publikum bestand aus knapp dreißig Leuten. Sie setzte sich in die letzte Reihe.

Von einem verstimmten Klavier kamen die ersten Töne der Mascagni-Ouvertüre.

Sie lauschte der Vorstellung halb sehnsüchtig, halb mitleidig, denn sie erinnerte sie an ihre Studienzeit. Sie beobachtete die Rodrigo wie ein Falke, ließ sie nicht aus den Augen, wenn sie aus dem Licht in den Schatten wechselte, und war sich sicherer denn je: Das ist nicht die Stimme von dem Band aus Toulouse.

Sie fragte sich, warum diese jungen Leute so bereitwillig solche Opfer auf sich nahmen. Worin bestand eigentlich die Anziehungskraft der Oper? Sie tat nichts für die Sänger, sie ersetzte keinen Liebhaber, keinen Vater. In den Vereinigten Staaten konnten innerhalb eines beliebigen Jahres höchstens hundertfünfzig Opernsänger von diesem Beruf leben, und sie bezweifelte, daß bei Domani an diesem Abend auch nur einer von ihnen vertreten war.

Ihre Stimmung besserte sich, als sie den zweiten Sopran bemerkte, ein dunkelhaariges Mädchen, das die Partie der Lola sang. Etwas in der Stimme erregte die Aufmerksamkeit der DiScelta. Es war keine fertige Stimme, aber sie war präsent, sie verfügte über Geist. Ricarda DiScelta hielt ihr Programm ins Licht.

Das Mädchen hieß Ariana Kavalaris.

Als Ricarda DiScelta nach Hause kam, fiel James Draper auf, daß sie verärgert war. Sie sah ihn böse an, dann legte sie ein Band ein und drückte einen Knopf. Das Sopransolo *Et lux perpetua* aus Verdis *Requiem* drang aus dem Lautsprecher. Schließlich verstummte die Stimme aus dem Gerät und verschmolz mit dem im Raum herrschenden Schweigen.

Die DiScelta seufzte. »*Das* ist die Stimme. Laut dem Toulouser Programm gehört sie Clara Rodrigo, aber ich habe sie gehört, und es handelt sich keinesfalls um ihre Stimme.«

James Draper erhob sich. »Eine der Sängerinnen, die vor der Rodrigo dran waren, muß ausgefallen sein, nachdem die Programme bereits gedruckt waren. Die Stimme, die dir aufgefallen ist, gehört dem Mädchen, das nach der Rodrigo gesungen hat.«

Ricarda DiScelta ging zu dem Schreibpult in der gegenüberliegenden Ecke des Musikzimmers, schob den Rolldeckel hoch und suchte das Toulouser Programm.

Als sie sich die Brille auf die Nase setzte, konnte sie die Druckbuchstaben lesen, die zuerst wie Teeblätter auf dem Boden einer Tasse ausgesehen hatten. Sie überflog die Namen. »Die Sängerin nach der Rodrigo... heißt... heißt...«

Sie sank in einen Stuhl.

»Ich war wirklich ein Idiot, James. Als ich sie bei Domani hörte, war ich nicht imstande, die Verbindung herzustellen, aber ich habe gewußt, daß sie mich an etwas erinnert.«

»Wie heißt sie, Ricarda?«

»Kavalaris.« Ricarda DiScelta sprach den Namen langsam aus, als rezitiere sie ein Gedicht. »Ariana Kavalaris.«

Clara wartete sechs Tage lang.

Es kam kein Anruf, keine Nachricht, kein Vertrag, kein Agent, keine Einladung zum Abendessen, kein Empfehlungsschreiben an die Direktion der Metropolitan Opera. Überhaupt nichts.

Aber am siebten Tag kam *er*.

Sie sah ihn, sobald sie als Rosalinde in der *Fledermaus* die Bühne betrat: ein kahlköpfiger, sonnengebräunter Mann im dunklen Anzug eines Börsenmaklers. Er saß wie zuvor in der dunklen letzten Reihe des beinahe leeren Theaters.

Clara hatte die Rosalinde noch nie so gut gesungen. Triumph stieg in ihr auf. Die wenigen Zuschauer – es regnete – riefen sie viermal vor den Vorhang.

Hinterher saß sie in der Damengarderobe, brauchte sehr lange, um sich abzuschminken, wartete auf ihn.

Eine Männerstimme sagte: »Entschuldigen Sie, bitte.«

Sie blickte hoch und setzte ihr bezauberndstes Lächeln auf.

»Ist eine von Ihnen Ariana Kavalaris?« fragte er.

Ungläubige, mörderische Enttäuschung ergriff von Clara Besitz.

»Ja, ich«, antwortete eine Stimme.

»Könnte ich mit Ihnen sprechen, sobald Sie sich umgezogen haben?«

Clara riß ihre linken Wimpern herunter. Der Spiegel verriet ihr, daß ihr Gesicht zu Stein erstarrt war.

Etwas hatte sich für immer verändert. Ihre Welt war zwar nicht zusammengebrochen, aber sie nahm plötzlich einen großen leeren Raum oberhalb ihres Kopfes wahr, wo sich noch vor zwei Minuten der Himmel gewölbt hatte.

4

Ricarda DiScelta winkte ihre Besucherin auf einen Hocker, während sie selbst im brokatbespannten Lehnstuhl sitzen blieb.

Ariana Kavalaris setzte sich graziös, strich sich über das lange, dunkle Haar und faltete die Hände sittsam im Schoß. Ricarda DiScelta wußte nach dem ersten Blick Bescheid. Das Mädchen war jung – wie alle, die Sängerin werden wollten –, aber seine Träume waren alt, so alt wie der Gesang.

»Beherrschen Sie zufällig *Et lux perpetua* aus Verdis *Requiem*?« fragte die DiScelta.

Ariana schwieg, während ihre Augen den Raum überflogen: die chinesische Vase mit Schnittblumen, die intarsierten Tische, das Ölgemälde einer Kathedrale bei Sonnenuntergang in einem kunstvollen Rahmen.

So weit bringt man es also, wenn man Erfolg hat, dachte sie. Ob ich wohl jemals etwas Derartiges besitzen werde?

Dann nickte sie. »Ja, ich kenne *Et lux perpetua*.«

»Brauchen Sie den B-Dur-Akkord?« Ricarda DiScelta zeigte auf den Steinway. Der Deckel war geschlossen wie bei einem Sarg.

»Nein, danke. Ich weiß, was ein B-Dur-Akkord ist.«

»Sie beginnen natürlich mit einem G.«

»Ich weiß auch, wie ein G klingt.«

»Erkennen Sie es an dem Klang?«

»Mein Hals verrät es mir durch die Spannung. Jeder Ton hat seine eigene Spannung, finden Sie nicht?«

Die DiScelta lächelte. »Bitte *Et lux*.«

Das Mädchen stand auf. Der kräftige Hals wölbte sich. Ihre Stimme stieg empor und zeichnete den geistigen Gehalt einer der einfachsten, begnadetsten Melodien Verdis nach.

Die DiScelta lauschte mit geschlossenen Augen.

In New York gab es tausend Gesangsstudenten, die Elite der besten Stimmen Amerikas, sogar der Welt. Und von den tausend würden höchstens dreißig eine Weltkarriere machen, international bekannt werden, würden auf der Bühne stehen, auf Schallplatte eingespielt werden, und die Menschen würden sie nicht nur hören wollen, sondern auch bereit sein, für dieses Vergnügen jeden Preis zu bezahlen; und dann gab es in jeder Generation *die* Stimme.

Ricarda DiScelta war ihrer Sache sicher. Das hier war diese Stimme.

Das Mädchen hatte beim *Et Domine,* dem fallenden b-moll-Arpeggio, leichte Schwierigkeiten mit der Atemtechnik.

»Das macht nichts«, tröstete sie die DiScelta, »das kann ich Ihnen später beibringen. Singen Sie nur weiter, unterbrechen Sie die Linie nicht.«

Ariana Kavalaris sang zu Ende, und dann trat Stille ein.

Ricarda DiScelta stand auf. Sie trug einen gestrickten Spitzenschal, der am Kragen befestigt war, und darunter an einer dünnen Goldkette ein antikes, mit Amethysten und Rubinen besetztes goldenes Medaillon. Ihre Finger tasteten nach dem Medaillon und berührten es. Dann wandte sie sich dem Mädchen zu. »Das Gesangsstudium stellt entschiedene Forderungen. Es bringt viel Mühsal und wenig Lohn. Es verlangt blindes Vertrauen. Sind Sie fähig, in das Dunkel zu springen?«

An Arianas Hals pochte nervös eine Ader. »Ja.«

»Dann werde ich Sie unterrichten. Vieles, das ich verlange, wird Ihnen vielleicht unvernünftig vorkommen. Aber ich werde von Ihnen nichts verlangen, das Sie nicht geben können. Und wegen des Honorars –«

»Ich würde alles dafür geben, damit ich bei Ihnen studieren kann.«

»Das genügt nicht. Sie müssen *ihr Letztes* geben.«

Ihre erste Unterrichtsstunde begann damit, daß die DiScelta fragte: »Was ist die Oper? In einem Wort?«

Ariana zögerte. »Musik.«

»Nein. Die Oper ist Theater. Ihre Wurzeln liegen im Musikalischen, aber ihre Blüte sind menschliche Konflikte. Deshalb ist die Musik zu einem guten Textbuch oft so schlecht. Und deshalb ist das Textbuch zu guter Musik oft so langweilig.«

Sie sprachen über Mozarts *Don Giovanni.* Ariana verehrte Mozart. Ricarda DiScelta hatte offenbar gewisse Vorbehalte.

»Bei Mozart gibt es zu viele symphonische Elemente«, erklärte sie. »Na ja, er hat zu Anfang der Operngeschichte gelebt, man muß ihm verzeihen.« Sie bezeichnete seine musikalischen Formen als bedrückend, weil sie undramatisch waren, und seine Tonarten-Beziehungen als »zwecklos«. »Kein Zuhörer merkt, daß ein Akt in D beginnt und endet!«

Bei Mozart war der Sänger ihrer Meinung nach immer in Gefahr, die Zuhörer einzuschläfern. »Die Arien halten sich an althergebrachte Formen, die Akte bestehen aus einzelnen Gesangsnummern, die Rezitative unterbrechen den Fluß der Musik und wirken einfach tot. Natürlich ist er schöpferisch, natürlich ist er genial, aber alles ist zerbrechlich, winzig, eine Figurine aus Dresdner Porzellan. Kein Blut. Bei Mozart haben die Sänger einen einzigen Verbündeten: die Melodie. Sie ist jedoch ein trügerischer Verbündeter.«

Die DiScelta erklärte, daß Mozarts Gesangsmelodien auf instrumentalen Vorlagen beruhten. »Die Herausforderung besteht darin, daß man diese Melodien vermenschlichen muß. Der Sänger muß in die Rolle schlüpfen – sonst wird die Musik langweilig.«

Sie analysierten die erste Szene, die Ricarda DiScelta als ununterbrochenen musikalischen Bogen bezeichnete. »Sie ist symphonisch, nicht opernhaft.« Dann lobte sie Donna Elviras erste Arie mit ihren wilden Sprüngen und Pausen. »Hier zeichnet die Musik endlich einen Charakter nach. Sie hat Witz. Ernst und Scherz vereinen sich. Das mag das Publikum.«

Sie wies auf die erstaunliche Ballszene am Ende des ersten Aktes hin, in der drei Orchester auf der Bühne gleichzeitig einen Bauerntanz, einen Contredanse und ein Menuett spielen. »Eine dramatische Idee. Leider gerät sie zu harmonisch. Er schreibt Musik statt Theater.«

Ihr gefiel die Souper-Szene im zweiten Akt, bei der ein Orchester auf der Bühne Stücke von drei verschiedenen Komponisten spielt. »Aber auch sie ist zu harmonisch.«

Sie kritisierte das Finale der beiden Akte. »Lange Sätze, die durch tonale Beziehungen verbunden sind. Die Idee, eine tragische Oper mit einem fröhlichen Sextett zu beschließen, stammt direkt aus der Symphonie mit ihren strahlenden Rondo-Finalen.

Trotzdem kann die Oper ein Erfolg sein – und ist es auch –, wenn die Stimme die Gefühle ausdrückt, die Mozart in seiner Vollkommenheit vergessen hat. Beginnen wir also mit Ihrer Rolle, der Donna Anna. Sie ist eine Frau, die den Mörder ihres Vaters liebt. Eine Neurotikerin. Eine innerlich zerrissene Frau. Wenn Sie *das* in die hübschen Melodien hineinbringen, dann haben wir eine Oper und nicht Konzertmusik. Was übrigens der einzige Grund dafür ist, daß das Publikum die heute kriminell hohen Eintrittspreise bezahlt.«

Ricarda DiScelta legte Wert darauf, ihre alte Lehrerin Hilde Ganz-Tucci einmal in der Woche zu besuchen. Diesmal begrüßte ihre Lehrerin sie an der Tür; sie war zart wie altes Pergament, aber geschmackvoll, ordentlich und adrett gekleidet.
»Was für eine angenehme Überraschung, Ricarda.«
»Es ist keine Überraschung. Sie wissen, daß ich jeden Dienstag komme.«
Der Tisch war noch nicht abgeräumt.
»Sie haben also schon zu Mittag gegessen«, stellte die DiScelta fest.
»Allein«, seufzte die Ganz-Tucci.
Was kein Wunder ist, dachte Ricarda. Hilde Ganz-Tucci war eine langweilige alte Frau, die ununterbrochen jammerte. Sie tat es auch jetzt. Ihre Gelenke, die Dienerschaft, die Metropolitan Opera, die Rückenschmerzen, die Inflation.
Ricarda DiScelta unterbrach sie. »Ich glaube, ich habe ›sie‹ gefunden.«
Hilde Ganz-Tucci war plötzlich sehr aufmerksam. »Sind Sie sicher?«
»Ich verfüge über einige Urteilskraft. Ich kann ein Talent erkennen.«
»Kann sie wirklich *die Stimme* sein?«
»Ich glaube es. Die Zeit wird es zeigen.«
»Manchmal sind Sie ein Ausbund an Trägheit«, brummte die Ganz-Tucci.
»Und an Vorsicht.«
»Wir haben nicht ewig Zeit, Ricarda. Bei Ihnen stehen ein paar Stunden wöchentlich auf dem Spiel, bei mir jedoch die Ewigkeit.«
Die DiScelta reagierte kühl, sie hatte nicht umsonst jahrzehntelang die Manipulationen ihrer Lehrerin ertragen. »Dieses Risiko müssen wir eingehen.«

Nach zwei Wochen hatte Mark Nita noch immer nicht angerufen.
Nach vier Monaten sagte sie sich, sie müsse sich damit abfinden, daß er nur ihr Jugendfreund war, Punkt; sie hatte viel Arbeit, sie war also ständig beschäftigt, es gab junge Männer,

die sich für sie interessierten, und es war unvernünftig, wenn sie von einem Jungen träumte, der offensichtlich nicht von ihr träumte.

Nach sechs Monaten griff sie in ihrem Zimmer im Barbizon zum Telefonhörer und gab der Telefonistin Marks Nummer.

»Mark? Hier spricht Nita.«

»Oh! Hi!« Er klang wie das weitentfernte Echo einer Stimme, die sie einmal gekannt hatte.

»Ich habe dich seit Lichtjahren nicht mehr gesehen«, begann sie.

»Es tut mir leid, Nita, ich habe eine Prüfung nach der anderen.«

Das ganze Jahr über Prüfungen, dachte sie. Warum rufe ich ihn an? Ich bin nicht mehr achtzehn, ich habe außer ihm noch andere Freunde.

»Hast du heute abend etwas vor?« fragte sie.

»Heute abend? Da kann ich leider nicht. Nicht ausgerechnet heute.« Und nach einer Pause: »Noch eine ganze Weile nicht.«

Sie mußte über sich selbst lächeln. Ich habe es ganz genau wissen müssen. Ich habe ihn anrufen müssen. Verdammt noch mal, warum muß ich ihn auch lieben? »Na schön, vielleicht ein andermal.«

»Klar, bestimmt ein andermal.«

»Auf Wiedersehen, Mark. Und viel Glück bei deinen Examen.«

Sie legte den Hörer entschlossen auf und dachte nach.

Sag ihm Lebewohl, Nita. Es hat Spaß gemacht, mit ihm zu raufen, als du sechs Jahre alt warst, und es war lustig, mit ihm zu schmusen, als du sechzehn warst, aber das ist lange vorbei. Jetzt hat er eine Freundin mit dunklen Augen, dunklem Haar, einer schönen Stimme und einem seltsamen Familiennamen, und damit bist du aus dem Rennen.

Einen Monat lang hatte Mark seine Abende freigehalten, für den Fall, daß Ariana Zeit haben sollte. Der Fall trat nicht sehr oft ein. Für gewöhnlich rief sie ihn im letzten Augenblick an und entschuldigte sich atemlos damit, daß eine Kellnerin nicht zum Dienst erschienen war oder daß eine Sopranistin heiser war, und ob er ihr noch dieses eine Mal verzeihen könne ...

Er verzieh ihr jedesmal.

Aber zwei Tage nach Nitas Anruf konnte er Ariana auf ein Abendessen festnageln.

»Nichts Großartiges«, verlangte sie, und sie gingen in ein

chinesisches Restaurant. Dann saßen sie in einer Glasveranda in der Bleecker Street und starrten einander schweigend an.

»Es tut mir leid«, entschuldigte sie sich, »ich habe nicht viel geredet.«

Sein Lächeln sollte ihr zeigen, daß es vollkommen in Ordnung war, aber das Lächeln war eine Lüge. Gar nichts war in Ordnung.

Die Nachspeise wurde aufgetragen, und sie zeigten sich die Sprüche auf ihren Glückskeksen. Auf seinem stand: Jetzt ist es an der Zeit zu arbeiten, und auf ihrem: Es wäre gut, wenn Sie nicht zu viele Verpflichtungen eingehen.

Nachher schlenderten sie die MacDougal Street entlang.

»Stört es Sie, Mark, wenn wir es kurz machen?« fragte sie.

Mein Gott, dachte er, was sollen wir kurz machen? Na also, sie hat einen Tenor kennengelernt.

»Ricarda DiScelta hat sich bereit erklärt, mich zu unterrichten. Morgen singe ich ihr *Una voce poco fa* vor.« Er spürte ihre Aufregung körperlich. Zum erstenmal hatte ihr die Musikwelt klar und deutlich gezeigt, daß sie zu ihr gehörte. »Ich möchte mein Bestes geben.«

»Was ist *Una voce poco fa*?« erkundigte er sich.

»Rosinas Arie im *Barbier*.« Sie bemerkte seinen verständnislosen Blick. »*Von Sevilla.*«

»Aha.«

»Es macht Ihnen doch nichts aus, nicht wahr?«

»Es macht mir sehr viel aus, aber ich hoffe, daß der Unterricht großartig ist.«

»Werden Sie nachher mit mir feiern?«

»Darauf können Sie sich verlassen.«

Ariana sang *Una voce poco fa*.

Die DiScelta hörte zu. Nach einer endlosen Pause faltete sie ihre Hände im Schoß zusammen.

»Mit Rossini, Bellini und Donizetti«, erklärte sie geduldig, »kommen wir zur Blütezeit der Melodie. Nicht nur die Werke sind unnatürlich, sondern auch der Gesang. Wenn man sich verliebt oder Selbstmord begeht, sagt man keine Verse auf. Außer in dieser Art von Opern. Aber es spielt keine Rolle. Die Melodien rühren ans Herz. Oder richtiger, sie müssen ans Herz rühren, wenn das Drumherum glaubhaft sein soll. Harmonisch und orchestral sind sie lächerlich – Wagner hat sie als Gitarrenmusik bezeichnet –, aber wenn sie richtig gesungen werden, setzt sich ihre emotionale Anziehungskraft durch.«

Sie lobte Arianas Darbietung mit Vorbehalt. »Sie müssen mehr Geist und Witz spüren lassen. Die Arie ist rhythmisch lebendig, melodisch, einfallsreich, und die Cavatina hat das Publikum noch jedesmal entzückt. Und man hört im Orchester sogar dramatische Akzente.«

Sie wies auf das berühmte »Rossini-Crescendo« hin, das in der Partitur immer wieder vorkam – die orchestrale Phrase, die bei den Streichern unauffällig aufklang, allmählich vom gesamten Orchester aufgenommen wurde, in eine höhere Tonlage wechselte und an Umfang und Lautstärke zunahm, bis die Stimmen einsetzten und musikalisch die Hölle los war.

»Sie können sagen, was Sie wollen, es ist naiv, es ist augenfällig, aber es ist ein Trick, der auf dem Theater immer zieht. Rossini hat gewußt, wie man Applaus bekommt. Und deshalb ist er der Freund aller Sänger.«

Über Bellini äußerte sich die DiScelta weniger begeistert. »Ein Rückschlag, aber er hat außerordentlich lange melodische Passagen geschrieben, wie sonst niemand vor oder nach ihm.« Daß die Melodien immer nach dem gleichen Muster von Zwei-Takt-Einheiten gestrickt waren, daß er den Rhythmus selten wechselte, daß er endlos auf der dritten Stufe der Tonleiter sitzen blieb – das alles spielte keine Rolle.

»Seine Melodien haben Kraft. Sie wirken einfach, sind es aber nicht. Man braucht für sie eine ausgefeilte Atemtechnik, man muß sie geistig bewältigen. Die Phrase darf *nie* unterbrochen werden. Selbst wenn man schweigt, muß man bei dieser Musik singen. Die Pausen sind Teil der Melodie.«

Ricarda DiScelta erwähnte, daß im Vergleich zu späteren Komponisten Bellinis Darstellung von Leidenschaften blaß blieb. »Aber in ihrem eigenen Kontext wirken seine Leidenschaften nie bläßlich. Denken Sie nur an die Arie *Casta Diva* aus *Norma*. Atypisch für diese Zeit wird der Höhepunkt an das Ende der Arie verlegt, und wenn er endlich kommt, ist es reine Ekstase. Chopins Klavierkompositionen beruhen auf dem gleichen Prinzip, und die sind keineswegs blutleer. Aber weil die Melodie allein steht, weil sie weder harmonisch noch orchestral gestützt wird, muß die Wiedergabe vollkommen sein. Einfache Musik ist immer entlarvender als komplizierte. Die Stimme kann sich nirgends verstecken.«

Worauf drei Stunden folgten, in denen sie Stakkato-Koloraturen, Rouladen und Triller übte. Womit sie bei Donizetti angelangt waren.

»Hier ist die Melodie wieder alles«, dozierte die DiScelta weiter. »Donizetti kümmert sich nicht um Harmonie oder Orchester. Er verwendet immer wieder die gleichen Einfälle, und kein anderer Komponist hat gewagt, aus einfachen Dur-Akkorden so viel Traurigkeit herauszuholen.«

Sie erwähnte weitere Schwächen: den zu früh einsetzenden Höhepunkt in den Arien, die zu vielen Wiederholungen und überdehnten Kadenzen, die unweigerlich in Dur endeten. »Aber er ist geistreich, er ist ausdrucksvoll, er erreicht Dramatik, indem er die Gesangslinie gestaltet – und er läßt das Publikum nie im unklaren darüber, wann es zu klatschen hat. In der Oper ist so etwas wichtig. Auf Donizetti kann man immer noch eine Karriere aufbauen.«

Als Ariana im Fahrstuhl hinunterfuhr, drehte sich alles um sie. Sie hatte eine einzige kleine Arie vorbereitet, und ihre Lehrerin hatte sie mit einem dreistündigen Seminar belohnt, von dem sie sich kein Wort gemerkt hatte.

Studiere ich bei einer Wahnsinnigen? fragte sie sich. Oder bin ich ein Einfaltspinsel?

Doch in dieser Nacht hörte sie im Traum eine Stimme, die *Una voce poco fa* sang – und zwar mit Witz und Verstand und auf die richtige Art.

Als sie aufwachte, erkannte sie die Stimme.

Es war die ihre.

5

Zur Feier führte Mark sie zu La Jacquerie, einem Restaurant »in der Nähe«, das sich nur eine Gegend wie die Fifth Avenue und die 9. Straße Ost leisten konnte.

Als sie das Lokal betraten, berührten Arianas Finger Marks Arm, und er spürte, wie sie angesichts der schimmernden Gedecke und der eleganten Männer und Frauen, die sich leise in drei Sprachen unterhielten, zögerte.

»*Panagia mou*«, murmelte sie, »*ti kano edho?*«

»Was soll das nun wieder heißen?«

Sie lächelte. »Nur ›Mann o Mann‹ auf griechisch. Wörtlich bedeutet es. ›Heilige Jungfrau, was tue ich hier?‹«

Sie betrachtete sich im Wandspiegel. Mit einer unmerklichen Handbewegung schob ihr Haar über die Ohren, an denen keine Ohrringe glitzerten. Jacques, der Besitzer, begrüßte sie persönlich. Er verbeugte sich vor Ariana, nannte sie »Mademoiselle« und erzählte Mark einen Witz, während er sie zu einem ruhigen Tisch in einer Ecke führte.

Ariana bat Mark, auch für sie zu bestellen, und er bestellte Champignons à la grecque und danach Blanquette de veau à l'ancienne. Jacques empfahl ihnen feierlich eine Flasche Pouilly Fuissé, und als diese geleert war, ließ er eine zweite auf Kosten des Hauses auf den Tisch stellen.

Ariana erzählte von ihren Plänen, ihren Hoffnungen, ihrer Fassungslosigkeit darüber, daß Ricarda DiScelta ausgerechnet sie unter Hunderten Studenten auserwählt hatte.

Mark hörte ihr lächelnd zu und dachte, wie schön doch ihre Augen waren. Zu der Nachspeise, einem Soufflé, bestellte er Champagner.

Sie hob das Glas und betrachtete die aufsteigenden Bläschen. »Ich habe noch nie Champagner getrunken. Einen Schluck Schaumwein in Toulouse, aber nie echten Champagner. Und ich bin auch zum erstenmal in einem richtigen Restaurant. Im November habe ich zum erstenmal in der Met im Parkett gesessen. Ich erlebe mit Ihnen vieles zum erstenmal, Mark. Wahrscheinlich merkt man es. Bringe ich Sie in Verlegenheit?«

Die Frage verblüffte ihn. »Wie kommen Sie um Himmels willen auf die Idee, daß Sie mich in Verlegenheit bringen könnten?«

»Wir stammen aus sehr verschiedenen Welten. Das muß Ihnen doch inzwischen aufgefallen sein.«

»Was macht das schon aus?«

»Vielleicht sehr viel, vielleicht nur wenig, aber es macht etwas aus. Vielleicht verwende ich die falsche Gabel. Trage das falsche Kleid. Spreche mit dem falschen Akzent. Stelle die falschen Fragen, zum Beispiel, ob ich Sie in Verlegenheit bringe.«

»Sie könnten nie jemanden in Verlegenheit bringen. Sie sind einer der taktvollsten, feinfühligsten Menschen, die ich je kennengelernt habe.«

Sie musterte ihn aufmerksam, dann hob sie das Glas würdevoll an ihre Lippen und nahm einen kleinen Schluck. In diesem Augenblick war sie für ihn nicht Ariana Kavalaris aus der 103. Straße Ost, sondern Verdis *Traviata* oder Puccinis *Manon*; es war wie eine Opernszene.

»Mein ganzes Leben lang werde ich mich an diesen Abend erinnern«, erklärte sie mit einem Ernst, der ihn überraschte. »Daran wird sich niemals etwas ändern.«

Sein Herz flog ihr entgegen. Ihre Gläser berührten einander.
»Auch ich werde mich mein Leben lang an diesen Abend erinnern«, sagte er.
Was er auch tat.
Nachher schlenderten sie im milden Abend die Fifth Avenue entlang. In der Bleecker Street setzten sie sich in ein Café auf dem Gehsteig und tranken Cappuccino.
Sie blickte zum leuchtenden Nachthimmel hinauf. »In etwas über drei Jahren haben wir 1950 – die zweite Hälfte des zwanzigsten Jahrhunderts beginnt. Ist Ihnen klar, daß die fünfziger Jahre unser Jahrzehnt sind, Mark? Ich werde etwas erreichen, und Sie auch.«
Sie stießen mit dem Cappuccino darauf an.
»Auf uns«, toastete er. »Auf das, was wir dann erreicht haben.«
Er begleitete sie zu ihrem Zimmer in der Sullivan Street. Sie überquerten die Houston Hand in Hand, und vor dem Haus Nummer 17 gab sie ihm den Schlüssel.
Er folgte ihr in die enge Vorhalle. Es roch nach Sandelholz und alten Büchern.
»Drei Treppen hoch«, erklärte sie. »Leider. Meine Zimmervermieterin hat einen leichten Schlaf, also gehen Sie bitte auf Zehenspitzen.«
Er folgte ihr. Sie sperrte eine Tür im dritten Stockwerk auf.
»Die Birne ist ausgebrannt. Mögen Sie Kerzen?«
Sie verschwand. Im Licht der Straßenlaterne, das zum Fenster hereinfiel, erkannte er einen mit Fotos von Opernsängerinnen, Opernprogrammen und Hüllen von Opernplatten beklebten Wandschirm. Ein Schrank quietschte, als er geöffnet und geschlossen wurde, und dann erschien sie wieder mit etwas, das wie zwei Opferkerzen aussah. Sie stellte sie auf dem Korbtisch auf.
»Machen Sie es sich bequem.«
Im dämmrigen Raum standen eine Couch mit einem geblümten Überwurf, ein Schaukelstuhl, ein Klavier, Bücherregale, die vor Partituren überquollen. Er entschied sich für den Schaukelstuhl.
Sie kam mit einem kleinen, zylindrischen Messingtopf zurück, den sie am langen Stiel hielt.
»Was ist das?« wollte er wissen.
»Ein *briki* – damit kocht man griechischen Kaffee.« Sie zündete einen Kocher an, hielt den *briki* über die Flamme, bis das Wasser siedete, und schüttete dann duftenden frischgemahlenen Kaffee sowie Zucker hinein. Die Mischung schäumte sofort

auf. Sie drehte den Kocher ab und goß den Kaffee in zwei blaue Muranotassen. »Spezialität des Hauses.«

Als sie ihm die Tasse reichte, berührten ihre Hände einander. Das löste in ihm eine sanfte Explosion aus.

Sie setzte sich auf das Bett.

Er trank den unglaublich dicken Kaffee und hörte ihr zu. Sie sprach über das verrückte, dreigestrichene F in *Lakmé* und über das verrückte tiefe G in *Salome*, und was hielt er davon, daß man Wagner auf englisch sang?

Er murmelte etwas, das hoffentlich wie eine Antwort klang, aber er konnte nur eines denken: Ich liebe dich. Ich begehre dich.

Und auf einer tieferen, beunruhigenderen Ebene dachte er an das Versprechen, das er beim Eintritt in das Seminar gegeben hatte – erst nach der Priesterweihe zu heiraten.

»Wenn Sie ausgetrunken haben«, sagte sie, »legen Sie die Untertasse auf die Tasse, so, und drehen das Ganze um. Dann können Sie Ihre Zukunft sehen.« Sie hob die auf dem Kopf stehende Tasse hoch und betrachtete den Kaffeesud in der Untertasse.

»Was sehen Sie?«

»Erfolg. Glück. Zeigen Sie Ihres einmal her.«

Er drehte Tasse und Untertasse um und nahm die Tasse weg.

Als sie sich vorbeugte, um aus dem Satz wahrzusagen, hob das Licht der Kerze ihr Gesicht aus dem Schatten. »Auch Sie werden Erfolg haben.«

Sie war ihm ganz nahe. Mit einer Handbewegung hätte er ihren Mund an den seinen ziehen können.

»Ich muß jetzt gehen«, sagte er.

Sie sah ihn überrascht an.

»Ich habe morgen einen schweren Tag«, erklärte er.

Sie begleitete ihn zum Haustor. Unten hielt sie ihm die Wange hin, und er küßte sie rasch und leicht. Ihre Hand hielt die seine noch für einen Augenblick fest, dann trat sie zurück und schloß die Tür.

Er überquerte die Straße. Als der schwache Schimmer in ihrem Fenster endlich erloschen war, wandte er sich ab.

Drei Schritte später stießen seine Finger auf einen Gegenstand in seiner Tasche. Er zog ihn heraus und starrte einen harten kleinen Lichtfleck an, der in seiner Hand brannte.

Der Schlüssel zu ihrem Haustor.

Er zögerte nur ganz kurz, dann überquerte er die menschenleere Straße noch einmal und drückte auf die Klingel. Die Zeit schien endlos zu werden.

Die Tür ging auf. Das Mondlicht lag auf ihrem Gesicht wie Glanz auf einer blassen Blume.

»Ihr Schlüssel«, sagte er.

Ihre Hände berührten sich. Der Schlüssel fiel auf das Pflaster; er klirrte wie eine Münze.

Er schloß sie in die Arme und zog sie an sich. Sie küßten einander. Er hatte keine Ahnung, wie lang sie an der Wand der Vorhalle gelehnt hatten. Es konnten genausogut Minuten wie Jahre gewesen sein.

»Der Schlüssel«, flüsterte sie.

Er kniete nieder und hob den Schlüssel auf.

Diesmal knarrte im ersten Stock eine Stufe. Er erwartete halb, daß die Vermieterin auf einem Besen aus ihrem Zimmer geritten kam, aber die Stille schloß sich wieder um sie und besiegelte den Augenblick.

Ariana machte die Zimmertür hinter ihnen zu und schloß damit die übrige Welt aus.

Sie brachte eine Kerze zum Bett, und als sie sie auf den Tisch stellte, glitt ein kleiner Lichtkreis über ihr Gesicht. Sie sahen sich lächelnd an, bis er sie an sich zog.

Es begann zögernd, zärtlich.

Zuerst begnügte er sich damit, ihre Brüste durch den Stoff hindurch zu berühren, doch dann zog sie Bluse, Rock und Büstenhalter aus. Er machte es ihr nach und entkleidete sich ebenfalls. Seine Augen ließen sie nicht los, und beinahe wäre er über das Hosenbein gestolpert.

Seine Hand kehrte zu ihren kleinen, festen Brüsten zurück. Die braunen Brustwarzen schienen anzuschwellen, als er sie liebkoste.

Sein Blick glitt zu ihrem flachen Bauch, ihren runden Hüften. Dann küßte er sie auf den Mund.

Instinktiv drückte sie sanft seinen Kopf hinunter. Seine Lippen berührten ihre Brustwarze. Sie hatte dieses Gefühl noch nie kennengelernt und dachte unwillkürlich: Ich werde in meinem ganzen Leben nie mehr glücklicher sein als jetzt. Wenn man die Zeit nur anhalten, wenn dieser Augenblick zur Ewigkeit werden könnte.

Und etwas veränderte sich.

Die Initiative lag nicht mehr bei ihr. Seine Hände liebkosten ihren ganzen Körper, und sein Mund war überall zugleich. Er drückte sie auf das Bett, schob sich über sie und sah ihr im Kerzenlicht in die Augen.

Dann zögerte er: »Werde ich dir weh tun?«

»Nein«, flüsterte sie.

»Aber was ist, wenn du schwanger wirst? Nimm mich lieber nur in die Hand.«

Ohne nachzudenken, nur ihrem Instinkt gehorchend, führte sie ihn in ihren Körper ein. Schmerz überfiel sie. Sie schlang die Arme fest um seinen Rücken, und es ging vorüber; nur eine unbekannte Wärme blieb zurück.

Dann flüsterte er: »Ariana, o Ariana«, und glitt stark und groß in sie. Er begann, sich zu bewegen, sie wölbte sich ihm entgegen und schloß die Augen.

»Du bist in meinem Körper, in meinem Körper«, murmelte sie.

Er hielt sich zurück, um den Augenblick zu verlängern, und dann bat sie ihn weiterzumachen, und der Höhepunkt kam.

»Mark«, rief sie, »o ja, o Mark!«

Im Kerzenlicht glitzerten Tränen auf ihren geschlossenen Lidern. Er küßte sie weg.

»O Mark«, seufzte sie, »es war schön.«

»Auch für mich.«

Sie drückte sich an ihn. Später liebten sie sich wieder: zärtlich, ernst, sanft und immer von neuem.

Am Morgen drang das Tageslicht zum Fenster hinein. Der Wecker läutete, Ariana streckte die Hand aus und stellte ihn ab.

»Du kochst Kaffee«, ordnete sie an, »ich lasse das Bad ein.«

Sie badeten zusammen, wie Kinder. Sie seifte ihn ein und drückte den Schwamm über ihm aus, so daß das warme Wasser auf ihn herabregnete.

»Ich habe dir nicht alles erzählt«, begann er leise. »Es gibt etwas, das du erfahren mußt.«

Sie blickte ihn gespannt an, während sie aus der Wanne stieg.

»Du bist verheiratet.«

Er lächelte. »Nein. Ich will Priester der Episkopalkirche werden.«

Sie musterte ihn erstaunt, dann begann sie zu lachen. »Mein geliebter, schöner Mark.«

»Stört es dich denn nicht, daß ich an Gott glaube? Daß ich eine Kirche und eine Pfarre haben und Ihm mein Leben lang dienen möchte?«

»Begreifst du denn nicht – ich glaube an das gleiche wie du, nur nenne ich es Musik.« Er sah sie an, und plötzlich erschien ihm alles möglich: seine Träume, ihre Träume, die Welt. Er zog sie an sich. »Ich werde dich jede Nacht in den Armen halten und dein ganzes Leben lang über dir wachen.«

»Komisch, und ich habe das Gefühl, daß eher ich über dir wachen werde.«

Es war kurz vor Mitternacht, und ein junger, auffallend gekleideter, etwa fünfundzwanzig Jahre alter Mann lehnte lässig vor dem Schnellimbiß an einem Auto. Ariana wußte, daß der Wagen nicht ihm gehörte. Woher sie das wußte, hätte sie nicht sagen können.

Er trug einen weichen Filzhut, den er unternehmungslustig schief aufgesetzt hatte. Der Hut beschattete sein Gesicht, doch obwohl sie seine Augen nicht sehen konnte, spürte sie, daß er sie beobachtete.

Er wartete, bis der Laden leer war, dann stieß er die Tür auf und trat ein. Ariana begann sich einzuprägen, wie sie ihn der Polizei nach dem Überfall beschreiben würde. Er hatte dunkelbraune Augen, gelocktes Haar und ein breites, dunkles, hübsches Gesicht.

Er glitt auf einen Barhocker. »Ich möchte eine Tasse Kaffee – heiß, normal und nicht älter als eine Woche.«

»Dann wird Ihnen unserer bestimmt nicht schmecken.« Sie schenkte eine Tasse ein und schob sie ihm über die Theke zu.

Er kaute den Kaffee beinahe. »Was haben Sie noch?«

»Was möchten Sie?«

Er fuhr sich mit der Zunge über die Lippen. »Alles, was Sie mögen, Baby.«

Vielleicht war es doch kein Überfall. »Ich mag Opern.«

»Komisch. Mein Leben lang habe ich in die Oper gehen wollen.« Seine Hände fingerten an dem Knoten seiner beigebraunen Krawatte herum, und er lächelte. »Nur um einmal zu sehen, was sich dort so tut. Sie singen in der Oper?«

»Ich singe in *einer* Oper. Das ist nicht das gleiche, als wenn man in *der* Oper singt.«

Er rührte in seinem Kaffee. »Woher kommen Sie?«

»Aus meinem Teil der Welt.«

»Ich bin in Armenien geboren, aber mein Vater war Grieche.« Er erzählte ihr, daß er mit siebzehn nach Uruguay ausgewandert war. Sie begriff nicht, wieso er annahm, daß es sie interessierte. »Der Kaffee ist dort unten verdammt besser.«

»Warum hängen Sie dann hier herum?«

»Weil es in New York Möglichkeiten gibt. Um wieviel Uhr machen Sie Schluß?«

»Vergessen Sie's. Ich habe einen Freund.«

Er stand auf und schob eine Zwanzig-Dollar-Note über die Theke. »Laden Sie Ihren Freund ins Kino ein. Erzählen Sie ihm, daß es ein Geschenk von Nikos ist.«

Am nächsten Abend gingen Ariana und Mark zusammen ins Waverly-Kino und sahen sich *Gentlemen's Agreement* an. »Steck dein Geld wieder ein.« Sie schob dem Kassierer eine Zwanzig-Dollar-Note zu. »Heute bezahlt Nikos.«

»Wer ist Nikos?«

Später, als sie in ihrem Zimmer wieder mit dem *briki* Kaffee kochte, erzählte sie ihm, wer Nikos war. »Der bestaussehende griechisch-armenische Gangster, den ich kenne.«

Mark stand am Fenster und blickte zu dem kalten Sternengefunkel hinauf. »Und du hast Geld von ihm genommen?«

»Es war ein Trinkgeld.«

Er konnte nicht erklären, was in ihm vorging. Er bestand aus zwei Menschen gleichzeitig: der eine liebte sie, der andere wollte sie erwürgen. »Ein Zwanzig-Dollar-Trinkgeld für eine Tasse Kaffee? Solchen Kaffee?«

Er starrte sie an, versuchte zu verstehen, warum sie ihm etwas so Entsetzliches antat.

»Was ist denn los, Mark?«

Er konnte vor Wut fast nicht sprechen. »Weißt du denn nicht, daß ich dich liebe?«

»*Panagia mou*«, murmelte sie.

»Was hat die Jungfrau Maria damit zu tun?«

»*Panagia mou* bedeutet nicht immer ›Jungfrau Maria‹. Manchmal bedeutet es auch: *Beweis es.*«

Er bewies es – vielleicht ein bißchen zu heftig. Am nächsten Tag erzählte ihm Ariana am Telefon, daß die Vermieterin sie gehört hatte. »Sie hat eine neue Hausordnung erlassen. Keinerlei Besucher. Die Vermieter sitzen am längeren Ast, Zimmer sind rar.«

»Du brauchst dein Zimmer, also besänftige die alte Hexe. Mir wird schon etwas einfallen.«

»Warum willst du nicht meine Wohnung benützen?« fragte Harry Forbes. »Ich fahre über jedes Wochenende nach Vermont. Damit habt ihr jede Woche zwei Nächte.«

Sie saßen im Knickerbocker am Kamin und tranken Portwein.

»Harry, ich kann nicht –«

Harry griff in die Tasche und zog einen Schlüsselbund heraus. »Beruhige dich, ich nütze dich aus. Du fütterst die Katze und wechselst die Streu, okay?«

So kam es, daß Mark und Ariana die Wochenenden in Harrison Forbes' Apartment in der Zehnten Straße Ost verbrachten. Die Wohnung besaß einen großen Salon mit Walnußtäfelung und einem schönen Marmorkamin, der tatsächlich funktionierte. An den Wänden standen Bücherregale voller Romane und

Gedichtbände, und in einer dämmrigen Ecke der Diele befand sich sogar ein Klavier.

Ariana schlug einen Akkord an. »Dir steht etwas bevor, Mark. Du wirst hören, wie ich übe.«

Jene Wochenenden waren voller Licht und Leichtigkeit. Mark entdeckte eine Dimension des Lebens, die er nie gekannt hatte. Er hatte Zeit, in Büchern zu blättern, die er nie zu Ende lesen würde, er hatte Zeit, einfach in einem Stuhl zu sitzen und das sinnliche Gefühl von Wärme und Wohlbehagen zu genießen, und vor allem hatte er Zeit, mit dem Menschen zusammenzusein, den er liebte.

Mark Rutherford junior hatte noch nie in seinem Leben ein so tiefes Gefühl von Frieden und Freude empfunden wie an diesen sieben Wochenenden. Und er nahm mit gutem Grund an, daß es Ariana Kavalaris genauso ging.

Als Mark am achten Wochenende den geliehenen Schlüssel in das knifflige obere Schloß steckte, hörte er Stimmen, und als er die Tür öffnete, saßen Harry Forbes und Ariana im Salon und unterhielten sich wie alte Freunde.

Ariana hielt ein Cocktailglas in der Hand, Harry Forbes ein zweites, in einem dritten Glas auf dem Tablett warteten Eiswürfel und Zitronenscheiben neben einem halbvollen, beschlagenen Martini-Krug.

Ariana entflocht ihre Gliedmaßen und stand auf. »Hi, Liebling.« Sie ging gemächlich durch das Zimmer und küßte Mark.

Sie hielt eine Zigarette in der Hand. Mark hatte noch nie bemerkt, daß sie rauchte, und nahm an, daß Harry völlig unerwartet hereingeplatzt war, Ariana eine Zigarette angeboten und sie aus Höflichkeit angenommen hatte.

»Hi, Harry«, begrüßte er seinen Freund. »Schön, dich zu sehen.«

»Die Allegheny Airlines haben den Flug nach Woodstock abgesagt«, erklärte Harry. »Daher übernachte ich im Knickerbocker Club und mußte nur hier vorbeischauen, um mir frische Wäsche zu holen. Ich wollte euch nicht stören.«

»Es ist deine Wohnung.« Mark merkte selbst, daß die Worte frostig klangen.

»Ich habe Harry zum Abendessen eingeladen«, sagte Ariana.

»Stimmt nicht«, widersprach Harry. »Ich habe mich selbst eingeladen.«

»Großartig«, meinte Mark. »Wirklich großartig.« Er versuchte, Harry mit Arianas Augen zu sehen, und erblickte einen gutgekleideten, gut gebauten jungen Mann, der gut aussah, lässig, aristokratisch, vollkommen ungezwungen und vollkommen unwiderstehlich war. »Ich möchte mehr über Vermont erfahren.«

»Und ich möchte mehr über euch erfahren.« Harrys Augen glitzerten.

Ohne es zu wollen, ging Mark in Abwehrstellung. Er versuchte eine Weile, sich an dem Geplauder zu beteiligen, dann ging er ins Badezimmer, um ein Aspirin zu holen – Harrys Badezimmer mit den richtigen männlichen Eau de Cologne, die in der richtigen Reihenfolge auf den richtigen Regalen standen.

Ariana folgte ihm. »Ist alles in Ordnung?«

»Nur ein bißchen Kopfweh, weil ich viel Kleingedrucktes lesen mußte.« Er schluckte zwei Tabletten und eine Handvoll Wasser. »Harry mag dich.«

»Klar. Ich bin deine Du-weißt-schon-was, und er bewundert dich.« Sie küßte ihn und verließ den Raum, während er das Gesicht in eiskaltes Wasser tauchte.

Als Mark in die Zivilisation zurückkehrte, war Ariana gerade dabei, in der Küche Unmengen von Kräutern und Gewürzen in Bratpfannen und Salatschüsseln zu füllen, und Harry lehnte im Türrahmen, rauchte Pfeife und sah ihr zu.

Das Abendessen war ein Riesenerfolg. Ariana hatte einen kühlen Salat aus Arugula und Avocados mit Zitronensaft und Salz auf den Tisch gezaubert, eine Lammkeule au poivre gebraten, Kartoffeln gebacken, sie ausgehöhlt, zerstampft, mit Butter, Petersilie und Schinkenwürfeln vermischt und das Ganze wieder in die knusprigen Schalen gefüllt. Dazu gab es einen außergewöhnlich trinkbaren Burgunder und als Dessert frische Birnen, die genau die richtige Reife hatten, sowie einen Stilton-Käse, den Harry in einem Delikatessenladen in der Cornelia Street gekauft hatte.

Es war eine Gourmet-Mahlzeit, ein Abend, an den sie noch in Jahren als »die gute alte Zeit« denken würden.

Aber vorläufig konnte Mark nichts Gutes oder Altes daran entdecken. Sein Gehirn glich einem Bienenkorb voller stechender und summender Ungewißheiten. Er aß wenig und ließ Harry nie aus den Augen, während Harry Ariana nicht aus den Augen ließ, die wiederum damit beschäftigt war, die Speisen aufzutragen, nachzuschenken und dabei geistreiche Konversation zu machen.

Mark kapierte. Sie war die perfekte Gastgeberin. Er mußte sie nicht vor anderen verstecken.

Als Ariana später in der Küche den Espresso kochte, fragte Harry Mark leise: »Du bist glücklich, nicht wahr?«

»Glücklicher als je zuvor.«

»Ihr geht es genauso.« Harry schwieg einen Augenblick und musterte Mark. »Hast du ihr jemals einen Heiratsantrag gemacht?«

»Eigentlich nicht.«

»Was meinst du mit ›eigentlich nicht‹?«

»Ich habe das Gefühl, daß sie ›nein‹ sagen würde, wenn ich sie jetzt frage. Oder ›noch nicht‹. Oder nur ausweichen würde.«

»Wie kommst du auf die Idee?«

»Sie hat Bedenken wegen der Milieus, aus denen wir kommen.«

»Was ist damit?«

»Sie sind verschieden.«

»Das sind keine Bedenken, das ist eine Tatsache.«

»Sie bildet sich ein, daß es eine Rolle spielt.«

»Bist du sicher, daß nicht du dir das einbildest?«

Mark schwieg.

»Mark, dieser Unsinn mit der Herkunft gehört ins neunzehnte Jahrhundert, heute ist das einfach abwegig. Ariana steht weit über jeder Debütantin, mit der du oder ich beim Krankenhausball getanzt haben. Wenn du sie dir nicht sofort schnappst, bist du ein Idiot.«

Nachdem Harry gegangen war, spülten sie das Geschirr, und Mark sagte: »Ich bete dich an, das weißt du doch?«

»Natürlich. Hältst du mich für geistig zurückgeblieben?«

»Nicht dich, mich.«

Ariana begann zu lächeln, und die Küche und seine ganze Welt wurden hell. »Komm her, mein Dummer.«

Sie küßten sich, und eine Soßenschale aus chinesischem Porzellan zerbrach beinahe, als sie in das Seifenwasser in der Spüle zurückglitt.

»Könntest du dich je in einen Typ wie Harry verlieben?« fragte er.

»Wie soll ich das wissen? Ich habe mich ja auch in einen Typ wie dich verliebt.«

»Könntest du einen Typ wie mich jemals heiraten?«

»Vielleicht. Falls mir ein Typ wie du jemals einen Antrag machen sollte.«

»Willst du mich heiraten?«

»Frag mich übermorgen.«

»Weißt du was? Du bist eine harte Nuß.«

Sie warf ihm ein Geschirrtuch zu. »Sehen wir zu, daß wir mit dem Geschirr fertig werden, und dann werden wir feststellen, wer eine harte Nuß ist.«

6

Harrys Maklerfirma beschloß, ihn im Sommer auf eine Informationsreise zu schicken. »Ich werde die Informationszentren der Welt besichtigen – Kenia, Singapur, Paris, Helsinki«, erklärte er grinsend, als er in das Apartment kam und Mark und Ariana mitteilte, daß sie es den Sommer über benützen konnten. »Ihr müßt euch nur um die Streu für die Katze kümmern.«

Damit löste er das Problem, wie Mark und Ariana den Sommer zusammen verbringen konnten.

Mark schrieb sich für einen Kurs in Seelsorge an Krankenhausanstalten im St. Clare's Hospital ein, und Ariana erfuhr, daß Ricarda DiScelta bereit war, zweimal wöchentlich vom Land hereinzukommen, um mit ihr zu arbeiten. »Du machst Fortschritte«, erklärte ihre Lehrerin, »und es wäre vollkommen verkehrt, jetzt eine Pause einzulegen.«

Zehn Wochen lang arbeiteten Mark und Ariana pausenlos, waren pausenlos beisammen und pausenlos glücklich.

Es war der heißeste August seit über hundert Jahren. Im Gegensatz zu Mark schlief Ariana schlecht. Daher war sie für die zweite Gesangsstunde in diesem Monat zu wenig vorbereitet, ging noch einmal eine schwierige Kadenz in *Lucia di Lammermoor* durch und achtete nicht darauf, in welchem Stockwerk der Fahrstuhl hielt.

Zwei Männer stiegen ein, ohne ihr Gespräch zu unterbrechen.

Sie warf dem größeren einen Blick zu: ein Riese mit schwarzem Schnurrbart, grauem Anzug und rot-schwarz-gestreifter Krawatte.

In seinen Augen lag stechende Neugierde. Instinktiv wußte sie, daß sie ihn nicht ansehen durfte. Statt dessen konzentrierte sie sich auf die Betonungshinweise in ihrer Partitur.

Die Tür glitt zu, und der Fahrstuhl setzte sich abwärts in Bewegung statt aufwärts. Sie verzog verärgert das Gesicht, weil sie ihr Stockwerk verpaßt hatte.

Der große Mann bemerkte ihre Verwirrung, und seine dunklen, feuchten Augen fixierten sie. »Hat Ihnen der Film gefallen?« fragte er plötzlich.

»Wie bitte?«

»Ich habe Ihnen und Ihrem Freund einen Kinobesuch spendiert, wissen Sie noch? Nikos. Nikos Stratiotis. Wir haben uns im Frühjahr im Schnellimbiß kennengelernt.«

Angesichts des kurzen Zeitraums war seine Verwandlung erstaunlich: Er trug einen besseren Anzug und sah nach einer Menge Geld aus. Ihre Überraschung machte ihm sehr viel Spaß, und das Lächeln auf seinem Gesicht verwandelte sich in ein breites Grinsen. Er hielt ihr freundlich die Hand hin. Die Ringe an seinen Fingern waren für einen Mann zu teuer und zu auffallend.

»Darf ich Ihnen meinen guten Freund, Mr. Richard Schiller, vorstellen? Richard ist Agent für Konzertsänger.« Er fügte hinzu: »Die junge Dame singt, Richard. In der Oper.«

Den langsam kahl werdenden Kopf des Agenten zierte ein dichter, beinahe struppiger tiefschwarzer Haarkranz. Seine Augen musterten sie interessiert.

»Ich freue mich, Sie kennenzulernen, Miss.«

»Wenn mir jetzt noch der Name der hübschen jungen Dame einfiele«, fuhr Nikos Stratiotis fort, »dann wäre alles in Ordnung – und wer weiß, vielleicht bekämst du ja sogar eine Klientin, Richard.«

»Ariana. Ariana Kavalaris.«

»Sie studieren bei der DiScelta?« erkundigte sich der Agent.

Sie fragte sich, woher er es wußte. »Ja, seit zwei Monaten.«

»Die Welt ist klein«, stellte Stratiotis fest. »Richard und ich kommen aus der Wohnung der DiScelta, wo wir ein Gespräch mit ihr geführt haben. Ein nettes Apartment.«

Ariana versuchte, nicht erstaunt auszusehen. »Sie machen nicht den Eindruck, als würden Sie sich für klassische Musik interessieren.«

»Ich mag alles Klassische, nicht wahr, Richard? Als Kind habe ich die Klassiker gelesen – Plato, Shakespeare, Molière in zerfledderten Taschenbüchern. Jetzt lese ich sie in gebundenen Büchern. Unter uns – in Leder verlieren sie.« Er lachte.

»Du kommst zu spät«, beschwerte sich Ricarda DiScelta.

In der zum Glück klimatisierten und kühlen Wohnung war die Dämmerung eingefallen, aber der verblassende Tag drang immer noch zu den hohen Fenstern hinein, die auf den Park hinausgingen.

»Der Fahrstuhl ist steckengeblieben«, entschuldigte sich Ariana. »Mit Ihren beiden Freunden und mir.«

»Oh, hat Stratiotis über sein Stipendium gesprochen?«
»Er hat über gar nichts gesprochen. Er hat mich nur angestarrt.«
»Das wundert mich nicht. Du kleidest dich nicht wie eine Dame.«

Einen Augenblick lang kam es Ariana unglaublich vor, daß ihre Lehrerin so etwas in Gegenwart des Klavierbegleiters gesagt hatte. Aber Austin Waters saß schweigend und regungslos vor der Klaviatur, als wäre er ein Möbelstück.

»Ich kleide mich so, wie ich es mir leisten kann«, erwiderte Ariana. »Nikos Stratiotis ist unhöflich, und ich bin darüber erstaunt, daß Sie ihn empfangen.«

»Du nimmt doch nicht etwa an, meine Liebe, daß Nikos Stratiotis zu meinen Freunden gehört. Für mich besteht sein Wert in seinem Geld. Und Geld ist bereits seit der Zeit der Cäsaren eine Notwendigkeit. Mit dem, was Stratiotis dir bietet, könntest du dich ordentlich kleiden. Du müßtest nicht am Broadway Kaffee servieren. Du müßtest dir deine Partituren nicht antiquarisch kaufen. Du könntest mit dem Taxi zum Unterricht kommen und zur Abwechslung einmal pünktlich sein.«

»Meinen Sie damit eine Heirat?« fuhr Ariana sie an. »Denn mir hat er nur ein Verhältnis vorgeschlagen. Offen gesagt, kommt für mich bei Nikos Stratiotis keines von beiden in Frage.«

Austin Waters warf ihr einen Blick zu, und sie hatte das Gefühl, daß er ihr zurief: So ist's recht, Mädchen, zeig nur, daß du dich nicht herumschubsen läßt.

Die Handbewegung der DiScelta befahl ihr zu schweigen. »Stratiotis hat durch Grundstücksspekulationen über Nacht ein Vermögen gemacht. Er behauptet jedenfalls, daß es sich um Grundstücke gehandelt hat. Jetzt will er ehrbar werden. Jemand hat ihm eingeredet, daß er ein Stipendium für förderungswürdige Künstler aussetzen soll. Er hat sich mit einem Agenten in Verbindung gesetzt, der Agent hat sich mit mir in Verbindung gesetzt, und wir haben uns eine halbe Stunde lang unterhalten. Ich habe erwähnt, daß ich eine förderungswürdige Studentin kenne. Das Angebot ist vollkommen seriös.«

Arianas Stimme klang rauh und häßlich. »Nein.«

Die DiScelta seufzte. »Schön. Zeig mir, was du mit *Lucia* gemacht hast.«

Es war ihre letzte Woche in der Wohnung vor Harrys Rückkehr. Ariana hatte sich mit einer Tasse Kamillentee (»Frisch von den griechischen Klippen und sehr beruhigend – willst du bestimmt keinen?«) und der Gesangspartitur von *La Gioconda* auf dem Sofa niedergelassen. Mark hockte neben ihren Beinen und legte den Kopf auf das Kissen neben ihr.

»Heirate mich«, verlangte er.

Sie schlug den Auszug zu und rutschte weg. »*Panagia mou*. Es ist noch nicht soweit. Ich muß noch zuviel tun.«

»Was, zum Beispiel? Ich hole die Einwilligung des Bischofs ein, und wir heiraten.«

Sie starrte in ihre Tasse. »Du hast einmal behauptet, daß du mir alles auf der Welt geben willst.«

»Das will ich immer noch.«

»Dann gib mir Zeit.«

»Zeit wofür?«

»Ich weiß noch nicht einmal, wo der Bruch in meiner Stimme ist. Ich habe noch keine Hauptrolle richtig einstudiert. Ich weiß nicht, wie groß mein Stimmumfang in der Höhe ist. Was ist, wenn ich ein Mezzosopran mit falscher Höhe bin?«

»Und was bedeutet das alles?«

»Es bedeutet ›noch nicht‹.«

»›Noch nicht‹ ist keine Antwort.«

Sie ergriff seine Hand. »Solange ich selbst keine Antworten habe, gebe ich auch anderen keine. Ich bin eine Sängerin, Mark. Ich bin eine Sängerin, die deine Frau sein möchte und es eines Tages sein wird. Ich bin aber keine Ehefrau, die singen möchte, und will es auch nicht sein. Von der Sorte gibt es etwa zehn Millionen. Ich möchte, daß du stolz auf mich bist.«

»Ich bin jetzt schon stolz auf dich.«

»Dann laß mich selbst auf mich stolz sein. Sonst bekommst du ein Biest ins Bett und wirst mich hassen.«

Er fand, daß ihm in dieser Situation nur eines übrigblieb: Ariana seiner Familie vorstellen und allen Beteiligten – vor allem Ariana – zeigen, daß er es sehr, sehr ernst meinte. Er rief am Nachmittag zu Hause an. »Ich möchte eine Freundin mitbringen und euch vorstellen, Mutter.«

»Ist diese Freundin wichtig?«

»Für mich ist sie wichtig.«

»O Gott, dann sind dein Vater und ich verpflichtet, sie kennenzulernen. Ißt sie Huhn?«

»Natürlich ißt sie Huhn.«

»Dann bring sie am Sonntag um dreizehn Uhr her, und sie bekommt welches.«

»Warum hat sie mich eingeladen?« stöhnte Ariana.
»Du machst aus einem einfachen Mittagessen eine Staatsaffäre«, protestierte Mark.
»Es klingt keineswegs einfach. Deine Mutter glaubt, daß ich es auf dich abgesehen habe.«
»Du mußt nicht mitkommen, wenn du nicht willst.«
»Weiß sie denn nicht, daß ich einen Beruf habe?«
»Ich werde ihr sagen, daß du einen Beruf hast und nicht kommen kannst.«
»Nein, ich werde ihr erzählen, daß ich einen Beruf habe. Du erzählst ihr, daß ich mich auf das Huhn freue.«
Sonntag fand er sie vor dem Badezimmerspiegel. »Hängt der Ausschnitt nicht durch wie eine Schlinge?«
»Er hängt wie ein Ausschnitt.«
»Wenn ich den Mund aufmache, sehe ich aus wie ein vorwitziges Kaninchen. Wieso habe ich das noch nie bemerkt? Kein Wunder, daß ich beim Vorsingen im City Center durchgefallen bin.«
»Du gehst zu keinem Vorsingen, der Ausschnitt sitzt großartig, du siehst nicht aus wie ein Kaninchen. Und wir werden zu spät kommen.«
»Würdest du bitte den Raum verlassen, Mark? Ich habe zehn Minuten Zeit, um ein verdammtes Wunder zu wirken.«
Vier Minuten später kam sie aus dem Badezimmer. Ihr Gesicht strahlte Licht aus.
»Du siehst großartig aus«, stellte er fest. »Woher kommt das Leuchten?«
»Ich habe mir ein paar kräftige Ohrfeigen versetzt.«
Harrys Wagen sprang ausnahmsweise sofort an. Der Verkehr war minimal, das Wetter einmalig und der Hudson nördlich der George-Washington-Brücke ein Gemälde mit Segelbooten, Dunst und hellem Oktoberlicht.
Sie nahm seine Hand und hielt sich daran fest.
Es war nicht nur eine Fünfundsechzig-Kilometer-Fahrt ins Hinterland, es war eine Fahrt, die zwanzig Jahre in die Vergangenheit zurückführte, in eine Welt, in der die Natur noch sauber und in Ordnung war und die Luft nach Äpfeln, brennendem Laub und frischgeteerten Seitenstraßen roch. An diesem besonders sonnigen Herbsttag hatte Mark den Eindruck, daß die wohlhabenden Bezirke nördlich von New York dem friedlichen

Königreich so nahe waren wie nie zuvor und wie sie es nie mehr sein würden.

Fünf Kilometer nördlich von Oswick verließ Mark die Fernstraße 3 und bog in eine gewundene, von Rhododendronbüschen gesäumte Einfahrt ein.

»Ich habe noch nie so weißen Kies gesehen«, bemerkte Ariana. »Was tut ihr mit ihm – wascht ihr ihn einmal pro Woche?«

»Es ist kein Kies. Es sind Austernschalen.«

Sie sah ihn entsetzt an. »Wer ißt die Austern?«

»Es findet sich immer jemand, der bereit ist, Austern zu essen.« Er fuhr an den Rand der Einfahrt und stellte den Motor ab. »Gehen wir ein Stück.«

Sie stiegen aus, sie ergriff seine Hand, und sie überquerten eine große Rasenfläche. Das Gras war glatt und kurz geschnitten und wirkte wie der dunkle Samt eines Billardtisches. Mark hatte das Gefühl, daß sich die Zeit mit ihnen rückwärts drehte. Der Rasen erstreckte sich hangabwärts bis zu einem flachen Becken, in dessen Mitte ein kleiner Faun aus Bronze tanzte.

»Dieser kleine Kerl war mein bester Freund«, erzählte Mark. »Er weiß genau, wann mir etwas weh getan hatte und wann ich glücklich war. Hier war mein Ort des Glücks. Hierher bin ich gekommen, um zu träumen.«

Er wollte Zeit gewinnen, wollte verhindern, daß sie sich umdrehte und sah, was sich hinter ihr befand.

Aber sie drehte sich um und schnappte nach Luft.

Bis jetzt hatten Obstgärten, Eichen und vier Meter hohe Buchsbaumhecken das Haus ihren Blicken entzogen. Aber von dem kleinen, tiefliegenden Becken aus konnte man es auf der Anhöhe des Hügels, am Schnittpunkt aller zusammenlaufenden Fluchtlinien nicht übersehen: ein Berg aus Schieferdachziegeln, Sandsteinblöcken und bleigefaßten Fenstern, überwuchert von vier Jahrzehnte altem Efeu, den man gedüngt hatte, damit er aussah, als hätte er hundert Jahre auf dem Buckel.

»Mein Gott, Mark.«

Er wußte, was sie empfand. Die Zwillingstürme verrieten alles: die sechs Meter hohe Halle, ein Speisezimmer für dreißig Personen, zwei Salons, sechs Schlafzimmer, fünfeinhalb Badezimmer und ein eigener Flügel für das Personal. Er kam sich wie der Sohn eines Kapitalistenschweins vor.

»Meine Eltern haben es Avalon genannt. Kennst du das alte Lied? Es war ihr Lied, als sie verliebt waren.«

Sie ließ seine Hand nicht los. »Darf ich es auch Avalon nennen? Muß ich einen Hofknicks machen?«

»Gehen wir hinein, und bringen wir es hinter uns.«

Bei der mit Steinplatten belegten Terrasse zögerte sie. »Ich bin falsch angezogen.«

»Mach dir keine Sorgen, sie sind reich, nicht extravagant.«

»Das ist ja das Problem.« Sie nahm Ohrringe, Armband und Brosche ab und steckte sie in die Handtasche.

Er hielt ihr die Tür auf. Ohne einen einzigen Diener aufzuschrecken, brachten sie drei gemeißelte Marmorkamine, einen Hepplewhite-Schreibtisch, zwei Porträts von Carpaccio und ein Stilleben von Ruysdael hinter sich.

Ariana sog die Luft durch die Zähne ein und zeigte auf eine winzige Landschaft im Schatten einer Penduhr. »Ist das ein Corot?«

»Ja, ein früher Corot.«

Die Antwort kam nicht von Mark, sondern von einem großen, kräftigen Mann, der scheinbar aus der Täfelung aufgetaucht war. »Meine Mutter hat ihn 1893 in Paris gekauft.« Er neigte den Kopf mit dem dichten Grauhaar, und seine blauen Augen musterten Ariana diskret wie Eispickel.

»Der Mann, der geräuschlos gehen kann, ist mein Vater«, erklärte Mark. »Vater, das ist Ariana Kavalaris, eine gute Freundin von mir.«

Ariana und Mark senior schüttelten sich die Hände.

»Ich freue mich, Sie kennenzulernen.« Mark seniors Ton erinnerte an einen Bankdirektor, der einen Kredit verweigert.

Mark legte Ariana beschützend den Arm um die Schultern und schaltete auf laut und fröhlich. »Und in dem großen, sonnigen Raum dort drüben befindet sich meine Mutter und gießt zweifellos ihre preisgekrönten Azaleen.«

Aber Augusta Rutherford goß keine Blumen. Sie saß mit einem in Leder gebundenen Buch am Fenster. Mark entzifferte die verblaßte Goldschrift auf dem Buchrücken. »Das verlorene Paradies? Du willst uns doch nicht einreden, Mutter, daß du es bis zur Mitte gelesen hast?«

»Warum nicht? Es ist einfach entzückend.« Augustas Vokale kamen nicht aus dem Hals, sondern aus dem Kinn. Sie stand auf, eine selbstsichere, gepflegte, sonnengebräunte Frau Mitte Fünfzig mit graumeliertem Haar, und hielt Ariana lächelnd die Hand hin. »Hallo. Ich bin Marks Mutter.«

Mark fragte sich, was man über Augusta erfuhr, wenn man sie ansah: daß sie ein Exemplar der Prominentenliste auf dem Nachtkästchen liegen hatte? daß sie preisgekrönte Pudel und preisgekrönte Rosen züchtete? daß sie einen ausgezeichneten Blick für Diamanten besaß, sie aber nie vor Sonnenuntergang trug?

»Mutter, das ist Ariana Kavalaris.«

Marks Mutter schüttelte Arianas Hand nur einen Sekundenbruchteil länger, als sie einer Verkäuferin zuzunicken pflegte.

»Sie haben ein schönes Haus«, bemerkte Ariana.

Falsch, dachte Mark. Im Dutchess-Bezirk erwähnen wohlerzogene Leute nie Häuser, Diamanten oder das Alter eines Menschen, außer hinter dem Rücken des Betreffenden.

»Danke.« Augusta lächelte nachsichtig. »Hattet ihr Schwierigkeiten auf der Herfahrt? Angeblich sind die Straßen glatt, weil es in der Nacht geregnet hat.«

Mark senior schlug Drinks vor, und Ariana bat um Sherry. Mark senior mixte die Drinks und verteilte sie. Mark fragte sich, warum Peters, der Butler, nicht in großer Paradeuniform erschienen war, um den Neuankömmling einzuschüchtern.

Augusta nahm einen Schluck und lächelte freundlich.

Mark senior wollte Arianas Meinung dazu hören, daß Prinzessin Elizabeth von England Leutnant Philip Mountbatten heiratete.

Mark führte Buch über die Themen, die in den nächsten zehn Minuten vermieden wurden. Seine Eltern fragten nicht, wo Ariana herkam, wer ihre Eltern waren oder wo sie ihr gesellschaftliches Debüt gehabt hatte. Er versuchte, sich ihre Reaktion vorzustellen, wenn er plötzlich erklärte: Mutter und Vater, in eurem Salon sitzt Ariana Kavalaris aus der 103. Straße Ost. Ihr Vater Pete hat ein kleines Gasthaus betrieben, bis er ermordet wurde. Ariana ist zum erstenmal bei einer Amateurvorstellung der Domani-Operntruppe als singendes Dienstmädchen aufgetreten. Ihr Hauptwohnsitz, wenn sie sich einen leisten kann, ist ein Zimmer zur Untermiete in Greenwich Village. Sie verkehrt weder mit Rockefellers noch mit Havemeyers. Ihr größter Traum ist, eines Tages auf der Bühne der Scala eine ehebrecherische Druidenpriesterin zu singen.

Und ich liebe sie.

Ein Dienstmädchen im schwarzen Kleid mit weißer Schürze schwebte mit einem Tablett herein, auf dem sich in Speckstreifen gewickelte Muscheln befanden. Sie kam einher wie die Spitze eines Eisbergs, und Mark hätte gern gewußt, ob Ariana wohl ahnte, was sich noch unter der arktischen Wasserfläche befand: ein Team aus Köchin, Wäscherin, Gärtner und norwegischem Ehepaar – ganz zu schweigen von Peters. Wo blieb die alte Mumie eigentlich? Für gewöhnlich reichte doch er die Leckerbissen herum.

Augusta war endlich nach einigen Umwegen beim Verhör angelangt. Liebenswürdig begann sie: »Mark hat uns sehr wenig über Sie erzählt.« (Übersetzung: Er hat uns überhaupt nichts erzählt.) »Studieren Sie auch an einer Universität?«

»Ich studiere, aber an keiner Universität«, antwortete Ariana.

»Ariana studiert Ausdruck«, erklärte Mark.

Nach einer kurzen Pause ging sein Vater zögernd darauf ein. »Das ist bewunderswert.«

»Wenn ich an Ausdruck denke, fällt mir immer Winston Churchill ein«, stimmte Augusta zu.

»Betreiben Sie selbständig Forschungen?« erkundigte sich Mark senior.

»Ariana *singt*«, erläuterte Mark.

Augusta berührte ihren Scotch mit den Lippen. »Ach so. Diese Art von Ausdruck.«

»Die Musik ist eine hohe, anerkannte Berufung«, behauptete Mark senior, und Mark zuckte zusammen. Sein Vater gab sich demokratisch. »Wo studieren Sie?«

»Bei Ricarda DiScelta«, antwortete Mark an ihrer Stelle.

»Wir haben die DiScelta an der Met gehört«, bemerkte Augusta kühl.

»Eine wunderbare Stimme, einfach wunderbar«, fand Mark senior.

»Studieren Sie schon lange?« fragte Augusta.

»Eigentlich mein Leben lang.«

»Das klingt überaus engagiert«, bemerkte Mark senior. »Augusta hat als Kind Klavier spielen gelernt.«

»Ich bin nur bis zur *Mondscheinsonate* gekommen. Ich habe mich nicht bemüht, und das tut mir jetzt leid. Es wäre angenehm, ein kreatives Betätigungsfeld zu haben.«

»Musik ist eine Sprache«, erläuterte Ariana. »Nicht jeder vermag sie wirklich zu sprechen.«

Augusta überhörte geflissentlich die Bemerkung, die vielleicht ein Seitenhieb war. »Werden wir Sie in der Met hören, Ariana?«

»Das wird leider noch Jahre dauern.«

»Ihr werdet sie in zwei Jahren hören«, widersprach Mark. »Ariana wird der führende dramatische Sopran unserer Epoche werden.«

»Was ist ein dramatischer Sopran?« wollte Mark senior wissen. »Ich habe geglaubt, daß alle dramatisch sind.«

»Nicht alle Stimmen, nur die Persönlichkeiten sind dramatisch«, stellte Ariana richtig.

»Ist Ihre Lehrerin dramatisch?« fragte Augusta.

Ariana lächelte. »Ich fürchte, ja – in jeder Beziehung.«

»Das klingt, als würde sie Sie schlagen«, meinte Mark senior.

»Ich traue es ihr zu.«

Mark senior brummte. »Ich habe nicht viel für Temperament übrig. Auf der Bühne ist es ja recht schön – aber in einem Zimmer ist es zweifellos fehl am Platz.«

»Es ist angerichtet«, meldete das Dienstmädchen, und nicht wie üblich Peters.

»Setzen wir uns in Bewegung, Ariana?« Mark senior bot ihr den Arm.

Sie schlenderten in das Speisezimmer. Augusta wies Ariana den Platz links und Mark den Platz rechts von ihr an. Mark versuchte abzuschätzen, was für einen Eindruck Ariana machte. Aber er war gefühlsmäßig zu sehr mit ihr verbunden und erblickte, wenn er sie sah, nur einen leuchtenden Schein.

»Würdest du das Tischgebet sprechen, Sohn?« schlug Mark senior vor.

Genausogut hätte er sagen können: Wollen Sie Einspruch erheben, Herr Anwalt? oder: Werden Sie den Blinddarm entfernen, Herr Doktor?

Marks Blick wanderte über den Eßtisch aus Mahagoni und die vier makellosen Gedecke. Das Dienstmädchen hatte das reinweiße Wedgwood aufgelegt: immer einfach, immer passend. Zwei Dutzend Revera-Löffel, -Messer und -Gabeln funkelten wie Operationsbestecke. Auf dem Tisch befanden sich auch Fischmesser, und Mark wußte, daß dazu Fingerschälchen gehörten. Er und Ariana hatten nie über Fingerschälchen gesprochen.

Er schloß die Augen und versuchte, sich auf Dankbarkeit zu konzentrieren.

»Segne diese unsere Speisen, o Herr, und blicke gnädig auf uns herab, im Namen Jesu. Amen.«

Die Amen seiner Eltern ertönten gleichzeitig, Ariana folgte einen halben Takt später, musikalisch und seltsam aufrichtig.

Das Dienstmädchen reichte Butterkügelchen und heiße Sauerteigbrötchen und servierte dann die klare Suppe, die seit Marks Kindheit jeden Sonntag das Mittagessen einleitete. Er blies auf seinen Löffel und fragte seine Eltern, wo sie Peters versteckt hätten. »Ich möchte Ariana den Mann zeigen, den ich für Dracula gehalten habe.«

»Peters ist gestorben«, antwortete Mark senior ruhig.

Mark legte den Löffel hin.

»Er war lange krank«, ergänzte Augusta. »Habe ich es dir nicht geschrieben?«

»Niemand hat mir etwas geschrieben.«

»Peters war fünfundzwanzig Jahre lang bei uns«, erklärte Augusta Ariana.

Jetzt erst setzte bei Mark der Schock ein. Völlig unerwartet war ein Teil seiner Kindheit amputiert worden. Er kämpfte gegen die salzige Flüssigkeit, die sich plötzlich in seinen Augen sammelte. Augusta Rutherford wandte sich rasch erfreulicheren Themen zu. »Dodie Bingham hat geheiratet und besitzt jetzt fünf Rennställe.«

Einen Augenblick lang haßte Mark seine Mutter, diese kalte, gutaussehende alte Dame, die sich nie soweit vergessen würde, daß sie vor einem Gast über familiären oder persönlichen Kummer sprach und die ihn durch ihr Beispiel daran hinderte, Gefühle zu zeigen. Er starrte auf seinen Teller.

Das Gespräch ging weiter, und eine Stunde lang erfuhr Mark das Neueste über Schulgefährten und alte Flammen, deren Existenz er zehn Jahre lang erfolgreich verdrängt hatte. Einen Außenseiter mußte das wahrscheinlich faszinieren. Dann fiel ihm ein, daß seine Mutter vielleicht genau das bezweckte: die Außenseiterin – natürlich höflich – darauf aufmerksam zu machen, wie weit außerhalb sie stand.

Im passenden Augenblick schlug Augusta lächelnd vor: »Nehmen wir den Kaffee im anderen Raum.«

Sie bezeichnete ihn nie als Bibliothek. Es war immer der andere Raum, als wäre Bibliothek vulgär oder protzig.

Sie tranken zwischen Tonnen von Ledereinbänden mit Goldschnitt Kaffee. Winzige Löffelchen klirrten an feines Porzellan. Röcke und Hosen wurden glattgestrichen, Beine übereinandergeschlagen. Augusta lenkte die Plauderei vom Wetter zu den Rosen und zu: »Segeln Sie, Ariana?«

»Ich bin noch nie in meinem Leben gesegelt.«

»Das ist eine Schande. Sie müssen es einmal versuchen.«

Es war genau der richtige Augenblick, um sie zu einer Segelpartie auf *Chant de Mer*, der Familienschaluppe, einzuladen. Der Augenblick ging vorbei.

»Es wäre schön, wenn ich mehr an der frischen Luft sein könnte«, stellte Ariana fest. »Aber ich habe so viel zu tun – Gesangsstunden, Theorie, Klavier, Fremdsprachen. Ich habe kaum Zeit zum Lesen. Und außerdem habe ich auch noch meinen Job.«

»Sie arbeiten?« fragte Mark senior.

Mark riß sich zusammen. Jetzt kommt es.

»Ich stehe halbtags hinter dem Ladentisch.«

Sekundenlang herrschte Ungläubigkeit, dann fragte Augusta beinahe hoffnungsvoll: »In einem Warenhaus?«

Nein, Mutter, hätte Mark am liebsten gerufen, sie arbeitet nicht zum Spaß bei Bergdorf.

»In einer Imbißstube. Ich weiß nicht, warum man sie so nennt. Wir servieren auch komplette Mahlzeiten.«

Marks Eltern schauten einander nicht an. Sie vermieden es nicht geradezu, einander anzusehen, aber zwischen ihnen ging etwas vor, das wesentlicher war als jeder Blick oder jedes Wort.

»Es hört sich an, als wären Sie sehr beschäftigt«, bemerkte Mark senior.

»Ich muß vielleicht meine Deutschstunden aufgeben. Jedenfalls für heuer.«

»Was sind Ihre Lieblingsrollen, Ariana?« erkundigte sich Augusta.

»Ich weiß nicht, ob meine Stimme für alle reicht. Ich würde gern die Violetta, die Aida, die Isolde, die Mimi, die Turandot singen.«

Augustas Lächeln veränderte sich nicht, aber Mark wußte, sie dachte augenscheinlich, daß es sich um eine Schar äußerst zweifelhafter junger Damen handelte.

»Und wenn sich meine Stimme entwickelt, würde ich gern Elektra versuchen.«

»Aber Elektra ist so unangenehm.«

»Es gibt kein Gesetz, das eine Oper dazu zwingt, angenehm zu sein.«

Augusta starrte das Mädchen an, das als Serviererin arbeitete und ihr widersprochen hatte, dieses gelassene Kind, dessen Hände ruhig und weich wie frischer Schnee in ihrem Schoß lagen. »Die Opern, die *ich* mag, sind alle angenehm.«

Ariana richtete sich auf. »Die Oper kann viel mehr sein. Sie kann Sie berühren, Sie packen, Sie entsetzen, Sie verführen – sie kann Ihnen genau das gleiche antun wie jeder Mensch.«

In Augusta Rutherfords Welt führten sich die Menschen keineswegs so auf, und Mark spürte, daß sich seine Mutter fragte, mit was für Menschen Ariana Kavalaris zu tun hatte. »Ich wünsche Ihnen jedenfalls Glück.«

»Ich wünsche allen Menschen auf der Welt Glück«, erklärte Ariana. »Mögen alle ihre Träume ebenso in Erfüllung gehen wie die meinen.«

In der darauf folgenden Stille lag etwas Unheimliches. Mark spürte es genauso wie seine Eltern. Es war, als wüßte das Mädchen mit den dunklen Augen, den unbändigen Träumen und dem verrückten Familiennamen, was ihm die Zukunft bringen würde. So wie es Hellseher und Heilige angeblich wissen – unschuldig, bis ins Letzte, ohne Zweifel und ohne Angst.

Augusta ergriff als erste wieder das Wort. »Will noch jemand

Kaffee? In der Kanne ist noch ein kleiner Rest.« Der kleine Rest in der Kanne war ein Hinweis darauf, daß der Nachmittag zwar zauberhaft gewesen war, daß aber die von Mr. und Mrs. Mark Rutherford senior für dieses Gespräch vorgesehene Zeit abgelaufen war.

Mark blickte auf seine Uhr. »Schon halb fünf! Wir müssen uns auf die Beine machen, wenn wir nicht in die Stoßzeit kommen wollen.«

Augusta unterhielt sich mit Ariana über die Verkehrslage der Fernstraße 3 und schob sie dabei geschickt zur Tür hinaus. Mark senior blieb noch stehen und stopfte seine Pfeife. Mark begriff, daß der Nachmittag noch nicht ganz vorbei war.

»Deine Miss Kavalaris ist sehr nett.«

»Danke, Vater.«

»Du kennst sie offenbar noch nicht sehr lange.«

Am Ende dieser Feststellung stand deutlich ein Fragezeichen, aber Mark überhörte es.

»Weißt du, Mark, deine Mutter und ich finden, daß du Nita etwas vernachlässigst.«

»Warum besteht ihr beide darauf, so zu tun, als wäre ich mit Nita verlobt oder hätte es zumindest vor?«

»Sie hat dich sehr gern.«

»Ich habe Betty Grable sehr gern.«

»Wir finden, daß du dich ihr gegenüber ein wenig gleichgültig verhältst, und wundern uns darüber. Mehr wollte ich nicht sagen.«

»Warte ein bißchen.« Ariana legte Mark die Hand auf das Knie. »Starte noch nicht.« Sie kurbelte das Fenster hinunter und blickte zum Haus zurück. Der Wind strich durch die alten Eichen. Vom Obstgarten her trieb der Apfelweingeruch des Oktobers über den Rasen. »So sollte mein Greisenalter sein – so hell, so luftig und so grün.«

»Heirate mich«, forderte er sie scherzhaft auf, obwohl er es überhaupt nicht scherzhaft meinte, »und du bekommst es.«

Sie schüttelte den Kopf. »Das Risiko gehe ich nicht ein.«

»Was für ein Risiko?«

»Kleinigkeiten, zum Beispiel Kinder.«

»Ich habe von Ehe, nicht von Kindern gesprochen.«

»Und was ist deiner Meinung nach die Ehe? Ehe bedeutet Kinder.«

»Du machst mich mit deinen Vereinfachungen wahnsinnig. Es müssen keine Kinder kommen.«

»Dann muß es zu keiner Ehe kommen.«
»Dann suchen wir eben eine Wohnung und leben zusammen.«
Sie antwortete nicht.
Phantastisch, Mark. Deine Eltern haben nicht genügt, auch du mußtest sie beleidigen.
Er startete, und sie fuhren schweigend nach Hause.
Bei Oswick begann es zu regnen, und ein Scheibenwischer fiel aus. Er versuchte mit zusammengekniffenen Augen, die Fahrbahn durch den Niagarafall auf seiner Windschutzscheibe zu sehen.
»Du hast das mit dem Zusammenleben nicht ernst gemeint«, begann sie schließlich. »Das ist unmöglich. Du bist Priester.«
»Ich bin noch nicht Priester und werde es möglicherweise nie sein. Ich weiß jetzt, was ich will, und zwar mit dir leben. Heute. Solange wir beisammen, jung und lebendig sind. Bevor ich mich in Mark senior verwandle und du dich in die Frau verwandelst, die du einmal sein wirst.«
»Was würden deine Eltern dazu sagen?«
»Wen kümmert es, was sie sagen? Was sagst du?«
»Du solltest vielleicht sehen, in wen ich mich verwandeln werde. Komm, lern meine Mutter kennen.«
»Vielleicht ist sie nicht mit mir einverstanden.«
»Sie muß nicht mit dir einverstanden sein. Sag ihr nur guten Tag. Es ist ein alter griechischer Brauch.«

7

Als der Wagen auf der 103. Straße Ost hielt, hatte Mark den Eindruck, daß sie auf einem anderen Planeten gelandet waren. In der Gegend, in der Arianas Mutter lebte, gab es nur brüchige, fünf Stock hohe Mietskasernen, Lagerhäuser und wenige, sehr wenige kümmerliche Bäume.
Ariana stieg aus, sah sich um, und ihre Augen waren dunkel und feierlich vor Erinnerungen. »Als ich noch ein Kind war, bin ich mit meiner Mutter oft diese Straße entlanggegangen. Mein Bruder und ich haben drüben auf einem freien Baugrund Schlagball gespielt. Damals wirkte alles so groß, und jetzt kommt es mir – zusammengeschrumpft vor.«
»Du bist erwachsen geworden, das ist alles«, stellte Mark fest.

»Nein. Ich bin fortgegangen. Das ist etwas ganz anderes.«
Sie faßte ihn an der Hand und führte ihn über den Gehsteig zur Nummer 108 in der 103. Straße Ost. Das Gebäude roch nach fremden, stark gewürzten Speisen. Sie führte ihn ein paar Treppen hinunter in die hintere Kellerwohnung.

»Mark, es ist möglich, daß Mama etwas erwähnt – sie tut es meist. Ich habe als Kind Tbc gehabt.«

Er wußte nicht, welche Reaktion sie von ihm erwartete. »Spielt das eine Rolle?«

»Die Ärzte sind damit fertig geworden, also spielt es vermutlich keine Rolle. Aber sie spricht gern darüber. Sei darauf vorbereitet.«

Ariana klopfte.

Die Tür ging auf, und eine Frau trat auf die Schwelle. Sie war Mitte Fünfzig und trug ein Kleid aus bedrucktem Kattun mit einem Spitzenkragen. Sie erinnerte Mark an Kellnerinnen, die ihre Stammgäste mit einem Kuß begrüßen.

Mutter und Tochter umarmten sich. Schnell. Sehr schnell. Dann stellte Ariana vor: »Mama, das ist Mark. Mark, das ist meine Mutter Yvonne.«

Yvonne Kavalaris hob ihr zartes Gesicht mit der kecken Nase zu Mark und musterte ihn. Schließlich streckte sie die Hand aus. Ihr Griff war sehr sanft, und ihre Haut überraschend weich.

»Guten Tag, Madam«, grüßte er.

»Ich freue mich, Sie kennenzulernen«, antwortete sie mit leicht französischem Einschlag, während sie sich ihrer Tochter zuwandte. »Wir haben uns lange nicht mehr gesehen. Warum?«

Ariana zuckte schuldbewußt die Schultern. »Du weißt doch, wie es ist, Mama. Meine Studien, meine Arbeit...«

»Fremde kommen öfter zusammen.« Yvonne führte sie in die dunkle, kleine Wohnung. Sie bot Kuchen, Plätzchen, Zuckerwerk und Kaffee an.

Mark lobte die Plätzchen.

»Die hat Mama selbst gebacken«, stellte Ariana fest.

»*Il est très gentil*«, erklärte Yvonne ihrer Tochter. Dann übersetzte sie für Mark: »Ich habe meiner Tochter gesagt, daß Sie sehr nett sind.«

»Danke.«

»Allerdings weiß ich das schon seit unserem ersten Zusammentreffen.«

Mark reagierte höflich verblüfft.

»Wissen Sie nicht mehr? Es war in der Oper. Sie sind mit Ariana im Foyer gestanden und haben den Blazer einer Privatschule getragen, die Messingknöpfe waren blank geputzt. Daher wußte ich, daß Sie nett sind. Ich muß allerdings zugeben, daß ich erstaunt war, als Sie meine Tochter küßten. Aber Sie waren damals ungefähr acht Jahre alt, also habe ich darüber hinweggesehen.«

»Richtig.« Jetzt erinnerte sich Mark. »Und Sie trugen –«

»Schwarz. Zwei Monate zuvor war Papa gestorben. Ich hätte eigentlich nicht in die Oper gehen dürfen, aber Ariana hat nicht aufgehört zu betteln. Wir haben ganz oben auf der Galerie gesessen. Sind Sie ein Opernfan?«

»Ich liebe die Oper.«

»Ich habe sie nie verstanden. Aber man kann damit seinen Lebensunterhalt verdienen.« Sie warf ihrer Tochter einen Blick zu. »Angeblich.«

»Du wirst sehen, Mama, daß man damit wirklich seinen Lebensunterhalt verdienen kann.«

Ein Schlüssel wurde ins Schloß gesteckt. Die Tür ging auf, und ein junger Mann mit schmalem Gesicht und dunklen Augen schlenderte herein. Er trug einen schwarzen Nadelstreifenanzug mit wattierten Schultern, der ohne weiteres aus einem Gangsterfilm der dreißiger Jahre stammen konnte, und schleuderte seinen weichen Filzhut quer durch den Raum auf einen Stuhl.

»He, Schwesterlein!« rief er.

»He, Stathis!« Ariana lief zu ihm und umarmte ihn.

Er hob sie hoch und versetzte ihr einen Klaps aufs Hinterteil. »Ißt du mit uns?« Er schaute zu Mark hinüber. »Ach, wir haben einen Gast?«

»Mama hat dir doch erzählt, daß ich einen Freund mitbringe.«

Darauf folgte ein Schwall griechischer Worte, während zwei Paar dunkler Augen sich auf Mark konzentrierten und keinen Zweifel daran ließen, über wen gesprochen wurde. Endlich stellte Ariana vor: »Mark, das ist mein Bruder Stathis. Stathis, Mark.«

Arianas Bruder schüttelte Mark kräftig die Hand. Nicht der zermalmende Griff war schmerzhaft, sondern die rauhen Schwielen.

»Sie haben sich ein ganz besonderes Mädchen zugelegt, Mark.«

»Das habe ich ihm schon begreiflich gemacht«, meinte Ariana.

Nach dem Abendessen kam ein Schokoladenkuchen auf den Tisch, der nach Yvonne Kavalaris' Küche seltsam geschmacklos wirkte. Stathis berichtete stolz mit vollem Mund, daß der Kuchen aus der Bäckerei stammte, für deren Reklame er zuständig war.

Yvonne versuchte, mit Mark ernsthaft über sein Amt als Priester der Episkopalkirche zu sprechen. »Können Sie denn damit Ihren Lebensunterhalt verdienen?«

Ariana, die den Tisch abgeräumt hatte, rief aus der Küche: »Wir werden eine gesicherte Existenz haben, Mama, okay?«

»Das glaube ich schon, aber was ist mit euren Kindern?«

»Wir werden keine Kinder haben.«

»Keine Kinder? Wegen deiner Lunge?«

»Ich habe eine großartige Lunge, Mama.«

Yvonne warf Mark einen Blick zu. »Du weißt, was ich meine.«

Aus der Küche kam ein Seufzer. »*Panagia mou, voithia!*«

»Ich dulde keine griechischen Flüche in meiner Wohnung.«

»Nur weil es Griechisch ist, muß es noch lange kein Fluch sein.«

»Ich spreche zwar nicht Griechisch, aber ich erkenne einen Fluch, wenn ich ihn höre.«

Ariana kam ins Zimmer zurück, beugte sich über ihre Mutter und küßte sie. »Beruhige dich, Mutter, wir werden eben nicht sofort Kinder bekommen.«

»Natürlich nicht sofort, niemand bekommt sofort Kinder, aber –«

Stathis mischte sich ein. »Mama will nur wissen, ob eure Kinder, wenn sie erst einmal auf der Welt sind, katholisch oder protestantisch sein werden.«

»Wir lassen die Kirche aus dem Spiel«, erklärte Ariana.

Yvonne wurde blaß.

»Wir heiraten nicht, Mama, jedenfalls nicht sofort. Wir werden zusammenleben, um zu sehen, ob es klappt. So wie du und Paps.«

Stille trat ein. »Das ist schön«, murmelte Yvonne endlich.

Stathis erhob sich drohend. »Moment mal, ich finde es gar nicht so schön.«

»Wenn die beiden es so haben wollen, sollen sie es tun. Du hältst jedenfalls den Mund, Stathis. Will jemand Kaffee?«

»Ich koche ihn, Mama«, erbot sich Ariana.

»Du bleibst sitzen, du hast genug getan.«

Während Yvonne in der Küche mit den Tassen klirrte, sahen Mark und Ariana einander mit hochgezogenen Brauen an; die Grimasse hieß deutlich: Was soll man da machen?

Yvonne kehrte nach sehr langer Zeit mit dem Kaffee zurück; ihre Augen waren gerötet. Sie beugte sich über ihre Tochter und drückte sie an sich. »Ich freue mich für dich, Ariana. Und auch für dich, Mark. Mögen alle eure Wünsche in Erfüllung gehen.«

Im Taxi fragte Mark Ariana, wie ihrer Meinung nach der Abend verlaufen war.

»Sie werden damit fertig werden«, meinte sie.

»Übrigens – deine junge Freundin Ariana ist ein bezauberndes Mädchen.«

Sie saßen in einem dämmrigen Winkel der Bibliothek des Union Club. Mark senior hatte die Bank früher als sonst verlassen, Mark junior hatte sein Hermeneutik-Seminar geschwänzt, um der Aufforderung seines Vaters Folge zu leisten.

»Liebst du sie?« fragte Mark senior. Mark nickte.

»Darf ich fragen, was für Absichten du hast, falls du überhaupt welche hast?«

»Ich habe keine Absichten, Dad. Hoffnungen, ja. Absichten keine.«

»Setzt sie dich unter Druck?«

»Damit ich sie heirate? Nein.«

»Dann habe ich einen Vorschlag. Miss Kavalaris ist eine attraktive junge Dame. Du bist ein gesunder junger Mann. Sie ist willens und erwartet nicht, daß du sie heiratest.« Mark senior hob die Tasse mit der Bouillon, trank vorsichtig und stellte sie geräuschlos wieder auf die Untertasse. »Genieße deine Affäre mit Miss Kavalaris. Dann werde sie los und beende dein Studium. Irgendwann wirst du schon die richtige junge Frau kennenlernen.«

»Du übersiehst etwas, Dad. Ich habe die richtige junge Frau bereits kennengelernt. Und ich liebe sie.«

»Mir ist klar, daß du das glaubst.«

»Hast du jemals geliebt, Vater?«

»Natürlich war ich einmal verliebt. Jeder ist einmal verliebt.«

»Warst du jemals in Mutter verliebt?«

Mark senior starrte durch das hohe Clubfenster auf die Fifth Avenue hinaus. Ein Doppeldecker-Autobus fuhr vorbei. »Deine Mutter ist eine wunderbare Frau. Sie hat mich sehr glücklich gemacht. Und wenn du mit deiner Miss Kavalaris keinen schweren Fehler begehst, wird eines Tages auch dich eine wunderbare Frau sehr glücklich machen.«

»Ich weiß nicht, ob ich diese Art Glück will.«

»Ich weiß nicht, ob du in diesem Stadium vernünftig überlegen kannst.«

»Ich könnte deine ehrliche Mißbilligung besser ertragen als deine penetrante Toleranz.«
»Deine Mutter und ich wollen nur dein Bestes, dein Glück.«
»Danke, Vater. Und ich lasse mich auch bei Mutter bedanken. Denn genau das strebe ich ebenfalls an.«

Mark erzählte Ariana von dem Gespräch mit seinem Vater.
»Jetzt reicht's«, beschloß sie. »Wir suchen uns eine Wohnung.«
Sie suchten in Hell's Kitchen, in der Upper West Side, dem Fleischkonserven- und Lagerhaus-Bezirk südlich von Chelsea, und schließlich fanden sie in der Perry Street in Greenwich Village eine Zweizimmerwohnung.
Sie war relativ billig. Das Gebäude – rosa Stuck und ein begrünter Hof nebst Springbrunnen mit tanzendem Pan – war ursprünglich ein Zweifamilienhaus gewesen und jetzt in ein Mietshaus umfunktioniert worden. Die Hausmeisterin, eine hinkende alte Frau mit rotgefärbtem Haar, führte sie die Treppe hinauf und stieß eine Tür im ersten Stock auf.
»Eine reine Quart«, bemerkte Ariana. »Die Türangeln singen do-fa. Die ersten beiden Töne von *Amazing Grace*.«
Sie erforschte die Wohnung. Wenn man die Knie anzog, konnte man sich in der Wanne im Badezimmer gerade noch hinsetzen. In einer ehemaligen Vorratskammer waren ein zweiflammiger Gasherd, ein Kühlschrank mit zwei Fächern und eine Spüle untergebracht. In der ganzen Wohnung gab es keinen rechten Winkel, kein Fenster, das leicht auf- und zuglitt, und keine nicht verzogene Tür. Doch es gab zwei Räume, die durch eine Tür getrennt waren.
»Sie gefällt mir«, fand sie. »Bleiben wir hier.«
Sie bezahlten der rothaarigen alten Dame siebenunddreißig Dollar Kaution – das gesamte Geld, das sie in ihren Taschen fanden –, und baten sie, ihnen die Wohnung eine Woche lang zu reservieren.

Während ihrer nächsten Unterrichtsstunde fragte Ariana, welche Bedingungen an das Stratiotis-Stipendium geknüpft waren.
»Keine. Er will einfach die Kunst fördern.«
»Wie hoch ist der Betrag?«
»Er hat etwas von dreihundert Dollar im Monat erwähnt.«
»Ich habe es mir überlegt. Ich nehme das Geld.«

Zwei Tage später überreichte Ariana dem Hausverwalter einen Scheck über eine Monatsmiete plus einer Kaution in derselben Höhe. Am nächsten Tag zogen sie und Mark in das Haus Nummer 89 in der Perry Street ein.

Sie schnorrten in den Kaufhäusern in der Zehnten Straße um Farbe und abgenützte alte Tische. Sie erkämpften bei Altwarenhändlern Rabatt für gebrauchte Teppiche, beschädigte Beleuchtungskörper, angeschlagenes Geschirr und einen alten Eichenschrank mit einem Spiegel.

Nach drei Wochen begann die Wohnung wie ein Zuhause auszusehen. Es gab kaum mehr einen freien Platz, so vollgestopft war sie mit Partituren, Neuen Testamenten, zerfledderten Hebräisch-Englischen Wörterbüchern, einem Sofa aus dritter Hand, einem Klavier aus einem Kaufhaus in Brooklyn und einem Messingbett, das ihnen Harry Forbes aus einer Scheune in Vermont überlassen hatte. Obwohl sie sich nur Teigwaren leisten konnten, waren sie glücklich.

»Magda haßt mich«, erwähnte Ariana, während sie ihr Donnerstag-Abendessen verzehrten – Tortellini marinara. Magda war die hinkende Hausmeisterin mit dem schlechtgefärbten Haar. »Sie hat unseren Briefkasten inspiziert. Auf ihm stehen zwei Namen.«

»Natürlich. Hier wohnen ja auch zwei Leute.«

»Zwei Leute, die nicht verheiratet sind. Sie hat mich angesehen, als hätte ich dich auf die schiefe Bahn gebracht.«

»Aus meiner Sicht beurteilt Magda die Sachlage vollkommen richtig.«

Ariana benützte ihre Gabel als Schleuder und verzierte Marks Stirn mit einem Klecks marinara. »Sei ja vorsichtig, du Klugschnacker. Ich beurteile manches ebenfalls vollkommen richtig.«

Richard Schiller trat nach und nach in Arianas Leben. Zuerst bekam sie ein höfliches Schreiben auf Briefpapier mit dem Kopf *Americana Artists Agency*, in dem er sie fragte, ob sie sich erinnere – er war der Freund von Nikos Stratiotis – und ob sie daran interessiert wäre, in einer Aufführung von *Traviata* in St. Louis das Dienstmädchen Annina zu singen.

Sie besprach es mit der DiScelta, die meinte: »Dieser Agent ist hungrig. Er wird sich für dich einsetzen. Nimm an.«

Als nächstes rief er an und bat sie, in seinem Büro vorbeizukommen. Die Empfangsdame führte sie in eine fensterlose Zelle, in der ein korpulenter Mann mit einem schwarzen Haarkranz zwei Telefongespräche gleichzeitig abwickelte.

Als er sie sah, legte er beide Hörer auf, und sie mochte ihn sofort, weil er ihr das Gefühl vermittelte, daß sie eine bedeutende Persönlichkeit war.

»Was halten Sie von der Micaela in Atlanta?« fragte er.

»Ich würde annehmen.«

»Es wird mir Spaß machen, mit Ihnen zu arbeiten.«

Er verschaffte ihr Rollen: Mimi im Mittleren Westen, Musetta in Los Angeles, Rosalinde in Kansas City. Jeden Monat bekam sie mit der Post einen Scheck von seiner Agentur, der von Monat zu Monat höher ausfiel.

Die Schecks veränderten viel. Die Wohnung in der Perry Street blühte auf: eine Dusche im Badezimmer, Spitzenvorhänge an den Fenstern, ein kleiner Perserteppich aus achter Hand vor dem Schaukelstuhl. Als Mark die Hermeneutik-Prüfung mit sehr gut bestand, konnten sie zur Feier des Tages auswärts essen.

Nach der Rosina in Louisville lud Richard Ariana zum Mittagessen im Russian Tea Room ein.

»Warum zerreißen Sie sich für mich?« wollte sie wissen.

»Das ist mein Geschäft.«

»Andere Kunden sind wichtiger. Warum ich?«

»Bei Ihnen höre ich in der Ferne die Fanfaren des Ruhms, Ariana. Ich habe einen Stall voller Sänger, Tänzer, Klavierspieler und Geiger, und Sie sind der einzige gute Tip in dem Haufen. Deshalb möchte ich Ihnen eine Frage stellen. Würden Sie sich vertraglich an die Agentur binden? Drei Jahre exklusiv? Und ich würde für Sie arbeiten. Richtig schuften.«

»Soll das heißen, daß Sie bis jetzt nicht gearbeitet haben?«

»Das soll heißen, daß Sie Ergebnisse sehen werden. Ich meine *wirkliche* Ergebnisse.«

»Natürlich unterschreibe ich.«

Sie fuhren in sein Büro zurück. Es lag immer noch im sechzehnten Stockwerk, doch jetzt hatte es ein Fenster, das auf den sechzehnten Stock im Gebäude auf der gegenüberliegenden Straßenseite hinausging. Er reichte ihr ein drei Seiten dickes Dokument, und sie unterschrieb es, ohne es auch nur anzusehen.

»Es ist schön, wenn einem vertraut wird«, bemerkte er.

Ihre braunen Augen sahen ihn an. In ihnen lag die Andeutung einer anderen Farbe, sie schillerten wie Pfauenfedern. »Es fällt einem leicht, Ihnen zu vertrauen«, meinte sie.

Er tat alles, was er konnte, um Engagements für sie aufzutreiben, drängte, log und machte mehr Dampf dahinter als bei den Leuten, deren Augen nicht wie Pfauenfedern schillerten. Sie ließ weder ihn noch die Agentur jemals im Stich, und vor allem bewies sie ihm, daß sein Urteil richtig gewesen war. Er wußte, daß sie eine Stimme besaß, und redete sich ein, daß er sie aufbaute.

Er wollte nicht zugeben, daß er in sie verliebt war; der Gedanke kam ihm ohnehin nur ein- bis zweimal wöchentlich.

Außerdem war er seit acht Jahren mit einem Engel verheiratet, der Sylvia hieß und großartig seinen Rücken knetete.

Die DiScelta betrat die Wohnung in der 59. Straße West und küßte ihre alte Lehrerin. »Wie geht es Ihnen, meine Liebe?«

Hilde Ganz-Tucci schaffte es, mit einem einfachen Schulterzucken eine ganze Skala von Leiden auszudrücken. »Mit Rückenschmerzen ist das Leben nicht immer angenehm.«

Ricarda DiScelta setzte sich auf einen zu weich gepolsterten Stuhl. Sie beugte sich vor und suchte sich aus einem Dresdner Porzellanteller, auf dem Kuchenstücke fächerförmig angeordnet waren, das mit den meisten Mandeln aus.

»Ich habe heute nachmittag ein wenig gedöst«, erzählte ihre Lehrerin, »und hatte entsetzliche Träume. Der Schlaf macht mir Angst. Er steht dem Tod zu nahe, und ich kann es mir noch nicht leisten zu sterben.«

Die DiScelta kaute einen Augenblick schweigend. »Sie haben sich ihr ganzes Leben lang Sorgen gemacht.«

»Ich habe sonst nichts zu tun.« Die Ganz-Tucci schloß die Augen. Ihr Haar war schütter und schlohweiß. »Ich habe meine Aufgabe erfüllt. Warum erfüllen Sie jetzt nicht die Ihre?«

»Wenn ich mit Ariana zu rasch vorgehe, wird es Pfusch.«

»Sie schrauben Ihre Ansprüche künstlich hinauf.«

»Nicht mehr als Sie. Ich habe diesen Raum jedesmal tränenüberströmt verlassen.«

»Und jetzt rächen Sie sich.«

Die DiScelta seufzte resignierend, kompromißbereit. »Na schön, ich bringe ihr *Tosca* bei. Sind Sie damit zufrieden?«

Ariana las die Mitteilung in der *New York Times*. Aus gesundheitlichen Gründen sagte Ricarda DiScelta drei *Toscas* an der Met und zwei in Covent Garden ab.

Doch bei der nächsten Unterrichtsstunde war die DiScelta vollkommen auf der Höhe, energisch und unverändert schlecht gelaunt. Sie begannen mit Kadenzen und Sabaggis *Solfège des Solfèges*. Nach der siebenten Kadenz, die mörderisch war, sah die DiScelta sie an.

»Siehst du? Du bist nicht einmal atemlos.«

Das stimmte. Ariana hatte noch immer Luft, eine Reserve, die vorher nicht dagewesen war.

»Diesmal hast du richtig geatmet, genauso wie du den As-Dur-Triller geschafft hast. Habe ich recht, Austin?«

Es war der DiScelta erste wirklich ermutigende Bemerkung über Arianas Gesang, und sie wollte offenbar, daß der Klavierspieler nicht nur die neuen Künste ihrer Schülerin, sondern auch die Großzügigkeit der DiScelta bewunderte.

Austin nickte. »Ja, Madam. Sie hat es sehr nett gemacht.« Seine dunklen Augen begegneten denen Arianas und signalisierten: Ich meine es ernst.

»Du hast es geschafft, weil du aufgehört hast, es zu versuchen«, erklärte Ricarda DiScelta. »Du hast dich von der Musik tragen lassen.«

Während dieser Stunde ereignete sich noch mehr Merkwürdiges. Ein »Nett, sehr nett«, als Ariana ein hohes Des pianissimo hauchte. Eine Hand berührte ihre Schulter und forderte sie auf, sich ihre Kraft für die nächste Passage aufzuheben. Sie nahm Dutzende winziger Gesten und Andeutungen wahr, hinter denen sich eine noch nicht klar ersichtliche, geheimnisvolle Veränderung abzeichnete.

Nach dem Ende der Stunde lehnte die Lehrerin, in ihren kobaltblauen Wollschal gehüllt, ruhig am großen Steinway. »Ich singe die *Tosca* nicht mehr.«

»Ich habe es in der *Times* gelesen. Es tut mir leid, daß Sie sich nicht wohl fühlen.«

»Das war nur eine Ausrede. Ich habe die Rolle satt.«

Ariana zog die Augenbrauen hoch.

»Ich habe genug davon, sie zu singen«, ergänzte die DiScelta schnell. »Statt dessen möchte ich sie lieber unterrichten.« Sie ergriff Arianas Hände und lächelte sanft. »Ich würde die Rolle gern mit dir einstudieren, mein Kind.«

Ariana wunderte sich über den Zweifel, der sich immer lauter in ihr meldete. Zweifel, und sie hätte doch aufgeregt sein müssen. Statt eifrig drauf einzugehen, zögerte sie. Es handelte sich um eine der größten Rollen im gesamten Repertoire. »Ich bin stolz«, sagte sie schließlich leise.

»Dir ist doch klar, daß das harte Arbeit bedeutet.«

»Ich kann arbeiten.«

»Ich weiß. Deshalb habe ich dich gewählt.« Die DiScelta sah Ariana unverwandt in die Augen. »Ich werde die Rolle nie wieder singen. Du wirst meine Tosca sein.« Dann fügte sie hinzu: »Du wirst die Tosca der ganzen Welt sein.«

Der *Tosca*-Unterricht der DiScelta begann mit einer ernsten Warnung. »Puccini hat mehr junge Stimmen auf dem Gewissen als jeder andere Komponist. Obwohl seine Heldinnen jung sind, erfordern seine Melodien Kraft und Reife. Die Begleitung ist laut, die Arien lang. Eine tödliche Kombination für ungeschulte Stimmen. Er ist der Mörder der Anfänger.«

Sie wies auf die Gefahren der oft aufwendigen Begleitung hin. »Sieh doch, wie er die vokale Passage auch im Orchester aufnimmt. Manchmal dreifach, manchmal sogar vierfach, und manchmal nimmt er sie auch im Baß auf. Der Zuhörer findet, daß der Klang einmalig ist. Aber diese Klangfülle ist dein Gegner. Du mußt dennoch gehört werden. Und das Geheimnis liegt nicht in der Lautstärke, sondern in der Phrasierung. Sorge dafür, daß deine Konsonanten deutlich kommen. Das kann dir das Orchester nie wegnehmen: die Konsonanten.«

Sie suchten über die Persönlichkeit der Heldin, Floria Tosca, Zugang zur Partitur.

»Wie alle Heldinnen Puccinis ist sie ein Geschöpf, das für die Liebe lebt und stirbt«, erklärte die DiScelta. »Und sie ist der Mittelpunkt, um den sich die ganze Handlung dreht.«

Die DiScelta wies darauf hin, daß sich jede von Toscas Arien direkt aus dem Drama ergab und jederzeit ein genaues Psychogramm des schwankenden Seelenzustandes der Rolle war. »Das erste Beispiel dafür ist natürlich *Vissi d'arte*.« Die DiScelta betonte, wie heimtückisch einfach diese Arie war: die absteigende, tonleiterartige Melodie in einem gleichbleibenden Rhythmus, das vom Orchester aufgegriffene Thema, während die Stimme bei einem wiederholten Ton einsetzt. »Du konzentrierst dich beim Singen auf die Situation – nicht auf die Tonleiter, nicht auf den wiederholten Ton. Ohne die Situation ist die Arie nichts. Mach die Situation deutlich, und die Arie erhält die Wärme und die Ausstrahlung Verdis.« Die DiScelta konnte Kritiker begreifen, die Puccinis Musik fragwürdig fanden. »Schließlich ist er ein Theatermensch. Er schreibt Dramen und verwendet Musik dazu, und nicht Musik, zu der er Dramen verwendet. Nadia Boulanger hat mich einmal gefragt: ›Wie kann jemand eine so schreckliche Musik lieben?‹ Ich habe geantwortet: ›Sie besitzt Gefühl und Energie und spricht immer die Wahrheit.‹ Darin liegt natürlich auch ihre musikalische Schwäche. Wenn Puccini die Wahl zwischen musikalischen und gefühlsmäßigen Elementen hat, wird er sich immer für das Gefühl entscheiden.«

Das war laut der DiScelta auch der Grund dafür, daß so viele seiner harmonischen Sequenzen wie Popmusik klangen, die ein halbes Jahrhundert später aufkam.

»Was nicht beweist, daß er kitschig war, sondern daß er den wirklichen Gefühlen wirklicher Menschen Ausdruck verlieh, lange bevor sie es selbst taten. Aber jetzt Schluß mit dem Gerede. Machen wir mit deinem *Vissi d'arte* weiter. Bring mich zum Weinen.«

Mark öffnete vorsichtig die Tür. Er merkte auf den ersten Blick, daß Ariana nicht gerade ihren hausfraulichen Tag gehabt hatte. Das Frühstücksgeschirr stand noch auf dem Tisch; Töpfe und Teller ragten aus dem seifigen Spülwasser, auf dessen Oberfläche Kaffeesatz schwamm.

Er schlich auf Zehenspitzen durch die Wohnung. Ariana saß im Schlafzimmer am Klavier. Es war beinahe vier Uhr nachmittags, und die letzten schrägen Strahlen der Wintersonne fielen auf sie. Sie trug einen Morgenrock, hatte den Kopf zurückgelegt, die Lippen weit geöffnet und sang die scheußlichste Tonleiter, die er je gehört hatte. Jeder Ton klang, als würde Sisyphus sich mit einem seiner Steine den Hang hinaufquälen.

Sie erblickte ihn und zuckte zusammen. Ein Buch mit Solfeggien fiel auf die Tasten und erzeugte eine entsetzliche Dissonanz. »Verdammt – wie spät ist es?«

Er schob ostentativ die Manschette zurück und sah auf die Uhr. »Beim nächsten Ton des Zeitzeichens wird es praktisch morgen. Piep.«

»Ich wollte aufräumen, einkaufen und...« Sie raffte den Morgenrock zusammen. »Wir haben überhaupt nichts Eßbares im Haus.«

»Klingt vielversprechend. Als Vorspeise gibt es frische Überhaupt-nichts in Muschelschalen, die sind auf dem Markt gerade günstig zu haben. Als Hauptspeise ein Überhaupt-nichts-Soufflé. Und als Nachspeise ein Überhaupt-nichts-Kompott.«

Er scherzte, aber sie spürte, daß er hinter seinen halbgeschlossenen Lidern etwas verbarg. »Du hast ein Geheimnis«, stellte sie fest.

»Wer sagt das?«

»Dein Gesicht. Was ist los?«

»Ich lasse mich von dir scheiden. Du bist eine miserable Hausfrau.«

»Ich bin eine miserable Hausfrau mit einer phantastischen Höhe. Die DiScelta hat heute behauptet, ich erreiche das hohe E mühelos, vielleicht sogar das F.«

»Schön, dann pack einmal deine phantastische Höhe, dein E und auch dein F ein und nimm sie mit nach Paris.«

»Paris – Frankreich?«
»Ich spreche nicht von Paris in Missouri.«
»Wann?«
»Während der Frühjahrsferien.«
Sie brauchte eine Weile, es zu begreifen, dann fragte sie: »Warum?«
»Weil ich zum Vertreter der amerikanischen Seminaristen gewählt worden bin und am ökumenischen Kongreß teilnehmen werde, der unter der Schirmherrschaft Seiner Exzellenz des Erzbischofs von Canterbury stattfindet. Zu deiner Information: Das ist eine sehr große Ehre und eine Gelegenheit, einige Drahtzieher und große Tiere der Kirche kennenzulernen.«
Sie blickte aus dem Fenster. Der Winter war praktisch vorbei. Der kleine Pan im Springbrunnen hatte seine Eiszapfen verloren. »Paris«, wiederholte sie träumerisch.
Ihre Mutter hatte, wenn sie von Paris erzählte, immer von einer Art verlorenem Paradies aus Licht und Champagner gesprochen, die Seine hatte in den Farben von Toulouse-Lautrec geleuchtet. Sie hatte von Bal-Musettes und komischen Autohupen erzählt. Und vom Essen: von kiloweisem Selbstmord in Butterschmalz.
»Bist du sicher, daß es keine Schwierigkeiten gibt, wenn ich mitkomme?«
»Liebes, ich werde bald in einer Pfarre in den Ost-Appalachen sitzen. Du wirst unsere Drillinge großziehen und nach Houston fliegen, um in einem Gartenklub ein Konzert zu geben. Paris ist unsere große Chance. Vielleicht die einzige bis zu unserer Pensionierung. Wir sind frei, wir lieben uns, mein Flug wird bezahlt, und du wirst eine verbilligte Karte bekommen, weil Nachsaison ist. Wir sollten das machen.«
Sie holte den *briki*, kochte griechischen Kaffee und betrachtete den Satz in ihrer Untertasse. »Okay. Wir fliegen nach Paris.«

Richard erwartete sie an der Tür seines Büros. Sie hielt ihm die Wange hin und bekam einen innigen Agenten-Klienten-Kuß.
»Richard, ich habe meine Pläne geändert. Ich fliege in drei Wochen nach Paris.«
Richard runzelte die Stirn. Zwischen seinen Augenbrauen bildete sich eine steile Falte. »Ihre Engagements häufen sich. Ich habe die Termine bereits festgelegt.«
»Ich fliege nach Paris.«
»Und ich soll New Orleans und Los Angeles anrufen und erklären, daß meine Klientin unbedingt den Eiffelturm sehen

mußte? Glauben Sie, daß ich auf dieser Welt bin, um zu essen, zu schlafen und die restlichen zwanzig Stunden des Tages damit zu verbringen, daß ich die Termine für undisziplinierte Künstler verschiebe?«

Sie sah ihn erstaunt an, erst jetzt bemerkte er, daß er geschrien hatte. Die Wände waren papierdünn, und es war nicht gut, wenn jede Sekretärin in der Agentur erfuhr, daß er mit seinen Klienten nicht zurechtkam.

»Was ist mit Ihnen los, Ariana?«

»Ich liebe... jemanden.«

»Und dieser Jemand will, daß Sie Ihre Karriere kaputtmachen.«

»Nein, es war mein Entschluß. Und ich glaube nicht, daß zwei Termine bei kleinen Opernensembles so wichtig sind.«

Richard Schiller schloß die Augen und dachte an die abzusagenden Termine; an die lautstark zu führenden Ferngespräche; an die verfallenden Kautionen, die zurückzuzahlenden Vorschüsse und Provisionen, die er in den Wind schreiben konnte. Er hätte wütend sein, sie anbrüllen, ihren Vertrag zerreißen müssen. Aber wenn er sich selbst gegenüber ehrlich sein wollte, dann wußte er, daß er das dunkelhaarige Mädchen mit den zu großen Augen, aber der großen, großen Stimme gern hatte. Er wollte zu ihr gehören.

In dreißig Jahren wollte er sagen können: Ich habe sie geformt. Finde dich damit ab, redete er sich gut zu, sie ist jung, sie ist in dem Alter, in dem die Liebe wichtig ist, in dem Paris wichtig ist. Es ist besser, wenn sie es jetzt hinter sich bringt.

»Ich kann es vermutlich hinbiegen«, gab er zu.

»Danke, Richard. Ich weiß, daß ich ein Quälgeist bin. Ich werde es Ihnen nie vergessen.«

Die DiScelta nagelte Ariana mit ihrem finsteren Blick fest. »Du lebst also nicht nur mit diesem Mann zusammen, du stellst auch dein Leben auf das seine ein.«

Heute war Austin Waters ausnahmsweise nicht bei der Lektion anwesend. Ricarda DiScelta hatte Ariana begleitet. Sie hatte schlecht, mit metallischem Anschlag gespielt, und jetzt klappte sie den Deckel zu, so daß ein gespenstisch mißtönender Akkord durch das Musikzimmer hallte. Sie sah ihre Schülerin starr und mitleidlos wie eine Schlange an.

Ariana wurde plötzlich klar, daß die nächsten Minuten sehr still verlaufen würden.

»Mach kein so ernstes Gesicht, Kind«, begann ihre Lehrerin.

»Begreifst du denn nicht, du mußt lachen. Du mußt lachen, weil es lächerlich und grotesk ist, daß eine Person mit deinem Talent auch nur eine Sekunde ihrer Karriere für... für ein verliebtes Intermezzo am Ufer der Seine verschwendet. Das ist Akkordeonmusik, Mandolinenkonzert, das ist komisch.«

Ariana blickte zu Boden und hoffte, daß die DiScelta nicht merken würde, daß sie mit den Tränen kämpfte. Aber die Tränen flossen wider Willen, und die Hand ihrer Lehrerin umschloß die ihre.

Die DiScelta sprach sanft, wie eine Mutter zu ihrem Kind. Sie beschrieb, wie schwer es ihr selbst ums Herz war. Sie malte die Zukunft in den düstersten Farben. Sie betete darum, daß Arianas gesunde Instinkte sie retten würden.

Sie predigte, bis Ariana sich sehr klein und sehr einsam vorkam, die Lippen zusammenpreßte und das Kinn trotzig hob.

Die Bemühungen der DiScelta waren vergeblich.

»Ich fliege nach Paris«, wiederholte Ariana.

»Dann tut es mir um dich leid. Mehr, als du ahnen kannst.« Die DiScelta bewegte den Arm, als wehre sie schmutziges Zeitungspapier ab, das ihr der Wind ins Gesicht getrieben hatte. »Geh.«

Sie wartete, bis die Außentür ins Schloß gefallen war, dann ging sie zum Telefon im Studio. Mit steifem Zeigefinger wählte sie rasch die Nummer.

»Richard Schiller, bitte... Ricarda DiScelta, dringend.«

Wenige Sekunden später war er am Apparat. Sie beugte sich vor.

»Richard? Ich kann es Ariana nicht ausreden... Ja, ein entsetzlicher Fehler. Andererseits bietet er uns vielleicht eine Gelegenheit.«

Ariana hob den Hörer ab. »Hallo?«

»Hi, hier spricht Richard.« Er klang zu fröhlich, zu versöhnlich. Eine Welle des Mißtrauens stieg in ihr hoch. »In der Woche vom 12. April bringen sie in Covent Garden dreimal die *Bohème*. Das ist von Paris aus nur ein Katzensprung über den Kanal. Sie brauchen einen Ersatz für die Musetta. Interessiert?«

Sie sank langsam in den Stuhl und mußte kurz die Augen schließen. Richard sprach weiter, und ihre Gedanken rasten und versuchten, sich ihrem wild klopfenden Herz anzupassen.

»Das ist wunderbar, Richard, danke.«

Als Mark das Zimmer betrat, fand er ein erschrockenes kleines Mädchen vor, das in einem Stuhl kauerte und ihn mit riesigen, weitaufgerissenen Augen ansah.

»Ich soll in Covent Garden singen.«
»Großartig.« Er küßte sie, und sie klammerte sich an ihn.
»Wann?«
»Das ist das Unglaubliche daran – es läßt sich mit unserer Reise kombinieren.«
»Aber, aber, du wirst doch nicht weinen.«
»Ich bin nur so verdammt glücklich.«
»Meiner Meinung nach kann Covent Garden glücklich sein.«
»Nein, Mark, ich bin glücklich. Ich habe dich.«

8

Drei Wochen lang erteilte die DiScelta Ariana einen Schnellkurs in *La Bohème*, der zu einem Seminar über Puccini ausartete.

»Die Oper ist reines Gefühl. Die Melodien folgen keiner musikalischen Logik mehr, sondern dem emotionalen Schwung der Worte.«

Sie wies darauf hin, daß Puccini, obwohl er gelegentlich Anfälle von Verschwendungssucht hatte, das Orchester meisterhaft und sparsam einsetzte. »Beobachte in *Bohème*, wie die Harfe verwendet wird. Man hört sie oft nicht, aber man fühlt sie immer. Sie übernimmt die Rolle der Kursivschrift in der Prosa. Sie betont, ohne Neues zu bringen.«

Und sie erklärte Ariana, daß die typische Puccini-Arie aus verschiedenen melodischen Motiven bestand, von denen jedes deutlich einen Gefühlszustand ausdrückte – und daß diese Motive zu einer Melodie verbunden wurden, die nicht so sehr Melodie im Verdischen Sinn sei als eher das Herausarbeiten des Seelenzustands der Gestalt. »Seine Melodie reißt uns durch ihr Gefühl mit, nicht durch die Noten. Hier zählt nur die Leidenschaft.«

Ariana nickte und bemühte sich mitzukommen.

»Die Musetta«, fuhr die DiScelta fort, »ist keine typische Puccini-Rolle, aber eine seiner effektvollsten. Du hast eine große Nummer: den Walzer. Habe keine Angst vor ihm. Es ist eine volkstümliche Melodie – sing ihn so. Das Opernpublikum ist immer für populäre Melodien dankbar. Sie gibt dir die Chance, der Primadonna die Schau zu stehlen. Nütze sie.«

Ariana stand auf der Veranda des Racquet-and-Health-Club und beobachtete das Squash-Match.

Nikos Stratiotis spielte wild und unglaublich hart, so daß die Flugbahn des Balles unberechenbar wurde und sein Gegner immer wieder am falschen Platz stand. Das Match endete damit, daß Nikos einen scharfen Schlag hoch auf die hintere Wand setzte. Der Ball prallte ab, schoß am Racket seines herbeistürzenden Gegners vorbei, sprang dreimal auf und rollte aus. Nikos' Gegner kam zu ihm und schüttelte ihm die Hand.

Die Tür zum Spielfeld ging auf, ein Angestellter trat zu Nikos und deutete auf das Glasfenster. Nikos blickte zu Ariana hinauf.

Zwei Minuten später stand er neben ihr und schlug den Kopf seines Rackets mit einem harten, klatschenden Geräusch gegen seinen Oberschenkel.

Sie reichte ihm den Scheck.

»Was ist das?« fragte er.

»Meine Vorauszahlung von Covent Garden.«

Er lächelte. »Das ist großartig. Ich habe gewußt, daß Sie eine gute Investition sind.«

Er versuchte, ihr den Scheck zurückzugeben. Sie nahm ihn nicht.

»Sie haben mir das Geld geliehen«, sagte sie. »Wissen Sie es noch?«

»Haben Sie mir eine Bestätigung dafür gegeben?«

»Nein.«

Er zerriß den Scheck säuberlich in Viertel und ließ sie zwischen die Zigarettenstummel in einen Aschenbecher fallen. »Es hat sich nicht um ein Darlehen gehandelt, sondern um ein Stipendium.« Er beugte sich lächelnd hinunter und massierte einen Muskel im Oberschenkel. »Das bedeutet, daß man es nicht zurückzahlt. Noch dazu stammt das Stipendium nicht von mir, sondern von der Stratiotis-Stiftung für die Schönen Künste.«

»Also gut«, murmelte sie. »Sie sind sehr freundlich.«

»Ich bin ganz bestimmt nicht freundlich. Sie sind mir nicht im geringsten verpflichtet. Sie sind keiner verdammten Stiftung verpflichtet, die meine Anwälte ins Leben gerufen haben. Sie sind allein exzellenter Leistung verpflichtet.«

Sie starrte den muskulösen Mann in der verschwitzten Sportkleidung an. Die dunklen Locken klebten an seinem Kopf, als hätte er gerade in der Ägäis getaucht, und sie bekam das unbestimmte Gefühl, daß sie eigentlich jemand anderen vor sich hatte. »Das klingt nicht nach Ihnen.«

»Soll es auch nicht. Ich nehme Stunden. Ein Schauspieler bringt mir bei, so zu klingen wie er. Allerdings ohne britischen Akzent. Der würde nicht zu mir passen, nicht wahr?«

»Ich weiß es nicht. Aber ich muß Ihnen etwas sagen. Ganz gleich, was Sie sagen, oder wie Sie klingen – Sie sind ein freundlicher Mensch.«

Sie küßte ihn schnell, ihre Lippen streiften leicht seine Wange. Als sie hinauseilte, erblickte sie ihr Spiegelbild im Fenster zum Squash-Raum: ein großgewachsenes Mädchen, das entschlossen ausschritt und dessen langes pechschwarzes Haar seine Schultern peitschte. Als sie vom Lift aus zurückschaute, starrte er ihr noch nach. Ein komischer Mann, dachte sie, ein freundlicher Gangster.

Es war der richtige Augenblick für Auslandsreisen. Der Dollar war stark, und Europa hatte sich von den Zerstörungen des Krieges schon beinahe wieder erholt. Obwohl es im Zentrum von London oder Rom immer noch Ruinen gab, waren es saubere Ruinen, nicht die rauchenden Trümmer, die Mark vor drei Jahren verlassen hatte.

Er und Ariana entdeckten zu ihrer Beruhigung, daß sie nicht nur jede Nacht acht Stunden lang nebeneinander schlafen, sondern daß sie die übrigen sechzehn glücklich und wach miteinander verbringen konnten, ob sie nun durch die Vatikanstadt schlenderten, voll Ehrfurcht vor dem Tor der Kathedrale von Chartres standen, sich im schottischen Hochland verirrten oder alle Diskussionen über Wohin-als-nächstes oder Was-als-nächstes dadurch beendeten, daß sie die entsprechenden Abschnitte im *Baedeker* und im *Michelin* zu Rate zogen.

Sie besuchten vier Länder, nahmen an drei internationalen Tagungen der anglikanischen und der protestantisch-episkopalen Jugend teil, stopften sich in Venedig mit Fettucine al pesto, in einem Londoner Pub in der Portobello Road mit Würstchen und Kartoffelbrei voll und speisten einmal am Abend im Savoy Tournedos Rossini – nur um ihren Enkeln dereinst davon erzählen zu können.

Mark ergriff sein Glas, und bevor er es an die Lippen führte, prostete er Ariana zu. Sie erwiderte die Geste. Es war ihr neunhundertster wortloser Toast auf die Liebe, auf einander, auf das Glück, auf das Heute; und sie wurden allmählich ein wenig beschwipst. Er spülte das letzte Stückchen Birne Hélène mit dem letzten Schluck Wein hinunter und lehnte sich zurück.

»Was?« fragte sie.

Er hatte in der vergangenen Woche festgestellt, daß sie seine Stimmungen und sogar seine flüchtigen Gedanken sehr rasch erfaßte. »Was, was?«

»Du denkst über etwas nach.«

»Stimmt nicht.« Er grinste.

Doch sie hatte recht. Er fragte sich, ob das Leben jemals wieder so schön sein würde.

Sie bezahlten das Taxi mit einem Stoß Travellerschecks, was schmerzte, und dann saßen sie auf einer Terrasse mit dem Blick auf die Themse, die in Flutlicht getauchten Houses of Parliament und die Westminster Abbey. Ein Orchester spielte, sie tranken Grand Marnier und tanzten zwischendurch.

Ariana trug ein Abendkleid, das ihr Agent ihr vor zwei Wochen gekauft hatte, als er sich endlich mit der Reise abgefunden hatte. Es war aus silbergrauer Seide, sehr einfach geschnitten, und nur eine sehr schöne oder sehr auffallende Frau konnte es tragen. Die Seide fing alle Farben rings um sie ein und verschmolz sie zu einem weichen, schillernden Schimmer.

»Morgen muß ich die Musetta proben«, seufzte sie.

»Morgen ist weit weg.«

Während sie tanzten, zog er sie an sich, und sie küßten einander.

Er flüsterte ihr ins Ohr: »Gehen wir ins Bett, ich will mit dir schlafen.«

Sie lächelte. »Jetzt?«

Er nickte. »Jetzt.«

Sie konnten es sich gerade noch leisten, im Savoy zu speisen – aber nicht, dort zu schlafen. So fuhren sie mit einem Londoner Taxi, dessen Rücksitz größer zu sein schien als ihr ganzes Wohnzimmer, in ein Hotel im Südwesten.

Am nächsten Tag war die erste Klavierprobe in Covent Garden angesetzt; am Tag darauf die erste Bühnenprobe; und am darauf folgenden Tag die erste und einzige Probe mit dem ganzen Ensemble und dem Orchester.

Ariana trug das rote Kleid und die Hermelinstola aus dem zweiten Akt, während sie vom Parkett aus den ersten Akt der Kostümprobe beobachtete.

Der zweite Akt spielte im Quartier Latin. Ariana wartete in den Kulissen auf ihren Einsatz.

Ich bin Musetta, sagte sie sich. Ich bin Musetta.

Dann war es soweit.

Sie warf den Kopf zurück, gestikulierte mit den Händen,

lachte fröhlich, verwandelte sich in die Gestalt, die sie verkörperte, und betrat die Bühne am Arm des Baritons.

Während die Bühnenarbeiter die Dekoration für den dritten Akt aufstellten, nahm Lucco Patemio Ariana beiseite. »Für eine Anfängerin sind Sie großartig.«

Sie konnte kaum glauben, daß der berühmteste Sänger der Welt ihr ein Kompliment machte. »Danke«, antwortete sie schüchtern.

»Sie besitzen eine entzückende Stimme, mein Kind«, fuhr er fort. »Aber in diesem Haus ist das hohe B im Walzer der Musetta verschwendet. Singen Sie es eine Oktave tiefer.«

Sie war entsetzt. »Ohne das hohe B ist die Arie unvollständig.«

Er beugte sich über den Tisch und berührte ihr Handgelenk. »Heben Sie es sich für die Scala auf, wo man es zu schätzen weiß. Und wenn Sie tun, was ich sage, mein Kind, werden Sie an der Scala singen. Ich werde dafür sorgen.«

Am nächsten Abend in der Vorstellung mißachtete Ariana Patemios Rat und sang das hohe B – weil Puccini es geschrieben hatte. Das Publikum belohnte sie mit zweiminütigem Applaus.

Nachdem der Vorhang zum letztenmal gefallen war und sich die Mitwirkenden verbeugt hatten, trat Lucco Patemio hämisch lächelnd zu Ariana: »Es macht Ihnen hoffentlich nichts aus, meine Liebe, aber nur die Hauptdarsteller treten einzeln vor den Vorhang.«

»Musetta ist eine Hauptrolle.«

»Nicht heute abend.«

Plötzlich begriff sie – aus ihm sprach der Neid. »Sie haben dafür gesorgt, weil das Publikum mich mag, nicht wahr? Sie haben schlecht gesungen, ich habe gut gesungen, und das Publikum hat den Unterschied gemerkt. Sie haben Angst davor, daß ich mehr Applaus bekomme als Sie, wenn ich allein vor den Vorhang trete.«

Sie brauchte zwei Jahre, um zu lernen, daß niemand, nicht einmal eine Primadonna, so mit einem Tenor spricht, aber an diesem Abend war sie in ihrem Beruf noch unerfahren und sprach, wie sie gesungen hatte, mit der ganzen Aufrichtigkeit ihres Herzens.

»Sie werden sich nicht verbeugen«, antwortete er, »weil das Publikum von ihrem linkischen albernen Grinsen genug hat.«

Sie verbeugte sich nicht, sondern stand außer Sichtweite des Publikums hinter dem Vorhang und applaudierte den übrigen Hauptdarstellern. Bis auf Lucco Patemio lächelten ihr alle zu und erwiderten ihren Applaus, als sie in ihre Garderoben zurückkehrten.

Genau eine Nacht lang war sie voll Haß, weigerte sich, mit Mark zu sprechen, weigerte sich, mit ihm ins Bett zu gehen oder ihn auch nur zu küssen, und dann war es vorbei. Am nächsten Tag hatte sie gute Kritiken.

Im Gegensatz zu Lucco Patemio.

Am Freitag sang sie die Musetta zum zweitenmal. Sonnabend früh fuhren Mark und sie mit dem Fährzug von London nach Paris. Am Nachmittag gingen sie im herrlichen Sonnenschein Hand in Hand an der Seine spazieren und stöberten in den Bücher-, Blumen- und Antiquitätenbuden.

Sonntag morgen mischten sie sich unter die eleganten amerikanischen und britischen Kirchgänger in der protestantischen Kathedrale und lauschten der Predigt des Erzbischofs von Canterbury über atomare Abrüstung.

Hinterher gab es im Garten der Kathedrale einen Empfang: Tee, winzige Kuchen und ein Meer von teuren Frühjahrshüten.

Der Erzbischof drückte Ariana herzlich die Hand. »Ich habe Sie gehört.«

Sie war verblüfft. »Sie haben meine Musetta gehört?«

Er lächelte vergnügt. »Nein. Ich habe Ihr *Christus der Herr ist heute auferstanden* gehört. Ihre Stimme hat die gesamte Gemeinde mitgerissen.« Er schüttelte Mark die Hand. »Meinen Glückwunsch, Sie haben eine entzückende Frau.«

Ariana spürte, daß etwas ganz und gar nicht in Ordnung war, als sie und Mark in ihre Wohnung in der Rue de Fleurs zurückkehrten. Sie stellte eine Tasse Kamillentee vor ihm auf den Tisch und hörte ihm schweigend zu, während er ihr so klar wie möglich erklärte – es fiel ihm schwer, sich klar auszudrücken –, daß er noch am gleichen Tag zurückfliegen müsse. Sofort. Ohne Aufschub.

»*Panagio mou*, warum?«

Er konnte ihr das Warum offenbar nicht erklären.

»Was ist los, Mark? Hängt es mit mir zusammen? Mit mir? Mit uns?«

Sie setzte sich auf die Armlehne seines Stuhls, legte ihm den Arm um die Schultern. Er sah sie lange an, dann drückte er ihre Hand so fest, daß sie überrascht war, und preßte sie an seinen ungewohnt heißen, feuchten Mund. Als er endlich sprach, kam seine Stimme aus tausend Kilometern Entfernung.

»Ich liebe dich. Ich liebe dich wirklich. Und... ich möchte mein Leben mit dir verbringen, ich möchte dich heiraten, und...«

»Mark, wir haben über alle diese *möchte* oft genug gesprochen. Warum bist du so außer dir? Vielleicht deshalb, weil der Erzbischof annimmt, daß wir verheiratet sind?«

»Ich muß zurückfliegen. Das ist alles.«

»Noch heute?«

»Ja.«

»Und ich muß noch einmal die Musetta in Covent Garden singen, ganz zu schweigen von drei Rosinas in Düsseldorf, wo ich noch nie im Leben gewesen bin und wo ich gern mit dir beisammen gewesen wäre.«

Am Nachmittag fuhren sie schweigend in einem Taxi zum Flughafen und bestiegen verschiedene Flugzeuge: Sie flog über den Kanal, er über den Atlantik.

Jede andere Rolle hätte Ariana zu diesem Zeitpunkt lieber gesungen als die Rosina: die junge, unbeschwerte Heldin von Rossinis *Barbier von Sevilla*.

Zum Glück liebte das Publikum die liebenswürdigen Ungereimtheiten des Librettos und den leichten Humor der melodiösen Partitur. Der *Barbier* war ausschließlich vordergründig, charmant, fröhlich und präzise.

In der Düsseldorfer Presse wurde Ariana dreimal lobend erwähnt, und nach zwei weiteren Vorstellungen kehrte sie nach New York zurück. Die Türangeln sangen zwei Töne aus *Amazing Grace*, und sie ließ die Koffer fallen.

Mark küßte sie. Es war nicht der Kuß, den sie erwartet hatte. Er sah ernst und erschöpft aus. In der Spüle stand Geschirr. Die Laken auf dem Bett waren nicht gewechselt worden. Der Wäschekorb im Badezimmer quoll vor Hemden über. Hemden mit steifen Kragen, Stäbchen und adretten, kleinen Knöpfen.

Sie holte eines heraus und las das Etikett. Brooks Brothers.

»Du hast früher nie bei Brooks gekauft«, meinte sie.

»Sie stammen aus dem Ausverkauf.«

Vor zwölf Tagen hatten sie sich in Paris schweigend voneinander verabschiedet, und wenn man das Wochenende abzog, blieben zehn Arbeitstage übrig. Es waren insgesamt zehn Hemden aus feinem blauem Leinen.

»Trägst du sie beim Unterricht?«

»Ich war nicht beim Unterricht.«

Sie sah sich jetzt genauer in der Wohnung um und spürte, daß die Behaglichkeit aus dem Chaos verschwunden war. Nichts stimmte mehr. Statt Entwürfen für Predigten stapelten sich Stöße eines Wirtschaftsmagazins auf den Tischen. Exemplare des *Wall Street Journal* lagen in der Ecke, die eigentlich den drei Wochen alten ungelesenen Exemplaren von *The Church Times* vorbehalten war. Ein Börsenhandbuch stand auf dem Brett unter dem Kaffeetisch an der Stelle, die sonst das Hebräisch-Englische Wörterbuch eingenommen hatte.

»Was hast du wirklich getan?« fragte sie. »In eleganten Hemden die Schule geschwänzt?«

»Ich habe gearbeitet.«

»Hast du einen Posten als Nachtarbeiter angenommen?«

»Als Tagarbeiter. Harry Forbes hat mir eine Stellung in seiner Maklerfirma verschafft. Ich bin aus dem Seminar ausgetreten.«

Sie starrte ihn an und wollte das eben Gehörte nicht glauben. »Du tust das alles meinetwegen«, stellte sie ruhig fest. »Genauer gesagt, du glaubst, daß du es meinetwegen tust.«

»Vielleicht sollten wir darüber sprechen.«

»Vielleicht ist das dein erster vernünftiger Gedanke seit zwölf Tagen.«

Sie setzte sich an den Tisch. Er brachte zwei Tassen Tee; zwei Dampfwölkchen stiegen empor, und er beugte den Kopf.

Dann brach es aus ihm heraus. Zweifel hätten ihn gepackt. Nicht gerade an der Göttlichkeit Christi oder an der Dreieinigkeit, nicht gerade an den traditionellen Gebeten, durch die ein Gespräch mit dem Schöpfer genauso steif verlief wie eines mit Mr. Vanderbilt...

»Mark.« Ihre Hand legte sich auf die seine. »Komm zur Sache.«

Sekundenlang trafen ihre Blicke einander. Seine Augen waren groß und kummervoll, in ihnen lag Scham, und in Mark Rutherfords Augen hatte nie zuvor Scham gelegen. Er erzählte ihr von einem Studenten, den ein Mädchen auf seinem Zimmer besucht hatte – vollkommen harmlos, eine Kusine – und den das Seminar hinausgeworfen hatte, als hätte er alle Sünden von Sodom und Gomorrha begangen.

»Ich bin zwar Opernsängerin, Mark, aber wofür hältst du mich eigentlich, für eine liebeskranke Schwachsinnige? Natürlich hegst du Zweifel, aber nicht an der apostolischen Legitimität und nicht an der Kusine, sondern an uns.«

Einen Augenblick lang rührte er sich nicht.

»Oder«, fügte sie leiser hinzu, »an mir.«

Sein Leugnen hatte das Gewicht eines Grabsteins. »Liebes, ich schwöre dir, ich habe nie in meinem Leben...«

»Würdest du bitte aufhören, dich und auch mich zu belügen? Hast du solche Angst davor, mich zu verletzen, bei mir den Eindruck zu erwecken, daß du mir nicht vertrauen kannst? Oder vertraust du mir vielleicht gar nicht? Geht es darum, Mark? Hältst du mich für feig oder dumm? Ein trällerndes Betthäschen, dem man gern zuhört, mit dem man gern schläft, aber auf das man sich keinesfalls verlassen kann, wenn einmal die Rechnung präsentiert wird. All das ist nicht an einem Wochenende passiert, und es ist auch nicht deshalb passiert, weil ein Verwalter in dem Seminar zu einem Anti-Sex-Kreuzzug aufgerufen hat. All das hat sich allmählich entwickelt, seit wir uns kennengelernt haben. Und ich will dir etwas sagen, Mark Rutherford junior, ich habe nicht vor, der Grund für dein lebenslanges Unglück zu sein. Werde Pfarrer, werde Angestellter der Müllabfuhr, aber mach mir keine Vorwürfe.«

»Moment mal, wer macht denn jetzt wem Vorwürfe?«

»Du!« kreischte sie. »Du mir! Ein Pastor kann nicht mit einer Sängerin verheiratet sein, weil Sängerinnen auf der Bühne auftreten und alle Leute, darunter auch der Erzbischof von Canterbury, wissen, daß eine Schauspielerin nur um eine Stufe höher steht als eine Nutte; und damit du meine Gefühle und meine Karriere schonst, gibst du alles auf und verkaufst dich an diese Wall-Street-Hyänen, die Aktien, Wertpapiere, Zukunft, Schuldscheine und ähnlichen Mist verscheuern, damit du und ich weiterhin in Sünde, aber glücklich miteinander leben können, während ich mich an die Spitze trillere und du für den Rest deines Lebens jeden Tag mit dem Zug Nummer sechs in die Wall Street fährst.«

»Du bist ja hysterisch. Wir sollten besser beide still sein.«

»Die Rutherford-Taktik? Sprich nicht darüber, und vielleicht geht es von allein vorüber und stirbt.«

»Das hat aber schon gar nichts mit den Rutherfords zu tun.«

»Das hat sehr viel mit den Rutherfords zu tun, und obwohl du mir sehr klar zu verstehen gegeben hast, daß es mich nichts angeht, stelle ich die Frage trotzdem. Hat dein Vater den Geldhahn zugedreht?«

Auf Marks Gesicht malte sich Verblüffung.

»Hat er dir erklärt, daß du die Wahl zwischen mir und dem Seminar hast?« Sie faßte sein Schweigen als Einverständnis auf und begann, ihn so leise anzuschreien, daß es beinahe ein beißendes Flüstern war. »*Panagia mou, voithia!* Verdammt, Mark!

Wenn wir einander nicht vertrauen können, was, zum Teufel, sucht dann jeder von uns im Leben des anderen?«

Darauf fiel ihm offenbar keine Antwort ein.

»Glaubst du, daß du dich überhaupt nicht auf mich verlassen kannst?«

Er schwieg weiterhin hilflos.

Sie packte ihre Teetasse und schleuderte sie gegen die drei Meter entfernte Wand hinter ihm.

Er duckte sich, weil er annahm, daß der Teekessel oder die Lampe folgen würden. Aber es folgte nur Stille, und als er zu ihr hinüberblickte, war sie nicht mehr da.

»Ariana?«

Sie befand sich nicht im Badezimmer, lag nicht weinend im Schlafzimmer, stand nicht auf dem Treppenabsatz, nicht im Hof und hielt auch nicht auf der Perry Street ein Taxi an.

Sie war fort.

Und wenn nicht der tropfnasse Fleck an der Wand und die beiden Koffer neben der Tür gewesen wären, hätte er geglaubt, daß sie niemals in die Perry Street zurückgekommen war.

9

Ariana suchte Richard Schiller auf und erklärte ihm, daß sie sofort zweitausend Dollar brauche.

»Ich kann Ihnen im Juli ein Engagement in Cincinnati für *André Chenier* verschaffen.«

»Ich brauche das Geld jetzt, Richard. Können Sie nicht schnell etwas für mich auftreiben? Vielleicht Reklame im Fernsehen?«

»Ich erlaube nicht, daß Sie Reklame machen. Unter gar keinen Umständen!«

Als Ariana das Büro ihres Bruders betrat, lehnte er in einem Drehstuhl und hatte die Füße in den modischen Schuhen auf den Tisch gelegt. »Hi, Schwesterchen. Ich habe nur eine Minute Zeit.« Er deutete großzügig auf einen Stuhl.

Sie setzte sich. »Das ist vielleicht ein Büro.« Die Einrichtung war billig und schäbig: moderne dänische Massenproduktion.

Er lächelte. »Ich habe die Farben selbst ausgesucht.« Das Lächeln verschwand. »Was kann ich für dich tun?«

»Du machst doch die Werbung für diese Leute?«

»Ich bin Leiter der Public-Relations.«

»Ich möchte Fernsehreklame machen.«

Er schüttelte den Kopf. »Wir haben ein italienisch-amerikanisches Produkt, einen italienisch-amerikanischen Markt. Du bist französisch-griechisch.«

»Ich sehe italienisch aus und singe Italienisch. Außerdem singe ich klassische Musik, und die Italiener lieben Opern. Wir könnten die großen Arien nehmen wie *Un bel di* oder *Celeste Aida* und aus dem Text Plätzchen und Stangenbrot machen. Ich kann wirklich schmettern. Ich verfüge über die sogenannte große Reichweite, nämlich ein Es, das du nicht glauben würdest.«

Sie rührte sich nicht, bewegte nur ihr Kinn und produzierte dreiundsechzig Sekunden lang das Es, das von einem Flüstern zu einem Fortissimo anschwoll, bei dem die Fenster klirrten.

Er starrte sie verblüfft an. »Wieviel willst du?«

»Ich tue es ausnahmsweise für zweitausend Dollar.«

Ariana war nach drei Tagen noch immer nicht zurück, hatte noch immer nicht angerufen, und Mark wurde langsam wahnsinnig. Am vierten Morgen meldete er sich krank, ging auf das Polizeirevier und erkundigte sich, was man unternehmen konnte, wenn jemand verschwunden war. Ein untersetzter rothaariger Sergeant erklärte ihm: »Sehen Sie in den Krankenhäusern nach, und wenn sie nach fünf Tagen immer noch nicht aufgetaucht ist, lassen Sie in dem Polizeirevier, in dessen Bezirk sie verschwunden ist, ein Protokoll aufnehmen.«

»Wie soll ich wissen, in welchem Bezirk sie verschwunden ist?«

»Warten Sie fünf Tage, okay?«

»Sie ist vielleicht tot, und ihr wollt mir einreden, daß ich auf meinem Hintern sitzen bleiben soll?«

»Vielleicht tut es ihr inzwischen schon leid, daß Sie gestritten haben, und vielleicht meint sie, daß die Lektion genügt.«

»Was für ein Streit?«

Der Sergeant sah ihn an und zuckte die Schultern. »Gehen Sie nach Hause.«

Mark hatte den Bademantel an, als das Tor zum Hof knarrte, das besondere Knarren, das nur ihr vorbehalten war. Er stürzte zu seinem Stuhl, schnappte sich einen Teil der *New York Times*, schlug ihn auf und brachte seine Gesichtszüge in Ordnung.

Die Wohnungstür ging auf, die Angeln sangen die beiden Töne aus *Amazing Grace*. Schritte kamen ins Zimmer.

»Das Wasser läuft ein«, sagte sie.

Jetzt blickte er auf. Langsam.

Sie stand regungslos und schön vor ihm, dann zog sie den Mantel aus, hängte ihn ordentlich an den Ständer und warf einen Blick in das Badezimmer. »Die Wanne läuft über.«

Eine lange, erstickende Pause folgte, in der sie einander ansahen.

»Ich habe beinahe den Verstand verloren«, sagte er.

Ihr Lächeln entfaltete sich wie ein Fächer. »Wirst du endlich dein Bad nehmen? Ich wasche dir den Rücken.« Sie ergriff seine Hand und führte ihn ins Badezimmer.

»Wo bist du gewesen?«

»Zu Hause.«

Sie wusch ihm mit langsamen, kreisenden Bewegungen den Rücken.

»Dein Zuhause ist hier«, erklärte er.

»Manchmal.«

»Wo bist du gewesen?«

»Im Oak-Room im Plaza bei einem Millionär.«

»Wo bist du gewesen?«

»Bei meiner Mutter.«

»Was hast du dort getan?«

Ihr Blick war beinahe ein Lächeln. »Wie geht es der Maklerfirma?«

»Ich hasse sie.«

»Gut. Ich will nicht, daß du dort arbeitest.«

»Manchmal bekommt man nicht, was man will.«

Sie drückte den Schwamm über seinem Kopf aus, und warmer Seifenschaum floß ihm über das Gesicht. »Alles wird wieder gut, Mark.«

»Du hättest anrufen können.«

»Du hättest im Seminar bleiben können, statt für diese Idioten zu arbeiten.«

»Wollen wir streiten?«

»Ich habe eine bessere Idee. Es waren vier ganze Tage. Ich möchte mit dir ins Bett gehen. Okay?«

Er versuchte, böse zu sein, schaffte es aber nicht. Die vier fürchterlichsten, von Schmerz und Wahnsinn erfüllten Tage seines Lebens waren nicht mehr wichtig. Wichtig war nur, daß sie zurückgekommen war.

»Okay.« Er stieg aus der Wanne, kam auf sie zu, und obwohl er noch tropfnaß war, hob er sie hoch, trug sie ins Schlafzimmer und setzte sie vorsichtig auf dem schmalen Messingbett ab.

Sie ließ sich von ihm ausziehen, dann glitt seine noch feuchte Hand zwischen ihre Oberschenkel und schob sie auseinander. Er drückte sie auf die blauweiße Steppdecke zurück. Sie schloß die Augen. Er begann, das weiche Fleisch zwischen ihren Schenkeln zu verschlingen. Sie spürte seine Zähne, leicht, aufreizend. Sie stöhnte.

Er kauerte über ihr, liebkoste ihre Brustwarzen und nahm sie mit einer Intensität, die sie bei ihm noch nie erlebt hatte.

Sie kam schnell zum Orgasmus, so schnell, daß sie beinahe erschrak, und dann bewegten sich seine schlanken Hüften und steigerten sie in noch größere Erregung. Sie biß ihn unwillkürlich in die Schulter, um nicht aufzuschreien.

Als sie den zweiten Höhepunkt erreichte, drehte sich das Zimmer um sie, und die ganze Welt wirbelte im Kreis. Er schrie auf und sank auf ihr zusammen.

Sekunden später setzte ein gedämpfter, länger anhaltender Orgasmus ein. Sie zog seinen Kopf hoch und küßte ihn. »Wenn du mich jedesmal, wenn ich davonlaufe, nachher so liebst, sollte ich es öfter probieren.«

»Untersteh dich!«

Am Tag, an dem die Bank den Scheck von Stathis' Bäckerei einlöste, rief Ariana das Seminar an. Die Sekretärin des Dekans gab ihr einen Termin in neun Tagen.

Der Dekan erwartete sie, die Tür zu seinem Büro stand offen. »Miss Kavalaris?« Er erhob sich aus dem Ledersthul – ein kräftiger, einen Meter neunzig großer Mann mit dichtem weißem Haar. Er trug einen dunklen Anzug mit Weste und streckte so automatisch die Hand zur Begrüßung aus, daß es niederschmetternd war. »Bitte.« Eine Pause und dann mit einer Handbewegung, die keinen Zweifel daran ließ, welcher der drei Stühle für sie bestimmt war: »Setzen Sie sich.«

Sie gingen zu beiden Seiten des geschnitzten Teakschreibtisches in Stellung. Sie entnahm ihrer Tasche ruhig das Geld, fünfhundert Dollar in ordentlichen Päckchen.

Die Nasenflügel des Dekans bebten entsetzt. »Was ist das?«
»Mark Rutherfords Schulgeld für das nächste Semester.«
»Mark Rutherford hat nicht um Wiederzulassung angesucht.«
»Er hat es soeben getan«, stellte Ariana richtig.

Zwei Tage später übte Ariana um drei Uhr nachmittags Vom-Blatt-Singen, als es klopfte.

Marks Vater stand vor ihr. »Darf ich hereinkommen?«

Ihr Blut wurde winterkalt. »Natürlich.« Sie trat zur Seite.

Er zog seine Brille aus der Tasche, setzte sie auf und ging dann in der Wohnung herum. »Reizend.«

Die Tür zum Schlafzimmer stand halb offen. Er warf einen Blick hinein. »Sie haben trotz der kleinen Räume sehr viel Phantasie entwickelt.«

»Danke.« Sie fragte ihn, ob er Tee wolle.

»Nein danke.«

»Sherry?«

»Einen Schluck, ja.«

Sie schenkte zwei kleine Gläser ein. Er warf einen Blick auf das Etikett auf der Flasche. Dann trank er mit beinahe affektierter Aversion und starrte sie dabei an.

»Glauben Sie ja nicht, daß ich Sie nicht verstehe.« Er lehnte sich zurück, schlug die Beine übereinander und nickte nachsichtig. »Ich stelle Ihr Ziel nicht in Frage und lehne es bestimmt nicht ab. Viele unbekannte junge Mädchen sind schon große Sängerinnen geworden. Wir wollen dennoch Ihren Plan überprüfen.«

»Warum? Warum sollten wir beide meinen Plan überprüfen?«

»Weil ich mir Sorgen mache.«

»Das ist sehr freundlich von Ihnen, aber absolut nicht notwendig. Ihnen ist es ja doch gleichgültig, ob ich Erfolg habe oder nicht.«

»Mir ist nur eines nicht gleichgültig – wenn es Ihnen glücken sollte, meinem Sohn zu schaden.«

Sie versuchte, den aufwallenden Zorn zu unterdrücken. »Ich würde Mark nie schaden.«

»Sie haben schon damit begonnen. Bis mich der Dekan des Seminars anrief, hatte ich keine Ahnung, daß Mark ausgetreten war; keine Ahnung, daß er diese Wohnung gemietet hatte; keine Ahnung, daß er mit Ihnen zusammenwohnte. Natürlich habe ich gewußt, daß er mit Ihnen schlief, aber nicht, daß er mit Ihnen zusammenlebte. Sie sind katholisch oder griechisch-orthodox?«

»Katholisch.«

»Sie wissen vermutlich über Marks Kirche nicht Bescheid. Ihre Priester dürfen heiraten.«

»Das weiß ich.«

»Andererseits ist die Episkopalkirche kein Musiktheater. Episkopal-Priester dürfen heiraten, ja, aber mit einer Frau öffentlich in wilder Ehe leben – das kommt nicht in Frage. Warum ist Mark Ihrer Ansicht nach aus dem Seminar ausgetreten?«

»Ich glaube nicht, daß es etwas mit mir zu tun hatte.«
»Es hatte ausschließlich mit Ihnen zu tun. Er mußte zwischen der Priesterweihe und Ihnen wählen. Er hat Sie gewählt.«
»Hat er Ihnen das erzählt?«
»Natürlich nicht.«
»Dann können Sie es nicht wissen.«
Mr. Rutherfords Oberlippe kräuselte sich spöttisch. »Sie werden mich für altmodisch halten. Aber Priester müssen ein Vorbild sein. Und obwohl wir in einem liberalen Zeitalter leben, gelten ein Mann und eine Frau, die miteinander leben, ohne zu heiraten, noch immer nicht als vorbildlich. Vor allem, wenn der Mann seinem Bischof versprochen hat, erst nach der Priesterweihe zu heiraten.«
Ariana stand auf, trat ans Fenster und starrte in den Garten hinunter. Ein Rotkehlchen hatte sich dem Pan auf die Schulter gesetzt.
»Verlassen Sie ihn«, verlangte Mr. Rutherford.
»Ihn verlassen?« Sie begriff, daß für Mark Rutherford senior das Leben eine vollkommen gelöste Gleichung darstellte, in der es keine Unbekannten oder Variablen gab.
»Es bedeutet für Sie Unkosten. Ich werde natürlich meinen Teil dazu beitragen.«
»Das ist sehr freundlich von Ihnen. Aber ich muß es mit Mark besprechen.« Sie ging langsam in der Wohnung herum, berührte Gegenstände, gewann aus dem Lampenschirm, dem Schaukelstuhl, der polierten Tischplatte Sicherheit. »Mark würde es wahrscheinlich vorziehen zu heiraten. Ich ziehe es bestimmt vor.«
Mr. Rutherford nahm vorsichtig die Brille ab, hauchte sie an und setzte sie wieder auf.
Nachdenklich sagte er: »Ich sitze nicht über Sie zu Gericht, junge Dame. Aber ich spreche über das Leben, nicht über die Oper. Selbst wenn der Bischof zustimmte, was ich für höchst unwahrscheinlich halte, muß man finanzielle Überlegungen anstellen. Um eine Frau und eine Familie zu erhalten, um sie zu ernähren und zu kleiden und um die Kinder in ordentliche Schulen zu schicken, müßte Mark Bischof einer großen Diözese werden: New York oder Chicago.«
»Dann wird er es eben werden.«
»Nicht, wenn er mit einer Sängerin verheiratet ist. Keine Diözese wird zulassen, daß die Frau eines Bischofs auf der Bühne auftritt. Er wird nie mehr werden als ein Dorfpfarrer, und seine Familie wird Hunger leiden.«

Ariana Kavalaris' Blick begegnete dem von Mark Rutherford senior. »Sehen Sie eine andere Möglichkeit?«

Sie merkte, daß sie nicht nur seine Verachtung erregt hatte. Wenigstens in diesem Augenblick hatte sie sein Interesse geweckt.

»Nach der Priesterweihe könnte Mark eine reiche Frau heiraten«, stellte sie fest. »Das haben Episkopal-Priester doch bestimmt schon gemacht.«

»Zweifellos. Aber was hat das mit Ihrem Plan zu tun?«

»Ich habe keinen Plan, ich will nur als Sängerin mein Bestes geben.«

»Und ihn als Priester sein Bestes geben lassen?«

»Natürlich.«

»Dann sind wir uns einig?«

»In diesem Punkt, Mr. Rutherford. Ich werde alles tun, was ich kann, um ihm zu helfen.«

»Indem Sie ihn verlassen.«

»Indem ich bei ihm bleibe.«

Mr. Rutherford beugte den Kopf und ließ die Schultern hängen. Einen Augenblick lang glich er einer stummen, drohenden Bulldogge. »Dann sind Sie also entschlossen, meinen Sohn zu vernichten.«

»Nein. Ich bin nur entschlossen, eine erfolgreiche Sängerin zu werden.«

»Ich muß Ihre Aufrichtigkeit beinahe bewundern. Sie geben zu, daß Ihnen alles außer Ihnen selbst gleichgültig ist.«

Sie richtete sich zu ihrer vollen Höhe auf und bedauerte, daß sie nicht einen halben Meter größer war, so daß sie auf den makellosen, grauhaarigen Mann mit den schmalen eisblauen Augen und den aus Stein gehauenen Nasenflügeln hinunterschauen konnte. »Was wissen Sie über erfolgreiche Opernsängerinnen, Mr. Rutherford?«

»Genug.«

»Dann wissen Sie, daß Ihr Sohn und seine Familie Essen und Kleidung bekommen werden, wenn er mit mir verheiratet ist. Seine Kinder werden die gleichen ordentlichen Schulen besuchen wie er. Ihm wird es an nichts fehlen, er wird sich über nichts schämen müssen und nichts bedauern müssen. Das gilt auch für Sie. Darauf gebe ich Ihnen mein Wort.«

Mr. Rutherford holte sich seinen Hut vom Stuhl an der Tür. »Sie machen mich traurig.«

»Sie sollten sich darüber freuen, daß ich nie eine Bedrohung für Marks Glück darstellen werde.«

»Sie haben es vermutlich bereits zerstört.«

»Besuch?« fragte Mark am Abend, als er die beiden Sherrygläser sah.
»Besuch.«
»Sollte ich eifersüchtig sein?«
»Besorgt.«
»Ich hasse dich.«
»Könntest du eine Frau heiraten, die du haßt?«
»Klar.«
»Dann heiraten wir doch.«
»In Ordnung. Ich muß nur den Bischof –«
»Mark. Ich möchte heimlich heiraten. Gleich.«

10

Aber wie sich herausstellte, war »gleich« nicht dasselbe wie »sofort«.

Sie wollten eine kirchliche Trauung – eine Zeremonie, die ein geweihter Priester in einem Gebäude mit einem Kirchturm und einem Kreuz über dem Altar vollzog –, und die einzige Sekte, die all diese Voraussetzungen erfüllte und liberal genug war, ihnen auch noch Verschwiegenheit zuzusichern, waren die Unitarier.

Ariana rief die Kirche Aller Heiligen an und erkundigte sich, wie bald der Priester eine Trauung vornehmen könne. »Eine gemischte Ehe, wir sind beide Christen, und keiner von uns hat Zeit überzutreten.« Sie hatte es als Witz gemeint, doch man erklärte ihr ernsthaft, daß der Priester gerade am anderen Apparat sprach und sie zurückgerufen werde.

Als das Telefon läutete, war es Richard Schiller, der aufgeregt fragte: »Wie steht es mit Ihrem *Barbier von Sevilla*?«

»Verdammt gut.«

»In drei Tagen müssen Sie in St. Louis sein.«

Als sie nach New York zurückkam, hatten die Unitarier erst in drei Wochen einen Termin frei. Doch zwei Wochen später zauberte Richard die Santuzza in *Cavalleria* aus dem Hut – »Buenos Aires, eine sehr bedeutende Opernstadt« –, und das hieß, daß sie sechs Wochen warten mußten, bis die Kapelle der Unitarier wieder frei war.

Zwei Wochen vor der Hochzeit rief Richard an und meldete, daß Maria Callas vier Termine in Mexico City abgesagt hatte.
»Wie steht es mit Ihrer *Aida*?«
»*Panagia mou* – noch nicht soweit.«
»Sie haben neun Wochen Zeit.«
»Richard, meine Freundin heiratet in neun Wochen, und ich habe ihr versprochen dabeizusein.«
»Sagen Sie ihr, sie soll die Hochzeit verschieben. Lucco Patemio am Anfang Ihrer Karriere ist ein Glücksfall.«
»Nein danke, ich habe mit Lucco Patemio gesungen – er haßt mich.«
»Er ist trotzdem Lucco Patemio, und er haßt alle. Durch dieses Engagement könnten Sie es schaffen. Ich meine, den Durchbruch schaffen. Ich werde Himmel und Hölle in Bewegung setzen, okay?«

Drei Tage lang führte Richard ausschließlich Ferngespräche. Patemios Agent erklärte ihm, daß Lucco kein Sprungbrett für Dilettanten sei. Wenn Lucco nicht die Callas haben konnte, wollte er Alima Harvey.
Ricarda DiScelta beruhigte Richard. »Geben Sie ihm Alima, aber bestehen Sie auf Ariana als zweiter Besetzung. Alima wird absagen. Sie ist meine Schülerin, und sie gehorcht mir.«
Damit war es gelaufen.
Das heißt, es war bis Freitag, den 23. August um achtzehn Uhr zwanzig gelaufen, als Richard Schiller in einer Bar auf der 55. Straße saß. Zweihundert Stimmen brüllten in einem Raum durcheinander, in dem eine Tafel an der Wand besagte: FASSUNGSVERMÖGEN 108 PERSONEN.
Und dann sang eine Stimme.
Richard hörte auf, die Eiswürfel in seinem Drink herumzuschwenken. Er kannte diese Stimme. Er blickte auf, und auf dem Fernsehschirm oberhalb der Bar glitzerten Funken in Ariana Kavalaris' dunklen Augen. Sie sang *O mio babbino caro*, nur lautete der Text jetzt: »O eßt doch mein köstliches Weißbrot«, und der Sound der begleitenden Saxophon-Band triefte vor Schmalz.
»Mein Gott«, stöhnte Richard Schiller. Mit dem Drink in der Hand bahnte er sich einen Weg zur Telefonzelle in der Ecke. Er warf eine Münze ein und wählte. »Schalten Sie Ihren Fernsehapparat ein. Ihre Schülerin singt auf Kanal sieben.«

»Alles, was du tust – jeder Atemzug, jedes Wort, jede Handlung –, ist entweder die Grundlage einer Karriere oder sinnlos.«

Ricarda DiScelta stand mitten in ihrem Wohnzimmer und zeigte anklagend auf ihre Schülerin.

»Patti, Tettrazini, Melba, Ponselle, Callas, glaubst du nicht, daß auch sie Jahre des Kampfes, der Opfer durchgemacht haben? Aber sind sie jemals so tief gesunken, daß sie für Kuchen und Weißbrot Reklame gemacht hätten?«

Ariana überlegte krampfhaft, was sie antworten, wie sie die Anklage widerlegen konnte, aber ihr fiel nichts ein. »Es tut mir leid.«

»Warum hast du es getan?«

»Geld.«

»Warum bist du nicht zu mir gekommen, wenn du Geld gebraucht hast?«

»Ich hatte nicht das Recht dazu. Das Geld war nicht für mich bestimmt.«

»Für wen denn?«

Ariana erklärte.

Ricarda DiScelta hörte ihr zu, stand auf, ging entschlossen zum Fenster. »Liebt der junge Mann, den du heiraten willst, dieser junge Mark Rutherford, Musik?«

»Er liebt mich.«

»Das wollte ich nicht wissen.«

»Darf ich Ihnen eine Frage stellen, Mr. Stratiotis?«

»Eine Frage? Warum nicht?«

Die DiScelta hatte ihn in ihr Wohnzimmer bestellt. Die Vorhänge waren zugezogen, als hätte sich in diesem Haus erst vor kurzem ein Todesfall ereignet.

»Wollen Sie Ariana Kavalaris wirklich helfen?«

»Natürlich.«

Was für eine Stimme, dachte die DiScelta. Was für einen großartigen Bariton hätte er abgegeben. »Ariana hat einen dummen Fehler begangen.«

Nikos hörte der DiScelta schweigend zu, während sie die Fernsehreklame beschrieb, dann nickte er. »Machen Sie sich keine Sorgen. Ich hole mir die Filme.«

Er suchte Stathis Kavalaris in der Bäckerei auf. »Ihre Schwester möchte, daß diese Reklame abgesetzt wird.«

Stathis musterte seinen Besucher genau.

»Es wird Sie etwas kosten, wenn sie abgesetzt wird.«

»Es wird Sie mehr kosten, wenn es nicht dazu kommt.«

In dieser Nacht wurde eine Brandbombe in eine Bäckerei in Queens geworfen.
Am nächsten Tag wurde die Reklame abgesetzt.

In dem Taxi zur Wall Street sah die DiScelta in der *Times* ein Foto, einen erstarrten Augenblick von Schutt und Zerstörung. Sie überdachte beunruhigt die Möglichkeit eines Zusammenhangs.

Mark Rutherford erwartete sie im Lesezimmer neben dem Haupteingang zu der Downtown Association.

Er war genauso, wie sie ihn erwartet hatte: ein gutaussehender, gutgekleideter junger Mann, der gebührend ehrerbietig war. Er schlug Cocktails vor.

»Warum wollen wir nicht Wein zum Essen trinken?« fragte sie.

Sie wählten im Speisesaal einen kleinen runden Tisch. Ricarda DiScelta behauptete, daß sie mit ihrem derzeitigen Börsenmakler überhaupt nicht zufrieden sei; sie hatte das Vorkaufsrecht auf ein paar Aktien, die überprüft werden mußten; und da Mark Arianas Freund war... »Ich bin sicher, daß ich Ihnen vertrauen kann.«

Er hatte einen damenhaften Drachen erwartet. Statt dessen saß er einer mütterlichen Frau in einem grauen Kattunkleid gegenüber.

»Es ist bemerkenswert«, stellte die DiScelta fest, »daß Ariana sowohl die Lucia als auch die Aida singen kann, obwohl die Musik dieser Opern so grundverschieden ist. Haben Sie eine Ahnung, wie wenige dramatische Sängerinnen es gibt? Sie sind seltener als gute Börsenmakler. Sie gehören zu den guten, nicht wahr?«

»Ich tue, was ich kann.«

Sie nahm den kleinen runden Hut ab, der vor über dreißig Jahren modern gewesen war, und legte ihn auf den leeren Stuhl zwischen ihnen. Er hatte die absurde Vorstellung, daß diese Frau nicht Ricarda DiScelta war, sondern einfach eine ihrer Rollen, die sie aus dem Schrank geholt hatte und in die sie für diesen Anlaß geschlüpft war.

»Ariana hat mir erzählt, daß Sie Priester sind. Das bedeutet doch hoffentlich, daß Sie ehrlich sind.«

»Ich habe für ein geistliches Amt studiert. Ich versuche, ehrlich zu sein.«

Der Kellner nahm ihre Bestellung entgegen. Zwischen Suppe und Alsenrogen sprachen sie über Aktien und die bevorstehende Spaltung von IBM. Mark spürte, daß die DiScelta zu genau über den Markt Bescheid wußte, um seinen Rat zu benötigen, und daß sie aus einem anderen Grund mit ihm reden wollte. Beim Kaffee kehrte das Gespräch zur Musik zurück.

»Noch vor zwei Monaten hätte ich geschworen, daß Ariana eine der ganz großen Stimmen unseres Jahrhunderts sein wird. Jetzt halte ich es nur noch für möglich.«

»Warum sind Sie plötzlich Ihrer Sache nicht mehr sicher?«

»Weil Sie ihr im Weg stehen.«

Er spürte, wie die Farbe aus seinem Gesicht wich.

»Eine Opernkarriere«, fuhr Ricarda DiScelta fort, »besteht nicht nur aus ein oder zwei Vorstellungen, so wie eine oder zwei Arien noch keine Oper ausmachen. Eine Opernkarriere ist ein Leben. Sie kann nicht geteilt werden.«

»Aber es gibt doch verheiratete Sängerinnen.«

»Ja, die gefestigten. Aber Ariana ist nicht gefestigt, dafür gibt es Beweise. Sie hat Engagements abgesagt, um mit Ihnen zu verreisen. Sie hat Fernsehreklame gemacht, um Sie in das Seminar zurückzubringen.«

»Sie hat mir nie gestanden, daß das der Grund war.«

»Sie hat ihre Karriere zweimal gefährdet und ihr beinahe ein Ende bereitet.« Die DiScelta beugte sich vor, und Schatten schienen sie einzuhüllen. »Ich glaube an ihr Talent. Ich glaube an ihre Stimme. Aber ihr Wesen ist unstet, gespalten. Ihr fehlt die Fähigkeit, sich hundertprozentig einer Sache zu widmen. Doch sie muß sich gegen Leute durchsetzen, die sich hundertprozentig ihrer Karriere widmen. Eine Opernkarriere erfordert vor allem emotionelle Konzentration.«

Mark antwortete nicht. Er bestrich sorgfältig ein Brötchen, das er bestimmt nicht essen wollte, mit Butter.

»Ich stelle nicht in Abrede«, sprach die DiScelta weiter, »daß sie Sie liebt und daß Sie sie lieben. Darum geht es aber nicht.«

»Worum geht es dann?«

»Ich sehe in Ariana eine Frau, die eine der engagiertesten Dienerinnen der Musik sein könnte, die dieses Jahrhundert hervorbringt. Das strebe ich für sie an, und ich mache kein Geheimnis daraus.« Ihre nachtschwarzen Augen funkelten ihn an. »Und Sie, Mark – ich darf Sie doch Mark nennen? –, was streben Sie für Ariana an?«

»Ihr Glück.«

»Nicht vielleicht ihre Liebe? Und wenn ihr Glück und ihre Liebe nicht das gleiche sind?«

Mark hatte das Gefühl, daß die ungeheure Kraft, die von der DiScelta ausging, ihn gleich zerschlagen würde. »Und was Ariana will, das zählt nicht?«

»Jeder Mensch bekommt einmal im Leben eine Chance.« Die DiScelta hob einen Finger, und ein Diamant blitzte auf. »Eine einzige. Ariana hat jetzt diese Chance. Vielleicht hat sie Erfolg, vielleicht versagt sie. Aber wenn Sie sie dazu bringen, auf diese Chance zu verzichten, wird sie sich immer fragen, was gewesen wäre, wenn. Sie wird ihr Leben lang unglücklich sein. Wir alle wissen, was es heißt, glücklich zu sein – Lieder und Gedichte schildern uns diesen Zustand –, aber was es heißt, unglücklich zu sein, lebenslänglich unglücklich zu sein – können Sie sich das vorstellen?«

»Woher wollen Sie wissen, daß sie unglücklich sein wird?«

»Ich habe Schüler gehabt. Ich habe Karrieren und Ehen beobachtet. Ich war verheiratet. Ich weiß es. Für einen echten Künstler, und ich halte Ariana für eine echte Künstlerin, gibt es eine einzige Befriedigung, nämlich die Gabe, die Gott ihr geschenkt hat, mit der Welt zu teilen. So wie Sie als praktizierender Priester die Ihre mit der Welt teilen würden.«

Er fühlte sich unerklärlich erschöpft. Als wären in ihm Freude und Jugend plötzlich gestorben.

»Ihnen ist doch klar, Mark, daß sie ihre Karriere für Sie aufgeben würde. Wollen Sie das? Verlangen Sie das von ihr?«

Eine kalte irrationale Vorahnung erfaßte ihn. Er sah die Frau in Schwarz an, und ihm war, als würde auf einmal jemand anderer aus ihm sprechen: »Nein, ich habe nicht das Recht dazu.«

»Dann schlage ich eine Abmachung vor.«

Er konnte sich nicht bewegen, und Ricarda DiScelta rührte ruhig einen halben Würfel Zucker in ihrem Kaffee um.

»In nicht ganz acht Wochen«, fuhr sie fort, »wird Ariana in Mexiko City die *Aida* singen. Das wird ihr internationales Debüt sein – der Test, ob sie die Hauptrolle einer Oper vor einem großen Publikum tragen kann. Können Sie bei dieser Vorstellung anwesend sein?«

Er wußte, daß alles davon abhing, daß er die Kraft zu einem Nein aufbrachte. Aber er hörte, wie der andere aus ihm sprach: »Natürlich.«

Die DiScelta trank lächelnd ein Schlückchen Kaffee. »Wenn Sie nach dieser Vorstellung glauben, daß Ariana das Zeug zu einem internationalen Star hat, werden Sie aus Ihrem Leben verschwinden, sie aufgeben. Wenn Sie ehrlich der Meinung sind, daß sie es nicht hat, werde ich mich Ihrem Urteil beugen. Ich werde sie dazu drängen, jede Hoffnung auf eine internationale Karriere aufzugeben, sich auf Lieder, Konzertabende, Unterricht zu beschränken, sich mit den kleinen Befriedigungen der Musik zu begnügen. Sie zu heiraten. Die Nachtigall wird ihre Flügel stutzen und die Frau des Pfarrers werden. Mit meinem Segen. Die Wahl – die Entscheidung – liegt bei Ihnen.«

Über ihm schloß sich ein Grab. »Sie übertragen mir eine große Verantwortung.«

»Jede Verantwortung ist schrecklich.«

»Geben Sie mir Zeit, es mir zu überlegen.«

»Sie haben eine Woche. Und dann muß die Abmachung so oder so endgültig sein.«

An diesem Abend saß Mark im Schaukelstuhl und preßte die Hände zusammen.

»Abendessen in fünf Minuten«, rief Ariana vergnügt.

»Ich kann es kaum erwarten.« Er täuschte Fröhlichkeit vor.

Der Duft von Spaghetti marinara erfüllte die kleine Wohnung, und im nächsten Augenblick begleitete sich Ariana im Nebenzimmer am Klavier zu einer Passage aus *Norma*.

Mark starrte verzweifelt auf den Fußboden. Er hatte den Eindruck, daß eine reine Sopranstimme, die sich im Gesang emporschwang, Gott leichter erreichte als jedes Gebet, das er sich abrang.

Mark rief seinen Vater an und bat um ein Gespräch. Sie trafen sich am nächsten Tag in einer ruhigen Ecke des Union Club. Mark Rutherford senior rührte zwanzig Minuten lang in seinem Kaffee und hörte seinem Sohn zu. Dann antwortete er, so gut er konnte; seine Augen waren hart, aber freundlich, seine Stimme war kühl, aber sanft.

»Ich schaue dich an und sehe einen jungen Mann, der gern Tennis spielt, im Achter von Harvard gerudert hat, einen jungen Mann, der sich zum Priester der Episkopalkirche berufen fühlt und dem meiner ehrlichen Meinung nach Puccini restlos gleichgültig ist. Gilbert und Sullivan genügen ihm.«

»Und ich liebe Ariana.«

»Welcher gesunde junge Mensch würde das nicht tun? Sie besitzt bewundernswerte Eigenschaften. Sie ist intelligent, geistvoll, entschlossen. Ich schaue sie an und sehe eine unbestreitbar attraktive junge Frau, die die Musik liebt, die die Bühne liebt, und die – soweit dann noch Liebe übrig ist – dich liebt. Doch wird euch das genügen?«

»Es ist mir unmöglich, ohne sie zu leben.«

»Dir muß klar sein, Mark, daß die Menschen sich verändern – das Leben verändert jeden von uns –, und damit verändert sich auch die Liebe. In manchen Fällen stirbt die Liebe. Und die

Liebenden müssen weiterleben. Bist du sicher, daß du sie immer so lieben wirst wie heute? Oder sie dich?«

»Ich bin sicher.«

»Und du bist sicher, daß nichts, was im Schoß der Zukunft oder der Vergangenheit verborgen liegt, euren Glauben aneinander erschüttern, euch umwerfen, euch das Herz brechen kann?«

»Ich verstehe nicht, was du meinst.«

Marks Vater lächelte. Es war ein Lächeln der Erinnerung, der Güte, der wiedererwachten Jugend. »Ihr seid beide überaus begabte junge Leute. Aber der Künstler und der Priester verfügen über sehr verschiedene Begabungen. Es muß daher gelegentlich zu ernsten Konflikten kommen.«

»Gibt es nicht in jedem Leben Konflikte? Du und Mutter –«

»Ich meine tiefergehende Konflikte, die deine Berufung betreffen. Ich verwende das Wort in deinem Sinn, Mark. Überrascht es dich? Alles menschliche Streben – das Recht, das Priesteramt, die Medizin, die Kunst – muß im Licht jener Berufung gesehen werden.« Mark war am Ersticken. Ricarda DiScelta hatte das Grab geschlossen, und jetzt schaufelte sein Vater mit jedem vernünftigen, toleranten Wort Erdschollen darauf.

»Du und Miss Kavalaris beten verschiedene Götter an.«

»Wenn du damit sagen willst, daß sie katholisch ist –«

»Wir sind doch nicht engstirnig. Ich spreche von Oper und Kirche. Die Partitur von *Traviata* und die anglikanische Liturgie.«

Kurzzeitig trat Stille ein, während der alte gebeugte Kellner ihnen unaufgefordert aus einem großen Zinnkrug frischen, dampfenden Kaffee nachschenkte. Mark nahm einen Würfel Zucker.

»Ihre Berufung ist die Musik«, fuhr sein Vater fort, »und die deine das Priesteramt. Ich bezweifle, daß beide Berufungen in einer Ehe Platz finden.«

Mark fühlte sich wie ein Schuljunge, der vom Schuldirektor gemaßregelt wird.

»Du hast die Pflicht, nicht nur an die Menschen zu denken, denen du eines Tages mit deiner Gabe dienen kannst, sondern auch an die Menschen, denen sie mit ihrer Gabe dienen kann. Falls du es ihr erlaubst.« Mark Rutherford senior trank seinen Kaffee aus, verlangte beim Kellner die Rechnung und unterschrieb. »Ich muß in die Stadt. Kann ich dich mitnehmen?«

An diesem Abend schlich sich Mark nach der Arbeit in die Kapelle seines alten Seminars. Die Abendandacht hatte schon begonnen, und er schlüpfte unbemerkt in die letzte Bank.

Seine Seele lag in Stücken, als die letzten Strahlen des Tages durch die Stationen des Kreuzwegs hindurch auf seine gefalteten Hände fielen und sie rötlich färbten. Er fühlte sich Gott ferner denn je zuvor. Seine Lippen bewegten sich in einem stummen Gebet.

Bitte leite mich, lieber Gott. Dein Wille geschehe.

Mark rief die DiScelta am nächsten Morgen von seinem Büro aus an. Er sagte nur ein Wort: »Einverstanden.«

»Alima!« Ricarda DiScelta drückte den Hörer ans Ohr und schrie aus ihrem Wohnzimmer über den Atlantik hinweg zur Villa Graziella in Palermo. »Sing nicht die *Aida* in Mexiko City.«

»Ich kann Sie nicht verstehen«, kam die ferne, ungläubige Stimme.

»Sing nicht die *Aida*. Spar dich für die *Norma* an der Scala auf. Außerdem ist die mexikanische *Aida* eine schreckliche Inszenierung, und Tumolti hat die Kritiker gegen dich aufgehetzt.«

»Ich wollte sie ohnehin nicht singen, aber mein Agent –«

»Gut! Du warst immer schon ein vernünftiges Kind. Um deinen Agenten werde ich mich kümmern! Genieße deinen Urlaub und vergiß nicht, mir eine Schachtel mit den köstlichen Mailänder Makronen mitzubringen!«

Acht Tage lang verhandelte Richard Schiller über knisternde, summende Fernleitungen. Die mexikanische Oper, die sich zu einem hochkünstlerischen teuren Spektakel verpflichtet hatte, wurde durch die internationalen Kritiken, die Richard ihnen telefonisch zubrüllte, schwankend und akzeptierte Alima Harveys Vertreterin als Aida. Aber Patemios Agenten lehnten die »Weißbrot-Sängerin«, wie sie sie nannten, ab. Richard wies darauf hin, daß sie mit Patemio als Rodolfo die Musetta gesungen hatte. Die Agenten riefen am nächsten Tag an und stellten fest, daß ihr Klient auf keinen Fall, auf gar keinen Fall mit der »Fernsehverkäuferin« zusammen singen wollte.

Daraufhin blieb nur Giorgio Montecavallo übrig, ein Tenor, der sich zwar noch nicht auf dem absteigenden Ast befand, den Höhepunkt aber bestimmt schon überschritten hatte. Er lebte in New York, Paris und Gstaad und hielt sich zufällig gerade in New York auf; entscheidend war, daß er ebenfalls zu den Klienten von Richards Agentur gehörte. Er war der Ansicht, daß er Patemio ebenbürtig war, und hatte sich angewöhnt, bei den Absagen seines Rivalen einzuspringen.

»Natürlich werde ich mit der Kavalaris singen«, erzählte er der Presse und den Fotografen in seinem East-Side-Apartment. Er trug blaugestreifte Gymnastikshorts, sonst nichts, und sein muskulöser, allmählich zur Fülle neigender Körper glänzte vor Schweiß. »Ich habe gehört, daß sie großartig ist. Kein wahrer Künstler hätte Angst davor, gemeinsam mit einem solchen Talent aufzutreten.«

11

»Mit Verdi«, dozierte die DiScelta, »wird die Oper modern. Die Form wird freier. Die Arien kehren nicht immer zum ersten Vers zurück – warum sollten sie auch? Wiederholen sich denn die Gedanken und Gefühle eines Menschen?«

Sie wies darauf hin, daß die frühen Verdi-Opern aus schönen Melodien mit einer Hum-ta-ta-Begleitung bestanden hatten. »Manchmal schickte er ein Werk in die Probe, bei dem nur die Stimmen, die Baß-Grundlinien und ein paar Hinweise auf die Instrumente vorhanden waren. Seine frühen Partituren waren alle nach Schema F komponiert. Die Arie begann mit Streicher-Begleitung. Die Bläser kamen dazu, wenn die Melodie den Höhepunkt erreichte. Das war der Verdi-Stil.«

Die DiScelta ging zum Bücherschrank.

»Und dann hat er sich verändert.« Sie holte zwei Bücher in Ledereinbänden heraus und reichte sie Ariana. »Die sind für dich.«

Ariana schlug sie auf und stellte zu ihrer Überraschung fest, daß es sich um persönliche, mit Anmerkungen versehene Ausgaben der DiScelta von *Aida* und *Traviata* handelte. Es waren nicht die Gesangspartituren, mit denen sie und ihre Lehrerin für gewöhnlich arbeiteten, sondern komplette Orchesterpartituren.

»Mit *Traviata* und *Aida*«, erklärte die DiScelta, »hat Verdi ein neues Element eingeführt: das Orchester.«

Und deshalb mußte Ariana lernen, Orchesterschlüssel zu lesen, Instrumente zu transponieren, im Geist den Unterschied zwischen Klarinette und Fagott beim gleichen tiefen E, zwischen Bratsche *tremolando* und Geige *sul ponticello* zu hören.

Und sie mußte sich einen neuen Gesangsstil zulegen.

Als sie zum erstenmal Aidas Arie, die *Ritorna vincitor* sang, schlug die DiScelta den Klavierdeckel zu, worauf Ariana erstaunt verstummte.

»Was willst du dem Publikum eigentlich geben – schöne Technik?«

»Das habe ich versucht«, stammelte Ariana.

Ricarda DiScelta seufzte, kochte zwei Tassen Kräutertee (diese Woche war es Zitronenmelisse) und setzte Ariana in den Lehnstuhl am Fenster.

»Schönheit gehört zu Melodien, nicht zu *Aida*.« Sie erklärte, daß Verdi seine großen Opern nicht als Aufeinanderfolge von Arien konzipiert hatte, sondern als Dramen, die von der Musik erzählt werden. »Das Drama wartet nie auf die Musik, und die Musik nie auf den Sopran. Vergiß das nie. In *Aida* bist du eine Schauspielerin, die singt, nicht eine Sängerin, die zufällig eine Rolle spielt.«

Von einem bestimmten Punkt an waren bei Verdi die Wiedergabe der Worte und eine beherrschende Bühnenerscheinung wichtiger als stimmlicher Glanz oder Brillanz. »Du mußt deiner Darbietung die dramatische Situation und den Text zugrunde legen. Alles andere ist unwichtig.«

Ariana kam sich vor wie ein Idiot. »Ich habe nur versucht, Sie zufriedenzustellen.«

»Versuch nie, jemand anderen zufriedenzustellen als den Komponisten. Trink deinen Tee aus, und dann versuchen wir *Ritorna vincitor* noch einmal, nicht so, wie ein Sopran, sondern so, wie Aida es singen würde.«

Mark verlebte die nächsten Wochen wie ein Schlafwandler; betäubt, verunsichert, verständnislos. Und dann war der Tag da. Elf Uhr. Zeit aufzubrechen.

Er ergriff die beiden Koffer, sie ergriff die beiden anderen, die Angeln sangen do-fa, als sie die Tür schlossen und versperrten, und sie kämpften sich mit dem Gepäck die Treppe hinunter.

Er betete darum, daß kein Taxi kommen möge, aber als er den Arm hob, bog eines um die Ecke der Perry Street und fuhr an den Randstein.

Die Fahrt zum Flughafen war unangenehm. Es war nicht nur der Verkehr, das Rütteln, die roten Ampeln, die er begrüßte (vielleicht versäumen wir das Flugzeug... vielleicht versäumen wir die Vorstellung), sondern die vollkommene Machtlosigkeit, die vollkommene Unfähigkeit, die Ereignisse unter Kontrolle zu bekommen.

»Was ist denn los, Mark?« fragte sie. »Ich sollte mir Sorgen machen, nicht du.«

Er versuchte zu lächeln. »Wahrscheinlich bin ich an deiner Stelle nervös.«

»Hör damit auf.« Sie streichelte seinen Schenkel. »Ich bin die Größte. Ich werde Mexiko City k. o. schlagen.«

Acht Stunden später stieß sie ihn in die Rippen. Er war während des Flugs eingenickt. Seine Träume waren schrecklich gewesen.

»Wir sind da – Mexiko.« Sie sprach es scherzhaft auf spanisch als »Mechiko« aus.

Eine Limousine wartete und brachte sie ins Hotel. Mark starrte durch das Fenster auf die beiden Straßen, die wie Paris mit Palmen aussahen.

In dieser Höhe brannte die Sonne stärker; Pflanzen, Himmel und sogar Gebäude strahlten Farben aus wie überschüssige Energie. Er erschauerte – unerklärlicherweise, denn im Taxi war es heiß, und er schwitzte unter dem Pullover, den er dummerweise trug.

Schwarze Palmwedel bewegten sich vor dem Abendhimmel, als Mark und Ariana bei der Oper eintrafen. Er blieb bei ihr, während sie sich einsang, und blätterte auf dem kleinen Klavier in ihrer Garderobe die Noten um.

»Du haßt es doch, wenn ich mich einsinge«, sagte sie.

»Ich liebe es.«

»*Panagia mou*, und das sagst du mir erst jetzt!«

Die Garderobiere kam. Er überließ Ariana und die kleine alte Frau ihrem Kampf mit einer schwarzen Perücke und verstand nicht, warum eine schwarzhaarige Sopranistin eine schwarze Perücke brauchte, um Aida zu singen. Er ging in den Korridor, rauchte eine Zigarette.

Die Gestalt einer juwelenbehängten Frau erschien im Schatten. Die DiScelta. »Das grüne Zimmer ist leer«, meinte sie. »Dort können wir sprechen.«

Er folgte ihr in den leeren Raum und hatte das Gefühl, durch einen Alptraum zu wandern.

Sie wählte einen Lehnstuhl und ließ sich seltsam besitzergreifend in ihn fallen. Ihr Blick fixierte Mark. »Jeder Schritt im Leben – unsere Handlungen, unser Versagen, unser Erfolg – ist ein Akt des Glaubens.«

»Sie reden wie einer meiner Lehrer.«

»Nein, ich rede wie Arianas Lehrerin.« In ihren Augen lag

etwas, das dunkler war als die Nacht. »Was immer heute abend geschieht, Sie dürfen Ariana nie, niemals von unserer Abmachung erzählen. Geben Sie mir Ihr Wort darauf?«

Er drückte seine Zigarette aus. »Wer A sagt, muß auch B sagen. Sie haben mein Wort.«

Die DiScelta stand auf. »Sie haben gerade noch Zeit, ihr Glück zu wünschen.«

Er ging zur Garderobe, wo Ariana Kamillentee trank. Er drückte sie an sich. »Es wird großartig klappen«, versprach er ihr.

»Es wird entsetzlich. Ich erinnere mich nicht einmal an meine ersten Töne.«

Er nahm ihr die Tasse weg, stellte sie ab, ergriff ihre Hand und hob sie in den Raum zwischen ihnen. »Siehst du diese Hand?«

»Ja, nur zu deutlich – sie ist gelähmt, wie mein ganzer Körper, einschließlich meiner sogenannten Stimme.«

»Gott hat ein kleines Licht in diese Hand gelegt, das dich leiten wird.«

»Mark Rutherford, das ist wirklich nicht der Augenblick, um mir gegenüber den Pfarrer zu spielen...«

»Ich meine es ernst. Dieses kleine Licht ist die hoffnungsvolle, gläubige Seele von Ariana Kavalaris. Du mußt ihr nur folgen.«

Er küßte ihre Hand und gab sie wieder frei. Sie starrte die Hand und dann ihn an, und in ihren Augen lag Staunen. »Du hättest nichts Passenderes sagen können.« Sie brachte ein schiefes Lächeln zustande. »Aber ich habe immer noch dieses entsetzliche Gefühl. Als würde es den Abschied bedeuten, wenn ich dich küsse.«

»Dann küß mich nicht.«

»Aber ich möchte es tun.«

Sie küßte ihn leicht auf die Lippen.

Er erwiderte den Kuß leicht, auf ihre Perücke.

Er erlebte die Oper in den Kulissen. Der erste Akt ging gut – für Verdi, für die Mexikaner, die hundert Pesos für einen Platz bezahlt hatten, für Ariana Kavalaris.

Aber für Mark Rutherford war er schrecklich.

Im zweiten Akt legte Ariana das ganze Gefühl, über das sie verfügte, in die Abschiedsszene. Das Publikum liebte ihr *Ritorna vincitor*, ihr *Numi, pietà*, es liebte jeden Ton, den sie sang.

Zu seinem Entsetzen erging es Mark genauso. Er hatte nie reinere, müheloser gehaltene, schwebendere Töne gehört. Die begeisterten Mexikaner holten Ariana viermal vor den Vorhang.

Ab dem nächsten Akt hatte Mark den Eindruck, daß er von

einer Brücke in einen reißenden Fluß blickte, daß seine Hände auf dem Rücken gefesselt waren und daß Arianas Stimme eine Schlinge war, die sich ihm um den Hals legte.

Als der Vorhang nach dem vierten Akt fiel und Mark applaudierte, trübten Tränen seinen Blick. Ihm war, als bewegten sich sein und Arianas Leben in der Zeit weiter, seines zu einer seltsamen Art von Tod, ihres zu einem Zustand, den er nie kennenlernen und zu dem er auf keinen Fall gehören würde.

Nach Schluß der Vorstellung mußte der Vorhang vierzehnmal hochgehen, und dann folgte eine Premierenfeier. Der Lärm im Restaurant war ohrenbetäubend. Vollkommen Fremde kamen zu Mark, um ihm zu versichern, daß seine Frau eine der größten Sängerinnen ihres Zeitalters sein würde. Jedesmal, wenn er Ariana ansah, strahlte sie vor Freude, und er wußte, daß es stimmte.

Wie oft kann man in einer Nacht aufstehen, ohne die Frau zu wecken, die im gleichen Bett schläft?

»He.« Sie stand im Lichtschein, der über den Balkon hereindrang, neben ihm. »Seit wann rauchst du?«

»Ich tue es gelegentlich.«

Sie nahm ihm die Zigarette weg und ergriff seine Hand. Sie standen schweigend nebeneinander und blickten auf Mexico City hinunter.

»Wenn ich deine Hand halte«, sagte sie, »weiß ich, daß mir nichts zustoßen kann.«

Die drei Vorstellungen dieser Woche wurden in allen örtlichen Zeitungen in den höchsten Tönen gelobt, sogar im Mailänder *Corriere della Sera*, der mit Flugpost eintraf, waren sie sehr anerkennend erwähnt. Die Gewißheit in Mark wurde immer stärker.

Hoch oben, mitten in seiner Brust, befand sich ein leerer Raum. Zum erstenmal in seinem Leben sehnte er sich danach, bewußtlos zu sein. Er begann, sich in der Hotelbar herumzutreiben, und dort wurde er zum Saufkumpan von Arianas Tenor.

Es war schwer, Giorgio Montecavallo nicht zu mögen. Er war klein, muskulös, hatte eine leichte Fettschicht auf den Muskeln, sein dichtes schwarzes Haar begann zu ergrauen, und er strömte jeden Tag um elf Uhr vormittags genauso regelmäßig und majestätisch in die Bar wie der Nil ins Meer.

»*Buenos dias*, mein Freund.« Er schlug Mark auf die Schulter, dann schnalzte er mit den Fingern und lächelte den Barmixer an. »Zwei doppelte Tequilas, *por favor*.«

Giorgio Montecavallo war vielleicht nicht gerade der größte Tenor der Welt (selbst Mark erkannte, daß einige der hohen B in *Celeste Aida* klangen, als hätte er sie in die Höhe gedrückt wie ein gedopter russischer Athlet, der bei der Olympiade sechshundert Kilo hochbrachte), doch er war bestimmt ein Nonstop-Sprecher, also genau der Richtige, wenn man seine eigenen Gedanken nicht hören will; außerdem stellte sich heraus, daß er einer der charmantesten, bereitwilligsten Fremdenführer der Welt war.

»Sie haben die Pyramiden von Teotihuacan noch nicht gesehen?« Seine Augenbrauen kletterten fassungslos in die Höhe, als Mark und Ariana diese unglaubliche Unterlassungssünde zugaben. Ein Blick auf seine Zweitausend-Dollar-Omega-Armbanduhr: »Wir haben Glück, bis zur Probe haben wir noch genügend Zeit.« Ein Fingerschnalz, der den Kellner, den Portier herbeiholte; Minuten später standen ein Wagen und ein Privatführer vor der Tür, und eine Stunde später kletterten die drei die steilen Stufen einer aztekischen Pyramide hinauf. Sie keuchten und schwitzten unter dem glühenden mexikanischen Himmel, schafften es aber dennoch bis zur Spitze, wo sie sich gegenseitig fotografierten.

»Sie müssen zugeben, daß es großartig ist«, bemerkte Monte. (Er hatte verlangt, daß sie ihn so nannten: »Niemand sagt Giorgio zu mir.«) »Wir stehen in Mittelamerika auf einer Pyramide, die zweitausend Jahre vor Mozart erbaut wurde, und in einer Woche werde ich sechstausendfünfhundert Kilometer von hier an der Scala Verdi singen, und Ariana – wo werden Sie in einer Woche sein, Ariana?«

»Wieder in New York und Tonleitern üben.«

»Unsinn, Sie werden in Wien die Königin der Nacht singen. Noch ein Foto, bitte lächeln, schon geschehen. Würden Sie mir jetzt den Gefallen erweisen, Mark, ein Foto von mir und meiner süßen Aida zu machen?«

Mark brachte es fertig, sich bis zwei Minuten vor der letzten Vorstellung zu beherrschen. Er stand in Arianas Garderobe, als er am ganzen Körper zu zittern begann. Er beugte sich über sie und küßte ihre Aida-Perücke.

»Reiß sie von den Sitzen«, sagte er.

Nach der letzten Vorstellung gab es achtzehn Hervorrufe; dreitausend Menschen sprangen auf, schrien, klatschten und jubelten. Ariana hatte das Gefühl, eine Szene aus dem Leben eines anderen zu erleben. Nichts war wirklich, weder die Garderobe noch die Stimmen vor der Tür, noch die Hände der Garderobiere, die ihr aus dem Kostüm half. Und auch nicht der Brief, den ihr die Garderobiere reichte.

»Señor Rutherford hat mich gebeten, dieses Schreiben zu übergeben.«

Plötzlich erfaßte sie unaussprechliche Angst davor, daß Mark etwas zugestoßen war. Sie riß den Umschlag auf und sank in einen Stuhl.

Geliebteste Ariana,
mir ist es noch nie so schwergefallen, einen Brief zu schreiben. Mein Gefühl für Dich ist stärker als alles, was ich bis jetzt empfunden habe, einschließlich meines Gefühls für die Kirche. Und darin liegt das Problem.
Mir ist klargeworden, daß die Kirche für mich nicht einfach meine Karriere bedeutet – sie bedeutet mir mein Leben, sie ist das Beste an mir. Sie ist alles Gute, Starke, Ehrliche in mir.
Ich habe ein Versprechen gegeben, Ariana, und es gebrochen. Indem ich Dich liebte, habe ich es gebrochen – und Dich gleichzeitig betrogen. Dieser Betrug würde früher oder später alles zerstören, was wir aneinander lieben. Das könnte ich nicht ertragen.
Ich kehre zur Kirche zurück und werde Dich nie wiedersehen. Du hast mich glücklicher gemacht, als ich es verdient habe. Bitte verzeihe mir, Ariana. Ich werde Dich nie vergessen.
Mark

Sie konnte nicht glauben, daß er das geschrieben hatte.

Es war seine Schrift, aber die Worte stammten von jemand anderem.

Plötzlich begriff sie. Es war ein Scherz. Es mußte ein Scherz sein. Irgendeine mexikanische Tradition – man mußte die Primadonna zu Tode erschrecken.

»Wo befindet sich Señor Rutherford?« fragte sie.

»Er ist zum Flugplatz gefahren.«

»Zum Flugplatz...« Konnte der Brief doch echt sein? Konnte so etwas wirklich geschehen?

Sie las den Brief noch einmal und noch einmal, und jedes

Wort erschütterte sie wie ein Erdbeben, das ein weiteres Stückchen der Vergangenheit, ein weiteres Stückchen der Zukunft begrub. Sie sah sich im Schminkspiegel, ein Wesen, das noch lebte, dem man aber soeben den Todesstoß versetzt hatte. Langsam breitete sich das Verstehen auf ihrem Gesicht aus – wie der Tod.

Sie versuchte aufzustehen. Sie mußte jede Bewegung denken, sie mühsam Ruck für Ruck ausführen.

In der Ferne läutete eine Glocke.

Sie schrie. Die Welt war soeben untergegangen.

»Señora! Señora!« Die Garderobiere drückte sie in einen Stuhl.

Ein ernster Mann mit einer schwarzen Tasche setzte rasch eine Injektionsnadel zusammen. Ariana spürte den kalten Kuß des Alkohols auf ihrem Arm, den schnellen Stich einer Nadel, das allmähliche Einströmen trügerischer Erleichterung.

Danach verging die Zeit unnatürlich langsam. Hände zogen sie aus, wuschen sie, zogen sie wieder an, verwandelten Aida in Ariana.

Dann drang durch den Nebel eine Stimme zu ihr. »Meine beste Investition.«

Ariana brauchte einen Augenblick, um die dunklen Augen, den herabhängenden Schnurrbart und die sonnengebräunte Haut des Mannes in der Tür wiederzuerkennen. »Nikos.«

Er umarmte sie flüchtig. »Musik macht mich hungrig, geht es Ihnen nicht auch so? Fahren wir irgendwohin, wo es wunderbar ist, und essen wir.«

Ihr Mund begann zu beben, dann ihr Gesicht, und dann spürte sie, wie sie gänzlich zerbrach.

Er setzte sich neben sie und ergriff ihre Hand so leicht, daß sie nicht einmal bemerkte, daß er einen Teil ihres Körpers festhielt.

Er ließ sie sprechen. »Ich bringe Sie nach Hause«, erklärte er sanft.

Er übernahm die Initiative. Nach zwei Telefongesprächen warteten eine Limousine vor der Oper und ein Privatflugzeug am Flughafen. In der zehnsitzigen Maschine war es friedlich und ruhig. Sie waren die einzigen Passagiere. Er saß bis New York neben ihr, hielt ihre Hand, hörte zu, wenn sie sprach, hörte zu, wenn sie schwieg.

Eine weitere Limousine erwartete sie in Idlewild. Ein Chauffeur fuhr sie in die Perry Street.

Nikos drückte sie an sich. »Ihr Gepäck kommt morgen. Versuchen Sie, ein wenig zu schlafen, dann werden Sie sich besser fühlen. Hier, vergessen Sie Ihren Paß nicht.«

Sie küßte ihn, ein Dankeschön-Kuß, nicht mehr.
Sie sperrte das Haustor auf.
Mark wird hiersein, sagte sie sich. Es war ein Mißverständnis. In zwei Minuten werden wir darüber lachen.
Ihre Füße trugen sie durch das knarrende Tor in den kleinen Hof mit einem einsamen Pan im Springbrunnen.
Er ist zu Hause. Ich weiß, daß er zu Hause ist und auf mich wartet.
Sie lief die Treppe zum Apartment 2-A hinauf.
Er befindet sich hinter dieser Tür. Er ist verlegen, es tut ihm leid, er hat Angst, daß ich zornig sein werde, und vielleicht werde ich es auch einen Augenblick lang sein.
Die Türangeln sangen die beiden Töne aus *Amazing Grace*, und sie sah sich in der Dunkelheit um. Dann schaltete sie das Licht ein.
Er saß nicht in seinem Stuhl in der Ecke, blickte nicht von einem Lehrbuch des neutestamentarischen Griechisch auf und stand nicht auf, um sie zu küssen.
Sie ging durch den Raum und schaltete das Licht im Schlafzimmer ein.
Er lag nicht im Bett und streckte ihr die Arme entgegen.
Sie ging ins Badezimmer und suchte ein Aspirin. Der Duft seiner After-shave-Lotion drang aus dem Schränkchen, und einen kurzen, schmerzlichen Augenblick lang erinnerte sie sich an die eine Ewigkeit zurückliegende Zeit der Liebe, als es wirklich noch ein Morgen gegeben hatte.
Sie rief seine Eltern an. Augusta Rutherford meldete sich schläfrig. »Ja, Ariana.«
»Kann ich mit Mark sprechen?«
»Mark ist nicht hier. Er hat uns erzählt, daß er mit Ihnen nach Mexiko fliegt. Was ist geschehen, Ariana?«
»Nichts. Entschuldigen Sie, daß ich Sie geweckt habe. Auf Wiedersehen.«
Sie rief Harry an. Er wußte nicht, wo sich Mark aufhielt. Ihr Leben entglitt ihr. »Würden Sie ihn bitten, mich anzurufen, wenn er sich bei Ihnen meldet?«
»Natürlich«, versprach Harry sanft.
Ihr Geist verkrampfte und entspannte sich wie eine Faust, und wirbelnde Leere durchdrang sie. Ihr Leben hatte sich für immer verändert, und es fragte sich nur, wie lange »für immer« dauern würde.
Sie starrte das Telefon an. Es klingelte nicht. Klingelte nicht. Klingelte nicht.
Dann schleuderte sie plötzlich Töpfe auf das Klavier, warf

Lampen um, schrie, und fünf Minuten später trommelte Magda, die Hausmeisterin mit dem gefärbten roten Haar, an die Tür, zornige Nachbarn steckten die Köpfe heraus, und ein Polizist fragte: »Gibt es jemanden, der sich um sie kümmern kann?«

Ricarda DiScelta traf vierzig Minuten später ein.
Sie betrachtete das Durcheinander. Sie betrachtete das Mädchen.
»Das erledige ich.«
Ariana zeigte ihr Marks Brief.
»Traurig«, stellte die DiScelta fest. »Sehr traurig. Er ist fertig mit dir.«
»Aber warum?«
»Wer kann das wissen? Manchmal glaube ich, daß nicht einmal Gott weiß, warum.«
Ariana weinte beinahe zwei Stunden lang verzweifelt.
Ricarda DiScelta sprach sanft, geduldig, wie eine Mutter. »Nimm es zur Kenntnis. Akzeptiere es. Mark ist fort. Die Person, die du geliebt hast, ist nicht mehr ein Teil deines Lebens. Denk nicht an ihn. Denk nicht an die Vergangenheit und mach dir wegen der Zukunft keine Sorgen. Obwohl du es jetzt nicht glaubst, wird es eine Zukunft geben.« Sie berührte Arianas Gesicht sanft. »Und versuche nicht, Verbindung mit ihm aufzunehmen. Es verlängert den Schmerz nur.«
Doch Ariana versuchte es. Sie rief am nächsten Tag Harry an und flüsterte, damit die DiScelta sie im Nebenzimmer nicht hörte.
»Haben Sie mit Mark gesprochen?«
»Leider nein, Ariana. Ich melde mich sofort, sobald er bei mir auftaucht.«
»Kann ich Sie sehen, Harry? Sie sind sein Freund, und ich muß mit jemandem reden. Bitte.«
»Ich verreise nach London, aber wenn ich wieder zurück bin...«
»Wann werden Sie wieder hiersein?«
»Das weiß ich nicht genau. In einigen Wochen...«
Ariana rief Harry am nächsten Tag an.
Als er sich meldete, legte sie wortlos auf.
Ricarda DiScelta sagte Stunden, Parties, sogar Veranstaltungen ab und blieb bei Ariana – sie kochte, räumte auf, hörte unermüdlich zu und tröstete.
Als Ariana zu weinen begann, weil die Wohnung sie an Mark erinnerte, antwortete die DiScelta: »Du bleibst hier, bis du es erträgst. Denn wenn du es nicht tust, wird dich die Straße an ihn

erinnern, die Stadt wird dich an ihn erinnern, die Welt wird dich an ihn erinnern. Sobald du beginnst, dich zu verstecken, ist kein Ort im Universum sicher.«

Also blieben Lehrerin und Schülerin in der Wohnung, und Ariana war beinahe eine Woche lang unansprechbar; sie weinte, schlief, weinte, schlief nicht, weinte, erinnerte sich, weinte, aß nicht, weinte. In diesen ersten sieben Tagen gab es in ihrem Leben nur die DiScelta, die sie betreute, ihr zuhörte, ihr durch Zorn, Angst und Einsamkeit hindurchhalf.

Allmählich vergingen der erste Kummer, der erste unerträgliche Schmerz, und eine Art mechanisches Leben erfüllte sie.

»Zeit für die Arbeit«, stellte die DiScelta fest. Sie schlug einen Akkord an und sah Ariana befehlend an. »Steh nicht so herum. Übe.«

Ariana bekam einen Tobsuchtsanfall. »Was erwarten Sie von mir? Daß ich mich auf einen Zweig setze und für den Kaiser singe?«

Ricarda DiScelta sah sie voll tiefer Ruhe an. »Es wird schon kommen, mein Kind, es wird schon kommen.«

Zuerst war es schwierig. Ihr Hals war wie zugeschnürt. Die DiScelta war geduldig.

»Unter Streß gerät die Stimme in Versuchung, höher zu werden, aber du mußt dich dagegen wehren, Kind. Halte den Ton.«

Ariana gehorchte. Ihr blieb nichts anderes übrig. Die einzige Mauer zwischen ihr und dem Wahnsinn bestand aus do-re-mi und la-la-la.

Allmählich eroberte die Musik sie wieder. Sie forderte sie heraus, leistete ihr Widerstand, weckte ihren Lebenswillen.

Nach zwei Wochen zog die DiScelta aus, und Ariana fühlte sich einsam und verlassen. Sie hielt sich an der Musik fest. Dreimal wöchentlich ging sie zur Gesangsstunde in die Wohnung ihrer Lehrerin. Zweimal täglich plauderte sie telefonisch mit ihr, weil die DiScelta darauf bestand. »Man darf sich nie isolieren, mein Kind. Nur der Kontakt mit der Welt kann heilen.«

Einen Monat, nachdem sie das letztemal mit Mark beisammen gewesen war, überwand sie ihren Stolz und rief Harry Forbes an.

»Hier ist Ariana. Wie war es in London, Harry?«
»Wie immer wunderbar.«
Peinliches Schweigen.
»Haben Sie etwas von Mark gehört?«
Eine Pause. »Es tut mir leid, Ariana. Wirklich leid.«

Harry legte auf, drehte sich um und betrachtete die Gestalt, die im Lehnstuhl kauerte.

»So kann es nicht weitergehen, Mark.«

Mark hatte sich wochenlang in Harrys Wohnung verkrochen, hatte getrunken, geraucht, geraucht, getrunken, hatte nie die Laken auf dem Sofa gewechselt, nie einen Teller gespült, nie ein Hemd in die Wäscherei gebracht, hatte die Wohnung nur verlassen, um zur Arbeit zu gehen, und war nur zurückgekehrt, um zu trinken, zu rauchen und die Bücherregale anzustarren.

»Ich beklage mich ja nicht«, meinte Harry. »Ich habe nichts dagegen, einem Freund zu helfen. Ich habe nichts dagegen, zuzuhören, sauberzumachen und zu kochen. Ich habe nur etwas dagegen, das arme Mädchen anzulügen.«

»Tut mir leid«, antwortete Mark tonlos.

»Dir tut es schon verdammt lange leid. Warum hörst du nicht auf, dich wie ein Idiot zu benehmen, nimmst den Hörer ab und rufst sie an?«

Mark seufzte.

Harry ging durch das Zimmer und reichte ihm das Telefon.

Mark begann, im Zeitlupentempo zu wählen: drei Ziffern, eine vierte, noch zwei... und hörte auf, wie ein mechanisches Spielzeug, das man aufziehen muß.

»Tu's«, drängte Harry. »Sag ihr, daß du sie sehen willst, und zwar heute abend.«

Diesmal wählte Mark sieben Ziffern. Dann wartete er, während Harry ihn beobachtete.

Ohne das Gesicht zu verziehen, meldete sich Mark wie eine Mumie: »Hi, ich bin's.«

Mark schwieg lange und hörte zu, aber sein Gesicht veränderte sich noch immer nicht.

»Ich muß dich treffen«, erklärte er.

»Heute abend«, flüsterte Harry.

»Heute abend. Wie wär's mit O'Henry's Steakhouse Ecke Sechster Avenue und Vierter?«

Mark legte langsam auf und starrte bewegungslos die Regale an.

»Was hat Ariana gesagt?« fragte Harry.

»Ich habe nicht mit Ariana gesprochen.«

»Mit wem denn?«

»Mit Nita. Du kennst sie.«

»Was soll das heißen, Mark?«

»Beruhige dich, Harry. Ich habe mir alles genau zurechtgelegt. Alles wird wunderbar in Ordnung kommen.«

»Willst du mich heiraten?« fragte Mark.

Nitas Blick ließ Mark nicht los, als wolle sie feststellen, ob er es ehrlich meinte. Denn sie wußte, daß nicht nur Feststellungen, sondern auch Fragen Lügen sein können.

»Würdest du den letzten Satz wiederholen, Mark?«

Sie saßen vor zwei Gläsern Bier. An den Tischen drängten sich die Menschen, und die Kellner mit den langen weißen Jacken und den Strohhüten sahen gehetzt und müde aus.

Eine Zeitlang war nur das Gemurmel der übrigen Gäste zu hören, das leise Klopfen der Regenfinger an die Fensterscheiben mit den goldenen Buchstaben in Spiegelschrift.

Er wiederholte es. Sie hatte nicht geträumt.

»Willst du mich heiraten?«

Die Überraschung überwältigte sie, und in ihren Augenwinkeln standen Tränen. Sie kämpfte gegen ihre Erinnerungen, gegen die strahlenden, tapferen Entschlüsse, die sie gefaßt hatte; sie hatte sich vorgenommen, all diese Kindereien zu vergessen – vor allem ihre Schwärmerei für Mark Ames Rutherford.

Sie konnte sich nicht vorstellen, daß es viele Männer gab, die Mark an Eleganz und Würde gleichkamen. Im vergangenen Jahr hatte sie ein Dutzend Verehrer gehabt, war mit drei von ihnen beinahe ins Bett gegangen und hatte ernsthaft daran gedacht, einen von ihnen zu heiraten.

Doch sie hatte sie immer mit Mark verglichen, obwohl sie den Grund dafür nicht wußte. Vielleicht weil er der erste war, der sie geküßt hatte. Vielleicht weil er mit ihr Schubert-Duette gespielt hatte, als sie zwölf Jahre alt waren. Vielleicht weil sie sich bei einem flüchtigen Gutenachtkuß von ihm schwächer fühlte als bei dem leidenschaftlichen Kuß eines anderen.

Eine heimliche Stimme machte sie darauf aufmerksam, daß er nur deshalb um ihre Hand anhielt, weil er eine Wunde heilen wollte, bevor sie zu eitern begann, eine Wunde, die nichts mit ihr zu tun hatte. Die Stimme riet ihr, aufzustehen und für immer aus Marks Leben zu verschwinden.

Aber was wissen heimliche Stimmen schon!

»Ja«, antwortete sie. »O ja, mein Liebster. Ich will dich heiraten.«

12

Ricarda DiScelta wußte, daß es für Ariana nur eine Lösung gab, und diese Lösung hieß zweifellos Arbeit, Musik und Zeit. Im Lauf der Wochen bemerkte sie, wie die Wohltat der Routine ihre Schülerin allmählich heilte. Dennoch fehlte noch etwas, und dieses Etwas hieß ihrer Meinung nach Boyd Kinsolving.

Ricarda DiScelta fand Boyd langweilig, aber sein Vater war Amory Kinsolving von der Kinsolving Steel, und seine Mutter, ehemals Marjorie Biddle von den Philadelphia-Biddles, saß in den Aufsichtsräten der New Yorker Metropolitan und des Opernhauses von Chicago. In Ricardas Welt waren Verbindungen wichtig. Solange man jung war, kam man mit ihrer Hilfe zu Rollen, und später, wenn man die Rollen bekam, die man wollte, setzte man sich mit ihrer Hilfe durch.

Sie lud Boyd zum Lunch ins Café Chambord ein.

»Ich habe eine Schülerin, die Sie kennenlernen sollten.«

Boyd Kinsolving fragte, wer und warum.

»Sie heißt Ariana Kavalaris. Ich weiß nicht, ob Sie vergangenen Monat die Kritiken gelesen haben, aber sie gilt als vielversprechende Stimme.«

»Was für eine Stimme?«

»Ein dramatischer Sopran mit strahlenden Spitzentönen.«

»Hat sie die Schlußszene aus *Salome* einstudiert?«

Boyd hatte sich bereit erklärt, im März als Gast ein Wohltätigkeits-Mischmasch mit den New Yorker Philharmonikern zu dirigieren, und die vorgesehene Sopranistin – eine bekannt unzuverlässige ungarische Primadonna – hatte abgesagt. Er fand keinen erstklassigen Ersatz.

»Wenn Sie Ariana einsetzen wollen, wird sie die Szene lernen.«

»Wann kann ich sie hören?«

»Morgen um vier. Sie können sie während der Stunde belauschen.«

»Dann muß ich einen neuen Termin für einen Haarschnitt ausmachen.«

»Ariana ist einen Haarschnitt wert.«

»Ich komme.«

»Und Boyd, wenn Sie sie mögen – sie dirigieren doch im April in Mexiko *Rigoletto*. Sie hat in Mexiko sehr gute Kritiken gehabt.«

»Warten wir ab. Wenn sie mir gefällt, mache ich es vielleicht.«

Er hörte im Arbeitszimmer zu. Sie gefiel ihm.

»Die Konzert-*Salome* und *Rigoletto*?« flüsterte die DiScelta.

Er nickte und sah mit seinen blonden Stirnfransen wie ein Kobold aus. Die DiScelta rauschte mit ihm ins Musikzimmer.

»Ich habe mir erlaubt, einen Freund einzuladen, Ariana – Boyd Kinsolving – er liebt dich.«

Ariana drehte sich um und starrte ihn mit leicht geöffnetem Mund an. Warum nicht, dachte die DiScelta, er hat blaue Augen, rosa Wangen, breite Schultern, lange, gerade Beine und ist gekleidet wie ein Dressman.

Die DiScelta stellte sie einander vor und erklärte Ariana, daß Boyd sie für sein Konzert haben wolle.

Ariana zog ein langes Gesicht. »Ich kann die *Salome* doch nicht«, protestierte sie.

»Wir werden sie lernen«, versprach Ricarda DiScelta.

Als sie wieder allein waren, wandte sich Ariana wütend ihrer Lehrerin zu. »Ich kann diese Musik nicht innerhalb von einem Monat lernen. Ich habe noch nie Strauss gesungen, die *tessitura* liegt mir nicht. Das tiefe Ges kommt nicht für mich in Frage. Ich werde nie über die Rampe kommen, wenn hundert Musiker hinter mir auf der Bühne spielen.«

Die DiScelta nahm die Argumente lächelnd zur Kenntnis, ohne sie zu akzeptieren. »Du hast zu lange keine Verpflichtung gehabt, du brauchst so etwas.«

Um die Jahrhundertwende war Richard Strauss' *Salome* eine Sensation gewesen. Der Kaiser hatte Strauss geraten, sie nicht aufführen zu lassen. Der Finanzier J. P. Morgan hatte der Metropolitan Opera ein Vermögen bezahlt, damit sie *Salome* nicht herausbrachte. Doch das Publikum hatte das nuancenreiche Porträt der mordenden levantinischen Lolita immer geliebt, und Ariana beschloß, das Letzte aus ihrer Stimme herauszuholen.

»Bei Strauss«, erklärte die DiScelta, »ist die deutliche Aussprache der Worte das Wichtigste. Du mußt dich gegen die lautstärkste Instrumentation der Welt durchsetzen – und die Singstimme wird nie unterbrochen.«

Obwohl die DiScelta offensichtlich Vorbehalte gegen Strauss'

Musik hatte, hielt sie ihn für den Operngiganten des zwanzigsten Jahrhunderts.

»Er ist der überragende Melodiker seiner Zeit. Er ist imstande, die Führung der Singstimme bis zum Äußersten zu treiben – und sie behauptet sich dennoch. Er schrieb auch die großartigsten Rollen für weibliche Stimmen, die es je gegeben hat. Ich will damit nicht sagen, daß die Musik immer erstklassig ist – bei weitem nicht –, aber die Wirkung ist immer vollendet.« Sie erwähnte das Schlußterzett aus dem *Rosenkavalier*, in dem drei Sopranstimmen (obwohl eine Rolle oft von einem Mezzosopran gesungen wird) in einer himmelstürmenden, zehn Minuten währenden Melodie verschmelzen, die nicht nur die Krönung der Oper, sondern zugleich der Musik des neunzehnten Jahrhunderts darstellt.

Sie seufzte. »Heute haben wir es aber mit weniger göttlichen Dingen zu tun.«

Sie schlug den Gesangauszug von *Salome* auf.

»*Salome* ist natürlich mehr eine Tondichtung mit Gesang als eine Oper im eigentlichen Sinn. Deshalb wirkt sie in einem Konzertsaal genausogut wie auf der Bühne. Strauss beherrscht den wagnerianischen Klangapparat und die gesamte postwagnerische Technik. Daraus ergibt sich, daß er psychische Zustände meisterhaft vermitteln kann.«

Sie verzog das Gesicht. »Vor allem morbide Zustände. In diesem Werk betreibst du gemeinsam mit dem Orchester Psychoanalyse. Die Stimme verschafft der bewußten Psyche Gehör, das Orchester legt das Unbewußte bloß: alle Impulse, alle Komplexe, alle geistigen Zuckungen, alle flüchtigen Gedanken werden ausgedrückt – oft gleichzeitig.«

Ihrer Meinung nach hatte es vermutlich nie eine üppigere Tapisserie aus Opernklängen gegeben als in *Elektra* oder *Salome*.

Wieder verzog sie das Gesicht. »Ob es eine angenehme Tapisserie ist, steht nicht zur Debatte. Sie ist ausdrucksstark, und das genügt.«

Ariana vertiefte sich in das Libretto, bei dem es sich im wesentlichen um eine blutrünstige Geschichte handelt. Eine der Hauptattraktionen darin war Salomes Tanz der sieben Schleier. Boyd Kinsolving hatte vor, den Konzertauszug mit diesem Tanz, einem düster-sinnlichen Meisterwerk, zu beginnen, der in Hollywood die Drehbücher zu Hunderten biblischen Ausschweifungen inspiriert hatte.

Von hier wollte Boyd direkt zur Schlußszene übergehen, in der Salome in erotischer Ekstase Jochanaans abgeschlagenes Haupt liebkost.

Vier Wochen lang trieb Ricarda DiScelta Ariana zwölf Stunden täglich an, hämmerte ihr die qualvolle Gesangsstimme ins Gedächtnis und in die Halsmuskeln.

Bei der ersten Orchesterprobe hallte die chaotische Dissonanz der sich einstimmenden Instrumente durch die Carnegie Hall. Es war eine geschlossene Probe, aber die vorderen Reihen im ersten und zweiten Rang waren von Frauen mit verblüffenden Frisuren und glitzernden Juwelen besetzt, die ihre Pelze lässig über die Lehne ihrer Stühle geworfen hatten. Freundinnen von Boyd, nahm Ariana an.

Boyd lächelte ihr zu und hob den Taktstock.

Ariana stand neben dem Podium und wartete auf ihren Einsatz.

Die Klarinetten spielten ein schrilles, vogelartiges Arpeggio. Die Hörner dröhnten. Ihr Auftritt. Sie trat vor, und ihre Stimme übertönte das Orchestergetöse mit dem ersten Vokal.

Ah, du wolltest mich nicht deinen Mund küssen lassen, Jochanaan!

Sie spürte, wie sich das Gewebe des Orchesters hinter ihr verdichtete: Die Bläser stachen hervor, die Blechinstrumente explodierten, sogar die bösartigen kleinen Schlagzeuge unterstrichen das Tongefüge mit dem genau richtigen Maß an schlangenartiger Geschmeidigkeit.

Nach der überwältigenden Schlußfanfare der Blechinstrumente und Pauken brachen die Damen der Gesellschaft in Applaus aus. Boyd legte den Taktstock weg und wischte sich das Gesicht mit einem bestickten Taschentuch ab.

Eine Frau, die einen Hermelinpelz umgehängt hatte, lief zu ihm und küßte ihn auf beide Wangen. »Ich habe es himmlisch gefunden«, gurrte sie. Ihre Stimme klang selbstbewußt, lasziv. »Ich bebe vor Erregung.«

»Würdest du glauben, daß Ariana die Partie zum erstenmal singt?« fragte Boyd. »Ariana, kennen Sie Keekee de Clairville, mit der ich ganz, ganz dick befreundet bin?«

Die Frau wandte sich Ariana zu. An ihren Ohren funkelten Diamanten. »Sie sind ein Naturtalent, meine Liebe. Sie geben die Niedertracht dieser jüdischen Prinzessin perfekt wieder.«

»Danke«, antwortete Ariana.

Die Probe löste sich auf. Boyd ergriff Arianas Hand. »Haben Sie schon eine Verabredung für das Dinner?«

Ariana hatte nicht.

»Kommen Sie mit, ich lade Sie ein.«

Am Morgen nach dem Konzert brachte Boyds Hausboy ihm mit dem Frühstück auch die Kritiken. Er sah sie durch.

Der Kritiker der *Times* war der Meinung, daß *Boyd Kinsolving sein Orchester vollkommen beherrschte und mit tausend sicher gesetzten, prägnanten Details die in diesen Seiten eingefangene Schönheit und Verdammnis wiedergab*...

Über die Solistin äußerte sich der Kritiker genauso wohlwollend: *Ariana Kavalaris – eine junge Frau, die nicht nur über körperliche Schönheit verfügt, sondern auch eine schöne Stimme besitzt – dürfte auf dem bestem Weg sein, eine unserer führenden dramatischen Sängerinnen zu werden. Sie meistert die Rolle mit Sicherheit, Präzision, Begabung und Leidenschaft*...

Boyd knüpfte die Kordel seines braunen Satinmorgenrocks zu, trat an das Fenster und starrte lange über den friedlichen Platz zum Gramery Park hinüber. Die winterkahlen Bäume und der Eisenzaun hoben sich ungewöhnlich scharf wie Linien einer Radierung vom weißen Schnee ab.

Gemeinsam könnten dieses kleine Mädchen und ich die Welt erobern, dachte er.

Die Limousine fuhr quer über die abendkühle Plaza. Im purpurnen Dunst, der langsam die Palmen und Statuen einhüllte, ragte die Oper wie der Schatten eines grauen Riesen empor.

Ariana drückte sich tiefer in den Sitz. »*Panagia mou – ti kano edho?*«

Boyd verstand den Tonfall, wenn auch nicht die Worte. Er streichelte ihre Hand. »Nur Mut, Schätzchen. Du wirst großartig sein.«

Der Bühneneingang roch, als wäre er kürzlich mit Salmiakgeist gereinigt worden. Ariana war bis jetzt von dumpfer Resignation erfüllt gewesen, aber als sie den Fahrstuhl betrat, wurde sie von Panik erfaßt. Hier hat Mark mich verlassen. Ich werde nie imstande sein, diese Bühne zu betreten.

»Schätzchen, du transpirierst ein bißchen.« Boyd reichte ihr ein Taschentuch. »Trink etwas Tee, sing dich ein und leg dich hin. Du wirst fabelhaft sein.«

Sie hatten ihr die gleiche Garderobe gegeben wie beim erstenmal.

Hier ist mein Leben zu Ende gegangen, dachte sie.

Das Klavier war tiefer gestimmt, und es störte sie, daß sie sich mit ihm einsingen mußte. Sie trank Kamillentee für die Nerven. Als ihre Garderobiere eintraf, perlte kalter Schweiß auf Arianas Stirn, und ihre Augen brannten, als hätte sie Fieber. Während die alte Frau sie geschäftig betreute und ihr das schwere Renaissancekleid überstreifte, knisterte das Vorspiel aus dem Lautsprecher an der Wand.

Ariana wartete in den Kulissen auf ihren Auftritt. Als ihr Einsatz kam, trat sie rasch aus dem Dunkel in das blendende Licht der Bühne. Jetzt war sie Gilda, die Tochter des Hofnarren, sein Augapfel.

Jenseits des Orchestergrabens wartete das Publikum, still und kalt wie dunkles Wasser, das von keiner Welle bewegt wird.

Ariana sang ihre ersten Takte, bei denen sie die Hörner übertönen mußte. Bei dem darauf folgenden Duett mit Rigoletto klang ihre Stimme gepreßt, sie war kurzatmig.

Als sich Ariana nach dem Duett mit dem Herzog für den höflichen Applaus des Publikums bedankte, erregte ein heller Fleck ihre Aufmerksamkeit. In der dritten Orchesterreihe saß neben einem leeren Platz ein Mann. Er hatte dunkles Haar, ein glattrasiertes Gesicht, ein winziges Grübchen im Kinn und trug einen Priesterkragen.

Es war Mark. Einen Augenblick lang setzte ihr Herz aus. Seine Augen bedeuteten ihr: Ich bin hier, du bist in Sicherheit, ich beschütze dich. Sing.

Sie holte tief Luft, und es war wie der erste Atemzug seit Monaten.

Der Herzog ging ab, und Gilda sang *Caro nome*. Die Musik strömte ohne ihr Zutun aus ihrer Kehle: Sie spürte keine Anstrengung und keine Panik.

Der Applaus war herzlich, lang anhaltend, aufrichtig. Es erklangen sogar Bravorufe.

Arianas Herz klopfte wild, in ihren Augen standen Tränen. *Mark*. Er war immer noch da, lächelte immer noch.

Die Pause verbrachte sie zwischen Entsetzen und Erregung und hatte beinahe Angst davor, auf die Bühne zurückzukehren.

Aus dem Zuschauerraum begrüßte sie Marks inniger Blick.

Sie wußte nicht, wie sie den Akt überstanden hatte. Sie wußte nur, daß der Vorhang fiel, sich wieder hob und daß Hände sie auf die Vorbühne schoben.

Sie hörte Marks Stimme aus den anderen heraus; er schrie »Bravo!« Ihr Blick dankte ihm.

Während der nächsten Pause sprach sie mit einem Platzanweiser und erklärte ihm, wo Mark saß. »Würden Sie den Herrn bitten, nach der Vorstellung in meine Garderobe zu kommen?«

Nach dem letzten Akt sprang Mark als erster auf, und das

Publikum folgte seinem Beispiel. Ariana hatte das Gefühl, daß die oberen Zehntausend von Mexiko City ihr zujubelten. Der Applaus hörte nicht auf; nach zwölf Hervorrufen war das Publikum noch immer nicht bereit, sie gehen zu lassen.

Marks Blick wich nicht von ihrem Gesicht, und er enthielt eine Botschaft.

Ihre Augen fragten: Hast du meine Nachricht bekommen?

Sein Blick antwortete: Ich komme zu dir. Bald, mein Liebling, bald.

Das Publikum holte sie noch elfmal vor den Vorhang. Blumen und zerrissene Programme flogen auf die Bühne, und Mark stand neben dem leeren Platz, und in seinen Augen lag ein Versprechen.

In der Garderobe drängten sich Gratulanten wie Bäume in einem Wald, aber Mark befand sich nicht darunter.

»Haben Sie meine Nachricht nicht überbracht?« fragte sie den Platzanweiser.

Der Platzanweiser zeigte auf einen großen Mann in einem dunklen Anzug. Er hatte dichtes, gewelltes graues Haar, und sein Gesicht wirkte intelligent und freundlich. Aber er trug keinen Priesterkragen, und er sah Mark überhaupt nicht ähnlich.

Er wartete, bis Ariana ihn ansah, dann trat er mit ausgestreckter Hand auf sie zu, und auf seinem dunklen, sonnengebräunten Gesicht lag ein strahlendes Lächeln.

»Was für eine vollendete Darbietung, Miss Kavalaris.« Er beugte sich über ihre Hand, und sie spürte den Hauch seiner Lippen. Er stellte sich als Raoul Rodriguez vor. »Darf ich Sie mit meiner Frau Maddalena bekannt machen?«

Die Frau neben ihm murmelte: »*Encantada.*«

Ariana starrte die Frau an. Der Platz neben Mark war leer gewesen – Señora Rodriguez mit ihrem aschblonden Haar und ihren Diamanten wäre ihr bestimmt aufgefallen. »Sie haben in der dritten Reihe gesessen? Dritter Sitz rechts vom Mittelgang?«

Señor Rodriguez griff in seine Manteltasche und zog zwei Eintrittskarten hinter seiner goldenen Uhr heraus. »Für gewöhnlich benützt mein Schwager diese Plätze, aber er befindet sich zur Zeit in Genf. Sein Pech war unser Glück.«

Ariana nickte betäubt und verwirrt. »Sie müssen entschuldigen, ich habe mich geirrt. Ich habe Sie für jemand anderen gehalten.«

»Hoffentlich sind Sie nicht darüber enttäuscht, daß es nur meine Frau und ich waren. Dürften wir Sie um ein Autogramm auf dem Programm meiner Frau bitten?«

»Natürlich.« Ariana ergriff die Füllfeder, die ihr Señor Rodriguez reichte, und kritzelte ihre Unterschrift quer über das Programm.

Sie brauchte zwanzig Minuten, um die Besucher loszuwerden, und dann erfaßte sie die Verzweiflung der Einsamkeit.

Boyd drückte ihr schmatzend einen Kuß auf die Wange; seine weißen Zähne blitzten. »Wir haben es geschafft, Schätzchen, wir haben es geschafft.«

»Tatsächlich?«

Er sah sie an. »Erzähl mir nicht, daß du schlechter Laune bist. Du solltest auf Wolken schweben.«

»Ich bin ein bißchen enttäuscht.«

»Dann bist du der einzige enttäuschte Mensch in Mexico City.«

»Ich habe geglaubt, daß jemand die Vorstellung besucht hat. Aber er war es nicht.«

»Na und? Geht deshalb die Welt unter? Was spielt das für eine Rolle, Schätzchen, wenn du gesungen hast wie eine Göttin?«

Hilde Ganz-Tucci musterte das illegal hergestellte Band, das ihr einer ihrer Informanten aus Mexiko geschmuggelt hatte.

Sie war alt, sah schlecht, und ihr Körper schmerzte, aber sie schaffte es mühsam, die Spule einzusetzen. Dann fand sie den Knopf, mit dem man das Band einschaltete.

Sie schloß die Augen, hörte sich die gesamte Aufzeichnung an, ging zum Telefon und wählte eine Nummer.

»Ricarda? Kommen Sie sofort herüber.«

»Sind Sie eine Verbrecherin oder nur schwachsinnig?« Die Ganz-Tucci fuchtelte mit den Armen wie ein wütender alter Affe.

Ricarda DiScelta beobachtete sie unbeeindruckt. »Was immer ich bin, Sie haben es mich gelehrt.«

Die Ganz-Tucci fummelte am Kassettenrecorder herum und bedeutete der Jüngeren, den Mund zu halten und zuzuhören.

Eine Stimme stieg empor und erfüllte den Raum. Manchmal klang sie wie schräge Schatten im hellen Sonnenlicht, dann wieder strahlend wie ein Diamant. Hilde Ganz-Tucci stand am Fenster und klopfte mit der zusammengeklappten Brille den Takt auf das Fensterbrett.

Das Band war zu Ende.

Die Ganz-Tucci sah die DiScelta düster an. »Ihre Schülerin?«

»Meine Schülerin«, bestätigte Ricarda DiScelta. »Wie sind Sie zu dem Band gekommen?«

»Es gibt Leute, die bereit sind, mir zu helfen. Sie sind nicht die einzige Freundin, die ich habe. Glücklicherweise.«

Ricarda DiScelta antwortete nicht. In der Stille gefror etwas.

»Das ist der Klang, den wir gesucht haben. Ich spüre es hier, in mir.«

Die Ganz-Tucci klopfte sich mit der Brille auf das Herz. »*Das ist die Stimme*, Ricarda.«

Die DiScelta schwieg.

»Wollen Sie mir antworten, oder wollen Sie nur Ihre Unwissenheit und Ihre Unfähigkeit zur Schau stellen, als wären Sie Gottesgaben?«

Die DiScelta betrachtete ihre Lehrerin. Sie ist alt geworden, dachte sie. Selbst im weichen Licht des Sonnenuntergangs, das durch die Gardinen sickerte, war nicht zu übersehen, daß Hilde Ganz-Tucci eine sehr alte Frau mit sprödem weißem Haar und schmerzlich steifen Bewegungen war.

In diesem Augenblick liebte Ricarda DiScelta ihre alte Lehrerin mit melancholischer, beinahe überwältigender Zärtlichkeit. Am liebsten hätte sie sich über die Distanz zwischen ihnen hinweggesetzt und sie in die Arme geschlossen. Am liebsten hätte sie den ganzen Abend mit der Ganz-Tucci über ihre Karriere, ihre Jugend, über die Musik, der sie gedient hatten, und über die Sänger und Komponisten gesprochen, die sie gekannt und geliebt hatten.

Doch ihr Verhältnis zueinander ließ das nicht zu. Sie waren Lehrerin und Schülerin, immer noch, sogar nach den Jahrzehnten, die sie gemeinsam durchlebt hatten.

»Ich hoffe, daß Sie recht behalten«, erklärte Ricarda DiScelta mit erzwungener Kühle. »Ich hoffe, daß sie die Stimme ist. Ich werde es bald wissen.«

»Wir haben keine Zeit für Ihre Schwerfälligkeit«, kreischte die Ganz-Tucci. »Ich kann morgen schon sterben.«

»Das würde ich sehr bedauern, aber wann sie soweit ist, stelle ich fest, nicht Sie.«

13

»Man kann es nur schwer in Worte fassen. Ich habe zweimal mit Ariana gearbeitet. Und beide Male war ich besser als sonst. Beim zweitenmal habe ich gewußt, daß es sich nicht um einen Zufall handelt, sondern daß sie daran schuld ist.«

Nur die Haut am Hals der DiScelta reagierte auf Boyd Kinsolvings Erklärung. Sie bebte dicht überhalb der Perlenkette.

»Wenn Ariana dabei ist, höre ich genauer, habe die Musiker fester in der Hand.«

»Ich weiß«, bestätigte die DiScelta. »Sie denken an eine Nuance oder eine Betonung, und sie kommt. Sie sind die Musik, und die Musik ist Sie.«

Sie saßen in ihrer Wohnung. Er hatte um die Audienz gebeten. Sie hatte ihm zehn Minuten zwischen zwei Schülern zugestanden.

»Sie haben Macht über sie«, stellte er fest.

Ricarda DiScelta bestritt es nicht.

»Sie könnten die Zusammenarbeit zwischen ihr und mir fördern.«

Stille trat ein. Die DiScelta rührte sich nicht.

»Sie hat vergangenes Jahr achtzehn Vorstellungen an großen Opernhäusern gesungen«, fuhr Boyd fort. »Dieses Jahr sind es nur sechzehn. Wenn sie mit mir arbeitet, würden es doppelt so viele sein. In zwei oder drei Jahren könnte sie achtzig bis hundert Aufführungen pro Jahr singen.«

»Und Sie würden diese achtzig bis hundert dirigieren?«

Boyd nickte.

»Ariana wird die größte Stimme unserer Epoche sein. Sie entwickeln sich zu einem guten Dirigenten, aber Sie werden nie zu den größten Ihres Fachs gehören.«

»Das kann ich nicht leugnen. Andererseits könnte ich ihr zehn Jahre ersparen, in denen sie um Anerkennung kämpft. Dafür würde sie mir später, wenn ich den Zenit überschritten habe, eine ungeheure Hilfe sein.«

»Nein. Ich bin dagegen. Sie gibt Ihnen zuviel, Sie geben ihr zuwenig. Außer...« Die DiScelta machte eine Pause. »Warum heiraten Sie sie nicht?«

»Sie heiraten?« Boyd runzelte nachdenklich die Stirn. »Sie wissen doch genau, daß Frauen mich nicht anziehen. Ich meine sexuell.«

Sie zuckte die Schultern. »Es hat schon oft Josefsehen gegeben, besonders bei Künstlern. Als Ehepaar wären Sie für das Publikum zugkräftig. Die Exklusivität wäre sinnvoll: Agenten und Impresarios würden mitspielen. Wenn Sie unverheiratet sind, würde man es Ihnen verübeln. Und Ariana hätte ein Zuhause. Sie müßte ihre Zeit nicht mehr damit verbringen, daß sie emotionelle Sicherheit sucht.«

Boyd zögerte. »Wie kommen Sie auf die Idee, daß Ariana mich heiraten würde?«

»Vielleicht tut sie es nicht, aber was riskieren Sie schon, wenn Sie es versuchen? Machen Sie ihr einen Antrag, erzwingen Sie aber keine Antwort. Lassen Sie ihr Zeit – eine Woche, einen Monat, ein Jahr. Bereiten Sie erst einmal das Feld vor.«

Auf der Party waren zu viele Intriganten, zu viele unbedeutende Leute, die sich nur zu gern herablassend gaben. »Habe ich Sie vielleicht an der Met gehört?«, und dann der erschrockene Blick, wenn sie erwiderte, daß sie in dieser Saison dreimal die Butterfly gesungen hatte. »Ach, wir haben die Karten für die *Butterfly* dem Dienstmädchen geschenkt.«

Das Bedürfnis nach frischer Luft trieb Ariana in den Garten.

»Sie sehen lieblich und einsam aus«, stellte eine Stimme fest.

Sie drehte sich um. Boyd Kinsolving, der nicht mehr ganz sicher auf den Füßen war, hielt ihr zwei Gläser Champagner hin. Sie nahm eines, dann setzten sie sich auf eine Bank und tranken schweigend.

»Was halten Sie von mir?« fragte er.

»Ich halte Sie für leicht betrunken.«

»Im Augenblick haben Sie vermutlich recht.«

»Ich halte Sie aber auch für einen vielversprechenden Dirigenten.«

»Danke. Und persönlich?«

»Die Wahrheit?«

»Bitte.«

»Sie sollten mehr Zeit mit den Partituren und weniger mit reichen, berühmten Hohlköpfen verbringen.«

»Sie mögen die übrigen Gäste nicht?«

»Die Hälfte von ihnen besitzt Namen, die andere Hälfte Vermögen, keiner Verstand. Sie langweilen mich, und ich werde gehen.«

»Sie langweilen mich ebenfalls, und ich werde Ihnen helfen, ein Taxi aufzutreiben.«

Er ging mit ihr auf den Beekman Place, hielt ein Taxi an und fragte sie dann, ob er sie nach Hause begleiten dürfe, weil New York besonders malerisch wirkte, wenn man es durch die Fenster eines Taxis sah. Nach drei Häuserblocks ergriff er ihre Hand und fragte: »Würden Sie in Betracht ziehen, mich zu heiraten?«

Sie wandte sich ihm überrascht zu.

»Sie sollen nur darüber nachdenken«, beruhigte er sie. »Sie müssen heute keinerlei Entschluß fassen.«

»Ich liebe Sie nicht.«

»Das kommt vielleicht später. Ich bin nämlich ein sehr liebenswerter Mensch.«

»Boyd Kinsolving hat mir einen Heiratsantrag gemacht.«

Ricarda warf ihrer Schülerin einen langen rauchgrauen Blick zu. Aber sie antwortete nicht. Sie schlug die Gesangspartitur des *Barbiers von Sevilla* auf und legte ihn vorsichtig auf den Notenständer.

»Es ist eine lächerliche Vorstellung. Boyd und ich sind die absolut falschen Grundbestandteile für eine Ehe.«

»Grundbestandteile sind etwas Seltsames. Aus Pferdeschwänzen und Katzendärmen kann man ein Streichorchester machen.«

»Sie finden, daß ich ihn heiraten soll.« In Arianas Augen lagen sowohl ungläubiges Staunen als auch Empörung.

»Das Leben einer Künstlerin ist einsam und schwer. Es kann eine große Hilfe bedeuten, wenn man einen Gefährten hat, dem die gleichen Werte am Herzen liegen. Boyd Kinsolving kennt seine Mängel und deine Qualitäten.«

»Sie wollen tatsächlich, daß ich ihn heirate.«

»Du mußt das tun, mein Kind, was dich glücklich macht. Doch vergiß nie, daß die Liebe, oder was du als Liebe bezeichnest, dich einmal sehr unglücklich gemacht hat. Bei diesem Mann wärst du davor sicher.«

»Er mag keine Frauen.«

»Aber er mag dich. Und er bietet dir Kameradschaft an, gleiche Interessen und berufliche Unterstützung.« Die DiScelta warf einen Blick auf die Uhr, strich ihren Rock glatt und setzte sich auf die Klavierbank. »Obwohl dein Gefühlsleben überaus faszinierend ist, müssen wir über wichtigere Fragen sprechen. Bei der Kadenz in *Una voce poco fa* atmest du falsch.«

Am ersten Sonntag im November drang der Herbst mit scharfen Windstößen in den kleinen Park an der Bleecker Street ein. Aber die Sonne leuchtete, die Kinder auf dem Spielplatz lärmten fröhlich, und Ariana beschloß, sich auf eine Bank zu setzen und die Sonntagsnummer der *Times* im Freien zu lesen.

Zuerst nahm sie sich den Unterhaltungsteil vor und studierte Musikkritiken sowie Ankündigungen von Konzerten und Opern. Dann suchte sie weitere Kritiken.

Auf der Gesellschaftsseite sprang ihr der Name *Rutherford* in die Augen.

Miss Farnsworth heiratet Mr. Rutherford.

Sie starrte das Foto der Braut einen Augenblick lang an und las dann langsam den Artikel.

Nita Farnsworth hatte Mark Rutherford auf dem Landsitz ihrer Familie in Lloyd Harbor, Long Island, geheiratet. Der Rektor der Phillips Exeter Academy, an der der Bräutigam eine Zeitlang studiert hatte, hatte die Zeremonie vollzogen. Die Brautjungfern – unter ihnen die Tochter des Präsidenten der Vereinigten Staaten – hatten cremefarbenen Taft getragen.

Ariana litt, als bestehe ihr Leben nur aus seiner Abwesenheit. Erst nach einer Stunde konnte sie sich zusammenreißen, aufstehen und sich sagen, daß Mark Rutherford fort war, daß ein Kapitel ihres Lebens für immer zu Ende war.

Sie rief Boyd Kinsolving an und bat ihn, sich mit ihr im Palmengarten des Plaza-Hotels zu treffen. Sie wählte den Palmengarten, weil er der Ort war, an dem jene Leute den Nachmittagstee einnahmen, die zu Hochzeiten in Lloyd Harbor eingeladen wurden. Sie fragte Boyd, ob er eine Familie Farnsworth kenne.

»Ich bin öfter mit einem Mädchen zusammengekommen, das Nita Farnsworth hieß. Sie hat letzte Woche geheiratet. Die arme Nita.«

»Warum arme Nita?«

»Sie hat einen Priester geheiratet. Ein netter Kerl, nur –« Ein Kellner kam vorbei, und Boyd winkte. »Was trinkst du, Ariana?«

»Trinken wir denn nicht Tee?«

»Natürlich nicht, für Tee ist es noch viel zu früh. Hast du schon einmal französisches Fünfundsiebzig getrunken?«

Es stellte sich heraus, daß französisches Fünfundsiebzig eine mit Brandy und Champagner gefüllte Bowleschüssel aus Kristall war. Boyd schöpfte zwei Gläser voll, trank, lehnte sich zurück und sah zu dem Pianisten und dem Geiger hinüber, die Walzer von Fritz Kreisler spielten.

»Kennst du Nita Farnsworth' Bräutigam?« erkundigte sie sich.
»Er war in Buckley, ich in Allen-Stevenson. Er war in Exeter, ich in Groton. Er war in Harvard, ich in Yale. Unsere Schiffe sind immer nur nachts aneinander vorbeigefahren. Ich treffe ihn manchmal im Knickerbocker Club. Wir winken einander zu.«

Die Bowle mit dem französischen Fünfundsiebzig reichte ewig, wie ein verzauberter Krug im Märchen, doch statt daß Ariana betrunken oder schwindlig wurde, fühlte sie sich ausgestoßen und einsam. Plötzlich glitt sie auf Boyds Bank hinüber und lehnte den Kopf neben dem seinen an die Rückenlehne.

»Willst du mich noch immer heiraten, Boyd?«

Er starrte sie an. Sie hatte den Eindruck, daß der Schock ihn plötzlich ernüchtert hatte.

»Ich möchte dich heiraten, Boyd. Wir würden einander guttun. Ich debütiere nächsten Monat an der Scala mit *Lucia*. Wir könnten nachher heiraten, vielleicht im Frühling.«

»Erst, wenn du die Isolde singst.« Er stürzte den Rest seines Drinks hinunter, dann lächelte er, legte ihr beide Hände auf die Schultern und küßte sie sehr bedächtig auf die Nasenspitze. »Ich könnte nie eine Frau heiraten, die noch nicht die Isolde gesungen hat.«

»Niemand singt die Lucia und die Isolde.«

»Du kannst es.«

Sie merkte, daß er betrunken war. »Ich brauche einen Freund, Boyd.«

»Du hast schon einen, Schätzchen.« Er schnippte mit den Fingern. »Kellner, bitte noch einmal französisches Fünfundsiebzig.«

»Boyd, glaubst du wirklich, daß wir weitertrinken sollen?«

»Natürlich sollen wir. Wir feiern unsere Verlobung.«

»Er will, daß ich die Isolde singe«, erzählte Ariana.

Die DiScelta zuckte die Schultern. »Alles der Reihe nach. Wir beginnen mit der Lucia.«

Einen Monat lang trieb die DiScelta Ariana und sich selbst wie Arbeitsgäule an. Sie sang ihr ganze Abschnitte vor und hämmerte dabei den Takt mit der Faust auf das Klavier.

»Deine Stimme muß schrecklich und wahnsinnig klingen. Schließlich und endlich bist du verrückt. Die Stimme ist die Rolle. Du mußt die Stimme finden, dann hast du die Lucia.«

Ihre Ansprüche waren manchmal beinahe unerfüllbar. »Wer hat dir gesagt, daß du hier atmen sollst – Donizetti? Zeig es mir in der Partitur.« Ihre Wut über die Fehler, die Ariana machte, war mörderisch. »*Cocente, cocente*, nicht *concente*«, und sie lobte nur spärlich. »Sehr schön. Austin, wir gehen zum Arioso weiter.«

Und während der letzten Vorbereitungswoche: »Vergiß die Töne. Du kennst die Töne, die Zuhörer kennen die Töne – konzentriere dich auf die Gestalt.«

Am 15. März, fünf Tage vor der ersten Vorstellung, nahmen Ariana und ihre Lehrerin den Alitalia-Flug 612 nach Mailand und flogen der Scala und *Lucia di Lammermoor* entgegen.

»Ich bin nicht freundlich zu dir gewesen, nicht wahr?«

Es war kurz vor der Vorstellung, und die DiScelta saß neben Ariana auf dem kleinen rosa Sofa in ihrer Garderobe. Ricarda sprach langsam und beruhigend. Von den dunklen Holzwänden, die für das Einsingen so günstig waren, hallte ihre Stimme sanft wider.

Sie nahm das Medaillon aus Rubinen und Amethysten ab, das Ariana so oft an ihr gesehen hatte; die großen, schweren Steine in der Goldfassung glühten weich. Im Medaillon schien ein unergründliches Mysterium zu vibrieren.

Ricarda drückte auf eine Feder, und das Medaillon sprang überraschend heftig auf. In ihm befand sich das Miniaturbild einer Frau.

»Was für ein außergewöhnliches Gesicht«, stellte Ariana fest. Es fiel ihr schwer, dem zwingenden Blick der gemalten Augen zu widerstehen.

»Sie hat Alberta Gesualda geheißen und war angeblich die größte Sängerin des achtzehnten Jahrhunderts. Ihre Stimme war so schön, daß sie sogar den Papst rührte. Sie war die erste Frau, der er gestattete, auf einer italienischen Bühne zu singen. Er hat ihr dieses Medaillon geschenkt. Sie hat es ihrer Schülerin gegeben, und diese hat es wieder an ihre Schülerin weitergegeben. Seit über zweihundert Jahren geht es von der Lehrerin auf die Schülerin über. Es hat der Grisi, der Patti, der Melba, der Ganz-Tucci gehört, die meine Lehrerin war, und fünfundzwanzig Jahre lang hat es mir gehört. Wenn ich dieses Medaillon getragen habe, habe ich nie schlecht gesungen. Angeblich ist es allen so gegangen. Den Grund dafür kenne ich nicht. Vielleicht gibt es keine Gründe für solche Dinge. Aber ich stelle mir gern vor, daß etwas von der Größe der früheren Besitzerinnen in ihm weiterlebt.« Ricarda sah ihrer Schülerin in die Augen. »Vielleicht würde es dir Mut geben, wenn du es heute abend trägst?«

Ariana spürte, daß es sich nicht nur um die Übergabe eines Amuletts handelte, einer Hasenpfote oder eines vierblättrigen Kleeblatts: etwas Größeres stand auf dem Spiel.

Ihr Blick ging über das Klavier hinweg, an dem sie sich eingesungen hatte. In dem hohen Spiegel erblickte sie eine Szene, die aus einem alten Stich stammen konnte. Zwei Gestalten, eine in einem schottischen Kostüm aus dem sechzehnten Jahrhundert, die andere in einem Abendkleid aus dem zwanzigsten Jahrhundert, saßen auf einem Sofa. Zwischen ihnen hing an einer Kette ein Medaillon.

Ariana hörte, wie sie antwortete: »Ich würde es gern tragen.«

»Dann gehört es dir.« Die DiScelta machte eine Pause. »Aber du mußt ein Versprechen geben.«

Der Türrahmen zum Korridor war durch einen Vorhang abgeschlossen. Die beiden Garderobieren, die einsatzbereit mit Nadel und Faden draußen saßen, plauderten gedämpft miteinander, während sie nähten.

»Das Versprechen ist der wichtigste Teil«, erklärte die DiScelta, »denn es sichert die Kontinuität der Linie. Du mußt eine Schülerin nehmen – die begabteste Schülerin, die du finden kannst. Du mußt ihr dein Repertoire Ton für Ton, Rolle für Rolle beibringen. Sobald du sie eine Rolle gelehrt hast, gehört diese Rolle ihr, und du darfst sie nie wieder singen. Innerhalb von fünfundzwanzig Jahren von heute an wirst du dein gesamtes Repertoire an deine Nachfolgerin weitergegeben haben.«

Das Medaillon hing reglos zwischen ihnen.

»Irgendwann – du kannst den Augenblick selbst wählen – bevor du auf deine letzte Rolle verzichtest«, fuhr die DiScelta fort, »wirst du dieses Medaillon deiner Schülerin geben, so wie ich es dir gebe, und ihr das Versprechen abnehmen, das ich dir jetzt abnehme. Sobald sie diese letzte Rolle zum erstenmal singt, wirst du nie wieder auf einer Bühne singen, so wie ich nie wieder auf einer Bühne singen werde.«

Die Luft im Zimmer war plötzlich heiß und drückend.

»Bist du dazu bereit?«

Das Medaillon zog Arianas Blick magisch an. Sie dachte an die Feuerprobe, die vor ihr lag, das anspruchsvollste Publikum der Welt, eine Rolle mit einer der höchsten *tessituras*, die es in Opern gibt, die unbarmherzigsten Kritiker Europas. Kindliches Entsetzen, alter Aberglaube erwachten in ihr. Sie flüsterte: »Ja.«

»Schwörst du es beim Allmächtigen und bei deiner Seele?«

Ariana nickte stumm.

Die DiScelta legte ihrer Schülerin die Kette um den Hals.

»Dann gehören das Medaillon und die Stimme auf fünfundzwanzig Jahre dir.«

Ariana trat in der ersten Szene des ersten Aktes nicht auf. Erst in der zweiten Szene kam sie auf die Bühne. In dem Augenblick, in dem sie die Bretter betrat, auf denen die Grisi und die Patti, die Callas, die Melba und die Ponselle die großartigsten Lucias in der Geschichte der Oper gesungen hatten, preßte namenlose Angst ihr Herz zusammen. Sie schaute geblendet ins Rampenlicht und öffnete den Mund. Etwas kam heraus. Sie hatte keine Ahnung, was.

Hinter dem Licht lag Stille, Dunkelheit. Die Dunkelheit beobachtete sie. Sie war wie gelähmt. Ihre Hand glitt zu dem Medaillon unter ihrer Bluse.

Als ihre Fingerspitzen verstohlen das Metall berührten, ergoß sich aus ihm ein warmer Strom in ihr ganzes Wesen, Kraft durchflutete sie. Plötzlich war das Rampenlicht eine blendende, grenzenlose Sonne, die ihre Macht auf Ariana übertrug.

Nach ihrer ersten Arie, *Regnava nel silenzio*, hörte sie Beifall. Jemand applaudierte.

Dann begriff sie, daß *sie* es waren. Das Mailänder Publikum applaudierte ihr, applaudierte dem kleinen Mädchen aus der 103. Straße Ost in Manhattan.

Nach der großen Wahnsinnsarie der Lucia im dritten Akt hielt der Applaus viereinhalb Minuten an. Und nach Schluß der Oper wurde Ariana zwölfmal vor den Vorhang gerufen – ein Rekord für ein Debüt oder für eine Amerikanerin oder für eine Lucia. Sie war zu verwirrt, um dem italienischen Geplapper zu folgen, aber am nächsten Tag lobten die Mailänder Kritiker ihr unbeschreibliches Einfühlungsvermögen in die Rolle, ihre angeborene Musikalität, ihre blendende Technik.

Sie bezeichneten sie als *die absolute Rarität, eine junge Stimme, die bereits zur Reife gelangt ist.*

»Es kommt mir so seltsam vor, daß sie mich loben.« Ariana faltete die Zeitungen zusammen und legte sie auf den Frühstückstisch.

Die DiScelta blickte von dem Brötchen auf, das sie gerade mit Aprikosenmarmelade bestrich. »Warum ist es seltsam?«

»Ich hatte gestern abend nicht das Gefühl, daß ich diejenige bin, die sang.«

»Du hattest das Gefühl, daß jemand anderer aus dir singt, nicht wahr?«

Ariana starrte ihre Lehrerin an. »Woher wissen Sie das?«

Die DiScelta lächelte. »Wenn eine Sängerin gesund, ausgeruht, vorbereitet und ruhig ist; wenn also alles in Ordnung ist und die Bedingungen optimal sind; wenn die Stimme technisch richtig funktioniert, dann hat man manchmal das Gefühl, daß jemand anderer aus einem singt und daß man überhaupt nichts damit zu tun hat. Jede Sängerin kennt dieses Gefühl – oder bildet es sich zumindest ein.«

»Haben Sie es auch erlebt?«

Ricarda griff nach dem nächsten Brötchen. »Früher einmal.«

»Wie oft kommt das vor?«

»Bei den meisten Sängerinnen zweimal in ihrer Karriere – wenn sie Glück haben.«

»Und bei mir?«

Die DiScelta sah ihr in die Augen. »Solange du dein Versprechen hältst, gehört diese Stimme dir, bis du das Medaillon weitergibst.«

Ariana Kavalaris' zweite *Lucia* an der Scala wurde über Kurzwelle nach Nord- und Südamerika übertragen. Hilde Ganz-Tucci hatte sich in drei Schals gewickelt, lag in ihrem Apartment in der 59. Straße West im Bett und folgte der Aufführung mit der Partitur in der Hand.

Zweimal murmelte sie »Ausgezeichnet«, und nach eineinhalb Akten schlug sie die Partitur zu.

»*Ecco*«, flüsterte sie, »*ecco l'artista.*«

Sie war zufrieden.

Sie schloß die Augen. Die Partitur glitt auf den Boden.

Als die Putzfrau am nächsten Morgen die Tür zum Apartment aufsperrte, knatterten atmosphärische Störungen aus dem Radio. Hilde Ganz-Tucci saß im Bett und lächelte wie eine Braut am Hochzeitstag.

Ihre Hände waren eiskalt. Ihr Herz hatte aufgehört zu schlagen.

Dem Trauergottesdienst in der Marienkapelle der St.-Patricks-Kathedrale wohnten nur wenige Menschen bei. Der junge Priester, der die Ganz-Tucci unmöglich auf der Bühne gehört haben konnte, sagte von ihr, daß sie die Personifizierung der Oper mit ihren Traditionen und ihrer Pracht, mit ihrer Schönheit und Weisheit gewesen war.

Das Begräbnis fand auf dem Friedhof Our Lady of the Sorrows in Queens statt. Frischer Schnee bedeckte den Boden wie ein reines Leichentuch.

Ricarda DiScelta stand gemeinsam mit den übrigen Trauergästen vor Kälte zitternd am Grab. Jetzt kenne ich mehr Tote als Lebende, dachte sie.

Während sie zu ihrer Limousine zurückging, sah sie immer noch das Gesicht der Ganz-Tucci im offenen Sarg vor sich. Es war das Gesicht einer friedvollen jungen Frau und nicht das einer hypochondrischen alten Nörglerin gewesen, ein Gesicht, das so kraftvoll und glatt aussah, als wären am Ende alle Sorgen und Ängste von ihr genommen worden.

Und jetzt liegt es an mir, dachte die DiScelta. Sie stieß einen Seufzer aus, der wie ein Gespenst vor ihr in der Luft hing. Gott helfe mir.

Es war an der Zeit. Die DiScelta erklärte Ariana, daß sie sich jetzt Wagner stellen müsse. »Du brauchst Ausdauer und – wenn du die Isolde singst – bequeme Schuhe.«

Sie bezeichnete Wagner als die längste Symphonie der Oper. »Und die Stimme ist nur eine Melodie unter vielen.«

Sie zeigte Ariana, wie die musikalische Struktur auf Motiven aufgebaut war: winzige, einprägsame Klangkerne, von denen jeder im Geist des Zuhörers eine bestimmte Vorstellung wecken sollte. »Die Wagner-Arie, die es als Typus kaum gibt, ist wie der menschliche Gedanke, bei dem tausend Assoziationen zusammenfließen.«

Sie erklärte, daß Wagner die grundlegenden Voraussetzungen der Oper und der Musik unterminiert hatte: die Gliederung in Gruppenbilder, Tonalität, die traditionelle Aufeinanderfolge von Harmonien und Tonarten. »Er hat den Klang um seiner selbst willen eingesetzt. Er hat Harmonien verwendet, die bis auf ihren psychologischen Effekt keine Beziehung zueinander hatten. Er hat neue Instrumente erfunden, um die Klangfülle zu erreichen, die er anstrebte. Er hat von seinen Musikern und Sängern noch nie dagewesene Virtuosität verlangt. Und was ist das Ergebnis?«

Ricarda seufzte. »Wandel. Endloser Wandel. Die Musik kommt nie zur Ruhe. Für manche ist es die Hölle, wenn sie sie hören. Für uns alle ist es die Hölle, sie uns einzuprägen. Man fragt, in welcher Tonart sie geschrieben ist, und die Antwort lautet – in allen Tonarten. Es gibt keine Grenzen. Seine Musik ist Unendlichkeit – zuviel Unendlichkeit. Doch er hat es ernst gemeint, und obwohl er ein abscheulicher kleiner Mann war, besitzen seine Opern Würde. Eine Sängerin mit deinem Talent muß sich früher oder später dieser Herausforderung stellen.«

Ariana stellte sich der Herausforderung. Obwohl die Rolle ihr nicht lag, sang sie die Isolde dreimal in Wien und viermal an der Scala.

Boyd Kinsolving schickte zu jeder Vorstellung zwei Dutzend Rosen: Meiner köstlichen Lucia, meiner einzigen Isolde – von deinem dich liebenden Mann, Boyd.

Die Kritiker bezeichneten sie als ungewöhnlich, eine lyrische Titanin. Man würde gern die Brünhilde dieser Künstlerin hören.

Laut der DiScelta handelte es sich bei dieser Äußerung um eine Lobeshymne.

»Und jetzt mußt du heiraten.«

Die Sonne strahlte ganz unzeitgemäß, und lange Reihen von Lincolns und Rolls-Royces parkten in Doppelreihen vor der St.-Bartholomew-Kirche auf der Park Avenue und die 55. Straße entlang. Auf den Gehsteigen drängten sich Männer und Frauen von der Presse, Autogrammjäger, Neugierige und ahnungslose Passanten, die von der Flutwelle des Ruhms mitgerissen worden waren.

Drinnen gingen die Bänke vor Hunderten eleganter Größen der Musikwelt und des internationalen Jet-sets über, zu denen sich die Aristokraten von Philadelphia, die bedeutendsten Angehörigen der New Yorker Gesellschaft und ein Kontingent von Trägern eindrucksvoller britischer und französischer Titel gesellten.

In einer protestantisch-episkopalen Zeremonie, die Reverend Mr. Charles Grissom vornahm, gelobten um zwölf Uhr fünfzehn Ariana Kavalaris und Boyd Kinsolving, einander zu lieben, zu schätzen, zu ehren, und waren somit verheiratet.

Der Empfang fand eine halbe Stunde später im Colony Club statt. Ricarda DiScelta mußte sich durch die Menge kämpfen, um der Braut zu gratulieren. »Das gehört jetzt dir.« Damit überreichte sie Ariana ein dickes, in Silberpapier gehülltes Paket.

Ariana wurde leicht schwindlig. »Was ist das?«

»Mein Gesangsauszug der *Gioconda*. Mit Ponchiellis Anmerkungen. Die Ganz-Tucci hat ihn mir geschenkt, und sie hatte ihn von Nordica bekommen.«

»Aber ich kann nicht –«

»Ich werde die *Gioconda* nie wieder singen. Ich werde überhaupt nie wieder singen. Jetzt bist du an der Reihe.« Dann wandte sie sich dem Bräutigam zu. »Ich wünsche euch alles Glück der Erde. Es war eine reizende Zeremonie.«

ZWEITER TEIL

Ruhm
1966–1969

14

Ihre Beziehung war gut. Sie besaßen die gleichen Interessen, sie gingen sich nicht auf die Nerven. Es war nicht die große, verrückte Liebe, die Ariana einmal erlebt hatte; aber sie hatte einen Gefährten. Sie bekam Wärme und Sicherheit. Das waren die Dinge, die zählten.

Sie nahm an, daß sie glücklich war. Schließlich waren Boyd und sie reich und berühmt. Ihre Vorstellungen waren ausverkauft. Ihre Agenten schlossen ihre Engagements für zwei Jahre im voraus ab.

Sie besaßen drei Zuhause: eine Eigentumswohnung in Manhattan, ein Chalet in Gstaad für Weihnachten und ein Schlößchen am Mittelmeer, sechs Kilometer von Cap d'Antibes entfernt. Ein Haus mit zwölf Zimmern und rotem Ziegeldach, in dem sie die Sommerferien verbrachten.

Sie mochte ihren Mann. Bei den meisten Dingen, die sie tat, dachte sie: Das muß ich Boyd erzählen. Und als ihre Mutter 1957 starb, war er überraschend verständnisvoll, eine echte Stütze.

Die Jahre kamen und gingen wie Wellen. Herzöge luden sie ein, sie empfingen Barone, die Königin von England bat sie zu einer Gartenparty im Buckingham-Palast. Nur das Beste war für sie gut genug: Hotels, Kleidung, Steinways, Stereos, Bracques, Essen, Freunde. Die Kritiken waren immer gut, Ovationen die Regel. Und es gab Ehrungen. Viele.

Im zehnten Jahr ihrer Ehe, nach fünf Vorstellungen von *Péleas und Mélisande* an der Pariser Oper, wurde ihnen der Orden der Ehrenlegion für Verdienste um Frankreichs Ruhm verliehen.

Im Schlafzimmer ihrer Suite im Georges Cinq wanderte Arianas Blick zum Spiegel, zum Medaillon, das an ihrem Hals hing.

Das Versprechen, das sie vor so langer Zeit gegeben hatte, rührte sich wie eine leise Dissonanz in ihrem Geist. »*Panagia mou*«, seufzte sie.

»Ist etwas nicht in Ordnung, Schätzchen?« Boyd kam mit zwei Highballs aus dem Wohnzimmer.

»Ich sollte mir eine Schülerin zulegen.«

»Warum? Du befindest dich auf dem Höhepunkt. Du hast noch genügend Zeit für Schüler, wenn du ein altes Wrack bist.«

»Ich habe nur noch fünfzehn Jahre. Ich habe der DiScelta versprochen...«

»Diese alte Tyrannin. Was immer du ihr versprochen hast – du mußt es ja nicht in diesem Jahr halten, nicht wahr?«

Boyd hatte recht. Sie mußte sich dieses Jahr noch keine Schülerin nehmen.

Sie nahm auch im darauffolgenden Jahr keine.

Und auch nicht im Jahr danach.

Im April 1966 überreichte Präsident Lyndon Baines Johnson im Rahmen einer Zeremonie im Rosengarten des Weißen Hauses Ariana und Boyd die Kongreßmedaille für Freiheit für ihre Verdienste um die Musik.

Sie waren seit sechzehn Jahren verheiratet; es war sechzehn Jahre her, seit sie das Medaillon entgegengenommen und der DiScelta ein Versprechen gegeben hatte. Sie hatte noch immer keine Schülerin.

»In dieser Stunde der Ungewißheit«, begann der Präsident in seinem gedehnten Texanisch, »brauchen wir Musik, um diese Nation zum Mut, zur Stärke, zum Glauben zu führen. Über zwei Jahrzehnte lang haben uns Ariana Kavalaris und Boyd Kinsolving diese Musik geschenkt.«

Im Herbst des gleichen Jahres erhielten sie nach drei Aufführungen von *Norma* im Teatro La Fenice von der Stadt Venedig den St.-Markus-Orden.

»Wir brauchen eine Stimme«, deklamierte der Bürgermeister von Venedig in klangvollem Italienisch und hob den kleinen goldenen Löwen in die Höhe, während Hunderte Reporter und venezianische Bürger zusahen, »eine Stimme, die die Menschen zum Mut, zur Stärke, zum Glauben führt. Und diese Stimme ist Ariana Kavalaris.«

Sie ließ zu, daß er den Löwen an ihr blaßblaues Chanelkostüm steckte. Es tat dem Stoff nicht gut. Sie dankte dem Bürgermeister, Venedig, Italien. Als die Zeremonie endlich vorbei war, war es dämmrig, und Ariana und Boyd hatten genug davon, das berühmteste Musikerpaar der Welt zu sein, sich vor Fotografen, Interviewern und Musikbegeisterten zu drücken.

»Spielen wir Touristen«, schlug sie vor.

»Einverstanden.«

Sie band sich ein schwarzes Kopftuch um und setzte eine dunkle Brille auf. Eine halbe Stunde lang mieden sie die Hauptstraßen und die großen Kanäle und gingen durch enge Gassen an schmalen Kanälen entlang. Niemand belästigte sie.

Plötzlich packte Ariana mit einem Ausruf Boyds Hand und zog ihn zu einer Auslage zurück.

»Schau!« rief sie. Sie zeigte auf ein gerahmtes Foto. »Hilde Ganz-Tucci.«

Boyd sah in dem überladenen Rahmen eine dicke Frau, die wie die Grande dame aus einem Marx-Brothers-Film gekleidet war.

Dann bewegte sich etwas in der Auslage. Er brauchte einen Augenblick, um zu begreifen, daß sich eine Spiegelung im Glas verändert hatte.

Er drehte sich um.

Im Eingang eines Cafés stand halb im Schatten ein Mann; er war groß und ernst, aber beunruhigend derb in seinem rotgestreiften Leibchen und der dunklen Hose. Eine rauchende Zigarette, die in seinem Mundwinkel hing, zog seine Lippen schief.

Der Mann starrte Boyd ungewöhnlich intensiv an. Nicht Ariana Kavalaris, nicht die berühmteste Sopranistin der Welt, sondern unmißverständlich ihren Mann. Zuerst dachte Boyd, er kennt mich... dann fiel ihm ein, nein, wir haben uns noch nie gesehen. Er weiß einfach, wer und was ich bin. Italiener erfassen solche Dinge schnell.

»Verdammt«, entfuhr es Ariana. »Das Geschäft macht erst in einer halben Stunde wieder auf. In dieser Stadt halten sie wirklich gründlich Siesta. Wir müssen die Zeit solange totschlagen und dann zurückkommen.«

Boyd ergriff ihre Hand. »Du meinst damit doch nicht, daß du das schreckliche Ding tatsächlich kaufen willst?«

»Natürlich. Hilde Ganz-Tucci war die Lehrerin meiner Lehrerin.«

»Und wenn sie dich erkennen und ein Vermögen dafür verlangen?«

»Dann muß ich eben noch eine Aufführung von *Norma* singen.«

Boyd blickte wieder zurück. Der Mann in dem rotgestreiften Leibchen starrte ihm immer noch nach. Boyd zog Ariana schnell in eine Arkade, durch die sie auf den Markusplatz gelangten. Beim Campanile war ein Podium aufgestellt worden, um das sich die Menge drängte. Ein Taubenschwarm flatterte über sie hinweg.

»Das muß das Stadtorchester sein.« Ariana lauschte einen Augenblick und rümpfte die Nase. »Es klingt wie Donizetti, aber was?«

»*Maria Stuarda*. Komm, setzen wir uns ins Florian.«

»Die Trompeten sind schrecklich.«

»Ich bin durstig. Ich spendiere dir einen Aperitif.«

Sie schlängelten sich durch die Touristen ins Florian. Ariana nahm die dunkle Brille gerade so lange ab, daß der Kellner sie erkannte und ihnen einen Tisch auf der Piazza zuwies.

Der Mann im roten Leibchen schlenderte an ihrem Tisch vorbei und sah Boyd sehnsüchtig an. Dieser spielte verlegen mit seinem Glas und schielte zu Ariana hinüber, um zu sehen, ob sie es bemerkt hatte. Sie trank ihren Wermut und lauschte dem von einer Blaskapelle gespielten Donizetti.

»Weißt du«, meinte sie nachdenklich, »die Musik überlebt sogar dieses schreckliche Hum-ta-ta-Arrangement.«

Auf der gegenüberliegenden Seite des Platzes stand im Schatten des Campanile ein Mann, der noch nie einen Cent mit Donizetti verdient hatte und der jeden Ton seiner Opern verabscheute.

Nikos Stratiotis befand sich aus geschäftlichen Gründen in Venedig. Er war am Vortag eingetroffen. Die Stadt hatte ihn sofort verwirrt. Der leuchtendblaue Himmel über ihm und die Kanäle zu seinen Füßen gaben ihm das Gefühl, er hinge zwischen zwei Himmeln.

Er hatte den Abschluß viel schneller tätigen können, als er erwartet hatte, und jetzt lagen zwei unausgefüllte Tage vor ihm. Er lebte für die Stürme des Lebens und wußte nicht, was er zwischen zwei Hurrikanen anfangen sollte. So war er einfach auf den Markusplatz geschlendert.

Er war groß, gut gekleidet und sah gut aus. Seine Schultern waren breit, und er hatte kein Gramm Fett angesetzt. In seinen Haaren tauchten die ersten eisengrauen Strähnen auf. Aber in der Art, wie er sein Gewicht von einem Fuß auf den anderen verlagerte, lag Unruhe.

Er hatte nicht mit den Tauben, der Menschenmenge und vor allem nicht mit dem hundert Mann starken Stadtorchester gerechnet, das Opernpotpourris schmetterte. Es langweilte ihn, und er fragte sich, wieso die Leute eigens hierherkamen, um sich solches Zeug anzuhören.

Also schlenderte er ziellos weiter und bog in einen Durchgang ein. Das Hum-ta-ta des Stadtorchesters verstummte so unvermittelt, als hätte man den Tonarm von einer Schallplatte gehoben. Die Abendluft war feucht und regungslos.

Einen Augenblick lang war er allein, dann leuchtete in der leeren Arkade drei Meter vor ihm ein Kleid wie blaues Feuer auf. Einen flüchtigen Augenblick lang erblickte er einen Kopf im Profil.

Obwohl er sie – wie lange? Siebzehn, achtzehn Jahre? – nicht mehr gesehen hatte, erkannte er Ariana Kavalaris sofort wieder. Er konnte gar nicht anders. Seit über zwei Jahrzehnten wurde sie ständig in Schlagzeilen und Magazinen erwähnt, und überall in der Stadt klebten Plakate mit der Ankündigung ihrer drei Auftritte im La Fenice.

Aus der Art, wie sie sich miteinander unterhielten, schloß Nikos, daß der Mann neben ihr ihr Ehemann war. Es gab nicht viel, woran Stratiotis glaubte, aber dazu gehörten Winke des Schicksals. Im gleichen Augenblick war seine Langeweile verflogen. Er zog sich in den Schatten der Arkade zurück.

Die Kavalaris und ihr Mann blieben vor einem Schaufenster in der Arkade stehen. Sie unterhielten sich mit lebhaften Handbewegungen, dann traten sie in das Geschäft.

Nikos ging gemessenen Schritts auf die andere Seite des Durchgangs. Von der gegenüberliegenden Arkade aus sah er die Kavalaris in dem kleinen, staubigen Geschäft stehen. Sie hielt einen vergoldeten Rahmen in der Hand. Ihr Mann stand hinter ihr und nickte automatisch, nicht aus Überzeugung. Schließlich ging sie zur Tür und hielt den Rahmen ins Tageslicht.

Nikos trat rasch zurück. Einen Augenblick später verließen die Kavalaris und ihr Mann mit leeren Händen den Laden.

Nikos wartete, bis sie um die Ecke verschwunden waren. Dann betrat er das Geschäft. Es roch nach modrigem Papier und alten Ledereinbänden.

Der Verkäufer näherte sich. »Signore wünscht?«

»Was hat sie sich angesehen? Die Frau, die gerade das Geschäft verlassen hat?«

Einen Augenblick lang zeichnete sich Überraschung auf dem Gesicht des Italieners ab, dann wurde er wieder zum Geschäftsmann. »Ein schönes Stück.«

»Kann ich es sehen?«

Der Verkäufer zögerte, dann holte er das gerahmte Bild aus einer Lade und zeigte es Nikos. »Ein signiertes Foto von Hilde Ganz-Tucci. Eine Rarität.«

Nikos musterte es. »Was kostet es?«

Der Verkäufer zuckte bedauernd die Schultern. »Die Dame hat eine Anzahlung erlegt.«

»Wieviel?«

Der Verkäufer nannte einen Preis. Es faszinierte Nikos, daß jemand auf die Idee kommen konnte, das verblaßte Bild einer dicken Frau in einem lächerlichen Rahmen wäre zweitausend Dollar wert.

»Wer ist Hilde Ganz-Tucci?« fragte er.

Der Verkäufer antwortete mit gerade noch angedeuteter Herablassung: »Die Ganz-Tucci war in der Zeit nach dem Ersten Weltkrieg die größte dramatische Sopranistin der Welt.«

Nikos war verblüfft. Was bedeutet dieses Bild für Ariana Kavalaris? Warum will sie es unbedingt haben? »Ich möchte es kaufen.«

Der Verkäufer wurde abweisend. »Wie ich Signore bereits erklärt habe, Madame Kavalaris und ihr Mann haben eine geringfügige Anzahlung geleistet –«

Nikos reichte ihm das Foto zurück. »Ich heiße Nikos Stratiotis. Ich bezahle jeden Preis. Ich muß dieses Foto besitzen.«

Der Verkäufer verbeugte sich rasch und ehrerbietig. »Wenn Signore warten wollen, ich spreche mit dem Besitzer.«

Ariana und Boyd kehrten am nächsten Tag um die Mittagsstunde zum Laden zurück. Der Verkäufer begrüßte sie wie alte Bekannte. Er zog die Lade auf und suchte einen Augenblick, dann schüttelte er verständnislos den Kopf und rief den Besitzer. Der Besitzer blätterte in einem Kassenbuch.

»Es tut mir leid.« Der Besitzer drehte das Kassenbuch um und zeigte Signore und Signora Kinsolving die Eintragung. »Ich habe es aus Versehen verkauft.«

Mit dem Ausdruck des tiefsten Bedauerns erstattete er die Anzahlung zurück.

Während sie zum Hotel Danieli zurückgingen, wurde Boyd klar, daß er seine Frau von ihrer Enttäuschung ablenken mußte. Er ergriff ihre Hand. »Wir könnten in einer Bar einen Bellini trinken«, schlug er vor.

»*Panagia mou*«, murmelte sie. »Es ist ein Omen.«

»Es war doch nur ein Foto, Schätzchen, es bedeutet überhaupt nichts.«

»Warum ist es dann verschwunden, wenn es nichts bedeutet?«

»Es gibt Zufälle.«

»Es gibt keine Zufälle. Aristoteles behauptet, ein Zufall ist einfach ein Ereignis, bei dem wir den Zusammenhang nicht erkennen.«

»Aristoteles hatte keine Ahnung von Belcanto.« Boyd schnippte mit den Fingern. »Barmann, bitte zwei Bellinis.«

Sie setzten sich an einen Tisch auf der Terrasse, die auf den Canale Grande ging. Ariana trank den mit Pfirsichschaum vermischten Champagner.

»Heute abend werde ich Norma so schlecht singen wie nie zuvor.«

Am gleichen Abend bezahlte Nikos Stratiotis einem Schwarzhändler 700 000 Lire für einen Parkettplatz im Teatro La Fenice. Er kannte die Oper bereits und hatte sie immer als überspannt und leer empfunden. Er fürchtete, daß es an diesem Abend auch nicht anders sein würde.

Zunächst bewahrheitete sich diese Befürchtung, und er mußte sich beherrschen, um nicht zu gähnen. Doch dann beugte er sich vor: Ariana Kavalaris betrat die Bühne, und sofort war Nikos verzaubert. Ihre Stimme überstrahlte Chor und Orchester wie ein Sonnenstrahl, der durch Wolken bricht. Er beobachtete ihr Gesicht, doch die achtzehn Jahre waren beinahe spurlos an ihr vorbeigegangen. Natürlich konnten auch die Schminke, die Entfernung oder das Licht diesen Eindruck hervorrufen.

Als sie die lange, große Arie *Casta diva* sang, erfüllten die Töne den Raum wie kaltes Feuer. Das Publikum lauschte ihr mit beinahe religiöser Verzückung. Am Ende der Arie hob sie langsam die Arme, und ein gleichzeitig wilder und süßer Ton erfüllte das Theater.

Langsam sanken die Arme wieder herab. Einen Augenblick lang herrschte tiefe Stille, dann brach das Publikum in Applaus und Bravorufe aus.

Sie verbeugte sich, und plötzlich sah Nikos sie nicht als Frau, sondern als Vollendung.

Von nun an fesselte ihn die Oper. Bei Arianas zweiter großer Arie, in der sie die Mächte des Himmels anrief, überlief ihn ein Schauder, denn er hatte das Gefühl, einem Mysterium beizuwohnen. Die Kavalaris übte Macht aus, vielleicht die reinste, unverhüllteste Form der Macht, denn diese Macht war ihr geschenkt worden.

Diese Frau faszinierte ihn. Ihre Macht über das Publikum faszinierte ihn. Er fragte sich, ob es eine Gabe war, so geliebt zu werden.

Als der Vorhang zum letztenmal fiel, wartete Nikos den Applaus nicht ab. Er bestach einen Platzanweiser, der ihn hinter die Bühne führte.

»Ariana Kavalaris?«

Sie hatte befohlen, keine Besucher zu ihr durchzulassen, und als sie die Stimme hörte, fuhr sie wutentbrannt herum.

Ein Mann stand im Türrahmen. Sein Blick war so selbstsicher, als gehöre ihm das Theater. Sein Haar wurde allmählich grau, aber sonst hatte er sich kaum verändert.

»Nikos.« Sie war darüber erstaunt, daß sie sich wirklich freute.

Er gab der Garderobiere einen kaum wahrnehmbaren Wink, die alte Frau raffte einen Armvoll Kostüme zusammen und huschte aus dem Zimmer.

Nikos Stratiotis war gewohnt, daß man ihm gehorchte.

Er ergriff Arianas Hand, beugte sich über sie und führte sie an die Lippen. Die Bewegung hätte auf eine Opernbühne gepaßt, aber ihre Blicke trafen sich und trennten sich viel langsamer, als sie es in einer Oper getan hätten. Seine Augen unter den dichten dunklen Brauen leuchteten.

»Sie haben sich also Ihre Stimme bewahrt.«

»Liebenswürdige Menschen behaupten es. Und ich habe gehört, daß Sie eifrig damit beschäftigt sind, Vermögen zu machen.«

»Und zu verlieren. Aber Verlust und Gewinn gleichen sich aus.«

»Sie sehen aus, als würden sie sich nicht nur ausgleichen.«

»Das gilt auch für Sie.«

»Irgendwo habe ich gelesen, daß Sie verheiratet sind.«

»Getrennt. Und Sie sind immer noch glücklich mit Ihrem Dirigenten verheiratet?«

Sie lächelte über den ironischen Ton; außerdem schmeichelte es ihr, daß er sie reizen wollte. »Sehr glücklich. Boyd dirigiert alle meine Vorstellungen. Sie haben ihn heute abend gehört.«

»Ein talentierter Mann.«

Ein schlanker Mann im Frack klopfte an die Tür, und Ariana drehte sich um.

»Boyd, mein Schatz, wir loben dich gerade in den höchsten Tönen. Das ist Nikos Stratiotis – ein alter Freund aus – warum soll ich lügen? – aus meiner Zeit im Schnellimbiß. Außerdem mein erster Förderer. Außerdem Opernliebhaber.«

Nikos schüttelte Boyd die Hand. »Ihre Frau macht mir ein Kompliment, das ich nicht verdiene. Ich liebe nicht die Oper an sich, sondern nur Aspekte der Kunst.«

»Natürlich«, bestätigte Boyd, »man braucht Zeit, um Geschmack zu erwerben.«

Nikos warf Ariana einen Blick zu. »Um etwas zu erwerben, das die Mühe wert ist, braucht man immer Zeit.«

Nikos und der bärtige Privatdetektiv befanden sich allein im Konferenzzimmer des venezianischen Büros der Minerva Società Anonima, einem Tochterunternehmen, das zur Gänze Stratiotis gehörte. Nikos kam sofort zur Sache. »Was macht das berühmte Paar, wenn es keine Vorstellungen hat?«

Verlegenheit stieg in dem Detektiv auf wie der unsaubere Dunst aus den Kanälen der Stadt. »Partys. Feiern.«

»Das weiß ich bereits aus den Zeitungen.«

Der Privatdetektiv zog ein kleines Notizbuch zu Rate. »Gestern ist die Kavalaris beinahe den ganzen Tag in ihrem Hotelzimmer geblieben.«

Nikos' Finger trommelten auf die Schreibunterlage. »Und Kinsolving?«

»Er ist beinahe den ganzen Tag... herumgeschlendert.«

Die Information paßte nicht ins Konzept. Nikos Stratiotis unterschied nur zwei Arten von Menschen: jene, die Macht besaßen, und jene, die sie nicht besaßen. Ariana Kavalaris gehörte zu der ersten Gruppe, weil sie berühmt war. Ihr Mann gehörte zu der zweiten Gruppe, weil er nur seine Frau besaß. Und dennoch schlenderte der Ehemann wie ein Eroberer durch Venedig, und die Frau saß wie eine Gefangene im dunklen Hotelzimmer. »Wohin ist Kinsolving geschlendert?«

»Am Rialto entlang. Zu den Brücken bei den Fondamente Nuove.«

»War er allein?«

»Er war allein, als er hinkam, aber er traf dort jemanden...«

Nikos beugte sich vor. »Er hat Sex gesucht?«

Der Detektiv nickte.

»Wer war die Frau?« – Das Schweigen sprach Bände.

Nikos stand auf. »Er hat einen *Mann* getroffen?«

Der Detektiv nickte wieder.

In diesem Augenblick verstand Nikos Stratiotis die Frau, den Ehemann, die Ehe, die Existenz. Er verstand, daß Ariana Kavalaris in der Dunkelheit lebte. Und daß er, Nikos Stratiotis, die Macht besaß, ihr Leben in Gang zu setzen wie einen Film und es auf die größte silbernste Leinwand der Welt zu projizieren.

Er überreichte dem Mann lächelnd die 500 000 Lire, auf die sie sich geeinigt hatten. Dann legte er weitere 500 000 als Trinkgeld dazu. »Ich werde noch einen Dienst von Ihnen brauchen.«

Die Hitze, die Geschäfte, die Menge auf dem Fondamente Nuove machten Boyd nervös. Er bog nach links in eine Straße ein, deren Namen er mit »Durchgang des Zwerges« übersetzte.

Bei einem Stand blieb er stehen und kaufte von einer alten Frau eine Flasche Birnensaft. Die Flasche war klein, und er leerte sie mit zwei Schlucken. Als er die Flasche zurückgab, wurde ihm zum erstenmal ein Schatten bewußt, der wie Rauch hinter ihm herglitt. Jemand folgte ihm.

Er wollte zurückblicken, doch sein Instinkt warnte ihn davor. Er bezahlte bei der Frau und ging lächelnd weiter. Als er zu einem dunklen Durchgang kam, hallten nicht nur seine Schritte wider. Dann folgte Stille, und ein Mann stand neben ihm.

»*Scusi, signore.*«

Boyd sah den Mann an. Er hatte ein breites, sonnengebräuntes Gesicht und einen Schnurrbart, der zu lächeln schien. Boyd versetzte es einen Stich, und ein absurder Gedanke drängte sich ihm auf.

Ich habe diesen Mann schon gesehen. Er folgt mir. Er hat ein rotgestreiftes Leibchen und dunkle Hosen getragen. Aber heute trägt er einen Straßenanzug.

Der Mann ergriff wieder das Wort. »*Lei parla inglese?*«

»Natürlich.«

»Haben Sie Feuer?«

Hundert Einwände durchzuckten Boyds Geist, doch sein Körper zögerte nicht. Er holte das goldene Van-Cleef-und-Arpels-Feuerzeug aus der Tasche, das ihm Ariana an ihrem zweiten Hochzeitstag geschenkt hatte, und knipste es an.

Der Mann stand neben ihm, sehr nahe, wie es bei romanischen Völkern üblich ist. Doch statt sich zum Feuerzeug hinunterzubeugen, griff ihm der Fremde fest zwischen die Beine.

Seine Stimme war rauh und freundlich. »Ich heiße Egidio.«

Als Boyd das Zimmer betrat, lag Ariana im Bett und hatte eine Hand über die Augen gelegt.

»Ariana, Schätzchen?«

Sie regte sich nicht.

Er schlich auf Zehenspitzen zur Bar, schenkte sich großzügig einen doppelten Chivas ein, öffnete den Eisbehälter und warf drei Eiswürfel in das Glas.

Der Raum um die schlafende Ariana stimmt ihn traurig. Er beugte sich über sie und küßte sie. Sie schlug die Augen auf und sah ihn an.

»Ich liebe dich«, flüsterte er. »Ich habe noch nie ein menschliches Wesen so sehr geliebt.«

Sie starrte ihn benommen und erstaunt an. »Deine Wangen sind so rot. Warst du in der Sonne?«

Das Glas mit dem Danieli-Wappen entglitt langsam seiner Hand und schlug auf dem Tisch auf. Er zündete eine Zigarette an. »Ich muß heute abend ausgehen. Es tut mir leid, aber ich werde nicht lange ausbleiben.«

Sie setzte sich auf. »Wir wollten doch im...«

Er seufzte. »Ja, aber du bist müde.« Er achtete sorgfältig darauf, den Rauch nicht in ihre Richtung zu blasen. »Und das Orchester will noch eine Probe.«

»Noch eine?«

Er nickte, ohne sie anzusehen. »Wirst du dich einsam fühlen?«

»Natürlich nicht. Ich liebe das italienische Fernsehen. Sie haben ganz komische Quizsendungen. Außerdem tut mir die Ruhe gut. Die Feuchtigkeit in dieser Stadt macht mich müde.«

Sie schwiegen.

»Wir hätten nie drei Aufführungen von *Norma* zustimmen sollen«, sagte er.

»Du hast recht. Du hast immer recht, mein Schatz.«

Er beugte sich über sie und sah sie schweigend an. Sie küßten sich, sagten auf Wiedersehen, und einen Augenblick später fiel die Tür zu.

Als sie sich aufsetzte, erblickte sie sich im Schrankspiegel. Sie starrte neugierig die Frau im Spiegel an, die Frau, die angeblich die größte Sopranistin der Welt war, und die heute nacht verlassen war wie ein einsames Kind.

Sie versuchte, das Gesicht zu verstehen, das ihren Blick erwiderte, und die leichten Falten in ihrer Haut vertieften sich.

Abgesehen davon, daß sie vereinzelte graue Strähnen tönen ließ, hatte sie nie versucht, ihr Alter geheimzuhalten. Dennoch lag in ihren Bewegungen, in dem Spiel der Gefühle, in ihren Zügen etwas Jugendliches. Wie ein kleines Mädchen. Als hätte vor achtzehn Jahren etwas in ihr aufgehört zu wachsen.

Wieso denke ich an achtzehn Jahre? Weil ich gestern Nikos getroffen habe?

Sie trat zum Spiegel. Je mehr sie sich ihm näherte, desto fremder erschien ihr das Spiegelbild.

Ich kenne mich nicht. Ich kenne mich seit achtzehn Jahren nicht.

Sie streckte den Finger aus und zog den Umriß auf dem kalten Glas nach.

Wer bist du? Bist du lebendig? Bist du glücklich? Zornig? Einsam? Bist du eine Stimme? Bist du eine Karriere? Bist du eine Frau? Möchtest du einen wirklichen Ehemann haben? Möchtest du Kinder haben?

Sie fand keine Antworten in sich. Nur neue Fragen.
Und Hunger.
Mit dem Hunger konnte sie fertig werden. Prosciutto, dachte sie. Ich lasse mir Prosciutto bringen.

15

Ariana war mit ihrem Prosciutto-Sandwich fertig und betrachtete vom Balkon aus die Stadt. Schlanke Kirchtürme ragten in den gestirnten Himmel. Das Schlafzimmer war unendlich leer, unendlich still. Die Zeiger der Pendeluhr beim Marmorkamin standen auf fünf nach neun.
Sie seufzte. Erst fünf nach neun.
Es klingelte, und sie lief zur Tür.
Der gleiche Page, der ihr das Dinner gebracht hatte, hielt ihr einen riesigen Blumenkorb entgegen. Nelken, Rosen, Lilien, Gladiolen. Wie lieb von Boyd, dachte sie. Der Page stellte die Blumen auf den Tisch. Sie gab ihm 10 000 Lire Trinkgeld.
Dann suchte sie zwischen den Stengeln und fand einen schweren cremefarbenen Umschlag. Die Schrift auf dem Billett war großzügig und kühn.

Ich sitze unten in der Bar. Würden Sie mir die Ehre erweisen, mir bei einem Drink Gesellschaft zu leisten?
Unterschrieben war es mit *Nikos S.*

Einen Augenblick lang war sie verblüfft. Dann wußte sie genau, was sie zu tun hatte: zum Hörer greifen und der Vermittlung mitteilen, daß Madame Kavalaris bedaure.
Statt dessen trat sie vor den Schrankspiegel und band den Gürtel ihres Morgenrocks auf. Ihr Blick schweifte über ihre nackte Taille. Kein Gramm Fett. Nicht schlecht für eine Sängerin. Sie öffnete den Schrank und wählte unter den sechsunddreißig Modellen ein blaues Cocktailkleid aus Seide.
Ariana schaute sich in der Halle um und sah nur ein paar japanische Touristen. Ihr Blick überflog die Bar. Nikos Stratiotis war nicht da.

Dann winkte eine Hand von der Terrasse. Nikos saß an einem Ecktisch unter einem gestreiften Sonnenschirm. Sein Lächeln blitzte in seinem braungebrannten Gesicht. Er stand auf und ging ihr entgegen. Sie wußte nicht, daß sie sich auf ihn zubewegte, aber sie trafen einander an der Schwelle.

Seine Lippen berührten ihre Finger. »Danke für Ihr Kommen.«

»Danke für die Blumen.«

»Ich weiß nicht, was Sie mögen, deshalb habe ich gesagt, man solle von jedem ein bißchen schicken.«

Sie lachte. »Man hat von jedem ein bißchen viel geschickt.«

Er zeigte auf den Tisch mit dem Sonnenschirm. »Wollen wir?«

Sie saßen sich gegenüber, und er bestellte Drinks.

Er ließ sie nicht aus den Augen. »Sie sehen überhaupt nicht so aus, wie ich es mir vorgestellt habe.«

»Es schmeichelt mir, daß Sie Zeit gefunden haben, über mich nachzudenken.«

»Ich habe gehört, daß Sie überempfindlich, jähzornig, überaus gewissenlos und vollkommen unberechenbar sind.«

Ihre Gedanken schweiften zwei Jahrzehnte zu dem eifrigen, fleißigen Mädchen im Schnellimbiß am Broadway zurück, dessen Vorstellung von Glück in fünfzig Cent Trinkgeld und in einer Stehplatzkarte für die Oper bestanden hatte.

»Stimmt etwas davon?« fragte er.

Wie sieht er mich jetzt, als die kleine Kellnerin oder als die weltberühmte Diva?

»Über alle berühmten Leute erzählt man sich das gleiche. Um die Wahrheit zu sagen, ich habe auch Gerüchte über Sie gehört. Sie treiben sich und ihre Mitarbeiter erbarmungslos an, Sie sind vollkommen gewissenlos, und Sie bringen Frauen und Buchhalter zur Verzweiflung.«

Er beobachtete sie halb lächelnd, halb herausfordernd.

Ich sehe älter aus, dachte sie wehmütig, und dann fiel ihr ein: vielleicht nicht um so viel älter. Vielleicht bin ich genausowenig gealtert wie er. Er hat noch immer die gleichen Augen, das gleiche Lächeln. Der Akzent war anders als an jenem ersten Abend, aber die Musik seiner Stimme – die Andeutung von Selbstsicherheit, Ironie und Intelligenz – war die gleiche wie vor zwanzig Jahren. Der einzige Unterschied bestand in seiner Kleidung: Die wattierten Schultern und der unternehmungslustig schief aufgesetzte Filzhut waren verschwunden. Statt dessen war seine Kleidung betont einfach. Trotzdem kleidete er sich immer noch, als stünde er auf der Bühne.

»Trifft eines dieser Gerüchte zu?« wollte sie wissen.

»Das Gerücht bezüglich der Buchhalter stimmt.«

Ich habe mich nicht verändert, dachte sie glücklich. Er sieht mich noch genauso an wie damals.

Die Drinks kamen. Die Gläser waren groß und beschlagen.

»Dann sind wir pari«, stellte sie fest. »Der einzige Unterschied besteht darin, daß ich singe und daß Sie Geld verdienen.«

»Genauer gesagt, Sie verdienen Geld, indem Sie den Mund aufmachen, und ich, indem ich ihn halte.«

Sie hob das Glas an die Lippen, und eine angenehme Flüssigkeit glitt kühl durch ihre Kehle. Plötzlich ertönten Gesang und Gelächter, Riemen klatschten ins Wasser, und ein Partyschiff mit Laternen glitt auf dem Kanal vorbei.

»Ich liebe Venedig«, erklärte sie. »Immer schon.«

Er zog die Augenbrauen hoch, und seine dunklen Augen blitzten. »Warum?«

»Mich beruhigt das Bewußtsein, daß Schönes Bestand hat.«

»Würden Sie hier leben wollen?«

»Nein. Es stimmt mich zu traurig, daß Venedig Bestand hat und ich nicht.«

»Wo leben Sie dann?«

»Hauptsächlich in New York. Boyd hat einen Vertrag mit der Metropolitan und mit den Philharmonikern und... es ist dort für uns am bequemsten. Und wo leben Sie?«

»Überall. Aber ich betrachte Paris als mein Zuhause. Haben Sie schon zu Abend gegessen?«

Beinahe hätte sie gelogen. Aber er hatte ihre Zimmernummer gekannt; er hatte gewußt, daß sie an diesem Abend allein war; und vermutlich wußte er genau, was sich auf dem Serviertisch befunden hatte, den der Zimmerservice in ihre Suite gerollt hatte.

»Danke, aber ich habe eine Kleinigkeit gegessen.«

»Ich auch. Möchten Sie dann ein wenig von der Stadt sehen, die Sie so sehr lieben?« Er deutete auf ein schimmerndes Motorboot mit Mahagoniaufbauten, das am Kai vertäut lag. »Mein Fahrer wartet.«

Sie zögerte. »Aber mein Mann...«

»Hat eine Probe. Ich bringe Sie rechtzeitig zurück.«

»Sie haben mich beobachten lassen.«

»Natürlich.«

Sie sah ihn an und wollte empört sein, aber sie konnte nicht anders, sie mußte lachen. Sie stiegen in sein Boot.

Er erteilte Befehle auf griechisch, und der Fahrer glitt mit ihnen an den alten Steinen und den bleigefaßten Fenstern der versinkenden Palazzi vorbei.

»Ich möchte Ihnen etwas zeigen«, sagte Nikos.

Der Kanal beschrieb eine Kurve, und sie gelangten in eine Bucht. Wind kam auf. Die Wellen plätscherten, und durch die Wärme der Nacht wehte plötzlich ein kühler Hauch. Nikos legte ihr einen Schal um die Schultern. Als er sie berührte, wußte sie nicht mehr genau, wer sie war.

Der Fahrer stellte den Motor ab und machte das Boot an einem Landungssteg fest. Ein Geräusch wie Donner rollte über sie hinweg, und sie begriff, daß am Lido ein Feuerwerk abgebrannt wurde. Nikos half ihr auf den Landungssteg.

Eine Wolke zog weiter, und im silbernen Licht des Vollmonds wurden Eisenstangen und gemeißelte Steine sichtbar. Er hatte sie auf einen Friedhof gebracht.

»Hier liegen die ganz Großen«, erklärte er. »Kommen Sie weiter.«

Er führte sie die verlassenen Wege entlang. Dann standen sie an einem Grab, und er knipste sein Feuerzeug an, damit sie die Inschrift lesen konnte.

»Alberta Gesualda.« Gesualdas Porträt an meinem Hals, dachte sie, und ihr Körper zu meinen Füßen. »Warum haben Sie mich hierher geführt?«

»Sie ist gewissermaßen Ihre Vorfahrin – sie war die erste Frau, der ein Papst gestattet hat, auf einer italienischen Bühne zu singen.«

Sie sah ihn scharf an. »Woher wissen Sie das?«

»Ihre *Norma* hat mich angeregt, und ich habe heute früh ein paar Nachforschungen angestellt. Gesualda liebte die Oper und Venedig. Sie war wie Sie.«

»Nein, das stimmt nicht. Gesualda ist unvergessen.«

»Ich würde im Gegenteil behaupten, daß sie vergessen ist.«

»Es gibt Menschen, die sich an sie erinnern.«

»Nur ein paar Bücher in den Bibliotheken erinnern an sie. Für Alberta Gesualda ist alles vorbei. So wie eines Tages für Sie und mich alles vorbei sein wird: Glück, Elend, Schweizer Banken, Blumen, Liebe, Prozesse, Wein.«

Sie konnte den Blick nicht von ihm wenden. »Sie sind ein Zyniker.«

»Sie etwa nicht?«

»Ich bin Realistin. Und als Realistin besitze ich den Glauben.«

»An was? An Gott?«

»An die Musik. Aber das ist ja dasselbe.«

»Ich wurde von Nonnen erzogen; das haben sie mich nie gelehrt.«

»Gewisse Einsichten kann man nicht gelehrt, sondern nur geschenkt bekommen.«

Sie nahm an, daß er jetzt ihre Hand ergreifen würde, und war überrascht, als er es nicht tat.

»Wir sollten gehen«, meinte er. »Mr. Kinsolvings Probe muß jeden Augenblick zu Ende sein.«

Am Landungssteg des Hotels beugte er sich zu ihr hinunter und küßte sie auf die Wange. »Ich freue mich, daß wir Freunde sind.«

»Danke, Nikos. Ich freue mich ebenfalls.«

Als sie die Suite betrat, war Boyd noch nicht da.

Am nächsten Vormittag um zehn Uhr brachte der Page Ariana ein kleines flaches Päckchen. Mit der Spitze des Kugelschreibers, mit dem sie Anmerkungen in den Partituren anbrachte, riß sie den Umschlag auf. Das Billett trug das Wappen des Bauer-Grünwald-Hotels. Diesmal war der Text griechisch.

Efcharisto – Nikos. Ein »Danke« von Nikos. Sie mußte lächeln, wenn sie an Nikos Stratiotis dachte, an seine Talente, seine Millionen, seinen Piratenschnurrbart, sein Leben, das wie die Illustration zu einem 80-Pfennig-Roman aussah.

Vorsichtig riß sie die Verpackung auf. Sie begriff nach und nach. Zuerst erkannte sie nur, daß sie einen geschnitzten Holzrahmen in der Hand hielt. Im Rahmen befand sich das Foto einer dicken Frau, die ein geblümtes Kleid und einen Hut mit einer Feder trug.

Die Augen der Frau fixierten Ariana. In ihnen lag eine Güte, die stärker als jede Macht der Welt war. Ein Traum strahlte aus diesen Augen wie Licht.

Ariana betrachtete das Foto, und heitere Gelassenheit hüllte sie ein. Sie nahm etwas Unveränderliches, Beständiges im Strom der Dinge wahr – wie ein Felsen, der von einem ungestümen Fluß umspült wird.

Hilde Ganz-Tucci ist tot: Sie gehört der Geschichte an. Ihre Stimme ist verstummt. Aber sie hat gelebt, und meine Lehrerin hat mit ihr gelebt, und sie lebt in meiner Lehrerin, und durch meine Lehrerin lebt sie in mir.

»Was hast du da?« Boyd stand in der Tür und rieb sich die Augen. Er sah das Bild. »Also ist die alte Dame doch noch aufgetaucht. Wo hast du sie gefunden?«

Sie hatte ihren Mann noch nie belogen. »Der Geschäftsinhaber hatte sich geirrt, das ist alles.«

Er kniff die Augen zusammen. »Was für ein scheußlicher

Rahmen. Ich kenne zwei Burschen in Greenwich Village, die einen neuen anfertigen können.«
»Ich will keinen neuen Rahmen. Das Bild soll genauso bleiben, wie es ist.«
»Und was hast du damit vor?«
»Ich werde es natürlich aufhängen.«
»Aber nicht in unserem Wohnzimmer, Schätzchen, sonst ziehe ich aus.« Er küßte sie rasch. »Ich habe nur Spaß gemacht.«
Sie nahm ihm das Bild weg, als wolle sie es vor ihm schützen. »Ich weiß nicht, was du nach der Probe getrunken hast, Boyd, aber man spürt es. Bitte putz dir die Zähne.«
Kurz darauf rauschte im Badezimmer das Wasser. Sie ging sofort zum Telefon und verlangte eine Verbindung mit dem Bauer-Grünwald. »Nikos Stratiotis, bitte... hier spricht Ariana Kavalaris.«
»Ich bedaure, Signora, er ist heute früh abgereist.«

Ariana und Boyd verließen am nächsten Tag, nach der letzten Aufführung von *Norma*, Venedig und stürzten sich in einen langen Winter voller Gastspiele: *Othello* in Stockholm, *Ariadne auf Naxos* in Hamburg, *Medea* in Genua, *Tosca* in Prag, drei Aufführungen der *Aida* an der Met.
Die Kritiker lobten sie wie immer; die Gesellschaft belegte sie wie immer mit Beschlag, aber Ariana kam sich langsam wie ein Zugvogel vor. Komischerweise fühlte sie sich bei diesem Leben einsamer denn je zuvor – drei Empfänge in Botschaften, dreißig durchschnittliche Mahlzeiten in einem Dutzend Erster-Klasse-Hotels, hundert bedeutungslose Gespräche mit Fremden und am Ende jedes sehr langen Tages der Gutenachtkuß von Boyd, den sie jedesmal erwiderte. Immer wieder dachte sie: *Das ist nicht genug.*
Immer öfter schaute sie aus dem Fenster und beneidete die Wolken.

Im Flugzeug der Air France faltete Boyd zehntausend Meter über Lyon seine Londoner *Times* zusammen. Es war zu deprimierend: auf der ganzen Welt Demonstrationen gegen das Engagement der USA in Vietnam; in Madrid kämpften Studenten gegen Francos Polizei; in China protestierten die Roten Garden gegen weiß Gott was. Israel und Jordanien waren sich wieder in die Haare geraten. Papst Paul VI. hatte die Absicht, mit dem sowjetischen Außenminister zusammenzutreffen... Gerüchte über verrückte Tee-Partys... kein Wunder, daß die Menschen die Oper brauchten.

Boyd blickte auf und stellte fest, daß Ariana seit einer halben Stunde den Abendhimmel betrachtete. »Was um Himmels willen ist da draußen so interessant, Schätzchen?«

»Der Sonnenuntergang.«

In letzter Zeit wirkte sie geistesabwesend, und er begann sich ihretwegen Sorgen zu machen. Sie mußte noch eine Menge hoher C hinter sich bringen. Außerdem verdankten sie ihre 50 000-Dollar-Honorare ihrer Stimme und nicht seinem Dirigieren.

»Du betrachtest den Sonnenuntergang, als wolltest du ihn auswendig lernen.«

»Das will ich auch. Es sind für eine Woche die letzten Farben. In Brüssel wird es regnen.«

Sie hatte recht: In Brüssel schüttete es. Sie mußten unter dem Regenschirm eines Gepäckträgers zu ihrer Limousine laufen.

»Dreimal *Dinorah*«, seufzte Ariana. »Ausgerechnet in dieser Stadt.«

»Zufällig liebt dich diese Stadt«, stellte Boyd fest. Er legte die Hände dicht am Hals auf ihre Schultern und massierte ihre Schulterblätter. Ihre Muskeln waren gespannt wie Klaviersaiten. »Genau wie ich.«

Sie griff nach seiner Hand und hielt sie fest. »Danke, Liebling. Bitte, hör nie damit auf.«

Als sie in ihrem Hotel eintrafen, bogen sich die beinahe blattlosen Bäume an der Place de la Republique im peitschenden Wind.

Georges Guiraud, ihr belgischer Agent, erwartete sie betrübt in ihrer Suite. Er küßte beide. »Habt ihr nicht in Hamburg mein Telegramm erhalten? Die *Dinorahs* sind abgesetzt worden.«

Boyds Augen musterten den kleinen Agenten mit dem dunklen Schnurrbart mißtrauisch. »*Abgesetzt?*«

»Eine Entscheidung des Kulturministeriums. *La Fanfarade* hat Vorrang.«

»Was zum Teufel ist *La Fanfarade?*«

»Die Oper eines jungen belgischen Komponisten.«

»Und was sollen wir Ihrer Meinung nach eine Woche lang in dieser Stadt anfangen? In den verdammten Zoo gehen?«

»Sie können tun, was Sie wollen. Ihre Honorare sind auf Ihr Schweizer Bankkonto überwiesen worden.«

»Sie hätten wenigstens versuchen können, uns vor Hamburg zu erreichen.«

»Es ist leider sehr schnell gegangen.«
»Ich glaube Ihnen nicht, Georgie. Bei der Oper geht überhaupt nichts schnell. Am wenigsten Sie.«
Ariana hörte nur mit halbem Ohr zu. Sie hatte die Post durchgesehen, die das Hotel auf dem weißen Schreibtisch aufgetürmt hatte. »Wir haben ein Telegramm bekommen, Boyd. Nikos Stratiotis lädt uns nach Nizza auf sein Schiff ein.«
»Herrlich«, rief der Agent.
Boyd fiel auf, daß alles so nahtlos ineinandergriff: die Absetzung, das Kabel, Georges' Freudenschrei. Er starrte das Telegramm an, das Ariana ihm überreicht hatte. »Was für eine Sprache ist das, zum Teufel?«
»Griechisch. Auf dem Flugplatz wartet sein Flugzeug auf uns.«
»Er kann sein verdammtes Flugzeug einen Monat lang warten lassen, wenn er will.«
Trotz rötete Arianas Hals. »Ich habe keine Lust, eine Woche lang in diesem Regen zu hocken, während du Anwälte beauftragst, den Kampf gegen das Kulturministerium aufzunehmen. Ich will Ruhe, ich will Sonne, außerdem finde ich, daß 150 000 Dollar dafür, daß ich die drei Vorstellungen von *Dinorah* nicht singe, ein großzügiges Honorar sind. Ich gehe jetzt schlafen, und morgen fliege ich nach Nizza.«
Sie ging quer durch das Zimmer und küßte Georges auf die Glatze. »Gute Nacht, Georges, und danken Sie dem Ministerium in meinem Namen.«

Am nächsten Tag dankte Georges Guiraud nicht dem Ministerium, sondern Nikos Stratiotis, mit dem er vom Brüsseler Flughafen aus ein R-Gespräch führte. »Ich habe meine ganze Überredungskunst aufbieten müssen, aber sie treffen in zwei Stunden ein.«
Stratiotis' Stimme klang kühl. Entweder hatte er keine Ahnung, was außer Geld alles notwendig war, um den Wochenspielplan der staatlichen Oper zu ändern, oder er war daran gewöhnt, Wunder zu kaufen. »Der Betrag, auf den wir uns geeinigt haben, wird bereits auf Ihr Konto in Liechtenstein überwiesen.«
»Es war mir ein Vergnügen, Mr. Stratiotis.«
Nikos holte sie am Flugplatz ab. Sein Hemd stand offen, er war sehr muskulös und braun gebrannt. Er legte einen Arm um Ariana und den anderen um Boyd und warf dann Ariana einen raschen Blick zu.

»Ich freue mich, daß Sie die Zeit erübrigen können. Haben Sie einen guten Flug gehabt?«

»Zum Glück war er kurz«, antwortete Boyd. »Der Champagner war ausgezeichnet.«

Nikos lächelte, und Ariana erwiderte unwillkürlich das Lächeln.

»Wo sind Ihre Gepäckscheine?« fragte Nikos.

Boyd fand die Scheine, und Nikos übergab sie einem Angestellten.

»Wenn wir uns beeilen«, erklärte Nikos, »erwischen wir noch den Sonnenuntergang.«

Nikos fuhr sie in einem Karmann-Ghia-Kabriolett, dessen Dach zurückgeklappt war. Das Mittelmeer glitt swimmingpoolblau an ihnen vorbei. Die Landstraße besaß nur zwei Fahrspuren, und er überholte in unübersichtlichen Kurven Lastwagen.

»Ich habe ein paar Freunde eingeladen«, rief er. »Hoffentlich stört es Sie nicht.«

Seine Jacht lag im Hafen von Nizza vor Anker. Sie war ungefähr so groß wie ein kleiner Ozeandampfer. Sie brauchten ein Schnellboot, um zu ihr zu gelangen. Ein Steward half ihnen an Bord. Ein paar Gäste hatten sich am Swimmingpool versammelt, und Nikos machte sie miteinander bekannt.

»Wir wollen es einfach machen«, meinte er. Seine Hand berührte leicht die Vertiefung zwischen Arianas Schulterblättern und blieb dort liegen. »Dieses bezaubernde Paar sind Ariana und Boyd, und diese bezaubernden Leute sind Karim, Inger, Anatoly und Marlene – habe ich mir die Namen richtig gemerkt?«

»Du merkst sie dir immer richtig.« Eine schwedisch aussehende Frau in einem Bikini lächelte.

»Dann entschuldigt mich bitte, während ich unseren Neuankömmlingen ihre Kabine zeige.«

Ariana schnappte nach Luft, als sie die Damasttapete, die Walnußtäfelung und die mit Seide bespannten Stühle der Suite erblickte.

»Wenn Sie etwas brauchen, läuten Sie.« Nikos zeigte auf eine Klingelschnur aus Goldbrokat. »Vor dem Dinner nehmen wir gewöhnlich ein paar Cocktails im Salon. Dort können Sie dann die übrigen Gäste kennenlernen.«

»Wann ist *dann*?« fragte Boyd.

»Wann immer Sie wollen. Und inzwischen fühlen Sie sich bitte wie zu Hause.«

»Mein Schiff, dein Schiff?«

»Genau.« Nikos verschwand lächelnd.

»Unser Milliardär-Gastgeber hat sich gut gehalten«, stellte Boyd fest. »Und es ist rührend, wie beeindruckt er davon ist, daß ihm klassische Musiker in sein Netz aus Rockstars und klapprigen Adeligen gegangen sind.«

Ariana steckte den Kopf aus dem Fenster und bewunderte die Aussicht auf den Hafen von Nizza.

»Er trainiert offenbar«, sagte Boyd. »Vermutlich hat das Schiff einen Gymnastikraum.«

Es war ein weicher, süßer Maiabend; Vergnügungsdampfer lagen ordentlich vertäut wie Blumen in einem gepflegten Garten. »Hier sieht der Himmel höher aus«, meinte Ariana.

Boyd hatte die Getränke auf der Anrichte entdeckt. Mit einem erleichterten Seufzer und einem vollen Whiskyglas ließ er sich auf das riesige Samtsofa sinken. »Schätzchen, hier ist *alles* höher.«

Ariana ging in das Badezimmer. Es enthielt eine ungeheure schwarze Marmorbadewanne mit Muschelriffelung. Der Wasserhahn war ein gebogener Schwanenhals.

Dann hörte Boyd ihren Aufschrei. »Was ist los, bist du in die Wanne gefallen?«

Sie erschien in der Tür. »Die WC-Brille ist aus Gold! Und die Wasserhähne auch.«

Boyd schüttelte den Kopf. »Vergoldete Bronze, Liebste. Gold wäre vulgär. Und diese Leute sind niemals vulgär.«

»Ich kann es nicht glauben.«

»Du sollst es auch gar nicht glauben. Es soll dir nur gefallen – wie die Oper.«

Sie badete, ihr Gepäck traf ein, und sie bat Boyd, ihr ein Kleid mit auszusuchen.

»Das beige Organdykleid ist genau das richtige. Bring deine Frisur in Ordnung.«

Sie saß am Frisiertisch, bürstete ihre Haare und ließ dann ihre Finger über die geschnitzte, mit Marmor und Rosenholz eingelegte Oberfläche aus Nußholz gleiten.

»Französisch«, erklärte Boyd. »Sechzehntes Jahrhundert.«

»Woher weißt du das?«

»Mit der Zeit bekommt man einen Blick dafür.«

»Ich nicht.« Sie schwieg nachdenklich. »Ich glaube nicht, daß ich mich je daran gewöhnen könnte.«

»In drei Stunden hast du dich daran gewöhnt, und in vier hast du vergessen, daß es auch andere Lebensstile gibt.«

Sie überprüfte ihr Cocktailkleid noch einmal im Spiegel. Was für ein gewöhnliches Kleid und was für eine vollkommene Spiegelung.

Ein Steward in Uniform öffnete ihnen die große Tür aus Zypressenholz, die in den Salon führte. Der Raum war voller Menschen, aber sie hatten keine Zeit, sich verlassen oder unsicher zu fühlen. Nikos stand neben ihnen und stellte sie vor.

Britische Adelstitel, der Moderator einer Fernseh-Talkshow, ein Botschafter, Politiker zogen an Ariana vorbei wie die Gegend an einem Zugfenster. Gott sei Dank keine Musiker.

Dann veränderte sich Nikos' Stimme. »Darf ich Ihnen einen lieben Freund und Mitarbeiter vorstellen – Egidio DiBuono.«

Der Mann vor ihnen war groß, gut gebaut, hatte ausgeprägte Züge und dunkles Haar. Er trug einen maßgeschneiderten Overall. Boyd war gerade dabei gewesen, sich eine Zigarette anzuzünden. Das Feuerzeug blieb auf halbem Weg in der Luft hängen. Ariana spürte sein Erschrecken und dann eine plötzliche, gedämpfte Höflichkeit, wie Luft, die ein Vakuum füllt.

»Guten Tag«, sagte sie.

»Es ist mir eine Ehre, eine so berühmte Künstlerin kennenzulernen.« Egidio DiBuonos Blick bohrte sich in den ihren.

Als sie ihn stumm abschätzte, spürte sie statt der Eleganz eines Jachtsalons die im Hafen von Neapel erworbene Erfahrung.

DiBuono ergriff ihre ausgestreckte Hand und verbeugte sich leicht. Die Spitze einer tätowierten Palme schaute unter dem Träger seines Overalls hervor.

»Egidio berät mich bei meinen Büchereinkäufen«, erklärte Nikos. »Er hat mir geholfen, die kleine Bibliothek auf dem B-Deck zusammenzustellen.«

»Bücher?« Ariana hatte noch nie einen so braungebrannten Bibliothekar gesehen. Er mußte monatelang an Stränden und auf Deck gelegen haben.

Als DiBuono lächelte, sahen seine Zähne beinahe unnatürlich weiß aus. »Ja, man könnte mich einen wahren Wurm der Bücher nennen.«

Boyd warf den Kopf zurück und lachte.

»Verzeihen Sie mein Englisch«, entschuldigte sich DiBuono. »Es ist grotesk, nicht wahr?«

Boyd schlug DiBuono auf den Rücken. Ariana hatte noch nie erlebt, daß ihr Mann irgendwem, ob Freund oder Fremder, auf den Rücken geklopft hätte.

»Keineswegs. Es erinnert mich an die Rossini-Übersetzungen, die in englischen Opernhäusern verkauft werden. Findest du nicht, Schätzchen?« Boyd wandte sich Ariana mit dem übertriebensten Lächeln zu, das sie je bei ihm erlebt hatte.

Warum übertreibt er so? fragte sie sich. Sie spürte, daß etwas nicht stimmte, aber bevor sie dem Gefühl nachgehen konnte, wurden ihr weitere Leute vorgestellt: ein Lord Tony, eine Dame Giselle Irgendwer, die Primaballerina des Royal Ballet, die einen Arm in der Schlinge trug, ein britischer Filmregisseur, der in diesem Jahr zum zweitenmal den Oscar bekommen hatte.

Dann kam das Geplauder: »Was haben wir Ihre *Turandot* genossen.«

Und dann endlich das Dinner.

Jeder Tisch war mit einem lindgrünen Tischtuch und einem mit Hibiskus geschmückten Tafelaufsatz für acht Personen gedeckt. Ariana saß neben einem Vicomte, und Boyd befand sich zwei Tische weiter neben der Schwedin, die offenbar über etwas lachte, das ihr DiBuono ins Ohr flüsterte.

Es gab Krebssuppe, Forelle, Wachteln und ein Dutzend weiterer Gänge, und der Vicomte erzählte Ariana, daß das Majolika-Speiseservice von Patanazzi 1597 anläßlich der Hochzeit des Herzogs von Ferrara angefertigt worden war.

»Das Salzfaß stammt ebenfalls aus dem sechzehnten Jahrhundert«, erklärte er. »Die Platten sind aus Limoges. Man erkennt es an dem Blau, das nie verblaßt.«

»Wie schön, daß es etwas gibt, das nie verblaßt. Verraten Sie mir, Lord Sandly, wer ist Mr. DiBuono?«

Der Schnurrbart des Vicomte sträubte sich verdutzt. »Wer soll das sein?«

»Sehen Sie die Schwedin dort drüben?«

»Ach ja. Sie besitzt die Aktienmehrheit bei SAAB.«

»Der Mann links von ihr, der ständig flüstert. Wer ist das?«

»Sehr ungehörig, so zu flüstern.«

»Wer ist das?« Und warum starrt ihn mein Mann unverwandt an?

»Irgend jemand hat behauptet, daß er Buchhändler ist. Er sieht aber eigentlich nicht so aus, finden Sie nicht?«

Nach dem Dinner übersiedelte die Gesellschaft in die große Halle.

»Ariana – cara!«

Sie drehte sich um. Es war Giorgio Montecavallo – Monte. Sie hatte ihn zum letztenmal gesehen, als sie in Wien dreimal die *Adriana Lecouvreur* gesungen hatte. Er zog sie rasch an sich. Er hatte zwanzig Kilo zugenommen.

»Was um Himmels willen tust du hier?« fragte er leise.

Zu ihrer Überraschung bot er ihr eine Zigarette an. Sie schüttelte den Kopf.

»Das gleiche wie du.« Sie hatte das Gefühl, daß sie zuviel

geflogen war, zuviel gegessen und sich zuviel amüsiert hatte.
»Ich unterhalte mich.«

»Sich unterhalten ist Schwerarbeit, nicht wahr?«

Sie lächelte, weil er es ausgesprochen hatte, weil er sie verstand. »Vor allem, wenn man gerade drei Monate lang in der Welt herumgeflogen und aufgetreten ist.«

»Mach dir keine Sorgen, du wirst dich daran gewöhnen. Wie ich.«

Jetzt erst begriff sie, daß sie das Falsche gesagt hatte. In den letzten drei Jahren hatte sie nie gehört, daß Monte irgendwohin geflogen und irgendwo aufgetreten war. Sie erinnerte sich undeutlich an einen *Bajazzo* in Dubrovnik, an vernichtende Kritiken über seinen miserablen Canio. Seither war es um ihn still geworden.

»Sing mit mir«, bat er plötzlich. »Bitte, Ariana. Nur dieses eine Mal.«

»Du redest Unsinn, Monte. Was soll ich singen?«

Er sah sie an. »Verstehst du denn nicht? Mein Gott, du verstehst es wirklich nicht. Du glaubst, daß ich als Gast an dieser Kreuzfahrt teilnehme.«

»Natürlich bist du ein Gast, wie wir alle, oder nicht?«

»Ein Gast?« Monte fuchtelte vage mit dem Finger herum. »Diesem Mann gehören alle Jutespinnereien in Indien. Diese Frau besitzt den größten Saphir in – das habe ich vergessen. Der dort drüben entwirft Jeans. Aber ich bin Monte. Früher habe ich Opern gesungen, jetzt singe ich ... nach dem Dinner. Ich bin ein Entertainer.«

Ariana war zu überrascht, um zu antworten.

»Na schön, *cara*. Hüll dich in Tand nur ...« Er beugte sich vor und küßte sie. Sein Atem roch nach Scotch. Seine Füße schlugen die falsche Richtung ein, und er stieß an den Stuhl des uruguayischen Botschafters.

Man lachte, Monte entschuldigte sich und erreichte schließlich doch noch heil das Klavier. Der Begleiter wartete, bis sie Augenkontakt hatten, dann begann er mit dem Vorspiel.

Monte stellte sich in Positur, mit einem sichtlich tiefen Atemzug, der zu deutlich war. Dann begann er, *Granada* zu singen. Schlecht.

Ariana versank in ihrem Stuhl und sehnte sich danach, im strömenden Regen in Brüssel zu sitzen.

Die Baronesse de Chesney beugte sich zur Seite und bat einen Rockstar um Feuer für ihre Zigarette. Schokominzen, Kaffee und Likör wurden gereicht. Ein österreichischer Filmstar sagte laut »Scheiße«, als es keinen Aprikosenlikör gab. Joints machten die Runde. Geflüster, Witze, Tratsch in vier Sprachen, kleine Lachsalven, und ein deutscher Automobilhersteller forderte lautstark seine acht Gefährten auf, mit ihm in seiner Kabine wirklich erstklassiges Kokain zu schnupfen.

Monte wischte sich den Schweiß von der Stirn und sang weiter.

Ariana versuchte, sich hinter ihrem Brandyschwenker mit Mineralwasser zu verstecken. Als er zum Ges im zweiten Refrain kam, setzte er statt dessen zum hohen A an: Das hatte sie befürchtet.

Es wäre eine Gelegenheit gewesen, die Aufmerksamkeit seiner Zuhörer wiederzugewinnen, aber seine Stimme brach, und es kam kein Ton, kein Schluchzen, nicht einmal das tonlose Keuchen, auf das Tenöre spezialisiert sind. Er rülpste klar und unmißverständlich.

Eine Millisekunde lang herrschte empörte Stille. Ein ägyptischer Minister rief: »Gesundheit, Monte«, und die Gesellschaft brach in schallendes Gelächter aus.

Plötzlich übertönte ein das Trommelfell durchdringender Ton das Gelächter.

Ein klares A stieg zu einem klingenden D empor. Während Ariana zum Klavier ging, sang sie die letzte Zeile des Liedes, als bestünde ihr Publikum aus den Galeriebesuchern der Scala: »*De lindas mujeres, de sangre y sol!*«

Sie ergriff Montes Hand, und sie verbeugten sich gemeinsam zu begeistertem Applaus. »Diese Schweine«, flüsterte sie. »Geben wir den Scheißkerlen, was sie verdienen. *Be my love* und *Smoke gets in your eyes*.«

Dann folgten *People will say we're in love*, *Wunderbar* und ein Dutzend weiterer Schlager. Monte nahm die Melodie, und Ariana sang in der Stratosphäre über ihm Koloraturen. Wenn seine Stimme brach oder ihm die Luft ausging, übernahm sie die Melodie, bis er sich wieder erholt hatte.

»Komisch«, stellte sie fest, als die brüllenden Jet-setter ihnen endlich eine Pause bewilligten. »Ich hätte nie gedacht, daß ich jemals *Melancholy baby* singen würde.«

Er küßte sie mit feuchten Augen. »Du könntest eine zweite Karriere machen, *cara*.«

»Danke. Aber eine Karriere ist schon mörderisch genug.«

Es war drei Uhr früh, als Ariana endlich Boyd fand und ihn in ihre Kabine schleppte. Ein Strauß aus blauen und weißen Lilien, den ein Dienstmädchen auf den Tisch gestellt hatte, duftete süß.

Ein kleines Billett mit griechischer Schrift war daran befestigt. *Efcharisto*. Ariana erkannte die Schrift.

»Du bist traurig«, meinte Boyd.

»Ja. Vermutlich.« Sie lauschte dem sanften Rauschen des Mittelmeers.

»Ist die Welt wirklich immer geschmacklos? Stirbt sie wirklich unaufhörlich?«

»Komm schon, Schätzchen. Was ist los?«

»Monte und ich heute abend. Diese Leute. Sie haben gelacht, und Monte hat geglaubt, sie applaudieren.«

Boyd ließ sich auf das Bett fallen. Sein Gesicht lief rot an, als er einen Fuß mühevoll aus dem Lackschuh zog. »Ach, hör schon auf, Oper zu spielen. So schrecklich war es gar nicht.«

»Doch. Monte ist einmal ein Künstler gewesen. Und jetzt...«

»Sieh mal, was wir da haben.« Eine Flasche Mumm stand in einem silbernen Eiskühler neben dem Bett. Boyd öffnete die Flasche und schenkte zwei Gläser ein, bis sie übergingen. Er bot ihr eines an, Ariana lehnte kopfschüttelnd ab und sah zu, wie ihr Mann beide leerte.

»Wer ist DiBuono, Boyd?«

»Wer ist wer?«

»Der Bibliothekar, der an deinem Tisch gesessen hat.«

Boyd kratzte sich am Ohr. »Ach der. Kommt mir vor wie ein Niemand.«

»Was tut ein Niemand auf diesem Schiff?«

»Vielleicht ist er für jemand ein Jemand.«

»Hast du ihn gekannt?«

»Für Bücher habe ich nichts übrig, Schätzchen.«

»Er auch nicht.«

»Dann weißt du mehr über ihn als ich.«

»Ich traue ihm nicht.«

»Bei diesem Gespräch kann ich nicht munter bleiben. Gute Nacht, Schätzchen.«

16

Während der nächsten drei Tage fiel Ariana auf, daß Boyd die meiste Zeit in der Bar saß und mit DiBuono trank. Sie hingegen saß die meiste Zeit an ihrem kleinen elektrischen Klavier und ging ihre Partituren durch; nicht, weil sie Lust dazu hatte, sondern weil ihr das Geschwätz und die vielen Leute auf die Nerven gingen.

Am vierten Tag trat sie nach Sonnenuntergang in einem Abendkleid aus ihrer Kabine. Durch das Fenster des großen Salons sah sie Diamanten und sonnengebräunte Schultern. Der Lärm einer Party drang schwach auf das Deck hinaus.

Drei Schornsteine ragten in den Abend. Zusammengerolltes Segeltuch war an der Reling festgezurrt. Nikos Stratiotis stand im Abendanzug im schwindenden Licht, und sein Bild spiegelte sich schwach in den Gischttropfen auf dem Deck. Er trat zu ihr.

»Unterhalten Sie sich gut?«

»Großartig, danke.«

Er sah sie an. »Ihr Mann ist offenbar... Es geht mich nichts an, aber Sie sind sehr viel allein.«

Sie lachte. »Wir sehen uns während der Arbeit ununterbrochen. Jetzt machen wir Urlaub. Er geht seiner Wege, ich meiner.« Sie blickte auf das Mittelmeer hinunter, das im Wind weiß und moosgrün schimmerte.

»Meiner Meinung nach geht Ihr Mann etwas zu oft seiner Wege.«

»Boyd hat sehr viel zu tun.«

»Und Sie? Besteht Ihr Leben nur aus Opern, Reisen und Üben? Gibt es nie Eiscreme, Puppen, Achterbahnen?«

Sie zuckte die Schultern. »Ich habe keine Zeit.«

»Wichtig sind die albernen Dinge.«

Sie sah ihn an. »Besitzen Sie alberne Dinge?«

»Ich habe eine Sammlung von über achttausend Comicbüchern aus dem Zweiten Weltkrieg. Ausgezeichnet erhalten. Haben Sie nie etwas Albernes haben wollen?«

Die Wellen klatschten gegen den Schiffsrumpf. »Manchmal habe ich mich danach gesehnt, die feinste Unterwäsche der Welt zu tragen.«

»Warum tun Sie es nicht? Sie können es sich leisten.«

»Seide und Spitzen sind nicht wichtig.«

»Doch, für Sie schon. Sind Sie selbst denn nicht wichtig?«

»Ich weiß nicht, ob ich es bin. Die Musik ist wichtig, die Oper ist wichtig, aber ich...«

»Sind Sie nicht wenigstens für sich selbst wichtig? Wenn nicht, so werden Sie nie für jemand anderen von Bedeutung sein.« Er packte sie plötzlich am Arm. »Fahren wir sofort nach Monte Carlo und kaufen wir Ihnen Unterwäsche.«

Die Idee gefiel ihr, und sie haßte sich deswegen. Er hält mich für ein Kind.

»Ihre Gäste warten auf das Dinner, Nikos.«
»Dann beleidigen wir sie eben.«
Sie zögerte nur kurz. »Schön, fahren wir.«
Sie erreichten mit der Barkasse das Ufer, und Nikos nahm den Karmann Ghia mit aufgeklapptem Verdeck. Sie fuhren kilometerlang an hellerleuchteten Geschäften, Nachtklubs, Hotels und Casinos, an den Villen und Wohnsitzen der legendär Reichen vorbei. Auf dem Parkplatz des Grand Hotel Monte Carlo hielt er endlich. Er schlenderte in die Halle und zog sie mit.

»Nikos«, wandte sie ein, »die Geschäfte sind schon geschlossen.«

»Machen Sie sich deswegen keine Sorgen, mir gehören sechsundsechzig Prozent des Hauses.«

Er ließ sich vom Geschäftsführer das Hermès-Lingerie-Geschäft aufsperren. Sie kauften haufenweise seidene Unterwäsche: rosa, weich, köstlich, glitzernd.

»Das Nachthemd nehmen wir mit«, erklärte er dem Geschäftsführer. »Den Rest lassen Sie bitte auf mein Schiff bringen.«

Eine elegante Menge hatte sich vor dem Eingang versammelt. Juwelengeschmückte Finger wiesen auf sie. Aufgeregtes Geflüster wurde laut: *Stratiotis!... La Kavalaris!...* ein junger Reporter ließ einen Meter vor ihnen ein Blitzlicht aufflammen.

Nikos' Hand fuhr in die Höhe. Die Kamera krachte auf den Marmorfußboden und verwandelte sich in einen glitzernden Haufen Chrom. Nikos gab dem Reporter einen 50 000-Francs-Schein. »Keine Fotos, bitte. Madame Kavalaris befindet sich auf Urlaub.«

Er nahm ihren Arm und führte sie zu einem Tisch auf der Terrasse. Der Klang lachender Stimmen und zärtlicher Geigen trieb in die kühle Nacht hinaus. Ariana fühlte sich neben ihm überraschend sicher, sicherer als je zuvor bei ihrem Vater oder ihrem Bruder, sogar sicherer als bei Boyd.

Er bestellte den gleichen köstlichen Fruchtdrink wie in Venedig. Als sie das Glas hinstellte, spürte sie, daß ihr schwindlig war.

»Ich habe das Gefühl, wieder ein Kind zu sein.«
»Lieber nicht«, widersprach er überraschend entschieden. »Sie haben ebenso wie ich keine schöne Kindheit gehabt. Wir sind uns sehr ähnlich. Das Leben hat uns gezeichnet.«

»Woher wissen Sie das? Haben Sie Nachforschungen über mich angestellt?«

»Natürlich.«

»Dann sind Sie im Vorteil. Ich weiß nichts von Ihnen, außer den Dingen, die ich im *Time* und im *Spiegel* gelesen habe.«
»Die erzählen, was geschehen ist. Sie erzählen nicht, wie es war.«
»Wie war es?«
»Wie ein Gefängnis.«
Sie hörte ihm zu, und zum erstenmal hörte sie von der Bitterkeit und Einsamkeit seines Lebens. Er war in Armenien geboren und mit sechs Jahren in die Slums von Athen übersiedelt. Er war der jüngste von fünf Söhnen und drei Töchtern. »Mein Vater hat sein Leben lang einen schmierigen Overall getragen und war zum Schluß genau dort, wo er begonnen hatte, nämlich ganz unten. Ich bin mit siebzehn nach Uruguay emigriert und zwei Jahre später illegal in die Vereinigten Staaten eingewandert. Mit fünfundzwanzig habe ich zum erstenmal erkannt, daß man einen Dollar auch auf anständige Weise verdienen kann.«
Eine Wolke schob sich vor den Mond, und sie schwiegen.
»Was halten Sie von mir?« fragte er. »In fünfundzwanzig Worten oder weniger.«
»Ich bewundere Ihre Fähigkeit, das Leben so zu sehen, wie es ist.« Sie schaute auf die palmengesäumte Esplanade hinunter, die der Kurve der Bucht folgte, und hätte gern gewußt, wie das Mondlicht Rot und Grün in ein so leuchtendes Blaßblau verwandeln konnte. »Aber Sie urteilen Menschen zu schnell ab.«
»Um ihnen voraus zu sein, muß ich sie durchschauen können, und zwar schnell.«
Sie antwortete nicht. Vom Meer her wehte eine warme Brise.
»Gehen wir spazieren«, schlug er vor.
Sie liefen die Treppe zum Meer hinunter, zogen die Schuhe aus und gingen in Abendkleidung im feuchten Sand den Strand entlang.
»Was hassen Sie im Leben am meisten?« erkundigte sie sich.
»Das Gefühl, nicht gebraucht zu werden, das Gefühl, daß kein Sinn vorhanden ist.«
»Auch Sie haben dieses Gefühl?«
»Manchmal. Es ist schrecklich.«
»Und was erhoffen Sie?«
»Schwer zu sagen. Die Hoffnung ist wie der Horizont. Je näher man ihm kommt, desto weiter rückt er in die Ferne. Ich habe immer gehofft, daß ich jemanden finden werde, der...«
Sie hatten den Parkplatz erreicht. »Sie haben einen Schmutzfleck auf dem Gesicht. Halten Sie einen Augenblick still.« Er

zog ein Taschentuch heraus und fuhr ihr damit über die Wange.
»So, jetzt ist er fort.«
»Sie haben gerade gesagt, jemanden, der...«
»Ich habe geträumt wie ein Teenager.«
Er gab dem Wächter den Parkschein für den Wagen, und sie fuhren zum Schiff zurück. Auf dem Vordersitz lagen ihre Hände nahe beieinander, berührten sich fast.
»Es war ein Vergnügen, mit Ihnen zu plaudern«, sagte er vor ihrer Kabine.
»Auch für mich.«
Es war zwei Uhr früh, und sie war angenehm müde. Das verstand er offensichtlich.
»Gute Nacht.« Er versuchte nicht einmal, sie zu küssen.
»Gute Nacht.«
Sie badete, schlüpfte in das neue Nachthemd und schlief ein, ohne dem leeren Platz neben ihr auch nur einen Blick zuzuwerfen.
Von da an waren Nikos und Ariana zusammen.
Er kaufte mit ihr in Nizza und Juan-les-Pins ein; er brachte ihr an der Küste bei Portofino Sporttauchen bei; saß mit ihr in einer Ecke der Schiffsbar, trank Fruchtdrinks, stellte ihr Fragen über die Oper und beantwortete ihre Fragen über das Finanzwesen.
Die Mannschaft und das Personal behandelten sie daraufhin voll Ehrerbietung. Sie stürzten zur Tür, um sie ihr aufzuhalten, kämpften miteinander, um ihre kleinen Pakete zu tragen, fragten sie ununterbrochen, ob sie etwas benötigte, und sahen so enttäuscht aus, wenn sie verneinte, daß sie kleine Bedürfnisse erfand, um ihre Gefühle nicht zu verletzen.
Auch die Gäste behandelten sie anders. Sie lag auf dem A-Deck allein in der Sonne, als eine Frau einen Deckstuhl neben sie zog. »Erzählen Sie es mir, Liebste?«
Ariana nahm die Sonnenbrille ab und sah die Frau an, die eine blaßblaue Kreation trug, herrlich gepflegtes blondes Haar und glatte Haut ohne einen Hauch von Sonnenbräune hatte. Sie klang nach New York, nach genau der richtigen Gesellschaftsschicht von New York.
»Sie und Nikos sehen aus, als hätten Sie ein Geheimnis.«
»Vielleicht haben wir eines.«
»Ich hasse das Wort ›vielleicht‹.«
»Ich nicht. Ich halte es für schön.«
»Ich habe wirklich keine Zeit, Liebste. Ich setze während dieser Runde beim Bridge aus, und die Baronesse hat Fünf ohne Atout geboten. Schlafen Sie mit ihm?«
»Sie sind eine Klatschbase.«

»Eine verdammt tüchtige. Wenn ich das Richtige über Sie und Nikos verbreite, werden diese Leute Sie achten.«

»Bieten Sie mir das als Gefälligkeit an?«

»Ich sammle Menschen, und Sie wären mein erster anständiger Opernsopran. Man würde Sie beneiden, nachahmen, einladen.«

»Sie sprechen von Ihren Freunden, als wären sie Affen.«

»Das ist keine Antwort.«

»Ich kann Ihnen darauf keine Antwort geben.«

»Können Sie nicht, oder wollen Sie nicht? Alle sehen, wie er Sie anschaut. Alle sprechen darüber, und alle fragen sich, was dahintersteckt.«

»Sie sind die einzige, die mich gefragt hat.«

»Ich bin die einzige, die so klug ist, daß sie offen spricht. Übrigens, wir haben beim Dinner noch nicht nebeneinander gesessen. Ich heiße Carlotta Busch.« Sie sah Ariana in die Augen, während sie ihr die Hand schüttelte. »Ich hoffe, daß Sie einmal zum Dinner kommen, sobald wir wieder in New York sind. Ich werde auch Nikos einladen. Aber jetzt muß ich laufen. Die Baronesse knurrt schon.«

An diesem Abend benahmen sich die übrigen Gäste Ariana gegenüber außergewöhnlich höflich. Sie spürte deutlich die heimlichen, neidischen Blicke der Frauen an den Nachbartischen auf ihr ruhen. Die Blicke wärmten sie.

Zwei Tage später betrat Ariana die Kabine, während das Dienstmädchen gerade das Bett machte.

»Sparen Sie sich die Mühe«, meinte Ariana. »Mein Mann und ich verlassen das Schiff in einer Stunde.« Sie öffnete den Koffer auf dem Bett und begann, die Kleider aus dem Schrank zu holen. Das Dienstmädchen half ihr dabei.

»Mr. Stratiotis wird sehr traurig sein«, bemerkte das Mädchen.

Ariana vergaß, den Reißverschluß zuzuziehen. »Glauben Sie wirklich?«

Das Mädchen sprach leiser. »Madame ist ihm wichtiger als alle anderen Gäste.«

Ariana versuchte, sich zu beherrschen. Das kleine Dienstmädchen war unvermittelt zum wichtigsten Kritiker in ihrer Karriere geworden. Er hat ihr aufgetragen, es mir zu sagen, wurde ihr klar. Sie drückte dem Mädchen 10 000 Lire in die Hand. »Bitte packen Sie fertig, und lassen Sie die Gepäckträger kommen.«

Sie hastete auf Deck. Nikos und Boyd warteten schon. Nikos trat zu ihr und legte ihr die Hände auf die Schultern. Er küßte sie leicht, aber innig auf die Wange.

Sie dehnten den Abschied auf zehn Minuten aus, ihre Blicke trafen sich, schätzten einander ab, hielten aneinander fest. Ihr war bewußt, daß die Baronesse de Chesney, die in einem Liegestuhl auf dem Deck lag, sich aufgesetzt hatte und sich den Hals verrenkte.

»Bleibt mit mir in Verbindung, ihr beiden.« Nikos legte Boyd den Arm um die Schultern, seine Hand schloß sich beinahe schmerzhaft fest einen Augenblick heimlich um die ihre, dann setzten sich sie, Boyd, fünf uniformierte Träger und acht Vuitton-Koffer in Bewegung, hinunter in die wartende Barkasse.

Ariana und Boyd setzten ihre Tournee mit vier *Aida*-Vorstellungen in Kopenhagen und zwei *Semiramis*-Aufführungen in Athen fort. In Paris gönnten sie sich zwei freie Tage zum Einkaufen und Ausspannen. Doch sie kaufte weder ein, noch spannte sie aus, sie saß im Ritz und hätte am liebsten Nikos angerufen.

Dann flogen sie nach New York zurück, in die Wohnung in der 78. Straße Ost mit dem Marmorflur, den klingelnden Telefonen, der summenden Türglocke, den Sekretärinnen, Agenten, Managern und Dienstmädchen, die alle gleichzeitig fragten, etwas brauchten, sprachen.

Ariana versuchte, Gesangspartituren zu studieren, aber sie starrte nur vor sich hin und sah immerzu Nikos' große braune Augen vor sich. Vielleicht wird er anrufen, vielleicht schreiben, dachte sie Tag für Tag. Die Rückkehr zur Alltagsroutine war unsagbar quälend. Sie arbeitete an ihrer Koloratur in *Lucia*.

Er rief nicht an, er schrieb nicht.

In diesem Winter begann Boyd, sich über die Wochenenden mit den Mahler-Partituren auf das Land zurückzuziehen, und die Wochenenden dauerten bis Dienstag.

Als er eines Nachts um zwei noch immer nicht von einem Philharmonischen Konzert nach Hause gekommen war, das um einundzwanzig Uhr dreißig zu Ende gewesen war, landete sie bei der Suche nach einem Magazin im Wohnzimmer. Sie hörte ein Geräusch und entdeckte Boyd, der sich wie ein Dieb hereinschlich. Er verschwand auf Zehenspitzen in seinem Arbeitszimmer und führte dann flüsternd ein Telefongespräch. Als er den Hörer auflegte, klopfte sie an die Tür.

»Ist etwas nicht in Ordnung, Boyd?«

Er starrte vor sich hin, und sein Blick war leer. Sie musterte sein Gesicht.

Er trank einen Schluck Brandy. »Ich habe eine Menge Arbeit mit den Philharmonikern und den Gastvorstellungen in Chicago, und ich habe noch nichts von der Concertgebouw in Amsterdam gehört.«

»Du hast schon früher viel Arbeit gehabt, aber nie so darauf reagiert.«

»Ich bin unausstehlich, nicht wahr? Und ich lasse meine schlechte Laune an dir aus.« Er stand auf. Er trug die Lacklederpantoffeln, die sie ihm zum Vatertag geschenkt hatte und in denen er immer leicht schlappte. Plötzlich sah er sie an. »Ich werde ein Studio mieten. Einen kleinen Raum, in dem ich mich statt an meiner angebeteten Frau an den vier Wänden abreagieren kann.«

»Boyd, ich wollte nicht –«

Er schnitt ihr mit einer Handbewegung das Wort ab. »Ich habe mich entschlossen. Ab morgen suche ich in den Wohnungsanzeigen nach einer kleinen Gummizelle, die groß genug für mich, meinen Steinway und ein paar tausend Partituren ist.«

Sechs Wochen später, am Donnerstag nachmittag, überreichte der Portier Ariana ein Kuvert. Es war ein Telegramm für Boyd, und sie las im Sichtfenster, daß es aus Amsterdam kam. Sie öffnete es. Das Concertgebouw-Orchester wollte Boyd für drei Mahler-Konzerte haben.

Sie sperrte rasch die Tür auf, lief zum Telefon und begann, hastig zu wählen. Bei der siebenten Zahl hörte sie auf.

Er hatte seit Monaten auf den Vertrag mit Amsterdam gewartet und gehofft. Die Nachricht war zu erfreulich für das Telefon. Sie würde in sein Studio fahren und ihn mit dem Telegramm überraschen.

Der blaue Himmel wurde schon dunkel, und in der Luft lag eine Vorahnung von Schnee, als sie vor dem umgebauten Backsteinhaus an der Greenwich Street aus dem Taxi stieg. Auf ihr Läuten meldete sich niemand, so sperrte sie auf.

Boyds kleine Wohnung bestand nur aus zwei Zimmern, doch sie waren prachtvoll eingerichtet, und dahinter lag ein kleiner Garten mit großen, alten Ulmen, die man vom Fenster aus sehen konnte. Sie hatten damals zusammen eine lindgrüne Tapete ausgesucht, und die Wirkung war umwerfend: Es sah aus wie im Inneren einer Traube.

»Boyd?« rief sie.

Niemand antwortete, was sie überraschte, denn er hatte bis spätabends arbeiten wollen. Ihr Blick glitt durch den leeren Raum. Er war mittelgroß; der Steinway, die Regale mit Partituren, die Stereoanlage und zwei bequeme Stühle fanden darin gerade Platz.

Die Tür zum nächsten Raum stand offen. Sie ging hinein. Die Jalousien waren heruntergelassen. Als ihre Augen sich an die Dunkelheit gewöhnt hatten, erkannte sie auf der aufgeklappten Couch zwei ineinander verschlungene Körper.

Sie kehrte ins Wohnzimmer zurück. Zwei Paar Schuhe standen nebeneinander am Kamin. Ein Männerjackett war achtlos auf einen Stuhl geworfen worden. Sie erkannte auf den ersten Blick, daß es nicht von Boyds Schneider stammte.

Die Schranktür stand halb offen, und sie erblickte zwei Mäntel. Sie kannte nur den Kamelhaarmantel, den sie Boyd einmal geschenkt hatte. Den anderen, einen Regenmantel mit breitem Gürtel, hatte sie nie zuvor gesehen. Die Hälfte der Kleidung im Schrank war ihr fremd. Es gab drei großkarierte Anzüge: überhaupt nicht Boyds Stil; außerdem Kaschmirschals und Pullover, die sie noch nie bei ihm bemerkt hatte.

Als sie die Schranktür schloß, ertönte hinter ihr eine Stimme.

»Ach, du bist es, Schätzchen. Es tut mir leid, daß hier solche Unordnung herrscht.« Boyd stand in der Badezimmertür und band den Bademantel zu.

»Ich hätte dich anrufen sollen, aber ich wollte dich überraschen.« Sie überreichte ihm das Kabel.

Boyd küßte sie rasch auf die Wange, bevor er das Telegramm öffnete. Der Ausdruck in seinen Augen erinnerte an eine Katze, die sich satt gefressen hat.

»Du lebst mit jemandem zusammen«, stellte Ariana fest.

Boyd blickte auf und nickte.

»Warum hast du es mir verschwiegen?«

»Nimm es bitte nicht schwer, Schätzchen. Ich wollte es dir beichten, aber...«

»Du hast mich getäuscht, Boyd, obwohl du es nicht nötig hattest. Du hast behauptet, daß deine Arbeit dich auffrißt. Du hast mir eingeredet, daß du Platz brauchst, um allein zu sein, und dabei hast du nur Platz gebraucht, um mit deinem Geliebten zusammenzusein. Ich hatte das Gefühl, daß ich dich enttäuscht hätte, und jetzt, nachdem ich die Wahrheit weiß, fühle ich mich gedemütigt.«

»Es war dir gegenüber gemein, Schätzchen. Aber ich habe nicht gewußt, wie ich es dir beibringen soll.«

»Mir was beibringen? Ich habe gewußt, daß du mit Männern zusammenkommst. Ich habe gewußt, daß du Bedürfnisse hast, die ich nicht befriedigen kann. Wir haben achtzehn Jahre lang zusammengelebt – trau mir doch ein bißchen Verständnis zu.«
»Aber ich liebe Egidio. Es ist mehr als eine Affäre.«
»Egidio?« Sie runzelte die Stirn. In ihrem Gedächtnis weckte der Name Mißtrauen.

Ein zweiter Mann stand in der Schlafzimmertür und streifte schlaftrunken einen braunen Seidenmorgenrock über. »Ariana. Wie schön, Sie wiederzusehen.«

»Du erinnerst dich doch an Egidio DiBuono«, sagte Boyd. »Von der Kreuzfahrt.«

Der Mann trat mit ausgestreckter Hand ins Zimmer.

Boyd zuliebe schüttelte sie DiBuono die Hand, aber die Geste war eine Lüge. Sie wollte es nur hinter sich bringen.

»Wir haben den ganzen Nachmittag von Ihnen gesprochen«, erklärte DiBuono. »Wir haben überlegt, wie wir es ihnen beibringen sollen. Und jetzt –« er machte eine Bewegung – »müssen wir Ihnen nichts mehr erzählen. Sie haben es uns so leicht gemacht.«

Er beugte sich vor und küßte sie auf die Wange.

Ariana musterte sein Gesicht, das sorgfältig frisierte Haar, die affektierten Bewegungen und die gezierte Sprechweise. Sie hatte das Gefühl, daß er durch und durch falsch war.

Durch das Fenster sah sie, wie die Nacht in den Garten eindrang. »Würdest du einen Augenblick mit mir hinauskommen, Boyd?«

»Würdest du mich entschuldigen, Egidio?«

Mann und Frau standen in dem kleinen Garten und starrten in den grauvioletten Abendhimmel hinauf.

»Was möchtest du jetzt tun, Boyd?«

»Ich möchte mit Egidio zusammenleben.«

So sah also die Wahrheit aus. »Dann willst du mich verlassen.«

Er nickte. In der Bewegung lag Trauer, aber auch Entschiedenheit. Er erklärte ihr die Gründe und verschwieg nichts.

Sie begriff, wie traurig und widerlich nackt sein Bedürfnis war, ein Bedürfnis, das sie nie befriedigen konnte. Aber sie spürte noch etwas, eine rätselhafte Unlogik in Boyds Entscheidung, eine Art Fatalismus, der von ihm ausging wie Nebel. Und in ihr regte sich Angst, denn was würde sie ohne ihn tun?

Sie versuchte, ihn umzustimmen. Sie erinnerte ihn daran, daß sie übereingekommen waren, sich der Welt gemeinsam zu stellen, daß jeder dem anderen mit seiner Kraft, seiner Hoffnung, seiner Erfahrung beistehen wollte.

Er pflichtete jedem ihre Worte bei. Aber... es gab immer wieder ein Aber. »Alles, was du sagst, ist richtig und vernünftig. Aber ich liebe ihn. Ich kann es nicht ändern. Ich will es nicht ändern.«

»Du kennst diesen Mann ja überhaupt nicht. Und er kennt dich nicht.«

Boyds Lachen klang seltsam unbeschwert. »Das Risiko muß er eben eingehen. Schließlich bin ich gar nicht so übel, nicht wahr?«

Sie sah ein, daß jede Diskussion sinnlos war, und seufzte. »Wie willst du die Scheidung durchführen?«

Er fuhr herum. »Wer spricht von Scheidung?«

»Du und ich – oder etwa nicht?«

Er war sichtlich verletzt, ergriff aber ihre Hände. »Keineswegs, Schätzchen. Wir sind als Mann und Frau ein großartiges Team, und dabei soll es bleiben. Ich habe natürlich Verständnis dafür, wenn du unbedingt eine Scheidung willst, aber es wäre schade, wenn wir unsere...«

»Unsere Fassade?«

»Nenn es, wie du willst, es hat immerhin achtzehn Jahre gehalten.«

»Bis du vor sechs Monaten Egidio kennengelernt hast.«

»Sie kann weiterhin halten. Es liegt nur an uns.«

»Worum geht es dir, Boyd?«

»Um unsere Karrieren.«

»Wegen unserer Karrieren kommen wir nicht dazu zu leben.«

»Wir haben mehr vom Leben als die meisten Menschen.«

»Derzeit sind mir die meisten Menschen verdammt gleichgültig. Ich bin verletzt, Boyd. Es schmerzt. Du wirfst achtzehn Jahre weg. Vielleicht handelst du richtig, ich weiß es nicht. Aber du hast ihn, und mir bleibt nur... der Schmerz.«

Als Ariana nach Hause kam, war es dunkel, und es nieselte. Das Mädchen hatte Ausgang, aber sie rief ihren Namen, um sich zu vergewissern.

»Sonja?«

Keine Antwort.

Sie setzte sich ins Wohnzimmer und versuchte, nicht zu weinen, dann sagte sie sich, daß Tränen eine Art Therapie seien, daß man seinen Gefühlen nachgeben müsse, um sich von ihnen zu befreien.

Sie gab ihren Gefühlen nach, aber sie fühlte sich nicht befreit.

Sie wanderte durch die Wohnung, das Paradestück, das Boyd und sie im Lauf von zwölf Jahren für dreieinhalb Millionen Dollar geschaffen hatten. Sie erinnerte sich an die Partys, an die Streitereien mit den Innenarchitekten, an die Kosten. Jetzt wirkte das Apartment sinnlos vollgestopft. Die teuren Möbel sahen aus wie Dekorationsstücke, Formen ohne Sinn und Zweck. Nichts interessierte sie, weder das Klavier noch die Gemälde, noch das Fernsehen, noch Bücher, noch Platten.

Sie spülte zwei Seconal mit Wasser hinunter.

Die DiScelta füllte die Teetassen nach und brachte immer neue Stücke Haselnuß-Quarkkuchen auf den Tisch. Drei Viertelstunden lang hörte sie zu und unterbrach kein einziges Mal, nicht einmal mit Blicken.

Endlich hatte Ariana nichts mehr, was sie loswerden mußte. Stille breitete sich in der Küche aus.

Ricarda legte die Fingerspitzen aneinander und sah ihre Schülerin an. »Wenn du nur mit deinen Erinnerungen, deinem Kummer, deiner Sehnsucht nach der Vergangenheit untätig herumsitzt, wirst du sterben. Es wäre besser, daß du die Blumen gießt und die Küche schrubbst. Tu irgend etwas. Aber bleibe in Bewegung. Bewegung ist die Grundlage allen Lebens.«

»Dienstag bin ich in Hamburg, Sonntag in Zürich, Donnerstag in Paris – nennen Sie das etwa nichts tun?«

»Was ist das schon, im Flugzeug zu sitzen. Du brauchst Bewegung.«

»Ist *Aida* nicht Bewegung?«

»Für dich ist *Aida* Routine. Du mußt neue Bewegungen lernen.«

Ariana zog mißtrauisch die Brauen hoch. »Sie wollen, daß ich eine seltsame, neue tschechische Oper einstudiere.«

Die DiScelta verscheuchte diese Vorstellung, als wäre sie eine Fliege, die es auf ihren Quarkkuchen abgesehen hätte. »Ich denke an eine neue Rolle fern der Bühne. Jetzt ist es soweit, daß du jemandem die Hand reichen mußt.«

Ariana seufzte. »Ich habe mein Leben lang versucht, anderen die Hand zu reichen.«

»Du hast ihnen aus Schwäche die Hand hingehalten, nicht aus Stärke. Deshalb ist es schiefgegangen. Diesmal wirst du aus Stärke handeln.«

Ariana stellte die Tasse heftig auf die Untertasse. »Haben Sie überhaupt ein Wort von dem verstanden, was ich Ihnen erzählt habe? Ich bin ausgebrannt. Leer.«

Ricarda DiScelta zuckte die Schultern, als könne sie nichts auf der Welt beeindrucken, weder Schülerinnen noch hysterische Anfälle, nicht einmal eine gesprungene Wedgwood-Untertasse.
»Musik ist deine Stärke. Du wirst als Sängerin die Hand ausstrekken.«

Sie berührte das Medaillon aus Amethyst und Gold, das an Arianas Hals hing.

»Vor über achtzehn Jahren hast du versprochen, eine Schülerin zu nehmen. Du darfst es nicht länger aufschieben. Finde sie um deinetwillen. Unterrichte sie. Du wirst sehen, dadurch wird sich alles ändern.«

17

Ariana setzte sich diskret mit den Musikschulen in Verbindung: Juilliard, Mannes, Manhattan. Über zwei Monate lang hörte sie sich zweimal wöchentlich Bewerber an. Sie lauschte, sagte »danke«, »sehr nett«, »alles Gute«. Und nach jedem, der ging, wechselte sie einen traurigen Blick mit Austin Waters, der auf der Klavierbank saß.

Doch im zweiten Monat betrat ein schlankes junges Mädchen namens Vanessa Billings Arianas Musikzimmer.

»Was wollen Sie mir vorsingen?« fragte Ariana freundlich.

»Ich würde gern *Et lux perpetua* aus Verdis *Requiem* singen.«

Ariana wußte, daß es kein Zufall war. Es mußte etwas bedeuten, daß das Mädchen dieses Stück gewählt hatte.

Sie betrachtete das Mädchen wie eine Fotografie. Das Gesicht war glatt. Das blonde, ordentlich frisierte Haar umrahmte eine hohe Stirn, unter der durchdringende graugrüne Augen leuchteten.

Das Mädchen übergab Austin Waters ihre Noten. Während er die Chorpartie auf dem Klavier spielte, formte ihre klare Stimme die Linie des herrlichen, emporsteigenden Sopransolos: »*Requiem aeternam dona eis, Domine, et lux perpetua luceat eis*«... »Gib ihnen die ewige Ruhe, o Herr, und das Ewige Licht leuchte ihnen.«

Sie hat die Gabe, dachte Ariana. Alles war da: das Timbre, die Ausstrahlung, die tausend instinktiven Eigenheiten des wahren Musikers, die man nie lernen kann, die einem der Schöpfer in die Wiege legen muß.

»Ich möchte Sie unterrichten«, erklärte Ariana. »Wann können Sie anfangen?«
Das Mädchen lächelte. »Sofort.«

Obwohl Ariana selbst Hunderte Stunden genommen hatte, hatte sie nie eine gegeben. Wenn sie sich während der ersten Stunde unsicher fühlte, berührten ihre Finger immer wieder das Medaillon, und wie von selbst fand sie die richtige Frage, die richtige Erklärung. Nach vierzig Minuten wußte sie, was die DiScelta gemeint hatte. Wenn sie unterrichtete, dachte sie nicht an sich.

Seither war die schmerzvolle Leere jede Woche für drei Stunden vergessen. Doch bis auf diese drei Stunden war der Frühling die Jahreszeit der *Norma* und der *Traviata*, und sie fühlte sich wie trockenes Laub, das auf Regen wartet.

Ende Mai erwischte Ariana ihren neuen Sekretär Roddy, einen dünnen, schlaksigen Jungen, dabei, als er einen Umschlag in den Papierkorb warf.

»Eine griechisch-amerikanische Wohltätigkeitsveranstaltung«, erklärte er. »An diesem Abend befinden Sie sich in London und singen die zweite Vorstellung von *Manon Lescaut* in Covent Garden.«

»Ich möchte trotzdem immer wissen, was ich ablehne.« Sie nahm die Einladung aus dem Umschlag und überflog die Liste der Schirmherren.

»Sagen Sie telegrafisch die zweite Vorstellung ab. Ich fliege zurück.«

Roddy kniff die Augen zusammen, als hätte er es mit einer Wahnsinnigen zu tun. »Aber –«

»Kein Aber. Ich singe im Waldorf bei der Wohltätigkeitsveranstaltung.«

Weil es ihre Pflicht als griechische Amerikanerin war. Weil der Duft der Gardenien auf ihrem Schreibtisch schwer in der Luft hing.

Weil der Vorsitzende der Wohltätigkeitsveranstaltung Nikos Stratiotis hieß.

Covent Garden tobte, ihr Agent tobte, und am nächsten Tag rief die DiScelta an und wollte wissen: »Warum?«

»Um Himmels willen, die Moffo sagt ab, die Callas sagt ab, warum kann ich nicht absagen?«

»Der wahre Grund ist Stratiotis. Gib es zu.«

»Und wenn? Ich habe genug davon, einsam zu sein.«

»Du bist einsam, weil du zu viele Menschen kennst. Und du

wirst noch einsamer sein, wenn du dein Leben änderst, um diesem Piraten zu gefallen. Ich verbiete dir, dich in ihn zu verlieben. Er macht zu oft Schlagzeilen.«

»Ich werde mich nicht verlieben. Aber ich werde bei der Wohltätigkeitsveranstaltung singen.«

Ariana hielt von ihrem Versprechen nur die eine Hälfte.

Um zweiundzwanzig Uhr dreißig schritt sie die mit einem roten Läufer belegte Treppe im Waldorf hinunter und wurde vom Publikum mit begeistertem Beifall empfangen. Sie begann mit der griechischen Nationalhymne und sang dann zwei Volkslieder: *Der Olivenbaum* und *Wenn der Delphin wiederkehrt*. Sie wurde vom Tanzorchester des Waldorf begleitet. Als Zugabe wählte sie Puccinis *O mio babbino caro*, das sie transponierte, um ihr hohes C anzubringen.

Der Applaus dauerte zwölf Minuten.

Dann endlich sah sie Nikos, der würdevoll durch die Menge schritt.

Er nickte ihr zweimal zu, lächelte aber nicht, kam nicht zu ihr, gratulierte und dankte ihr nicht. Sie war nicht enttäuscht, es war schlimmer: Es war ein körperlicher Schock, als hätte er ihr ein Messer in die Brust gestoßen.

Sie versuchte, einem Filmgewaltigen und einem Senator zuzuhören, die darüber diskutierten, ob Israel die Araber in weniger als einer Woche schlagen könne. Sie murmelte etwas Höfliches, trank Retsina, aß Lammbraten, beobachtete Nikos, der am anderen Ende des Raumes mit einer Frau in Blau flüsterte, und schwor sich: Ich werde nie wieder etwas für ihn tun.

Nach dem offiziellen Programm kam er an ihren Tisch. Er begrüßte die anderen und dann sie. »Hallo, Ariana.« Er beugte sich zu ihr hinab, und seine Lippen streiften ihre Wange.

Sie war zu erschrocken, um an Widerstand zu denken. Er nahm ihre Hand. »Kann ich Sie nach Hause bringen?«

»Danke, mein Wagen wartet.«

»Ich habe mir erlaubt, Ihren Wagen wegzuschicken.«

Sie blickte zu ihm empor, Wut stieg in ihr auf, aber plötzlich war ihr Zorn verflogen. Auf einmal war nur noch eines wichtig: Nikos Stratiotis wollte sie tatsächlich nach Hause bringen.

Sie griff nach ihrer Handtasche. »Was soll ich ein anderes Auto kommen lassen, wir können genausogut Ihres nehmen.«

Es war eine prachtvolle, nach seinen Wünschen gebaute Mercedes-Limousine. Sie enthielt eine Bar, einen Kassettenrecorder, einen Farbfernseher, zwei Telefone. Nikos drückte auf

Knöpfe, zog ein Paneel herunter. »Das benütze ich als Schreibtisch.«

Sie fragte, was er schrieb.

»Meine Memoiren.«

»Komme ich darin vor?«

»Ich hoffe es.«

Er nannte dem Fahrer ihre Adresse. Es freute sie, daß er nicht danach fragen mußte. Sie versank in einem warmen Meer der Sicherheit und hätte am liebsten den Kopf in Nikos' Schoß gelegt.

»Danke, daß Sie gekommen sind. Sie haben Covent Garden abgesagt.«

»Ja.«

»Sie leben jetzt allein.«

»Ja.«

Er drückte auf einen Knopf, und zwischen ihnen und dem Fahrer glitt eine Scheibe in die Höhe. Seine Finger streiften ihre Stirn. Er legte den Arm um ihre Taille. Seine Lippen berührten ihren Mund, ihr Gesicht, ihren Hals.

Der Wagen hielt. »Ich möchte mit hinaufkommen«, sagte er.

Sie umfaßte seine Hand.

Sie gingen hinauf. Er zog die Wohnungstür hinter ihnen zu.

»Einen Drink?« fragte sie.

»Ich habe mich nicht zu einem Drink eingeladen.« Er lächelte auf sie hinunter, seine brennenden braunen Augen waren gleichzeitig verzehrend und zärtlich.

Als sie ihn ins Schlafzimmer führte, wurde ihr plötzlich bewußt, wie lange sie schon auf diesen Augenblick gewartet hatte. Sie suchte seinen Mund, und ihre Zunge war hungrig und ungeduldig. Erstaunt spürte sie an seinem Kuß, daß er sich zurückhielt. Auch seine Umarmung war nur leicht.

Sie sah ihm in die Augen, konnte aber nichts in ihnen lesen. Er wirkte geistesabwesend.

»Warte«, sagte er leise, »nur eine Minute.« Er ging ins Badezimmer. Zu ihrer Überraschung hörte sie das Wasser in die Wanne plätschern. Als er zurückkam, lächelte er.

»Ziehen wir uns aus.« Er begann, ihr Kleid zu öffnen.

Ihre Finger kämpften mit seinem Kragenknopf, mit den Diamantknöpfen an seinem Hemd und den Manschettenknöpfen. Sie berührte jeden Zentimeter Haut, den sie freilegte, mit den Lippen – kein Kuß, sondern ein Bekenntnis.

Als sie beim Hosenbund anlangte, zitterten ihre Finger. Ihre Hand tastete sich forschend an der Innenseite seines Beins entlang, streifte über seinen Oberschenkel. Sie spürte die

Schwellung. Ahnt er, daß ich noch nie den Reißverschluß an einer Männerhose aufgemacht habe?

Sie zog ihm die Jockey-Shorts hinunter. Jeder Muskel seines Bauchs trat deutlich hervor. Ihre Hand umschloß seine Hoden. Sie sah seinen Penis an, beobachtete, wie er sich zusammenzog und ausdehnte, während das Blut durch seine blauen Adern gepumpt wurde.

Ihre Zurückhaltung, ihre Schüchternheit waren verflogen. Sie kniete vor ihm auf dem Teppich und umschlang seine Schenkel. Sie hatte noch nie erlebt, daß sie so offen war, daß ihr alles außer dem Bedürfnis, Liebe zu geben und zu empfangen, gleichgültig war. Sie küßte die Spitze seines Glieds und erforschte den empfindlichen Schlitz mit der Zunge. Dann drückte sie die Nase in sein dichtes, sauberriechendes Schamhaar.

Nikos zog scharf die Luft ein und zog sich zurück. »Nein – noch nicht.«

Er schob sie ein bißchen von sich. Sie konnte die kurze Trennung ihrer Körper kaum ertragen. Dann öffnete er geschickt ihren Büstenhalter und streifte ihr überraschend vorsichtig die Strumpfhose hinunter, als wisse er, wie leicht man daran hängenbleiben konnte.

Als sie endlich beide nackt waren, führte er sie ins Badezimmer. Er bückte sich, streckte die Hand ins Wasser, und da die Temperatur stimmte, zog er sie immer noch lächelnd zur Wanne. »Komm.«

Sie stieg in die Wanne und kniete sich darin nieder, so daß er sie wie ein kleines Mädchen behandeln konnte. Mit dem Schwamm goß er warmes Wasser über ihre Schultern und Brüste, langsam, rituell, als unterziehe er sie einer köstlichen Bestrafung.

Dann stieg er neben ihr in die Wanne und bog ihre Beine gerade, so daß sie beinahe ganz ausgestreckt dalag. Das Wasser reichte ihr bis zu den Schultern. Er liebkoste sie mit der Seife von der Hüfte bis zu den Knöcheln – zuerst die Außenseite ihrer Beine, dann die Innenseite. Jeder Strich brachte seine Hand näher zu der wartenden, pulsierenden Stelle zwischen ihren Schenkeln.

Sie legte sich zurück und schloß die Augen. Seine Finger glitten in sie, und etwas wie ein Lichtblitz durchzuckte ihre Beine.

Jetzt spürte sie seinen Mund auf ihren Lippen – drängender, etwas weniger sanft als zuvor. Er hob sie hoch und half ihr aus der Wanne. Dann nahm er ein großes, weiches Badetuch, kniete vor ihr nieder und trocknete ihre Beine und Füße ab. Er zog sie an sich, vergrub das Gesicht zwischen ihren Beinen. Allmählich, Millimeter um Millimeter, drang seine Zunge in sie ein.

Schauer durchzuckten sie. Sie mußte sich an seinen warmen, harten Schultern festhalten, um nicht zu schwanken. Mit einer einzigen fließenden Bewegung stand er auf, nahm sie auf die Arme und trug sie zum Bett.

Als seine Lippen und seine Zunge über ihren Brustkorb wanderten, erschauerte sie wieder krampfartig. Seine Knie zwängten sich zwischen ihre Schenkel, und er ließ sich vorsichtig auf sie sinken. Sie gab sich seiner kräftigen, anmutigen Stärke, seinem Gewicht, seiner lächelnden Selbstsicherheit wie schmelzendes Wachs hin. Ihr Körper glühte vor vollkommener Glückseligkeit, während sie das Wunder dieses Augenblicks, dieses Mannes auskostete.

Nikos' stoßende Bewegungen beschleunigten sich nach und nach. »Fühlst du dich gut?« Seine Worte kamen durch die Dunkelheit.

»Ja, o ja. Ja, mein Liebster.«

Sie blickte zu seinem Gesicht auf. Die dunklen Augen mit den langen Wimpern beobachteten sie. Immer noch spielte das merkwürdige Lächeln um seine Lippen.

»Nikos«, murmelte sie.

Seine Hand griff nach ihrer Brust, und in diesem Augenblick erreichte sie den Höhepunkt, erlebte eine Erfüllung, die sie nie für möglich gehalten hätte.

Und dann folgte das Erstaunen. Mein Gott, er hört nicht auf.

Sie spürte ihn immer noch in sich, hart wie zuvor bewegte er sich weiter. Hörte nicht auf. Er drang ein und zog sich zurück, mit einer Lust und einer Begierde, unter der ihr Körper erbebte. Sie hätte nie gedacht, daß ein Mann im Bett so gut sein konnte.

»Magst du es?«

Sie hörte sich leise stöhnen. »O ja, Nikos, ja.«

Er stieß heftig in sie. Sie schrie erstickt, ekstatisch auf. Er brachte sie wieder zum Orgasmus, und dann noch einmal mit der Hand, und dann mit dem Mund, und dann drang er wieder in sie ein...

Seine letzten Worte, bevor er ging, waren: »Ich rufe dich an.«

Sie erfand Ausreden, um zu Hause zu bleiben, sagte Verabredungen zum Lunch ab, bestellte Austin Waters ab. (Sie hatte sich angewöhnt, mehr mit ihm und weniger mit der DiScelta zu arbeiten, die nicht nur an ihrem Gesang, sondern auch an jedem anderen Aspekt ihres Lebens etwas auszusetzen hatte.)

Sie saß am Klavier und starrte auf ihre Hände hinunter. Sie übte nicht, spielte nicht. Sie wollte das Telefon hören, wenn es klingelte.

Es klingelte, aber es war nicht Nikos.

Sie saß im Abendlicht auf der Terrasse. Sie konnte das Telefon im Arbeitszimmer sehen, ohne den Kopf zu wenden. Innerhalb von weniger als vierundzwanzig Stunden war ihre Welt auf die Hoffnung zusammengeschrumpft, seine Stimme zu hören.

Er rief nicht an. Weder an diesem noch am nächsten Tag.

Am Dienstag flog sie zu ihrer letzten *Manon Lescaut* zurück. Irgendwie hatte sie erwartet, daß er anrufen oder ein Telegramm, einen Brief oder einen Blumenstrauß schicken würde. Doch es kam keine Nachricht, kein Telegramm, kein Strauß.

Das Publikum in London war höflich. Die Kritiker waren es nicht.

Eine Woche später sang sie in Berlin eine entsetzliche Isolde; in der darauffolgenden Woche riß sie sich zusammen und schaffte drei anständige Aufführungen von *Hoffmann* in Zürich. Aber sie sah immer noch seine Augen vor sich.

Sie war in Hamburg, um dreimal die *Lulu* zu singen, als das Telefon in ihrer Hotelsuite läutete. »Ariana?«

Panik überfiel sie, als wäre sie in einen Aufzugsschacht ohne Aufzug getreten.

»Du fehlst mir schrecklich. Sag mir, daß ich dir auch fehle.«

Ihr Instinkt sagte ihr, daß es der falsche Augenblick war, ihm zu zeigen, welche Macht er über sie besaß. »Der Abend ist schön gewesen.«

»Können wir nächsten Dienstag in Paris zusammenkommen? Ich habe eine Suite im Georges Cinq reservieren lassen.«

Sie war darüber erstaunt, daß er nicht auf die Idee kam, sie könne ein eigenes Leben führen und selbst Verpflichtungen haben. Sie ließ ihn von Theatern, Nachtklubs, einer Woche auf dem Land bei Baron Rothschild reden, dann sagte sie (und hoffte, daß der Tonfall deutlich ausdrückte, wie gleichgültig es ihr war): »Ich kann nicht, Nikos. Ich muß nach New York. Wir arbeiten an der neuen Inszenierung von *Pelléas* an der Metropolitan.«

Kurzes, ungläubiges Schweigen. »Ist das so wichtig?«

»Ja, Nikos. Es ist meine Karriere und wichtig. Wenn ich etwas verspreche, halte ich es.«

»Du bist auf mich böse. Darf ich bitte erklären?«

»In drei Stunden beginnt die Vorstellung, und ich muß mich fertig machen. Auf Wiedersehen, Nikos.«

Sie legte rasch auf, bevor sie es sich noch anders überlegen konnte. Ein Klicken, dann summte das Freizeichen, und plötzlich befand sie sich in einem fremden Hotelzimmer in einer fremden Stadt auf einem fremden Kontinent und war sehr allein. Sie griff nach dem Hörer.

»Fräulein, wir sind getrennt worden, können sie die Verbindung wieder herstellen?«

»Das ist schwirig, Madame, der Anruf kam aus Moskau.«

Sie bekam sich wieder in die Gewalt. »In diesem Fall vergessen Sie es.«

Die Generalprobe von *Pelléas und Melisande* war eine Katastrophe.

Ariana strebte eine besondere Stimmqualität an, die genügend weich und geschmeidig für Debussys schwer realisierbare Heldin, doch genügend voll und kräftig war, um die Metropolitan mit ihren viertausend Plätzen zu füllen. Aber der Regisseur, Gian-Sebastiano Ferelli, ein eleganter Komponist und Designer (und neuester Hahn im Korb bei den texanischen Millionärinnen, die die Inszenierung finanzierten) unternahm seinen ersten Regieversuch in der Oper. Er nörgelte an lächerlichen Details herum und störte Ariana in ihrer Konzentration.

»Bei *Votre chair me dégoûte* müssen Sie auf dem gelben Zeichen stehen, Ariana. Und wenn Golaud Sie an den Haaren packt, geben Sie nach – wehren Sie sich nicht.«

»Er zieht an meinem eigenen Haar, nicht an der Perücke.«

»Sie sollten doch eine tragen.«

»Ich habe aber keine bekommen.«

Gian-Sebastiano drehte sich mit flatternden grauen Haaren um und kreischte: »Requisiten!«

Drei Stimmen leiteten den Schrei in die Kulissen weiter, und irgendwann trafen zwei Requisiteure, eine Näherin und zwei Elektriker ein. Infolge der Gewerkschaftsvorschriften und der schwachsinnigen Bühnenarbeiter dauerte es eine halbe Stunde, bis die Perücke befestigt und das kleine gelbe Stoffstückchen auf den Bühnenboden geklebt war.

Endlich klopfte Boyd und hob den Taktstock.

Ein charakteristischer Debussy-Effekt – zwei Klarinetten spielen eine dissonante Dur-Sekund – erklang aus dem Orchestergraben. Der Klang schwebte in der Luft wie eine einzige Note, die in zwei einander bekämpfende Hälften zersplittert ist und sich nicht wieder vereinen kann. Für Ariana war der Klang erregend, packend, beunruhigend, wie eine Ahnung, die man nicht in Worte fassen kann. Sie fand, daß Debussy mit diesen beiden Klarinetten alles Wortlose, Unterschwellige, Verwirrte in der Psyche des zwanzigsten Jahrhunderts wiedergegeben hatte.

Die Klarinetten erstarben, und drohende Stille erfüllte den Raum.

»Gentlemen, bitte.« Boyd klopfte wieder auf das Notenpult.

Plötzlich ertönten Witze und Gelächter, Stühle wurden geschoben, Füße scharrten, und Notenpulte quietschten. Die Musiker standen auf, klemmten sich die Instrumente unter den Arm und drängten sich in wirren Knäueln zu den beiden Ausgängen.

»Was zum Teufel ist hier los, Gentlemen?« schrie Boyd.

Der Baßklarinettist, ein Gewerkschaftssprecher, antwortete: »Wir machen Kaffeepause.«

»Ich habe keine Kaffeepause bewilligt. Wenn Sie jetzt fortgehen, betrachte ich es als Streik.«

Sie gingen fort.

»*Panagia mou! Ti kano edho?*« Ariana ging zu den Rampenlichtern und starrte auf die lichtgerahmten Vierecke der leeren Pulte. »Boyd, ich bin fünftausend Kilometer geflogen, um heute hier zu sein. Wirst du mit deinen Musikern nicht fertig?«

»Sie sind nicht meine Musiker, Schätzchen.«

Blinde Wut überkam sie. Sie lief in ihre Garderobe, schlug die Tür zu, zitterte, hatte das Bedürfnis zu schreien. Ohne nachzudenken, rächte sie sich am Toilettentisch; ihre Hand fegte Bürsten und Haarnadeln auf den Boden.

Plötzlich bemerkte sie im Spiegel eine Bewegung. Das Spiegelbild eines Mannes in dunklem Anzug erhob sich aus dem Spiegelbild eines Stuhls. Sie fuhr herum.

»Ich habe dir ein Geschenk mitgebracht.« Nikos hielt ihr ein Päckchen hin.

Sie waren allein; keine Garderobiere, keine Näherin. Das Kribbeln in ihrem Nacken wurde stärker.

Seine Augen sahen sie hungrig, unverwandt, bittend an. Ihre Gedanken, ihr Zorn verflüchtigten sich. Sie ergriff schweigend das Päckchen und entfernte die teure Madison-Avenue-Verpackung.

Es war eine kleine Eichenuhr, mit Ebenholz furniert und mit Boulle-Einlegearbeit – Messing auf Schildpatt – verziert. Ein Museumsstück.

»Sie geht«, sagte Nikos. »Ich habe das Werk ersetzen lassen.«

»Sie ist entzückend. Danke.«

Plötzlich lagen seine Hände auf ihren Schultern, und sein

Mund preßte sich auf den ihren. Wellengetöse erfüllte ihre Ohren. Die Kraft wich aus ihren Beinen, die unter ihr nachgaben.

Sie versuchte, ihn wegzuschieben. Aber er drückte sie auf die Couch und begann, ihr das Kostüm auszuziehen. Sie grub die Zähne in sein Hemd. Er stöhnte erstickt. Sie fuhr ihm mit den Fingernägeln über das Gesicht, aber sie waren zu kurz, kratzten ihn nicht blutig. Er zwang sie in die Couchecke und hielt sie fest.

»Ich liebe dich«, flüsterte er.

Er wartete, bis ihr Widerstand endlich erlahmte, dann sank er sanft in sie. Das Gefühl, das sie erfüllte, war so stark und so süß, trug sie so weit von sich, von Musikern, Streiks, Telefonen und Schmerz fort, daß zehn Sekunden davon zehn Jahre ihres Lebens wert waren.

Später lagen sie still, schwebend nebeneinander.

Allmählich kehrten die Wände der Garderobe zurück; hinter ihnen riefen Arbeiter, und Kulissen wurden verschoben.

»Du hast die Musiker bestochen, damit sie streiken«, warf sie ihm vor.

Er leugnete es nicht.

Sie sprang auf. »Du bist unmöglich. Du glaubst, daß du mit Geld alles bekommen kannst, was du willst.«

»Und du bist eine Närrin, wenn du das nicht glaubst.«

»Dir ist es gleichgültig, daß Hunderte von Leuten an die tausend Stunden arbeiten, um eine Vorstellung auf die Beine zu stellen. Für dich gibt es nur deine Launen, dein Verlangen.«

»Und deines. Dir hat es genausoviel Spaß gemacht wie mir. Vielleicht noch mehr.«

»Wie kannst du es wagen!«

»Was soll ich sonst sagen? Ich bin der Richtige für dich, und wir wissen es beide.«

Sie starrte in sein triebhaft-schlaues Gesicht. Wahnwitzige Wut stieg in ihr hoch. Sie packte die kleine Eichenuhr und warf sie nach ihm.

Sie traf ihn seitlich am Kopf.

Er betastete kurz sein Gesicht. Als er die Hand sinken ließ, sah sie, daß die Wange unterhalb des Auges aufgerissen war.

Sie griff nach dem Abschminktuch und drückte es auf die Wunde.

»Du hast eine unersetzliche Uhr zerstört«, sagte er.

»Es tut mir leid – wegen der Uhr.«

»Es ist unwichtig.«

»Für dich ist alles unwichtig, nicht wahr?«

»Du bist wichtig. Ich liebe dich.«

»Verschwinde. Und richte den Musikern aus, daß sie wieder an die Arbeit gehen sollen. Ich muß eine Oper proben.«

Am nächsten Abend bei der Vorstellung glitt Arianas Stimme durch Debussys sich verschiebende Harmonien wie Sonnenlicht, das durch die Fensterrosette einer Kathedrale fällt. Sie vermittelte den Zuhörern etwas Außergewöhnliches, etwas, das weit über die Noten der Partitur und die Worte des Textes hinausreichte. Es war eine Mischung aus müheloser Gesangskunst und unheimlicher Schauspielkunst. Ein Kritiker schrieb, daß man hören konnte, wie sich ihr Schatten über die Bühne bewegte.
Nach dem letzten Akt explodierte die tiefe, atemlose Stille des Publikums in eine siebzehnminütige Ovation.
Sie mußte achtmal vor den Vorhang, eine Zahl, die noch keine *Mélisande* in der Geschichte der Metropolitan erreicht hatte.
Dennoch stimmte etwas nicht. Sie wußte es, und bei der nächsten Stunde wußte es auch die DiScelta.
»Ich bewundere den Baum. Ich mag die Frucht nicht.« Die DiScelta holte tief Luft und wandte sich an Austin Waters, der steif und stumm wie immer vor den Tasten saß. »Vielen Dank, Austin. Wir brauchen Sie heute nicht mehr.«
»Ja, Madam.« Er sammelte seine Noten ein und warf Ariana einen Blick zu, der besagte: Ich habe sie schon in dieser Stimmung erlebt. Machen Sie sich auf einiges gefaßt.
Nachdem er gegangen war, herrschte zunächst Schweigen. Die Flächen in Ricardas Gesicht schienen sich zu verschieben und zu bewegen, als sie zu ihrer Schülerin hinaufblickte.
»Du nimmst Abkürzungen. Etwas lenkt dich ab. Oder vielleicht jemand.« Sie erhob sich. »Stratiotis, nicht wahr?«
Es hatte keinen Sinn zu lügen, weil die DiScelta ihr doch nicht glauben würde. Ariana sah ihre Lehrerin an. »Ich habe genug davon, in Teilen und Teilchen zu leben.«
»Na also, langsam kommt die Wahrheit zum Vorschein.«
»Was hat eigentlich mein Privatleben mit meinem Gesang zu tun?«
»Wenn ich zwanzig Jahre in dich investiere und diese Krämerseele deine Stimme verändert, dann hat es mit deinem Gesang zu tun. Glaub mir, ich höre den Unterschied. Du bist eine große Stimme, und du verwandelst dich in eine interessante, angenehme Stimme.«
»Das ist Unsinn.«
»Meine Ohren lügen nicht. Du wirst gewöhnlich!«

»Vielleicht bin ich gewöhnlich. Erwarten Sie von mir, daß ich wie eine Nonne lebe?«
»Wenn deine Stimme es verlangt, ja.«
»Ich habe ein Recht auf Liebe.«
»Dieser Mann gibt dir keine Liebe, er gibt dir Sex.«
»Und das liebe ich. Das Leben wird dadurch weniger hart, alles wird weicher. Ich kann mich einen Augenblick lang entspannen.«

Die DiScelta schüttelte den Kopf. »Einen Augenblick. Was ist ein Augenblick im Vergleich zu einer Karriere?«
»Manchmal kann ein Augenblick alles bedeuten.«
»Und manchmal bist du verrückt. Dieser Mann besitzt Millionen, er lädt dich auf seine Jacht ein, er stellt dich Leuten vor, über die du in den Klatschspalten liest, und für dich ist es endlich die wirkliche Welt. Was empfindet er eigentlich für dich?«

Ariana blickte auf ihre Hände hinunter. »Er mag mich.«
»Mein armes Kind, du mußt der Wahrheit ins Antlitz sehen. Er könnte jede Frau auf der Welt haben, und er hat dich gewählt. Warum?«
»Vermutlich, weil er mich den anderen vorzieht.«
»Und warum zieht er dich vor? Es gibt Hunderte Ehefrauen von Millionären, die besser Konversation machen als du. Tausende Jet-set-Kurtisanen, die im Bett besser sind, aber du besitzt eine Eigenschaft, über die keine von ihnen verfügt.«

Ariana schluckte. »Und zwar?«
»Ruhm. Und wenn er ihn dir genommen hat, wird er dich wegwerfen wie einen abgenagten Knochen.«

Ariana schwieg. Ihr Herz klopfte heftig. »Versuchen Sie, mir Angst zu machen?«
»Ich versuche, dich zu erschrecken.«
»Das ist Ihnen ausgezeichnet gelungen.«

Der Sommer war mit Festspielterminen ausgebucht – Edinburgh, Florenz, Athen, Mar del Plata. Ariana mußte ihre ganze Entschlußkraft aufbieten, aber drei Monate lang sah sie Nikos nicht.

Er versuchte es.

In jedem Hotel trafen Telegramme und Anrufe ein. Er schickte Blumen: jeden Montag zwei Dutzend tiefviolette Hyazinthen, jeden Dienstag zwei Dutzend purpurrote Rosen, an jedem weiteren Tag jeder Woche zwei Dutzend schönster Blumen der verschiedensten Sorten, wo immer sie sich befand.

Doch Ricardas Warnung begleitete sie wie ein Schatten, und ihre Lehrerin begann, ihr kommentarlos Klatschspalten zu schicken, die sie aus der Skandalpresse der Welt gerissen hatte.

Nikos war der ständige Begleiter von Schauspielerinnen, Erbinnen, Ehefrauen, einer fünfundzwanzig Jahre alten Schönheit, die eines Tages die Aktienmehrheit von General Motors erben würde.

Man kann ihm nicht trauen, dachte Ariana.

Als sie an einem Septemberabend in Barcelona von einer anstrengenden *Traviata* im Teatro Lirico ins Hotel zurückkehrte, lag ein Smaragdhalsband auf ihrem Kissen.

Das Billett lautete: *Efcharisto, Nikos.*

Sie war müde, so müde, daß sie nicht einschlafen konnte. Sie starrte das leere Kissen neben sich an, und in ihrem Kopf jagten die Gedanken durcheinander. War es falsch von ihr, ihn abzuweisen? Er behauptete, daß er sie liebe. Sie war davon überzeugt, daß sie ihn liebte.

Beinahe überzeugt.

Sie trafen sich im Herbst bei einem Dinner in New York. Die meisten Gäste machten sich wegen der am Vortag erfolgten sowjetischen Invasion in der Tschechoslowakei Sorgen.

»Ihnen muß doch klar sein, daß dies den Dritten Weltkrieg bedeuten kann«, erklärte der CBS-Nachrichtenmoderator Ariana.

»Das war mir nicht klargeworden.«

Sie bemerkte Nikos erst, als er allein im Schatten auf der Terrasse stand.

»Du sollst mir keine Blumen schicken«, sagte sie. »Auch keinen Schmuck.«

»Du-sollst-nicht ist hart. Warum bist du vor mir weggelaufen?«

»Weil du die Musiker bestochen hast. Weil du mich in meiner Garderobe überfallen hast.«

»Und dank dieses sogenannten Überfalls hast du so gut gesungen wie noch nie in deiner Karriere.«

»Damals habe nicht ich gesungen, sondern etwas, das du in mir entfesselt hast.«

»Man nennt es Frau.«

»Du kannst auf unglaublich beleidigende Art banal sein.«

»Und deine Augen sehen mich auf so unglaublich entzückende Art voller Verachtung an.«

»Entschuldige. Ich wollte nicht entzückend sein.«

»Du trägst die Halskette.«

»Das ist ein Versehen.« Sie öffnete die Schließe und hielt ihm die Kette hin. Statt sie zu nehmen, ergriff er Arianas Hand und zog sie an sich. Einen Augenblick lang spürte sie, daß ihre Herzen überhaupt nicht synchron schlugen. Sie riß sich los, aber er packte sie am Arm.

Die Halskette schlug klirrend auf dem Boden auf.

Nikos hob einen Stein auf. »Du hast einen Smaragd verloren.«

»Er gehört jetzt dir.« Sie schob ihm die Kette mit dem Fuß zu.

Als er sich bückte, um sie aufzuheben, fiel Licht auf sein Gesicht.

Sie wich zurück. »Du hast eine Narbe auf der Wange.«

Das Weiß seiner Zähne durchschnitt sie wie ein Messer. »Was erwartest du, wenn du einem wehrlosen Mann eine Uhr an den Kopf wirfst?«

Sie wurde unsicher. »Können denn die Ärzte nicht –«

»Ich habe zuviel zu tun, um drei Wochen an eine so kleine Schramme zu verschwenden. Außerdem hat sie Liebhaberwert. Sie ist das einzige, was du mir je geschenkt hast.«

Er ist vollkommen, dachte sie. Lieber Gott, warum muß er vollkommen sein?

»Du mußt sie wegoperieren lassen«, verlangte sie.

»Unter einer Bedingung.«

Noch bevor er die Bedingung genannt hatte, wußte sie, daß sie zustimmen würde.

Ein Monat ist etwas Seltsames. Er kann all die Jahre verändern, aus denen ein Leben bis dahin bestanden hat.

Nikos pachtete für sie beide ein schönes Anwesen in New Jersey. Er lehrte sie reiten, Tennis und Bridge spielen, sich in der Gesellschaft bewegen. Noch nie hatte ein Mann sie so erzogen. Über Nacht kam sie mit Medienberühmtheiten, europäischen Adeligen, internationalen Millionären, Regierungsbeauftragten, Baseballspielern, Künstlern, Sängern, Herzögen, Männern und Frauen zusammen, die sie innerhalb der engen Welt der Oper nie kennengelernt hätte.

Und etwas Erstaunliches trat ein.

Man akzeptierte sie.

Es war kaum zu fassen: Ariana Kavalaris, das kleine Mädchen aus der 103. Straße Ost, wurde von Menschen als ihresgleichen behandelt, die für sie bis jetzt nur in den Schlagzeilen der Zeitung und in den Abendnachrichten existiert hatten.

Es war eine Zeit der Entdeckungen, in der sie erkannte, um wieviel mehr als ihre Stimme in ihr steckte. Sie stellte fest, daß sie geistreich genug war, um mit einem Kardinal aus Venedig zu plaudern, daß sie genügend Charme besaß, um mit einem schillernden Mafioso zu flirten, daß sie Informationen rasch erfaßte und sich sachkundig mit einem Schweizer Bankier und einem lateinamerikanischen *presidente* unterhalten konnte.

Und daß sie den Mut besaß, sich Größen der Gesellschaft wie Marge Macintosh zu stellen.

Es geschah eines Abends bei einem Sechzig-Personen-Dinner, das Barbara Walters gab. Ariana stand allein auf der Terrasse und schaute auf die Park Avenue hinunter, als Marge neben ihr auftauchte und mit geheimnisvoller Stimme »Meinen Glückwunsch« hauchte.

Marge war mit dem Besitzer des zweitgrößten TV-Netzes des Landes verheiratet und Erbin der drittgrößten Erdölgesellschaft, und sie pflegte für gewöhnlich anderen Leuten nicht zu gratulieren.

»Danke«, antwortete Ariana, »aber wozu?«

»Ich glaube, daß Sie den am schwersten zähmbaren Playboy der Welt gezähmt haben. Nikos war auf blendende Frauen fixiert, aber seit er Sie kennt, verzichtet er darauf.«

Ariana hörte die Bosheit heraus. »Sie sind sehr freundlich.«

»Bin ich überhaupt nicht. Nur eine schlechte Verliererin.«

»Haben Sie Nikos geliebt?«

»Ist dreimal miteinander ins Bett gehen Liebe?«

Ariana sah die Frau an, die ein Dreitausend-Dollar-Kleid von Adolfo und ein Diamanthalsband um 250 000 Dollar trug. Sie ist gefährlich. Nicht, weil sie Macht besitzt, sondern weil sie ihren Stolz über Bord geworfen hat.

»Für manche Menschen vielleicht«, antwortete Ariana.

Die Frau sah sie starr an, und ihr Abscheu war unverhohlen. »Offenbar nicht für Nikos. Verraten Sie mir doch, meine Liebe, ich verstehe so wenig von der Oper, was sollen sich mein Mann und ich ansehen? Haben Sie ein paar gute Rollen?«

»Ich bin in allen großartig. Auch – wie haben Sie es ausgedrückt? – im Bett.«

Marge wich einen Schritt zurück und musterte sie noch einmal, bevor sie sprach. »Genießen Sie es, solange Sie können.«

»Danke. Ich werde es beherzigen.«

Als Ariana und Nikos von einem Urlaub auf Carlotta Buschs Landsitz auf den Barbados zurückkehrten, schlug sie einen A-Dur-Akkord auf dem Steinway an und versuchte, ein Arpeggio zu singen. Aus ihrer Kehle kam ein langgezogener, krächzender Ton, der wie eine alte Klaviersaite klang. Sie beherrschte weder Timbre noch Höhe.

»Ich liebe dich, Schatz«, erklärte Nikos, »aber mußt du dieses Geräusch produzieren?«

»Das ist das Geräusch, das Sänger produzieren, wenn sie nach einem viel zu langen Urlaub wieder in Form kommen müssen.«

»Du singst doch erst nächste Woche.«

»Nikos, ich singe nächste Woche *Turandot*.«

»Ist *Turandot* schwierig?«

Sie starrte ihn an; er hatte wundervolle dunkle Locken und von Opern keine Ahnung. »Komm her, nimm mich in die Arme, damit ich vernünftig werde und die Musik vergesse.«

Er trat zu ihr und nahm sie in die Arme.

»Warum bist du so gut zu mir?« fragte sie.

Sein Mund streifte über ihren Nacken. »Du sollst mich brauchen. Mehr, als du jemals jemanden gebraucht hast.«

»Das tue ich. Du weißt, daß ich dich brauche.«

»Dann habe ich meinen Lebenszweck gefunden.«

Sie mußte lachen. »Wie kannst du so etwas sagen, Nikos? Du bist schlimmer als die Oper.«

Er sah sie an wie ein gekränkter kleiner Junge. »Ich bin besser als die Oper.«

Sie versuchte, Worte zu finden, aber zu viele Gefühle stürmten gleichzeitig auf sie ein. Sie war endlich zu Hause – sie hatte einen Vater, einen Geliebten, einen Freund gefunden. »Was werde ich tun, wenn du nicht da bist, Nikos?«

»Ich bin doch hier.« Er legte die Arme um sie, und dann berührte seine Zunge das Innere ihres Ohres, das bis jetzt nur von der Musik berührt worden war. »Ich habe dich gefunden, du hast mich gefunden, alles andere ist unwichtig.«

In den nächsten sechs Monaten war alles in ihrem Leben in vollkommener Harmonie: die Partys, die Reisen, die Vorstellungen, die Kritiken. Die *Hamburger Zeitung* bezeichnete ihre Marschallin als »ein Geschenk Gottes«; der Mailänder *Corriere della Sera* schrieb über ihre Tosca: »Wie zu Zeiten der Callas.« Ihre Tage und Nächte verwandelten sich in ein einziges Fest, und sie begriff, wieviel in ihr noch nie gelebt hatte. Sie war endlich aus dem langen Schlaf der Kindheit erwacht.

Auch Nikos hatte Erfolg im Leben und im Geschäft. Er

schaffte es, die Aktienmehrheit im nordamerikanischen Urankartell zu erwerben. Er startete Immobilienprojekte auf Mallorca und Sardinien und erwarb nach angestrengten Bemühungen die Grundstücke um den Union Square in Manhattan. Nachdem eine seiner Stiftungen einen neuen Schlafsaaltrakt für die juristische Abteilung errichtet hatte, erhielt er im Juni 1968 von der Harvard-Universität den Ehrendoktor für Philosophie.

Ariana wohnte der Zeremonie bei. Es war ein wolkenloser Tag, und sie saß unter 25 000 Eltern und Studenten, die sich im Innenhof von Harvard drängten. Sie beobachtete stolz Nikos, der sich unter den Würdenträgern auf der Plattform vor der Memorial Church wie ein König ausnahm. Die Blicke des Establishments der Ostküste waren auf ihn gerichtet, doch er bewegte sich in seinem purpurroten Talar, der den Anzug aus der Savile Row und Hemd und Krawatte von Turnbull & Asser verdeckte, völlig ungezwungen.

Ariana ließ die endlosen Reden über sich ergehen und war zufrieden, sich im Licht ihres Geliebten zu sonnen.

Dann trat ein junger Mann in einem schwarzen Talar an das Mikrophon und wandte sich auf lateinisch an die Versammelten. Arianas Herz klopfte plötzlich bis in den Hals hinauf.

Das Latein, das von der Fassade der Widener Library widerhallte, besaß den Rhythmus und die Sprachmelodie einer anderen Stimme. Sie hatte die andere Stimme seit fast einem Vierteljahrhundert nicht mehr gehört, erkannte sie aber, als wäre sie erst an diesem Morgen von ihr begrüßt worden.

Lateinische Ansprache, las sie. Mark Ames Rutherford III.

Sie beugte sich vor. *Marks Sohn!*

Sie hatte zwar Marks Laufbahn von fern verfolgt, wußte, daß er als Kaplan in Vietnam gedient hatte und zum Bischof aufgestiegen war. Sie hatte seine Briefe und seine Artikel in der *New York Times* gelesen und ihn im Fernsehen bei Podiumsgesprächen gesehen. Aber sie hatte nie erfahren, daß er einen Sohn hatte.

Der junge Mann sah gut aus und hatte Marks blaßblaue Augen und sein hellbraunes Haar geerbt.

Sie verstand die lateinischen Sätze, die sie an das Opernitalienisch erinnerten. Er hielt eine gefällige Rede über Harvards Söhne und ihre Aufgabe, der Welt die Zivilisation zu bringen. Er erzielte oft Gelächter, und als er fertig war, folgte lauter Applaus. Nach der Zeremonie drängte sie sich durch die Menge und erwischte ihn. »Entschuldigen Sie bitte, Mark Rutherford.«

Er blieb stehen. Sie spürte, wie die Erkenntnis, wer sie war, sich wellenförmig ausbreitete. Köpfe wandten sich ihr zu, die jungen Männer stießen sich an, und sie wußte, daß sie fragten: Ist das nicht die Kavalaris?

»Ja, ich bin Mark Rutherford, aber man nennt mich Ames.«

»Sie sind Bischof Rutherfords Sohn?«

»Ja.«

Sie streckte ihm die Hand hin, und es gelang ihr, nicht zu zittern. »Ich bin Ariana Kavalaris. Ich habe ihre Familie vor langer Zeit gekannt.«

Plötzlich war ihre ganze Vergangenheit in dem jungen Mann gegenwärtig, der sie sprachlos anstarrte. Eine Flut von Erinnerungen überfiel sie: Sie roch die Bäume durch die offenen Fenster der Wohnung in der Perry Street, sie hörte das alte Klavier, sah Mark, der konzentriert die Stirn runzelte, während er in einer engbedruckten Studienausgabe der Bibel blätterte. Ein scharfes, stechendes Gefühl des Verlustes durchzuckte sie: Dieser Junge hätte mein Sohn sein können. Sie schenkte ihm ihr freundlichstes Lächeln, und er erwiderte es langsam.

»Meine Familie befindet sich hier«, sagte er. »Möchten Sie sie begrüßen?«

Sie spürte die aufsteigenden Tränen. »Es ist so lange her. Sie haben mich bestimmt schon vergessen.«

»Dad hat Sie nicht vergessen. Er sammelt Ihre Platten. Kommen Sie doch mit. Er wäre bestimmt glücklich, er verehrt Sie sehr.«

Einen Augenblick lang brachte sie kein Wort hervor, denn ihr Hals war wie zugeschnürt. »Vielleicht ein andermal.«

Ames Rutherford nahm die Abweisung höflich lächelnd hin. Er griff unter seinen Talar und zog einen kleinen Notizblock und einen Bleistift heraus. »Wie Sie meinen, aber könnte ich wenigstens ein Autogramm von Ihnen bekommen?«

Er hielt den Block, und sie schrieb. Dann küßte sie ihn rasch auf die Wange.

Er sah sie kurz an. »Danke.«

Was sollte sie noch sagen, wo es so viel zu sagen gäbe. Nikos drängte sich durch die Menge zu ihr. »Falls Sie einmal in eine meiner Vorstellungen kommen, besuchen Sie mich bitte hinter der Bühne.«

»Sehr gern«, versprach Marks Sohn.

Aber die Menge trennte sie, und Ariana wußte, daß sie ihn nie wiedersehen würde.

Nikos' Hand berührte sie leicht. »Mit wem hast du gesprochen?«

»Niemand Wichtigem. Es war nur der Sohn eines alten Freundes.«

DRITTER TEIL

Verrat
1969–1979

18

Ames Rutherford saß um neunzehn Uhr in seinem Klub und starrte seinen Freund und Klassenkameraden Dill Switt an. Dill hatte einen Schnurrbart, war von imposanter Leibesfülle und betrunken. Nicht sinnlos betrunken, sondern mit Bedacht betrunken: Er hatte seinen Harvard-Abschluß in der Tasche, und man hatte ihm gerade die Welt in einem zusammengerollten Diplom überreicht.

»Lauter Scheißdreck«, behauptete Dill. »Juristische Fakultät, Handelsfakultät, Mitglied der herrschenden Kaste – wozu soll das gut sein?«

»Solange es Gesetze gibt, wird es Anwälte geben«, stellte Ames fest.

»Aber warum du? Warum, zum Teufel, mußt du dich den Machthabern anschließen? Siehst du denn nicht, was sie diesem Land antun?«

Ames und Dill saßen allein am Kamin. Das Klubhaus starrte vor leeren Gläsern, Flaschen und verstreuter Zigarettenasche.

»Vielleicht können wir etwas für unser Land tun, sobald wir ein wenig Macht bekommen«, meinte Ames. Er dachte an Ariana Kavalaris, die ihre Stimme der Welt geschenkt hatte und dank der sich die Machthaber vor der Schönheit verneigten.

Ariana Kavalaris, die aus der Menge getreten war und ihn geküßt hatte.

Er spürte diesen Kuß noch auf seiner Wange. Er erfüllte ihn mit einer leuchtenden Hoffnung, wie er sie noch nie erlebt hatte. Zum erstenmal in seinem Leben konnte er beinahe glauben, daß die Welt auch ihm gehörte, daß es auf ihr Platz für seine Träume gab.

»Ausgerechnet du mußt dich verkaufen... du, mein bester Freund.« Dill schüttelte den Kopf, sprach aber schon undeutlich.

»Ich werde immer dein bester Freund bleiben«, erklärte Ames. »Und ich verkaufe mich nicht. Es gibt sogar anständige Anwälte.«

Dill sah Ames scharf an. »Nenn mir einen.«

»Mich.«

In diesem Sommer schickten Ames' Eltern ihn anläßlich seines erfolgreichen Abschlusses nach Europa.

»Du wirst nie wieder so frei sein.« Sein Vater schüttelte ihm am Flughafen die Hand. »Genieße es, Sohn.«

In Mark Rutherfords Augen lagen so traurige, liebevolle Erinnerungen, daß Ames ihn umarmte.

»Ich werde es schon genießen, Dad, mach dir nur keine Sorgen.«

»Gib auf dich acht.« Ames' Mutter trug das für die Ehefrau eines Bischofs typische blaue Baumwollkleid und zwang sich, weder zu mütterlich noch zu besorgt auszusehen. Sie umarmte ihn innig.

»Ich werde vorsichtig sein.« Ames küßte sie.

Aber das war er ganz und gar nicht. Er amüsierte sich großartig. Er liebte die Alte Welt und ihre Landschaft, die den Duft der Zeit ausstrahlte, ihre alten Gebäude, die wie Gemälde aussahen, liebte die unbekannte Musik fremder Sprachen, den Geschmack des Essens und den unglaublich klaren Sonnenschein.

Er liebte die Menschen. Er hatte Affären mit Mädchen, die er kaum kannte – Französinnen, Belgierinnen, Engländerinnen. Er trank zu viel Wein. Er aß in ein paar der besten und ein paar der schlechtesten Restaurants, schlief in guten Hotels, miserablen Hotels und in fünf der schönsten Parks von Europa. Er sparte nicht. Er borgte einem australischen Maler, den er vor der Kathedrale von Chartres kennenlernte und der ihm die beste Pechvogel-Geschichte erzählte, die er je gehört hatte, hundert Dollar. Er wunderte sich eigentlich nicht, als ihm das Geld zwei Wochen zu früh ausging.

Am Ende einer langen Nacht am Ende des wunderbar langen Sommers lag er ohne Geld, aber zufrieden im Südosten von Paris auf dem Rasen des Schloßparks von Fontainebleau, das eine Stunde Bahnfahrt von Paris entfernt lag. Ein silberner Klang drang immer wieder in seinen Kater.

Er wälzte sich auf die andere Seite, schlug die Augen auf und erblickte ein Mädchen, das zwischen den Pranken eines Marmorlöwen kauerte und Flöte spielte. Er stützte sich auf den Ellbogen und beobachtete sie, und fünf Minuten lang spielte sie ihm sehr überzeugend vor, daß sie ihn nicht bemerkt hatte.

»*Qu'est-ce que c'est la musique?*« rief er und begriff gleichzeitig, daß die Fragestellung nicht ganz richtig war. »Was ist das für eine Musik?«

Sie sah ihn kurz an, und im Licht des frühen Morgens waren ihre Augen eindeutig tiefseegrün. Es überraschte sie offenbar nicht sonderlich, daß sich ein junger Mann in Jeans und einem

Hemd von Brooks Brothers bei Sonnenaufgang im Schloßpark rekelte, und es interessierte sie augenscheinlich auch nicht allzusehr.

Sie ließ die Flöte sinken und antwortete in einwandfreiem aristokratischem Amerikanisch – warum nahm er bloß an, daß Sie aus Delaware kam? –: »Badinerie aus Bachs dritter *Französischer Suite.*«

Sie setzte das Instrument an die Lippen und zauberte einen weiteren silbernen flötenden Ton hervor.

»Das ist hübsch«, stellte er fest.

Sie seufzte. »Sie sind eindeutig kein Musiker. Die Musik ist schön und die Darbietung miserabel. In zwei Stunden beginnt der Unterricht bei Mademoiselle Boulanger. Haben Sie etwas dagegen, wenn ich übe?«

»Lassen Sie sich nicht stören. Haben Sie etwas dagegen, wenn ich zuhöre?«

Er streckte sich wieder im Gras aus. Silberner Bach trieb über ihn hinweg. Als er die Augen erneut öffnete, hatte die Sonne die Narzissenbeete erreicht, das Mädchen war verschwunden, und ein alter Bauer fuhr mit einem elektrischen Rasenmäher über den Rasen.

Ames verfrachtete seinen brummenden Schädel und seinen revoltierenden Magen in das nächste Straßencafé. Er befaßte sich gerade mit einer kleinen Tasse starken Kaffees, als sich zwei Studenten an den Nachbartisch setzten und *Omelettes fines herbes* bestellten. Sie unterhielten sich auf amerikanisch.

Er hörte ihnen zu und erfuhr, daß im Château eine amerikanische Schule untergebracht war, in der College-Absolventen Architektur und Musik studierten. Das Café war offenbar ihr Treffpunkt, und er schloß daraus, daß er die Flötenspielerin wiedersehen konnte, wenn er lang genug vor seinem Kaffee sitzen blieb.

Vier Stunden lang ertrug er den Blick der Kellnerin. Die mittägliche Stoßzeit hatte bereits eingesetzt, als er das Mädchen erblickte: Es stand auf dem Gehsteig und wartete auf grünes Licht. Er warf seine letzte Münze auf den Tisch und rannte auf den Platz. Sie trug immer noch das Flötenetui in der Hand.

»Sagen Sie, ist Ihr Vater vielleicht Botschafter?«

Sie sah ihn mit unverhohlener Skepsis an, und ihm fiel ein, daß er sich seit Pamplona nicht mehr rasiert hatte. Dort hatten er und weitere dreitausend beschwipste junge Amerikaner nachgeschaut, ob die Einwohner immer noch die Stiere durch die Straßen trieben, wie in Hemingways *In einem anderen Land.* Sie taten es.

»Sie studieren nicht an der Schule«, sagte sie.
»Nein, ich studiere an keiner Schule.«
»Was tun Sie dann hier?«
»Hier in Fontainebleau oder hier in Frankreich?«
»Hier überall.«
»Ich jage hinter Ihnen her.«
Sie sah ihn wieder an, diesmal länger und forschender. »Trinken wir einen Kaffee?«
Kaffee war das letzte, was sein Magen wollte, aber es war eine Möglichkeit, mit ihr zusammenzusein. »Gern, aber ich bin pleite.«
»Das bin ich auch bis Freitag.«
Das war also geklärt. Sie gingen an Hecken und Gärten entlang.
»Wir könnten in meinem Zimmer Kaffee trinken«, schlug sie vor.
Es war ein nettes kleines Zimmer, trotz der herumliegenden Notenblätter und der zum Trocknen aufgehängten Unterwäsche, die sie rasch von den Stuhllehnen riß. Der Kaffee war amerikanischer Pulverkaffee, den sie auf einer Kochplatte gewärmt und in ungleiche Blechtassen, die aussahen, als wären sie Meßbecher für Waschpulver, gegossen hatte. Sie ließ sich im Lotussitz nieder, erzählte ihm von der amerikanischen Sommerschule für Musik und schöne Künste, von Nadia Boulanger, die ihrer Meinung nach die beste Musikpädagogin der Welt war, von ihrem eigenen Talent, das laut Mademoiselle Boulanger entschieden nicht Virtuosen-Format erreichte.
»Mademoiselle meint, daß ich, wenn ich eisern arbeite, vielleicht einmal Kinder unterrichten kann.«
»Wollen Sie das?«
»Ich habe in zehn Minuten eine Harmonie-Stunde, und ich will Sie nachher hier treffen.«
Er grinste, traute seinem Glück noch nicht ganz, und in seinen Lenden regte sich vorwitzige Sexualität. »Stellen Sie sich vor, genau das will ich auch.«
An diesem Abend erforschte er ihren Körper, weckte Nerven unter ihrem Arm, unter ihren Brustwarzen, entdeckte geheime Vibrationen, die die Brüste mit den Lippen verbanden. Sie stöhnte vor Glück, ergriff sein geschmeidiges Glied, das zwischen ihnen eingezwängt war, und massierte es.
Dann drehte er sich um, küßte sie zwischen den Beinen, drückte sie noch fester an sich und begann, in sie einzudringen.
»Das ist angenehm«, sagte sie, »sehr angenehm.«

Sex mit ihr war ausufernd, hingebungsvoll, erfindungsreich. Beinahe musikalisch. Themen und Variationen.

Sie erfanden erstaunliche Stellungen. Sie schlang die Beine um seinen Hals, er nahm sie auf dem Teppich, dann nahm er sie auf dem Bett, während ihr Kopf über die Bettkante hinunterhing und ihr dunkles Haar den Boden streifte.

Und dann nahm er sie unter der Dusche.

An diesem Abend erfuhr er alles über sie. Sie hieß Fran, sie las Henry James, identifizierte sich mit Fleda Vetch in *The Spoils of Poynton* und konnte auf der kleinen Kochplatte überraschend köstliche Kalbskoteletts braten.

Er verbrachte das Wochenende mit ihr. Dann bemerkte er einen gewissen Ausdruck in ihren Augen und begriff, daß sie sich langsam in ihn verliebte. Jetzt erst fiel ihm auf, daß er sich in diesem Sommer nicht verliebt hatte. Kein einziges Mal. Hier, in diesem zauberhaft unordentlichen Zimmer, hatte er noch am ehesten etwas wie Liebe empfunden.

Er wollte sich verlieben. Wenn er sich unter diesen Umständen nicht verliebte, konnte er gleich mit angezogener Handbremse Auto fahren.

Er fragte sie, ob sie eine Woche mit ihm zusammenbleiben wolle, und ihr Gesicht strahlte auf.

»Das wäre wunderbar. Wenn Mademoiselle dich entdeckt, stell dich so, als wärst du einer von den Studenten.«

Zwei Wochen lang erlebte er die größte Befriedigung, die ihm je ein Mensch geschenkt hatte, und dennoch blieb die verdammte Handbremse immer angezogen.

Warum liebe ich sie nicht? fragte er sich. Warum kann ich sie nicht lieben?

Dann betrachtete er seinen vierzehn Tage alten Bart im Spiegel, und ihm fiel ein, daß er seine Schiffskarte nach Amerika mit sich herumtrug und in sieben Tagen an der juristischen Fakultät von Harvard eintrudeln mußte. »Ich muß nach Hause fahren«, erklärte er ihr.

Sie drehte sich mit der Flöte in der Hand um. »Wann?«

»Diese Woche.« In ihren Augen fielen ganze Städte in Schutt und Asche. Er durchquerte das Zimmer, schloß sie in die Arme und drückte sie an sich, bis ihre Knochen krachten.

Ich werde sie lieben, dachte er. Ich will es. Es muß klappen.

»Komm mit, Fran.«

Nachdem sie heftig mit den Reservierungen herumjongliert, Tickets in Zahlung gegeben und sich bei Madame Boulanger entschuldigt hatten, gaben Fran und Ames dem Steward zwölfhundert Francs Trinkgeld und wurden aus einer Erster-Klasse-Kabine der *France* ins Zwischendeck umquartiert. Fran musterte die Wände – weiß, glatt und glänzend wie das Innere eines Krankenhauses –, und dann schaute sie zu dem winzigen Bullauge hinaus.

»Was um Himmels willen tun wir hier, Ames?«

Er drückte seinen Kopf an den ihren und betrachtete den leuchtendblauen Himmel und das industriegrüne Wasser von Le Havre. »Fran Winthrop, die überragende Flötistin aus Chestnut Hill, Delaware, hat eine Affäre mit Ames Rutherford aus New York, einem vielversprechenden jungen Studenten, den sie in Fontainebleau, Frankreich, kennengelernt hat. Sie verlegen ihr Hauptquartier nach Cambridge, Massachusetts, wo Mr. Rutherford sein Jurastudium fortsetzen und Miss Winthrop sehr, sehr glücklich sein wird, und das ist ein Versprechen.«

»Ich bin ja glücklich, Ames, aber...«

Er küßte sie auf die Nase. »Aber was?«

»Das bin nicht ich. Ich bin ein braves episkopales Mädchen. Ich habe ein Stipendium bekommen, um bei Nadia Boulanger zu studieren.«

»Und ich bin ein braver episkopaler Junge, und mein Vater ist ein guter episkopaler Bischof, und damit ist alles in Ordnung.«

»Ich habe einen Anfall von Gewissensbissen.«

Er küßte sie auf die Stirn. »Dann suchen wir den Speisesaal und ertränken unsere Gewissensbisse in Pâté campagne. Auf einem französischen Schiff sind die Kabinen vielleicht miserabel, aber die Speisen nie.«

19

Die Schwierigkeiten begannen am Donnerstag nach dem Tag der Arbeit (in den USA der erste Montag im September. Anm. d. Ü.) beim Dinner in Carlotta Buschs Stadthaus. Carlottas Stimme war infolge von Newport und drei Päckchen Zigaretten pro Tag etwas angegriffen, als sie Ariana über ihre neueste Errungenschaft informierte: das amüsante Pärchen Principessa Maggie di Montenegro und ihr Gemahl.

Ariana entdeckte im Garten eine lachende junge Frau, die von einem Kreis von Männern umgeben war. Sie hatte große, harte Augen, und ihr langes karamelfarbenes Haar fiel auf glatte Schultern herab, die das blaue, trägerlose Abendkleid von Adolfo frei ließ.

»Sie war mit Prinz Olaf von Norwegen verlobt, aber sie ist vor zehn Tagen mit einem anderen Mann durchgebrannt; der Kapitän der *France* hat die beiden getraut. Sie sitzen übrigens an Ihrem Tisch – ich meine, Maggie sitzt an Ihrem Tisch.«

»Wen hat sie geheiratet?«

»Ihn.« Carlotta zeigte mit den Augen auf einen jungen Mann mit dunkelbraunem Lockenhaar. Er trug einen ausgezeichnet geschnittenen marineblauen Blazer und beugte sich gerade über die diamantenstrotzende Hand einer Dame der Rockefeller-Dynastie. »Philippe du Chat, du Chose, du-irgendwas. Er ist ein göttlicher Cocktail-Pianist.«

»Wenn Sie mich zu Amateurmusikern gesetzt haben, setze ich Sie nächstes Mal, wenn Sie bei uns sind, neben einen Reporter.«

»Ich habe Sie sehr gut gesetzt, Sie sollten mir dankbar sein.«

Das Dinner wurde im Haus serviert, und es stellte sich heraus, daß Arianas Tischherr Adolf Erdlich war, der grauhaarige Direktor der Metropolitan Opera, der sofort begann, seine nächste Inszenierung von *Traviata* zu schildern. Es sollte eine Galaaufführung mit neuen Dekorationen, einem neuen Dirigenten, einem neuen Tenor werden.

Ariana hörte ihm zu und empfand leisen Schmerz. »Ich kann es nicht machen, Adolf.«

»Warum nicht?«

Was sollte sie sagen? Daß sie einer übergeschnappten alten *strega* ein Versprechen gegeben, daß sie diese Rolle bereits an ihre Schülerin weitergegeben hatte? »Ich habe sie zu oft gesungen.«

»Kann man die Violetta zu oft singen?«

Jenseits des Tisches brach Principessa Maggie in kreischendes Gelächter aus. Ariana betrachtete das dunkeläugige Mädchen mit dem nicht ganz überzeugenden Haar und der nicht ganz überzeugenden kleinen Stupsnase.

»Bin ich die einzige von achtzig Gästen, die bemerkt, daß dieses Mädchen etwas sehr Seltsames an sich hat?«

»Das haben etliche bemerkt. Infolge Ihrer bewundernswerten Offenheit sind Sie jedoch die einzige, die es ausspricht.«

»Nimmt sie Drogen?«

»Vermutlich Kokain.«

»Was wissen Sie von ihr?«

»Sie ist verwöhnt und langweilt sich. Es gibt nichts, was sie nicht tun würde, um ein neues Gefühl zu erleben. Daher ihre Verlobung mit dem skandinavischen Prinzen. Daher ihre Flucht und die Heirat mit einem Kaffeehaus-Pianisten. Es gibt Leute, die die Bourgeoisie schockieren wollen; die kleine Principessa Maggie hat sich ein höheres Ziel gesetzt. Sie will die Aristokratie schockieren – oder was von ihr übrig ist.«

Nach dem Dinner spielte eine fünf Mann starke Band, und im Garten wurde getanzt. Als die Musik zum erstenmal Pause machte, verließ Principessa Maggie ihren Mann und kam zu dem Tisch, an dem Ariana und Nikos saßen. Ihr Kleid raschelte laut.

»Hallo, Nikos.« Ihre halbgeschlossenen Augen glitzerten.

»Hallo, Maggie. Kennst du meine Freundin Ariana?«

»Ich freue mich sehr, Sie kennenzulernen.« Die Principessa lächelte, und ihre Augenlider flatterten. »Seit meiner Kindheit liebe ich Ihre Darbietungen.«

»Sie sind sehr freundlich.«

Nikos wandte sich an Ariana. »Hast du etwas dagegen, wenn Maggie und ich tanzen?«

Arianas Gesicht begann zu brennen. »Natürlich nicht.«

Als sie in der Limousine nach Hause fuhren, schwieg Ariana. Nikos versuchte, ihre Hand zu halten, aber sie riß sich los.

»Du bist zornig«, stellte er fest.

»Du magst sie. Du magst diese Principessa.«

»Ihr Vater war mein Freund. Ich muß nett zu ihr sein.«

»Seit wann kennst du sie?«

»Ich kenne Maggie seit ihrem elften Lebensjahr.«

»Angeblich nimmt sie Drogen.«

»Natürlich. Das tun heutzutage doch alle diese superklugen jungen Dinger.«

»Ich hoffe nur, daß du dich nicht zum Narren machen wirst.«

»Ich kann dir versichern, meine Liebe, daß ich meine ganze Narrheit für dich aufbewahre.«

Ariana war froh, daß sie am nächsten Tag unterrichten mußte. Zwei gesegnete Stunden lang vergaß sie die Principessa.

Vanessa Billings sang Rosinas Arie aus dem *Barbier von Sevilla: Una voce poco fa*. Ariana saß unbeweglich, entrückt im Lehnstuhl und hatte alle ihre Sinne in konzentrierte Aufmerksamkeit gefaßt. Vanessa schaffte die Oktave und andere Sprünge der Cabaletta ohne jegliche Schwierigkeit. Doch Ariana spürte, daß etwas fehlte. Wie soll ich es ihr erklären? Wie hat die DiScelta es mir erklärt?

»Nicht schlecht«, sagte sie. »Aber Sie haben zuviel Achtung vor der Musik.«

Es erfordert Mut, eine solche Feststellung vor Austin Waters auszusprechen, aber er hielt sich schweigend an seine Rolle als Begleiter, blickte auf die Klaviatur hinunter und ließ Ariana als Expertin gelten.

»Ich meine damit nicht, daß Sie schlampig singen sollen«, fuhr Ariana fort, »aber innerhalb der Präzision muß es Freiheit und Freude geben. Bei Rossini – und übrigens auch bei Bellini und Donizetti – liegt alles in der Melodie.«

Ariana war über die Autorität in ihrer Stimme überrascht. Bin das ich? Oder ahme ich die DiScelta nach?

»Natürlich ist dieser Opernstil entsetzlich künstlich – Verse, Refrain, Arien, Cabaletta – niemand macht in so abgezirkelter Form Liebeserklärungen oder begeht auf diese Weise Selbstmord. Aber das spielt keine Rolle. Die Weisen reißen den Zuhörer über alle möglichen Zweifel hinweg, nicht, weil sie klassisch sind, sondern weil sie wunderbare *Melodien* sind.«

Vanessa starrte sie an. »Natürlich. Ich habe die Arie nie als Melodie aufgefaßt.« Und sie sang sie noch einmal.

Sie versteht, dachte Ariana, und ihr Blut frohlockte.

Drei Wochen später besuchte Nikos mit Ariana ein Konzert in dem Grace-Rainey-Rogers-Konzertsaal im Metropolitan Museum. Ariana plauderte unbeschwert, als sie plötzlich bemerkte, daß in Nikos' Augen ein entrückter, fremder Ausdruck getreten war. Sie folgte seiner Blickrichtung.

Sieben Reihen hinter ihnen ließ sich Principessa Maggie auf ihrem Platz nieder. Sie trug einen riesigen weißen Nerzmantel mit einem Kragen wie ein Ohrensessel, und der Mann, der ihr beim Ablegen half, war nicht ihr Mann, sondern ein Diamantenmagnat, dessen tiefgebräuntes Gesicht praktisch die ganze Woche von der Titelseite der *New York Post* gelächelt hatte.

Ariana versuchte, sich zu erinnern. Wann haben wir beschlossen, dieses Konzert zu besuchen, wer hat es vorgeschlagen, Nikos oder ich, wann haben wir die Karten gekauft, bevor oder nachdem wir dieses Mädchen bei Carlotta getroffen haben?

Die Musik setzte ein. Sie hörte keinen einzigen Ton.

Endlich Pause. Sie gingen zur Bar.

Als es klingelte und das Publikum auf die Plätze zurückkehrte, wandte sich Nikos entschuldigend an Ariana. »Bitte geh schon voraus, ich komme sofort.«

Ariana suchte ihren Platz auf.

Das Konzert nahm seinen Fortgang. Nikos kam nicht.

Sie schaffte es, bis zur Hälfte des ersten Satzes ruhig sitzen zu bleiben. Als sie es nicht mehr aushielt, drehte sie sich um und schaute dorthin, wo Maggie gesessen hatte. Der Diamantenmann sah sich gerade beunruhigt um, und auf dem Stuhl neben ihm lag nur ein riesiger weißer Nerzmantel. Ariana entschuldigte sich und drängte sich an den Knien ihrer Nachbarn vorbei. Vor dem Konzertsaal ging ein gelangweilter Wächter auf und ab.

Sie lief durch den Korridor und fand niemanden, und dann kam sie zu dem Eingang eines ägyptischen Grabs. Sie machte zwei Schritte und erstarrte. Eine Frauenstimme sagte: »Du wirst einen Weg finden.«

Sie brachte den Mut auf, einen Schritt weiterzugehen, und vor ihr starrten Nikos und Maggie in die Krypta eines kindlichen Pharao. Ihre Hände berührten sich auf dem Geländer.

Ariana drehte sich um und rannte aus dem Museum. Es regnete in Strömen. Sie stand auf der Treppe zur Fifth Avenue, und die Regentropfen schlugen ihr ins Gesicht.

Nikos erschien mit ihrem Mantel. »Du bist zornig.«

Sie fuhr herum. »Ja, ich bin zornig. Du hast mich verraten.«

Er hüllte sie in den Mantel. »Ich besitze Geheimkonten in Montenegro. Der Prinz ist Teilhaber von acht meiner Gesellschaften. Ich muß mich seiner Tochter gegenüber diplomatisch verhalten.«

»Und dich mit ihr im nächsten Mausoleum treffen?«

Die Limousine fuhr vor, sie fuhren schweigend nach Hause und mit dem Fahrstuhl in ihre Wohnung hinauf. Sie saß vor dem Spiegel und rieb ihr Gesicht mit Cold-Cream ein. Ihre Augen schwammen in Tränen.

»Du bist auf ein Kind eifersüchtig«, stellte Nikos fest.

Angst erfüllte sie, denn sie sah, wie er ihr entglitt. Der Tiegel mit der Cold-Cream fiel schwer wie eine Kanonenkugel auf den Tisch, und sie wandte sich ihm zu. »Ich habe solche Angst. Vor dir und ihr und vor allem, was geschehen kann.«

Er schwieg, leugnete nicht, beruhigte sie nicht.

»Was geschieht mit uns, Nikos? Wir sind glücklich gewesen, und jetzt entgleitet uns alles. Bin ich schuld daran?« Sie griff nach seiner Hand, versuchte zu lächeln und spürte, wie sich nur die Linien in ihrem Gesicht dabei vertieften.

»Du solltest dich ausruhen.«

»Bitte bleib bei mir.«

»Warum?« Er trug das Gesicht eines Fremden. Eine Tür fiel ins Schloß, und sie war allein.

Als er zwei Stunden später zurückkam, war sie mit einem

Roman ins Bett geschlüpft, konnte sich aber nicht konzentrieren. Er küßte sie. »Was tust du in den nächsten beiden Wochen?«

»Du weißt, was auf meinem Programm steht. Drei *Elisir d'amores* und –«

»Sag alles ab. Wir verbringen zwei Wochen auf dem Mittelmeer. Ohne Opern, ohne Geschäfte, ohne Principessas. Nur du und ich. Das heißt, wenn du willst.«

»O Nikos.« Sie lehnte sich an ihn und konnte wieder atmen. »Du weißt, daß ich will.«

Sie fuhr in Richard Schillers Büro und versuchte, es ihm beizubringen.

»Ich bin Profi«, antwortete er, »und ich vertrete Profis. Das bedeutet, daß ich arbeite. Das bedeutet, daß sie arbeiten.« Er sprang auf. »Was zum Teufel tun Sie, beschäftigen Sie sich nebenbei mit Opern?«

Sie sprang ebenfalls auf und schrie ihn an. »Wagen Sie ja nicht, mir Gardinenpredigten zu halten.«

»Wenn ich Ihnen sage, daß Sie Ihre Verträge einhalten müssen, ist das keine Predigt.«

»Ich habe ein Recht auf Krankenurlaub.«

»Dann sprechen Sie mit dem Arzt, nicht mit mir.«

Sie sprach mit einem Arzt. Er lächelte gequält und hilflos angesichts des Betrugs in der Welt und seines Anteils daran. Dann schrieb er ihr eine Bestätigung für die Versicherung.

Die DiScelta bezeichnete sie als verantwortungslose Närrin.

»Es sind doch nur drei *Elisir d'amores*«, rechtfertigte sich Ariana.

»Es wird mehr werden. Viel mehr.«

Sie flogen am Donnerstag nach Paris und gingen Freitag früh an Bord der *Maria-Kristina*. Die Reise verlief so, wie sie es sich erträumt hatte: eine sanfte Brise, die wohltuende Wärme der Sonne, das durchscheinend blaue Meer rings um sie. Befriedigtes Verlangen durchglühte ihren Körper.

Es wird gutgehen, redete sie sich ein. Doch in ihr wuchs die Angst, und am fünften Tag legte ihr Nikos die Fingerspitze unter das Kinn und sah sie an.

»Was ist mit dir los, Ariana?«

»Verstehst du denn nicht? Ich bin glücklich. Zum erstenmal in meinem verrückten Leben bin ich glücklich.«

»Die Art, wie du dich benimmst – das soll glücklich sein?«

Sie nickte.

»Mein armer Liebling. Wie wenig du dich selbst kennst. Und

wie schlecht du imstande bist, etwas zu verbergen. In dir steckt ein Kind, das sich Sorgen macht. Ich sehe sein Gesicht hier – und hier –« Er berührte ihre Stirn und dann ihre Lippen leicht mit seinen Lippen. »Wie kann ich dich zum Lächeln bringen?«

»Du hast es bereits getan. Du hast mir die schönste Woche geschenkt, die ich je erlebt habe. Dadurch wirkt mein übriges Leben so sinnlos.«

»Denk heute nicht über dein übriges Leben nach.«

Fern über dem blauen Wasser schimmerten die grünen Palmen und die Türme von Alexandria in der Mittagssonne wie eine glänzende Fata Morgana.

Er führte sie in die Kabine, legte eine Kassette ein und drückte auf einen Knopf.

Sie erkannte die sanften Streicher und Klarinetten, die den *Liebestod*, die Schlußszene aus Wagners *Tristan und Isolde*, einleiten. Und dann erkannte sie verblüfft ihre eigene Stimme.

»Das will ich nicht hören, Nikos«, protestierte sie.

»Du wirst es nicht einmal bemerken«, versprach er.

Er bog sie nach hinten auf das riesige Bett, beugte sich über sie, verstreute Küsse über ihre Brustwarzen, ihren Leib, ihren Nabel. Aus den Stereolautsprechern drang ihre Stimme und sang von der ewigen Liebe, die nur im Tod Erfüllung finden kann.

Sie fühlte sich seltsam verwirrt, als wäre sie in zwei Teile gespalten.

Nikos' Fingerspitzen zogen das Gummiband ihres Badeanzugs von ihrem Schenkel weg und liebkosten sie. Sie ergab sich der feuchten Berührung seiner Lippen, der noch feuchteren Berührung seiner Zunge und seinem sehr feuchten Mund, der in sie versank.

Sie griff nach seinem erigierten Glied, hielt es fest, während es weiter anschwoll, bis seine wunderbare Härte ihre Hand überflutete. Er preßte sich an sie, drückte ihre Beine auseinander. Sie spürte seine Härte an ihrem Bauch, hob die Knie und öffnete sich ihm.

Er richtete sich jetzt über ihr auf, seine braunschwarzen Augen hielten sie fest, sein Haar wehte wie das eines dämonischen Dirigenten. Seine Haut war glitschig, von einer dünnen Schweißschicht bedeckt, die nun auch Ariana überzog. Die Bewegung seiner Hüften übertrug sich im Rhythmus der Musik auf ihren Körper, als hätte ihr Liebesakt sich jedesmal auf diese Weise abgespielt.

Die Musik ergoß sich wie ein Ozean aus den Lautsprechern über sie. Als die ineinander verflochtenen Melodien höher stiegen, nahmen die Klangwellen der Instrumente an Resonanz und Lautstärke zu. Das Tempo wurde drängender, und ihre Stimme erklomm die Welle der Klangfülle wie ein unermüdlicher Schwimmer.

Sie wußte nicht, ob sie sich der Musik oder Nikos ergab, aber sie schenkte sich hemmungslos, ohne Scham. Als wolle sie alle anderen Stimmen aus dem *Liebestod*, alle anderen Frauen aus seinem Gedächtnis löschen.

Die Musik schwoll zuerst allmählich, dann schnell zu einem Höhepunkt nach dem anderen an, zuerst die Singstimme und dann alle hundert Instrumente des wagnerianischen Orchesters, und schließlich stiegen Singstimme und Orchester, die endlich in dieser sinnlichsten musikalischen Erfüllung aller Zeiten vereint waren, zum lang hinausgezögerten Höhepunkt empor.

Sie kam in einer einzigen, lang anhaltenden Explosion, und er folgte Sekunden später.

Das Orchester verstummte. Die Streicher seufzten eine hohe, schmerzhafte Melodie. Zwei peinigende Holzbläserakkorde lösten sich in einem leuchtenden Dur-Akkord auf. Einen Augenblick lang hielt eine einzige Oboe ein einsames Dis. Der Akkord kehrte wieder, und dann herrschten Stille, Friede, Erfüllung. Sie schloß die Augen.

Später, an Deck, fragte sie. »Kann ich offen mit dir sprechen, Nikos? Kann ich dir gestehen, was für ein Kind ich bin, und versprichst du mir, daß du nachher deine Haltung mir gegenüber nicht änderst?«

»Wie könnte ich jemals meine Haltung dir gegenüber ändern?«

»Ich kann nicht mehr in mein früheres Leben zurückkehren. Wenn ich vorausblicke, sehe ich immer das gleiche. Die gleiche Arbeit, die gleichen Menschen, die gleichen Lügen... und dabei ist alles, was ich will, hier...« Sie wandte sich ihm zu, war plötzlich gelähmt, unfähig, die Worte »bei dir« auszusprechen, aus Angst, daß sie damit zuviel verriet.

»Liebst du deine Arbeit nicht?« fragte er.

»Ich liebe die Musik. Ich rede mir ein, daß das genügt.«

Er ergriff ihre Hand. »Um welche Leute, um welche Lügen handelt es sich?«

»Mein Mann... meine Ehe...«

Er nickte. »Auch ich führe eine solche Ehe.«

»Sie haben uns unsere Vergangenheit weggenommen. Müssen sie uns auch unsere Zukunft wegnehmen? Warum können wir nicht frei sein?«

Er blickte zum Ufer hinüber. Das Meer erstreckte sich rings um sie wie ein brennender Spiegel, und sein Arm drückte sie zärtlich an ihn. »Vielleicht können wir frei sein. Vielleicht gibt es einen Weg.«

Obwohl Ariana es nicht sofort erkannte, traf die Freiheit am nächsten Abend nach dem Dinner in Gestalt eines großen Mannes mit weißem Schnurrbart ein, den Nikos als seinen Anwalt vorstellte.

»Ariana, darf ich dir Holly Chambers vorstellen? Holly, das ist Ariana.«

»Ich bin entzückt, zutiefst entzückt.« Die klugen grauen Augen des Anwalts blickten sie aus dem von tiefen Runzeln durchzogenen Gesicht an. »Ich bewundere Sie schon seit langem.« Er war für ein New Yorker Büro mit Klimaanlage gekleidet, nicht für eine warme Nacht im Mittelmeer, und er hatte eine Aktentasche bei sich.

Als sie sich mit dem Brandy auf dem Deck niederließen, bemerkte Ariana, daß die Aktentasche mit einer Kette am Handgelenk des Anwalts befestigt war. Das war interessant – im Gegensatz zur Unterhaltung. Sie begriff nicht, wieso bolivianisches Mangan so wichtig war, daß die beiden jetzt darüber sprechen mußten, oder warum dieser Fremde wie ein Familienmitglied an ihren heimlichen Flitterwochen teilnehmen sollte.

»Würdest du dich kurz um Holly kümmern?« Nikos stand auf und küßte Ariana hinter das Ohr. Sie begriff, daß sie mit dem Anwalt allein bleiben würde, und machte sich notgedrungen auf langweiliges Geplauder gefaßt.

Doch es kam anders.

»Soviel ich weiß, wollen Sie sich von Ihrem Mann scheiden lassen.«

Sie blickte verblüfft auf. »Wer hat Ihnen das erzählt?«

»Nikos hat mich gestern abend angerufen.«

Sie atmete langsam ein. »Will Nikos, daß ich mich scheiden lasse?«

Holly Chambers sah sie über die Sturmlaterne hinweg an. »Wissen Sie, was der Dichter Rilke über die Ehe gesagt hat?«

Durfte sie zu einem Anwalt Vertrauen haben, der sie mit deutscher Lyrik beeindrucken wollte? »Wenn es nicht vertont wurde, kenne ich es bestimmt nicht.«

»Rilke hat behauptet, daß in den besten Ehen ein jeder über die Einsamkeit des anderen wacht. In diesem Sinn sind Sie und Nikos bereits verheiratet.«

Sie beschloß, diesem Mann die Wahrheit zu sagen. »Ich möchte mit ihm verheiratet sein.«

Holly Chambers lehnte sich zurück, stützte die Ellbogen auf die Stuhllehnen und faltete die Hände über dem Magen. »Und er mit Ihnen.«

Ihre Augen wurden schmal. »Hat Nikos das gesagt?«

Holly Chambers spielte mit seinem goldenen Füllfederhalter. »Nikos erzählt mir vieles.«

Was erzählte ihr dieser Anwalt? Es klang wie ein *Vielleicht* mit einem *Unter Umständen* darin. Sie blickte über das sich kräuselnde schwarze Meer hinweg zum unveränderlichen Universum der Sterne empor. »Wenn ich nur wüßte, was er will.«

Als Antwort klickten die silbernen Schlösser, und Holly Chambers' Aktentasche sprang auf. »Nikos hat mich gebeten, diese Papiere aufzusetzen.« Er überreichte sie ihr. »Verstehen Sie Spanisch?«

Sie runzelte die Stirn. »Nein.«

»Es ist ein dominikanischer Scheidungsantrag, auf dem nur noch Ihre Unterschrift fehlt.« Er hielt ihr lächelnd den Füllfederhalter hin und zeigte dabei seine ebenmäßigen Zähne.

Ariana zögerte. »Läßt sich Nikos von seiner Frau scheiden?«

»Nikos und Maria-Kristina stecken seit Jahren bis über die Ohren in ihrer Scheidung.«

Das klang wie ein *Vielleicht* mit einem *Ja* darin. »Warum gibt sie ihn nicht frei?«

»Sie können sich wegen des Kindes nicht einigen. Er möchte ebenfalls das Sorgerecht oder zumindest das Besuchsrecht haben.«

»Und das lehnt seine Frau ab?«

»Bis jetzt war sie nicht besonders kooperativ.«

»Das ist unfair.« Ariana griff zur Feder. »Renata ist auch sein Kind.«

Rasch, bevor sie es sich überlegen konnte, kritzelte sie ihre Unterschrift auf die Seite.

Holly Chambers klopfte mit dem Finger auf den dominikanischen Antrag. »Wollen Sie wirklich, daß sie sich scheiden läßt?«

»Unbedingt«, antwortete Nikos. »Ich will, daß sie mir allein gehört.«

Sie saßen allein in der Bibliothek des Schiffes.

»Ihnen ist doch klar, daß Ariana dann Sie heiraten will«, warnte Holly Chambers.

»Ich kann mit Ariana und ihren Wünschen fertig werden.«

In der Nacht, als sie in ihrer Kabine allein waren, bat sie Nikos: »Erzähl mir von deiner Tochter.«
»Warum willst du über Renata sprechen?«
»Weil du sie liebst.«
Nikos lächelte. »Sie ist ein wunderbares Kind. Sie sieht aus wie ihre Mutter, und sie denkt wie ich.«
»Ist ihre Mutter schön?«
»Nicht so schön wie du.«

In dem in Beige und Mahagoni gehaltenen Büro im siebenunddreißigsten Stockwerk des Seagram-Gebäudes streckte der schlaksige Texaner mit dem struppigen grauen Schnurrbart die Hand aus, in der er ein Elfenbeinetui hielt. »Zigarre?«
Es war eine dicke Senatorenhavanna, aber Boyd Kinsolving schüttelte den Kopf. »Ein bißchen zu früh für mich.«
»Möchten Sie etwas trinken?«
»Vielleicht einen kleinen Scotch.«
Holly Chambers schlenderte zur Bar, schenkte zwei große Chivas Regal ein und reichte einen davon Boyd.
»Wissen Sie, Boyd, irgendwo gibt es immer einen Zusammenhang. Ich bin als Minister ohne Portefeuille für viele Interessen tätig. Bitte nehmen Sie Platz.«
Sie ließen sich in Mies-van-der-Rohe-Stühlen nieder. Holly Chambers schätzte seinen Besucher kurz ab.
»Ihre Frau hat mich gebeten, mit Ihnen zu sprechen. Überrascht Sie das?«
In Boyds Gehirn begannen kleine Warnlichter zu flackern. »Ich habe nicht gewußt, daß meine Frau Ihre Dienste in Anspruch nimmt.«
»Eine Menge Leute nimmt meine Dienste in Anspruch.« Auf den anderthalb Quadratmetern blankpolierter Schreibtischfläche aus Ferrara-Marmor befand sich ein einziges Blatt Papier mit zwei maschinegeschriebenen Zeilen. Holly schob es fünf Zentimeter nach rechts. »War es nicht Santayana, der behauptet hat, daß die Ehe dem Tod gleicht: Nichts bereitet einen darauf vor?«
»Man legt Santayana alle möglichen Bemerkungen in den Mund.«
»Mrs. Kinsolving ist der Ansicht, daß sie diese Ehe unvorbereitet eingegangen ist. Sie möchte sich scheiden lassen.«
Es gelang Boyd, jegliche Reaktion zu unterdrücken.
Holly Chambers lächelte freundlich. »*Scheidung* ist natürlich eines der erschreckenden Worte, die viel mehr über unsere Ängste als über die Realität aussagen.«

»Ich hatte keine Ahnung, daß meine Frau mit ihrer derzeitigen Situation nicht glücklich ist.«

»Vielleicht sollte ich die Zusammenhänge verdeutlichen. Wissen Sie, daß Mrs. Kinsolving sich sehr oft in Gesellschaft von Nikos Stratiotis befindet?«

»Ich lese in den Zeitungen nicht nur die Kritiken über mich – oder über Ariana.«

»Er ist wirklich ein reizender Mensch. Sein Humor ist ansteckend, er ist unternehmungslustig, und er lenkt Mrs. Kinsolving von ihren Problemen ab.«

»Mir war nicht klar, daß meine Frau Probleme hat.«

»Jeder Künstler steht unter Streß. Er muß in die richtigen Kreise hineinkommen, muß beim Publikum ankommen, muß beruflich weiterkommen, wie Sie sicherlich aus eigener Erfahrung wissen.« Holly Chambers sah Boyd eindringlich an. »Soviel ich weiß, haben Sie eine Lösung gefunden.«

»Wenn Sie sich darauf beziehen, daß meine Frau und ich beschlossen haben, getrennt zu leben, dann kann ich Ihnen versichern, daß es im gegenseitigen Einver –«

»Ja, ich beziehe mich darauf und auf die Tatsache, daß Sie zur Zeit mit Mr. DiBuono zusammenleben.«

Als Egidios Name fiel, zwang Boyd sich instinktiv, nicht in Panik zu geraten. Er brauchte jetzt vor allem einen vollkommen klaren Verstand. Der Mann ihm gegenüber war kein verängstigter kleiner Oboist, den er einschüchtern konnte, indem er ihn anbrüllte, sondern ein hochbezahlter, überaus erfolgreicher Zerstörer von Gesellschaften, Karrieren und Ansehen. Boyd hatte nicht die geringste Lust, zu Holly Chambers' Trophäensammlung zu gehören.

»Die Scheidung könnte auch ohne Ihre Zustimmung erfolgen. Schließlich leben Sie und ihre Frau seit beinahe zwei Jahren getrennt. Sie wohnen offen mit einem Mann zusammen. Scheidungsgründe sind also zur Genüge vorhanden.«

»Drohen Sie mir?«

»Im Gegenteil, Nikos möchte ausdrücklich betonen, daß –«

»Ich glaube nicht, daß Mr. Stratiotis hier mitzureden hat.«

Holly Chambers lächelte konziliant. »Wie es sich trifft, ist er ein guter Freund von mir und von Ihrer Frau und läßt Ihnen durch mich versichern, daß er bereit ist, eine großzügig unterstützende Haltung einzunehmen.«

Boyd hörte bei dem entscheidenden Wort Glöckchen klingeln. »Wie unterstützend?«

»Das hängt davon ab, ob Sie einer dominikanischen Scheidung zustimmen.«

»Sie können nicht erwarten, daß ich eine solche Entscheidung über Nacht treffe.«

»Mehr Zeit als eine Nacht steht uns allerdings nicht zur Verfügung. Das Scheidungsbegehren Ihrer Frau wird dem Gericht am Donnerstag vorgelegt. Wenn es ohne Ihre Unterschrift vorgelegt werden muß, gilt Mr. Stratiotis' Angebot natürlich nicht mehr.«

»Sie haben mir noch nicht mitgeteilt, worum es sich bei diesem Angebot handelt.«

»Mr. Stratiotis ist bereit, sofort einen Betrag auf ein auf Ihren Namen lautendes Konto bei einer Bank auf den Bahamas oder in der Schweiz zu überweisen.«

»Wie hoch soll dieser Betrag sein?«

»Drei.«

»Drei?« wiederholte Egidio.

»Drei Millionen«, ergänzte Boyd.

»Dollar?«

Boyd machte ihnen gerade echt schwedische Sandwiches zurecht – dicke Scheiben Pumpernickel mit frischer Butter, Pastete, Brie und Scheiben von reifen Tomaten. Er nickte, worauf sein Geliebter ihn ungläubig anstarrte.

»Du verarschst mich wohl.«

»Bestimmt nicht. Der Mann hat ›Dollar‹ gesagt.« Boyd legte auf jeden Teller zwei gefächerte Gurkenscheiben. »Steuerfrei.«

»*Gran Dio*«, murmelte Egidio. »Du hast einen guten Freund, du bist berühmt, nur das Geld hat dir noch gefehlt.«

Boyd mußte lachen. Egidio machte aus seinem Herzen wirklich keine Mördergrube. »Denkst du nur an Geld?«

Egidio ließ den Kopf hängen wie ein Kind. »Ich denke auch an Sex.«

Boyd wich geschickt aus, denn Egidio war offensichtlich im Begriff, die Liebe-am-Nachmittag-Nummer abzuziehen. Er trug die Teller in die Frühstücksnische.

»*Mangia.*«

»Wie kann ich jetzt essen? Ich bin zu glücklich für dich.« Egidio hakte einen Fuß in den Barhocker ein. »Weißt du, was das bedeutet? Daß du nie wieder in Rochester dirigieren mußt.«

Boyd wollte lächeln, aber seine Lippen zitterten.

Egidio sah ihn erstaunt an. »Du weinst wegen *Rochester*?«

Boyd schüttelte den Kopf. »Ariana und ich... haben miteinander schöne Zeiten erlebt. Und jetzt ist es vorbei. Ich hasse es, wenn etwas zu Ende geht.« Er erwartete nicht, daß Egidio verstand, was man ihm wegnahm. Es schmerzte. Nicht so sehr, weil er seine Frau liebte, obwohl er es auf seine Art tat, sondern weil sein halbes Leben, und zwar die aktivere, bessere Hälfte vorbei war.

Egidio schaute ihn an. Er war ernst geworden. »Manchmal muß etwas zu Ende gehen, damit etwas Neues beginnen kann.« Er beugte sich über den Tisch und küßte Boyd leicht auf die Stirn. Der Kuß enthielt ein Versprechen. »Wenn sie sich von dir scheiden läßt, dann gehörst du mir. Keine Heimlichkeiten mehr. Keine Lügen mehr.«

Boyd begab sich am nächsten Vormittag in Holly Chambers' Büro und unterschrieb den Scheidungsantrag seiner Frau.

Nach einem Fototermin bei *Vogue* kehrte er am frühen Nachmittag in die Wohnung zurück.

»Egidio?« rief er.

Bis auf das friedliche Summen der Klimaanlage war die Wohnung still. Boyd schaute ins Schlafzimmer und erblickte auf dem Bett einen halbgepackten Koffer. Er schaute in die Küche.

Egidio stand an der Theke und schenkte sich einen Espresso ein. Sein gutsitzender marineblauer Blazer hörte genau an der Stelle auf, wo die maßgeschneiderte graue Hose seine Hüftlinie betonte.

»Auf dem Bett liegt ein Koffer«, stellte Boyd fest. »Ein Schweinslederkoffer mit Monogramm von Mark Cross, der achthundert Dollar gekostet hat und den ich dir zu deinem Geburtstag geschenkt habe.«

Egidio trank den Espresso. »Ja, ich packe.« Er stellte die Tasse hin.

»Fährst du irgendwohin?«

»Ich fliege um fünf nach Italien.«

Er sagte es ruhig, ohne großes Tamtam. Es war nicht einmal eine Erklärung. Aber Boyd spürte, daß Egidio ihm auswich.

»Für längere Zeit?«

Egidio nickte.

»Das hättest du mir auch früher sagen können. Die Van Rensselaers erwarten uns.«

»Bitte entschuldige mich bei Dinah. Ich habe es erst vor einer Stunde erfahren.«

Boyd folgte Egidio und der Kaffeetasse ins Schlafzimmer. Egidio beugte sich über das Himmelbett und hob den achtzehn Zentimeter hohen geschnitzten Christus aus Elfenbein herunter.

»Warum nimmst du das Kruzifix deiner Schwester mit?«

»Pia ist nicht meine Schwester. Sie ist meine Frau.«

Einen Augenblick lang wußte Boyd nicht mehr, wie man atmet.

Egidio lächelte treuherzig. »Verzeih mir die Lüge. Aber du hättest einen Mann mit einer richtigen Frau nicht gewollt.«

Boyd schob sich irgendwie eine Zigarette zwischen die Lippen und zündete sie mit einem zitternden Streichholz an. Langsam erfaßte er die neue Wirklichkeit. »Und darf ich fragen, warum ein Mann mit einer richtigen Frau mich gewollt hat? War es mein Geld?«

Egidio schüttelte den Kopf. »Bleib realistisch. Ich habe drei Kinder, eine Frau, eine verwitwete Mutter. Ich möchte ein Haus kaufen, ein Geschäft eröffnen, meine Söhne in die Schule schicken. Dafür reicht dein Geld nicht.«

»Wessen Geld also?«

»Was glaubst du wohl?«

»Stratiotis hat dich bezahlt?«

»Er hat mir weniger gezahlt als dir.«

Egidio ging zum Schreibtisch und sammelte die Schnappschüsse von drei grinsenden Kindern ein. Er legte sie übereinander und bettete sie zwischen die Kaschmirpullover in den Koffer.

»Dann sind also diese Nichten und Neffen deine Kinder?«

Egidio nickte. »Gian-Carlo, Maria und Tonio.«

Der saure Geschmack des Verrates und des Hasses erfüllte Boyds Mund. »Du verdammter Schmarotzer!«

Egidios Hand schloß sich um den Koffergriff. Seine Augen wurden stählern. »Bist du vielleicht anders? Dein Penthouse, deine Anzüge, deine Renoirs – wie hast du sie verdient? Indem du deinen Stock geschwungen hast?«

»Chagalls!« brüllte Boyd. »Es sind Chagalls!«

»Meine achtjährige Tochter malt besser. Und mein siebenjähriger Sohn schwingt den Taktstock besser. Auf Wiedersehen, Boyd.«

»Geh nicht.«

»Du wirst andere finden, die aufrichtiger sind als ich. Jetzt weißt du wenigstens, wovor du dich hüten mußt.«

»Ich wollte dich nicht anschreien. Bitte geh nicht.«

Eine Tür fiel ins Schloß, Boyd zuckte zusammen, und die Zukunft war nicht mehr das, was sie gewesen war.

Er schenkte sich zitternd einen Wodka ein, stolperte auf die Terrasse und sank in einen Liegestuhl neben dem Marmorgeländer. Eine Brise kam auf. Unten auf der Straße half der Portier Egidio, fünf Koffer und einen Schrankkoffer in einem Taxi zu verstauen.

Boyd schüttete Wodka in sich hinein, bis die Welt nicht mehr kantig und eckig war. Er wußte, daß er Entscheidungen treffen mußte.

Aber nicht jetzt.

Nur heute, nur heute abend wollte er alles von sich schieben.

Im Arbeitszimmer hatte er auf einem Regal hinter den Ausgaben der Mahler-Gesellschaft eine kleine Dose Kokain mit einem winzigen Jadelöffel im Deckel versteckt. Er hielt sich das rechte Nasenloch mit dem Zeigefinger zu, hob den Löffel mit dem schneeweißen Pulver zum linken, schnupfte; dann wechselte er die Nasenlöcher und schnupfte nochmals.

Allmählich wurde der Schmerz in ihm schwächer, als hätte sich ein leuchtender Vorhang zwischen ihn und diesen Schmerz gesenkt.

Er hatte noch nie in der Avery Fisher Hall dirigiert, wenn er high war. Er schwamm und arbeitete sich durch Bruckners *Siebente Symphonie*, verlor die Stelle in der Partitur, überblätterte Seiten, versäumte es, Akzente zu setzen, zerdehnte das Adagio zum Schneckentempo und verwandelte das Finale in einen kreischenden Galopp.

Die Musiker wechselten Blicke, aber viertausend Abonnenten sprangen auf, brüllten begeistert, und am nächsten Tag erhielt Boyd die besten Kritiken seit seinen ersten Konzerten mit Ariana.

Am nächsten Donnerstag um zehn Uhr fünfundvierzig schritt ein kleiner Mann in einem zerknitterten schwarzen Talar zur Richterbank des Zivilgerichts im ersten Bezirk von Ciudad Trujillo, Dominikanische Republik. Er balancierte eine halbmondförmige Brille auf der Nase, betrachtete blinzelnd seinen Gerichtskalender und fragte, wer Señora Kinsolving vertrete.

Ein salopp gekleideter Anwalt stand auf und legte seine Vollmacht vor.

Der Richter fragte, wer Señor Kinsolving vertrete.

Der salopp gekleidete Anwalt stand erneut auf.

Der Richter erklärte, daß er bereit sei, die Ausführungen zu hören. Er massierte einen schmerzenden Nerv in seiner Wange. Dann unterbrach er den Anwalt und fragte, ob Señor Kinsolving gegen den Antrag seiner Frau Einspruch erhebe.

Der Anwalt schüttelte den Kopf.

Der Richter schlug mit dem Hammer auf den Tisch und erklärte, daß gemäß den Gesetzen der Dominikanischen Republik Señora Kinsolving eine geschiedene Frau sei.

Zeitungen und Magazine bezeichneten Arianas Scheidung von Boyd als freundschaftlich. Ein Klatschjournalist verstieg sich zu dem Wort *liebevoll*. Beruflich war es keine Scheidung. Sie arbeiteten weiterhin zusammen, und ihre Agenten schlossen auf Jahre hinaus Verträge ab. Obwohl sie getrennt zu ihren Engagements fuhren und in verschiedenen Hotels wohnten, erwischten Fotografen sie oft dabei, wie sie gemeinsam verschwanden, um in einer Probenpause einen Espresso zu trinken oder nach der Vorstellung zusammen essen zu gehen.

Sie verbeugten sich immer noch gemeinsam, und das Publikum jubelte ihnen begeisterter zu denn je.

Das *Time*-Magazin bezeichnete sie als das ideale Paar der sechziger Jahre. Ihr Einkommen verdoppelte sich.

»Bist du glücklich, Schätzchen?« fragte Boyd Ariana.

Sie saßen in der Biffi Scala an einem Ecktisch. Das Premierenpublikum hatte sie gerade zwölfmal für ihre *Puritani* vor den Vorhang gerufen, und die Leute an den anderen Tischen schauten mit unverhohlener Neugierde zu ihnen hinüber.

»Ich bin glücklicher denn je«, antwortete sie. »Ich habe meine Arbeit, ich habe einen wunderbaren Dirigenten, der mich nie hetzt oder meine Stimme zudeckt, und ich habe Nikos.«

»Hoffentlich tut er dir nicht weh.«

»Nikos ist der gütigste Mensch der Welt. Und du – bist du glücklich?«

Boyd starrte in sein Glas Château Margaux. »So halbwegs. Ich habe einen neuen Freund. Aber manchmal sehne ich mich nach uns zurück.«

Sie legte ihre Hand auf die seine. »Wir haben einander immer noch, und so wird es bleiben. Jetzt erzähl mir von deinem neuen Freund.«

20

»Wir treffen Holly Chambers«, verkündete Nikos. »Ich habe eine Überraschung für dich.«

Ariana sah ihn an – sein Gesicht war beherrscht und ausdruckslos wie ein Profil auf einer römischen Münze. Der Flügelschlag einer Ahnung streifte sie. Die Scheidung – er hat sie durchgesetzt.

Die Limousine blieb stehen. Der Fahrer öffnete die Wagentür. Ariana stieg aus und stand vor der makellosen Fassade eines vierstöckigen Backsteinhauses. Es war von dichten Buchsbaumhecken umgeben und besaß Balkontüren mit bleigefaßten Glasscheiben sowie schmiedeeiserne Balkongitter.

»Hat Holly sein Büro in eine Botschaft verlegt?« fragte sie.

»Es ist keine Botschaft«, erklärte Nikos. »Und es gehört nicht Holly.«

Holly erwartete sie schon in der Eingangshalle. Er zeigte auf zwei Bronzestatuen in den Nischen neben der Eingangstür. »Venus und Adonis, sechzehntes Jahrhundert, italienische Renaissance. Vom Vorbesitzer Benvenuto Cellini zugeschrieben, aber wer weiß das schon?« Er zeigte auf ein Paar zwei Meter hohe blaue Vasen, die links und rechts neben der rosafarbenen Marmortreppe standen. »Lowestoft – mit Zertifikat von Parke-Bernet. Ich habe den früheren Besitzer dazu überreden können, sie als Draufgabe stehenzulassen. Wollen wir gleich mit der Führung beginnen?«

Ariana folgte ihm ungläubig durch die zweiunddreißig Zimmer des Hauses. Es gab zwei Küchen, zehn Schlafzimmer, acht Badezimmer. Bei jedem Raum, den sie betraten, wurde ihr Vorgefühl bedrückender.

Sie wandte sich an Nikos. »Warum zeigst du mir dieses Haus?«

»Gefällt es dir nicht?«

»Ich habe noch nie ein so herrliches Haus gesehen.«

»Hoffentlich heißt das, daß es dir gefällt, denn es gehört dir.«

Holly überreichte Ariana einen Schlüssel und einen schweren Umschlag. »Der Hausschlüssel; die Schenkungsurkunde.«

Arianas Hand zitterte, als sie den Umschlag öffnete. Nikos hatte das Haus ihr überschrieben.

Sie konnte nicht sprechen. Im Geist sah sie alle die winzigen Räume vor sich, die einmal ihr Zuhause gewesen waren. Sie starrte die Urkunde lange an, und dann betrachtete sie die Wand mit der Stuckarbeit und der Täfelung. Aber sie sah nicht die Wand, sondern die Zukunft.

Sie ging rasch in das nächste Zimmer. Es war so groß wie ein Ballsaal. In den Spiegelwänden erblickte sie Hunderte leicht getrübter Abbilder ihrer selbst.

Nikos folgte ihr. »Wir können alles ändern lassen, was dir nicht gefällt.«

»Müssen wir einziehen, bevor wir verheiratet sind?«

»Liebling, es ist das ideale Heim für uns. Du kannst singen, ich kann arbeiten, wir können Gäste empfangen, wir haben zehn Schlafzimmer, in denen wir miteinander schlafen können –«

»Warum können wir nicht zuerst heiraten?«

Seine Augen glühten düster. »Ich verstehe dich nicht. Du hast mich doch. Glaubst du, daß sich etwas ändern würde, wenn ich dein Mann bin?«

Zweifel regten sich in ihr. »Wirst du mich jemals heiraten, Nikos?«

Er seufzte. »Maria-Kristina will nur dann einer Scheidung zustimmen, wenn ich auf das Recht verzichte, meine Tochter zu besuchen.«

»Du kannst sie doch bestimmt irgendwie überreden.«

Er knackte mit den Knöcheln, was in dem leeren Raum wie ein Gewehrschuß klang. »Ich habe es versucht. Glaub mir, ich habe es versucht.«

»Dann benützt sie deine Tochter als Geisel.«

Er nickte. »Leider trifft das den Nagel auf den Kopf.«

»Sie liebt dich offenbar. Sie liebt dich offenbar genauso wie ich.«

Sie redete sich ein, daß sie seine Wärme brauche, damit sie die Kälte aus ihrem Leben vertrieb. Sie bezog mit ihm das Haus und schlüpfte in die weitläufigen Räume seiner Liebe. Drei Monate lang war sie glücklich.

Sie hatte sehr viel zu tun: Sie mußte Dienerschaft aufnehmen, Tapezierer bestellen. Im Frühstückszimmer mußte eine Wand abgerissen werden, und das bedeutete, daß sie mit Architekten verhandeln mußte, und es bedeutete eine Absage in letzter Minute an die Met, die sie als Donna Anna bei einer Wohltätigkeitsvorstellung von *Don Giovanni* im Februar vorgesehen hatte.

Sie hatte gehofft, daß sie die Sieglinde in *Die Walküre* bis zur Mai-Eröffnung der Scala einstudiert haben würde, mußte aber leider absagen.

Sie versuchte, dreimal wöchentlich mit Austin Waters zu arbeiten, aber im März hustete sie zwei Wochen lang und mußte bis auf ein paar unvermeidliche Partys, die sie nur Nikos zuliebe besuchte, alle Verpflichtungen absagen.

Im April 1970 wollte sie eines Tages nachsehen, ob das Dienstmädchen die Tasten des Steinways gereinigt hatte. Sie schlug einen Akkord an und versuchte die ersten Takte des Walzers der Musetta. Ihr Hals krächzte das hohe B häßlich, verzerrt, fremd, wie ein Frosch.

Sie konnte es nicht glauben. Zwei Wochen sind vergangen,

und was habe ich getan? Sie bestellte die Tapezierer ab und stürzte sich in die Arbeit. Sie brauchte fünf von Panik erfüllte Wochen, um wiederzugewinnen, was sie innerhalb von zwei Wochen verloren hatte.

Es war der Monat der Veränderungen. Nikos wurde unberechenbar. Sie spürte, daß die Ungeduld in ihm wuchs. Seine Mundwinkel waren tief nach unten gezogen; die großen Zimmer des Hauses schienen zu klein für das zu sein, was er empfand.

»Wie hast du den heutigen Tag verbracht, Nikos?«
Er sah sie mürrisch an. »Müssen wir darüber sprechen?«
Sie zog sich in ihr Übungsstudio im obersten Stockwerk zurück. Es war ein heller, abgeschiedener, stiller Raum. Irgendwie gehörte er zu dem Mädchen, das sie nie hatte sein dürfen. Es gab farbige französische Lithographien, Regale mit exotischen Pflanzen und handbemalten Porzellanpuppen, und vor allem ein Bösendorfer-Klavier mit sechseinhalb Oktaven und einem eigens entworfenen Notenständer, auf dem die aufgeschlagene Seite der Gesangspartitur festgemacht werden konnte.

Sie verbannte Nikos aus ihrem Bewußtsein, weigerte sich, an sein Schweigen zu denken. Sie holte Luft, schlug einen C-Dur-Akkord an und übte.

Nach einer langen, ergebnislosen Sitzung mit den Direktoren zweier Uranminen in Manitoba betrat Nikos am darauffolgenden Dienstag das Haus am Sutton Place. Eine Stimme drang vom obersten Stockwerk herunter.

»Pace, pace, mio dio...«
Er reagierte verärgert und schlug die Eingangstür zu. Das Haus war plötzlich still. Er drückte zweimal energisch auf den Knopf für den Fahrstuhl. Sofort danach seufzte der Lift leise den Schacht herunter. Die Tür ging auf. Eine gutaussehende junge Frau verließ ihn. Nikos trat überrascht zur Seite.

Sie lächelte ihn an. Ihr hellblondes, glattes Haar war kurz geschnitten.

»Ich bitte um Entschuldigung«, sagte er.
»Es tut mir leid«, antwortete sie. »Ich wollte den Fahrstuhl nicht mit Beschlag belegen.«

Die Sanftheit in ihrer Stimme beeindruckte ihn so sehr, daß er ihr nachstarrte. Sie verschwand durch die Eingangstür.

Als Ariana das Wohnzimmer betrat, stand Nikos auf dem Balkon. Eine Wolke Zigarrenrauch trieb herein.

»Wer war die junge Frau?« fragte er, ohne sich umzudrehen. Er blickte mißgelaunt auf das dunkle Grün des Privatparks Sutton Place hinunter.

»Du meinst wahrscheinlich Vanessa, meine Schülerin. Sie kommt jeden Donnerstag.«

Seine Lippen zogen sich zu einem dünnen Strich zusammen. »Du hast die Tür zugeschlagen«, stellte sie fest.

»Habe ich vielleicht nicht das Recht, in meinem eigenen Haus Türen zuzuschlagen?«

Unklar wurde ihr bewußt, daß er nicht mehr der Mann war, mit dem sie bisher zusammengelebt hatte. »Worüber ärgerst du dich eigentlich, Nikos?«

Er seufzte. »Warum sollte ich mich ärgern? Besitze ich denn nicht alles? Ein schönes Leben in einem schönen Haus mit einer schönen Sängerin?« Er riß sich die Zigarre aus dem Mund und warf sie wütend auf den Rasen unter ihm.

»Nikos, wir benützen den Park gemeinsam mit unseren Nachbarn.«

»Wir benützen zu vieles gemeinsam. Es gibt keine Intimsphäre.«

Erstaunt erkannte sie, daß er nach nur drei Monaten das Haus bereits satt hatte. »Willst du das Haus abstoßen und ein anderes kaufen?«

»Was hätte ich davon? Ich würde immer noch deine Stimme hören.«

Sie trat zurück. »Du ärgerst dich über – meine Stimme?«

Er legte ihr den Arm um die Schultern. »Ich liebe deine Stimme. Ich bete deine Stimme an. Aber ich halte es nicht aus, wenn du übst. Und so wie wir in diesem Haus leben, muß ich dich unweigerlich hören.«

»Auch wenn ich die Türen schließe?«

Er nickte. »Es ist ohnehin erstaunlich, daß die Nachbarn sich noch nicht beschwert haben.«

Sie war verlegen, als hätten sie Fremde nackt an einem offenen Fenster gesehen. »Was sollen wir tun, das Zimmer schalldicht machen lassen?«

»Ich will nicht wieder Handwerker im Haus haben, es waren ohnehin schon zu viele da.«

»Aber wenn du mich nicht hören willst...«

»Wir werden dir eine Wohnung besorgen, in der du üben kannst. Ein Apartment in einem anderen Gebäude.«

Obwohl Überraschung in ihr aufwallte, fand sie, daß die Lösung etwas für sich hatte. Er mußte mit sich allein sein, so wie sie mit ihrer Musik allein sein mußte.

»Einverstanden«, stimmte sie zu. »Ich werde in einem Studio üben. Aber es muß ein schönes Studio sein – genauso schön wie mein Zimmer hier.«

Er drückte sie an sich, und sie spürte, daß seine Liebe zu ihr in diesem Augenblick so groß war wie schon lange nicht mehr.
»Du bist ein Engel«, meinte er. »Es wird das schönste Künstlerstudio in ganz Manhattan werden.«

Zehn Tage später berichtete ihr Nikos aufgeregt, daß ein Makler das ideale Studio gefunden habe. Es entpuppte sich jedoch als ein Vier-Zimmer-Apartment, das mit französischen Ahornmöbeln aus dem siebzehnten Jahrhundert vollgestopft war. Ein völlig deplacierter Steinway-Konzertflügel thronte vor dem Nordfenster und versperrte praktisch die ganze Aussicht auf den Central Park.
»Wer hat diese Einrichtung ausgesucht, Nikos?« rief sie.
Er sah sie beleidigt an. »Ich habe gedacht, daß dir die Möbel gefallen werden.«
»Sie sind entzückend. Aber...«
Als sie das Schlafzimmer besichtigte, verwandelte sich die Überraschung in Mißtrauen. Die goldfarbene Seidendecke auf dem Himmelbett paßte zu den Vorhängen und den Tapeten.
»Mir war nicht klar, daß ich auch die Nächte hier verbringen soll.«
»Vielleicht wirst du gelegentlich ein Schläfchen machen.«
In dem blauen Marmorbadezimmer entdeckte sie eine Jacuzzi-Badewanne, eine Massagedusche und ein Bidet.
»Was ist los?« fragte Nikos. »Gefällt dir etwas nicht?«
Sie erkannte, daß er es nicht begriff, nicht einmal andeutungsweise. »Glaubst du denn, daß du mich nur mit Nerzmänteln, Schmuck und Eigentumswohnungen zu überschütten brauchst – und das wäre alles? Glaubst du das wirklich?«
»Was habe ich schon wieder falsch gemacht?«
Sie versetzte dem Bidet einen Fußtritt. »Wozu brauche ich so etwas in einem Übungsstudio? Wozu brauche ich ein Bett aus dem Freudenhaus eines französischen Königs? Was schenkst du mir, Nikos – ein Liebesnest und uneingeschränkte Freiheit?«
Offenbar dämmerte ihm endlich etwas. Er senkte die Lider. »Dieser idiotische Makler hat meine Anweisungen mißverstanden. Ich lasse die Badezimmereinrichtung herausreißen. Ich lasse das Bett verbrennen.«
»Der Makler ist unwichtig. Verstehst du denn nicht, worauf es ankommt?«
Er sah sie kläglich und vollkommen verdutzt an.
»Wirst du jemals so an mich denken wie ich an dich? Wirst du mich jemals verstehen, oder liegt dir nichts daran?«

»Wie kann ich dir beweisen, daß mir alles daran liegt?«
»Vielleicht kannst du das gar nicht. Vielleicht willst du es auch nicht. O Nikos, das habe ich nicht sagen wollen. Halte mich nur fest.«
Er hielt sie fest.

Der Makler entfernte das Bidet, aber Ariana hatte es sich inzwischen überlegt und fand, daß das Bett zum Hinauswerfen zu hübsch war.

»Eine Escher-Retrospektive!« Carlottas ungläubiger Aufschrei war im gesamten vorderen Raum von »21« zu hören. »Einen Abend ausgerechnet so zu verbringen! Genausogut könntest du dir die Haare waschen und fernsehen.«
Arianas Finger spielten mit den Zinken einer Garnelengabel. »Es war zwischen zwei *Tosca*-Aufführungen. Nikos mußte geschäftlich fort. Ich weiß nie, was ich unternehmen soll, wenn Nikos plötzlich verschwindet.«
Carlottas Augen veränderten sich, wurden unvermittelt wachsam. »An welchem Abend war die Eröffnung?«
»Am zehnten. Vergangenen Mittwoch.«
»Das ist doch komisch. Vergangenen Mittwoch... ich weiß bestimmt, daß es vergangenen Mittwoch war... hat sich Nikos bei Mimsy Maxwell herumgetrieben.«
»Das ist unmöglich. Nikos ist Mittwoch früh nach Riad geflogen und erst Freitag nach New York zurückgekehrt.«
Carlotta hatte sich aufgerichtet, einen Abstand zwischen Ariana und sich gelegt. »Ich habe ihn bei Mimsy gesehen, Liebste. Ich habe zwar das Gefühl, daß ich in ein Fettnäpfchen trete, aber außer mir haben ihn drei Dutzend Leute gesehen.«
Ariana fiel ein, daß Carlotta keinen Grund hatte, eine solche Geschichte zu erfinden oder gar eine offenkundige Lüge zu erzählen. Sie stellte das Glas mit dem gekühlten Chablis sehr vorsichtig auf den Tisch. »Habe ich eine interessante Party versäumt? Erzähl mir, wer noch anwesend war.«
Carlotta rasselte eine Liste herunter. Ariana unterbrach sie.
»Was ist mit dem süßen Mädchen aus der montenegrinischen Fürstenfamilie? War sie auch dabei?«
Carlotta mußte einen Augenblick nachdenken oder jedenfalls so tun. »Du meinst Principessa Maggie? Ja, sie hat sogar ziemlich viel Aufsehen erregt. Sie hat ein sehr sicheres Farbengefühl.«

Ariana fischte eine Olive aus ihrem Salade niçoise. »War auch Principessa Maggies Mann anwesend?«
»Der Klavierspieler? Nein, der Arme mußte auf einer anderen Party spielen. Ich habe den Eindruck, daß es in der Ehe kriselt.«
»Mit wem war Principessa Maggie dann dort?«
»Mit wem?«
»Sie muß doch einen Begleiter gehabt haben.«
»Den so blendend aussehenden Verleger, der jeden Morgen acht Kilometer um den Wasserbehälter im Central Park läuft. Du kennst ihn – John Thatcher, Thacker, er hat wunderbare braune Augen und einen süßen flachen Bauch.«
Ariana erinnerte sich undeutlich an den Herausgeber eines Magazins für Männer, der im Central Park joggte und auf Partys damit renommierte. »Er ist schwul, nicht wahr?«
Carlottas Ton klang leicht tadelnd. »Das spielt doch keine Rolle, Liebste.«
Es spielte eine Rolle, doch nicht so, wie Carlotta es meinte. »Hat sich Principessa Maggie mit Nikos unterhalten?«
Carlotta zuckte die Schultern. »Ich gebe zwar zu, daß ich gern tratsche, aber ich bin nicht die CIA – und ich hatte kein Mikrofon in ihrer Ecke versteckt.«
Arianas Herz setzte aus. »Sie saßen in einer Ecke?«
»In dem kleinen Alkoven. Mimsy hat den schrecklichen Dubuffet dort aufgehängt. Was sie an einem Stümper wie Dubuffet findet –« Carlotta sah Arianas Gesicht und unterbrach sich. »Mein Gott, ich habe dich aus der Fassung gebracht. Bitte verzeih mir.«

»Sag mir nur, wie lang«, bat Ariana leise. »Wie lang warst du mit ihr in der Ecke?«
Nikos trat ans Fenster. »Ich kann nicht glauben, daß dieses Gespräch wirklich stattfindet.«
Sie stand auf, machte vorsichtig vier Schritte auf dem Aubusson-Teppich und fuhr herum. »Ich kann nichts dafür, daß ich so bin, wie ich bin, Nikos. Ich habe Gefühle, ich empfinde Schmerz.«
Nikos seufzte mit kaum unterdrückter Ungeduld.
»Ich muß mich mit Gewalt dazu zwingen, die Dinge zu glauben, die du mir erzählst.« Sie hörte selbst, wie schrill und zänkisch ihre Stimme klang, und haßte sich deshalb. Aber es war zu spät, um den Wortschwall zu stoppen. »Du behauptest, daß das Flugzeug nach Riad acht Stunden Verspätung hatte. Du wolltest meine Pläne für diesen Tag nicht durcheinanderbrin-

gen, deshalb hast du mich nicht angerufen. Aber wenn du mir einreden willst, daß Lucius Griswold zufällig in der VIP-Halle gesessen hat und –«

»Und er hat vorgeschlagen, daß wir zu Mimsy fahren und ein paar Stunden totschlagen. Was ist daran so unglaublich?« Nikos ergriff das Telefon und schob es zu ihr hinüber. »Na los, frage Lucius. Zeig ihm doch, wie sehr du mir vertraust.«

Sie klammerte sich an das letzte Zipfelchen Hoffnung. »Das habe ich nicht gemeint, überhaupt nicht. Ich vertraue dir wirklich.«

»Dann hast du aber eine sehr originelle Art, es mir zu beweisen.«

»Ich glaube dir alles, was du mir erzählst, solange du –«

Er zog seine Uhr auf, die Patek Philippe, die sie ihm zum Geburtstag geschenkt hatte. »Solange ich was?«

»Kannst du mich – nicht wenigstens achten?«

»Achten?« Er warf ihr einen Blick zu. »Du machst mir eine Szene und wirfst mir vor, daß ich dich nicht achte?«

Sie versuchte verzweifelt, nicht die Orientierung zu verlieren. Sie hatte das Gefühl, daß sie auf der Bühne stand und sich im Getöse der Bläser verirrt hatte. Wo bin ich? Was ist mein nächster Ton? »Warum mußtest du zu Mimsy gehen? Warum ausgerechnet dorthin?«

»Ich pflege immer dorthin zu gehen, wo ich willkommen bin.«

»Du tauchst ohne mich auf einer Party von Leuten auf, die wir beide kennen. Du versteckst dich drei Stunden lang mit – mit diesem Kind in einer Ecke. Begreifst du denn nicht, was für einen Eindruck das macht?«

»Maggie und ich haben uns zehn Minuten lang unterhalten. Wir haben uns nirgends versteckt, wir haben uns zusammen mit weiteren vierzig Leuten in Mimsys Garten aufgehalten. Und ich nehme es dir sehr übel, daß du mich beschuldigst, mich für sie zu interessieren, ihr sogar vor den Augen deiner und meiner Freunde den Hof zu machen.«

»Das habe ich nicht gemeint, das habe ich nicht gesagt.«

»Was willst du denn sagen?«

Sie sank auf das Sofa. »Daß ich dich liebe. Und ich habe solche Angst davor... dich zu verlieren.«

Er kam zu ihr und schloß sie in die Arme.

Sie ließ sich von der Stille des Augenblicks erfüllen. »Es tut so gut, wenn du mich in den Armen hältst. Wenn ich die Augen schließe, weiß ich nicht, wo du endest und ich beginne.«

»So soll es auch sein. So könnte es immer sein, wenn du es

zuließest.« Er ergriff ihre Hände. »Warum haßt du dieses kleine Mädchen? Das ist deiner nicht würdig.«

»Ich hasse sie nicht.« Ariana sah ihn unsicher an. »Ich kenne sie nicht einmal.«

»Darin liegt das Problem.« Er schwieg, dann leuchteten seine Augen auf. »Ich habe die Lösung. Lade sie zum Dinner ein.«

Sie löste sich von ihm. »Es ist nicht wichtig, Nikos, wirklich nicht.«

»Doch, es ist wichtig. Wenn dich ein Pferd abwirft, mußt du sofort wieder aufsitzen. Sonst verlierst du die Angst nie. Dieses kleine Mädchen hat dich abgeworfen. Wir werden sie Dienstag zum Dinner einladen.«

»Nächsten Dienstag singe ich in Rio.«

Er drückte ihre Finger. »Also dann Dienstag in einer Woche.«

Der Protest schnürte ihr die Kehle zu. »Wir haben doch schon die Chapins eingeladen.«

»Dann machen wir eine Party daraus.« Er drückte ihr schnell einen Kuß auf den Mundwinkel. »Ich will mit meiner tapferen Ariana angeben.«

Sie beging drei Fehler. Sie gab die Party. Sie lud zweiundsechzig Gäste ein. Und sie setzte Simmy Simpson, einen geschwätzigen, kahlen Autor, der zweimal den Pulitzer-Preis gewonnen hatte, rechts neben sich.

Während der Krebssuppe beugte sich Simmy zu ihr und flüsterte: »Ich muß schon sagen, Liebste, es ist wirklich anständig von Ihnen, die Principessa in Ihr Haus einzuladen.«

Ariana machte ihr Gesicht zu einer Maske. Ein einziger Satz eines Tratschmauls war im Begriff, ihr Leben auszulöschen.

»Nachdem sie und Nikos sich in der Öffentlichkeit überall zusammen gezeigt haben... Sie wissen es doch, nicht wahr?«

Simmy trank sein Perrier und beobachtete sie über den Rand des Glases hinweg. Seine rosafarbenen Augen unter den gezupften Brauen glitzerten. Arianas Herz klopfte zum Zerspringen, und sie brachte keinen Ton heraus.

Simmy deutete ihr Schweigen richtig. »O mein Gott, ich hasse es, wenn ich bei einem Dinner Hiobsbotschaften überbringen muß. Ich habe dann immer Angst, die Gastgeberin befiehlt einem Diener, mich zu vergiften.«

Ariana schaffte ein Lächeln. »Heute abend werde ich Sie bestimmt nicht vergiften, Simmy. Ich habe eigens für Sie weiße Schokoladenmousse zubereiten lassen. Außerdem erzählen Sie mir nur Dinge, die ich schon weiß.«

»Dann wissen Sie auch, daß sie bei Harry Winston Diamanten ausgesucht haben?«

Einen hilflosen Augenblick lang überflog Ariana das Meer von Smokingjacken und nackten Schultern. Sie erblickte Nikos in weiter Ferne; er lächelte braungebrannt und liebenswürdig und war in ein Gespräch mit der Frau des holländischen Gesandten bei den Vereinten Nationen vertieft.

Heute abend hätte er stolz auf sie sein sollen. Vom Kopf bis zu den Füßen, von der seidenen Unterwäsche bis zur chinesischen Mandarinjacke und dem gestickten Satinpyjama trug sie ausschließlich funkelnagelneue Sachen. Sie sah besser aus als alle Anwesenden. Sie hatte es für ihn getan, aber er hatte den ganzen Abend über kein Wort mit ihr gesprochen, hatte es nicht einmal bemerkt.

Irgendwie fand sie Worte. »Natürlich habe ich es gewußt. Ich habe Maggie gebeten, Nikos zu beraten, wenn er Ohrringe für unseren Jahrestag kauft. Dann hat er das Gefühl, daß er mich damit überrascht.«

»Jahrestag?« Simmy zog die Augenbrauen hoch. Er hörte jeden falschen Ton auf Anhieb.

»Wir haben uns vor dreiundzwanzig Jahren kennengelernt.«

Er lächelte. »Wie romantisch. Aber warum muß ausgerechnet Maggie an dieser Feier beteiligt sein?«

Ariana warf einen Blick in den Garten. An dem Tisch unter dem fernsten Zipfel der gestreiften Markise schimmerte Principessa Maggie in schwarzer Seide, lachte, hing am Arm des Präsidenten der Chase Bank und schwenkte ein Champagnerglas. Zwei goldene Armbänder, so breit und auffallend wie Lederstrapse aus einem Sexshop in Greenwich Village, blitzten auf ihrem Arm. »Maggie verfügt über exquisiten Geschmack«, murmelte Ariana.

Simmy verzog grimmig den Mund. »Unter uns gesagt, Liebste, nageln Sie alles fest, was Sie lieben – und damit meine ich wirklich alles. Die Principessa wird sehr bald einen neuen Ehemann brauchen.«

Ariana spürte einen zunehmenden Druck unterhalb des Brustbeins. »Und was ist mit dem, den sie jetzt hat?«

»Er ist nicht anwesend, nicht wahr?«

»Er konnte nicht kommen. Er spielt in East Hampton Klavier.«

»Hmmm.« Ein schwaches Lächeln kräuselte Simmys Lippen. »Mein Informant hat mir verraten, daß Mister Principessa von einer Festivität nach Hause gekommen ist und daß der Anblick, der sich ihm bot, als er das Licht im Schlafzimmer einschaltete, überhaupt nicht nach seinem Geschmack war. Sie ist ein Luder, Liebste.« Er senkte die Stimme. »Sagen Sie es nicht weiter, aber ein sehr gut informierter Freund, der Brewster Kardinal McHenry, hat mir erzählt, daß eine päpstliche Annullierung im Gespräch ist.«

Irgendwie überstand Ariana das Dessert, den Kaffee und Simmys Geschwätz, schlüpfte dann hinauf und sperrte sich im Gästebadezimmer ein. Würgender Husten überfiel sie. Sie beugte sich über das WC und erbrach. Als ihr Magen leer war, wusch sie Gesicht und Hände, gurgelte mit kaltem Wasser und spuckte es in die Waschmuschel.

Blut versickerte im Abfluß.

Einen Augenblick lang gehorchten ihr die Finger nicht. Sie konnte den Hahn nicht aufdrehen und die Gesichtstücher nicht auswringen. Das ist der Tod, ich sterbe, dachte sie. Während endlich das Wasser rauschte, setzte sie sich auf den Deckel der Toilette und betete.

Lieber Gott, laß mich nicht verlassen sterben.

Endlich ließ der brennende Druck in ihrer Brust ein wenig nach.

Das Badezimmer war von zwei Gästezimmern aus zugänglich, und sie öffnete die Tür in den auf den Fluß hinausgehenden Raum, um Luft hereinzulassen. Aus dem Garten trieben Musik und Geplauder herauf. Sie glättete das Handtuch mit dem gestickten *A*, ohne darauf zu achten, daß die Spiegeltür aufging und das dunkle Schlafzimmer reflektierte. Doch dann erblickte sie zwei Gestalten auf dem Balkon, einen Mann und eine Frau, die sich flüsternd unterhielten. Die Frau trat ins Licht.

Ariana erkannte Principessa Maggie. Sie drehte sich schnell um, denn sie wollte den Mann nicht erkennen – doch sie wußte es bereits. Es war, als hätte man ihr ins Gesicht geschlagen.

Sie verließ das Badezimmer und ging in den Korridor des darunterliegenden Stockwerks hinunter. Als Nikos die Treppe herabkam, erstarrte sie. Er unterhielt sich angeregt mit Ron Harkins, dem Mann, der zwanzig Millionen Dollar für das Metropolitan Museum auftreiben sollte.

Im Vorbeigehen berührte Nikos lächelnd ihren Arm.

Dreißig Sekunden später schritt Principessa Maggie die Treppe herunter – Hand in Hand mit dem Verleger mit dem flachen Bauch. Unter ihrem kurzen Abendkleid blitzten lange Schenkel auf, und aufreizend spitze Brüste zeichneten sich überdeutlich ab. Immer mehr Köpfe wandten sich ihr zu. »Können Sie uns verzeihen, Ariana?« fragte sie. »Wir haben es eilig.«

Ariana zwang sich, Enttäuschung zu mimen. »Ich werde

Nikos suchen, er wird sich bestimmt von Ihnen verabschieden wollen.«

»Ich habe wirklich keine Zeit mehr. Ich werde anrufen.«

Ariana ging mit Principessa Maggie und ihrem Begleiter durch ein Tal des Schweigens zur Tür.

Vor dem Haus parkten zwei Reihen Limousinen. Ihre Rücklichter leuchteten. Die Principessa schlang sich ein Fendi-Fuchsfell um den Hals. Es paßte genau zu ihrem Haar.

»Nikos hat behauptet, daß Sie diese Party für mich gegeben haben.«

»Für Sie und ein paar Freunde.«

»Sie sind ein Engel, sich soviel Mühe für jemanden zu machen, den Sie kaum kennen.« Die Principessa küßte Ariana auf die Wange. »Nächstes Mal bin ich an der Reihe, ja?«

Endlich waren sie allein.

»Du bist mit ihr zusammen gesehen worden.« Ariana brachte die Worte nur mit Mühe heraus.

Nikos, der auf dem Sofa saß, blickte auf. »Mit wem?«

»Mit deiner Principessa. Jeder weiß, daß du mit ihr zusammenkommst.«

Er lächelte nachsichtig, beinahe belustigt. »Und wann habe ich deiner Meinung nach die Möglichkeit, mit ihr zusammenzukommen?«

Sie haßte seine Ruhe. »Wenn du nicht zu Hause bist. Wenn du nicht arbeitest.«

»Und wann ist das?«

»Die ganze Zeit über. Du hast mit ihr die ganze Stadt unsicher gemacht.«

»Wo?«

»Ihr habt euch bei Harry Winston Diamanten angesehen.«

»Wann?«

»Belüge mich nicht, Nikos. Die ganze Welt weiß es, und die ganze Welt lacht darüber.«

Nikos stand auf, ging durch das Wohnzimmer und legte ihr den Arm um die Schultern. »Dann ist die ganze Welt genauso dumm wie du.«

Sie stieß ihn zornig zurück. »Würdest du mir erklären, worin meine Dummheit besteht?«

Seine Augen wurden dunkel. »Du erhebst deine Anschuldigungen zu rasch.«

»Ich habe das Recht, dich zu beschuldigen. Und ich habe ein Recht auf eine Antwort.«

»Ich werde dir erst zuhören, wenn du aufhörst, diese schrecklichen Geräusche von dir zu geben.«

Sie ergriff einen Aschenbecher aus Kristall und holte aus. Nikos packte sie am Arm. Sie rangen. Der Aschenbecher zersplitterte am Boden.

Nikos schrie jetzt. »Ich bin mein eigener Herr. Begreif endlich mit deinem kindischen Verstand, daß ich niemandem gehorche. Wenn ich einen karierten Hut tragen will, tue ich es. Wenn ich Milch trinken oder nach Tahiti fliegen oder die Aktienmehrheit von IBM kaufen will, bitte ich niemanden um Erlaubnis.«

»Und wenn du mit deiner Principessa ins Bett gehen willst?«

Er musterte sie lange schweigend. »Ich warne dich zum letztenmal, Ariana – ich lasse mir Eifersucht nicht gefallen.«

»Und ich lasse mir Demütigungen nicht gefallen.«

»Dann sind wir uns vollkommen einig.« Er drehte sich um und verließ das Zimmer.

»Nikos!« Sie lief in das leere Stiegenhaus. Die Eingangstür fiel ins Schloß.

Sie ging zu Bett. Die Angst setzte ein. Zuerst die kleine Angst davor, nicht schlafen zu können, dann die große Angst, weil sie um drei Uhr morgens noch immer allein war.

Sie nahm eine Schlaftablette. Zwei Stunden später noch eine.

Er kam in dieser Nacht nicht nach Hause.

Er kam am nächsten Vormittag nicht nach Hause.

Den ganzen Tag über nagte die Panik an ihr.

Am Nachmittag unterrichtete sie im Studio Vanessa. Während der Stunde wartete sie ununterbrochen auf das Klingeln des Telefons, auf Nikos.

Mit halbem Ohr hörte sie bei der Koloratur von *Caro nome* etwas heraus, das ihr nicht gefiel. Sie unterbrach Vanessa. »Gib auf den Lauf in den gebrochenen Sexten acht. Du schwindelst bei den tiefen Tönen. Eine Menge Sängerinnen glaubt, daß man damit beim Publikum durchkommt, aber jemand, der zu hören versteht, läßt sich nicht täuschen.«

Austin Waters schlug einen Akkord an, und Vanessa begann die Passage von neuem.

Ariana saß hoch aufgerichtet in ihrem Stuhl, hatte die Augen zusammengekniffen und hörte nur auf das Telefon, das nicht läutete.

Dann wurde ihr klar, daß Vanessa mit der Arie fertig war. Sie stand auf, wandte den Kopf ein wenig von ihrer Schülerin ab und schaute zum dunkel werdenden Fenster.

Ich kann mich nicht konzentrieren. Ich kann mich nicht auf ihren Gesang konzentrieren. Ich muß mir wegen meines Lebens Sorgen machen. »Wir müssen den Stundenplan ändern«, erklärte sie. »Von jetzt ab werden Sie nur alle zwei Wochen zu mir kommen.«

Ihre müden, dunklen Augen suchten Nachsicht heischend die graugrünen des Mädchens. Doch Ariana mußte verlegen den Blick senken.

Dann bemerkte sie das Medaillon. Etwas zog ihre Finger zum Gold und den Amethysten. Die Fingerspitzen empfanden das Schmuckstück als kühl, beinahe als kalt, als machten ihr die Steine Vorwürfe.

Vanessa sah sie beunruhigt an. »Habe ich etwas getan, was Sie traurig macht?«

»Natürlich nicht. Ich schlage mich nur mit ein paar Problemen herum. In etwa einem Monat nehmen wir den alten Stundenplan wieder auf.«

21

An diesem Abend fand Ariana vor der Vorstellung zwei Dutzend rote Rosen in ihrer Garderobe. Die Erleichterung überflutete sie wie ein Fieberanfall. »Wie reizend von Nikos!«

Die Garderobiere stichelte an der Rüschenbluse, die Ariana im zweiten Akt von *Adriana Lecouvreur* trug. Sie ließ die Nadel rasten. »Sie sind nicht von Mr. Stratiotis, Madame.«

Ariana griff zwischen die Stengel, fand ein Billett und schnitt sich in den Finger, als sie das Kuvert aufriß.

Für einen unvergeßlichen Abend mit unaussprechlichem Dank – Maggie.

»Madeleine –« Sie zwang ihre Stimme dazu, nicht laut zu werden. »Bringen Sie diese Blumen auf die Plaza und verbrennen Sie sie.«

»Möchten Sie sie nicht lieber ins Krankenhaus schicken?«

»Sie müssen zu Asche verbrannt sein, bevor ich die Bühne betrete.« Ariana hielt der Garderobiere die Karte mit dem lächerlichen königlichen Wappen hin. »Das können Sie auch verbrennen.«

Nikos ließ sich während der ersten Pause nicht blicken. Auch nicht während der zweiten. Als der Vorhang endgültig sank, hatte Ariana drei nervöse Gedächtnislücken und ein mißlungenes hohes B hinter sich.

Zu Hause fand sie kein Billett, keine Entschuldigung, keine Blumen vor. Sie befragte das Personal. Man hatte nichts von ihm gehört.

Sie ging zu Bett. Der Schlaf kam nicht. Als das Tageslicht am Morgen auf den Seidenbrokat ihres Stuhles fiel, war das Kissen neben ihr immer noch unberührt.

Mehr als zwei Nächte hielt sie nicht durch. Sie rief in seinem Büro an. Man wußte angeblich nicht, wo er sich befand. Sie zwang sich, vernünftig zu überlegen. Ein Geliebter konnte verschwinden, sogar ein Ehemann konnte verschwinden, aber der Beherrscher der Wall Street konnte nicht einfach verschwinden. Jemand mußte Bescheid wissen.

Die Zeitungen.

Nicht ihre Zeitungen, sondern die des Personals. Die Zeitungen, die das Personal las, brachten immer Meldungen, die niemand sonst erwähnenswert fand.

Sie setzte sich mit der *Post* der Köchin und den *Daily News* der Zofe hin. Ihre Hände zitterten so sehr, daß sie den Text kaum lesen konnte. Sie breitete die Zeitung auf dem Tisch aus. Sie haßte ihre Brille, aber jetzt hatte sie sie aufgesetzt. Ihr Zeigefinger fuhr Zeile für Zeile nach, als sie sich vorbeugte und die Klatschspalte durchsuchte.

Dann rief sie Austin Waters an. »Ich muß mit Ihnen sprechen.« Im Hintergrund übte ein unbegabter Schüler.

»Okay, ich kann Sie um sechzehn Uhr dreißig einschieben. Bitte seien Sie pünktlich, Ariana.«

Als sie hereinkam, sah Austin sie wortlos einen Augenblick lang an, marschierte dann zum Klavier und griff einen A-Dur-Akkord – das Zeichen, daß sie mit dem Arpeggio beginnen sollte.

Sie klappte den Deckel zu und klatschte den Zeitungsausschnitt auf den Notenständer. »Lunch bei Delmonico, Tee im Plaza, Dinner im Côte Basque!«

Austin kniff die Augen zusammen. »Das Mädchen muß einen Bandwurm haben.«

»Sehen Sie sich auf diesem Foto seinen Arm an – er berührt sie nicht einfach – er hält sie fest.«

»Zehn Jahre lang hat Mr. Stratiotis Wert darauf gelegt, mit Sängerinnen, Schauspielerinnen, Mannequins, Moderatorinnen und Millionärinnen fotografiert zu werden. Können Sie mir erklären, was Principessa Maggie an sich hat, daß Sie sich ihretwegen in eine tollwütige Hündin verwandeln?«

»Er ist seit zwei Tagen nicht nach Hause gekommen.«

»Wer will schon zu einer Medusa nach Hause kommen? Er muß es sich nicht gefallen lassen, und er macht Sie auf diese Weise darauf aufmerksam.«

»Worauf aufmerksam? Daß er sich in dieses Kind verliebt hat?«

»Ariana – Sie sprechen von einem Milliardär. Sie sprechen von einem der größten Liebhaber außerhalb der Pornofilme. Er muß sich von niemandem etwas gefallen lassen, am wenigsten von einer zornigen, gedemütigten *pazza* wie Sie. Und jetzt singen Sie sich ein.«

Austin schlug wieder den A-Dur-Akkord an. Ariana bewegte sich weder von der Stelle, noch gab sie einen Ton von sich. Er drehte sich um.

»In fünf Tagen treten Sie in Paris in *Faust* auf, würden Sie also bitte singen?«

Sie legte ein Flugticket auf die aufgeschlagenen Schirmer-Stimmübungen. »Begleiten Sie mich nach Paris.«

»Ich habe Schüler. Haben Sie schon einmal etwas von Schülern gehört?«

»Ich brauche Sie. Allein stehe ich es nicht durch.«

»Für manche Menschen kann ein Solokonzert in der Carnegie Hall genauso schrecklich sein wie die Pariser Oper.«

»Welcher von Ihren Studenten hat nächste Woche ein Solokonzert? Nennen Sie mir einen, nur einen, und ich fliege allein nach Paris.«

Austin schwieg. Er griff nach dem Ticket und schlug es auf.

»Wo schlafe ich?«

»Im Ritz. Sie haben das Zimmer neben mir.«

Vier wilde Tage lang arbeiteten Ariana und Austin am *Faust*. Ariana stand dem Komponisten Charles Gounod mit gemischten Gefühlen gegenüber. Sie fand, daß er ein Professor war, der Bachs Pedanterie, aber nicht seine Erfindungsgabe übernommen hatte. Seine Opern waren ordentlich gemacht, edel, voller guter Absichten – und unglaublich langweilig. Doch das Schlußterzett, in dem Faust und Mephisto um Margarethes Seele kämpfen, war höchste Operndramatik.

Arianas Meinung nach hielten sich viele Opern sowieso nur deshalb auf den Spielplänen, weil sie ein großartiges Finale besaßen. *Faust* gehörte zu ihnen.

Die erste Probe an der Pariser Oper, Solistenprobe mit Klavierbegleitung, verlief unbefriedigend. Ariana spürte es, und später spürte sie, daß Austin es nicht aussprach.

»Wollen wir ein wenig spazierengehen?« fragte sie.

»Man wird Sie erkennen.«

Eine alte Frau schrubbte die Treppe. Ariana ging zu ihr.

Madame, est-ce que je peux acheter votre fichu?«

Die Alte schaute überrascht auf, sah, wer ihr Kopftuch kaufen wollte, und erhob sich mühsam von ihren Knien. Sie nahm ihr Tuch ab und entschuldigte sich, weil es naß geworden war.

»Danke. Es wird mir Glück bringen«, erklärte Ariana in ihrem Opern-Französisch. Sie bestand darauf, es mit einem Hundert-Franc-Schein zu bezahlen, band sich das Tuch um und setzte die dunkle Brille auf.

»Das war jeden Centime wert«, bemerkte Austin trocken. »Sie sehen schrecklich aus.«

Die Autogrammjäger an der Bühnentür musterten sie kurz und vergaßen sie sofort wieder. Ariana hängte sich bei Austin ein. Der Nachmittagshimmel war wolkenlos und blaßblau. Eine sanfte Brise wehte durch die Avenue de l'Opéra und trieb die Geräusche und Gerüche von Paris vor sich her.

»Ich habe so entsetzliche Angst, Austin.«

»Nicht nötig. Sie haben die Rolle in ihrer Stimme.«

»Ich habe Angst, daß ich Nikos verliere. Wirklich verliere. Für immer.«

Austins Blick tadelte sie. »Das einzige, wodurch Sie ihn verlieren können, ist Ihr jetziges Verhalten.«

»Bestimmt?«

»Bestimmt!«

»In diesem Fall möchte ich in den Tuilerien Eiscreme kaufen.«

»Ihre Diät!«

»Ich kann nicht fasten, wenn ich die Margarethe singe.«

Sie schlenderten an den Arkaden der Rue de Rivoli und den Hecken des Louvre entlang. Kreischende Kinder tobten um sie herum, und ein Fußball traf sie beinahe. Sie kamen zu einem Kinderkarussell. »Wo es Holzpferde gibt«, prophezeite Austin, »kann Eiscreme nicht weit sein.«

Ariana belegte auf einer der Bänke zwei Plätze.

»Ist Ihnen Vanille recht?«

Sie nahm Austin die tropfende Tüte aus der Hand. »Mein Lieblingseis.« Sie breitete die Pariser Ausgabe des *Herald Tribune* auf der Bank aus.

»Wo haben Sie die Zeitung her?«

»Jemand hat sie liegenlassen.«

Sie schleckten schweigend an ihren Tüten.

»Es wäre schön gewesen, wenn ich als Kind hier gelebt hätte«, meinte Ariana. »Die Eiscreme ist vollkommen. In jeder Kindheit sollte es etwas Vollkommenes geben.« Sie schleckte langsam, damit sie das Eis länger genießen konnte. Ihr Blick wanderte über den Garten und die fernen Gehsteige der Champs-Élysées, auf denen die Cafés, die Bäume und die Spaziergänger eine natürliche, harmonische Einheit bildeten.

»Angeblich ist Paris die Hauptstadt des Glücks. Ich glaube es. Und ich glaube, daß es die Hauptstadt der Einsamkeit für Menschen ist, die niemanden haben.«

»Das war sehr Pariserisch gedacht.«

»Danke, daß Sie bei mir sind.«

»Das Vergnügen ist ganz auf meiner Seite.«

Als sie aufstanden, faltete Austin die Zeitung zusammen, auf der sie gesessen hatten, und steckte sie in einen Abfallkorb.

»Sie sind heute fürchterlich ordentlich, Austin.«

»Wir sind hier Gäste.«

Seine Ordnungsliebe machte sie so mißtrauisch, daß sie den Zeitungsstand in der Halle des Ritz aufsuchte, während er die Zimmerschlüssel holte. Sie verlangte den Pariser *Herald* und versteckte ihn in ihrer Handtasche.

»Ich werde ein Stündchen schlafen«, verkündete sie im Fahrstuhl.

»Wir treffen uns also um sechs.«

Obwohl die Wände der Suite in Pastellfarben gehalten waren, bedrückten sie sie. Sie öffnete die Fenster im Salon und zog einen Stuhl in die Sonne.

Dann durchsuchte sie den *Herald* Seite für Seite, Spalte für Spalte.

In den Gesellschaftsnachrichten auf Seite sieben stand, daß Principessa Maggie von Montenegro sich in der Stadt aufhielt und zum Komitee gehörte, das den internationalen Waisenball im Georges Cinq veranstaltete.

In den Wirtschaftsnachrichten auf Seite neun las sie, daß Nikos Stratiotis nach Bukarest fliegen und mit den Rumänen über eine Pipeline für Erdgas verhandeln würde. Sein Flugzeug würde morgen auf dem Charles-de-Gaulle-Flughafen zwischenlanden.

»Sie hätten die Eiscreme nicht essen sollen.« Austin drohte ihr mit dem Finger. »Sie hat Ihnen den Appetit verdorben.«

Sie saßen vor der offenen Balkontür bei einem frühen Abendessen. Der Tag lag noch schwach auf der Place Vendôme, und der Sonnenuntergang berührte gerade noch die Statue Napoleons auf der Spitze seiner Säule.

»Ich fürchte, daß ich eine Krankheit ausbrüte.«

»Sie haben doch nicht Temperatur?« Austins Hand lag kühl und fest auf ihrer Stirn. »Legen Sie sich lieber hin.«

Sie konnte nicht einmal dösen.

Nikos kommt mit ihr zusammen... Nikos kommt mit ihr zusammen...

Sie wagte nicht, mehr als zwei Schlaftabletten zu nehmen. Nach wie vor lag sie schlaflos, von Angst gejagt.

Und wenn Nikos mich verläßt?

Er wird mich nicht verlassen. Bitte, lieber Gott. Er wird mich doch ihretwegen nicht verlassen.

Und wenn er sich entschließt, mich überhaupt zu verlassen?

Ihretwegen würde er mich nie verlassen.

Aber was ist, wenn er sich doch entschließt, mich wegen dieses Kindes zu verlassen? O Gott, wenn er sich entschließen sollte, fortzugehen, wenn er sich entschließt, wenn er fortgeht, wenn, was dann?

Am Morgen rief sie Austin in seinem Zimmer an. »Meine Erkältung ist ärger, ich bleibe im Bett.«

»Was ist mit der Probe?«

»Sie müssen meine zweite Besetzung nehmen.«

»Aber die Probe ist für Sie angesetzt.«

»Ich kann nicht«, kreischte sie und warf den Hörer auf die Gabel.

Sie zog einen Regenmantel an, nahm ihre dunkle Brille und das Kopftuch der Putzfrau. Dann schlich sie über die Hintertreppe in die Rue Cambon und stieg am Taxistand in ein Taxi.

Während der nächsten drei Stunden, in denen sieben Solisten, das Orchester und der Chor der Oper ohne sie probten, rannte sie durch den Charles-de-Gaulle-Flughafen. Sie kontrollierte die Flugsteige in der Ankunftshalle für Flüge aus New York und in der Abfertigungshalle für Flüge nach Osteuropa. Einmal war sie davon überzeugt, daß sie Nikos entdeckt hatte, und zweimal war sie sicher, Principessa Maggies Rücken erkannt zu haben, aber als sie die Leute erreichte, entpuppten sie sich als erstaunte Fremde.

Ariana war an diesem Abend weder seelisch noch stimmlich in der Lage, *Faust* zu singen. Vom ersten Akt an wußte sie, daß sich eine Katastrophe anbahnte. Nach etlichen Mißgeschicken kam endlich das Schlußterzett. Überraschenderweise versprach sich Ariana beim Höhepunkt, als sie singen sollte: *Portez mon âme au sein des cieux.* – »Tragt meine Seele zum Busen des Himmels« –, sang sie: *Portez mon homme.* Durch den falschen Vokal hieß es jetzt lächerlicherweise: »Tragt meinen Mann«.

Es nutzte nichts mehr, daß ihr hohes B sicher und rein kam. Als Margarethe starb, gab es schallendes Gelächter und Buh-Rufe. Mephisto schrie: »Gerichtet!«, und das Publikum applaudierte. Hinter der Bühne sangen Engelsstimmen: »Gerettet«, und das Publikum zischte.

Die Kritiken waren niederschmetternd. Als Ariana sie am nächsten Morgen im Schlafzimmer beim Café au lait las, wäre sie am liebsten in die Seine gegangen.

Als sie den *Paris-Matin* umblätterte, fiel ihr Blick auf eine Frau mit dunkler Brille und Kopftuch, die am Charles-de-Gaulle-Flughafen übelgelaunt am Flugsteig der bulgarischen Fluglinie stand.

Ihr Herz hämmerte wild. *Hat die Diva die Probe geschwänzt?* schrie die Schlagzeile.

Sie schloß die Augen und warf die zerknüllte Seite in den Papierkorb. Dann hob sie den Telefonhörer ab. »Geben Sie mir bitte die internationale Auskunft – Schweden.«

Als Ariana klopfte, öffnete Austin im Bademantel, den Fön in der Hand, die Tür.

»Ich kann nicht zum Dinner kommen«, erklärte sie.

»Sie werden sich doch nicht durch die niederträchtigen Kritiken beeinflussen lassen.«

»Ich habe immer noch Fieber.«

Er kehrte zum Spiegel zurück und fönte seine Haare weiter. »Wenn Sie nicht erscheinen, werden die Leute denken, daß Sie tatsächlich die alte Schachtel auf dem Foto sind.«

»Was die Leute denken, ist mir gleichgültig.«

Er wandte langsam den Kopf und sah sie an. »Als Ehrengast sollte es Ihnen eigentlich nicht gleichgültig sein.«

»Baron Rothschild wäre besser beraten, wenn er seinen Gästen verdorbenes Fleisch vorsetzte. Sie werden mich entschuldigen müssen.«

Er schaltete den Fön ab. »Ich bin ein klavierklimpernder Niemand. Sie bringen mich um, wenn ich ohne Sie komme.«

»Austin, die alte Schlampe auf dem Foto bin ich wirklich. Ich habe versucht, Nikos und Maggie zu erwischen.«

Austin starrte sie an, dann sank er auf das Bett. »Mein Gott!«

»Ich bin in den letzten Tagen wahnsinnig gewesen – ich bin es immer noch. Bitte rufen Sie den Baron an. Sagen Sie es einem Bediensteten. Bitte, Austin.«

Austin funkelte sie zornig an, dann ging er durchs Zimmer und telefonierte. Er ließ den Hörer langsam sinken und sah Ariana offen in die Augen. »Ich glaube nicht, daß das Haus Rothschild Sie noch oft einladen wird.«

»Dafür kann ich jetzt auch nichts.« Sie musterte sich im Spiegel. »Ich sehe nicht so aus wie auf dem Foto. Finden Sie, daß ich so aussehe?«

»Sie sehen nicht so aus.«

Sie küßte ihn. »Regeln Sie die Sache mit der Euro-Agentur?«

Er legte den Fön auf das Bett. »Was ist da zu regeln?«

»Ich kann die restlichen *Faust*-Aufführungen nicht singen. Schauen Sie mich nicht so an. Sie haben gestern abend meine Stimme gehört.«

Er überquerte barfuß den Teppich und legte ihr beide Hände auf die Schultern. Dann sprach er sehr deutlich, sehr langsam, wie ein Sprachlehrer. »Ihre Stimme ist in Ordnung. Ihr Gedächtnis hat versagt.«

Sie trat zurück. »Ich muß fort von hier.«

»Was zum Teufel wollen Sie Ihrer Karriere antun – Harakiri?«

»Ich brauche Ruhe!«

»Und wozu dient Ihrer Meinung nach das Bett nebenan, für das Sie dreihundert Dollar pro Nacht bezahlen?«

»Schreien Sie mich nicht an, Austin.« Sie wandte sich von ihm ab und sprach leise weiter. »Ich habe geglaubt, daß Sie mein Freund sind.«

»Ich bin Ihr Freund – aber nicht Ihr Manager und nicht Ihr Kindermädchen. Ich bin nicht dazu da, um Ihnen die Windeln zu wechseln. Die ganze Scheiße spielt sich zwischen Ihnen und Ihrem defekten Superego ab.«

»Warum werden Sie mir gegenüber immer psychoanalytisch?«

»Es ist höchste Zeit, daß es jemand tut, sie verrückte alte Schraube.«

Sie marschierte zur Tür und schlug sie hinter sich zu.

Als sie ihre Suite betrat, läutete das Telefon. Sie hob nicht ab. Ein kleiner Vuitton-Koffer lag gepackt auf dem Koffergestell. Sie öffnete ihn, runzelte die Stirn, legte noch einen Pullover und Nachtzeug hinein. Dann schaute sie nach, ob sich Paß und Kreditkarte auch tatsächlich in ihrer Handtasche befanden.

Das Telefon klingelte wieder. Sie zögerte, dann hob sie ab. Austins Stimme sagte: »Ich liebe Sie, Schätzchen.«

»Sie haben ›alt‹ zu mir gesagt.«

»Ich habe gemeint, daß Sie alt genug sind, um vernünftiger zu sein. Lassen Sie mir ein bißchen Bargeld hier, damit ich nach Hause fliegen kann?«

Natürlich würde sie ihm Geld dalassen, aber natürlich würde sie ihm das nicht mitten in einem Streit sagen. »Nein.«

»Sie haben meinen Wochenplan ganz schön durcheinandergebracht.«

»Und was ist mit meinem Leben?«

»Bezeichnen Sie diesen Wahnsinn als Leben?«

»Es ist das einzige Leben, das ich habe.«

»Ich habe es nicht durcheinandergebracht, deshalb werde ich es auch nicht in Ordnung bringen. Das müssen Sie schon selbst besorgen. Auf Wiedersehen in New York, falls Sie sich entschließen, Ihren Vertrag einzuhalten und im Herbst dort zu singen.«

»Ich pflege meine Versprechungen immer zu halten«, antwortete sie ruhig. »Die anderen tun es nicht.«

22

Fünf Stunden später landete Arianas Jet unter dem düsteren, windigen Himmel von Stockholm. Sie stieg in ein zweimotoriges Flugzeug um und stand eine Stunde später auf einem kleinen Flugplatz an der Ostsee.

Sie verließ den Hangar. Der Winter lebte noch in Schneeflekken neben der Rollbahn fort. Eine Reihe von Telefonmasten erstreckte sich am Horizont wie verlassene Kirchtürme.

»*Ti kano edho?*« fragte sie sich. Was tue ich hier?

Sie bemerkte auf dem Parkplatz eine Gestalt: ein Mädchen mit einer Flanellbluse und einer wollenen Skimütze, die sich leuchtendrot vom leeren weißen Himmel abhob.

Der Wind wehte vom Meer her und drückte die Immergrünbüsche neben der Landebahn zu Boden. Ariana stellte den Kragen ihres Pelzmantels auf.

Das Mädchen kam schüchtern näher. »Mrs. Kinsolving?«
»Ja?«
»Ich bin Renata Stratiotis. Meine Mutter hat mich hergeschickt, damit ich Sie abhole.« Das Kind hatte langes blondes Haar, einen makellosen Teint und Augen wie der nördliche Morgenhimmel. »Ist das Ihr ganzes Gepäck?« Sie konnte nicht älter sein als sechzehn.

»Das ist alles.« Ihre Mutter muß schön sein, dachte Ariana.

»Sie nehmen den einen und ich den anderen. Es ist nicht weit.«

Sie gingen über eine schmale Schotterstraße zum Ufer. Das Mädchen plauderte fröhlich über Flugzeuge und Reisen. Ihr englischer Akzent war außerordentlich kultiviert. Sie erreichten einen kleinen Landungssteg, an dem ein Rennboot festgemacht war. »Nach Ihnen, Mrs. Kinsolving.«

»Bitte nenn mich Ariana.«

Das Mädchen legte die Koffer in das Boot, half Ariana einzusteigen und startete den Motor. Sie hielt mit dem Boot auf den Horizont zu. Die frische Meeresluft wehte ihr Haar nach hinten.

»Möchten Sie rauchen?« Das Mädchen hielt ihr eine dünne, seltsam verkrümmte Zigarette hin. »Marihuana aus Panama.«

Ariana schüttelte energisch den Kopf. »Nein danke, ich darf nicht. Meine Stimme.«

Das Mädchen gab Vollgas. Das Boot schoß mit einem plötzlichen Sprung in das Meer, sprang, klatschte auf und wich geschickt Untiefen aus. Als sie die Insel erreichten und an einem Steinpier anlegten, war es dunkel. Die Nacht war schnell und früh hereingebrochen. Das Mädchen stellte die Koffer auf den Pier. Sie vertäute das Boot und führte Ariana über einen sanften Hang zu einem Holzhaus hinauf.

»Mutter«, rief sie.

Eine Frau erhob sich aus einem Stuhl auf der Terrasse und trat vor. »Guten Abend. Ich bin Maria-Kristina.« Sie hatte eine freundliche Stimme, das Gesicht eines erwachsenen Kindes und helle graugrüne Augen, die Ariana aufmerksam musterten. Ariana war erleichtert. Ihre Gastgeberin war schön, aber bei weitem nicht so schön wie ihre Tochter.

Maria-Kristina drückte mit festem, warmem Griff Arianas Hand. »Es ist eine große Ehre für mich, Sie kennenzulernen. Es ist sehr freundlich von Ihnen, daß Sie mich besuchen.«

»Ich habe mich selbst eingeladen. Es ist sehr freundlich von Ihnen, daß Sie mich empfangen.«

»Nein, nein, es ist ein Vergnügen. Wir sammeln alle Ihre Platten.«

Wie auf ein Zeichen erschien eine grauhaarige, hinkende Frau in der Haustür.

»Ilse, Mrs. Kinsolving hätte gern –« Maria-Kristina warf Ariana einen Blick zu. »Kaffee?«

»Danke. Kaffee wäre wunderbar.« Ariana blickte zu dem überraschend klaren Himmel empor. Die Sterne hatten sich zu Gruppen zusammengeschlossen, die ein bißchen fremd wirkten. Es war ein Hinweis darauf, daß sie sich auf einem anderen Breitengrad befand, tausendfünfhundert Kilometer von der Pariser Bühne entfernt, auf der sie jetzt auftreten sollte. Sie seufzte. »Ich habe nicht das Recht, hierzusein.«

»Das ist Nikos' Haus, und jeder seiner Freunde ist mir willkommen.«

»Das können Sie nicht im Ernst meinen.«

»O doch.«

»Hat er mich erwähnt?«

Maria-Kristina lachte unbefangen. »Ich habe seine Stimme vor sechs Jahren zum letztenmal gehört. Aber ich lese die englischen Zeitungen.«

Die Haushälterin erschien mit einem Tablett mit Kaffee und verschwand wieder.

Ariana empfand plötzlich die Ruhe, die in diesem Augenblick über der Insel und der Nacht lag. »Ich möchte Nikos heiraten«, platzte sie heraus.

Ein Rennboot jagte vorbei.

»Das ist nur Renata«, erklärte Maria-Kristina. »Sie liebt es, bei Dunkelheit Rennboot zu fahren.«

»Ich möchte Nikos heiraten, aber er kann sich nicht von Ihnen scheiden lassen, wenn Sie nicht auch ihm das Sorgerecht für Renata zugestehen. Warum weigern Sie sich? Sie ist ja auch seine Tochter. Er liebt sie genauso, wie Sie es tun.«

Maria-Kristina beugte sich vor, stellte ihre Tasse auf den Tisch, und ihr rotblondes Haar leuchtete im Lampenlicht. »Sie haben eine lange Reise hinter sich. Warum ruhen Sie sich nicht aus? Morgen können wir miteinander sprechen.«

»Sie wollen mir keine Antwort geben.«

»Die Antwort ist für heute abend zu lang. Kommen Sie. Ich zeige Ihnen das Gästezimmer.«

Ariana wachte mitten in der Nacht auf. Das Mondlicht ergoß sich über die Daunendecke. Ihr Mund war trocken, und sie sehnte sich nach Eiswasser. Sie tastete sich durch dunkle Zimmer und fand die Küche.

Nikos' Tochter saß am Tisch, und ihr Profil schimmerte im Mondlicht. Die Luft roch süßlich nach Kräutern. In dem Aschenbecher auf dem Tisch verglühte ein Funke.

»Störe ich dich?« fragte Ariana. »Ich wollte mir Eiswasser holen.«

Das Mädchen wandte den Kopf. »Ich bringe Ihnen welches.« Sie ging zur Anrichte, zum Kühlschrank und zur Spüle und reichte Ariana dann ein hohes, kühles Glas.

»Sitzt du oft in der Dunkelheit?« erkundigte sich Ariana.

»Ich liebe die Dunkelheit. Sie hilft mir beim Nachdenken.«

Ariana nahm einen Schluck und musterte interessiert das Mädchen, das vielleicht eines Tages ihre Stieftochter sein würde. »Worüber denkst du nach?«

»Um die Wahrheit zu sagen, ich habe an Sie gedacht. Ich beneide Sie. Sie machen etwas aus Ihrem Leben.«

»Ich singe. Das ist nicht sehr viel.«

»Es ist eine Begabung. So etwas bewundern die Menschen.«

»Glaubst du wirklich, daß es eine Rolle spielt, was die Menschen bewundern?«

»Vater glaubt es.« Das Mädchen seufzte. »Schade, daß ich keine Begabung besitze.«

»Jeder Mensch besitzt eine Begabung.«

»Und was ist die meine?«

»Ich kenne dich nicht gut genug, um es zu wissen. Rauchst du immer Marihuana?«

»Nicht, wenn Mutter dabei ist. Sie ist dagegen. Sind Sie dagegen?«

»Ich bin dagegen, wenn es um mich geht. Warum rauchst du es?«

»Aus dem gleichen Grund, aus dem ich in der Dunkelheit sitze. Es hilft mir nachzudenken. Es hilft mir, nicht zu denken. Es hilft.«

Das Mondlicht fiel in die Augen des Mädchens und verwandelte sie in Scherben aus zersplittertem Glas. Ariana gewann für einen Moment Einblick in ein Leben, das genauso verworren war wie das ihre.

»Du wirkst einsam«, sagte sie.

»Ist nicht jeder Mensch einsam?«

»Ich möchte deine Freundin sein.«

Das Mädchen zögerte, bevor es antwortete. »Ich glaube, daß wir beide Freundinnen brauchen. Ich möchte die Ihre sein.« Sie streckte ihr die Hand entgegen.

Ariana drückte sie.

Am Morgen verhüllte grauer Nebel den Strand, und Ariana hörte die Möwen kreischen. Es war ein sonniger Tag, in dem ein Hauch von Ostsee-Frühling lag. Nach dem Frühstück führte Maria-Kristina sie über die Insel.

Sie gingen über Weideland und durch Fichtenwäldchen. Maria-Kristina zeigte ihr Blumen und Pflanzen, die sonst nirgends auf der Welt wuchsen. Ihr Blick war warm und herzlich. Sie erzählte von sich und wie sie auf die Insel gekommen war, und allmählich konnte sich Ariana einen Teil der Lebensgeschichte von Nikos Stratiotis' Frau zusammenreimen.

Maria-Kristina war die Tochter eines wohlhabenden Obstimporteurs in Stockholm und hatte zwei Semester lang ein College in Amerika besucht. Dort hatte sie sich in Nikos Stratiotis' dunkelbraune Augen, seinen großen Schnurrbart und seine 185 Zentimeter Lebensgröße verliebt. Nachdem er lange um sie geworben und sie lange gezögert hatte, hatte sie ihn geheiratet. Acht Monate später – sie gab es lächelnd zu – hatte sie ihm eine Tochter geschenkt. Die nächsten zehn Jahre war sie mit ihm glücklich gewesen.

»Aber wie Sie wissen, ist es anstrengend, mit Nikos glücklich zu sein. Er verlangt Vollkommenheit. Man muß sich richtig kleiden, richtig reagieren, darf sich nicht beklagen, wenn er Abendeinladungen absagt und für drei Wochen verschwindet.«

Ihre Blicke trafen sich, und Ariana lächelte.

»Alles wurde anders, als ich ins Krankenhaus mußte. Ich glaubte, es wäre Krebs. Ich habe es Nikos nicht erzählt.«

»Warum nicht?« fragte Ariana.

»Weil ich das Gefühl hatte, daß wir einen Vertrag geschlossen hatten, der mich zur Vollkommenheit verpflichtete. Krebs paßte nicht ins Bild.«

Wider Willen empfand Ariana den Wunsch, dieser Frau nahezukommen, und wußte doch gleichzeitig, daß dies nie der Fall sein würde.

»Zum Glück stellte sich heraus, daß es sich nur um eine kleine Zyste handelte. Als ich aus der Narkose erwachte, wurde mir klar, daß ich sowohl mit der Angst fertig geworden war als auch überlebt hatte – ohne die geringste Hilfe von seiten meines Mannes. Diese Erkenntnis war genauso entsetzlich wie vorher der Krebsverdacht. Ich würde mich niemals mehr auf meinen Mann verlassen können – und ich würde es auch niemals mehr brauchen.«

Aus dem Wald kam das laute, hohle Klopfen eines Spechts.

»Danach verlor meine Ehe rasch an Bedeutung. Der Tag kam – ich war nicht überrascht –, an dem er seine Freiheit haben wollte. Mir war es gleichgültig. Vielleicht hat es ihn geschmerzt, daß es mir gleichgültig war. Wir trennten uns. Er war großzügig. Er ist es immer noch. Und in den letzten sechs Jahren bin ich ohne ihn genauso glücklich gewesen wie vorher mit ihm. Ich liebe diese kleine Insel. Für mich ist es ein Hafen der Ruhe und Sicherheit, fern vom Lärm und Herzleid der Welt.«

»Sie haben wegen der Trennung nicht mit ihm prozessiert?« fragte Ariana.

»Warum sollte ich prozessieren? Was brauche ich?«

»Warum wollen Sie dann das Sorgerecht für Renata nicht auch ihm zugestehen?«

Maria-Kristina sah Ariana aufmerksam an. »Was hat Ihnen Nikos über Renata erzählt?«

»Er behauptet, daß Sie ihm im Fall einer Scheidung das Besuchsrecht verweigern wollen.«

Maria-Kristina blickte Ariana nachdenklich in die Augen.

»Nikos hat mich nie gebeten, mich von ihm scheiden zu lassen. Er hat Renata nie besuchen wollen. Wenn er eine Scheidung will, wenn er zusammen mit mir das Sorgerecht haben will, werde ich es ihm nie verwehren. Renata betet ihn an. Ich wäre selig, wenn sich die beiden näherkämen.«

Schuld daran, daß Ariana nicht sprechen konnte, war nicht die Überraschung, sondern die Gewißheit, die sie viel zu lange nicht hatte wahrhaben wollen.

»Das alles habe ich Nikos klar und deutlich gesagt«, fuhr Maria-Kristina fort. »Aber vielleicht hat er es Ihnen nicht so klar und deutlich gesagt.«

Sie ergriff Arianas Hand.

»Sagen Sie mir die Wahrheit, Ariana. Sie kennen diesen Mann, Sie wissen, wozu er fähig, wozu er unfähig ist. Wollen Sie Nikos Stratiotis wirklich haben?«

»Ich will ihn.«

»In diesem Fall erreichen Sie mit halben Maßnahmen nichts. Sie müssen um ihn entschlossener kämpfen als je zuvor in Ihrem Leben.«

An diesem Abend führte Ariana mit wild pochendem Herzen von der Insel aus zwei Ferngespräche. Mit dem ersten wies sie ihren europäischen Agenten an, für die nächsten zwei Wochen alle Verpflichtungen abzusagen. Er jammerte in drei Sprachen, flehte, verfluchte sie, prophezeite ihren Ruin. Mit dem zweiten Ferngespräch buchte sie für den nächsten Tag den Rückflug nach Amerika.

23

Ariana war im Begriff, dem Butler und ihren Koffern in den Fahrstuhl zu folgen, als sie Schritte hörte. Nikos kam die Marmortreppe herunter. Er war zum Ausgehen gekleidet.

Sie wollte es ihm schon ins Gesicht schleudern: Ich weiß, daß du gelogen hast, ich weiß alles. Aber sie hatte vergessen, welche Macht sein Gesicht über sie besaß. Als sein Blick sie traf, schmolzen ihre Vorwürfe dahin. »Hallo, Nikos, gehst du aus?«
»Ich habe eine geschäftliche Verabredung.«
»Jetzt am Abend?«
»Ja, jetzt am Abend.«
»Sag sie ab«, bat sie unvermittelt.
»Sagst du deine Opern meinetwegen ab?«
»Vielleicht weißt du nicht, was ich alles für dich tue.«
Er schaute sie an, schüttelte den Kopf und ging zur Tür.
»Gehst du zu Maggie?« sprudelte sie hervor.
Er drehte sich um. »Willkommen daheim, Ariana. Ich hatte vergessen, wie es ist, wenn du zu Hause bist.«

In diesem Sommer spürte Ariana täglich, wie die Kluft zwischen ihr und Nikos größer wurde. Er verbrachte die meiste Zeit im Ausland. Sie machten nicht gemeinsam Urlaub. Wenn sie miteinander aßen, was selten vorkam, geschah es bei privaten Dinnerpartys für sechzig oder mehr Personen.

Ihr Verhalten änderte sich, als wäre sie jemand anderer geworden. Sie begann, gleichgültig zu werden.

Im September traf sie zum *Bajazzo* so spät in der Metropolitan ein, daß sie sich gerade noch umziehen konnte, doch vom Einsingen war keine Rede. Sie konnte nur während des Prologs ein bißchen üben.

Nachdem Ariana sich nach Schluß der Vorstellung verbeugt hatte, fuhr sie allein nach Hause und fragte sich, ob die Schlußworte der Oper: *La commedia è finita* nicht auch für sie galten. Es gab Tage, an denen sie überhaupt nicht üben, sich bewegen, nicht einmal denken konnte. Sie begann, Verpflichtungen abzusagen.

Zuerst sagte sie unwichtige Engagements ab: *Lakmé* in San Diego, *Butterfly* in Gent. Doch eines Tages erfüllte sie die Vorstellung, sieben Stunden fliegen zu müssen, mit unerträglichem Widerwillen, und sie sagte eine *Pirata* in Brüssel ab. Zwei Wochen später saß sie zu Hause und hörte im Radio eine Übertragung von *Tannhäuser* an der Met, in der sie hätte singen sollen. Leise Panik brach in ihr aus. Was tue ich mir selbst an?

Dann bat Richard Schiller sie in sein Büro. »Was zum Teufel ist mit Ihnen los, Ariana? Acht Absagen hintereinander.«

Er sah sie streng an, und sie kam sich wie ein gescholtenes Schulmädchen vor, während ihr die Scham heiß im Gesicht brannte.

»Sie sorgen dafür, daß Ihr Ruf unheimlich schnell vor die Hunde geht. Wenn Sie jetzt noch *Adriana Lecouvreur* absagen, ist die Met mit Ihnen fertig. Sie sind dann nicht mehr *grata*, Sie bekommen dort kein Engagement mehr. Und glauben Sie mir, so etwas spricht sich herum. Nicht einmal Bogotá wird Sie mehr wollen. Sie müssen wieder in Form kommen.«

»Ich weiß.«

»Möchten Sie sich nicht einmal aussprechen?«

Sie sah den liebevollen, harten Mann an, der alles über ihre Karriere und nichts über sie wußte, und schüttelte den Kopf. »Danke, Richard. Es ist ein Glück, daß ich Sie habe.«

Ariana sang die *Adriana Lecouvreur*. Sie konnte sich weder stimmlich noch dramatisch konzentrieren. Die Kritik in der *Times* war vernichtend.

Die DiScelta deutete mit dem Finger auf die Gesangspartitur. »Was singst du deiner Meinung nach eigentlich?«

Ariana unterbrach sich mitten in der Phrase. »Singe ich nicht die Töne?«

Die DiScelta betrachtete ihre Schülerin angewidert, dann klappte sie die Partitur auf dem Notenständer heftig zu. Die Klaviersaiten, die mitfühlend vibrierten, gaben einen gespenstischen Akkord von sich.

»Die Töne, ja, aber Donizetti hat Melodien geschrieben, verdammt noch mal.« Die DiScelta schüttelte den Kopf. »Ich begreife die sinnlosen Dinge nicht, die du in letzter Zeit getan hast. Was ist mit dir los?«

Sie kochte zwei Tassen schwarzen Johannisbeertee mit Honig, und Ariana versuchte, es ihr klarzumachen.

Schließlich stellte die DiScelta ihre Tasse hin. »Was bist du – eine Künstlerin oder eine alberne Kurtisane?«

»Ich weiß nicht, wer ich bin«, flüsterte Ariana.

»Dann entscheide dich. Du versagst jetzt sowohl als Kurtisane wie auch als Künstlerin, weil du nicht auf die Details achtest.«

Ariana seufzte. »Ich kann mich nicht mit Details abgeben.«

»Mein Kind, wenn eines im Leben feststeht, dann folgendes: Wenn man die Details vernachlässigt, mißrät die Arbeit.«

»Sie verstehen mich nicht – ich liebe ihn.«

»Ich verstehe dich sehr gut. Du bist in der Liebe versackt. Da kann ich dir nicht helfen, das kann niemand. Vielleicht kannst du dir nicht einmal selbst helfen. Aber ich kann dir in der Musik helfen. Und für dich ist die Musik dein Leben.«

»Während eines Sturms singt eine Nachtigall nicht«, widersprach Ariana leise.

Die DiScelta schlug mit der flachen Hand auf den Tisch. »Nachtigallen sind keine Profis. Schau mich an, Ariana. Wenn du dir ein Leben ohne diesen – diesen Mann vorstellst, ist das so schrecklich?«

»Für mich ist es schrecklich.«

»Dann kann ich dir nur eines versichern: Es gibt nicht für jedes Problem eine Lösung, aber auf jedes eine Antwort.«

»Und wie lautet die Antwort?«

»Laß ihn gehen.« Ricardas Augen funkelten. »Laß ihn gehen!«

Ariana versuchte, Vanessa weiterhin zu unterrichten, aber die endlosen Stunden, in denen sie immer wieder die gleichen Fehler verbesserte, waren für sie genauso schwierig und aufreibend wie eine Vorstellung.

»Es, Vanessa, so steht's in der Partitur, Es.«

»Verzeihen Sie.«

»Noch einmal von *Beltà funesta* an.«

Ariana merkte, daß Vanessa Angst hatte und sich verzweifelt bemühte, alles richtig zu machen. Das machte alles nur noch schlimmer, und Ariana hatte an ihrer Schülerin ununterbrochen etwas auszusetzen.

»Warum atmest du an dieser Stelle?«

Vanessa wußte keine Antwort darauf. Sie sank auf die Klavierbank neben Austin. Er legte seine Hand sanft auf die ihre.

Ariana ging langsam zum Fenster. Es regnete. Die New Yorker Wolkenkratzer ragten hart und glitzernd in den bleiernen Himmel. »Wir müssen darüber sprechen, Vanessa.« Ariana zog einen Stuhl zur Bank und setzte sich.

Vanessa blickte schüchtern zu ihr auf.

»Es klappt nicht. Die Stunden bringen uns nicht weiter.«

Vanessa sah sie entsetzt an. »Bin ich daran schuld? Mache ich es falsch?«

Austin Waters bewegte sich. Seine Augen wurden schmal und fixierten Ariana.

Sie schüttelte den Kopf und bemerkte dabei, wie erschöpft sie war. »Nein, ich bin daran schuld. Ich bin müde und brauche Ruhe.«

Vanessa erhob sich und sammelte ihre Noten ein.

Ariana ertrug den unübersehbaren Kummer des Mädchens nicht. »Vielleicht kann ich dir nächsten Monat eine Stunde geben.«

Vanessa drehte sich eifrig um. »Nächsten Monat?«

»Oder vielleicht –« Ariana ertrug die Hoffnung in Vanessas Augen nicht. »Vielleicht übernächsten Monat. Ich rufe dich an.«

Und dann war sie mit Austin allein.

»Mußten Sie das tun?« fragte er sie.

Ariana betrachtete die Goldkette an ihrem Hals, und plötzlich war ihr das Gewicht des Medaillons unerträglich. »Lassen Sie mich allein«, verlangte sie. »Bitte. Lassen Sie mich allein.«

»Sie begehen einen Fehler.«

»Das ist mir gleichgültig. Gehen Sie.«

Es läutete dreimal, dann meldete sich Maggies Anrufbeantworter. »Hi. Hier spricht Maggie. Piep.«

»Maggie, hier spricht Ariana –«

Es klickte, summte, und Maggie meldete sich. »Ariana? Die Kritik heute früh war großartig.«

»Können wir uns zu einem Gespräch treffen?«

Ein unmerkliches Zögern, Vorsicht in der Stimme. »Wie wäre es mit heute vormittag?«

»In einer halben Stunde?«

»Kommen Sie doch herüber. Ich lade Sie auf einen Kaffee ein.«

Die Wände von Maggies Penthouse am Beekman Place waren hell aprikosenfarben, und der Kaffee entpuppte sich als gekühlter Pouilly Fuissé, den ein norwegisches Mädchen servierte. Ariana trank einen Schluck, tat, als rauche sie eine Zigarette, plauderte und versuchte, genügend Mut zu sammeln, um zur Hauptsache zu kommen.

»So angenehm Ihr Besuch ist, Ariana«, meinte Maggie, »ich muß mich allmählich zum Lunch umziehen. Haben Sie mit mir über etwas Bestimmtes sprechen wollen?«

Maggie trug einen Kamelhaar-Wickelrock, eine beige Bluse mit kleinen weißen Punkten, darüber eine braune Weste und eine einreihige Perlenkette. Sie hatte offensichtlich etwas besonders Einfaches gewählt und untertrieb, um sich ihrem Besuch anzupassen. Ariana kam sich in ihrem Givenchy-Modell fehl am Platz vor, und ihr wurde klar, daß sie und Principessa Maggie aus zwei verschiedenen Galaxien stammten.

»Ich wollte mich entschuldigen.«

»Wofür denn?«

»Daß ich Ihnen gegenüber voreingenommen war.« Ariana stellte widerwillig fest, daß Maggie ausgezeichnet verstand, Überraschung zu heucheln. »Sie haben es bestimmt schon bemerkt. Ich war vom ersten Augenblick an Ihnen gegenüber voreingenommen.«

»Warum? Weil ich jünger bin?«

»Jünger und noch vieles andere. Vielleicht, weil Sie in Ihrem Leben niemals auch nur einen Augenblick lang gezweifelt haben. Sie sind immer attraktiv, immer beliebt gewesen, haben in Privatschulen, auf Tennisplätzen, in Ballsälen und auf Dinner-Partys reicher Männer Erfolg gehabt.« Und in den Schlafzimmern, dachte sie. »Ich bin in einem Slum in der 103. Straße aufgewachsen, und ich habe mir in meinem Leben alles erkämpfen müssen.«

Maggie zog die Brauen in die Höhe. »Soll das heißen, daß Sie es schwer gehabt haben und daß mir alles in den Schoß gefallen ist?«

Ariana fiel ein, daß dieses Gespräch auf keinen Fall in einen Streit ausarten durfte. Spiel es auf *Verdi*, riet ihr der Instinkt. Direkte, aufrichtige Bitte. Die Kellnerin fleht die Prinzessin an.

»Sie wissen, was ich meine«, antwortete sie.

»Nicht genau.« Maggie preßte die Lippen zusammen, ging zum Mahagoniklavier und raschelte mit den Notenblättern auf dem Ständer. Ahnte sie, was kommen würde, und wollte sie Ariana zwingen, es herauszuschreien, so laut, daß noch das Dienstmädchen im Nebenzimmer es hörte?

»Bitte...« begann Ariana. »Bitte nehmen Sie ihn mir nicht weg. Bitte tun Sie es nicht, nur um zu beweisen, daß Sie dazu imstande sind.«

Maggie drehte sich um, sah sie an, und diesmal war das Erstaunen in ihrem Gesicht nicht gespielt. »Sie sprechen von Nikos?«

Ariana nickte.

»Ich muß niemandem etwas wegnehmen. Ich bekomme es freiwillig.«

Wieder herrschte Stille, dann sagte Ariana mit unerklärlich schwacher Stimme: »Ich liebe ihn.«

»Sie sollten das Nikos, nicht mir mitteilen.«

»Ich glaube nicht, daß Sie ihn so lieben können wie ich. Sie kennen ihn ja gar nicht.«

»Habe ich je behauptet, daß ich jemanden kenne oder liebe? Ein Mann zieht mich an, ich ziehe ihn an. Wir lassen uns treiben, bis einer von uns genug davon hat, dann geht jeder seiner Wege, und es bleibt eine angenehme Erinnerung zurück. Wozu also die ganze Aufregung?«

»Bedeutet Ihnen Nikos nicht mehr?«

»Er ist mein Freund.«

Ariana stand leicht schwankend auf. Sie trat ans Fenster und schaute hinaus, als hätte sie noch nie einen Fluß gesehen. »Wollen Sie leugnen, daß Sie mit ihm schlafen?«

»Wir sind Freunde, und unsere Beziehung ist wunderbar, weil wir einander vertrauen und verstehen.«

»Und Sie schlafen mit ihm.«

Maggie biß sich auf die Unterlippe, dann musterte sie ihre Fingernägel. »Sie sind eine der naivsten Frauen, die ich je kennengelernt habe.«

»Es ist mir gleichgültig, was Sie von mir halten.« Ariana wußte, daß ihre Augen wie heißes Kerzenwachs glänzten.

Maggie antwortete nicht. Im Nebenzimmer schwoll das Geräusch des Staubsaugers zu lautem Jaulen an.

»Ich habe ein Recht darauf, die Wahrheit zu erfahren«, beharrte sie. »Schlafen Sie mit ihm?«

»Warum fragen Sie nicht Nikos?«

»Wäre ich hier, wenn ich den Mut hätte, ihm diese Frage zu stellen?«

Maggie warf den Kopf zurück und sah Ariana kühl an. »Ich möchte Ihnen einen Rat geben. Sie wissen viel über Puccini und Verdi, aber Sie wissen sehr wenig über Männer. Ich war mit einigen bedeutenden Männern unserer Epoche befreundet, und zwar deshalb, weil ich nie mit jemand anderem über sie spreche.«

»Nikos ist alles, was ich habe. Sie sind jung, schön, reich. Sie können jeden bekommen. Bitte lassen Sie ihn mir. Lassen Sie zu, daß ich ihn heirate.«

Maggie sah sie mit beinahe vernichtendem Mitleid an. »Mein armer kleiner Superstar, begreifen Sie denn nicht, daß es nicht von mir abhängt?«

265

»Doch, es hängt sehr wohl von Ihnen ab.«

Maggie griff wieder nach ihrem Zigarettenetui. »Ich werde Ihnen etwas über meine privilegierte Kindheit erzählen. In einem königlichen Palast geht es genauso hart zu wie in den Straßen von East Manhattan. Man hat ununterbrochen mit Menschen zu tun, die einem etwas vortäuschen, die einen manipulieren wollen. Ich mußte hart sein und zeigen, daß ich auf solche Dinge nicht hereinfalle. Offen gesagt, auch nicht auf Sie.«

Arianas Knie wurden weich. »Was wollen Sie damit sagen?«

»Daß Sie sich zum Teufel scheren sollen.«

24

»Es war eine Szene wie aus einer Oper«, erzählte Maggie, »ihr sind Tränen über die Wangen geflossen, Tränen, als nehme sie Abschied vom Leben. Eines muß man ihr lassen: Sie ist eine ausgezeichnete Schauspielerin.«

Nikos sank in einen Sessel und schloß die Augen. »Ja«, gab er leise zu, »eine ausgezeichnete Schauspielerin.«

»Sie bildet sich tatsächlich ein, daß du sie heiraten wirst.«

Es war nicht zu überhören, daß Maggie eine Reaktion von ihm erwartete.

»Wenn du findest, daß es mich nichts angeht«, fuhr sie fort, »mußt du es mir nur sagen.«

Er schaute sie an und schüttelte den Kopf. »Ich habe Ariana nie einen Heiratsantrag gemacht.«

Als Ariana am Abend nach Hause kam, rief Nikos aus dem Wohnzimmer nach ihr. Sie sah, daß der Butler Käse, Obst und Weißbrot auf dem kleinen Tisch bereitgestellt hatte.

»Was für ein entzückender Einfall, Nikos.« Wir versöhnen uns, dachte sie. Sie strich Brie auf eine knusprige Weißbrotscheibe und hielt sie ihm hin.

Er beachtete sie nicht. »Bist du mit deinem Auftritt zufrieden?« fragte er.

»*Troubadour* war nie meine Lieblingsoper.«

»Das meine ich nicht. Du hast heute früh mit Maggie gesprochen.«

Das Blut brauste ihr so heftig in den Adern, daß sein Bild vor ihren Augen schwankte. Sie war davon überzeugt, daß die Welt in zwei Sekunden untergehen würde und daß ihre eigene Dummheit daran schuld war.

»Muß ich dich daran erinnern, daß wir nicht verheiratet sind? Ich kann frei darüber entscheiden, wen ich in mein Leben einbeziehen will, und das werde ich auch tun.«

In Ariana stieg ein Schrei auf. Sie nahm das Messer, das neben dem Brie lag, und hielt ihm den Griff hin. »Warum bringst du mich dann nicht um, so daß ich es endlich hinter mir habe?«

Als Nikos sie ansah, begann sie zu zittern. Sie glaubte beinahe, daß er rufen würde: weil ich dich liebe.

»Du hast immer schon einen Drang zur Hure gehabt«, stellte er fest.

»Du hast mich nie geliebt. Nie. Am schlimmsten ist jedoch, daß du sie auch nicht liebst. Und wenn du glaubst, daß sie dich liebt...« Sie ging zum Fenster, blickte in den dunklen Garten hinunter, sehnte sich danach, daß er hinter sie trat und seine Hand auf die ihre legte, wußte, daß er es nicht tun würde, und sehnte sich dennoch danach.

»So kann es nicht weitergehen, Ariana – wir streiten ununterbrochen.«

»Du versuchst, mir die Schuld dafür in die Schuhe zu schieben, aber das stimmt nicht.«

»Mir ist es vollkommen gleichgültig, wer daran schuld ist. Ich halte den endlosen Streit, den du als Zusammenleben bezeichnest, keine Minute länger aus.«

Sie wandte sich zu ihm um. »Du hast dir nie etwas aus mir gemacht, nicht wahr? Ich war für dich nur ein Besitz, mit dem du angeben konntest.«

»Ich habe geglaubt, daß ich dich liebe. Aber vielleicht hast du recht. Vielleicht hast du mit allem recht. Willst du meinen Anwalt hinzuziehen oder deinen eigenen nehmen?«

Als das Wort Anwalt fiel, wußte sie, daß ihre Welt in den Tod raste. »Wozu brauche ich einen Anwalt? Wir sind nicht verheiratet.«

»Du kannst alles bekommen, was du willst, Ariana. Alles. Ich will dich nicht noch mehr verletzen.«

»Wie kommst du auf die Idee, daß du mich verletzt hast? Ich bin kein Kind.«

Er seufzte. »Es tut mir leid, aber ich bin nicht dazu geschaffen, jemandem so zu gehören, wie du es gern möchtest.«

Ihre Augen tranken die Wahrheit in kleinen Schlucken. Endlich begriff sie, daß er einen Kompromiß unerbittlich verweigerte. Diese Ablehnung war seine Stärke, war er. Sie hatte eine Verweigerung geliebt.

»Du warst mein Leben«, sagte sie. »Ich hätte alles für dich getan.«

Er antwortete nicht.

»Weißt du was? Ich möchte dich sogar jetzt noch um Entschuldigung bitten, zugeben, daß es mein Fehler war, versprechen, daß ich mich bessern werde.«

»Bitte nicht.«

»Mach dir keine Sorgen. Du kannst mich nicht tiefer demütigen, Nikos. Du kannst mich nur noch vernichten.«

»Ich werde heute nacht nicht hier schlafen«, kündigte er an. »Ich werde überhaupt nicht mehr hier schlafen.«

Sie drehte sich um, ging zum Fahrstuhl und drückte auf den Knopf. Sie hörte sein Schweigen hinter sich, dunkel wie die einbrechende Nacht. Ihr wurde bewußt, daß sie jetzt allein war. Nicht nur allein, während sie auf den Fahrstuhl wartete, der sie in ihr Zimmer bringen sollte, sondern allein für den Rest ihres Lebens.

Sie wußte nicht, wie lange sie im Bett gelegen, sich auf die Lippen gebissen und geschluchzt hatte. Irgendwann in der Nacht hörte sie die Eingangstür ins Schloß fallen und wußte, daß Nikos gegangen war.

Sie zwang sich, aufzustehen und zur Eichenkommode zu gehen. Mit einer Handbewegung fegte sie Parfumflaschen, Figurinen, Puppen, Lampen auf den Boden. Sie zerschlug mit der Faust den Spiegel, aber sie war immer noch vorhanden, durch ein halbes Dutzend silbriger Scherben vervielfacht, ein Picasso mit verschmiertem Mascara und einem Medaillon, das auf ihrem Busen Jo-Jo spielte.

Haß und Zorn wallten in ihr auf. Sie riß sich das Medaillon herunter und schleuderte es auf den Boden, ging ins Badezimmer, beugte sich über das Waschbecken und brach zusammen.

Die Spiegeltür des Wandschränkchens schwang auf und fing ihr Bild ein. Sie starrte sich an. Ihre Augen waren Brunnen der Müdigkeit. Sie sah, daß sie ein Fläschchen Seconal-Kapseln in der Hand hielt.

Eigentlich faßte sie keinen Entschluß, sondern führte nur einen bereits gefaßten aus. Sie schüttete etwa zwei Dutzend Tabletten in ihre hohle Hand, stopfte sie rasch in den Mund und trank danach zehn Schluck Wasser aus einem Glas.

Sie hörte etwas krachen.

Die Frau im Spiegel bewegte sich heftig, zerschmetterte das Trinkglas am Rand des Waschbeckens, stach mit einer Handvoll gezackter Splitter auf ihre Handgelenke ein.

Sie sah zu, wie ihr Blut im Ausguß wirbelte. Eine Art Frieden umfing sie. Nichts schmerzte mehr. Nichts war mehr von Bedeutung. Ich hätte es längst tun sollen, dachte sie.

Sie schloß die Augen halb, die Geräusche verschwammen und verhallten, und dann betrat eine Gestalt lautlos das Badezimmer. Ein Mann.

Einen Augenblick lang umschloß ihn das Licht wie der Hintergrund auf einem flämischen Gemälde des sechzehnten Jahrhunderts. Er sah sie mit einem gütigen Blick an, einem Blick, an den sie sich aus längst vergangener Zeit erinnerte, ein mitfühlender, tröstender Blick, der ihr bestätigte, daß sie zu jemandem gehörte.

Er trug einen dunklen Anzug und um den Hals einen schmalen weißen Streifen, den Kragen eines anglikanischen Geistlichen. Er ergriff ihr Handgelenk. »Tu das nicht.«

Es war Marks Stimme. Er sah mit dem Priesterkragen und dem dunklen Jackett absurd gut aus und wirkte sehr jung.

»Mark?« fragte sie erstaunt.

Er seufzte. »Du willst nicht sterben.«

»Irgendwann muß ich ohnehin sterben, warum also nicht jetzt? Ich bin allein, es gibt niemanden, der mir den Weg zeigt, nicht einmal jemanden, dem an mir liegt, warum soll ich also weitermachen?«

»Du bist nicht allein. Es gibt jemanden, der dir den Weg zeigt. Jemanden, dem an dir liegt.«

Sie sah ihn an. »Du, Mark? Liegt dir an mir?«

»Einmal wirst du es verstehen.«

Eine kalte Stahlnadel durchbohrte ihr Herz. »Ich werde es nie verstehen. Du hast mich verlassen, und der beste Teil meiner selbst ist damit gestorben.«

»Ich habe dich nie verlassen und werde es nie tun.«

»Wo bist du dann gewesen? All die Zeit, all die Jahre, in denen ich dich gebraucht habe?«

Er küßte sie leicht auf die Wange. Sein Atem wärmte ihr Gesicht. Sie schloß die Augen und erinnerte sich. Sie war wieder jung. Es gab einen jungen Mann, der sie liebte. Die Welt war voller Sonne, Musik und Gründen, am Leben zu bleiben.

Er wickelte ihr ein Handtuch um das Gelenk. Ihr Blut bildete eine große Rose um das Monogramm. Seine Hände, die sie berührten, fühlten sich wunderbar weich wie Milch an.

Kann man sich eine Berührung einbilden? fragte sie sich. Kann man sich so genau an eine Berührung erinnern?

»Halte jetzt das Handtuch«, befahl er. »Halte es, so fest du kannst.«

»Ich habe solche Angst«, flüsterte sie.

»Nicht doch. Es gibt nichts, wovor du Angst haben mußt. Du bist in Sicherheit.«

»Ach Mark, du hast mich zu früh verlassen, um Jahre zu früh.«

»Ich habe dich nie verlassen. Hast du genügend Kraft, um ins andere Zimmer zu gehen?«

»Ich glaube schon.«

»Gut. Geh zum Telefon und rufe den Arzt an.«

Sie hob den Hörer ab und rief den Arzt an. Als sie sich umdrehte, war Mark verschwunden. Wo sein Gesicht gewesen war, schimmerte nur noch Licht.

Eine Stunde später führte der schläfrige Butler Arianas neuesten Privatarzt, Dr. Worth Kendall, in ihr Schlafzimmer. Der Arzt wickelte ihr Gelenk aus dem Handtuch und musterte es kurz. Dann öffnete er seine Tasche und begann, den Schnitt sorgfältig zu reinigen.

Er sah ihr in die Augen. »Sie haben es nicht einmal versucht.«

»Ich komme mir wie ein Idiot vor«, antwortete sie.

»Möchten Sie über etwas sprechen?«

»Nikos hat mich verlassen.«

»Dann ist er der Idiot. Bringen Sie ihn um, nicht sich selbst.«

Der Arzt verband ihr Gelenk und zog eine Injektionsspritze auf.

»Ich brauche keine Beruhigungsmittel mehr, Doktor Kendall. Ich habe zwei Dutzend Schlaftabletten geschluckt.«

»Die Seconal, die ich Ihnen gegeben habe?«

Sie nickte.

Er schwieg und schob den Ärmel ihres Kleides hinauf. Sie spürte die plötzliche Kälte des Alkohols, als hätte sich ein winziges Fenster auf ihrem Arm geöffnet, und dann den schnellen Stich einer Nadel.

»Diese Tabletten waren Placebos«, erklärte er. »Für den Fall, daß Sie so etwas versuchen würden.«

Sie wußte nicht, ob sie beleidigt oder erleichtert sein sollte. »Woher haben Sie gewußt, daß ich...«

Eine Mischung aus Zuneigung und Skepsis zeichnete sich auf Dr. Kendalls runzligem Gesicht ab. »Ich bin seit etlichen Jahren Arzt. Ich kenne den menschlichen Eigensinn.«

»Ich bin nicht eigensinnig«, widersprach sie.
»Ganz im Gegenteil.« Er strich ein kleines, rundes Pflaster über dem Einstich glatt. »Ihr Schauspieler habt nicht nur Gefühle, ihr besteht auch darauf, sie zu haben – ganz gleich, um welchen Preis. Aber nachdem Sie sich jetzt entschlossen haben, doch weiterzuleben, muß ich Sie wohl nicht in ein Krankenhaus einweisen, nicht wahr?«

Als er seine Tasche schloß, rollte das leere Seconalfläschchen auf den Boden, und er bückte sich danach.

»Was ist denn das?« Er hielt Ricardas Medaillon in der Hand.

Ariana schaute hin. »Es muß mir aus der Hand gefallen sein.«

Er reichte es ihr. Als sie es ergriff, ging der Deckel auf – das Scharnier war nicht zerbrochen. Die zweihundert Jahre alte Frau lächelte hinter dem unversehrten Glas.

Dr. Kendall sah, wie Arianas Hand zitterte. »Haben Sie schon mal daran gedacht, auf einige Zeit wegzufahren?«

»Das geht nicht. Ich habe bis Juni Vorstellungen.«

»Sie sollten vielleicht einige davon absagen. Sie können nicht ewig die wesentlichen Dinge schwänzen.«

»Welche wesentlichen Dinge schwänze ich denn?«

»Etliche – Luft, Sonne, Ruhe.«

Sie schloß das Medaillon und legte sich die Kette um den Hals. Tröstliche Kühle glitt über ihren Busen.

»Ist es möglich, zu träumen und gleichzeitig hellwach zu sein, Doktor?«

»Einer künstlerischen Phantasie wie der Ihren ist vieles möglich. Das heißt aber nicht, daß es ratsam ist. Sie sollten sich lieber hinlegen, Ariana. Die Injektion wirkt sehr schnell.«

25

»Er wird Maggie nicht heiraten.« Carlotta Busch klappte die Côte-Basque-Speisekarte zu und warf sie auf den Tisch. »Warum zahlt er deiner Meinung nach dieser Frau in Stockholm zwei Millionen jährlich? Eben damit er für ewige Zeiten unerreichbar bleibt.«

Ariana spielte mit dem Stiel ihrer Perrier-Glastulpe. »Marjamaa, nicht Stockholm. Seine Frau lebt auf einer Insel in der Ostsee. Vielleicht ist es klug von ihr. Vielleicht sollte auch ich auf einer Insel leben.«

»Inseln sind etwas für Leute, die aufgegeben haben. Du bist kein guter Verlierer. Du bist eine Kämpferin und zum Siegen geboren.«

»Wirklich? Ich bin so müde.«

»Hör auf zu winseln, Liebes, und hör mir zu. Es ist überhaupt nicht schwierig, Nikos zurückzugewinnen.«

»Wage es nicht, mir das einzureden, Carlotta. Nirgends auf der Welt kann ich blonde Haare, einen solchen Körper und dazu noch einen königlichen Stammbaum kaufen.«

»Du weißt ganz genau, daß man all das kaufen kann – und Maggie weiß es natürlich auch. Außerdem rede ich von etwas anderem. Du besitzt etwas, was sie nicht kaufen kann.«

»Und zwar?«

Carlotta lächelte vielsagend und schwieg eine Sekunde. »Du bist jemand, der etwas leistet. Du kannst das kleine Biest mit zwei gutinszenierten Galaabenden in den Schatten stellen. Von mir aus drei. Warum trittst du nicht in einer Fernsehsendung auf? Nikos sieht sich vermutlich Kultursendungen nicht an, also tritt in einer Show auf.«

»Glaubst du wirklich, daß Nikos so kindisch ist?«

»Liebes, er ist ein berühmter Bauer aus dem hintersten Anatolien. Er kann Gesellschaften aufeinandertürmen und Uran von Handelsqualität aufkaufen, aber alles, was darüber hinausgeht, kannst du vergessen. Meiner Ansicht nach verachtet Nikos alles, was er versteht, und ist von allem tief beeindruckt, was er nicht versteht. Warum, zum Teufel, würde er sonst drei Millionen für einen schlechten *Mondrian* bezahlen?« Carlotta brach verächtlich das Weißbrot auseinander und strich Butter auf die Bruchstelle. »Und du bist genauso, nur umgekehrt. Für dich ist ein hohes Des tägliche Routine und die Übernahme einer Gesellschaft ein Geniestreich.«

Das stimmte. Ariana schüttelte den Kopf. »Ich bin doch wirklich dumm.«

»Willkommen im Club. Wichtig ist, daß du und ich wissen, daß wir dumm sind. Die meisten Leute halten nur alle anderen für Dummköpfe.«

Ariana faßte einen Entschluß. »Ich werde kämpfen, Carlotta. Ich werde diesen Schweinehund nicht von der Leine lassen.«

»*Ecco un artista!*« Carlotta winkte dem Kellner und teilte ihm mit, daß sie zu der Mousse au saumon fumé eine Flasche Mumm trinken würden, und dann musterte sie Ariana beifällig abschätzend. »Weißt du, Liebste, Maggie hat es viel schwerer. Sie muß dafür sorgen, daß sie jung bleibt. Du mußt nur dafür sorgen, daß die Presse über dich berichtet.«

Ein unerwarteter Besuch im vierten Stock der Met war nichts gegen den Überraschungsangriff, den Ariana nun inszenierte. Sie verließ den Fahrstuhl in einer Platinbrokatjacke von Lope de Trina, einem Goldrock von Fidalgo, der wie Meeresflut um ihre Gucci-Stiefel wogte, und trug Klunker von Cartier im Wert von vierzigtausend Dollar, die laut der Versicherungspolice erst nach Sonnenuntergang aus dem Tresor geholt werden durften. Sie winkte die Sekretärin, die sie aufhalten wollte, zur Seite und trat rasch durch die Mahagonitür mit dem bronzenen Namensschild.

Adolf Erdlich saß hinter seinem Mahagonischreibtisch, führte an einem Telefon Krieg mit Mailand und machte an dem anderen Wien eine Liebeserklärung.

»Adolf.« Sie holte tief Atem und Mut. »Ich trete bei Ihrer *Traviata*-Galavorstellung auf.«

Mit einer einzigen, gleichzeitigen Bewegung legte Adolf Erdlich Mailand und Wien auf, ging durch das Zimmer und umarmte sie. »Wären Sie zwei Minuten später gekommen, wäre es zu spät gewesen. Wissen Sie, wen ich am Apparat gehabt habe? Die Schwarzkopf. Sie war bereit, der Scala abzusagen und einzuspringen.«

»Sie müssen es nicht ausschmücken, ich habe erklärt, daß ich es tue.«

Er drückte auf einen Knopf der Sprechanlage und befahl der Sekretärin, Miss Kavalaris' Vertrag hereinzubringen.

»Unterschreiben Sie hier.« Adolf reichte ihr eine Füllfeder.

»Danke, aber ich nehme lieber meine.« Ariana öffnete die Handtasche und entnahm ihr die zerbissene Füllfeder, mit der sie vor so langer Zeit ihren ersten Vertrag mit der Domani-Oper unterzeichnet hatte.

»Ach, die Glücksfeder.« Adolf lächelte.

»Bis jetzt war sie es zumindest.« Ariana beugte sich über den Schreibtisch, zögerte kurz, dann kritzelte sie die Unterschrift auf die Stelle, auf die Adolfs Finger zeigte.

»Und was ist das?« Ricarda schwenkte ein Exemplar der *Times*.

Ariana kauerte in dem alten Lehnstuhl. »Sie bringen eine neue Inszenierung heraus und brauchen einen zugkräftigen Star.«

»Die Rolle gehört dir nicht mehr, sondern deiner Schülerin.«

»Ich werde sie nicht singen. Sie können meinen Namen aufs Programm setzen, und dann, wenn Vanessa einspringt...«

»Hat Vanessa einen Vertrag mit der Metropolitan?«

»Nein, noch nicht, aber ich werde dafür sorgen, daß sie ihn bekommt.«

Die DiScelta hob langsam die Hände und schüttelte den Kopf. Es war eine theatralische Geste, die eine ganze Anklage enthielt. »Jetzt verstehe ich. Du hast die Metropolitan belogen.«

»Also schön, ich habe sie belogen.« Der Zorn durchbrach Arianas Selbstbeherrschung. »Es handelt sich um eine kleine Notlüge. Sänger machen das; Direktionen auch. Wenn die Met die Sutherland für sechs Vorstellungen ankündigt, glauben Sie dann wirklich, daß sie an allen sechs Abenden singt? Damit verkauft man Abonnements, und jeder hat dafür Verständnis.«

»Du tust es nicht für die Direktion. Du tust es nicht für Vanessa. Du tust es für ihn.«

Ariana explodierte. »Habe ich nicht das Recht auf ein wenig Glück?«

»Das ist etwas für Kinder. Wir sprechen von Verpflichtungen.«

»Und hat niemand mir gegenüber Verpflichtungen?«

»Wie kannst du es wagen, dich zu beschweren, nachdem dir das Leben so viel gegeben hat?«

Ariana sprang auf. »Was hat das Leben mir gegeben? Was für Freunde habe ich? Rivalinnen, Dirigenten, Schmeichler? Heute liebt man mich, morgen haßt man mich, heute bin ich reich, morgen bankrott. Ich bin pausenlos überarbeitet, ich darf nicht rauchen, nicht trinken, nicht tanzen oder zu meinem Vergnügen reisen. Ich muß trainieren wie ein Boxchampion und mich schinden wie ein Sträfling, und trotzdem kann mich ein Kritiker morgen abschießen. Bezeichnen Sie das als Leben?«

»Ja, ich bezeichne es als das Leben eines Weltstars.«

Ariana wandte sich ab, weil sie die laute Stimme ihrer Lehrerin nicht ertrug.

»Weißt du, was du mit dieser Lüge erreicht hast?« schrie die DiScelta. »Vierundzwanzig Stunden Ruhm. Und dafür hast du deine Karriere und die ihre aufs Spiel gesetzt. Ich liebe dich, mein Kind. Aber du mußt stark sein. Schwäche wird zur Gewohnheit. Und eine Lüge zieht die nächste nach sich.«

Ariana sank in ihren Stuhl zurück.

»Sag ab.« Die DiScelta legte ihr die Hand auf die Schulter.

»Ich kann nicht absagen. Noch nicht.«

Die DiScelta seufzte tief. »Die Handlungen der Menschen verfolgen einen einzigen Zweck: das Schicksal zu gestalten. Sei vorsichtig, Ariana. Du gestaltest das falsche Schicksal.«

Es mochte das falsche Schicksal sein... aber es war eindeutig die richtige Publicity.

Die Meldung über Arianas Galavorstellung erschien nicht nur in der *New York Times*, sondern am nächsten Tag auch in der *New York Post* und den *News*. Innerhalb von vierundzwanzig Stunden sprach es sich in Chicago, Washington, Los Angeles und Houston herum. Die »Today«-Show bat sie um einen Drei-Minuten-Live-Auftritt im Fernsehen.

Acht prominente Gastgeberinnen luden sie in der darauffolgenden Woche zum Dinner ein und versprachen als weitere Gäste Liz Taylor, Barbara Walters, Happy Rockefeller und Henry Kissinger. Weil Klatsch immer noch die beste Reklame war, nahm Ariana sieben Dinner-Einladungen an und erklärte sich bereit, bei der achten zum Dessert zu erscheinen.

Simmy Simpson blickte zur Studiouhr hinauf. Noch drei Sekunden, bis er auf Sendung ging. Er fuhr sich mit der Hand durchs Haar und verteilte es über den kahlen Scheitel. In diesem Augenblick wurde die Reklame im Monitor ausgeblendet, und er sah sich selbst. Nicht schlecht, Simmy, gar nicht schlecht, wenn man bedenkt, daß wir wie lange nicht geschlafen haben? – zwei Tage – nein, drei.

»Heute vormittag, meine Damen und Herren«, verkündete Loretta Jansen, die Moderatorin der Sendung, »haben wir einen besonderen Genuß für Sie – den Lieblingsdichter und -plauderer der oberen Zehntausend, Simeon – besser bekannt als Simmy – Simpson.«

Die Kamera fuhr näher an Simmy heran, sein kürbiskahler Kopf wuchs wie eine rasierte Sonnenblume aus seinem plissierten, violetten Crêpehemd heraus. Er winkte dem Kameramann zu. »Einen herrlichen guten Morgen allen unschuldigen Zuschauern.«

»Simmy«, begann die Moderatorin, »es hat ungeheuer viel Diskussionen über die Rolle gegeben, die private Investitionen in der Kunstszene unseres Landes spielen.«

Simmy Simpson pustete in den Drink in seiner Kaffeetasse. »Sie können damit nur Nikos Stratiotis meinen.«

»Und Leute wie Nikos Stratiotis...«

»*Ma chère amie*, es gibt niemanden, der so ist wie Nikos Stratiotis.«

Simmy Simpson fühlte sich an diesem Vormittag ganz groß in Form. Während der Fahrt in der Limousine des Studios hatte er zwei Black Beauties, ein Coke, drei Bloody Mary und zwei Gramm Vitamin C konsumiert. Er platzte buchstäblich vor Anekdoten.

»Können Sie uns erklären, Simmy, wie sich die Subventionspolitik im kulturellen Bereich innerhalb der letzten fünf Jahre verändert hat?«

»Es war keine Veränderung, Loretta, es war eine Revolution – und wenn ich bei dem Bild bleiben darf – Nikos Stratiotis war der Pancho Villa dieser Revolution.«

Loretta Jansen, die höchstbezahlte Moderatorin von Vormittag-Talkshows, deutete dem Tontechniker mit einer Kopfbewegung an, daß er die Archivstreifen einblenden solle. Der Film lief auf dem Monitor ab, Höhepunkte aus Stratiotis' Karriere mit aufregenden Ausschnitten von Bällen in Newport, Verhandlungen vor dem Appellationsgerichtshof und von Polospielen.

»Könnten Sie unseren Zuschauern vielleicht verraten, Simmy, wer in diesem Streifen wer ist?«

»Gern, Loretta. Mein Gott, wie ich sehe, haben Sie gerade einen faszinierenden Zusammenhang aufgedeckt. Der große, gutaussehende Gentleman, dem aus Nikos' überquellender Magnum Champagner eingeschenkt wird, ist Desmond Fitzgerald, der zum Zeitpunkt dieser Party Codirektor der CIA war und Millionen Dollar in streng geheime, nicht offiziell abgesegnete Verträge für –«

Simmy Simpson wußte nicht weiter. Nicht offiziell abgesegnete Verträge worüber?

Freundchen, redete er sich gut zu, laß dir rasch etwas einfallen, die Leute von William Morris haben uns nicht fünfzehntausend für jeden Auftritt bewilligt, damit wir bei einer landesweiten Live-TV-Sendung nicht weiterwissen!

»... gewisse lateinamerikanische Importe investiert hat«, hörte er sich sagen. Um Himmels willen, wovon spreche ich?

Er hatte keine Zeit nachzudenken. Die Schleusen der freien Assoziation waren geöffnet, die Worte strömten heraus, schnell, überraschend: am Rand zum Vulgären, wie es Simmy Simpsons Fans von ihm erwarteten, und als er eine Pause machte, um Luft zu holen, hatte er keine Ahnung, was für Geheimnisse er gerade ausgeplaudert oder erfunden hatte. Hatte Loretta Jansen nicht gerade Ariana Kavalaris erwähnt?

»Ariana ist wunderbar«, schwärmte er. »Und diese Stimme!«

»Soll das heißen, daß Ariana Ihnen erzählt hat –?«

»Loretta, meine Liebe, mir erzählt jeder alles.«

Loretta Jansen starrte Simmy Simpson ungläubig an. »Aber Nikos Stratiotis ist doch kaum ein Mann, der –«

»Natürlich ist er großartig und zuvorkommend, und er ist bestimmt davon überzeugt, daß nur sein Machismo die New Yorker Wolkenkratzer auf den Beinen hält – aber als Liebhaber?

Vergessen Sie's. Warum will ihn denn keine heiraten? Warum muß er denn den jungen Mädchen nachstellen?«
»Sie sagen *muß*, Simmy?«
»Glauben Sie denn, daß ihm eine Wahl bleibt?«
»Und ob ich das glaube! Ich spreche jetzt als Frau, die einmal bei einem Dinner neben ihm gesessen hat: Er ist ein überaus anziehender Mann und –«
»Ich will weder Ihren noch seinen Hormonen nahetreten, liebste Loretta, aber ich bezweifle sehr, daß jemand seine kleinen – na, sagen wir, Schwächen – so gründlich zu spüren bekommen hat wie die arme Ariana.«

In seiner Penthouse-Suite im Hotel Pierre fuhr Nikos Stratiotis herum und starrte auf den plappernden Fernsehschirm. Sein Mund klappte auf, und er spuckte das griechische Wort für Hure aus.
Er war nicht mehr fähig, eine vernünftige Entscheidung zu treffen – seine Instinkte hatten den Krieg erklärt. Er schritt zum Telefon, hob den Hörer ab und wählte eine Nummer.
»Hallo«, schnauzte er.
»Hallo. Du klingst ja schrecklich. Was ist los?«
»Wann heiraten wir?«

Die Luft im Konferenzzimmer duftete schwach nach einem teuren Eau de Cologne. Nikos schaute zum drittenmal auf die Uhr und dann zu den um den Tisch versammelten Männern.
Holly Chambers trat näher zu ihm und flüsterte. »Ihnen ist doch hoffentlich klar, daß Sie diese Leute aus einer brandeiligen Fusionsverhandlung geholt haben. Wenn wir sie warten lassen, kostet uns das fünfzehntausend Dollar die Stunde.«
»Geld spielt keine Rolle«, erklärte Nikos. »Sie wird kommen.«
Maggie traf zehn Minuten und zweitausendfünfhundert Dollar später ein. Sie trug einen alten Kamelhaarmantel und befand sich in Begleitung eines Mannes, den sie als ihren Anwalt vorstellte.
Nikos küßte seine Braut.
»Es tut mir leid, daß ich mich verspätet habe«, hauchte sie atemlos. »Ich hatte bei Bergdorf Probleme mit meiner Kreditkarte. Ich wollte unbedingt etwas Blaues tragen. Blau ist nämlich meine Glücksfarbe.« Sie knöpfte den Kragen auf und zeigte ihm den Dior-Schal, den sie um den Hals trug. »Gefällt er dir?«
»Dir ist wahrscheinlich nicht klar, Maggie, daß dieser kleine

blaue Fetzen der teuerste Quadratzentimeter Seide in ganz New York ist.«

»Ich bin doch nicht dumm, mein Dummerchen. Natürlich habe ich mir Rabatt geben lassen.«

Einen Augenblick lang gruben sich senkrechte Falten in Nikos' Stirn. »Diese Herren warten bereits.«

Maggie setzte sich, lächelte die Anwälte an, und dann begann das Ausarbeiten des Ehevertrages. Anderthalb Stunden lang verliefen die Verhandlungen glatt, die Anwälte beider Seiten erhoben gelegentlich Einwände gegen den einen oder anderen Punkt und erklärten sich dann mit einem Kompromiß einverstanden, doch plötzlich sagte Nikos: »Ich möchte Maggies Anteile in Montenegro.«

»Die darf ich nicht verkaufen«, erklärte Maggie.

Ihr Anwalt griff ein. »Alle Anteile der Prinzessin an staatlichen Gesellschaften sind unveräußerliches Erbgut.«

Nikos starrte Maggies Anwalt an. »Nichts hindert Maggie daran, sie mir zu übertragen.«

»Solange die Ehe besteht«, verlangte der Anwalt.

»Solange Maggie lebt«, widersprach Nikos.

Maggies Anwalt blickte Nikos kühl und müde an. »Verhandlungspause, bitte.« Er winkte seiner Klientin, und sie zogen sich in eine Ecke zurück.

»Lassen Sie sich nicht von ihm zu dieser Entscheidung drängen.«

Maggie betrachtete die beleuchteten, verglasten Regale, in denen einer der Teilhaber des Anwaltsbüros seine Enten-Lockvögel aufbewahrte. Einer der handbemalten Holzvögel trug eine sechs Zentimeter große Goldplakette mit einem Gruß von Präsident John F. Kennedy.

»Was soll ich Ihrer Meinung nach tun?« fragte Maggie. »Die Verhandlung abbrechen und warten, bis er auf meine Bedingungen eingeht?«

»Das wäre keine schlechte Idee.«

»Der größte Fehler, den ich begehen kann, wäre, ihm Zeit zum Überlegen zu geben.«

»Jede Verhandlung beinhaltet ein gewisses Risiko.«

»Hier möchte ich lieber kein Risiko eingehen.«

Sie drehte sich um, ging zu Nikos' Stuhl zurück und begann, ihm den Nacken zu massieren. Seine Hand schloß sich um die ihre.

»Ich habe nichts dagegen«, erklärte Maggie, »vorausgesetzt, daß Nikos bereit ist, meinen Kindern unwiderrufliche Treuhandvermögen auszusetzen.«

Holly Chambers meldete sich zu Wort. »Den Kindern aus seiner Ehe mit Ihnen.«

»Ihnen und allen Kindern, die ich je bekomme.«

Nikos stand auf und trat ans Fenster. Vor dem hellen Himmel glitzerten die Zwillingsfassaden des World Trade Center wie kilometerhohe Transistorradios. »Eine vernünftige Bedingung ist eine andere wert«, bemerkte er. »Ich bin einverstanden. Vorausgesetzt, daß Maggie nur mit meiner Zustimmung Kinder adoptiert.«

Maggie lächelte. »Mit dieser Klausel kann ich leben.«

»Noch etwas«, warf Maggies Anwalt ein. »Zur Zeit sind beide Vertragspartner verheiratet.«

»Dieser Punkt wird soeben bereinigt«, erklärte Nikos.

Der Anwalt sah ihn an. »Mr. Stratiotis ist zweifellos bewußt, daß Mitgliedern des Königshauses traditionellerweise eine Scheidung verwehrt ist. Ist er bereit, die Kosten einer päpstlichen Annullierung zu tragen?«

»Lassen Sie sich nicht darauf ein«, flüsterte Holly.

Nikos tat die Warnung mit einem Achselzucken ab. »Ich zahle.«

»Na schön, sie ist vielleicht im Bett etwas Besonderes – aber sie deshalb gleich heiraten?« Holly Chambers rieb die Spitze des Queue mit Kreide ein und beugte sich über den Billardtisch, um seinen Stoß zu placieren.

»Warum halten Sie nicht einfach den Mund?« fragte Nikos.

»Weil ich Ihr Anwalt bin. Kugel sieben in das Eckloch.« Holly zog den Stock zurück und blickte zu Nikos auf. »Und in mir tickt eine ganz schreckliche Vorahnung wie eine Bombe.«

»Ich bezahle Sie nicht für schreckliche Vorahnungen.«

»Und ob Sie das tun.«

Holly stieß die Spitze des Stocks sanft gegen die Billardkugel, die an die Sieben wirbelte. Ein lautes Knacken, und die Sieben kroch über den Filz und plumpste in das Loch.

»Es geht um meine Ehre«, erklärte Nikos.

Holly blickte auf. Seine Augen unter den dichten Augenbrauen waren tief und scharf. »Sie wollen damit sagen, daß Sie mit Ariana gestritten haben und es ihr nun zeigen wollen. Das ist eine sehr teure Methode, jemandem eine lange Nase zu drehen.«

»Ich bete um die Kraft, Ihnen nicht die Nase einzuschlagen.«

»Wollen Sie wirklich wieder in das Zimmer zurückgehen und diesen selbstmörderischen Vertrag unterschreiben?«

Nikos hob sein Queue. »Ganz gleich, was es mich kostet, Holly, ganz gleich, was sie ist – ich heirate das Luder, klar?«

Ein Rudel Reporter lauerte Ariana auf, als sie das Haus verließ.
»Können Sie uns einen Kommentar zu Mr. Stratiotis' Verlobung geben?«
Sie hatte nichts davon gewußt. Ihr Herz torkelte beängstigend, und sie hatte das Gefühl, ins Leere zu stürzen. »Natürlich wünsche ich Nikos bei allem, was er tut, alles Gute.«
»Seit wann wissen Sie, daß er die Absicht hat, Principessa Maggie zu heiraten?«
Sie kniff die Augen zusammen, versuchte aber, sich die Überraschung nicht anmerken zu lassen. Sie peilte die am Randstein wartende Limousine an und schritt durch die Menschentraube. »Seit sie sich kennengelernt haben.«
»Warum haben Sie sich einen Fang wie Stratiotis durch die Finger gleiten lassen?«
Ariana hob die Hände und dankte Gott für die Eingebung, aus der heraus sie im letzten Augenblick ihre Diamantringe angesteckt hatte.
»Ich spreize meine Finger sehr, sehr weit.«
Jemand machte einen Schnappschuß von der Diva mit den weitgespreizten vierzigkarätigen Fingern. Der Chauffeur hielt ihr die Tür der Limousine auf, und sie war im Begriff einzusteigen.
»Macht es Ihnen etwas aus, daß Mr. Stratiotis Sie wegen einer Jüngeren verläßt?«
Sie drehte sich um und sah der Frau, die die Frage gestellt hatte, in die Augen. Sie wußte, daß sie jetzt zum erstenmal eine Grenze überschritt und nie mehr imstande sein würde, sie in der entgegengesetzten Richtung zu überqueren. Aber ihr blieb keine Wahl. Nikos hatte sie in aller Öffentlichkeit gedemütigt, und sie mußte es ihm mit gleicher Münze heimzahlen.
»Ich möchte etwas richtigstellen: Mr. Stratiotis hat mich nicht verlassen. Ich habe mich wegen unüberbrückbarer Meinungsverschiedenheiten von ihm getrennt. Verständlicherweise fühlt er sich jetzt einsam, und verständlicherweise ist die Principessa scharf darauf, ihn zu trösten. Wie so viele andere Frauen. Was das Alter betrifft, so habe ich nie den Eindruck gehabt, daß die Principessa jung ist. Jünger, ja. Aber jung, nein – dazu besitzt sie viel zuviel Erfahrung. Und Nikos interessiert sich nicht für Jugend. Ihn zieht ausschließlich Erfahrung an. Deshalb sammelt er Kunstwerke und kultivierte Freunde.«

»Glauben Sie, daß es eine glückliche Ehe wird?«
»Ich sehe keine andere Möglichkeit. Die Principessa kann ihm erklären, wie es in einer Diskothek zugeht. Eines Tages wird sie zum Mond fliegen und ihn vielleicht mitnehmen. Sie gehört sehr dem Morgen an, und das gilt jetzt auch für Nikos. Die beiden sorgen jedenfalls dafür, daß ich für das Heute sehr dankbar bin.«

Sie stieg ins Auto und winkte den Reportern vom Fenster aus zu. Als der Wagen sich in den fließenden Verkehr einordnete, überkam sie das Gefühl, daß ihre Sonne allmählich unterging.

Als sie nach Hause kam, waren die Reporter bereits gegangen. Sie fuhr mit dem Fahrstuhl direkt in ihr Musikzimmer.

Bitte hilf mir, lieber Gott.

Sie setzte sich ans Klavier, schlug die Partitur von *Traviata* auf und den ersten Akkord der ersten Szene an.

Die DiScelta saß am Steinway. »Wann werden sie bekanntgeben, daß du abgesagt hast?«

»Ich sage nicht ab«, erklärte Ariana ruhig.

»Du hast es versprochen.« Die DiScelta stand auf, und Ariana trat instinktiv einen Schritt zurück. »Du hast mir geschworen, daß du absagen wirst und daß Vanessa singen wird.«

»Ich werde mein Versprechen halten – bald.«

»Was für ein Künstler sagt *bald*? Ein Künstler sagt *jetzt*.«

»Vielleicht bin ich keine Künstlerin. Vielleicht bin ich nur eine Frau.«

Ricarda DiScelta sah Ariana an, als wäre sie ein bemitleidenswerter Vogel in einem Käfig. »Du versuchst noch immer, es ihm heimzuzahlen. Du hoffst, daß er die Kritiken lesen, zur Bühnentür kommen und erklären wird: ›Das Ganze war ein schrecklicher Irrtum, Ariana, gibst du mir ein Autogramm und reichst du mir die Hand zum Bunde?‹ Und was wird inzwischen aus dem Versprechen, das du der Musik gegeben hast?«

»Die Musik genügt nicht.«

Die DiScelta fuhr herum. »Sie genügt nicht? Die Musik ist das einzige, das Bestand hat. Deine Liebschaften, deine Eifersüchte, deine kleinen Glückseligkeiten und Verzweiflungen kommen und gehen – aber die Musik währt ewig.«

Ariana blickte zu Boden. Die Hand ihrer Lehrerin faßte sie am Kinn und hob es hoch, bis ihre Blicke sich trafen.

»Wie kann ich es dir nur begreiflich machen? Ein Versprechen ist ein Naturgesetz, wie die Schwerkraft. Du kannst es nicht ›manipulieren‹. Wenn du es versuchst, wenn du die Rolle singst, von der du geschworen hast, daß du sie deiner Schülerin überläßt, ist dein Leben als Künstlerin vorbei – und dein Leben als Frau wird nicht mehr von Bedeutung sein.«

Ariana antwortete nicht.

»Willst du die Ewigkeit in der Hölle verbringen?« kreischte die DiScelta.

Es brach aus Ariana hervor. »*Panagia mou! Voithia?*«

Die DiScelta starrte sie wütend an. »Griechisch beherrsche ich nicht.«

»Verstehst du mich denn nicht? Ich habe gesagt, daß ich mich jetzt in der Hölle befinde und versuche, hinauszukommen.«

»Ich verbiete dir, diese Aufführung zu singen. Um deinetwillen – nicht nur um ihret- oder meinetwillen verbiete ich es absolut.«

»Verbieten Sie doch, was Sie wollen«, schrie Ariana. »Ich singe die Rolle!«

26

Der eisige Januarwind peitschte das Wasser in den Rinnsteinen vor dem Opernhaus in Philadelphia. Drinnen begann die *Traviata* um zwanzig Uhr sieben, als der Dirigent den Stab hob und dem Orchester den Einsatz zum Vorspiel gab.

In New York war der Nachthimmel sternenklar, die Luft kristallklar. In der dunklen Metropolitan Opera hob Boyd Kinsolving den Stab um zwanzig Uhr elf, und Verdis einleitende Takte seufzten aus den ätherischen, unbegleiteten Geigen.

Vanessa hatte sich zielstrebig vorbereitet. Sie hatte ihre Stimme geschont und in den letzten vierundzwanzig Stunden vor der Vorstellung kaum gesprochen.

Bei ihrer ersten Phrase *Flora, amici, la notte che resta* wußte sie, daß die Mühe nicht umsonst gewesen war. Wärme strömte ihr von den Zuschauern entgegen. Ihre Stimme fühlte sich richtig an, die Gestalt war richtig angelegt, und sie spürte, wie sich die Abonnenten beruhigt zurücklehnten.

Um zwanzig Uhr dreizehn stand Ariana vor dem Spiegel ihrer Garderobe. Jedesmal, wenn sie versuchte, Atem zu holen, fühlten sich ihre Rippen klamm an.

Der zweite Inspizient hatte bereits an die Tür geklopft. Einen

Augenblick lang wußte sie, daß sie noch die zweite Besetzung hinausschicken konnte. Sie befand sich in der Schwebe zwischen zwei Leben.

Es klopfte noch einmal. »Miss Kavalaris?«

»Ich komme«, antwortete sie.

Und sie ging hinaus, zwang sich in die Rolle der Violetta Valéry, einer der schönsten Kurtisanen von Paris, die ein Souper gab.

Ihre erste Phrase, mit der sie ihre Gäste begrüßte, war eine Katastrophe. Was kam, war kaum hörbar, schlecht angesetzt und sprang nicht auf die Zuschauer über. Bei ihrer zweiten Phrase, *Lo voglio*, zitterte ihre Stimme so sehr, daß sie den Drang unterdrücken mußte, sich umzudrehen und von der Bühne zu fliehen.

Na schön, sagte sie sich, ich habe also keine Stimme. Sie mußte eben eine andere Taktik einschlagen.

Während der gesamten Szene zwang sie sich, in Bewegung zu bleiben, zu gestikulieren, ihre eigene Verzweiflung auf die Rolle zu übertragen. Wenn ein B brach, warf sie sich auf den Tenor, als wäre der Bruch beabsichtigt gewesen, wenn sie einen Einsatz verpaßte, warf sie sich auf ihre Zofe, als hätte ihn Violetta verpaßt, nicht die Kavalaris, wenn ein A einfach nicht kommen wollte, warf sie sich auf die Couch, als hätte sie den Ton absichtlich ausgelassen.

Bei ihrer letzten Arie in diesem Akt gelang ihr beinahe kein einziger hoher Ton, brachte sie nicht einmal die tiefen Töne über die Rampe, und schließlich entriß sie sich ein hektisches *Sempre libera*.

Vanessa verbeugte sich nach dem ersten Akt ein paarmal allein vor dem Vorhang. Die Dunkelheit schien sie wie eine einzige anbetende Seele zu verehren. Sie knickste tief, dankbar, zuversichtlich.

Nach dem ersten Akt wurde Ariana zweimal vor den Vorhang gerufen. Sie sah die Gesichter in den ersten Reihen und auf den Rängen, entsetzte Masken, die vor der erbarmungslosen Nacht baumelten, und weigerte sich, ein drittesmal hinauszugehen.

Infolge einer durchgebrannten Sicherung verzögerte sich der Beginn des zweiten Aktes in Philadelphia, und in New York ging der Vorhang zum zweiten Akt daher drei Minuten früher auf als in Philadelphia.

Als Ariana zu der Szene mit dem Bariton kam, patzte sie. Ihre Töne waren unsicher. Einen schrecklichen Augenblick lang war bei den Worten *Ah, morrir preferirò* kein Laut zu hören. Ihre Kehle verweigerte ihr den Dienst.

Nein, sagte sie sich, so will ich nicht sterben.

Indem sie das Versagen einfach nicht zur Kenntnis nahm, gelang es ihr, ihre Stimme wieder zum Leben zu erwecken. Es war eigentlich kein Ton, sondern ein Rasseln, und kleine Schmetterlinge flatterten in ihrem Hals. Ihre Kehle produzierte nur noch ein Vibrieren, aber sie schaffte es, dieses Vibrieren zu einem Glissando zwischen zwei überaus unsicheren Tonhöhen auszubauen, von denen allerdings keine das hohe B war, das der Komponist vorgesehen hatte.

Der Bariton starrte sie voll unverhülltem Entsetzen an. Boyds Taktstock war langsamer geworden, und die Musik setzte aus. Ihr wurde klar, daß sie den Wendepunkt erreicht hatte, daß dieser Ton nicht nur über den Rest der Vorstellung, sondern über ihre ganze Karriere entschied.

Und über ihr Leben.

Früher hatte sie sich immer etwas für die späteren Szenen aufgehoben. Nun verzichtete sie darauf. Sie brauchte den Ton jetzt. Mit einer letzten Anstrengung dämmte sie den Luftstrom ein, stellte sich vor, daß sich in ihrem Hals eine Stahltür schloß und den Luftstrom zu einem einzigen engen Luftstrahl verdichtete.

Durch ein Wunder geriet der Ton klar. Es war nicht der Ton, den sie anstrebte – er lag viel zu tief –, aber es war wenigstens ein einziger, klar erkennbarer Ton. Ihren Gedanken, ihrem Willen glückte es, diesen Ton zu steigern, und plötzlich war es der Ton, den Verdi geschrieben hatte, der voll, warm, unverkennbar wie ein Sonnenstrahl durch Gewitterwolken brach.

Vanessas Stimme versagte ohne Vorwarnung. Nach den Worten *Ah, morrir preferirò* empfand sie einen stechenden Schmerz in der Brust. Dann folgte ein unglaublicher Augenblick, in dem sie keinen Ton herausbrachte, ein Sekundenbruchteil vollkommener Stille, als wären alle ihre Energiequellen zusammengebrochen.

Sofort danach war die Stimme wieder da. Das Versagen und die Wiederherstellung hatten insgesamt nicht einmal eine Zehntelsekunde gedauert. Vermutlich hatte der größte Teil des Publikums überhaupt nichts bemerkt.

Aber sie wußte es.

Im Lauf von Arianas Vorstellung kamen die Töne wieder, die hohen B und C, die Forte-Einsätze, die lang gehaltenen Töne, die wie Wellen anschwollen.

Vanessa spürte, wie sie die Überlegenheit einbüßte, die ein Künstler brauchte, um die Zuhörer in seinen Bann zu schlagen. Eine Last lag auf ihrer Brust. Ihre Stimme wirkte verzerrt und verlor an Volumen, und jeder Ton erforderte eine den ganzen Hals beanspruchende Anstrengung.

Die Fehler häuften sich: läppische Schnitzer bei Worten, Tönen, Phrasen. Sie hörte entsetzt, wie sie die Rolle immer mehr verpfuschte, und wartete hilflos auf die endgültige, unausbleibliche Katastrophe.

Und sie kam.

Während der Auseinandersetzung mit Alfredo, zwei Takte bevor er ihr das Geld vor die Füße warf, stolperte sie und fiel hin.

Das ganze Gebäude drehte sich um sie. Dann begriff sie: Es war Wirklichkeit. Die Mitwirkenden starrten sie wie betäubt an, sie hatte den Einsatz verpaßt, das Orchester spielte ohne sie weiter, in ihrem Geist befand sich anstelle des nächsten Tons weißglühende Leere. Der dramatische Höhepunkt des Aktes war rettungslos danebengegangen, und damit die Oper.

Hilfreiche Hände stellten sie auf die Beine.

Stimmen gaben ihr ihren Einsatz, deckten sie. Nur der Gedanke, daß sie sich nicht gänzlich blamieren durfte, hielt sie im letzten Akt aufrecht.

Um dreiundzwanzig Uhr fünf verbeugte sich Ariana, glücklich, beinahe schüchtern lächelnd, zwölfmal unter tosendem Applaus. Ihr Publikum hatte ihr den ersten Akt und die erste Szene aus dem zweiten Akt verziehen. Sie hatte die Scharte ausgewetzt. Sie war wieder ihre Ariana, ihr Liebling, ihre Unbesiegbare.

Es blieb ihr nichts anderes übrig, als ebenfalls vor den Vorhang zu treten. Vanessa zeigte sich nur kurz im Spalt, trat nicht in das gleißende Scheinwerferlicht hinaus und ertrug die ungeheure Verachtung, die ihr aus dem Zuschauerraum entgegenschlug.

Ariana lief in ihre Garderobe und schloß die Tür.

»Ariana.«

Sie fuhr herum, denn sie hatte die Gestalt im Sessel nicht gesehen.

»Ich habe nicht geglaubt, daß du es tun würdest.« Das Gesicht Ricarda DiSceltas zeichnete sich undeutlich im Schatten ab. »Ich muß mich damit abfinden, daß dir deine moralischen Verpflichtungen gleichgültig sind. Ich habe dich falsch eingeschätzt. Du kannst nichts dafür, daß du so bist, wie du bist. Aber daß dir jeder andere gleichgültig ist –«

Ariana hob die geballten Fäuste. »Glauben Sie wirklich, daß ich es für mich getan habe?«

»Nein. Du hast dein Wort wegen dieses Mannes gebrochen.«
»Ganz gleich, was ich tue, ich tue es, weil ich ihn liebe.«
»Hast du überhaupt kein Gefühl für deine Schülerin? Überhaupt kein Verantwortungsbewußtsein?«
Ariana versuchte, es sich ins Gedächtnis zu rufen, aber es lag so weit, so lang zurück. Sie erinnerte sich, daß sie eine junge Frau gelehrt hatte, wie man die Luftsäule stützt, wo man in *Sarò la più bella* atmet, sie erinnerte sich an die Stimme und den Namen, aber das dazugehörige Gesicht tauchte nicht auf.
»Ich habe für sie getan, was in meiner Macht stand.«
»Du hast getan, was in deiner Macht stand, um sie zu vernichten.«
Tiefer, erstickender Zorn wallte in Ariana auf. »Ich habe gesungen, sonst nichts. Ich habe niemanden verraten, niemanden ermordet, ich habe den Mund geöffnet, und die Töne sind herausgeströmt.«
»Wessen Töne waren es? Wer hat sie dir in den Mund gelegt?«
»Falls ich mich noch nicht bedankt habe, hole ich es jetzt nach. Danke.«
Ricardas wütender Blick ließ Ariana nicht los. »Dank sagen ist nicht das gleiche wie Dank abstatten. Jede Handlung verlangt den entsprechenden Gegenwert. Du hast ein Geschenk bekommen, und du mußt es zurückgeben. Sonst –«
»Das will ich nicht hören. Nie wieder.«
Die DiScelta umklammerte Arianas Hand mit erstaunlicher Kraft. »Wenn du dein Wort nicht hältst, sind wir alle verloren – nicht nur du, nicht nur sie, sondern alle, die vor uns waren, die darauf vertrauten, daß du dein Versprechen halten wirst.«
Ariana riß sich los. »Wann werden Sie endlich begreifen, daß mich keinerlei Schuld trifft?«
Grabesstille senkte sich auf den Raum herab.
»Die Welt ist eine Uhr«, erklärte die DiScelta. »Jedes Rad, das sich dreht, bewegt alle übrigen Räder. Wenn du dein Schicksal nicht auf dich nimmst, raubst du anderen Menschen das ihre. Und das ist Mord.«
Ariana schlug mit der Faust auf den Frisiertisch. Eine Wolke Gesichtspuder explodierte vor der Schminkbeleuchtung am Spiegel. »Ich habe genug von Ihrer Nörgelei. Die anderen kümmern sich einen Dreck um mich, und ich kümmere mich einen Dreck um die anderen – Sie, Vanessa, Ihren lächerlichen Aberglauben. Ich werde singen, was ich will, wo ich will, wann ich will; ich werde der Welt zeigen, daß ich keine abgewrackte alte Diva bin wie Sie, Sie verrückte alte Hexe.«
Die Augen der DiScelta überhäuften ihre Schülerin mit Un-

glauben. Als sie dann sprach, klang es, als müßten sich ihre Worte durch Felsschichten kämpfen. »Du begehst den größten Fehler deines Lebens.«

Ariana lachte rauh, freudlos. »Das ist mir egal! Das ist mir egal!« Sie lehnte den Kopf zurück und schloß die Augen.

Als sie sie wieder aufschlug, war die alte Frau fortgegangen, so plötzlich und lautlos, als wäre sie nie dagewesen.

Ariana empfand unvermittelt stechende Kälte auf der Brust, als dringe ihr eine Klinge in die Haut. Sie griff nach dem Medaillon und ließ den Deckel aufschnappen. Bildete sie es sich ein, oder hatte sich der Ausdruck auf dem Gesicht verändert, lag in den Augen, in den zusammengepreßten Lippen eine Andeutung von Verachtung?

Diese verrückte Hexe bringt mich noch dazu, mir etwas einzureden.

27

Im Februar sang Ariana in Lissabon dreimal die *Madame Butterfly*. Vielleicht war der Aberglaube schuld an dem, was dabei geschah: Die Butterfly war eine der Rollen, die sie mit Vanessa einstudiert und auf die sie zumindest theoretisch verzichtet hatte.

Als der Vorhang nach dem ersten Akt unter begeistertem Applaus fiel, empfand Ariana oberhalb des Schlüsselbeins leichten Schmerz. Sie trank in der Garderobe eine Tasse Tee.

Während der großen Arie im zweiten Akt, *Un bel di*, war ihre Kehle beim vierten Ton, einem F, plötzlich zugeschnürt. Es handelte sich um keinen schwierigen Ton, dennoch hatte sie bis zum Ende des Aktes das Gefühl, daß er einfach nicht da war.

Bei dem großen Duett mit Suzuki fühlte sich ihre Kehle an, als wäre sie mit Schorf bedeckt.

In der nächsten Pause schaute der Hausarzt Ariana in den Hals und entdeckte eine Entzündung. »Sie sollten nicht weitersingen.«

»Ich muß die Vorstellung durchstehen, Doktor.«

Er seufzte – »Ich dürfte das eigentlich nicht tun« – und spritzte ihr Cortison.

Merkwürdigerweise wurde Ariana fünfmal vor den Vorhang gerufen, und die Kritiken fielen respektvoll aus. Es war nicht ihr bester Tag, hieß es in einer, aber die Kavalaris ist eben immer noch die Kavalaris, was nur wenige für sich in Anspruch nehmen können.

Als sie am nächsten Tag übte, war das F immer noch nicht da. »Wie ist so etwas möglich?« fragte sie Austin Waters während ihrer nächsten Stunde. »Wie kann ein F einfach verschwinden?«

»Der Ton ist nicht verschwunden«, beruhigte er sie. »Sie sind nur nervös.«

Aber es waren nicht nur die Nerven. Sie hatte das Gefühl, daß sie unter Beschuß stand. Einen Monat später sang sie in Brüssel die Desdemona in Verdis *Othello*, ebenfalls eine Rolle, die sie eigentlich an Vanessa abgetreten hatte. Im dritten Akt, während der Szene mit Othello, verschwand das A unterhalb des hohen C plötzlich. Es gelang ihr erneut, die Lücke mit anderen Tönen zu schließen, aber sie klangen gepreßt und unrein.

Als sie dann wieder übte, war das A immer noch nicht da.

»Jetzt habe ich schon zwei Töne verloren«, schluchzte sie Austin an. »Das F und das A.«

»Was haben Sie denn Ihrer Meinung nach gerade gesungen?«

»Das war kein A, das war ein B, das ich hinuntergedrückt habe, und deshalb hat es so scheußlich geklungen.«

Er sah sie lange an. »Mein Liebe, Sie haben keine Töne, sondern nur den Verstand verloren.«

Doch sie verlor bestimmt an Substanz. Sie fühlte es – ihr Publikum fühlte es auch. Ihre Stimme begann, die Arien in ungleiche Teile zu zerreißen. Sie mußte immer öfter mitten im Text heimlich Luft holen, und bald geschah es nicht mehr heimlich, sondern sie schnappte deutlich nach Luft und zerschnitt die Melodie.

Sie wurde immer seltener vor den Vorhang gerufen, die Bravorufe kamen weniger spontan, und bald stellten die Kritiker fest, daß diese oder jene Arie nicht ganz der Qualität, die man von der Kavalaris gewohnt war, entsprach.

Eines Tages fragte Richard Schiller: »Entschuldigen Sie, wenn ich mich einmische, aber nehmen Sie etwas?«

»Was meinen Sie damit?«

Er zuckte beinahe verlegen die Schultern. »Drogen.«

»Drogen? Sind Sie verrückt?«

»Nein, aber manchmal habe ich den Eindruck, daß bei Ihnen etwas nicht stimmt.«

»Wir sollten dieses Gespräch lieber an einem anderen Tag fortsetzen.«

»Nach Ihrem Urlaub. Sie haben drei spielfreie Wochen vor sich. Nützen Sie sie.«

Ariana flüchtete zu ihrer Arbeit zurück – oder zu dem, was von ihr übrig war –, und zwar nicht nur um der Ablenkung willen, sondern um Trost zu finden und um nicht den Verstand zu verlieren. Die Oper in Chicago brauchte dringend eine Carmen, so begann sie, die Rolle einzustudieren.

Mit Carmen hatte Bizet die größte Mezzosopranrolle des Opernrepertoires geschrieben. Die recht geschlossenen und nasalen französischen Vokale wirkten bei ihm sinnlich: die Partitur war von überschäumender Sexualität erfüllt. Dennoch besaß sie klassische Klarheit und Vollkommenheit, die Ariana an Mozart erinnerten.

Doch wie anders war Bizet, wie modern. *Carmen* fesselte die Zuhörer durch das Libretto, was bei Mozarts Opern nicht der Fall war, sowie durch den nicht endenden Strom von hinreißenden Melodien, bei denen man im Gegensatz zu Mozart weder Stil noch Ära berücksichtigen mußte.

Dennoch wußte sie nicht, ob sie die Rolle übernehmen sollte. Schließlich war sie ein Sopran – allerdings ein Sopran, dessen hohe Töne allmählich verschwanden. Wenn sie eine Mezzo-Rolle annahm, gab sie zu, daß sie geschlagen war.

Am 3. März gab im Gericht des ersten Bezirks von Ciudad Trujillo, Dominikanische Republik, der Richter G. de Souza y Saavedra dem Scheidungsantrag von Señora Maria-Kristina von Heidenstam Stratiotis, wohnhaft Marjaama, Schweden, statt, da Señor Nikos Lykandreou Stratiotis, wohnhaft in Ile St. Louis, Paris, keinen Einspruch dagegen erhoben hatte. Beide Parteien waren durch ihre Anwälte vertreten.

Achtundzwanzig Tage später erließ die päpstliche Kurie in der Vatikanstadt ein *per extraordinaria*-Dekret, durch das die Ehe von Principessa Margehreta di Montenegro und Jean-Baptiste de Grandmont annulliert wurde.

In den ersten Frühlingstagen versammelten sich an einem schönen Dienstagmorgen, an dem der Sonnenschein auf den Wänden des Olympia-Tower tanzte und die Flaggen auf den Kühlerhauben der Diplomatenlimousinen flatterten, 1500 Gäste in der St.-Patricks-Kathedrale, um der Trauung von Principessa Margheret di Montenegro und Nikos Stratiotis beizuwohnen.

Die drei Fernsehanstalten stellten ihre Kameras auf der Fifth Avenue, auf der 49. Straße und im Kirchenschiff auf. Millionen Zuschauer erlebten mit, wie uniformierte Wächter von Cartier und Harry Winston den Schmuck der Braut im Panzerwagen zur Kathedrale brachten; wie schöne, berühmte, mit glitzernden Diamanten behängte Frauen in hellen Modellkleidern am Arm von sonnengebräunten, gutaussehenden Begleitern aus Continental-, Mercedes-Benz- und Rolls-Royce-Limousinen stiegen; wie Fürst Arnoldo von Montenegro, sorgfältig und altmodisch im Stil der Alten Welt mit Gamaschen und Cut bekleidet, seine Tochter Maggie durch den Mittelgang geleitete. Die Braut trug einen züchtigen, traumhaft schönen französischen Spitzenschleier, der an einer Hochzeitskrone aus Diamanten, Saphiren und Rubinen befestigt war. Die Fernsehkommentatoren behaupteten, daß die dazu passenden Spitzeneinsätze an ihrem Rock mit dreitausendzweihundert Zuchtperlen bestickt waren.

Nach der Zeremonie brauste der aus Limousinen und zweistöckigen Bussen bestehende Hochzeitszug nach Westen ins Rockefeller Center, wo in dem weltberühmten Rainbow Room im obersten Stockwerk des RCA-Gebäudes ein Empfang für achthundert Gäste stattfand.

Um neun Uhr abends waren zweitausend Gäste eifrig damit beschäftigt, an der Bar Champagner zu trinken, in den Badezimmern Kokain zu schnupfen und zu Live-Diskomusik zu tanzen. Das Ende des Festes war noch lange nicht abzusehen.

In Chicago, eine Zeitzone westlicher, war es acht Uhr, doch auf der Opernbühne war es Mittag, und der Schauplatz war Sevilla.

Nach dem ersten Akt von *Carmen* setzte begeisterter Applaus ein. Chicago rief Ariana Kavalaris für den ersten Akt ihrer ersten Carmen dreimal vor den Vorhang. Sie hatte einen Monat gezögert, ehe sie die ihr in letzter Minute angebotene Rolle annahm. Sie mußte sich zuerst einreden, daß es keine Kapitulation bedeutete, wenn sie in das Mezzofach überwechselte, sondern nur ein Beweis für ihre Vielseitigkeit war.

Natürlich spielte auch die Überlegung eine Rolle, daß die Partie hauptsächlich in den tieferen Stimmlagen angesiedelt war, so daß keine der Lücken in ihren hohen Tönen aufgedeckt wurde.

Nach dem zweiten Akt gab es wieder drei Vorhänge.

Ariana saß in der Garderobe und trank Kamillentee, um ihre Nerven zu beruhigen, als das Telefon läutete. Eine Stimme von der Vermittlung fragte, ob sie ein dringendes Gespräch von einer Mrs. Busch aus New York entgegennehmen wolle.

Sie nahm das Gespräch an.

»Hast du einen Fernsehapparat in der Nähe?« Carlotta klang atemlos.

»Natürlich nicht. Du weißt genau, daß ich heute auftrete.«
»CBS«, berichtete Carlotta. »Die Trauung kommt sofort nach der Reklame.«
»*Panagia mou*«, flüsterte Ariana. »Warst du dabei?«
»Ich war bei der Zeremonie und dann zwei Minuten lang beim Empfang. Die Luft war dick vor Zigarrenrauch und Geschäften. Du kennst diese Art Leute.«
Es war also vorbei.
Ariana konnte nicht mehr klar denken, während sie zuhörte. Sie wollte nur eines: Carlotta sollte nicht merken, wie schwer sie getroffen war. Sie hatte keinen Augenblick geglaubt, daß Nikos seine Ankündigung wahrmachen würde. Sie hatte alles – die Publicity, den Tratsch, sogar die Verlobung – als Verwirrspiel betrachtet, mit dem er testen wollte, wie sehr er sie verletzen konnte; irgendwie war es eine Bestätigung dafür gewesen, daß er sie immer noch liebte. Doch jetzt erkannte sie, daß sie sich selbst etwas vorgemacht hatte; ihre Magengrube fühlte sich kalt und leer an, und sie begriff, daß sie dieser Katastrophe vollkommen unvorbereitet gegenüberstand.
»Danke, Carlotta. Ja, ich werde es mir ansehen.«
Ein Bühnenarbeiter trieb ein kleines Schwarzweißgerät auf. Es waren die längsten drei Minuten ihres Lebens, als sie zusah, wie die Gäste in die Kathedrale strömten. Es waren die gleichen Fürsten, Polospieler und Playboys, die zu ihrer Hochzeit gekommen waren; die gleichen Frauen, die ihren Reichtum herzeigten, indem sie am hellichten Tag Nerzmäntel und Diamantenarmbänder trugen.
Kann es wirklich vorbei sein? dachte sie. Kann etwas im Leben so zu Ende gehen, zwischen zwei Akten von Carmen und Reklamesendungen?
Es klopfte an die Tür. »Auf die Bühne, Miss Kavalaris.«
»Danke.«
Während der nächsten dreißig Sekunden jagten ihre Gedanken einander, als liefe ihr Leben mit Nikos im Zeitraffertempo vor ihr ab. Sie sah alles überdeutlich vor sich, von dem lang zurückliegenden Abend an, als ein junger Mann mit einem lächerlichen Filzhut in eine Imbißstube am Broadway geschlendert war, bis zu einem Abend dreiundzwanzig Jahre später, als er die gußeiserne Gittertür eines Hauses am Sutton Place hinter sich zuschlug.
Ein Lebensabschnitt war vorbei, und plötzlich wußte sie, daß ein anderes Ende unmöglich gewesen wäre.
Dann hastete sie auf die Bühne und war wieder Carmen.
Als der Vorhang zum letztenmal fiel, reagierte das Publikum

freundlich, höflich, nur mäßig begeistert. Ariana verbeugte sich zweimal allein. Sie wußte, daß der Applaus ihrer Vergangenheit, nicht ihrer Carmen galt.

28

»Noch ein Schluck, Liebling?«
Nikos reichte Maggie das Glas. Sie trank, lächelte ihm zu und sank tiefer in die schwarze Marmorbadewanne.
»Beug dich vor«, forderte er sie auf. »Ich wasche dir den Rücken.«
Er schrubbte sie sanft. Allmählich ging das Schrubben in eine Umarmung über. Sie entzog sich ihm, hielt sich mit einer Hand an dem vergoldeten Wasserhahn fest und stieg aus der Wanne.
Er hielt das Handtuch bereit, hüllte sie ein, zog sie an sich und küßte sie. Sie löste sich von ihm und nahm einen Morgenrock vom Haken an der Tür. Er war aus dunkelroter Spitze und hatte Rüschen an den Ärmeln.
»Warum ziehst du das an?« fragte er.
»Weil es hübsch ist.«
»So wie du bist, siehst du am hübschesten aus.«
»Du sagst immer so reizende Dinge.« Sie schlüpfte in den Morgenrock.
»Das ist wirklich merkwürdig. Muß ich meine eigene Frau verführen?«
»Wie kommst du auf die Idee, daß ich verführt werden möchte?«
»Weil du mich quälst.«
»Tu ich das tatsächlich?«
Sie betrachtete sich im Spiegel.
»Wir wurden vor nicht ganz zweiundsiebzig Stunden getraut. Die letzten vierundzwanzig Stunden haben wir im Zug und im Flugzeug verbracht. Jetzt sind wir allein. Die Frühlingsnacht ist traumhaft, wir befinden uns in unserer Kabine, und durch die offenen Fenster sieht man die Adria. Ich sollte dich in meinen Armen halten. Dich küssen.«
»Warum tust du es dann nicht?«
»Weil du dort stehst und ich hier.«
»Du kannst ja herkommen.«

»Ich habe es versucht.«

»Dann mußt du es eben noch einmal versuchen.«

Er ging zu ihr, versuchte, sie in die Arme zu nehmen, und sie trat wieder zurück. Er sah sie fragend an. »Liebst du mich denn nicht?« fragte er.

»Natürlich liebe ich dich. Sonst hätte ich dich ja nicht geheiratet, nicht wahr?«

»Was erwartest du dann von mir? Soll ich warten, bis du endlich soweit bist?«

»Wenn es dir Spaß macht zu warten, wäre es eine gute Idee. Hast du etwas dagegen, wenn ich einen Joint rauche?«

Er starrte sie an.

»Mein Gott, Nikos, du willst mir doch nicht einreden, daß du deswegen entsetzt bist. Eine Menge Leute rauchen vor dem Sex, weil er dadurch besser wird.«

»Ich habe Sex an sich immer als recht gut empfunden.«

»Dann wird er heute nacht besser als recht gut werden.«

Er beobachtete sie im Spiegel. Ihr Negligé war aufgegangen. Sein Blick glitt über den schneeweißen Hügel einer Brust, über die schöngeschwungene Linie ihrer Hüfte, über den dunklen Anflug von Haar zwischen ihren Beinen.

Als er sich umdrehte, hatte sich sein Penis aufgerichtet.

Sie lag jetzt auf dem Bett und sah amüsiert und fasziniert zu, wie er durch das Zimmer auf sie zukam. »Du kannst deine Gefühle aber nicht sehr gut verbergen«, stellte sie fest.

»Warum sollte ich sie vor meiner eigenen Frau verbergen?«

Sie sog lange, entspannt an ihrer Marihuanazigarette. »Du besitzt einen gutgebauten Körper, Nikos.« Sie streckte die Hand aus und kniff ihn gedankenversunken in eine Brustwarze. Dann stand sie auf, drückte ihre Brüste an seine Brust und rieb sie mit kreisförmigen Bewegungen an ihm. Die Berührung durch ihre Brustwarzen erregte ihn noch mehr.

Sie wich zurück und schob ihm den Joint in den Mund. »Inhalier, Nikos.«

Er inhalierte. Nach und nach erfüllte ihn angenehme Schwerelosigkeit. Er nahm ihre Brüste in die Hand und liebkoste sie.

»Küß sie«, verlangte sie.

Er war es nicht gewohnt, daß man ihm sagte, was er zu tun hatte. Aber sie schob ihm ihre Brüste nacheinander in den Mund, ihre straffe Glätte erfüllte seine Mundhöhle, und es gefiel ihm.

Sie überließ ihm ihre Brüste drei Minuten lang, lächelte auf ihn hinunter, sog an ihrem Joint und streifte die Asche ab.

»Jetzt will ich – das.«

Sie legte den Joint in einen Aschenbecher auf dem Nachtkästchen und glitt graziös auf den Teppich neben dem Bett, auf dem sie mit seitlich untergeschlagenen Beinen sitzen blieb. Dann nahm sie seinen Schwanz zur Gänze in ihren Mund.

Nachdem sie ihn glatt und hart gesaugt hatte, gab sie ihn frei, blickte zu Nikos auf und verzog die Lippen zu einem leichten Lächeln.

»Ich will deinen Schwanz in mir spüren. Ich will deinen großen Schwanz. Jetzt, Nikos. Jetzt.«

Er haßte es, daß sie so sprach, und er haßte es, weil es ihn erregte. Er stieß sie auf das Bett und legte sich auf sie. Sie schlang die Beine um ihn.

Als seine Bewegungen schneller wurden, sprudelten wortlose Geräusche aus ihrer Kehle. Sie grub ihre Fingernägel in sein nacktes Fleisch. Kleine, blutige Kratzspuren bildeten sich auf der Bräune seiner Schultern. Sein Mund verschlang sie hungrig. Sie fuhr mit den Fingernägeln über seinen Rücken. Sie biß und kratzte. Er stieß und bockte wie ein gereiztes Tier, bis er endlich am Höhepunkt angelangt war.

Sie begann unbeherrscht zu zittern und zu kreischen, und das war für ihn das Signal. Er pumpte wütend, der Schweiß blendete ihn, dann ergoß er sich in sie, und sie schrie: »Ja, ja!«

Nachher zündete sie wieder einen Joint an. »Toll.« Sie lächelte. »Du bist gar nicht so schlecht.«

Der Vormittag war bewölkt und dunkel, aber am Nachmittag klarte es auf, und Nikos sprang vom Schiff ins Wasser. Als er sich wieder auf das Deck hinaufzog, lag Maggie oben ohne in der Sonne. Nikos fand, daß er zu Beginn der Flitterwochen noch keinen Einwand gegen solche Dinge erheben konnte.

Er ließ sich in den Stuhl neben ihr fallen. Sie fuhr ihm mit der Hand langsam über Brust und Bauch.

»Für einen Mann deines Alters bist du ausgezeichnet in Form«, stellte sie fest.

Sofort danach hörte er, wie sie ein Streichholz anriß, und nahm den inzwischen sehr vertrauten Duft von Marihuana wahr.

Die Tür zur Kombüse ging auf, und ein makellos gekleideter Steward trat auf das Deck. Er trug ein Tablett mit Eistee, Sorbet und Baisers. Nikos hatte den Eindruck, daß der Mann schnüffelte und lächelte, bevor er das Tablett auf den Tisch vor ihnen stellte.

Als der Steward gegangen war, sagte Nikos: »Mir wäre es lieber, wenn du das Zeug nicht vor dem Personal rauchst.«

Sie lachte wie ein verwöhntes Kind. »Es handelt sich doch nur um die Dienerschaft. Außerdem gehört die Jacht jetzt auch mir, weißt du es noch?«

Er zog sich aus dem Stuhl hoch, ging über das Deck in die Bibliothek, setzte sich ans Fenster und dachte nach. Dann griff er über den Tisch und hob den Telefonhörer ab. »Vermittlung, können Sie mir bitte eine Verbindung mit dem Festland geben?«

Am gleichen Abend um zwanzig Uhr dreißig legte die *Maria-Kristina* in Dubcek an der jugoslawischen Küste an. Maggie kam in ihrem weißen Chiffonkleid, zu dem sie die Diamantohrgehänge trug, an Deck und warf einen Blick auf den winzigen Hafen. »Warum legen wir ausgerechnet hier an, Nikos?«

»Gäste.«

Und sie ergossen sich mit ihrem Gepäck und ihrem Gelächter an Bord: Seymour und C. Z. van Slyke, und der Herzog und die Herzogin von Warwickshire, und Stanley Jannings, der Bühnenschriftsteller, mit seiner Frau und seiner Geliebten, einem hübschen norwegischen Modell, und dem Geliebten seiner Frau, der Mitglied des britischen Kabinetts war, und Nikos' alte Freundin Solange, Vicomtesse de Nouilles, die ihren neuesten Komponisten mitbrachte, einen achtzehnjährigen Argentinier.

Er stellte Maggie den Leuten vor, die sie noch nicht kannte. Ihr Gesichtsausdruck deutete an, daß sie gewöhnt war, in allen möglichen Situationen alle möglichen Leute anzulächeln, daß sie aber ein wenig überrascht war, weil sie auf ihrer Hochzeitsreise Gäste aufnehmen mußte.

Der Steward führte die Neuankömmlinge in ihre Kabinen. Maggie legte eine regenbogenfarbene Tunika aus Kantonseide an, und kurz vor dem Dinner kam C. Z. van Slyke zu ihr gelaufen, schloß sie in die Arme und rief: »Sie sind wirklich ein Glückskind – es ist die großartigste Jacht, die ich je zu Gesicht bekommen habe.«

»Ja«, bestätigte Maggie wehmütig, »sie ist großartig, wenn man einmal allein sein will.«

In der Kabine mißhandelte Maggie am Abend ihr Haar mit der silbernen, mit Rubinen besetzten Bürste, einem von Nikos' Hochzeitsgeschenken. Sie funkelte sein Bild im Spiegel an. »Du suchst dir eine merkwürdige Zeit aus, um Partys zu geben.«

Er blickte von dem Geschäftsbericht auf, den er im Bett las. »Ich habe geglaubt, daß du ein wenig Zerstreuung brauchst.«

»Habe ich je gesagt, daß ich Zerstreuung brauche?«

Er blätterte eine Seite um. »Es tut mir leid, Liebling, ich habe dich mißverstanden.«

Dreiunddreißig Stunden später revoltierte der Verwaltungsrat einer Zinkmine in Sierra Leone gegen die Muttergesellschaft, eine zur Gänze Stratiotis gehörende Tochtergesellschaft. Nikos verabschiedete sich von seinen Gästen und seiner vor kaum einer Woche angetrauten Frau und flog im Jet nach Genf.

Er brauchte volle neun Tage, um die Angelegenheit zu regeln, also zu lange, um die Flitterwochen nachher fortzusetzen.

Ariana patzte wieder.
»Tut mir leid«, entschuldigte sie sich.
Es war die dreiundzwanzigste Wiederholung der lächerlichen vier Takte, und ihr war bewußt, daß die Musiker sie ärgerlich musterten.
Boyd hatte den Kopf gesenkt. Er blickte auf, sah seine ehemalige Frau an und ließ den Taktstock sinken.
»Fünf Minuten Pause«, seufzte er. Er bedeutete Ariana, ihm in die schalldichte Koje des Technikers zu folgen. »Worin besteht das Problem?«
»Meine Kehle... macht nicht mit.«
»Du hast die Lady Macbeth doch Dutzende Male gesungen.«
»Aber nicht in den letzten zwei Jahren.« Nicht mehr, seit sie die Rolle mit Vanessa Billings einstudiert hatte.
»Was ist mit dir los, Ariana?«
»Ich wollte diese Aufzeichnung nicht machen. Du hast mich darum gebeten! Und jetzt wirfst du mir vor –«
»Schätzchen.« Er legte ihr den Arm um die Schultern, aber es war eine mechanische, flüchtige Geste. »Niemand macht dir Vorwürfe. Wir möchten nur etwas auf Band aufnehmen, das wir herausbringen und verkaufen können. Du solltest jetzt nach Hause fahren und dich heute gründlich ausruhen.«

»Vanessa Billings hat wieder angerufen«, berichtete Arianas Sekretär.
»Was ist mit dem Mädchen los?«
Roddy zögerte unsicher.
»Ich habe ihr versprochen, daß Sie sie morgen früh um zehn anrufen werden.«
Sie hatte beinahe Lust, ihn fristlos zu entlassen. »Ich habe Ihnen gesagt, daß Sie keine Verabredung treffen dürfen, ohne mich vorher zu fragen.«
»Sie hat so verzweifelt geklungen. Und es ist eigentlich keine Verabredung. Nur ein dreiminütiges Telefongespräch.«

Aber es kam nicht zu dem dreiminütigen Telefongespräch. Am nächsten Tag stand Vanessa um zehn Uhr vor Arianas Tür.

»Ich muß mit Ihnen sprechen.«

»Na schön, wenn du schon einmal da bist.«

Vanessa kam herein. Sie bewegte sich nicht mehr wie ein junges Mädchen. »Ich verliere meine Stimme«, behauptete sie.

»Mach dich doch nicht lächerlich. In deinem Alter verliert man nicht die Stimme.«

»Ich habe früher das hohe F erreicht. Jetzt reicht es kaum bis zum D. Es fällt mir schwer, in den hohen Lagen die Töne zu halten.«

Die Knochen in Vanessas Gesicht schimmerten bläulich durch die Haut. Ariana wurde klar, daß etwas ganz und gar nicht stimmte.

»Ißt du ordentlich?«

»Ich habe keinen Appetit.«

»Da liegt der Hund begraben. Es handelt sich um ein rein körperliches Problem. Wahrscheinlich hängt es mit dem Stoffwechsel zusammen. Dafür ist der Arzt zuständig, nicht ich.«

»Es handelt sich nicht nur um körperliche Beschwerden. Mein Gedächtnis setzt aus. Rollen, die ich auswendig gelernt habe, sind nicht mehr in meinem Kopf vorhanden. Ich habe Gedächtnislücken.«

»Was erwartest du denn? Das Gedächtnis einer Sängerin ist ein Organ wie etwa die Lunge. Du paßt nicht auf dich auf, und alle deine Organe leiden darunter.« Sie entnahm der Majolikadose auf dem Kaffeetisch eine Zigarette.

Vanessa sah verblüfft zu, wie sie sie anzündete. »Sie rauchen?«

»Die Nerven«, erklärte Ariana. »Es ist eine nikotinarme Marke. Ich inhaliere nicht. Trotzdem ist es eine schreckliche Gewohnheit. Fang nie damit an.« Darauf folgten fünf Minuten mit praktischen Ratschlägen.

Vanessa hörte ihr geduldig zu. »Ich habe noch etwas auf dem Herzen. Was immer ich mit Ihnen erarbeitet habe – was immer Sie mir gegeben haben – es ist weg.«

Ariana erfaßte flüchtig, daß Vanessas Existenz genauso bedroht war wie die ihre, schob die Erkenntnis jedoch von sich.

»Du mußt aufhören, auf mich fixiert zu sein. Ich bin nicht der Mittelpunkt deiner Probleme.«

»Der Mittelpunkt meiner Probleme? O nein, Sie sind der Mittelpunkt meiner Hoffnungen. Sie sind die einzige, die mir helfen kann.«

»Ich kann dir nicht helfen. Ich kann niemandem helfen.«

Ariana sprang auf, ging rasch zu ihrem Schreibtisch und schlug ein albumgroßes Scheckheft auf. Ihr Buchhalter würde sie deshalb umbringen, und wenn schon. Sie kritzelte ihre Unterschrift auf den Scheck Nummer 763, ließ den Betrag offen und notierte auf dem Kontrollabschnitt: *Vanessa B.*
Sie riß den Scheck heraus.
»Hier. Nimm dir eine andere Lehrerin. Kauf dir einen Pelzmantel. Kauf dir ein Auto, eine Weltreise, was du willst. Und bitte verzeih mir.«

Als Ariana im Mai in Paris die Gilda sang, hörte sich ihre Stimme unerklärlich verschwommen und rauh an. Ihrer Zunge fiel es schwer, die Worte in *Caro nome* zu artikulieren, und beim ersten E in der Koloratur brach ihre Stimme. Sie kam darüber hinweg, aber beim nächsten E brach ihre Stimme gänzlich, und sie mußte in einer Passage ohne Orchesterbegleitung deutlich Luft holen.
Nachher war es bei jedem E das gleiche: Bruch auf Bruch auf Bruch. Ihre hohen B und C, sogar ihre hohen Cis waren einwandfrei, ihre Sexten in der absteigenden Passage gelangen mühelos und kristallklar, aber das E entglitt ihr jedesmal. Ihren letzten Triller – wieder ein E – brachte sie einfach nicht zustande: aus ihrem Mund drang nur ein gleichbleibendes Gurgeln.
Gelächter, Zischen und Buh-Rufe betäubten sie.
Die Kritiken am nächsten Tag waren vernichtend. Mit unheimlichem Einfühlungsvermögen deckte der Kritiker des *Le Figaro* ihre geheimsten Ängste auf:
»Es steht zweifelsfrei fest, daß Madame Kavalaris zu diesem Zeitpunkt ihrer einst aufsehenerregenden Karriere ihre Stimme verliert. Gelegentlich weisen die Phrasierung, der Ansatz, die Tonhöhe die Vollkommenheit auf, an die wir uns erinnern. Doch bereits in der nächsten Phrase ist sie eine stockende Dilettantin. Vielleicht ist es für diese beliebte Künstlerin an der Zeit, sich von der Bühne zu verabschieden und nur noch pädagogisch tätig zu sein.«
Die Kritik kam im denkbar ungünstigsten Augenblick. Sie sollte in der darauffolgenden Woche zweimal Verdis *Requiem* singen – einmal an der Scala und beim zweitenmal vor einem großen Publikum sowie vor Seiner Heiligkeit dem Papst bei einem Freiluftkonzert im Duomo von Mailand.
Magazine, das Fernsehen, die internationale Presse würden über das Freiluftkonzert berichten. Sie rechnete mit der Publicity, denn sie hatte immer mehr das Gefühl, daß nur Publicity sie am Leben erhalten konnte.

Als der Vertreter der Scala anrief und fragte, ob er sie in ihrer Suite im Georges Cinq besuchen dürfe, nahm Ariana an, daß er mit ihr das Kleid besprechen wollte, das sie bei dem Mittwoch-Konzert tragen würde. Obwohl Verdis *Requiem* nicht zur Liturgie gehörte, war ein buntes Kleid natürlich unangebracht. Das mußte man ihr nicht erklären, und als sie Signore di Filipi einließ, fragte sie sich, ob er sie wirklich für so unerfahren hielt.

»Um gleich zur Sache zu kommen«, begann sie, »ich werde Weiß tragen.«

Er war klein und untersetzt, etwa fünfzig Jahre alt, hatte dichtes schwarzes Haar und offensichtlich keine Ahnung, wovon sie sprach. Sie führte ihn in das Schlafzimmer, öffnete den Wandschrank und schälte das Seidenpapier vom Kleid wie Rinde von einem Baum.

»Wie Sie sehen, ist es einfach, ohne Schnickschnack. Natürlich hat es einen Einsatz für das Zwerchfell, aber man kann ihn kaum als Schmuck bezeichnen.«

Der Vertreter der Scala verzog das Gesicht, als wäre er nicht gewohnt, über Kleider zu lächeln. »Die Direktion der Scala würde Ihnen die hinterlegte Summe überlassen.«

»Natürlich bekomme ich die hinterlegte Summe. Warum kommen Sie jetzt darauf zu sprechen?«

»Weil Madame Kavalaris von der Aufführung des *Requiems* zurücktreten kann, wenn sie es wünscht.«

Ariana hing das Kleid sorgfältig in den Schrank zurück. »Die Kritiken über meine Gilda haben Ihnen also Angst eingejagt.«

»Die Scala ist bereit, Ihnen das halbe Honorar zu bezahlen, selbst wenn Sie absagen.«

»Hören Sie zu, Signore. Ich habe einen Vertrag unterschrieben, und ich pflege meine Verträge zu halten.«

»Die Scala ist bereit, Ihnen das gesamte Honorar zu bezahlen, selbst wenn Sie nicht auftreten können. Wir bitten Sie nur, es uns rechtzeitig mitzuteilen. Wir schlagen Madame vor, um ihrer selbst willen eine Ruhepause einzulegen.«

Sie mußte ihre gesamte Selbstbeherrschung aufbieten, um den Zorn zu unterdrücken, der in ihr aufstieg. »Signore, ich muß das Verdi-*Requiem* singen. Ich kann und werde es singen. Für die Scala und für den Papst.«

Sie landete Dienstag abend am Flughafen von Mailand, wich den Reportern aus, ließ sich direkt ins Hotel Cavour fahren.

Den Tag der Aufführung verbrachte sie in ihrer Suite. Keine Interviews, keine Anrufe. Ihr Herz hämmerte, ihr Magen war verkrampft, sie war davon überzeugt, daß sie krank war.

Sie traf zwei Stunden vor der Aufführung in der Scala ein.

Die holzgetäfelte Garderobe empfing sie tröstlich wie ein alter Freund, den man nach einer zu langen Trennung wiedersieht. Sie betete, sang sich ein, zog das weiße Kleid an und betrat an der Spitze der übrigen Solisten die Bühne.

Während sie sich für den Beifall bedankte, spürte sie die Kälte, die ihr von den Zuhörern entgegenschlug. Als hätten sie vor, ihre Darbietung unter die Lupe zu nehmen wie Ärzte, die das Körpergewebe nach Anzeichen von Verfall untersuchen.

Während der einleitenden Orchester- und Chortakte versuchte sie, das unangenehme Gefühl in der Magengrube nicht zu beachten. Das erste *Kyrie* mit der raschen Steigerung zu dem fortissimo hohen B schaffte sie. Ihr Hals war wie zugeschnürt, und der Ton klang schrill, aber sie hatte ihn wenigstens getroffen.

Im *Salva me*-Abschnitt des *Rex tremendae* stellte sich die erste echte Schwierigkeit ein: eine peinliche Unterbrechung in der Linienführung, als sie ein zweigestrichenes »piano« As anstrebte.

Die anderen Solisten und das Orchester deckten die Passage zu, aber als die Phrasen länger wurden und die Melodie zum hohen C hinaufkletterte, spürte sie, daß ihr die Luft zu früh ausging: Sie riß sich zusammen, doch der Ton kam nicht. Vor dem Oktavsprung holte sie Luft, nur ganz kurz, und die überaus günstige Akustik des Hauses gewährte gerade genügend Resonanz, um sie zu decken – obwohl der Mezzosopran ihr einen Blick zuwarf.

Das zweigestrichene G bereitete ihr keine Schwierigkeiten, aber als die Melodie zum E zurückkehrte – einem leichten Ton, der innerhalb des Stimmumfanges jeder Sängerin liegt –, kam es wieder zu dem gleichen unerklärlichen Phänomen. Die Luft fehlte, der Ton kam nicht. Sie setzte ihn an, und plötzlich war er fort.

Diesmal konnte ihr die Akustik nicht helfen. Verdi hatte den Akkord für ein Vokalquartett in Partitur gesetzt, und sie trug die Melodie. Bläser und Streicher begleiteten sie zwar, aber niemand fiel darauf herein.

Die übrigen Solisten blickten sie fragend an.

Ein Flüstern lief durch das dunkle Haus.

Doch die wirkliche Katastrophe trat erst gegen Ende ein, beim *Et lux perpetua* des *Libera me*.

Es handelt sich um einen der bewegendsten Augenblicke im Requiem, wenn das Sopransolo über dem A-cappella-Chor schwebt. Ariana liebte diese Passage seit ihrer Kindheit; sie hatte sie beim Begräbnis ihres Vaters, beim Vorsingen bei der Di-Scelta und seither noch gut zwei dutzendmal gesungen. Sie sah hier immer den tieferen Sinn des Werks offenbart: Der Geist des Mitleids und der Vergebung überwindet Zorn, Entsetzen und den Tod.

Ariana versuchte, diesem Geist Ausdruck zu verleihen, als sie die schönen Phrasen sang, die Verdi als dolcissimo, also so sanft wie möglich, bezeichnet hatte. Doch als sie zum Ende mit seinem überraschenden vierfachen Piano und dem Oktavsprung zu dem hohen B kam, verlor sie die Kontrolle über ihre Halsmuskeln: Der Ton faserte aus, schoß zu rasch, noch vor dem Chor, in die Höhe und verwandelte sich in das Quieken einer Fledermaus.

Sie hatte keine Möglichkeit, zu korrigieren, den Ton zu halten. Der Dirigent mußte den Chor früher beenden.

Bevor sie weitersingen konnte, riefen Stimmen im Publikum: »*Vergogna!*« – »Schande!« und »*Basta!*« – »Genug!«

Die Choralfuge und Arianas Schlußrezitativ *Senza misura* glichen einem Alptraum. Als sie sich verbeugte, wurde sie ausgezischt. Irgendwie gelangte sie mit Roddys Hilfe durch die spottende Menge in ihr Hotel zurück.

Am nächsten Tag kreuzigten die Zeitungen sie, bezeichneten ihre Darbietung als Verunglimpfung Verdis, der Musik und vor allem Gottes.

Am Nachmittag des folgenden Tags strahlte der Himmel seidigblau und wolkenlos. Ariana redete sich ein, daß es ein gutes Vorzeichen war. Aber unter dem gewölbten Glasdach des Duomo, der großen geschlossenen Arkade von Mailand, wirkte das Licht eintönig grau.

Sie redete sich ein, daß es kein schlechtes Vorzeichen war.

Für die Musiker war ein Podium, für die reservierten Plätze eine überdachte Tribüne und für den Papst und sein Gefolge ein getrennter Sektor errichtet worden. Als Ariana ihren Platz vor dem Orchester einnahm, sah sie, daß Horden von Reportern und Klatschjournalisten die Schar der Konzertbesucher vergrößert hatten.

Da es sich um einen feierlichen Anlaß handelte, gab es keinen Applaus.

Ihr Blick erfaßte den lächelnden Papst und dann das metallische Glitzern einer Kamera in der ersten Reihe. Sie blickte schnell weg, auf ihre Hände, die sie im Schoß zusammenpreßte, bis die Knöchel weiß waren.

Der Dirigent gab den Einsatz. Gedämpfte Celli seufzten die erste absteigende Phrase.

Während die Musik pianissimo weiterging, wurde ihr die unglaubliche Klangfülle von Orchester und Chor bewußt. Zum erstenmal in ihrer Karriere fragte sie sich, ob ihre Stimme stark genug sein würde, sich dagegen durchzusetzen.

Das Blut pochte in ihren Adern. Sie wartete die kurze Chorfuge über *Te decet hymnus* und die Modulation zu A-Dur ab, die für sie und die übrigen drei Solisten das Zeichen war, sich von den Sitzen zu erheben.

Sie stand auf. Ihre Knie wurden weich.

Das Tempo wurde etwas schneller, und über die wiederholten Streicherakkorde sang der Tenor das erste *Kyrie*. Der Baß antwortete mit dem ersten *Christe*, und dann war Ariana an der Reihe.

Sie atmete ein und sammelte Kraft für ihr *Kyrie*. Sie hatte die Einleitung Dutzende Male gesungen, doch heute war es wieder so schicksalhaft wie beim erstenmal. Während der Ton sich in ihrer Lunge sammelte, bemerkte sie, wie unglaublich viel Zeit zwischen Gedanken und Ausführung verging.

Die Töne kletterten langsam in ihrem Hals empor, stiegen durch reine Willensanstrengung höher, bis Ariana sie viel zu laut, beinahe schrill, hinausschleuderte.

Bei ihrem fünften Ton, dem zweigestrichenen Gis im *Eleison*, verlor sie die Kontrolle über ihre Stimme und schlitterte in einen Schrei, ohne das Wort zu beenden.

Die Panik fiel auf sie herab wie ein Netz.

Sie streckte die Hand zitternd und flehend zum Dirigenten aus. Er ließ den Taktstock sinken. Das Orchester verstummte.

Sie wandte sich an den Papst. »Seine Heiligkeit möge mir vergeben, aber ich kann nicht weitersingen.«

Sie verließ das Podium. Das Schweigen der Menge hatte etwas Entsetzliches an sich, als schrien die Zuschauer: *Verbrennt sie! Verbrennt sie!*

Sie drängte sich durch die Menschen, lief einen Augenblick später die blendendhelle Straße entlang und wollte nur eines: einen Ozean zwischen sich und ihre Schande legen.

Eine weißgekleidete Gestalt löste sich aus der Menge. Sie kam rasch den Mittelgang herauf, bog ab, kniete kurz vor dem Stuhl des Papstes nieder und begab sich dann direkt auf das Podium, auf dem das Orchester der Scala, der Dirigent und die drei Solisten wie verwirrte Flüchtlinge in einem gestrandeten Rettungsboot warteten.

Ein Flüstern rauschte auf. »*La Rodrigo!*«

»*Bravo la Rodrigo!*«

Clara Rodrigo ließ ihren weißen Zobelmantel auf den Stuhl

gleiten, den noch einen Augenblick zuvor Ariana Kavalaris eingenommen hatte. Sie trug ein einfaches weißes Kleid und eine einreihige Perlenkette. Sie hatte abgenommen. Unter den rechten Arm hatte sie die Partitur des *Requiems* geklemmt.

Sie umarmte den Dirigenten und gestattete ihm, sie auf beide Wangen zu küssen.

Applaus brandete auf.

La Rodrigo setzte sich gelassen lächelnd auf den Stuhl, der jetzt ihr gehörte. Die Solisten setzten sich. Das Orchester setzte sich. Der Dirigent hob noch einmal den Taktstock.

Die Zuhörer verstummten.

Der Papst lächelte.

Verdis *Requiem* begann noch einmal mit dem pianissimo absteigenden Seufzer der gedämpften Celli.

Sie standen bereits vor dem Flugsteig, als es Ariana auffiel. »Sie haben bei der Alitalia gebucht.«

»Sie wollten das nächste Flugzeug nach New York nehmen.«

»Ich kann nicht mit der Alitalia fliegen. Sie werden das Flugzeug abstürzen lassen. Buchen Sie den Flug bei einer anderen Gesellschaft. Ich will nicht mit einem katholischen Piloten fliegen.«

Roddy verzog das Gesicht. »Ihr Gepäck befindet sich bereits an Bord.«

»Großartig – dann können sie sich daran rächen.«

Sie trat aus der Schlange und ließ sich in einen Stuhl in der Halle fallen. Rings um sie wurde geflüstert, Köpfe drehten sich nach ihr um. Innerhalb von nicht einmal zwei Stunden hatte der Skandal bereits den Flughafen von Mailand erreicht. Sie schob Kopftuch und dunkle Brille zurecht. Dann blieb sie ruhig sitzen, eine völlig verzweifelte Frau.

Eine halbe Stunde später tauchte Roddy auf und schwenkte zwei neue Tickets. »Sind Sie mit der El Al einverstanden?«

29

Das Flugzeug landete pünktlich am JFK-Flughafen. Zuerst glaubte Ariana, daß sie sich in dem Meer von Reisenden, die ihre Familien umarmten, in Sicherheit befand, doch dann entdeckte sie die Reporter, die nur darauf warteten, sie durch die Mangel zu drehen.

»Nichts zu verzollen«, erklärte sie dem Zollbeamten.

Sie ging weiter. Blenden klickten, und dann brach ein Sturm von Blitzlichtern und Fragen über sie herein, während man ihr Mikrofone vor das Gesicht hielt.

»Warum haben Sie den Papst im Stich gelassen, Miss Kavalaris?«

»Ich habe Seine Heiligkeit nicht im Stich gelassen.«

»Was halten Sie davon, daß Clara Rodrigo für Sie eingesprungen ist?«

Eine klangvolle Stimme schaltete sich ein. »Miss Kavalaris gibt keine Erklärungen ab und verabschiedet sich somit von Ihnen.«

Sie fuhr herum. Sie hatte Giorgio Montecavallo seit über zwei Jahren weder gesehen noch an ihn gedacht, und jetzt legte er ihr mitten im El-Al-Terminal den Arm schützend um die Schultern.

»Was tust du denn hier, Monte?«

»Ich hole dich ab, *cara*.« Er trug einen dreiteiligen, tropenbraunen Kammgarnanzug, ein kühn gestreiftes Hemd und eine breite geblümte Krawatte. Er war herrlich übergewichtig, und sie überschüttete ihn mit Küssen.

»Gibt es in Ihrem Leben eine neue Romanze, Miss Kavalaris?«

Monte hob die Hand. »Miss Kavalaris und ich sind Freunde.« Er bahnte ihr und sich eine Gasse durch die schreienden Reporter. Sie erreichten die Limousine. Ein Chauffeur hielt die Tür auf.

Ariana lehnte sich im Rücksitz zurück und lächelte Monte zärtlich an, während sie durch den dichten Verkehr auf der Schnellstraße krochen. In ihren Augenwinkeln sammelten sich Tränen. »O Monte, mein ältester, liebster Freund. Du bist der einzige von allen, der mir geblieben ist.«

Zwei Stunden später stand sie im Wohnzimmer ihres Hauses

am Sutton Place und blickte auf den Garten und den East River hinaus.

»Etwas zu trinken?« Monte machte sich an der Bar zu schaffen.

»Für mich nicht. Ich gehe zu Bett.«

»Eine gute Idee. Du bist übermüdet.«

Sie wandte sich ihm zu. »Ich weiß, daß du eine Million Dinge zu erledigen hast, Monte. Aber könntest du bei mir bleiben? Nur dasein, bis ich eingeschlafen bin?«

Monte steckte sie ins Bett. Ihr fielen sofort die Augen zu. Sie atmete schwer, als laste ein ungeheures Gewicht auf ihrer Brust.

Er hakte die Goldkette auf und legte das Medaillon auf das Nachtkästchen.

»Ja«, murmelte sie. »Nimm es mir ab. Nur für eine Weile.«

Er blieb die nächsten beiden Tage bei ihr, während sie sich in Alpträumen herumwarf. Er hielt ihre Hand, wenn sie schrie, zeigte der Köchin, wie man eine anständige Minestrone für eine Rekonvaleszentin kocht, kümmerte sich persönlich um alles, von den Ärzten bis zu den Anrufen.

»Carlotta? Ja, *cara*, sie befindet sich in einem schrecklichen Zustand. Der Arzt meint, daß es sich um Erschöpfung handelt.«

Er ernannte sich selbst zu Arianas Beschützer und Wachhund. Als die Reporter ihre Tür rund um die Uhr belagerten, ließ er jeweils fünf auf einmal herein, führte sie in den Privatgarten, bot ihnen Drinks an und begründete die Krise. »Sie dürfen mich nicht zitieren.«

»Natürlich nicht«, versicherten ihm die Leute von CBS.

»Es betrifft auch Seine Heiligkeit den Papst.«

Ariana schlug schlaftrunken die Augen auf. Durch treibende Nebelschwaden erkannte sie brennenden Dschungel. Eine Stimme berichtete, daß Amerika Nachschublinien des Vietcong in Kambodscha bombardiert hatte. Ihr wurde klar, daß sie einen Fernsehapparat vor sich hatte.

Ein lauter, hallender Knall ertönte. Monte stellte einen silbernen Eiskübel neben das Bett. Eine zischende Flasche mit stanniolumwickeltem Hals lag auf dem Eisbett.

»Champagner?« fragte sie. »Was feiern wir denn?«

Er reichte ihr ein perlendes Glas. »Schau. Hör zu.«

Das Bild im Fernsehapparat wechselte. Eine Frau in einem dunklen Zobelpelz, die eine dunkle Brille trug, hastete durch den Korridor eines Flughafenterminals, dicht gefolgt von einem Rudel von Reportern.

»Das bin ja ich!« Ariana griff nach ihrer Brille. »Ich sehe gar nicht so schlecht aus, nicht wahr?«

»Du siehst *splendida* aus.«

Ein Mikrofon, das einem Wespennest glich, war im Bild aufgetaucht. Die Frau in Schwarz schob es zur Seite. »Kein Kommentar. Bitte lassen Sie mich in Ruhe.«

»Die Abendnachrichten von Donnerstag«, erklärte Monte. »Ich habe sie auf Band aufgenommen.«

»Ich habe eine gute Sprechstimme, nicht wahr?« Ihre Augen wanderten zum Bildschirm zurück, auf dem ein zu stark geschminkter Sprecher von einem TV-Neger ablas.

»... wegen der Einwände des Vatikans gegen Madame Kavalaris' Freundschaft mit dem Tenor Giorgio Montecavallo, dessen zivilrechtliche Scheidung die römisch-katholische Kirche nicht anerkennt.«

Sie begann zu lachen. »Sie glauben – du meine Güte, sie glauben, daß ich aufgehört habe zu singen, weil ich deinetwegen mit dem Papst gestritten habe?«

Er nickte.

Sie sprang aus dem Bett.

»Sei vorsichtig, Ariana. Du bist geschwächt.«

Sie riß die Schranktür auf. Ihre Hand glitt über die siebenundfünfzig Abendkleider.

»Was tust du da?«

»Ich suche mein rotestes, am tiefsten ausgeschnittenes, vulgärstes Kleid. Monte, ruf La Côte Basque an. Wir sorgen für einen Skandal.«

Die Fotografen lagen vor ihrem Haus auf der Lauer, als sie in die Limousine stiegen. Fotografen warteten auf der 55. Straße, als sie auf den Gehsteig traten. Sie weigerten sich, einander vor der Kamera zu küssen, erklärten sich aber zu einer Umarmung bereit. »Wir sind nur Freunde«, stellte Ariana fest. »Der Tratsch, den Sie hören, entspricht nicht immer der Wahrheit.«

»Das war ungehörig«, flüsterte Monte, als sie La Côte Basque betraten.

Der Manager schüttelte Monte die Hand und umarmte Ariana, als wären sie seine langverschollenen Geschwister. Er führte sie zu einem Tisch im besten Teil des Raums. Der Maître d'hôtel und die Oberkellner drängten sich um sie und begrüßten sie.

Der Manager half Ariana aus dem bodenlangen Zobel. Ein Eiskübel mit einer Flasche Taittinger Brut stand an ihrem Tisch, beinahe bevor sie Platz genommen hatten.

»Küß mich«, verlangte Ariana. »Truman Capote starrt her.«

Als der Kellner die Speisekarten brachte, seufzte sie.

»Am Vorabend des Fiaskos«, erklärte sie, »muß man das Glück beim Schopf packen. Ich möchte ein Dutzend Schnecken, die Crème de carottes, das Filet mignon bordelaise, durchgebraten, Kartoffelkroketten, Spargel hollandaise, Endiviensalat vinaigrette, und vielleicht sollten wir das Soufflé zum Dessert jetzt schon bestellen.«

Die gemietete Limousine brachte sie kurz nach zwei Uhr morgens nach Hause. Sie waren betrunken und glücklich, und New York glitzerte im dunstverhangenen frühen Morgen.

Ariana fischte die Schlüssel aus der Handtasche und sperrte die Eingangstür auf. Während sie im Fahrstuhl hinauffuhren, bat sie Monte, diese Nacht in ihrem Zimmer zu schlafen.

»Gut. Ich schiebe den Lehnstuhl an dein Bett.«

Als er nach dem Stuhl griff, faßte sie ihn an der Hand.

»Schlaf mit mir im Bett. Ich möchte dich neben mir spüren.«

Er schaute sie eine Sekunde lang an. »Du willst doch kein altes Wrack wie mich.«

»Altes Wrack? Du bist vielleicht ein bißchen übergewichtig, aber du bist ein sehr attraktiver Mann. Ich liebe deine Haare, deine Haut, deinen Sinn für Humor, und ich möchte, daß du mich liebst.«

Seine Umarmung zermalmte ihr alle Knochen im Leib und sollte etwas bemänteln. »Ich... kann nicht.«

Sie sah die Qual in seinem Gesicht.

»Ich bin seit einiger Zeit nicht mehr dazu imstande. Zuerst habe ich angenommen, daß es vom Trinken kommt, und habe sechs Monate lang keinen Tropfen getrunken. Ich bin zu einem Psychoanalytiker gegangen, der mir auch nicht helfen konnte. Ich habe mir von Ärzten Spritzen geben lassen und in Kliniken Ruhekuren gemacht, aber nichts hilft. Es tut mir leid, Ariana. Bist du sehr enttäuscht?«

Natürlich war es traurig, aber sie mußte wider Willen über die ständige Wiederholung in ihrem Leben lächeln: ein neuer Mann, neue Schwierigkeiten.

»Wir können trotzdem zusammen schlafen, oder?« fragte sie.

»Wenn es dir nichts ausmacht, nur zu schlafen.«

»Ach Monte. Nur zu schlafen klingt himmlisch.«

»Monte, zieh zu mir.«

»Mach dich nicht lächerlich, *cara*.«

»Nein, es wäre vernünftig. Das Haus ist zu groß für eine Person.«

»Wir würden uns nach einer Woche die Kehle durchschneiden.«

»Unsinn. Wir sind seit drei Wochen zusammen und haben kein einziges Mal gestritten.«

»Zwei von diesen Wochen warst du in Lateinamerika.«

»Und für mich war das Bewußtsein ungeheuer wichtig, daß du hier bist, wenn ich durch die Eingangstür trete.«

Sie stritten zwei Tage lang. Er erklärte ihr, warum es nicht klappen konnte: Sie waren beide Sänger, beide verrückt, konnte keinen Sex geben. Sie erklärte ihm, warum es gutgehen mußte: Sie waren beide Sänger, beide verrückt, es konnte keinen Sex geben.

Schließlich ließ er sich dazu überreden, es einen Monat lang zu versuchen, und zog mit drei Säcken aus der Wäscherei, einer mit Schnitzereien verzierten Lampe und zwei Kleidersäcken ein, auf denen der Name eines bekannten Schneiders in Venedig stand.

»Ist das alles?« fragte sie.

»Der Rest wird noch geschickt.«

Sie verstand. Das war sein ganzer Besitz.

Am nächsten Tag ging sie mit einem seiner Anzüge zu Paul Stuart. Sie wählte fünf Hosen und zwei entzückende Tweedjacken und bat den Schneider, nach dem Anzug Maß zu nehmen. Weil sie schon da war, kaufte sie auch noch vier Pullover, ein Dutzend Hemden und drei schöne, einfache Krawatten.

Monte hatte Tränen in den Augen, als die Pakete kamen. Er küßte sie und lief in sein Zimmer, um sich umzuziehen.

»Du siehst gut aus«, stellte sie fest.

»Ich führe dich zum Lunch aus«, verkündete er. »Du kannst mit mir angeben.«

Sie gingen ins La Grenouille; Monte hatte seine Kreditkarte vergessen, und sie bezahlte mit ihrer. Er war entsetzlich verlegen.

»Sei still, Liebling«, beruhigte sie ihn. »Du bist wunderbar, und warum soll ich meine Kreditkarte nicht ein bißchen benützen?«

Im Lauf der nächsten Wochen schenkte sie ihm eine hübsche Uhr von Tiffany, weil er nur eine alte besaß, die nicht richtig ging; zwei Paar ordentliche Schuhe, weil sich bei seinen die Sohlen selbständig machten; und vorausschauenderweise einen Mantel für den Herbst.

»Du kannst mir nicht ununterbrochen Geschenke machen.

Ich bin ein Mann, und du bist eine Frau, und ich sollte dir Geschenke machen.«

»Du schenkst mir doch etwas, Liebling. Das Lachen.«

Das stimmte. Er sagte immerzu etwas Komisches, machte sie darauf aufmerksam, wie idiotisch dies oder jenes war, ahmte Leute nach, verwandelte ihre alltäglichen Gespräche in Parodien auf Opernszenen.

Zehn Tage später saß er in ihrem Wohnzimmer und sah vollkommen verzweifelt aus. Er wollte ihr nicht erzählen, was los war, aber schließlich holte sie aus ihm heraus, daß er dem Finanzamt zwölftausend Dollar schuldete, und daß sie ihn gemahnt hatten.

»Ich borge dir die zwölftausend«, erklärte sie.

»Ich kann dich nicht berauben.«

»Ich gehe ja noch nicht am Bettelstab.«

Sie stellte den Scheck aus, und er sah sie an.

»Deine schönen Augen«, sagte er.

»Was ist mit meinen schönen Augen?«

»Sie sind einfach schön, das ist alles.«

Er wollte sich nützlich machen. Er nahm ihr das Scheckbuch weg und kümmerte sich um die finanziellen Angelegenheiten. Er stellte die Schecks für alle Ausgaben aus: Essen, Versicherung, Abgaben für das Haus. Er verfaßte die Steuererklärungen, kontrollierte den Kontostand, zahlte die Überweisungen ihres Agenten ein. Sie unterschrieb, und mehr hatte sie nicht zu tun.

Er nahm ihr damit eine schwere Last von der Seele.

»Du bezahlst Roddy fünfhundert Dollar wöchentlich, *cara*?«

Sie schaute auf. Monte saß am Schreibtisch und addierte mit einem Taschenrechner Zahlen.

»Ich erledige die Hälfte deiner Schreibarbeit«, meinte er. »Ich könnte sie genausogut ganz übernehmen.«

»Ich kann doch nicht von dir verlangen –«

»*Cara*, ich liebe dich, ich verstehe dich, ich bin absolut bereit, alles für dich zu tun, was in meinen Kräften steht.«

»Aber Roddy ist schon zu lang bei mir, ich bringe es nicht übers Herz, ihm zu erklären, daß ich ihn nicht mehr brauche.«

»Zerbrich dir nicht den Kopf, *cara*, ich werde es ihm beibringen.«

Monte überredete sie dazu, auch beim Personal zu sparen; sie brauchte nicht zwei Dienstmädchen, eines genügte; es kam billiger, wenn sie die Köchin nicht ganztägig beschäftigte.

»Ich bin ein Hobbykoch«, erklärte er. »Dienstag und Donnerstag können die Tage sein, an denen ich in Eigenregie koche.«

Nachdem der Butler gekündigt worden war, ging Ariana am Montag selbst an die Tür, als es läutete. Ein großer Mann, der eine Zigarre rauchte, stand vor ihr; sein Atem roch nach Mundwasser. Dichte Augenbrauen wölbten sich über seinen Augen. »Ist Monte in der Gegend?« fragte er mürrisch.

»Monte ist oben.«

»Ich heiße Degan.« Der Mann streckte ihr seine mit dichtem, dunklem Haar bedeckte Hand hin. »Mort Degan.« Er trug eine gepunktete Fliege und einen dunklen Anzug, der leicht spiegelte, als wäre er zu oft geputzt worden. Er deutete nach hinten. »Ich habe sie dabei.«

Am Gehsteig parkte ein orangefarbener Toyota. Eine Frau in khakifarbenem Hosenanzug und ein Mann in einer Tarnjacke holten eine Kamera und Filmgeräte aus dem Kofferraum.

»Monte!« rief Ariana.

Er erschien oben auf dem Treppenabsatz, band den Gürtel des Bademantels zu und schlug sich mit der Hand an die Stirn. »Verzeih mir, cara, ich habe vollkommen vergessen, daß sich die Fotografen für heute angesagt haben.« Dann sprudelte er die Erklärung heraus. Mort war ein alter Freund; der Mann und die Frau, die Scheinwerfer und Stative ins Haus trugen, waren vom *Esquire*-Magazin. »Sie wollen uns interviewen; Mort hat es eingefädelt, ist das nicht nett von ihm?«

Ariana sah wutentbrannt regungslos zu, wie Kameras und Scheinwerfer im Wohnzimmer aufgestellt wurden.

Monte erkundigte sich bei Mort Degan, wie es ihm ging.

»Ich habe in Cannes Filmrechte um achteinhalb Millionen verkauft.«

Monte pfiff durch die Zähne.

Der Mann mit der Tarnjacke schoß im Zimmer herum, hockte sich hin und machte mit einer kleinen Kamera, die wie ein Insekt summte und surrte, Schnappschüsse. Die Frau im Hosenanzug stellte einen Kassettenrecorder auf den Kaffeetisch und wollte wissen, welche Beziehung zwischen Oper und Ruhm bestand.

Ariana überließ die Antworten Monte.

Er schweifte vom Thema ab, sprach von der Art und Weise, wie man eine Gestalt anlegt, vom Mysterium der Persönlichkeit, das der Kern jeder Art von Kunst ist, und natürlich von dem Gottesgeschenk, der menschlichen Stimme. Ariana bemerkte plötzlich die kaum wahrnehmbare Lücke zwischen Montes Worten und seinen Handlungen, den Unterschied zwischen dem Bild, das er von sich hatte, und der Wirklichkeit, die sie kannte. Sie mochte es nicht, wenn er sich lächerlich machte. Sie mochte weder seinen Freund Mort Degan noch die Leute vom Magazin. Sie lächelte Monte zuliebe, aber innerlich lächelte sie überhaupt nicht.

»Der Schlüssel«, erklärte Monte gerade, »ist Arianas musikalische Integrität. Ganz gleich, was sie singt – und sie beherrscht ein ungeheures Repertoire –, sie entwürdigt sich oder die Musik niemals.«

»Sind Sie wirklich so einmalig, Miss Kavalaris?«

»Monte ist nur ein charmanter Schmeichler. In Wirklichkeit bin ich schrecklich. Ich bin eine Klatschbase, bin entsetzlich launenhaft und schwindle beim Kartenspielen.«

Die Frau deutete ein Lächeln an. »Kann man den Gerüchten über Sie beide glauben?«

Ariana sah die Frau an. »Gerüchte?«

»Ein gemeinsames Konzert im Januar?«

»Ich kenne diese Gerüchte nicht«, erklärte Ariana eisig.

»Um die Wahrheit zu sagen, ich habe sie in die Welt gesetzt«, mischte sich Mort Degan ein. Ariana machte einen langen Zug aus einer Filterzigarette. »Warum?«

»Reiner Egoismus. Ich möchte für das Konzert Ihr Agent sein.«

Nach dem Abendessen saß sie mit Monte im Wohnzimmer. »Dein Mr. Degan ist ein eigenartiger Mensch«, begann Ariana.

Monte warf ihr einen Blick zu. »Er ist ein verdammt schwer arbeitender Agent.«

»Ich habe schon einen Agenten. Richard legt mit mir fest, wann ich auftrete – nicht Mr. Degan, auch wenn er noch so schwer arbeitet, und auch nicht du, auch wenn ich dich noch so sehr liebe. Ich gebe sehr selten Liederabende, und wenn, nie gemeinsam mit jemand anderem.«

Monte warf ihr einen langen, traurigen Blick zu. »Mit anderen Worten, du schickst mich zum Teufel.«

»Was ist eigentlich mit dir los, Monte? Ich erkläre dir, daß ich nicht die Absicht habe, mich nach Mr. Degan zu richten, und daß ich nichts mit ihm und seinen Plänen zu tun haben will.«

»Du vertraust mir nicht.«

»Natürlich vertraue ich dir. Aber ich bin auf eineinhalb Jahre ausgebucht.«

»Am vierundzwanzigsten Januar hast du nichts vor.«
Das Schweigen türmte sich zu Bergen.
»Das Ganze ist lächerlich. Bitte, Monte, streiten wir nicht.«
»Du bist eine große Künstlerin, Ariana, aber als Frau...«
Monte saß auf dem Sofa, hatte die Arme um die Knie geschlungen und starrte in seinen Whisky-Soda. »Einerseits machst du einem Mann Zugeständnisse, andererseits weckst du Zweifel in ihm und sorgst dafür, daß er ständig im ungewissen ist. Dich lieben muß die Hölle sein.«
»Das ist unfair.«
»Genau wie deine Hysterie. Ich wollte dir doch nur helfen.«
»Was für ein gemeinsames Konzert? Ich singe *Sempre libera* zu Klavierbegleitung, und du singst *Granada* zu deiner Gitarre? Du hast seit eineinhalb Jahren kein einziges Mal geübt.«
Monte trank seinen Scotch aus und stand auf. »Entschuldige, daß ich es versucht habe.«
»Um Himmels willen, Monte –«
Aber er war fort, und gleich danach hörte sie den Fahrstuhl surren.

Nikos wollte seinem Ärger nicht sofort Luft machen; er sah zunächst gelassen zu, wie Maggie sich in ihrem lavendelfarbenen Abendkleid an den Frisiertisch setzte. Es war zwei Uhr früh. Er war seit vier Stunden zu Hause, trug aber immer noch die Smokingjacke. Sie plapperte über eine Geburtstagsparty im Carlyle, auf der sie gewesen war.
»Wer hatte denn Geburtstag?« fragte er ruhig.
»Die Party hat Adela Shatzberg gegeben – du weißt doch, die Malerin – sie macht diese großen Puppen – das *New York*-Magazin hat etwas über sie gebracht – und zwar Putney Wilkes zu Ehren.« Als sie den Arm hob, um die Halskette aufzuhaken, spannte sich ihr Reißverschluß leicht.
»Hat die Geburtstagsparty lang gedauert?« erkundigte sich Nikos.
»Nein, wir sind gegen sieben gegangen, und zwar zu der Kostümparty, die Pru Delman für ihren Mann gegeben hat – Senator Bruce Delman, du hast ihn bei den Vanderbilts kennengelernt.«
»Du warst also bei einer Geburtstagsparty und dann auf einem Kostümball.«
»Die Zeitungen werden es wahrscheinlich als Ball bezeichnen. Eine Rockband hat gespielt, und sie haben ein großes, gestreiftes Zelt aufgestellt. Von den anwesenden Filmstars habe

ich nicht einmal die Hälfte gekannt, lauter kokainsüchtige Kinder. Lady Benson läßt dich übrigens grüßen.«

Nikos hatte die Augen halb geschlossen. Mein ganzes restliches Leben, dachte er, mein ganzes restliches Leben werde ich mir diesen Unsinn anhören müssen. Er fragte sich zum zehntausendsten Mal seit seiner Hochzeit, in was er da hineingeraten war.

»Hast du nicht etwas vergessen?« fragte er.

»Vergessen?« Sie sah ihn so verständnislos an, daß es beinahe echt wirkte.

»Wir waren heute abend zu dem Empfang eingeladen, den Buzz Dworkin anläßlich der Hochzeit seiner Tochter gegeben hat.«

»Buzz Dworkin? Ich kann den Kerl nicht leiden.«

»Trotzdem hat er uns vor über einem Monat eine Einladung geschickt. Der Gouverneur war mit seiner Frau dort. Auch der Bürgermeister mit seiner Frau. Und noch eine Menge anderer Männer mit ihren Frauen.«

»Mein armer Liebling. Das klingt nach Zigarrenrauch und Politikern, die Trinksprüche aufeinander ausbringen.«

»Wir hatten zugesagt.«

»Nein, Nikos, du hast zugesagt. Du hast die Einladung mir gegenüber nie erwähnt.«

Er hielt ihr ihren in Leder gebundenen Vormerkkalender unter die Nase. An diesem Tag hatte sie schwungvoll mit grünem Filzstift »Empf. Dworkin« eingetragen. Mit roter Tinte hatte sie »Viv/Shatz Party« darüber gekritzelt. Mit Bleistift stand »Delmans« daneben.

Ihr Gesicht verzog sich vor Wut. »Wie kannst du es wagen, meinen Schreibtisch zu durchsuchen!«

»Wie kannst du es wagen, mich so zu blamieren?«

»Wie oft habe ich dich gebeten, mich zu Hobe Sound, zu Sag Harbor, zu Elaine zu begleiten? Und wie oft hast du auf Partys, die wir gegeben haben, durch Abwesenheit geglänzt?«

»Ein einziges Mal, und zwar aus geschäftlichen Gründen.«

»Und wie oft mußte ich allein zu Vernissagen gehen oder allein nach Paris fliegen?«

»Du schweifst vom Thema ab.«

»Nur weil Ariana mit ihrem Tenor Schlagzeilen macht und du eifersüchtig bist, muß ich noch lange nicht jedesmal mitkommen, wenn so ein schmieriger Manager eine von der Steuer absetzbare Party schmeißt. Ich habe nichts dagegen, daß du auf Ariana fixiert bist, aber ich verbiete dir, daß du deine Fixierung an mir abreagierst.«

Schweigen herrschte im Schlafzimmer, Nikos hob die Hand und schlug Maggie mit dem Vormerkkalender wie mit einer Fliegenklatsche ins Gesicht.

Sie sah ihn lange an, dann trat ein triumphierender Ausdruck in ihre zusammengekniffenen Augen. Sie wandte sich wieder dem Spiegel zu, nahm endlich das Smaragdhalsband ab und legte es säuberlich in sein Samtbett in der Emaildose.

»Putney Wilkes hat sie als Norma gehört. Offenbar war sie alles andere als eine Offenbarung.« Sie sah Nikos an und schnurrte beinahe. »Die arme Ariana. Was wird sie jetzt tun, nachdem sie die Stimme verloren hat?«

»Schätzchen...«

Boyd sah Ariana nicht an, sondern schaute an ihr vorbei aus dem Fenster ihres Abteils erster Klasse in dem Flèche d'Or. Sie – oder eigentlich er – hatten gefunden, daß es einfacher war, die Bahn zu benützen (»So ein angenehmer Zug, Schätzchen, nur erste Klasse, die Europäer verstehen das großartig«), als von Amsterdam nach Paris zu fliegen. (»Wer will schon zum Flughafen hinaus und dann wieder hineinfahren, wir übersiedeln ja nur aus dem Doelen ins Ritz.«) Eigentlich hatte er gemeint: Wir fahren ja nur von schlechten Kritiken am holländischen Staatstheater zu noch schlechteren Kritiken an der Pariser Oper, also wollen wir lieber nicht auffallen.

Die gepflegte belgische Landschaft flog an ihnen vorbei. Arianas Blick folgte drei Bauernhäusern und zwei einsamen Gruppen von alten Ulmen.

»Findest du nicht, daß Puccini entsetzlich zweitklassig ist?« Boyd hatte die *Tosca*-Partitur auf dem Schoß liegen und schlug sie jetzt zu. »Es würde mir nichts ausmachen, nie wieder *Tosca* zu dirigieren.«

Ariana war plötzlich hellwach. Zwei Jahrzehnte lang hatte Richard Schiller ihre Termine Jahre im voraus festgelegt, und obwohl sie ihre Stimme allmählich verlor, mußte sie immer noch Termine einhalten. Zugegeben, es wurden immer weniger, aber dennoch erstreckten sie sich wie eine immer dünner werdende Sicherheitsleine über die nächsten drei Jahre.

Ariana wußte, daß ihre Karriere zu Ende war. Sie wußte es seit Mailand. Sie wußte, daß Boyd ihr – und sich – einen Ausweg bot.

Sie haßte ihn deshalb.

»Das heißt, daß du keine *Tosca* mehr mit mir machen willst.« Sie sah ihm in die Augen und beobachtete, wie er sich zwang, entsetzt zu leugnen.

»Das hat nicht das geringste mit dir zu tun, Schätzchen. Ich möchte lieber etwas Neues versuchen. Zum Beispiel einen späten Verdi. Zum Beispiel *Falstaff*.«

Er wußte, daß sie keine der Frauenrollen in *Falstaff* sang. »Du weißt, daß ich meinen Vertrag nicht stornieren werde, deshalb stornierst du deinen, und damit mußt du mich nicht mehr in *Tosca* dirigieren... und auch in keiner anderen Oper. Ich bin ein sinkendes Schiff, und du verläßt mich.«

»Ich weigere mich, mit dir zu sprechen, wenn du Verfolgungswahn hast.«

Als Ariana zwölf Tage später nach New York zurückkehrte, fand sie einen Brief von Richard Schiller vor. Offenbar hatte Boyds Agent ihn darüber informiert, daß infolge unvorhergesehener Umstände usw. usw. sein Klient gezwungen war, die nächstjährigen Aufführungen von *Tosca* in Covent Garden, Paris, Wien, an der Scala, in Chicago und Melbourne zu stornieren. Drei Tage lang waren Arianas Gedanken mit Selbstzweifeln und Entsetzen schier umnebelt.

Am vierten Tag suchte sie Richard Schiller auf. Er marschierte hinter seinem Schreibtisch auf und ab und zog dabei das Telefonkabel durch die Finger. Eine tiefe, unverständliche Stimme schrie aus dem Hörer.

»Ich muß mit Ihnen sprechen, Richard.« Sie ging durch das Zimmer, legte den Finger auf die Gabel und drohte, die Verbindung zu unterbrechen.

Er entschuldigte sich bei seinem Gesprächspartner, legte auf und sah sie an.

»Sie vernachlässigen mich«, warf sie ihm vor. »Geben Sie es zu. Die einzigen Verpflichtungen, die ich jetzt noch zu erfüllen habe, sind lange vor dem Mailänder Fiasko festgelegt worden. Sie liquidieren meine Karriere.«

»Was wollen Sie von mir, Ariana? Was erwarten Sie von Ihrem Agenten?«

»Ich möchte im Fernsehen auftreten.«

»Warum? Weil Ihr Exfreund im Fernsehen geheiratet hat und Sie ihm Konkurrenz machen wollen?«

»Lassen Sie Nikos aus dem Spiel.«

»Ich würde vorschlagen, daß Sie Nikos aus dem Spiel lassen, denn meiner Meinung nach geht es bei diesem ganzen Theater um nichts anderes.«

»Sie haben eine merkwürdige Art, mit ihren besten Kundinnen zu sprechen.«

»Und Sie haben eine merkwürdige Art, mit Ihrem besten Agenten zu sprechen.«

»Vielleicht wollen Sie mich nicht mehr vertreten.«

Er fuchtelte mit den Armen vor seinem Gesicht herum. »Verschwinden Sie. Verdammt noch mal, verschwinden Sie.«

Ohne zu überlegen, sprang sie auf, beugte sich über den Schreibtisch und schlug mit der Faust auf die Schreibunterlage.

»Was ist mit euch Agenten eigentlich los? Ihr fesselt den hilflosen Künstler mit Verträgen, bis er euch vollkommen ausgeliefert ist, und dann foltert ihr ihn, weil das ja so lustig ist. Sie sind schon entschlossen, meine Karriere vor die Hunde gehen zu lassen, aber sie sehen genüßlich zu, wie ich sterbe, und statt mir zu helfen, halten Sie mir Vorträge, geben mir gute Ratschläge und machen sich über mich lustig. Sie sind ein schikanierender, sadistischer Psychopath.«

Er sah sie an, und in seine Augen trat echte Trauer.

»Ariana – Liebste – nicht ich bringe Sie um, sondern die Haltung, in die Sie sich verrannt haben. Sie wirkt sich in Ihrer Arbeit und in Ihrem Privatleben aus. Es fällt mir schwer, es Ihnen zu sagen, aber sie wirkt sich nachteilig aus. Sie müssen sich zusammenreißen.«

»Geben Sie mir Arbeit, und Sie werden sehen, wie ich mich zusammenreiße.«

»Sie haben eine Menge Verpflichtungen – nächsten Monat San Francisco, Hamburg, Mailand, Düsseldorf –«

»Das sind nicht die Verpflichtungen, die ich will. Ich brauche Reklame, Richard. Wie die Rockstars. Plakate in den Bussen. Plattenhüllen in den Schaufenstern. Fernsehauftritte. Ich könnte Reklame für Qualitätsprodukte machen – American-Express-Karten, Lincoln-Continental-Limousinen...«

Er seufzte tief. »Liebste, kümmern Sie sich um den Gesang, ich kümmere mich um den Rest.«

»Sie kümmern sich nicht richtig darum, die Leute vergessen meinen Namen.«

»Erscheinen Sie zur Abwechslung einmal wieder auf der Bühne, dann würden sich die Leute vielleicht an Ihren Namen erinnern.«

»In den letzten Monaten habe ich keine einzige Vorstellung abgesagt.«

»Die Sutherland hat während ihrer gesamten Karriere keine einzige Vorstellung abgesagt.«

»Ich bin nicht die Sutherland.«

»Das weiß ich auch ohne Sie.« Er biß sich auf die Unterlippe, kam um den Schreibtisch herum und drückte sie an sich. »Es tut mir leid, meine Liebe, ich wollte nicht so grob werden – Sie suchen sich nur einen verdammt ungünstigen Zeitpunkt aus, um unangemeldet hereinzuplatzen. Es ist die verrückteste Zeit am Tag. Sie wissen, daß wir alle zwischen zwei und vier die Westküste anrufen.«

»Und was ist an diesen Anrufen so wichtig, daß Sie nicht zwei Minuten lang mit einer alten Klientin und Freundin sprechen können?«

»Ich werde Ihnen sagen, was daran so wichtig ist – ich versuche, Sie aus den Klauen von Ganoven zu retten.«

Sie hob die Augenbrauen, und er zog sich sofort zurück.

»Fragen Sie mich bitte nicht nach Einzelheiten. Sie wollen nichts davon hören. Sie wollen nichts davon wissen.«

»Ich will davon hören, ich will davon wissen, Richard.«

»Die Clowns, mit denen ich gesprochen habe, wollen bei den Pyramiden ein Konzert mit Mikrofonen veranstalten, das im Fernsehen übertragen wird, tausend Dollar pro Platz, ein lausiges Pop-Programm.«

»Was hat das mit mir zu tun?«

Richard zögerte und sah sich im Zimmer um, als wolle er sich vergewissern, daß alle Aschenbecher angenagelt waren. »Sie wollen Sie.«

»Gibt es dabei Publicity?«

»Klar, so eine Mißgeburt besteht ausschließlich aus Publicity.«

»Artikel in den Zeitungen? Interviews? Gespräche mit den Gaststars im Fernsehen?«

Richard nickte.

Ariana trat ans Fenster. »Wie viele Leute sehen eine Oper? Viertausend in einem großen Haus? Und wie viele sehen eine Fernseh-Show? Achtzig Millionen, zweihundert Millionen? Ich mache es, Richard.«

Er wurde blaß. »Sie wollen doch nicht mit diesen Leuten arbeiten? Alles, was die in die Finger kriegen, wird Scheiße. Glauben Sie mir, die machen aus den Pyramiden eine Mülldeponie.«

»Was machen zehn Minuten auf einer Mülldeponie schon aus?«

Er schwieg lange. »Es ist für August vorgesehen und würde bedeuten, daß Sie Rio del Mar absagen müssen.«

»Zum Teufel mit Rio del Mar.«

Er zögerte immer noch.

»Richard, ich verlasse dieses Büro erst, wenn Sie angerufen und das Angebot angenommen haben.«

30

Es genügte, um Maggie Stratiotis den Appetit am Frühstück zu verderben. Die *New York Times* brachte einen großen Artikel über Ariana Kavalaris' Lieblingsrezept für Fettucine.

Wer sucht eigentlich diese Artikel aus? fragte sie sich. Warum fragt mich die *Times* nie, wie man Filet Mignon macht?

Am gleichen Tag griff sie beim Friseur nach einem Magazin und entdeckte ein Foto, das Ariana auf einer Party zeigte, die sie mit dem »weltberühmten Tenor Giorgio Montecavallo« besucht hatte. Am Rand des Bildes – es war nicht zu erkennen, ob er zu der Gruppe gehörte oder nicht –, befand sich »der Schriftsteller Arthur Miller«.

Maggie begriff plötzlich und schmerzlich etwas von Ariana, dessen sie sich bisher nicht bewußt gewesen war: Diese Frau war nicht nur berühmt, sondern verfügte sogar über ein gewisses intellektuelles Prestige.

Während sie unter der Trockenhaube saß, dachte sie unwillkürlich über sich selbst nach und verglich sich mit den anderen. New York war zweifellos zum Mekka des Ruhms geworden: Die Stadt bot ungezählte Möglichkeiten, weltberühmt zu werden. Doch wenn sie das Foto betrachtete, mußte sie sich fragen, ob sie diese Möglichkeiten genutzt hatte.

»Was tust du da?« fragte Nikos.

Maggie blickte aus dem Louis-Quinze-Buchenholzstuhl auf, in dem sie saß und mit einem roten Kugelschreiber eifrig Notizen in ein Manuskript mit blauem Durchschlag machte. »Ich habe Arbeit gesucht und genau das Richtige gefunden. Kanal vier. Tony McGraw engagiert mich als Moderatorin für die Besichtigung von ein paar Häusern im Großen Hudsontal.« Sie beschrieb das Projekt und erwähnte, daß die Verwalter der Rockefeller- und Roosevelt-Besitzungen grünes Licht gegeben hatten.

»Ich will nicht, daß du dich mit McGraw einläßt«, erklärte Nikos.

»Warum nicht? Du machst mit ihm Geschäfte.«

»Deshalb.«

Sie starrten sich an.

»Erwartest du vielleicht, daß ich ihn anrufe und ihm mitteile, daß ich es mir anders überlegt habe?«

»Genau das erwarte ich von dir.«

Sie schüttelte den Kopf. »Tut mir leid, Nikos, ich führe mein eigenes Leben.«

In achttausend Kilometer Entfernung hatte Renata Stratiotis die ganze Nacht den an die Felsen brandenden Wellen gelauscht. Jetzt duschte sie, kleidete sich an und schlich auf Zehenspitzen am Zimmer ihrer Mutter vorbei. Die Tür stand offen.

Maria-Kristina saß im blassen Morgensonnenschein am Fenster und bürstete ihr Haar. Sie drehte sich um. »Renata? Du bist früh auf.«

»Ich muß heute etwas in der Stadt erledigen.«

Die Augen ihrer Mutter verengten sich besorgt. »Du darfst nicht mit den Rauschgiftdealern zusammenkommen. Bitte fang nicht wieder damit an.«

»Nein, Mutter, darüber bin ich weg.«

Renata ging langsam über den Rasen zu der kleinen Bucht. Sie stieg in das blauweiße Rennboot, das an der Mole festgemacht war. Unter ihrem Gewicht schwankte es ein wenig. Das Wasser der Ostsee leuchtete ebenmäßig wie rostfreier Stahl.

Sie riß an der Startleine, und der Motor erwachte zum Leben.

Der Pudel sprang bellend in das Boot. Sie hob ihn sanft hoch und setzte ihn wieder auf die Mole. »Tut mir leid, Cochon, heute keine Passagiere.«

In einem Café auf dem Festland traf sie ihren Dealer, einen jungen Mann mit einer dunklen Brille aus Spiegelglas. Sie bezahlte ihn und stopfte Pillen und Marihuana im Wert von achthundert Kronen in ihre Reisetasche.

»Das Gras wird dir schmecken«, meinte er. »Es ist pures Gift.«

Sie ging durch den Wald und rauchte zwei Joints. Von einer Telefonzelle am Straßenrand aus meldete sie ein Gespräch nach New York City an.

»R-Gespräch für Nikos Stratiotis von Renata Stratiotis«, sagte eine Telefonistin.

Maggie blickte verärgert vom Hörer in ihrer Hand zur Leuchtzifferuhr auf dem Nachtkästchen. »Ich nehme es an.«

»Ist mein Vater da?« Die Stimme hatte den übertriebenen Oxford-Akzent, den die schwedischen Schulen ihren Staatsbürgern eintrichtern.

Muß das wirklich sein, daß Vater und Tochter sich jetzt miteinander unterhalten? fragte sich Maggie. Ich bin morgen zehn Stunden auf dem Rockefeller-Besitz unterwegs. Sie antwortete mit übertriebener Freundlichkeit. »Hier spricht Maggie, Renata. Dein Vater hat mir so viel von dir erzählt. Ist etwas nicht in Ordnung?«

»Ich muß ihm nur hallo sagen.«

Hallo klang kaum wie ein Notfall. Maggie drückte ihre Zigarette aus. »Hör mal, Kleines, hier ist es drei Uhr fünfzehn. Dein Vater wird dich am Morgen anrufen, sobald er aufwacht.«

Sie legte auf. Als Nikos einen Augenblick später aus dem Badezimmer kam, hatte sie sich auf die Seite gedreht und stellte sich schlafend.

Auf dem Rückweg zum Rennboot rauchte Renata noch einen Joint. Sie gab Vollgas und starrte zum Himmel empor, der voller Kartoffelbrei-Wolken war. Dann sah sie auf die Uhr. Es war eine schmale, hauchdünne silberne Uhr, ein Geschenk ihres Vaters, als sie die Mittelschule in Göteborg als Zweitbeste ihrer Klasse absolviert hatte. Er hatte keine Zeit gehabt, selbst zu kommen.

Die Insel raste auf sie zu. Das Haus, das Vater und Mutter gebaut hatten, schien auf seinen Grundmauern zu tanzen. Eine große Frau in einem rotgepunkteten Dirndl rannte auf die Terrasse hinaus, und Renata erkannte an ihrem verzerrten Gesicht, daß sie schrie.

Es tut mir leid, Mutter, aber ich habe heute nacht kein Auge zugetan, und Vater hat meinen Anruf nicht angenommen.

Einen blendenden Augenblick lang blieb die Zeit stehen. Das Rennboot krachte mit hundertfünfzig Stundenkilometern an die steinerne Hafenmauer. Holz und Chrom splitterten. Renatas Schädel zerbarst beim Aufprall.

Maria-Kristinas Stimme brach beinahe während des Satelliten-Telefongesprächs über achttausend Kilometer Entfernung. Nikos brauchte einen Augenblick, um zu begreifen, dann gab der Boden unter seinen Füßen nach. »Aber warum?« fragte er.

»Dr. Aakeborg meint, daß es eine Depression war.«

»Die Depressionen sind doch behandelt worden.«

»Wir haben in ihrem Medizinkästchen zweiundneunzig Lithiumtabletten gefunden. Sie hatte gelogen. Sie hat sie nicht genommen.«

Die Flutwelle der Erinnerung überschwemmte ihn mit gespenstischer Deutlichkeit: Renatas achter Geburtstag, als er ihr ein weißes Shetlandpony geschenkt hatte. Sie hatte sich in seine Arme geworfen, er hatte sie an sich gedrückt und gesagt: »Alles Gute zum Geburtstag, *min lilla flicka*.«

»Habt ihr auch andere... Drogen gefunden?«

»Ich will keine Autopsie, Nikos, es sei denn, du bestehst darauf. Ich möchte sie morgen begraben. Hier auf der Insel.«

»Ich komme.« Er rief seine Sekretärin an. »Sehen Sie bitte zu, daß Sie meine Frau erreichen. Wir müssen in drei Stunden nach Schweden fliegen.«

Während Nikos in seinem Privatflugzeug auf Maggie wartete, überfiel ihn plötzlich eine nie vorher gekannte Übelkeit. Die Dämmerung verwandelte sich in staubiges Grau. Er sah zu, wie die Sonne die Oberfläche der Jamaica Bay berührte.

Zwei Stunden nach der vorgesehenen Startzeit kam eine Stewardeß zu ihm. »Mr. Stratiotis, Ihre Frau befindet sich mit einem Kamerateam in Pocantico Hills. Wir versuchen es seit siebzehn Uhr, aber wir kommen nicht zu ihr durch.«

Nikos fand sich damit ab. »Gut. Wir fliegen ohne Mrs. Stratiotis.«

Nikos stand mit seiner Exfrau und ihren drei Hausangestellten an einem Grab, das tausend Lichtjahre tief war. Der evangelische Pfarrer hielt den Gottesdienst auf schwedisch ab.

Nikos versuchte, den Worten zu folgen, aber seine Gedanken waren bei dem kleinen Mädchen. Er hatte nie Zeit gehabt, mit ihr beisammen zu sein, ihr zu sagen, wie sehr er sie liebte. Sie war sein einziges Kind, und er hatte ihr nie gesagt: Ich liebe dich.

Plötzlich betete er: Bitte, lieber Gott, gib sie mir zurück, damit ich ihr sagen kann, daß ich sie geliebt habe.

Maria-Kristina warf die erste Handvoll Erde in das Grab, Nikos die zweite.

Hinterher gingen sie am Strand entlang.

»Wir sind lange nicht mehr hier zusammengewesen«, sagte er.

»Seit unserer Hochzeit nicht mehr.«

»Ein ganzes Leben scheint dazwischen zu liegen.«

»Das stimmt.«

Er sah die Frau an, mit der er einmal verheiratet gewesen war.

Ihre Haut besaß die durchscheinende Schönheit der Reife, aber ihre Augen waren noch genauso leuchtend graugrün, wie er sie in Erinnerung hatte.

»Hättest du jemals geglaubt, daß wir aus einem solchen Grund wieder zusammenkommen würden?« fragte er.

»Ich versuche, nicht so zu denken. Jeder Tag ist an und für sich schwer genug, ohne daß ich ihn noch mehr belaste.«

»Ich kann mich noch erinnern, wie sie als Kind war. Die kleine Renata. Mit goldenen Zöpfen. Und jetzt hat sie nicht einmal lang genug gelebt, um selbst Mutter zu werden.« Er blieb unvermittelt stehen. »Wie kann Gott so etwas zulassen?«

»Wenn wir geduldig warten, werden wir vielleicht eines Tages den Grund erfahren.«

Glaubte sie wirklich daran? »Es gibt keinen Grund dafür. Alles ist sinnlos, das Leben, das Sterben, das Leiden, das Altwerden.«

Die Hand, die die seine ergriff, war weich und stark. »Es ist ein Mysterium, und wir müssen es ertragen. Wichtig ist nur, wie wir es ertragen.«

»Das ›Wie‹ beherrsche ich nicht so gut.«

»Komm ins Haus hinauf, Kaffee trinken. Ilse hat den Rosinenkuchen gebacken, den du so gern magst.«

Nikos flog am gleichen Abend nach New York zurück. Als er am Morgen in die Wohnung kam, erwarteten ihn hundert Briefe. Einer war von Ariana. Er las ihn zum drittenmal, als Maggie durch den Korridor wehte.

Sie war offenbar zu einer Verabredung unterwegs. Sie begann bereits, sich so zu kleiden, als wäre sie die höchstbezahlte Frau in der Geschichte des Fernsehens: Diamanten, Perlen, ein rosa Mainbocher-Kleid. Sie erblickte ihn und benahm sich sofort gedämpfter.

»Es tut mir so schrecklich leid, Nikos. Wegen deiner Tochter und wegen des Durcheinanders. Niemand hat gewußt, daß es ausgerechnet deine Sekretärin war, die mich gesucht hat.« Sie blieb vor dem Spiegel stehen und probierte einen wagenradgroßen Hut in verschiedenen Neigungswinkeln. Er paßte zu ihrem Kleid, wie auch die gefärbten Reiherfedern, die auf ihm wippten. »Ich hätte alles liegen und stehen lassen, um dein Flugzeug zu erreichen. Ich hätte die Idioten umbringen können, als ich erfuhr, daß sie mich nicht verbunden hatten.«

»Lies das mal.«

Er hielt ihr Arianas Brief hin. Sie überflog ihn.

»Sehr lieb.« Sie gab ihn zurück. »Sehr mitfühlend.«
»Mehr fällt dir nicht dazu ein als lieb, mitfühlend?«
»Was soll ich denn noch sagen?«
»Es gibt auf dieser Welt einen einzigen Menschen, dem es etwas ausmacht, ob ich oder meine Familie leben oder sterben – und dieser Mensch bist nicht du.«
»Einen Brief kann jeder schreiben.«
»Jeder kann zu einem Flugzeug rechtzeitig kommen.«
»Ich habe es nicht gewußt, Nikos. Niemand hat es mir gesagt.«
»Du lügst. Du hast es gewußt.«
Sie drehte sich zu ihm um und funkelte ihn an. »Willst du damit sagen –«
Er ergriff ihren Kopf mit beiden Händen und beugte ihn zurück. »*Sie* ist meine Familie, nicht du. Von nun an wird Stratiotis über Kavalaris wachen. Und du –« Er schleuderte sie von sich.
Leise weinend massierte sie ihren Hals.
»Wein nicht, kleine Prinzessin. Vielleicht wird ein TV-Produzent daherkommen und aus dir die Hure machen, die du so gern sein möchtest.«

Mit zwölf Kleidern, ihrem *briki*, einem Kilo Kamillentee und zwei Kilo Vassilaros-Kaffee bewaffnet – dem einzigen anständigen griechischen Kaffee, den man außerhalb von Griechenland bekommt – gab Ariana in diesem Sommer achtzehn ausverkaufte Konzerte im Fernen Osten. Die Zuhörer applaudierten begeistert, als sie *Un bel di* im Kimono sang. Die Kritiker erwähnten nie, daß sie alles hinuntertransponierte.
Fünf Wochen später saß sie in New York in einem Vorführraum. Die Aufnahmen von ihrem Konzert bei den Pyramiden flimmerten über den Bildschirm; der Ton kam aus einem Lautsprecher, der bei jedem As summte.
Ihr Blick wanderte durch die Dunkelheit und erfaßte den verdutzten Ausdruck auf den Gesichtern um sie. Einer der Assistenten rollte einen Joint.
Der Film war zu Ende, das Licht ging an. Der Präsident von Kanal vier erhob sich und schüttelte ihr die Hand. »Es war ein überaus anregendes Erlebnis, Miss Kavalaris.«
»Wann werden Sie es senden?«
»Es paßt eigentlich nicht in unsere Linie. Na ja, wir haben ja gewußt, daß es sich um ein Risiko handelt, nicht wahr?«
»Ich möchte mit deinem Freund sprechen«, erklärte Ariana Monte beim Abendessen. »Mit deinem Freund Mort Degan.«

»Was ist los, meine Liebe?« Richard Schiller sah Ariana besorgt an. »Sie waren doch immer vernünftig. Und jetzt lassen Sie sich mit diesem Degan ein.«
»Er managt ein Konzert von Monte und mir, das ist alles.«
»Erstens sollten Sie nicht mit diesem abgetakelten Kerl singen. Zweitens kennen Sie Degan nicht. Ich kann verstehen, daß Sie über Ihre Engagements im vergangenen Jahr enttäuscht sind. Aber er trinkt und schnupft. Sie brauchen ihn nicht.«
Einen Augenblick lang herrschte Stille im Büro, dann richtete sie sich auf. »Ich habe nie geglaubt, daß Sie sich soweit erniedrigen würden.«
»Ich bin nicht derjenige, der sich erniedrigt, meine Liebe. Und ich lasse nicht zu, daß Sie dieses Konzert geben.«
»Ich gebe es.«
»Ich sage nein, und ich bin Ihr Agent.«
»Sie waren mein Agent. Leben Sie wohl, Richard.«

Sie betrat Neuland; und wenn sie dazu ein paar Brücken hinter sich verbrennen mußte – na und. Sie verkaufte drei Zobelmäntel. Sie ließ die Antiquitäten aus ihrem Salon bei Sotheby's versteigern. Sie verkaufte sie mit Verlust, aber weil sie das Konzert selbst finanzierte, brauchte sie Bargeld.
Mort Degan erledigte die Details der Produktion. Jedesmal, wenn sie sein Büro betrat, mußte sie ein Stück Papier unterschreiben.
»Würden Sie die Vereinbarung mit den Inspizienten unterschreiben? Alle drei Kopien. Und hier steht eine Zusatzklausel, die müssen Sie abzeichnen. Und wenn Sie damit fertig sind, müssen Sie das hier unterschreiben.«
»Was ist das?«
»Sie eröffnen ein Konto bei Chase.«
»Wozu?«
»Kosten, haben Sie je von Kosten gehört?« Mort lächelte. Sein Hauptberuf war Lächeln. »Unterschreiben Sie dort, wo Ihr Name steht. Alle drei. Und würden Sie das da unterschreiben – es tut mir leid, daß ich Ihnen den Papierkram nicht ersparen kann.«
»Was ist das?«
»Die Kaution.«
»Was für eine Kaution?«
»Falls wir das Haus niederbrennen, wollen sie eine Entschädigung.«
Die erste halbseitige Anzeige erschien am Sonntag nach dem Erntedanktag in der *New York Times*:

DIE MORTON-DEGAN-KONZERTAGENTUR PRÄSENTIERT:
DAS TRAUMDUO
ARIANA KAVALARIS / GIORGIO MONTECAVALLO
EIN KONZERTABEND MIT BELIEBTEN ARIEN AUS OPER UND MUSICAL
SOWIE VOLKSLIEDERN DER WELT
BESTELLEN SIE SOFORT. KARTEN MORGEN AB 10 UHR AN DER VORVER-
KAUFSKASSE.

Am nächsten Morgen schien die Sonne. Ariana und Monte hielten ein Taxi an und baten den Fahrer, langsam an der Carnegie Hall vorbeizufahren. Um neun Uhr reichte die Schlange um zwei Ecken beinahe bis zur Sixth Avenue.

Ariana packte Monte am Arm. »So viele Menschen. Sie erinnern sich.« Tränen stiegen ihr in die Augen.

Monte drückte sie an sich. »Sie haben uns nicht vergessen.«

Mort Degan rief Ariana um drei Uhr nachmittags an. »Wir sind ausverkauft. Die Schwarzhändler bekommen fünfzig Dollar für einen Platz auf der Galerie.«

Sie hatte zuviel zu tun: Kleider mußten ausgesucht und hergerichtet werden, ein weißes Kleid für die erste Hälfte des Konzerts, ein tiefer ausgeschnittenes schwarzes für den zweiten Teil; Interviews, Presseagenten, die sie beim Lunch traf, Kritiker, um die man sich kümmern mußte, Partys, auf die man gehen, Partys, die man geben mußte, Arbeit rund um die Uhr, um für ein Konzert zu werben, das erst in zwei Monaten stattfand.

Es fiel ihr schwer zu beurteilen, ob das Konzert Gestalt annahm. Ariana war ihren Ängsten zu nahe. Die Stücke, die sie mit Monte probte – Publikumsreißer wie *Ci darem la mano*, den Walzer aus der *Lustigen Witwe* und *Tonight, tonight* aus der *West Side Story* –, waren ihr peinlich. Wenn Monte neben ihr brüllte, kam sie sich vor wie die Sonne, die hinter einer Plakatwand mit Reklame für Gelati und Tortellini untergeht.

Bei ihren Solostücken war es noch ärger.

Sie versuchte *Caro nome*, und ihre Stimme fühlte sich geschwollen und feucht an. Jeder zweigestrichene Ton schien Blasen in ihrer Kehle zu ziehen. Sie schloß die Augen und stürzte durch den leeren Raum, in dem ein hohes B vorhanden sein sollte.

Einmal war ich fähig, es zu singen. Was ist geschehen?

Sie hörte sich ihre Schallplatten an, doch sie machten sie nur nachdenklich und traurig. Als sie in ihr Schlafzimmer zurückging, hatte sie Rückenschmerzen. Zum erstenmal in ihrem Leben hatte sie das Gefühl, nicht mehr jung zu sein. Sie legte sich hin und weinte lautlos.

Monte saß an ihrem Bett und streichelte ihre Stirn.

»Nichts ist von Dauer«, sagte sie. »Früher oder später wird uns alles genommen, was wir besitzen.«

»Bis auf unseren Appetit«, meinte er. »Gehen wir zum Dinner aus.«

Sie begann, lang aufzubleiben. Sie begann, lang zu schlafen. Sie begann, mit Montes Clique zusammenzukommen, weil sie nichts von Musik verstanden und Gott sei Dank nicht darüber sprachen. Eine ganze Woche lang waren Tennessee Williams und Natalie Wood ihre Freunde, sie schauten nicht mißbilligend, wenn sie eine Zigarette anzündete.

Sie versuchte, gut zu essen, und Monte sorgte dafür, daß alle wichtigen Besprechungen bei Mahlzeiten im Côte Basque, im Russischen Teeraum, im »21«, im »Escargot« oder – wenn sie nicht erkannt werden wollten – im »La Grenouille« abgehalten wurden.

Aber nicht einmal das gute Essen gab ihr die Energie zurück. Sie nahm ab, wurde nervös, reagierte übersensibel: Wenn ein Teelöffel an die Untertasse klirrte, fuhr sie zusammen, wenn der Briefträger sich verspätete, begann sie zu grübeln. Im Traum erlebte sie ihre Kindheit noch einmal, sah immer wieder die Leiche ihres Vaters und wachte schweißnaß auf.

Als Dr. Worth Kendall die Kabine betrat, sah er eine Gestalt in einem grünen Kittel, die auf dem Rand des Untersuchungstisches hockte, ihm den Kopf zugewandt hatte und zu ihm aufblickte. Ihr Gesicht war aschgrau, und hätte er nicht ihre Karteikarte in der Hand gehalten, hätte er in ihr niemals Ariana Kavalaris erkannt.

Er zeigte nicht, wie erschrocken er war. »Hallo, Ariana. Wie geht es Ihnen?«

»Das möchte ich hier erfahren.«

»Ein guter Einfall.« Er klopfte sie ab, untersuchte sie, leuchtete ihr in die Ohren und in den Hals. Er hatte das Gefühl, daß etwas in ihr zerbrochen war. »Schauen Sie hinauf. Schauen Sie hinunter. Schauen Sie mich an.«

Ihre Augen wirkten wegen der dunklen Ringe um sie gespenstisch hell. »Ich habe Schmerzen.« Sie zeigte auf ihre Brust.

Dr. Kendall drückte leicht auf die Stelle zwischen Rippen und

Brustbein. »Ich nehme eine leichte Schwellung und Rötung wahr. Stört es Sie beim Singen?«

»Es schmerzt höllisch, wenn ich tief Luft holen muß.«

»Ich kann Sie beruhigen, es handelt sich um keinen Tumor. Die Krankheit heißt Costochondritis und ist halb so arg wie ihr Name. Sie kann teuflische Schmerzen verursachen, man kann sie aber durch eine entsprechende Behandlung heilen.«

»Worin besteht die Behandlung?«

»Leichte, schmerzstillende Mittel, Wärme, Ruhe.«

»Ich kann mich nicht ausruhen. Ich gebe nächsten Monat ein Konzert.«

»Sie sollten vorläufig überhaupt keine Konzerte geben.«

»Sie haben gerade gesagt, daß diese Costo-chondro-Geschichte nichts Ernstes ist.«

»Es handelt sich nicht nur um die Costochondritis. Sie sind untergewichtig. Ihr Blutdruck ist zu hoch. Ihr Puls ist unregelmäßig. Ihr Herz flattert. In Ihrer Lunge höre ich Flüssigkeit. Sie haben als Kind Tbc gehabt?«

»Sie wurde ausgeheilt.«

Er sah sie kurz an. »Ihre Reflexe sind viel zu langsam. Und versuchen Sie nicht, es auf den Kaffee zu schieben, den Sie trinken, oder auf die Zigaretten, die Sie heimlich rauchen.«

Sie wich seinem Blick aus. »Ich tue überhaupt nichts heimlich. Ich mache kein Geheimnis ... aus meiner Morgenzigarette.«

»Ein Sehr gut in Aufrichtigkeit und ein Nicht genügend in Verhalten. Die Menschen sollten nicht rauchen, Sänger sollten nicht rauchen, und vor allem Sie sollten nicht rauchen. Aber Sie sind nicht hier, um mit mir über Nikotin zu streiten. Wesentlich ist, daß Sie erschöpft sind und sich in einen Kollaps hetzen. Sie müssen das Konzert verschieben.«

»Das kann ich nicht.«

»Dann sagen Sie es ab.«

»Wenn ich das Konzert absage, Doktor, kann ich auch gleich mein Leben absagen.«

»Sie haben keine Kraft. Glauben Sie wirklich, daß Sie auf eine Bühne hinaustreten und singen können?«

»Sie können mir doch etwas verschreiben, damit ich den Monat durchhalte.«

»Sie können den Monat nur durch eine vollkommene Änderung Ihrer Lebensgewohnheiten durchstehen.«

Sie rief Mort Degan an.

»Ich bin froh, daß Sie anrufen«, begrüßte er sie. »Ich brauche achthundertfünfzig Dollar für die Beleuchtung. In bar. Ich würde selbst auf die Bank gehen, aber ich warte auf den Feature-Redakteur der *Times*.«

Sie seufzte. »Schön, ich schicke es Ihnen mit einem Boten. Ich brauche einen Arzt, Mort. Kennen Sie jemand Guten?«

»Ich kenne einen großartigen Arzt.«

»Worin besteht Ihr Problem?« Dr. Ted Gormans Lächeln war bereit, jeden Schmerz, alle Schwierigkeiten der Welt zu verstehen. Er war gepflegt, hatte eine Glatze, war Ende Vierzig und trug eine sorgfältig gebügelte weiße Ärztejacke aus Leinen.

»Ich kann nachts nicht schlafen«, erklärte Ariana, »und bei Tag nicht wach bleiben. Ich bin infolge des Konzerts, das ich nächsten Monat gebe, sehr nervös. Die Spannung wirkt sich auf meine Halsmuskeln aus.«

Dr. Gorman schrieb rasch etwas auf ein Rezeptformular. »Sind Sie allergisch gegen Cortison?«

»Ich habe darauf nie reagiert.«

»Haben Sie vor, Auto zu fahren oder schwere Maschinen zu bedienen?«

»Ich bin Sängerin, Doktor.«

Er warf ihr einen Blick zu. »Entschuldigen Sie. Die schweren Maschinen waren ein Scherz. Meine Frau redet mir ohnehin ständig zu, das Schauspielern den Profis zu überlassen. Werden Sie Auto fahren?«

»Nein.«

»Fein.« Er schob ihr die Rezepte zu, als teile er Spielkarten aus. »Diese nehmen Sie zum Schlafen. Diese zum Munterwerden. Diese gegen Ihre Nervosität. Diese für Ihren Hals und diese für die allgemeine Muskelverspannung. Ziehen Sie die Bluse aus. Ich werde Ihnen jetzt eine Injektion geben und möchte, daß Sie bis zu Ihrem Konzert zweimal wöchentlich wegen weiterer Injektionen zu mir kommen.«

31

Dr. Gormans Injektionen hielten Ariana tagsüber in Schwung, seine blauen Pillen beruhigten sie nachts. Doch die Müdigkeit nagte an ihr. Es fiel ihr schwer, einen Ton zu halten, in den hohen Lagen rein zu singen, und ihr Gedächtnis ließ sie immer wieder im Stich.

Außerdem hatte sie Schwierigkeiten mit Monte. Er war schlecht gelaunt und trank schon zum Lunch zwei oder drei Martinis. Wenn sie bei Austin ihre Duette durchgingen, beherrschte er nicht einmal fünf von ihnen. Bei einem A brach seine Stimme.

Austin verzog keine Miene. »Wir können es um einen Ton tiefer setzen.«

Während der Heimfahrt im Taxi fragte Monte sie: »Bist du noch immer sicher, daß du das Konzert mit mir geben willst?«

Sie begriff, wie sehr der Zweifel an seinen Nerven zerrte, und streichelte seine Hand. »Natürlich bin ich sicher, Monte.«

Vier Tage später hetzte Monte sie in die Carnegie Hall. Mort Degan erwartete sie mit einem dicklichen Mann, der über eine beginnende Glatze und schüttere graue Locken verfügte. Er hieß Stu Waehner und war offenbar Tontechniker. Anscheinend bestand die Möglichkeit, hinter den Sängern Platten aufzustellen, die die Töne in den Saal reflektierten.

»In jedem Haus gibt es bestimmte Frequenzen, die nicht durchkommen«, erklärte Stu Waehner. »In der Carnegie Hall reicht die Spanne vom F über das mittlere C bis zum D.«

Das war Ariana neu.

Stu Waehner bat Ariana und Monte, auf die Bühne zu gehen und Stimmübungen zu machen. Er setzte sich auf verschiedene Plätze, trug Kopfhörer und hielt etwas auf dem Schoß, das wie ein winziges Bandgerät aussah.

»Was für Platten?« erkundigte sich Ariana nachher.

»Akustische.« Stu Waehner war so eifrig damit beschäftigt, Gleichungen in einem kleinen Notizbuch zu lösen, daß er keine Zeit hatte, ihr in die Augen zu sehen.

Mort rief am Nachmittag an. »Eine gute Nachricht, Stu kann es hinkriegen. Fünf Platten. Sie kosten zweiunddreißig.«

»Zweiunddreißig Hunderter?« fragte Ariana.

»Zweiunddreißig Tausender. Maßgeschneidert. Ich habe ihn von neununddreißig heruntergehandelt. Damit geht alles in Ordnung. Und Monte wird sich sicherer fühlen. Vielleicht hat er es Ihnen nicht gestanden, aber er ist ganz schön nervös.«

»Ich rufe zurück, Mort.«

Sie holte den *briki* aus der Küche und ging damit ins Wohnzimmer. Im Kamin brannte ein Stoß Zedernscheite. Sie hielt den Kupfertopf an dem langen Griff über die Flammen, bis das Wasser aufwallte, dann schüttete sie griechischen Kaffee und Zucker hinein. Als die Mischung aufschäumte, goß sie diese in ihre Tasse.

Sie trank den Kaffee bis zur Neige, dann stülpte sie die Untertasse über die Tasse, drehte sie um und betrachtete die Wirbel im Kaffeesatz. Sie verrieten ihr, daß sich die Ereignisse auf einer absteigenden Spirale bewegten.

Wir werden alle Hilfe brauchen, die wir bekommen können, dachte sie. Außerdem handelt es sich ja nur um 32 000 Dollar.

Sie rief Mort an.

»In Ordnung, Mort, lassen Sie die Platten anfertigen.«

»Hören Sie«, widersprach Mort Degan, »ich habe Ihnen das Geld gegeben.« Er klemmte den Hörer zwischen Schulter und Ohr und biß von seiner Leberwurst ab.

Die Stimme im Hörer war anderer Meinung. »Laut unseren Aufzeichnungen haben Sie 1250 Dollar Anzahlung hinterlegt. Der Rest von 5000 Dollar war vergangenen Freitag fällig. Wir brauchen das Geld heute, oder Sie sind draußen. Tut mir leid.«

Mort legte auf und blieb steif im Drehstuhl sitzen.

Dann fiel es ihm ein.

In dem Umschlag, den ihm Ariana für die Tontechniker gegeben hatte, befanden sich dreitausend Dollar. Er konnte der Hall 2500 Dollar geben, ihnen versprechen, daß er den Rest morgen bringen würde, die Beleuchter mit 500 Dollar hinhalten...

Er zog eine Schublade auf. Kein Kuvert. Er suchte zwischen alten Empfangsbestätigungen, Verträgen und ungültigen Schecks. Mort, so hat es keinen Sinn. Du denkst nicht, funktionierst nicht. Du brauchst etwas, das den Druck von dir nimmt.

Er sperrte die Tür des Büros ab und zog die unterste Schublade auf. Er hob die Schachtel mit dem Wechselgeld heraus, entnahm ihr eine Zellophantüte, Stanniolpapier und eine Rasierklinge. Er schüttete das weiße Pulver sorgfältig auf das

Stanniol und zerhackte es rasch mit der Rasierklinge. Dann rollte er eine beinahe druckfrische Banknote zu einem Röhrchen zusammen, hielt ein Ende an seine Nase, das andere über das Häufchen weißen Pulvers und sog die Luft ein.

Zwanzig Sekunden, nachdem er zum erstenmal geschnupft hatte, begann er, sich wegen des Konzerts, wegen seiner Person keine Sorgen mehr zu machen. Er beugte sich hinunter, um noch einmal zu schnupfen, und bemerkte endlich, was er sich da eigentlich an die Nase hielt: eine zusammengerollte Hundert-Dollar-Note.

Wo zum Teufel kam die her?

Dann sah er, wo sie herkam: aus der Schachtel mit dem Kleingeld. Holzkopf, du hast Arianas dreitausend Dollar zu dem Koks gesteckt.

Plötzlich sah alles heiter, komisch und machbar aus. In diesem Augenblick war in Mort Degans Welt nur eines von Bedeutung, und dabei handelte es sich weder um Ariana Kavalaris' Konzert noch um das Depot bei der Carnegie Hall. Er griff zum Hörer und wählte. Eine Ewigkeit verging zwischen den beiden Summtönen und dem leisen Klicken, als der Hörer abgehoben wurde.

»Lou – he, Lou, ich bin es, Mort. Ich muß dich treffen. Sofort.«

Aus dem Telefon kam drohendes Schweigen. »Du bist mir zweitausendzweihundert Dollar schuldig, Mort«, stellte sein Dealer fest.

»Hör doch – ich brauche sofort ein Gramm. Ich kann dir tausendzweihundert Dollar hinblättern.«

Am anderen Ende der Leitung rechtfertigte sich eine Frau. »Ich hätte es nicht tun dürfen, aber ich mag Mort, deshalb habe ich ihm eine Verlängerung bewilligt. Er ist seither nicht mehr aufgetaucht, und in seinem Büro meldet sich niemand.«

Ariana drehte sich mit dem Hörer in der Hand um und sah zu, wie Monte im Bademantel Kaffee trank und das Kreuzworträtsel in der *Times* löste. »Das Haus ist ausverkauft, also sind wir auf jeden Fall kreditwürdig.«

Monte blickte zu ihr auf.

»Miss Kavalaris, wir haben das Geld aus den Kartenverkäufen nicht in Händen.«

»Wer hat es denn?« Durch Arianas Adern strömte die Angst wie Gift.

»Es ist direkt an die Bank gegangen.«

»Auf wessen Konto?«

»Das müssen Sie Mr. Degan fragen.«
Ariana begriff, daß sie jetzt überzeugend wirken mußte. »Mr. Degan mußte plötzlich verreisen, und ich dürfte vergessen haben, das Geld zu überweisen. Es trifft in einer Stunde bei Ihnen ein.« Als sie auflegte, hatte sie das Gefühl, daß die Zeit verrann, daß ihr Leben verrann. »Monte, ruf die Bank an. Frag, wie groß das Guthaben auf dem Konzertkonto ist.«

Sein Ton war sofort abwehrend. »Cara, warum regst du dich immer gleich so auf?«

»Ruf an, Monte.«

Er rief an, fragte und sah sie dann verstört und zitternd an. »Mort hat das Konto gestern aufgelöst.«

Sie holte tief Luft und atmete flüsternd aus. »*Panagia mou... voithia.*« Diesmal waren die Worte kein gedankenloser griechischer Reflex. Sie brauchte Hilfe, und sie rief die Jungfrau an.

»Alle legen sie herein. Tontechniker, Beleuchter, Agenten, Manager.« Der Detektiv ließ die Schultern hängen, sein Mund war schmal und feucht, und auf seiner Nase saß ein rotgeäderter Pickel. »Sogar die Druckerei stellt ihr fünftausend Flugblätter in Rechnung, die nie gedruckt wurden.«

Nikos hörte ihm zu, und aus seiner Seele spie es. Diese Geschichten verursachten ihm körperlichen Schmerz. Er hatte angenommen, daß ihr Leben anders verlaufen würde, hatte mehr für sie erwartet.

»Wenn die Miete bis heute siebzehn Uhr nicht erlegt ist«, berichtete der kleine Mann weiter, »verlieren sie die Anzahlung und die Carnegie Hall.«

Nikos überlegte einen Augenblick, und dann blühte auf seinem Gesicht das Lächeln eines kleinen Jungen auf. »Ihr Bruder – er hat für eine Bäckerei Delikatessenläden unter Druck gesetzt – gibt es den noch?«

»Stathis Kavalaris. Er hat seinen Namen auf Stanley Kaye geändert und betreibt einen Spirituosenladen in Brooklyn Heights.«

»Ich will ihn in einer Stunde in meinem Büro haben.«

»Sie braucht fünftausend Dollar für die Hall. Vielleicht hat sie auch noch weitere Auslagen. Sie ist unter die Räuber gefallen.«

»Ja.« Stathis Kavalaris, alias Stanley Kaye, saß steif aufgerichtet auf dem unbequemen Bürostuhl. »Sie hat nie etwas von Geschäften verstanden.«

»Du sollst sie aufsuchen, Stathis, und ihr Geld anbieten. Verstehst du mich, Stathis? Wir haben dir ein Konto eröffnet, und du unterschreibst die Schecks. Sie bekommt, was sie braucht. Aber mein Name wird nie erwähnt.«
»Okay. Nur...« Stathis zögerte. »Was schaut dabei für mich heraus?«
»Du bist doch mein Agent? Agenten bekommen zehn Prozent.«
»Die großen Agenten bekommen fünfzehn.«
»Bist du ein großer Agent, Stathis?«
»Meiner Meinung nach ist dieser Job fünfzehn wert.«

»Ich habe keine Zeit gehabt, zum Friseur zu gehen.« Ariana sah ihren Bruder an. »Starrst du mich deshalb so an?«
»Aber nein.« Stathis wechselte nervös die Stellung. Er lachte gezwungen, denn er hätte in dieser neunundvierzigjährigen Frau, die sich um die grauen Strähnen in ihrem Haar so wenig kümmerte, nie seine kleine Schwester erkannt. »Erinnerst du dich an die Slums, in denen wir gelebt haben? Und jetzt wohnst du in so einem Haus. Komisch, nicht wahr?«
»Weshalb bist du gekommen, Stathis?«
»Ich habe gehört, daß du Probleme hast, und will dir helfen.«
»Und wie willst du mir helfen?«
»Mit Geld.«
Sie sah ihn lange an, dann begann sie zu lächeln.
»Ich meine es ernst. Wieviel brauchst du? Zehntausend? Zwanzig? Ich stelle dir einen Scheck aus.« Er zog ein Scheckbuch aus der Brusttasche, beugte sich über die Kommode und murmelte, während er schrieb. »Fünf... und... zwanzig... tausend.« Dann überreichte er ihr den Scheck.
Sie starrte ihn an und begann dann, lautlos zu weinen.
Stathis sorgte dafür, daß seine Hand sie ganz sanft berührte. Er beugte sich zu seiner kleinen Schwester hinunter und streichelte sie, um ihren Kummer zu stillen. »Aber, aber, wozu hast du denn einen Bruder? Und mach dir keine Sorgen darüber, wie du es mir zurückzahlen sollst. Du kannst dir so lange Zeit lassen, wie du willst – drei Monate oder auch sechs, es hat keine Eile.«

Ariana und Monte trafen zwei Stunden vor Beginn des für 20 Uhr festgesetzten Konzerts beim Künstlereingang der Carnegie Hall ein. In der Hall brodelte es bereits. TV-Teams hatten auf der

Eingangsstiege und in den Korridoren Minikameras aufgestellt, um den Jet-set der Ostküste, der Westküste und aus drei Erdteilen einzufangen.

Sie sang sich in ihrer Garderobe ein, kniete auf dem Teppich und versuchte zu beten.

»Lieber Gott, ich bitte Dich, laß nicht zu, daß ich meiner Kunst Schande mache. Es liegt in Deinem heiligen Willen, ob ich Erfolg habe oder versage. Ich flehe Dich an, mich von dieser Erde zu nehmen, wenn ich meiner Musik nicht mehr dienen kann.«

Sie erhob sich, öffnete ihre Handtasche und entnahm ihr das Medaillon an der dünnen Goldkette. »Hilf mir«, flüsterte sie. »Hilf mir heute abend, und ich schwöre, daß ich mein Versprechen halten werde.« Sie küßte das Bild und legte sich die Kette um den Hals.

Auf dem Korridor küßte sie Monte. Er bestritt den ersten Teil des Programms. Sie stand in den Kulissen und lauschte mit dem ganzen Körper.

Er konnte das Publikum immer noch mitreißen. Zwischen den einzelnen Stücken gab es lauten Applaus. Besonders gut kam das Trinklied aus *Alt-Heidelberg* an.

Unter stürmischem Applaus ging er von der Bühne ab. »*Cara*, das wird der größte Augenblick unseres Lebens. Hör dir das Publikum an. Es liebt uns.«

»Sie lieben dich, Monte, mich haben sie noch nicht gehört.«

Die Lichter erloschen wieder. Sie zögerte in der Kulisse, am Rand des langsam ersterbenden Lärms, und verlor den Mut.

Austin Waters führte sie auf das Podium, und das Publikum stand auf wie ein Mann.

Sie zögerte noch einen Augenblick im Schutz des geschwungenen Flügels, dann trat sie vor und verbeugte sich.

Die Hall war überfüllt. Zwischen den Sitzen, auf dem Geländer, auf den Stufen drängten sich die Menschen. Ariana entdeckte keinen einzigen freien Platz – ausgenommen die Mittelloge im ersten Rang.

Sie nickte Austin zu, damit er mit der Einleitung begann. Ihre Stimme war leise, aber sie hielt den Ton durch. Dann ging sie zum nächsten Ton über und ließ ihn anschwellen. Mit wachsendem Selbstvertrauen wagte sie sich an ein hohes As, das in einem schönen Bogen emporstieg.

Ich singe! begriff sie. Ich singe wirklich!

Plötzlich waren alle Töne da: die hohen B und H, die F und A und E, von denen sie geglaubt hatte, daß sie sie für immer verloren hätte; sogar ein sicheres, strahlendes, endloses C (Woher nehme ich nur den Atem dafür?) und – sollte sie es wagen?

Ja, sie wagte es – ein hohes Des, das sie wunderbar leise und gleichmäßig hielt wie ein Glühwürmchen, das auf ihrer Handfläche schimmerte. Sie fügte einen Schnörkel hinzu, das hohe Es, dann kam ein Triller, und dann brach ein hohes F aus ihr hervor.

Das Publikum jubelte. Die Menschen sprangen auf, tobten, warfen Programme in die Luft. Sie sah wieder zu Austin hinüber, und er lächelte ihr zu. Wir haben es geschafft!

Die nächste Programmnummer war *Over the rainbow*.

»Setzen wir es einen halben Ton höher«, flüsterte Austin.

»Setzen wir es einen ganzen Ton höher«, flüsterte sie zurück, »und beim zweiten Refrain noch einmal um einen Ton höher.«

Austin ließ die Einleitung dahinrieseln. Und dann plapperte etwas, jemand. Ariana verfolgte das tröpfelnde Geräusch bis zur Mittelloge im ersten Rang. Principessa Maggie glitzerte, als wäre sie durch ein Schneegestöber von Diamanten gegangen, schwenkte einen weißen Nerz, streckte den Arm über drei erlesen goldblonde Begleiter hinweg einem vierten zu und reichte ihm den Pelz.

Ariana verpaßte ihren Einsatz.

Austin warf ihr einen Blick zu und begann die Einleitung von vorn. Ariana öffnete den Mund. Ein Ton kam, aber das Geplapper in der Loge füllte ihr Gehirn. Beim zweiten Ton stieg die Melodie um eine Oktave höher, und sie versuchte, wieder einen schönen Bogen zu ziehen.

Ihre Stimme brach.

Sie hörte Maggies unterdrücktes Lachen.

Mit Austins Hilfe brachte sie das Lied hinter sich, stolperte benommen durch Demütigung und Zerfall zum Ende.

Dann wartete sie auf die Reaktion des bestürzten Publikums. Hoch oben am Balkon begann ein einsames Händepaar zu klatschen. Allmählich fiel das übrige Publikum ein.

Sie wußte, daß es mitleidiger Applaus war, und beendete ihn jäh, indem sie das nächste Stück – *Torna a Sorrento* – begann. Ihre Stimme versagte beim ersten Ton.

Zorn überflutete Arianas Gesicht und blendete sie. Ihre Selbstbeherrschung platzte wie eine erweiterte Ader.

Sie warf den Kopf zurück und schrie: »Verschwinde!«

Einen Augenblick lang lag auf Principessa Maggies schönem, vollendet geschminktem Gesicht Verwirrung.

»Ja, du! Verschwinde aus meinem Konzert!«

Das Publikum brach in Bravorufe, Hohngelächter, Jubel und Pfiffe aus.

»Ich werde erst weitersingen, wenn man diese Frau hinausgeworfen hat.«

Der Rest war ein Alptraum, an den sich Ariana nur undeutlich erinnerte. Vier Bühnenarbeiter mußten sie bändigen, und sie versetzte dabei einem von ihnen einen heftigen Schlag auf die Schulter. Nachdem es dem Arzt gelungen war, ihr eine Injektionsnadel in den Arm zu stechen, beruhigte sie sich und wurde fortgebracht; ihr schwarzes Haar fiel auf ihr weißes Viertausend-Dollar-Kleid herab.

Zwanzig Minuten, bevor Maggie nach Hause kam, hatte Nikos bereits die ganze Geschichte telefonisch erfahren. Er erwartete sie, als sie zur Haustür hereinkam.

»Warum?« Seine Wut kochte über. »Warum mußtest du in dieses Konzert gehen?«

Sie trat einen Schritt zurück. »Es hat sich um eine öffentliche Veranstaltung gehandelt, und ich hatte das Recht, sie zu besuchen.«

»Du mußtest aber nicht diese sadistischen, idiotischen Leute mitnehmen.«

Sie öffnete den Schrank und hängte den Nerzmantel hinein. »Ich habe doch keinen Mord begangen. Ich habe ein Konzert besucht, und einer meiner Gäste war leicht betrunken. Ist das ein Verbrechen?«

»Du hast eine Künstlerin beschimpft.«

»Sie hat sich selbst beschimpft.«

Nikos hob die Hand, und Maggie wich zurück. Einen Augenblick lang hätte er sie schlagen können, dann ließ er die Hand sinken.

»Ariana ist meine Freundin«, erklärte er.

»Na schön, sie ist deine Freundin, und ja, ich habe etwas gegen sie, und ich bin gegangen, weil ich gewußt habe, daß es entsetzlich sein wird. Alle haben es gewußt. Aber ich bin nicht daran schuld, daß es entsetzlich wurde!«

»Du hast es schlimmer gemacht. Du hast es unglaublich schlimmer gemacht.«

»Es tut mir leid. Was soll ich sonst sagen? Es war ein Fehler, und es tut mir leid!«

»Du machst immer Fehler, und es tut dir immer leid.«

»Worüber streiten wir diesmal? Wieder über deine Tochter?«

Sie wußte sofort, daß es dumm gewesen war, daß sie das Falsche gesagt hatte. Sein Gesicht wurde verschlossen, und er schien kaum zu atmen.

»Du wirst dafür bezahlen«, stellte er ruhig fest. »Und es wird dich an der einzigen Stelle treffen, an der du verwundbar bist.«

Sie wartete darauf, wie er sie seiner Meinung nach treffen konnte.

»Ich werde die Krankenhausrechnung von deinem Geld bezahlen.«

Sie wollte es nicht glauben. »Was für eine Krankenhausrechnung? Für sie?«

»Für sie, Maggie. Seit wir verheiratet sind, bezahle ich für deine Freunde. Diesmal wirst du für eine meiner Freundinnen bezahlen.«

»Sie wurde so oft betrogen, daß es für ein ganzes Leben reicht. Sie braucht einen sicheren Ort, an dem niemand an sie herankann, an dem sie Frieden finden kann, bis sie dem Leben wieder gewachsen ist. In Connecticut gibt es einen solchen Ort.«

Stathis hörte sich geduldig die – wie er es nannte – Sentimentalitäten der Ultrareichen an. Er hatte 12 000 Dollar Schulden und brauchte 4000 Dollar, um ein Kokain-Geschäft abzuschließen; er mußte zu Geld kommen und war bereit, in Nikos Stratiotis' Büro zu sitzen, ihm zu schmeicheln und ihm zu gehorchen, bis er den Betrag beisammenhatte.

»Klingt gut«, meinte Stathis.

»Sie müßte von einem Verwandten eingeliefert werden.«

Stathis nickte ernst. »Ja, seit Mutters Tod bin ich ihr einziger Verwandter.«

»Sind Sie bereit, die Papiere zu unterzeichnen?«

»Was kostet dieser Aufenthalt?«

»Machen Sie sich deswegen keine Sorgen, das wird erledigt.«

Stathis sah ihn scharf an. »Ich habe an meine Prozente gedacht.«

»Natürlich, Ihre Prozente. Worauf hatten wir uns noch geeinigt – fünfzehn?«

Stathis lächelte: »Wie wäre es diesmal mit zwanzig?«

Der Frühling kam, der Sommer ging vorbei, und Ariana tastete sich durch einen Thorazin-Nebel; sie war kaum fähig, sich zu waschen oder anzuziehen oder selbst zu essen. Die Krankenschwester setzte sie in einen Stuhl am Fenster. Sie starrte auf Bäume, Rasen, Reihen von Sträuchern, die so ordentlich waren, daß sie unwirklich aussahen, auf Schwestern und Patienten, die wie Schauspieler auf der Bühne die Wege entlangschlenderten.

Sie wußte, daß etwas geschah, daß sie irgendwie dazugehörte. Aber sie konnte diese Eindrücke nicht so lange festhalten, daß sie sich zu Gedanken formten. Sie glitten genauso flüchtig durch ihren Geist wie Wolken.

Dr. Peter Meehan, der die Klinik leitete, besuchte Ariana täglich außer sonntags. Er war ein breitschultriger Mann in den besten Jahren, sein Gesicht war von Falten durchzogen, Haare und Schnurrbart waren graumeliert. Die Besuche verliefen immer gleich. Er schob seinen Stuhl an den Arianas heran, ergriff ihre Hand, hob sie fünf Zentimeter über den Tisch und ließ sie los.

Die Hand blieb regungslos in der Luft hängen.

»Legen Sie die Hand hin, Ariana.«

Sie schien ihn nicht zu hören.

Er brachte sein Gesicht nahe an das ihre heran. »Ariana«, befahl er sehr deutlich, »lassen Sie Ihre Hand sinken.«

Sie wich zurück, blinzelte, und ihre Hand sank auf den Tisch.

»Danke, Ariana. Das war sehr gut.«

Im Herbst brachte Dr. Meehan einen kleinen tragbaren Plattenspieler mit.

Ariana blickte erwartungsvoll zu ihm hoch.

Er legte eine Platte auf und senkte den Tonarm. Sie zog die Stirn kraus.

Aus dem kleinen Lautsprecher erklang Ariana Kavalaris' Stimme, die *Sempre libera* sang.

Ihre Augen wurden dunkel, und ein schmerzlicher Ausdruck veränderte die Kurve ihrer Lippen. Plötzlich schlug sie mit der geballten Faust auf den Tisch.

Er hob den Tonarm von der Platte und legte ihn auf die Gabel zurück. »Mir hat diese Aufnahme immer gefallen, ich halte sie für eine Ihrer besten. Sie können sie offenbar nicht leiden.«

Sie sank in den Stuhl zurück und schloß die Augen. »Wo habe ich sie verloren? Wo?«

Endlich. Der Durchbruch. »Was haben Sie verloren, Ariana?«

»Mein F – mein A – mein E.«

Dr. Meehan saß am späten Abend in seinem Büro und zerbrach sich den Kopf. Was bedeutete das – ein F, ein A, ein E? Es handelte sich natürlich um Musiknoten, aber die Jahre, in denen er kranke Seelen erforscht hatte, hatten ihn gelehrt, daß noch eine tiefere Bedeutung dahinterstecken mußte. In der verschlüsselten Sprache der Seele drückten sie etwas Bestimmtes aus.

Er kritzelte auf einem Schreibblock herum und versuchte, aus den Buchstaben Worte zu bilden. AFE, EFA, EAF. Alles, was ihm

einfiel, war FEA – das spanische Wort für »häßliche Frau«. Oder war es vielleicht ein unvollständiges FEAR – Angst?
 Damit gehst du zu weit, Doc, dachte er. Er knüllte das Blatt zusammen und warf es in einen Papierkorb.

Vier Jahre und sechs Monate später, als die USA ihren zweihundertsten Geburtstag begingen, veröffentlichte eines der angesehensten Wochenmagazine des Landes ein zweiteiliges Künstlerporträt von Alan Cupson, dem bekannten Musikkritiker. Der Artikel begann wie folgt:

»Ariana ist vollkommen bedeutungslos. Es ist vielleicht geschmacklos, wenn man schon den Nachruf auf eine Künstlerin entwirft, während sie genaugenommen noch am Leben ist, aber der Fall Kavalaris zeigt so deutlich die Versuchungen auf, denen die ernste Kunst heutzutage ausgesetzt ist, und die unausbleibliche Katastrophe, wenn man ihnen erliegt, daß er eine genaue Autopsie verdient.«

An dem Tag, an dem dieser Artikel erschien, zogen die Ärzte über zwei Liter Flüssigkeit aus Ariana Kavalaris' rechter Lunge und beinahe einen Viertelliter aus einer Geschwulst unter ihrem Nabel.
 Ein Röntgenbild hatte krankhafte Veränderungen in ihrer Lunge gezeigt, die Folge einer Tuberkulose-Erkrankung in ihrer Kindheit. Jetzt entdeckte man in ihrem Bauch wuchernde weiche Tumore. Die Diagnose lautete auf tuberkulöse Bauchfellentzündung, und mit Zustimmung ihres Bruders wurde die entsprechende Behandlung eingeleitet.
 Obwohl man nicht erwartete, daß sie durchkommen würde, bekam sie zehn Tage lang Bluttransfusionen. Erst eine Woche vor Weihnachten war sie gesundheitlich soweit, daß sie in die Klinik zurückkehren konnte, in der sie wegen ihrer schweren Depressionen in Behandlung stand.
 Ihre Ärzte zeigten ihr den Cupson-Artikel nicht, dessen zweiter Teil mit der Feststellung schloß:

»Die Entwicklung der Interpretin Kavalaris hingegen verlief diametral entgegengesetzt zu der eines echten Künstlers. Sie wurde immer trivialer und seichter, wich nicht nur dem

Opernrepertoire aus, sondern sogar den grundlegenden Problemen, die das Wesen der Musik ausmachen. Lange, bevor sie ihre Stimme zerstörte – wer erinnert sich nicht mit Schaudern an die kläglichen hohen F, A und E ihrer letzten Jahre –, hatte sie nicht nur aufgehört, Ansprüche an den Verstand ihrer Zuhörer zu stellen, sondern auch an deren Mitgefühl. Und wie mit ihrer Kunst ging sie auch mit ihrem Leben um. Noch nie hat ein Künstler das zweifellos vorhandene Genie so gedankenlos vergeudet. Von ihren Talenten, von dem, was sie hätte sein können, ist nichts geblieben. Sie wird nur als warnendes Beispiel in unserem Gedächtnis weiterleben. Auch das ist eine Art Unsterblichkeit.«

32

»Wir würden uns freuen, wenn Sie ihre Frau mitbringen.«
»Ich bin nicht verheiratet, Sir.«
Ames Rutherford stand im Büro von Justin Crewell, dem schlanken grauhaarigen Seniorpartner des in der Wall Street gelegenen Anwaltbüros von C. Crewell. Crewell hatte Ames soeben zum Abendessen eingeladen.
»Vielleicht würden Sie dann Ihre Verlobte mitbringen?« schlug Mr. Crewell vor.
»Ich bezweifle, daß ich Fran als meine Verlobte ausgeben kann. Wir leben seit sieben Jahren zusammen und sind mit diesem Zustand sehr zufrieden.«
Mr. Crewells Gesicht verzog sich wie eine Faust, die zuschlagen will. »Ich bin ein großer Bewunderer Ihres Vaters.«
Ames war daran gewöhnt, daß die Leute seinen Vater bewunderten. »Danke.«
»Und ich bin der Meinung, daß Sie in unserer Firma einen ausgezeichneten jüngeren Teilhaber abgeben würden. Vorausgesetzt, daß Sie Ihr Privatleben in Ordnung bringen.«
»Danke, Sir, aber ich finde, daß mein Privatleben mein Privatleben ist.«

Als Fran die Wohnung betrat, spürte sie, daß Ames wütend war.
»Ist etwas nicht in Ordnung?«

»Tut mir leid. Es war ein langer Tag. Ich bin einfach ein bißchen erschöpft.«

Er ging ins Schlafzimmer. Fran folgte ihm zur Tür und sah, daß er aus dem Fenster starrte. Sie wohnten im dritten Stock eines sanierten historischen Gebäudes, von dem aus die Aussicht – für New York im Jahr 1977 – geradezu großartig war: Washington Square, Springbrunnen, Studenten, Jogger und Rauschgiftsüchtige.

Ames' Schweigen war wie ein kalter Wasserstrahl. Sie kannte dieses Schweigen, das selbst nach all den Jahren des Zusammenlebens immer noch imstande war, ihr Angst einzujagen.

Sie hatte es zum erstenmal in Cambridge gespürt, als er die juristische Fakultät von Harvard besuchte und sie in der Longy School die Anfangsgründe der Musik unterrichtete. Sie hatten in einem billigen Zimmer gewohnt, und als sie nach Hause gekommen war, hatte er auf dem Sofa gesessen und die Wand angestarrt. Sie hatte ihn gefragt, ob ihn etwas bedrücke.

»Professor Hooker«, hatte er geantwortet. »Weißt du, womit er die Vorlesung heute begonnen hat? ›Jeder sieht sich den Studenten rechts von ihm an. Dann sieht sich jeder den Studenten links von ihm an. Einer von euch dreien wird nächstes Jahr nicht mehr hier sitzen.‹«

Sie hatte sich neben ihn gesetzt, eine Feder hatte gequietscht, und lächelnd festgestellt: »Selbst wenn alle anderen aus dem Kurs ausscheiden, du wirst in zwei Jahren noch dabeisein.«

Sie hatte recht behalten. Zwei Jahre später befand sich Ames Rutherford nicht nur noch immer an der Universität, sondern arbeitete auch bei der *Harvard Law Review*. Und in den Monaten vor seiner Promotion hatte er Angebote von achtzehn Firmen erhalten.

Ames hatte das Problem mit ihr besprochen, und sie hatten sich für New York entschieden. Er hatte die Firma Crewell gewählt, weil ihr Angebot um fünftausend Dollar höher lag als das zweitbeste. In den vier Jahren, in denen er in der Firma gearbeitet hatte, war er gelegentlich verdrossen nach Hause gekommen, aber nie so wie an diesem Abend.

Er ging ins Wohnzimmer, schenkte sich einen Scotch pur ein, stürzte ihn hinunter und schenkte sich wieder nach. Plötzlich hatte sie das Gefühl, daß sie einen Fremden beobachtete. »Ames, bevor du soviel trinkst, daß du nicht mehr sprechen kannst, erzähl mir bitte, wieso du in diese Stimmung geraten bist.«

Er ließ sich auf das Sofa fallen. »Crewell hat uns zum Abendessen eingeladen.«

»Großartig. Ich werde mein –«
»Dann hat er uns ausgeladen.«
Sie sah ihn erstaunt an. »Warum?«
Ames war es unangenehm, das Thema Heirat anzuschneiden. Es war eigentlich nicht seine Idee gewesen, nicht zu heiraten, und eigentlich auch nicht Frans Idee. Manchmal hatte er deshalb ein schlechtes Gewissen. Fran war sein bester Freund, sie verstanden sich im Bett ausgezeichnet, aber eine Heirat...
»Weil wir nicht verlobt und nicht verheiratet sind und weil wir nicht... so sind, wie nach Mr. Crewells Meinung ein Mitglied von C. Crewell sein sollte.«
»Ein Mitglied? Bist du jetzt Firmenmitglied?«
»Ganz im Gegenteil. Er hat mich gerade zu einer netten Pflichtverteidigung verdonnert. Ich verteidige eine Frau, die wegen Mordes vor Gericht steht.«
Alle großen Anwaltsbüros übernahmen ein bestimmtes Quantum an unbezahlten Pflichtverteidigungen – für das Gemeinwohl. Fran fand, daß es wirklich keine Katastrophe war.
»Es klingt jedenfalls interessanter als Testamente und Reorganisationen von Körperschaften.«
»Ich habe keine kriminalistische Erfahrung, keine Gerichtspraxis, und Crewell hat das Leben dieser Frau in meine Hände gelegt.«
»Es sind verdammt gute Hände.« Fran setzte sich neben ihn auf das Sofa. Diesmal quietschte keine Feder. »Erzähl mir von ihr.«
»Sie ist eine ehemalige Nonne, eine Krankenschwester in einem Heim für Patienten im Endstadium. Man legt ihr zur Last, daß sie einen zweiundneunzigjährigen Fürsorgepatienten erstickt hat.«
Während er sprach, spürte Fran eine Erregung in ihm, die sie während ihrer ersten Zeit in Fontainebleau zum letztenmal wahrgenommen hatte. »Weißt du, was ich denke?« fragte sie.
»Ich denke, daß Crewell dir damit einen Gefallen erweist. Ich habe so eine Ahnung, daß in diesem Fall mehr für dich steckt, als dir klar ist.«

Das Büro des Staatsanwalts schickte das Beweismaterial gegen Maria Bartholomew an das Wall-Street-Büro von C. Crewell. Ames studierte die Unterlagen in der ruhigen, klimatisierten Bibliothek der Firma.
Die Staatsanwaltschaft stützte sich auf die Aussage eines vorbestraften Verbrechers und Rauschgiftsüchtigen mit dem

unvergeßlichen Namen Tex Montana. Mr. Montana behauptete, Mrs. Bartholomew habe ihm Drogen verkauft, die sie in der Anstalt gestohlen hätte. Ferner behauptete Mr. Montana, daß Mrs. Bartholomew dreimal erwähnt habe, einer ihrer Patienten, ein Zweiundneunzigjähriger mit Speiseröhrenkrebs, dessen Drogen sie entwendete, wäre ihr »draufgekommen«, und sie müsse sich nun »seiner annehmen«.

Ames sprach in einer stickigen Zelle im Frauengefängnis auf Rikers Island mit Maria Bartholomew. Die Gelassenheit und Gemütsruhe der siebzigjährigen Frau beeindruckten ihn; ihre Augen, in denen langjährige Erfahrung lag, betrachteten ihn ohne Scham oder Schuldbewußtsein durch eine makellos klare Brille.

Nach vier Stunden verließ er die Zelle mit dem deutlichen Gefühl, daß sie unschuldig war. In diesem Gefühl wurde er bestärkt, als er das St.-Anna-Hospiz aufsuchte, ein Backsteingebäude in der Horatio Street in Greenwich Village. Maria Bartholomews Kolleginnen bezeichneten sie als unermüdliche Arbeiterin, als hingebungsvolle Trösterin der Unheilbaren.

»Wie ist der Patient Ihrer Meinung nach gestorben?« fragte Ames ein fröhliches blondes Mädchen, dessen Aufgabe darin bestand, den Sterbenden vorzulesen. (Die meisten von ihnen, erzählte sie, wollten Märchen und Kindergeschichten hören.)

»Er hat sich im Schlaf auf den Bauch gedreht und ist in seinem Kissen erstickt.«

»Kommt das oft vor?«

»Wir erwischen viele im letzten Augenblick.«

Als Ames im Wintersonnenschein in der Hudson Street um eine Ecke bog, stieß er auf eine dünne Kette von Streikposten. Sie trugen Transparente, auf denen sie gegen die vorgesehene Änderung des Flächennutzungsplans für diese Gegend protestierten.

»He!« Das Endstück einer Flöte stupste Ames. Er blickte von den Papieren auf, die er auf dem Eßtisch ausgebreitet hatte. Fran lächelte ihm zu. »Weißt du, daß du glücklich bist?«

»Ich arbeite mich schier kaputt. Trau dich ja nicht, mit deiner Flöte herumzufuchteln und zu behaupten, daß ich glücklich sei.«

»Du bist glücklich, und du genießt es.« Sie küßte ihn auf den Kopf. »Und mir geht es genauso.«

»In diesem Augenblick hat Montana –« Dill Switt unterbrach die Schilderung eines Mordprozesses in New York, über den er für einen New Yorker Verlag berichtet hatte, und wischte sich einen Klacks Muschelsauce von der Unterlippe. »Montana hat seine Aussage widerrufen und behauptet, daß er Watts die Schrotflinte verschafft hat.«

Ames sah von seiner Lasagne auf. »Wie war der Name?«

Sie saßen in Emilios italienischem Restaurant in der Sixth Avenue. »Montana«, wiederholte Dill. »Tex Montana.«

»Wir müssen miteinander sprechen, Dill«, sagte Ames. »Irgendwo, wo uns niemand hört.«

Sie sprachen miteinander. Sie stellten fest, daß etwas sehr Unschönes vor sich ging. Und dann stellte Dill Nachforschungen an.

Offenbar war Tex Montana von Beruf Zeuge der Anklage. Seine Aussagen klangen glaubhaft, und die Geschworenen hatten zweimal daraufhin Schuldsprüche gefällt. Doch diesmal stand seine Aussage im Fall Watts mit seiner Erklärung im Fall Bartholomew in einem ganz wesentlichen Punkt im Widerspruch: Mr. Montana hätte Mr. Watts in Binghamton genau zu der Stunde eine Schrotflinte übergeben müssen, in der er in zweihundert Meilen Entfernung von Mrs. Bartholomew Rauschgift bezogen haben wollte.

Ames fragte Justin Crewell, ob er eine Woche freibekommen könne, um einem Prozeß beizuwohnen.

»Hat es etwas mit der Pflichtverteidigung zu tun?«

»Meiner Meinung nach ja, Sir.«

Ames erklärte, und Mr. Crewell nickte verständnisvoll. »Ich werde mich darum kümmern.«

Am Nachmittag klopfte Mr. Crewells Sekretärin an die Tür von Ames' fensterlosem Büro.

»Crewell braucht Sie, Amesie.« Sie war eine gepflegte Frau Anfang der Sechzig, die so sprach, wie es 1940 in den Warner-Brothers-Filmen üblich gewesen war. »Er braucht Sie für die Whitney-Strauss-Wahlgelder-Fusionierung, und das bedeutet, daß er Sie von der Pflichtverteidigung abzieht. Ab jetzt.«

Fran spürte es in dem Augenblick, in dem sie die Wohnung betrat: das Schweigen, den Zorn, die präzise arbeitende, eiskalte Maschine im Kopf des Fremden, der aus dem Fenster auf den Washington Square hinunterstarrte.

»Okay«, seufzte sie. »Erzähl.«

Ames drehte sich um. »Punkt eins. Maria Bartholomews Anwalt besitzt einen zehnjährigen Pachtvertrag für einen erstklassigen Baugrund in Greenwich Village. Punkt zwei, die Stadtverwaltung boxt Änderungen im Flächennutzungsplan für dieses Gebiet durch. Punkt drei, Fairchild Development, denen das ganze Terrain dort gehört, wollen das Heim und die Gebäude in der Nachbarschaft abreißen und dort ein Hochhaus mit dreißig Stockwerken errichten. Selbstverständlich haben sie die letzte Wahlkampagne des Bürgermeisters sowie die Wahl des Gouverneurs kräftig mitfinanziert. Punkt vier, Fairchild Development ist ein Kunde von C. Crewell, und Punkt fünf, seit heute nachmittag bin ich vom Fall Bartholomew abgezogen.«

Fran sank in einen Stuhl. »Die Punkte haben es in sich.«

»Wo habe ich den falschen Weg eingeschlagen, Fran? Ich wollte für die Guten arbeiten und bin jetzt ein Handlanger der Bösen.«

»Und Maria Bartholomew ist eine von den Guten?«

»Die Beste. Der Tod des alten Mannes war ein Zufall, und der Staatsanwalt hat den Auftrag, die Bartholomew zu kreuzigen, damit sie das Heim enteignen können und einer von diesen großen Tieren das Hochhaus aufstellen kann.«

Er war wütend, aufgebracht, lebendig; er gefiel ihr.

»Vielleicht«, begann sie vorsichtig, »vielleicht solltest du aus der Firma austreten und dann ganz für Maria Bartholomew arbeiten.«

»Ich kündige, Sir«, erklärte Ames Crewell.

Crewell nickte, als könne ihn nichts auf der Welt überraschen. »Betrachten wir es doch als wohlverdienten – bezahlten – Urlaub.«

»Offen gestanden, Sir, ziehe ich es vor zu kündigen.«

Am Nachmittag fuhr Ames zum Frauengefängnis auf Rikers Island. Er wollte mit Maria Bartholomew sprechen.

»Sind Sie Reporter?« fragte die Wärterin. Sie hatte kalte Augen, sah hart aus und hatte auf dem Kinn eine kleine Narbe, die die Schminke nicht ganz verdecken konnte.

»Ich bin ihr Anwalt.«

»Dann wundert es mich, daß Sie es nicht wissen. Maria Bartholomew ist vor drei Tagen gestorben.«

»Krebs.« Ames schlug mit der Faust auf den Eßtisch, und Frans Braten hüpfte vier Zentimeter in die Luft. »Im Heim ist sie deshalb seit zwei Jahren behandelt worden.«

Fran runzelte verständnislos die Stirn. »Warum ist sie im Gefängnis nicht weiterbehandelt worden?«

»Weil dort niemand etwas davon gewußt hat. Auf ihren Wunsch hin.«

»Sie wollte sterben?«

»Sie war bereit zu sterben.«

»Aber warum?«

Ames schwieg einen Augenblick. »Ich habe eine Theorie.«

Fran verschränkte die Arme. »Ich möchte die Theorie hören.«

Während der nächsten beiden Stunden erzählte ihr Ames, was seiner Meinung nach geschehen war und aus welchem Grund. Sie hörte Zorn, Empörung und vor allem Mitgefühl. Sie wußte genau, was jetzt geschehen mußte, schob die Teller zur Seite, holte ihre Olivetti-Reiseschreibmaschine und einen Stoß leerer, weißer Blätter.

Ames starrte sie an. »Soll das die Nachspeise sein?«

»Schreib jedes Wort nieder, das du mir gerade erzählt hast«, sagte sie. »Es ist eine phantastische Geschichte, und sie ist vor allem mit großer Wahrscheinlichkeit wahr. Nagle die Schweine fest. Mach einen Roman daraus, halte dich knapp am Rand zur Verleumdung. Du mußt es tun, Ames.«

»Und wovon leben wir inzwischen?«

»Ich habe meinen Posten in der Manhattan School of Music – und Crewell hat von einem bezahlten Urlaub gesprochen, nicht wahr?«

Sieben Monate lang hämmerte Ames wie verrückt auf die Schreibmaschinentasten ein. Er legte die verflochtenen sozialen und finanziellen Interessen einer Stadt wie New York bloß, zeigte auf, wie die Kranken, die Armen und die Schwachen abgewürgt wurden. Seine Hauptperson war eine ehemalige Nonne, die im Sterben lag und für das Recht auf ein Leben und einen Tod in Würde kämpfte. Nicht nur für sich, sondern für alle um sie.

Und die den Kampf verlor. Doch ihre Niederlage war in Wahrheit ein Sieg.

Als er mit dem Manuskript fertig war, nannte er es *Die Festung*. New York war die uneinnehmbare, unbeugsame Festung. Doch auch der Glaube der ehemaligen Nonne war unbeugsam, und ihre letzte Tat war das Geschenk der Stille an eine mißtönende Welt.

Er starrte den Stoß von 560 Seiten an und erkannte, daß er irgendwie den Schmerz aus seiner Seele herausgeholt und zu Papier gebracht hatte. Es tat gut, keinen Schmerz mehr zu empfinden.

Er lächelte Fran an. »Schön, Doktor, und was jetzt?«

»Jetzt machen wir zwei Wochen Urlaub, fahren nach London und Paris und besuchen noch einmal Fontainebleau.«

»Das können wir uns nicht leisten.«

»Unsere American-Express-Karte macht es möglich.«

»Fran, wir müssen die Rechnungen irgendwann bezahlen.«

Fran ließ kein Nein gelten. In den nächsten beiden Tagen schickte sie Ames in Museen und Kinos. Sie buchte die Reise und brachte Ames' Manuskript in das an der Madison Avenue gelegene Büro eines literarischen Agenten, von dem sie in der Morgenzeitung gelesen hatte. Es handelte sich um einen alten Gentleman namens Horatio Charles (der auf dem Foto sehr adrett aussah), und der laut der *New York Times* soeben das spektakulärste Buchgeschäft des Jahrzehnts an Land gezogen hatte.

Ein Sekretär nahm das Manuskript entgegen und versicherte ihr, daß es einige Zeit dauern würde, bis Mr. Charles sich damit befassen konnte.

»Richten Sie ihm aus, daß er zwei Wochen Zeit hat«, antwortete sie.

Ames und Fran besuchten London, das in Regen gehüllt war. Sie besuchten Paris, wo es diesig war. Sie besuchten Fontainebleau, das im Dunst lag und sich zum Glück in den letzten sieben Jahren nicht verändert hatte, und dann fuhren sie in die Gegend um Bordeaux, die in strahlenden Sonnenschein getaucht war.

Als sie nach New York zurückkehrten, lag ein Brief von Horatio Charles in ihrem Briefkasten: Bitte rufen Sie mich sofort an.

Das Leben wurde sehr schnell unwirklich.

Alles, was mit einem Buch geschehen kann, geschah: Hardcover-Ausgabe, Taschenbuch, Buchklub, Lizenzverträge, TV, Miniserien. Was Schwester Maria Bartholomew nicht mehr berührte, Ames Rutherford jedoch eine Menge Dinge ermöglichte: Er mußte nie wieder in seinem Leben eine Körperschaftsfusionierung aushandeln, er besaß ein Haus in den Hamptons, eine kleine Eigentumswohnung in Manhattan, saß tagelang vor der Schreibmaschine und fragte sich, worüber zum Teufel er jetzt schreiben solle.

Er fing an, mehr zu trinken. Warum auch nicht – er mußte nie wieder von neun bis fünf arbeiten –, und nach einem Tag voller vergeblicher Mühen, aus seinem Kopf Prosa herauszuholen, war es stets ein Genuß, sich zu benebeln.

Von da an fehlte nur noch ein Schritt, und seither brauchte er die tägliche Benebelung.

Was er trank, war gleichgültig. Wodka oder Scotch: Benebelung war Benebelung.

»Bin ich daran schuld, Ames? Was läuft da und läuft wieder nicht zwischen uns, was zum Teufel ist eigentlich los?« Sie hatte sich aufgesetzt und ließ ein Bein über den Bettrand baumeln. »Vielleicht rege ich dich nicht mehr auf?«

Als Antwort ergriff er ihre Hand und legte sie auf seine Erektion.

Sie zog die Hand zurück, aber nicht ganz. »Ich meine es ernst, Ames.«

Er grinste lüstern. »Ich auch.«

»Verstehst du mich denn nicht? Ich will dir helfen.«

Er spürte, wie der Augenblick ernst und schwer wurde, bis er ihm nicht mehr gewachsen war.

»Dann, mein Liebling«, lächelte er, »würde ich vorschlagen, daß wir jetzt den Mund halten.«

Er küßte sie – ein zärtlicher, feuchter Kommen-wir-zur-Sache-Kuß. Und dann liebte er sie wie seit einem Jahr nicht mehr.

Hinterher sah sie ihn immer noch so merkwürdig an.

Er konnte nichts sagen, nichts tun. Sie hatte das Recht, ihn so anzusehen, sich zu wundern. Weil er alles besaß, was es gab, und ihm immer noch etwas fehlte.

Jeden Tag dachte Ricarda DiScelta voll Angst an die Möglichkeit, daß ihr Lebenswerk unvollendet bleiben würde. Aber sie fand sich damit ab. Der Herr hat Seine Gründe. Alles Weitere lag nicht mehr in ihrer Macht.

Sie verbrachte die Vormittage mit den drei Schülern, die ihr noch geblieben waren – sie waren gut, nicht begabt, aber sie brauchte das Gefühl, daß sie zu etwas nütze war –, und die Nachmittage als freiwillige Hilfe im Krankenhaus für Sonderchirurgie, wo sie einen Wagen mit Fruchtsäften durch die Abteilungen schob.

Das war beinahe alles, was es in ihrem Leben gab.

Doch der 19. Dezember 1978 machte eine Ausnahme. An diesem Tag starb Ricarda DiScelta.

Sie stand zeitig auf, fühlte sich aber seltsam lethargisch. Sie unterrichtete ihre Schüler, betreute ihre Patienten und besuchte am Abend die Metropolitan Opera, wo ein neuer bulgarischer Sopran Puccinis *Manon Lescaut* sang.

Die Vorstellung belebte ihre Phantasie auf seltsame Art. Irgendwann bemerkte sie, daß sie sich einbildete, die Jeritza und dann wieder die Callas zu sehen. Die Illusion war merkwürdig vollständig, denn sie hörte auch ihre Stimmen.

Sie mußte sich ins Gedächtnis rufen, daß die Jeritza und die Callas sich jetzt im Jenseits befanden, auf sie warteten und vielleicht für sie beteten.

Während des dritten Aktes begannen ihre Schultern zu zittern, und ein Schauer lief ihr über den Rücken. Ich bekomme eine Grippe, dachte sie. Obwohl sie in ihrem Leben nur selten während einer Vorstellung weggegangen war, hielt sie es für das beste, die Oper vor dem vierten Akt zu verlassen.

Sie fragte den Fahrer, ob er einen Umweg machen würde. Sie wollte sich den Weihnachtsbaum im Rockefeller Center ansehen.

Sie starrte lange die prächtige norwegische Fichte an und verlor sich in Erinnerungen an alle Weihnachten ihres Lebens.

Ein seltsamer Gedanke drängte sich ihr auf. Habe ich das Richtige getan, als ich Ariana und Mark Rutherford trennte?

Sie bat den Fahrer, sie nach Hause zu bringen. Dann ging sie zu Bett, doch der Gedanke war immer noch da.

Habe ich das Richtige getan?

Es war ihr letzter Gedanke. Als die Haushälterin sie am Morgen fand, hatte ihr Herz aufgehört zu schlagen.

Ariana befand sich mit den Patienten im Fernsehraum, als in den Abendnachrichten die Meldung über Ricarda DiSceltas Ableben gebracht wurde. Ariana schrie auf. Zwei Wärter mußten sie in ihr Zimmer bringen.

Dr. Meehan besuchte Ariana nach der Abendvisite. Sie saß zusammengekauert und gespenstisch blaß in ihrem Schaukelstuhl.

»Sie sehen traurig aus, Ariana. Möchten Sie mir den Grund verraten?«

Er spürte, daß sie ihn nicht sah. Ihr Blick war auf einen Horizont weit jenseits der Zimmerwände gerichtet.

»Ricarda DiScelta hat mich alles gelehrt. Und ich habe sie hintergangen.«

»Auf welche Weise haben Sie sie hintergangen?«

»Ich habe ihr nie geglaubt. Ich habe nie geglaubt, daß sie sterben wird. Ich habe nie begriffen, daß sie genauso hoffte, litt und Angst hatte wie wir alle.«

»Erzählen Sie mir von Ricardas Ängsten.«

»Sie litt unter derselben Angst wie wir alle: daß unser Leben zu früh zu Ende geht, bevor wir die Möglichkeit gehabt haben, unsere Arbeit zu vollenden.«

»Und worin bestand ihre Arbeit?«

Ariana vergrub ihr Gesicht in den Händen. »*Ti kano edho? Panagia mou, ti kano edho?*«

»Ariana«, fuhr der Arzt sie energisch an, weil er nicht bereit war, sie in eine Sprache flüchten zu lassen, die er nicht verstand. »Worin bestand ihre Arbeit?«

Ariana hob langsam den Kopf. »Mich zu unterrichten.«

»Also hat sie ihre Arbeit doch zu Ende geführt, nicht wahr?«

»Ja. Aber ich habe die meine nicht zu Ende geführt.« Sie starrte den Arzt an, auf ihrer Stirn standen Schweißperlen. Sie erschauerte, und ihre Stimme sank zu einem Flüstern herab, als hätte sie Angst, daß die Wände sie hören könnten. »Ich will nicht in die Hölle kommen!«

Sie beugte sich hustend vor, und Blutbrocken spritzten auf den Fußboden.

Im Krankenhaus führten die Chirurgen einen kleinen Ballon in Arianas Hals ein, bliesen ihn auf und stillten so die Blutung aus den geplatzten Adern der Speiseröhre. Für die Lunge konnten sie nichts tun, nur Blutgerinnungsmittel spritzen und Ariana Transfusionen verabreichen, um den Blutverlust zu ersetzen.

Es dauerte acht Tage, bis sie soweit war, daß sie in die Klinik zurückkehren konnte.

Weihnachten war vorüber. Neujahr stand vor der Tür.

Sie wußte, daß das Ende nahe war. Sie schloß die Tür ihres Zimmers und fiel auf die Knie.

»Lieber Gott, ich Sünderin habe nicht das Recht, Dich um etwas zu bitten. Du hast mir den richtigen Weg gezeigt, und ich habe den falschen gewählt. Ich habe meine Lehrerin hintergangen. Ich habe meine Schülerin hintergangen. Nur Du weißt, welche Leiden sie jetzt meinetwegen zu ertragen haben. Aber ich bitte Dich, höre mein letztes Gebet. Gib mir noch ein paar Tage. Gib mir Zeit, damit ich wiedergutmachen kann, was ich angerichtet habe. Lieber Gott, hilf mir, mein Versprechen einzulösen.«

Mark ließ das Buch auf den Schreibtisch fallen. Er hielt den Atem an, horchte und fragte sich, ob sein Gehör jetzt nach so vielen Jahren nachzulassen begann.

Die einzigen Geräusche im Arbeitszimmer waren ein leises Zischen vom Kamin her, das sanfte, gleichmäßige Ticken der Penduluhr, das gelegentliche Klappern der aufgezogenen Jalousien im Wind.

Er blickte zum Fenster.

Er wußte nicht, wie lange er auf die braunen Blätter gestarrt hatte, die der Wind durch den Hof wirbelte. Aber er merkte, daß es dunkler geworden war. Das Feuer zischte, die Uhr tickte, der Wind klapperte, und dann hörte er das andere Geräusch wieder, diesmal deutlicher.

Jemand rief seinen Namen. Die Stimme erreichte ihn nur schwach, wie über einen Ozean von Zeit hinweg.

Es fiel ihm schwer, sich zu erheben. Seine Beine waren eingeschlafen, und er spürte sie kaum, als er über den Teppich ging. Alles, was er tat, fiel ihm schwer, wie wenn man im Traum durch Wasser geht.

Das Fenster war eine verschwommene Öffnung. Er lehnte sich in die Nacht hinaus.

»Wer ist da?«

Und plötzlich wußte er es, ohne daß sie es sagen mußte.

»Ariana?« Um Harry Forbes' Augen bildeten sich Fältchen, als er sich an vergangene Freuden erinnerte. »Nach all diesen Jahren? Du hast sie gesehen?«

Mark überlegte einen Augenblick lang. »Nein. Ich habe sie nur gehört.«

Seit beinahe zweiunddreißig Jahren kamen Mark und Harry Forbes einmal im Monat im Knickerbocker Club zusammen und tranken ihren Portwein auf dem Sofa vor dem großen Kamin. Heute war winterliches Wetter, und der Butler hatte Feuer gemacht. Schatten tanzten über den Weihnachtsbaum und über die Bücherregale mit den gebundenen Gesamtausgaben von Churchill und Galsworthy.

Mark beobachtete die Flammen durch den Portwein. »Sie hat ›Hilf mir‹ gesagt.«

»Ihr helfen? Warum? Was ist los?«

»Ich weiß es nicht.« Mark drehte den Stiel seines Glases. »Es fällt mir sehr schwer, es in Worte zu fassen. Harry, ich habe noch nie mit jemandem darüber gesprochen, und wenn du auch nur eine Silbe –«

»Du hast mein Ehrenwort«, unterbrach ihn Harry.

Mark schwieg und ordnete seine Gedanken. »Seit unserer Trennung vor dreißig Jahren bin ich nur zweimal mit ihr zusammengekommen. Dreimal, wenn man gestern nacht mitrechnet. Zum erstenmal in Mexiko vor neunundzwanzig Jahren. Sie sang an der dortigen Oper. Sie war aus irgendeinem Grund verzweifelt und brauchte meine Anwesenheit. Nur damit sie mich sah, nur, damit sie wußte, daß jemand an ihr Anteil nahm. Wir sprachen nicht miteinander. Aber sie sah mich, und sie stand die Vorstellung durch. Als Stratiotis sie dann verließ, schnitt sie sich die Pulsadern auf. Ich brachte sie dazu, einen Arzt anzurufen. Und gestern abend bat sie mich um Hilfe – wo immer sie sich gerade befand.«

»Einen Augenblick. Du hast gesagt, daß sie vor dem Fenster deines Arbeitszimmers gestanden hat.«

»Nein. Ich habe ihre Stimme gehört, aber am Fenster stand niemand. Und ich habe mich an dem Abend, an dem sie in *Rigoletto* sang, nicht in Mexiko befunden, und auch nicht in ihrem Badezimmer, als sie sich die Pulsadern aufschnitt. Seit unserer Trennung habe ich mich nie mehr mit ihr getroffen. Es waren Träume, Harry, Träume in halbwachem Zustand, die aber so wirklich erschienen, daß die Realität im Vergleich dazu düster und leblos ist. Nur in diesen Träumen habe ich... gelebt. Der Rest meines Lebens war ein einziger langer Schlaf.«

»Komm, komm, Mark. Du übertreibst maßlos.« Harry gab dem Kellner unauffällig einen Wink, nachzuschenken.

Die beiden alten Freunde schwiegen einen Augenblick, dann fragte Harry: »Hat Ariana in Mexiko City wirklich in *Rigoletto* gesungen?«

»Ja.«

»Hat sie jemals einen Selbstmordversuch unternommen?«

»Das weiß ich nicht.«

»Dann waren vielleicht diese sogenannten Träume in halbwachem Zustand ihre Art, sich mit dir in Verbindung zu setzen.«

»Als was würdest du es bezeichnen, Harry? Psi? Telepathie?«

»Spielt das eine Rolle?«

»Hast du jemals etwas Ähnliches erlebt?«

»Ich habe verschiedenes erlebt. Wie jeder Mensch.«

Harry hob das Glas an die blassen Lippen, und Mark wurde klar, wie wenig er, wenn man von den monatlichen Zusammenkünften absah, über seinen alten Klassenkameraden wußte. Er besaß ein gutgehendes Büro in der Bond Street und ein bemerkenswertes, einsames Haus am Beckman Place; im Lauf der Jahre hatte er zahlreiche Affären gehabt, einige davon mit den Frauen anderer, und Mark kannte die Namen etlicher dieser Frauen; aber es war nie die Rede von einer Heirat oder auch nur einer tieferen Liebesbeziehung gewesen. Harry bestand nur aus Oberfläche, nur aus Charme und Portwein, und wollte es offenbar nicht anders haben.

Mark seufzte. »Etwas sagte mir, daß sie mich braucht und daß ich sie aufsuchen soll. Aber du erklärst mir hoffentlich, daß ich ein Idiot bin und es vergessen sollte.«

Harry schüttelte den Kopf. »Du bleibst immer der gleiche alte Mark. Ich würde das nächste Flugzeug zu ihr nehmen. Wo lebt sie jetzt?«

»Wie ich gehört habe, hat sie die letzten sechs Jahre in einer Klinik in Connecticut verbracht.«

»Manchmal freuen sich die Kranken über Besuche.«

»Sie ist vor acht Tagen verschwunden.« In Dr. Meehans Haltung lag eine Spur Abwehr. »Nachts werden die Tore versperrt, aber untertags können unsere Patienten nach Belieben kommen und gehen. Vergangenen Montag hat Ariana Kavalaris sich entschlossen zu gehen.«

»Haben Sie eine Ahnung, wohin?«

»Nein. Ihr Bruder hat nichts von ihr gehört. Die Polizei hat nichts herausgefunden. Sind Sie ein Freund von ihr, Mr. Rutherford?«

»Ich habe sie vor dreißig Jahren gekannt.«

»Wissen Sie, daß sie nicht mehr lang zu leben hat?«

Es klang so endgültig wie eine Tür, die ins Schloß fällt.

»Sie hat in beiden Lungenflügeln tuberkulöse Veränderungen in fortgeschrittenem Stadium. Ganz gleich, wohin sie sich gewendet hat – ich hoffe von Herzen, daß sie dort behandelt wird.«

33

»Ich möchte, daß Sie jemanden suchen.«
»Um wen handelt es sich?«
Mark sagte es ihm.
Der Detektiv pfiff durch die Zähne. Er war ein gutgebauter Mann Mitte Vierzig mit schütterem schwarzem Haar und den Schultern eines Footballspielers. »Ich spiele immer noch ihr Album mit den Puccini-Heldinnen. *O mio babbino caro* bricht mir jedesmal das Herz.«
»Auch mir«, stimmte Mark leise zu. Er sah hoffnungsvoll auf. »Captain Terhune hat Sie mir empfohlen.«
»Al Terhune – New London?«
»Er behauptet, daß Sie darin Erfahrung besitzen, entlaufene Patienten aufzustöbern.« Mark hatte sich die Anzeigen der Detektei angesehen. Joseph Connors. Vertrauliche Nachforschungen. Schnell, präzise, diskret. Er hätte gern an das schnell und diskret geglaubt.
Der Detektiv zückte seinen Kugelschreiber und griff nach seinem gelben Notizblock. »Okay, ich brauche ein paar Einzelheiten.«

»Mr. Connors hat wieder angerufen«, berichtete Nita beim Abendessen. »Er ruft offenbar immer am Freitag um sechzehn Uhr dreißig an.«
Mark sah sie an, antwortete jedoch nicht.
»Gibt es etwas, worüber wir sprechen sollten, Mark?«
Er begann, über den Kirchenvorstand zu reden. In seinen Augen lag etwas Unausgesprochenes, ein Echo der Leere im Zentrum ihres Lebens.
»Der Rosenkohl ist köstlich«, lobte er. »Ist er frisch?«

Mr. Connors rief jeden Freitag an, und dann läutete an einem Mittwochabend ein Fremder an der Tür und zog den Hut vor Nita. Die Geste bezauberte sie, als hätte er ihr die Hand geküßt.
»Joseph Connors, kann ich den Bischof sprechen?«

»Mr. Connors«, stammelte sie verlegen, weil sie sich ihn immer als dicken Mann vorgestellt hatte. »Er befindet sich in seinem Arbeitszimmer. Ich bringe Sie hin.«

»Ich werde chronologisch vorgehen«, begann Connors. Keine Höflichkeitsfloskeln, kein Geplauder, nur eine Pause, bis die Tür ins Schloß fiel und sie allein waren, und dann im Sturzflug zum Geschäftlichen.

»Sie ist am Montag, dem achten Januar, mit einem Trailway-Bus aus New London nach New York gekommen. Sie ist im Statler Hotel gegenüber dem Penn-Bahnhof abgestiegen und hat sich unter dem Namen Yvonne Clouzot eingetragen.«

In Marks Gehirn klingelte es. »Ich kenne den Namen.«

»Es ist der Mädchenname ihrer Mutter.« Connors legte die Handflächen auf den Diplomatenkoffer auf seinen Knien. Eine Minute später ließ er die beiden Schlösser aufschnappen. Papiere kamen zum Vorschein.

»Während der fünfundzwanzig Tage, die sie in New York blieb, wohnte sie in acht Hotels. Keine erstklassigen, aber gute, ordentliche Hotels im Zentrum. Diese Hotels sind teuer. Sie hat bar bezahlt.«

»Woher hatte sie das Geld?« fragte Mark.

»Eine gute Frage. Ihr Bruder verwaltet ihre Scheckkonten, sie unterschreibt die Schecks nicht einmal selbst. Demnach gibt es nur eine Möglichkeit. Sie muß über ein Sparguthaben verfügen, und die Sparbücher müssen sich in ihrem Besitz befinden. Ich habe einen Freund bei der IRS. Jeder von uns sollte einen Freund bei der IRS haben. Ich konnte in die Aufzeichnungen über Ariana Kavalaris' Zinsen im vergangenen Jahr Einsicht nehmen. Sie hatte in sieben verschiedenen New Yorker Banken Geld deponiert. Sechs Konten hat sie geschlossen. Aber das siebte ist interessant. Sie hat einen Bankscheck über zweitausend Dollar auf dieses Konto ausgestellt. Vierundzwanzig Tage später, an dem letzten Tag, an dem sie sich mit Sicherheit in New York befunden hat, hat sie einen Scheck über dreitausendachthundert Dollar auf das gleiche Konto ausgestellt. Beide Schecks haben auf den gleichen Mann gelautet. Ich nehme nicht an, daß Sie Barney Medina kennen.«

»Ich kenne ihn nicht.«

»Heute vormittag haben Medina und ich uns unterhalten.«

Kurzes Schweigen trat ein, und Mark verstand, daß nicht nur Worte gewechselt worden waren.

»Sagt Ihnen der Name Vanessa Billings etwas?«

»Sollte ich ihn kennen?«

»Billings war die Schülerin der Kavalaris. Sie begann sehr

vielversprechend, und dann versagte sie vollkommen. Man kann sagen, daß sie spurlos verschwunden ist. An dem Tag, an dem die Kavalaris New London verließ, hat sie Barney Medina beauftragt, ihre ehemalige Schülerin ausfindig zu machen. Meiner Meinung nach sind dreitausendachthundert Dollar für den Auftrag, den ihm Miss Kavalaris erteilt hat, unverschämt. Er hat mir seine Aufzeichnungen gezeigt. Offenbar hat er in Philly kräftig mit den Nutten gebechert.«

»Philadelphia?«

»Zur Zeit ist Miss Billings in der Stadt der Nächstenliebe zu Hause. Sie arbeitet in einem Lokal namens Dannys Bar.«

Er teilte Nita beim Frühstück mit, daß er noch am gleichen Tag nach Philadelphia fahren müsse. Sie begriff sofort, daß es mit Mr. Connors und seinem Besuch zusammenhing.

»Mußt du wirklich, Mark? Nancy und Pancho de Grandfort erwarten uns – sie haben uns vor drei Wochen eingeladen.«

»Ich muß heute fahren. Bitte entschuldige mich bei ihnen.«

Er fand noch am gleichen Abend Dannys Bar, eine heruntergekommene Bude in der Nähe der Allen Street. Im Fenster verkündete ein Plakat mit verwackelten Buchstaben: HEUTE ABEND – AM KLAVIER – AVA.

Durch den stechenden Duft des Frischluftsprays spürte er den Geruch von schalem Bier. Er erblickte eine Theke, ein paar Tische, ein paar Betrunkene, die sich in dem schmalen, verdreckten Raum zusammendrängten. Dank der Fahnen aus Kunststoff und der Miniatur-Collegeflaggen sah das Lokal genauso fröhlich aus wie ein Gebrauchtwagenmarkt.

Am anderen Ende des Raums sang eine Frau am Klavier. Er setzte sich an einen Tisch, von dem aus er sie beobachten konnte.

Im Scheinwerferlicht erkannte er eine blonde Perücke, falsche schwarze Wimpern, eine Menge Make-up. Sie trug eine tief ausgeschnittene rosafarbene Rüschenbluse. Es war ein kitschiges Rosa, aber die langen Spitzenärmel lenkten die Aufmerksamkeit auf ihre Hände, die über die Tasten glitten. Sie warf den Kopf zurück und sang den letzten langen Ton von *Smoke gets in your eyes*.

Er war der einzige, der applaudierte. Sie drehte sich um, musterte ihn genau, wechselte dann die Tonart und sang in einwandfreiem Französisch *Parlez-moi d'amour* und *J'attendrai*.

Er rief: »Bravo!« Kein Opern-Bravo, sondern nur ein höfliches, gedämpftes Nachtklub-Bravo.

Sie schenkte ihm ein flüchtiges Lächeln, dann griff sie unter das Klavier und holte eine Handtasche hervor, deren Goldfäden sich auflösten. Sie fischte eine Filterzigarette heraus und kam an seinen Tisch.

»Haben Sie Feuer?«

Er stand auf und knipste das Feuerzeug an, das ihm seine Frau geschenkt hatte. Die Sängerin beugte sich über die Flamme.

Sie setzten sich, und die Kellnerin brachte unaufgefordert noch einen Scotch.

Die Sängerin hob das Glas. »Danke für das Bravo.«

»Es war mir ernst damit. Sie müssen klassische Musik studiert haben.«

»Ich habe eine Menge Dinge studiert. Wie heißen Sie?«

»Mark.«

»Was führt Sie in Dannys Bar, Mark – die hübschen Melodien?«

»Ich suche jemanden. Sie heißt Vanessa Billings.«

Sie trank ihren Scotch aus und stand auf. »Auf Wiedersehen, Mark.«

»Das war ein kurzes Vergnügen.«

»Ich muß mich umziehen und meinen Bus kriegen. Danke für den Drink.« Sie drehte sich um und verschwand durch die Küchentür.

Er bezahlte die Drinks und fragte die Garderobenfrau, wann Ava ihre letzte Nummer hatte.

»Sie haben sie gerade gehört.«

Er ging hinaus. Es regnete.

Dannys Bar besaß einen Vordereingang und eine Hintertür, die in eine Sackgasse mit Mülleimern führte. Kurz nach zwei Uhr ging die Hintertür auf. Einen Augenblick lang blitzten die Regentropfen wie eine Handvoll weggeschleuderter Diamanten. Eine Frau in einem Regenmantel, die eine Regenkappe ins Gesicht gezogen hatte, trat auf die Straße.

Es war die Sängerin. Er folgte ihr.

An der Ecke winkte sie einem Taxi. Es blieb nicht stehen.

Sie bog in eine Seitenstraße ein und marschierte an Saloons, mit Brettern vernagelten Geschäftslokalen und »Zimmer frei«-Schildern vorbei.

Der Regen klang, als schüttle man Münzen in einem Eimer.

Er bog um eine Ecke, und sie war plötzlich nicht mehr da. In der Dunkelheit erkannte er einen schlechtbeleuchteten Torweg und einen Durchgang. Der Durchgang führte in einen Hof. Im obersten Stockwerk entdeckte er ein beleuchtetes Fenster. Er zählte vier Stockwerke und wußte, daß sie nicht so schnell dorthin gelangt sein konnte.

Das Licht im oberen Stockwerk ging aus. Er hauchte in seine Hände und bückte sich, um seine Beine warm zu reiben. Plötzlich spiegelten die nassen Pflastersteine. Im zweiten Stock drang wie eine gespenstische blaue Flamme Licht durch die Jalousien. Er zählte die Fenster darunter und die Fenster von der Hauskante an, bis er sicher war, daß er genau wußte, um welches Fenster es sich handelte.

Eine Gestalt ging an der Jalousie vorbei, und plötzlich ertönte leise eine Stimme. Er hörte zu, und sein Herz krampfte sich zusammen.

Durch den prasselnden Regen, durch das Trommeln der Tropfen auf die Regenrinnen hörte er Ariana Kavalaris, die *Casta Diva* sang.

»Dieses Fenster.« Mark zeigte hin.

Der Hausmeister legte die Hand über die Augen und blinzelte in die Morgensonne. »Ach ja, der Nachtvogel.«

Mark gab dem Hausmeister zehn Dollar. »Wie heißt sie?«

»Ness.« Der alte Mann zog ein zerknülltes Päckchen Lucky Strike aus seinem Arbeitshemd. Er bot Mark eine an und riß dann ein Streichholz auf seinem geschwärzten Daumennagel an. »Sind Sie von einer Inkassoagentur?«

»Nein, ich suche nur eine Freundin von Miss Ness.«

»Meinen Sie die Frau, die bei ihr wohnt?«

»Wer ist das?«

Der Hausmeister rümpfte die breite Nase. »Grauhaarig. Alt, sieht krank aus. Ich kenne ihren Namen nicht. Sie bekommt nie Post. Spielt Schallplatten, wenn die andere fort ist. Spielt auch Klavier. In der Wohnung steht ein altes Piano. Sie singen – eine Menge la-la-la-Zeugs – klàssisch. Die Nachbarn beschweren sich. Aber mir ist es egal. Leben und leben lassen, sage ich. Hauptsache, sie stecken das Haus nicht in Brand.«

Mark kam spätnachts wieder in Dannys Bar. Er kannte jetzt Ava Ness' Fluchtweg und setzte sich an den Tisch neben der Küchentür. Es war Freitag, und das bedeutete mehr Menschen, mehr Bierlachen, mehr Gespräche während der Nummern.

Sie sang Irving Berlins *Always* und *Blue skies*, Lieder der Erinnerung und des Versprechens, die passé gewesen waren, bevor sie zur Welt kam. Nachher verbeugte sie sich unter spärlichem Applaus. Der Scheinwerfer wurde abgeschaltet. Ihr Gesicht wurde sofort wieder mürrisch und ausdruckslos, und sie setzte sich an einen der vorderen Tische zu einem Mann.

Etwas wurde ausgetauscht. Mark konnte nicht sehen, ob es ein Stück Papier, eine Streichholzschachtel oder Geld war – ein kleiner Gegenstand glitt aus der Hand des Mannes in die ihre, und dann ging sie zwischen den Tischen hindurch zur Küche.

Mark stand auf. »Guten Abend, Miss Ness. Würden Sie mir eine Minute lang Gesellschaft leisten?«

Er bestellte zwei Scotch. Der Barmann beobachtete sie, und das beeinflußte offenbar ihren Entschluß. Sie nahm Platz.

»Mein Hausmeister hat mir erzählt, daß Sie sich nach mir erkundigt haben«, sagte sie.

»Ihr Hausmeister hat mir erzählt, daß eine kranke Frau bei Ihnen wohnt.«

»Warum lassen Sie mich nicht in Ruhe?«

»Seit wann erbricht sie, Miss Ness? Wieviel an Gewicht nimmt sie täglich ab? Um wieviel wird sie schwächer?«

»Ganz gleich, was passiert, ich kann damit fertig werden.«

»Ganz gleich, was passiert, Sie können nicht damit fertig werden. Sehen Sie sich doch an. Sie besitzen eine begnadete Stimme. Sie gehören in einen Konzertsaal oder auf eine Opernbühne, und dabei treiben Sie sich in einem verkommenen Viertel herum.«

»Das ist meine Angelegenheit.« Ihre Stimme war genauso ausdruckslos wie ihre Augen.

»Ihre Freundin gehört in ein Krankenhaus, und Sie verstecken sie in einer Bruchbude. Vielleicht finden Sie, daß das ebenfalls Ihre Angelegenheit ist. Ich würde jedenfalls vorschlagen, daß Sie einmal darüber nachdenken, Miss Billings.«

»Sie haben vorhin meinen Namen richtig genannt. Ness. Ich heiße Ness.«

»Können Sie denn nicht verstehen, daß ich der Frau helfen will?«

»Das haben schon eine Menge Leute behauptet. Man muß ihr ungeheuer geholfen haben, um sie in den Zustand zu bringen, in dem sie sich jetzt befindet.«

»Vielleicht können wir sie mit einer anderen Form von Hilfe wieder aus diesem Zustand herausholen.«

»Was würde an Ihrer Hilfe anders sein?«

»Sie liegt mir am Herzen.«

»Du meine Güte. Jetzt liegt sie Ihnen plötzlich am Herzen.«

»Sie hat nur noch das Jetzt, Miss Ness. Und vielleicht – wenn

Sie die richtige Behandlung bekommt – ein Morgen und ein Übermorgen.«

»Sie ist weder am Morgen noch am Übermorgen sehr interessiert.«

»Das gibt Ihnen noch lange nicht das Recht, es ihr zu nehmen.«

Miss Ness verzog entschlossen den Mund. »Ich nehme niemandem etwas weg und kann auch auf Ihren Käse verzichten.«

»Sie liegt im Sterben. Und wenn Sie sie in diesem Rattenloch festhalten, bringen Sie sie um.«

»Ich scheiß drauf, Charley.«

»Hier haben Sie meine Karte – zerreißen Sie sie nicht, Miss Ness. Auf ihr stehen mein Name und mein Beruf. Mein richtiger Name, mein richtiger Beruf. Sie können sich bei Ihrer Freundin nach mir erkundigen. Sagen Sie ihr, daß ich hier bin. Sagen Sie ihr, daß ich hier bin, um ihr zu helfen. Und dann rufen Sie mich an. Ich wohne im Hilton.«

»Ist ja klar. In einer Suite?«

»Ich habe ein Einzelzimmer, Miss Ness. Genau wie Sie.«

Er erkannte an ihren Augen, daß er lieber nicht weitersprechen sollte.

»Gute Nacht, Miss Ness.« Er stand auf, drehte sich um und ging.

Um halb drei Uhr morgens klingelte das Telefon auf seinem Nachttisch, und eine leise, aufgeregte Stimme meldete, daß Miss Billings in der Hotelhalle wartete.

»Schicken Sie sie herauf.« Mark zog sich schnell an.

Es klopfte. Kleine, dunkle Regenperlen glitzerten noch auf dem Regenmantel der Frau, die sich Ava Ness genannt hatte. Sie blickte ihn an, und er sah das Entsetzen in ihrem Gesicht.

»Ariana erbricht Blut«, stieß sie hervor. »Sie phantasiert.«

Sein Magen verkrampfte sich. Er ging zum Telefon. »Hier spricht Bischof Mark Rutherford. Zimmer 711. Ich brauche sofort den Hotelarzt.«

»Wir müssen ihn aufwecken, Bischof.«

»Dann tun Sie es. Es handelt sich um einen dringenden Fall.«

Sie warteten und hörten zu, wie der Regen an das Fenster trommelte. Es dauerte beinahe vierzig Minuten, bis der Arzt eintraf, ein kahler Mann mit einem tropfenden Regenschirm in der einen und einer Schweinsledertasche in der anderen Hand.

»Na schön, wer von Ihnen liegt im Sterben?«

»Die Kranke befindet sich am anderen Ende der Stadt«, erklärte Mark. »Wir nehmen ein Taxi, falls Sie nicht in Ihrem eigenen Wagen gekommen sind.«

Die Augen des Arztes verengten sich ungläubig, und Mark bemerkte, daß ein Pyjamakragen unter seinem Hemd hervorlugte.

»Moment mal: Ich behandle nur Hotelgäste und meine Privatpatienten.«

Mark hatte mit vielen Ärzten zu tun gehabt. Er kannte den Beruf und sein Ethos. Er entnahm seiner Brieftasche eine Hundert-Dollar-Note und steckte sie dem Arzt in die Brusttasche.

Der Arzt blickte auf seinen Blazer hinunter. »Die Versicherung zahlt mir genausoviel, damit ich einen Patienten in meinem Wartezimmer sitzen lasse.«

Mark hielt ihm einen zweiten Hunderter hin. »Das ist ein steuerfreies Honorar, Doktor. In Ihrer Einkommensklasse ist es vierhundert Dollar wert. Vierhundert für einen Hausbesuch.«

Der Arzt nahm das Geld. »Mein Wagen steht unten.«

Sie liefen die Treppe hinauf, und neben ihnen huschten ihre Schatten über die abbröckelnden Wände. Vanessa führte sie in ein stickiges Zimmer mit einem einzigen Fenster, dessen Jalousien herabgelassen waren.

Rechts stand ein winziges schäbiges Klavier und links ein Tisch mit einem Grammophon. Zwischen diesen undeutlich erkennbaren Gegenständen brannte eine schwache Lampe. In dem schmalen Bett in der Ecke lag eine knochendürre, in eine Decke gehüllte regungslose Gestalt.

Erschüttert bemerkte Mark, daß es eine alte Frau war. Sie lag auf dem Rücken, der Kopf mit dem grauen, zu Stein erstarrten Gesicht ruhte regungslos auf dem Kissen. Sie war bewußtlos, und ihr Atem ging stoßweise.

Er trat einen Schritt vor. »Ariana.«

Seine Augen wurden feucht. Er erinnerte sich an ein begeistertes kleines Mädchen in einem weißen Rüschenrock, dessen schwarze Haare bis auf die Schultern herabhingen.

Ein Krampf erschütterte den Körper, und quälender Husten folgte. Aus dem Mundwinkel floß ein dünner Blutfaden.

Der Arzt zog das schweißgetränke Laken weg. Der Bauch war geschwollen. Er klopfte vorsichtig den Brustkorb ab. Es hörte sich an, als würde er auf eine hohle Trommel schlagen. Er preßte die Lippen zusammen, ergriff behutsam das Handgelenk, als wäre es eine zerbrechliche Zuckerstange, beobachtete den Sekundenzeiger seiner Armbanduhr und zählte den Puls.

»Ihr Herz versagt. Hier kann ich ihr nicht helfen. Wir müssen einen Krankenwagen kommen lassen und sie in ein Krankenhaus bringen. Gibt es hier ein Telefon?«

»Unten ist ein öffentliches Telefon«, antwortete Vanessa. »Der Zehncentschlitz ist verstopft, Sie können nur fünf Cent einwerfen.« Sie ging zum Tisch, kippte aus einer gesprungenen Tasse zwei Fünfcent-Stücke auf ihre Handfläche und überreichte sie dem Arzt. Er verzog das Gesicht, als gäbe es nichts Ärgeres für ihn, als die beiden Stockwerke noch einmal hinaufzusteigen, und verließ rasch das Zimmer.

Ariana rang nach Luft. Vanessa beugte sich über sie, ergriff ihre schlaffe Hand und rieb sie heftig.

Ariana schlug langsam die Augen auf. Sie starrte die Gestalt an, die im schwachen Lichtschimmer, der durch die Tür drang, neben ihr auf dem Bett saß.

»Vanessa?« Ihre Stimme war ein stoßweises Flüstern. »Ich habe schon befürchtet, daß du mich verlassen hast.«

»Versuch nicht zu sprechen, es strengt dich an. Wir haben einen Arzt geholt. Du kommst ins Krankenhaus.«

Ariana schüttelte den Kopf. »Es ist zu spät.« Sie versuchte hastig, mit fahrigen Bewegungen, die Kette mit dem Medaillon zu öffnen. »Hilf mir«, bat sie schwach. »Die Stimme. Rasch. Sie darf nicht mit mir sterben.«

Vanessa befolgte die Anweisungen ihrer Lehrerin, öffnete den Verschluß und nahm Ariana das Medaillon ab.

»Dieses Medaillon«, erklärte Ariana, »ist meine Stimme. Ich hinterlasse sie dir. Nimmst du sie an?«

Vanessa war zu erschrocken, um überlegen zu können, und nickte stumm.

Ihre Lehrerin, deren Stimme kaum noch hörbar war, fuhr fort. »Du mußt eine Schülerin nehmen. Lehre sie dein Repertoire. Sobald du eine Rolle mit ihr einstudiert hast, darfst du diese Rolle nie wieder singen. Innerhalb von fünfundzwanzig Jahren mußt du dein gesamtes Repertoire an deine Schülerin weitergeben.«

Das an der goldenen Kette baumelnde Medaillon hing einen Augenblick zwischen ihnen.

»Bevor du auf deine letzte Rolle verzichtest – du kannst den Augenblick selbst bestimmen –, übergib dieses Medaillon deiner Schülerin. Nimm ihr das gleiche Versprechen ab, das ich dir eben abgenommen habe.«

Arianas Finger gruben sich mit so überraschender Kraft in Vanessas Arm, daß die Jüngere den instinktiven Impuls unterdrücken mußte, sich loszureißen.

»Schwöre. Halte das Versprechen, das ich nicht gehalten habe. Schließe das Leben ab, das ich nicht abgeschlossen habe.«

Vanessa war davon überzeugt, daß ihre Lehrerin im Fieberwahn sprach, und sah sich suchend um – wo blieb nur der Arzt?

Die Finger zerrten an ihr. »Schwöre, bevor ich sterbe.«

»Sie werden nicht sterben.«

»Schwöre.«

Vanessa erkannte die entsetzliche Angst in den erlöschenden Augen. Wem konnte es schaden, fragte sie sich, wenn ihr Schwur einer Sterbenden in ihrer letzten Stunde Frieden schenkte?

Sie sah Mark an, der ihren Blick erwiderte und nickte.

»Ich schwöre«, sagte sie.

Das Gold des Medaillons, die ewig gleichbleibenden Rubine und Amethyste wechselten aus den runzligen, altersfleckigen Händen der alten Frau in die anmutigen, glatten Hände der Jüngeren.

»Leg es an«, flüsterte Ariana. »Ich möchte es an dir sehen.«

Vanessa legte sich die Kette um den Hals.

Ariana lächelte. »Ja. Dorthin –« Sie seufzte und sank unvermittelt auf das Kissen zurück.

Der Arzt stürzte atemlos zur Tür herein. »Ein Krankenwagen ist unterwegs.«

Ariana drehte den Kopf auf dem Kissen zur Seite und blinzelte in das Dunkel außerhalb des Lichtkegels der Lampe. Der Mann, der schweigend zugesehen hatte, wurde ihr zum erstenmal bewußt.

»Wer ist das?«

Der Arzt trat vor. »Ich bin Doktor...«

Ariana winkte ab. »Nein – jemand anderer ist da.«

Mark trat ans Bett, beugte sich hinunter und legte ihr die Hand auf das Haar. Sie legte ihre Hand auf die seine, hob mühsam den Kopf und schaute ihn an.

Seine Schläfen waren grau geworden, und seine Haut war faltig, aber in dem schwachen Licht des Krankenzimmers wirkte sein Gesicht eine Sekunde lang wieder jung.

Im Geist sah sie Sonnenlicht, das vom Garten zum Fenster hereinströmte, und einen jungen Seminaristen mit leuchtenden Augen und roten Wangen, der vom Unterricht heimkam und das Tor öffnete. Sie hörte seine Schritte die Treppe heraufkommen, und die Türangeln quietschten die beiden Töne aus *Amazing Grace*, die bedeuteten, daß er wieder da war.

»Mark?« Seltsames Staunen lag in ihrer Stimme. Ihre farblosen Lippen öffneten sich plötzlich, und sie erschauerte: Sie hob den Kopf vom Kissen, und ein beinahe schmerzlicher Laut entrang sich ihr: »Mark!«

Sie ergriff seine Hand. Er beugte den Kopf zu ihrer Brust und hörte, wie rasch das Leben aus ihr entfloh.

Ihre Stimme war jetzt kaum noch zu hören. »Mark. O mein Liebster...«

Ihre Hand tastete über das dichte graue Haar in seinem Nacken.

Als er sie ansah, schien die Zeit rückwärts zu laufen, die Qual wich aus ihrem Gesicht, so daß es glatt war wie der Abendhimmel. Sie war wieder jung, sie war das dunkelhaarige Mädchen, das voll überschäumender Hoffnung und Begeisterung Hand in Hand mit ihm im Frühling durch die Gassen gegangen war, ihm seine Träume erzählt und den seinen gelauscht hatte.

»*Panagia mou*«, flüsterte sie. »Jetzt habe ich es begriffen. Es war dein Geist – deine Selbstlosigkeit –, der zu mir gekommen ist. Ich danke dir, Mark. Ich danke dir dafür, daß du mir in meinen dunkelsten Augenblicken zur Seite gestanden hast. Ich danke dir dafür, daß du jetzt und hier bei mir bist.«

Tränen traten ihm in die Augen. Die Gefühle erwachten wieder, die Flut eines ungelebten Lebens schwoll an. Dicht über seinem Herzen spürte er ein Brennen. Er konnte kaum sprechen. »Ich hätte dich nie verlassen dürfen. Nie, nie.«

»Du hast mich nie verlassen, und ich habe dich nie verlassen. Seit dem Tag, an dem wir uns kennengelernt haben, waren wir keinen Augenblick getrennt. Und wir werden auch im Tod nie getrennt sein. Daran glaubst du doch, Mark?«

»Ich glaube es«, bestätigte er.

»Dann bin ich deine Frau«, flüsterte sie. »Und du bist mein Mann. Und eines Tages werden wir auf Erden genauso verheiratet sein wie in der Ewigkeit!«

Er hob sie vom Kissen hoch – wie leicht sie war! –, drückte sie an sich und hatte nur den einen Wunsch, daß die Zeit jetzt und hier stillstehen möge. Er küßte sie, und ihre Lippen erwarteten ihn weich, so weich.

»Es ist seltsam«, flüsterte sie. »Der Schmerz ist vergangen. Ich fühle, wie meine Kraft wiederkehrt – neue Kraft.« Sie hielt sich mit überraschend hartem Griff an ihm fest. »Ich werde... leben!«

Ein fürchterlicher Krampf erschütterte ihren Körper. Und dann erkannte er, was er in den Armen hielt: Schweigen – nur Schweigen.

»Schlaf süß«, flüsterte er.

Sie hatte die letzte Grenze im Schutz seines liebevollen Gesichts, das sich über sie beugte, friedlich überschritten. Es war, als wäre sie nur aus dem hellen Rampenlicht in den Schatten der Kulissen getreten.

Für Ariana Kavalaris war jetzt alles vorbei: die Sehnsucht, das Streben, die Leiden.

Er sehnte sich danach, neben ihr zu ruhen.

Er flüsterte ihren Namen, und im Geist formte er Worte, die nie ausgesprochen wurden: »Ich habe dich immer geliebt. Nur dich. Ich werde dich immer lieben.«

Schön, schweigend und geheimnisvoll schien ihr Gesichtsausdruck ihm zu antworten.

Was hat sie damit gemeint? fragte er sich. Eines Tages werden wir auf Erden genauso verheiratet sein wie in der Ewigkeit.

Und wieso glaubte er ihr?

VIERTER TEIL

Exil

1979–1981

34

Es läutete zum erstenmal.

Ames Rutherford starrte die leere Seite in seiner Schreibmaschine an. Heute wollte er kein Schriftsteller sein. Er wollte Surfer oder Tennisstar sein. Es läutete zum zweitenmal.

Er streckte die Hand aus, um abzuheben, bevor sich der Anrufbeantworter einschaltete. Dabei stieß er einen Stoß Unterlagen um, und die stießen beinahe eine Kaffeetasse um.

»Die Kavalaris ist gestern nacht gestorben – die Sängerin.«

Er erkannte Greg Hatoffs Harvard-Akzent.

»Ich habe die Meldung im Fernsehen gehört.« Einen Augenblick lang hatte er sogar Zorn über alles empfunden, was die Welt ihr angetan hatte.

»Der Trauergottesdienst findet übermorgen in der St.-Patricks-Kathedrale statt. Kannst du für uns darüber berichten?«

»Das ist ein verrückter Einfall, Greg.«

Es war ein verrückter Einfall, und Ames überlegte. Ein Teil seiner Legende – und jeder Schriftsteller besitzt heutzutage eine Legende – bestand darin, daß er alles stehen- und liegenlassen konnte, womit er sich gerade beschäftigte, und in einem Nachmittag eine Titelgeschichte für *People* und *Atlantic* heruntertippen konnte. Das war genau der richtige Urlaub von dem Roman, durch den er allmählich zum Tennisstar wurde.

»Warum ausgerechnet ich, Greg? Ich bin vor Jahren ein einziges Mal mit ihr zusammengetroffen.«

In Gregs Zögern lag eine Spur von schlechtem Gewissen. »Du weißt offenbar nicht, wer den Nachruf hält.«

»Und zwar wer?«

»Bischof Mark Rutherford ist doch dein Vater?«

»Dad? Der ist doch bei der Episkopalkirche. Er war nicht einmal ihr Pastor.«

»*Vogue* bezeichnet ihn als den Beichtvater des Jet-set.«

»Ich kann kaum glauben, daß Dad –« Ames wurde klar, wie wenig er eigentlich von seinem Vater wußte.

»Die Einladungsliste ist sehr eindrucksvoll, Kleiner. Crème de la crème de la crème. Sie ist ein heißer Tip. Vielleicht könntest du uns deine Einstellung zu Nekro-Schick schildern.«

Ames traf früh in der St.-Patricks-Kathedrale ein, damit er nicht nur die Trauergäste, sondern auch die Beobachter beobachten konnte. Er sprach leise in einen winzigen Kassettenrecorder, der beinahe unsichtbar in seiner Faust versteckt war.

Es kam ihm seltsam vor, daß sein Vater zum Lesepult schritt; sein einfacher schwarzer Anzug stand in fast puritanischem Gegensatz zu den roten, weißen und goldenen Gewändern des Kardinals und des Erzbischofs.

Noch seltsamer kam es Ames vor, daß sein Vater den Nachruf hielt. Seine Stimme klang belegt, und Ames hätte nie angenommen, daß er eines so tiefen Gefühls fähig war.

»Sie hat uns Musik geschenkt. In mancher Hinsicht war es Musik von jener Art, die am deutlichsten in der Erinnerung ertönt. Wir hören sie erst wirklich, wenn sie verklungen ist. Wie das Licht, das uns nur durch den Schatten bewußt wird, den es wirft, hören wir sie – kennen wir sie – trauern wir um sie – erst wenn sie verstummt ist.«

Es wurde still: Die Gemeinde wartete.

Von irgendwoher hoch aus dem Hintergrund der Kathedrale wob sich ein Klangfaden in die Stille. Ein Sopran sang, zuerst leise und dann immer lauter, das *Et lux perpetua* aus Verdis *Requiem*.

Ungläubiges Erkennen lief durch die Menge. Ames war nicht sicher, aber die Stimme klang sehr wie die der Kavalaris.

Er drehte sich um, und plötzlich verschwamm alles.

Es war wie ein Traum, den er durch die schimmernden Schichten der Erinnerung hindurch erblickte.

Sie stand auf der Empore. Das Licht hatte sich verändert: Der Raum um sie war dunkler geworden, und ein weißer Scheinwerfer schien sich auf sie gerichtet zu haben. Ihr Gesicht überwältigte ihn. Blendende Helligkeit ging von ihr aus, als wäre sie allein – eine Silhouette vor einem dunklen Himmel.

Er wußte nicht, ob er sie sah oder sich nur einbildete, sie zu sehen, oder ob sie ihn an irgend etwas erinnerte. Ihr blondes, in der Mitte gescheiteltes Haar hing in zwei langen Flechten herab und umrahmte das Oval ihres Gesichtes. Er sah Dinge, die er auf diese Entfernung unmöglich wahrnehmen konnte: das Graugrün ihrer Iris und eine merkwürdige, unübersehbare Bitte in ihren Augen.

Etwas in ihm gab nach, als hätte sich eine Handbremse unter starkem Druck gelöst.

Mit einemmal jagten sich Gedanken in ihm, Gedanken, die ihm so fremd waren, als gehörten sie zu jemand anderem; daß Gefahr drohte, wenn er hier sitzen blieb; daß er aufstehen, sich einen Weg ins Seitenschiff bahnen, die Treppe zur Empore finden mußte.

Ein Gedanke vor allem drängte sich ihm so deutlich auf, als befehle ihm eine Stimme: Ich muß sie diesmal erreichen. Diesmal muß ich sie erreichen.

Plötzlich, er wußte nicht, wie, stand er auf dem obersten Absatz einer engen Treppe, ein erstaunter Organist starrte ihn an, und ein alter Herr in dunklem Anzug zupfte ihn am Ärmel und erklärte: »Es tut mir leid, Sir, Sie dürfen hier oben nicht bleiben.«

Er erblickte sie für einen Augenblick durch den schwarzgekleideten Chor hindurch.

Sie hob gerade den Kopf, und auf einmal sah es so aus, als wollte sie auf seine Anwesenheit irgendwie reagieren.

Dann bewegte sich der Chor, und sie verschwand aus seinem Blickfeld.

Das Ufer von Long Island war hinter dichtem Nebel und Regen verborgen. Als Ames mit dem Mercedes in die Auffahrt schlitterte, konnte er Haus und Garten kaum erkennen. Er betrat das Haus durch die Küche.

Fran saß am Tisch, hatte ihre pinkfarbenen Jogging-Shorts an und ein Handtuch wie einen Turban um das dunkle Haar geschlungen. Sie stellte die Teetasse hin und sah ihn an. »Schönes Begräbnis?«

»Nichts als Berühmtheiten.« Als er an ihrem Stuhl vorbeikam, lehnte sie sich zurück, und er küßte sie verkehrt herum auf die Stirn. Dann ging er in sein Arbeitszimmer, schloß die Tür und setzte sich an die Schreibmaschine.

Vier Stunden lang versuchte er, einen nüchternen, objektiven, kurzen Bericht über die Trauerfeier zu schreiben. Es ging vollkommen daneben. Er spannte ein frisches Blatt ein und starrte stirnrunzelnd auf die weiße Seite.

Der Gedanke ließ ihn nicht los. Ich muß sie diesmal erreichen. Diesmal muß ich sie erreichen.

Nach dem Trauergottesdienst befand sich Nikos Stratiotis in einer seltsamen Stimmung. Er blieb an diesem Abend lange auf, sperrte sich in sein Arbeitszimmer ein, starrte die Wände an, sah Gespenster aus seiner Vergangenheit. Im Geist hörte er immer wieder die Stimme aus dem Gottesdienst.

Er ging in das Schlafzimmer; Maggie las und hatte ihn offenbar erwartet. Sie sah ihn an, schlug das Buch zu und ging zur Kommode. Sein Blick folgte ihr.

Mit einunddreißig besaß sie den seidenweichen Körper und die hochmütige, lässige Anmut einer Zwanzigjährigen, das Ergebnis strenger Disziplin: täglich drei Stunden Gymnastik, Diät, ein Badezimmer voller exotischer Salben und Lotionen. Ihr Haar schimmerte in seinem natürlichen Kastanienbraun – bereits seit drei Jahren – und fiel in weichen, gepflegten Wellen auf die Schultern. Sie entnahm einem Perlmuttetui eine sehr schlanke Zigarette, zündete sie an, kehrte zum Bett zurück und setzte sich neben ihn.

Sie inhalierte leicht, stieß den Rauch aus. Ihre dunklen Augen betrachteten ihn fragend. »Warum machst du es dir nicht leichter, Nikos? Werde high.«

»Warum sollte ich high werden?«

»Weil du einen scheußlichen Tag hinter dir hast, weil er auch mich deprimiert hat, weil wir miteinander ins Bett gehen und nicht mehr an...«

Sie sprach den Namen Ariana nicht aus. Er hatte sie gebeten, der Trauerfeier fernzubleiben, und sie hatte dafür Verständnis gehabt. Sie war statt dessen shopping gewesen.

Er nahm den Joint und tat, als inhaliere er. Nach einiger Zeit dämpfte er das Licht, und sie liebten sich.

Es war vollendeter Sex, wie immer, aber an diesem Abend hatte er zum erstenmal in ihrer bewegten Ehe seinen Reiz verloren. Als sie sich an ihn klammerte und seinen Namen rief, kam ihm ein schrecklicher Gedanke: Es wird mir nie mehr Freude machen, mit ihr zu schlafen.

Später starrte sie das Matisse-Stilleben an der Wand an.

»Dich bedrückt doch etwas«, stellte sie fest.

»Ich bin nicht sicher.«

»Ich rauche noch einen Joint. Ich kann dann besser schlafen.«

»Laß dich nicht aufhalten.«

Er schlief ein. Im Traum vernahm er die Stimme in der Kathedrale, die *Et lux perpetua* sang. Als er in der Dunkelheit fröstelnd aufwachte, atmete Maggie friedlich neben ihm.

Am Morgen suchte er Richard Schillers Büro in der Americana Artists Agency in ihrem hinter Glasfronten verborgenen Hauptquartier an der 55. Straße auf.

Er konnte kaum glauben, daß sie sich seit zweiunddreißig Jahren kannten. Sie waren nie eng befreundet gewesen, aber die inzwischen verstrichene Zeit hatte sie immer mehr verbunden. Keiner war beleidigt, wenn ihn der andere um einen

Gefallen bat. Für gewöhnlich brauchte Nikos Theaterkarten und Richard Geld für die Show eines seiner Klienten.

Aber heute wollte Nikos etwas anderes. »Ich möchte, daß Sie der Agent der jungen Frau werden, die bei Arianas Begräbnis gesungen hat. Verschaffen Sie ihr Engagements an der Metropolitan, der Scala, in Covent Garden, an allen Opernhäusern, an denen Ariana gesungen hat. Ich bezahle alles...«

»Nikos, eine unbekannte Sängerin kann nicht –«

»Wenn sie den richtigen Agenten hat, ist es bei einer Sängerin möglich. Sie haben ihre Stimme gehört.«

»Ich habe gehört, wie sie zweiunddreißig Takte gesungen hat, und darüber hinaus weiß ich überhaupt nichts von ihr. Genauso wenig wie Sie.«

»Ich weiß eines. Vor zehn Jahren war sie Arianas Schülerin.«

Richards Augen verengten sich. »Sind Sie sicher?«

»Ich bin sicher. Ich bin einmal nach Hause gekommen, und sie ist aus dem Fahrstuhl getreten.« Sie hat gelächelt. »Ich vergesse Menschen nicht. Rufen Sie die Erzdiözese an, lassen Sie sich ihre Adresse geben und schließen Sie einen Vertrag mit ihr.«

»So geht es nicht, Nikos.«

»Sorgen Sie dafür, daß es so geht. Ich bezahle es.«

Die Erzdiözese teilte ihm mit, daß die Sängerin Vanessa Billings hieß. Sie hatte eine Adresse in der 16. Straße angegeben. Richard Schiller steckte sich eine weiße Nelke ins Knopfloch und fuhr im Taxi zu ihrer Wohnung. Er stieg fünf schmutzige Stockwerke in einem verfallenen alten Haus ohne Fahrstuhl hinauf, klopfte an ihre Tür und stellte sich vor. »Ich bin Künstleragent. Ich möchte Sie vertreten.«

Sie hatte die blonden Haare straff zurückgekämmt, und ihre graugrünen Augen wirkten riesig. Sie wich vor ihm zurück. »Nein.«

»Können wir uns darüber unterhalten?« Er reichte ihr seine Karte und stieg über die Stange der Sicherheitsvorrichtung.

Sie bewohnte ein dunkles Zimmer, durch dessen einziges Fenster man die Fabrik jenseits des Lichthofs sah. »Ich bin keine Sängerin«, wehrte sie ab. »Ich habe keine Stimme.«

»Wenn Sie keine Stimme haben, Miss Billings, dann habe ich keine Ohren.«

»Sie haben mich nicht gehört.«

»Ich habe Sie in der St.-Patricks-Kathedrale gehört.«

»Das war nicht – mein wirkliches Ich.«

»Okay – wer immer es war, ich will Sie vertreten.«
»Warum?«
»Weil die Stimme, die ich bei Arianas Begräbnis gehört habe, Karriere machen wird.«
»Wie können Sie so sicher sein?«
»Dreißig Jahre Berufserfahrung.«
Ihre Augen leuchteten auf. »Möchten Sie Kaffee?«
»Gern. Milch, keinen Zucker.«
Ein zweiflammiger Gaskocher stand in einer Nische, die wie ein Schrank aussah. Sie kochte Kaffee, und er war darüber erstaunt, wie gut er schmeckte.
»Ich muß Ihnen reinen Wein einschenken.« Sie sah ihn an. »Ich bin auf der Bühne nicht gut. Es ist mein Ernst. Ich bin nicht gut, ich habe es versucht.«
»Sie brauchen jemanden, der Sie ein bißchen aufbaut, Ihnen ein bißchen Selbstvertrauen, ein bißchen mehr Erfahrung vor Zuschauern vermittelt. Das alles kommt mit der Zeit.«
»Ich habe ein paarmal Erfahrung vor Zuschauern gesammelt... es war einfach schrecklich.«
»Aber Sie sind eine wirkliche Sängerin – das wissen wir beide.«
»Wissen wir es wirklich?«
»Klar: Sie haben bei Ariana studiert.«
»Vor langer Zeit. Und nur eine Weile.«
»Sie hat an Sie geglaubt.«
»Vielleicht.«
»Vielleicht ist Quatsch. Sie tragen ihr Medaillon um den Hals. Arianas Lehrerin hat ihr dieses Medaillon gegeben, und jetzt tragen Sie es. Das bedeutet, daß Sie weitermachen sollen, wo Ariana aufgehört hat.«
Miss Billings' Finger griffen nach dem Medaillon und betasteten es nervös.
»Ich habe Ariana vertreten«, fuhr Richard Schiller fort, »und zwar vierundzwanzig Jahre lang. Noch wichtiger ist, daß ich vierundzwanzig Jahre lang ihr Freund war. Und ich will Sie fünfundzwanzig Jahre lang vertreten. Außerdem sagt mir eine Ahnung, daß ich auch einmal wünschen werde, Ihr Freund zu sein.«
Er stellte die Kaffeetasse hin. Sie bewegte sich nicht, aber er spürte, daß sie innerlich schwankte.
»Hier ist meine Karte.« Er legte sie auf den Tisch. »Rufen Sie mich an.«

Eine Woche später erschien sie in Richard Schillers Büro.

»Ich unterschreibe.« Ihre Stimme war ruhig, paßte jedoch nicht zu ihren Augen, großen Tropfen von Meerwasser, die vor Leben pulsierten.

Richard schaffte es, nicht zu zittern. Er ließ sich von seiner Sekretärin den Vertrag bringen. »Wollen Sie ihn Ihrem Anwalt zeigen?«

»Nein.«

»Wollen Sie meine Füllfeder?«

»Danke.«

Sie unterschrieb, er machte sie auf die Zusatzklausel aufmerksam, die sie abzeichnete, und als sie ihm den Vertrag zurückgab, hatte er das Gefühl, einen Faden aus dem Gespinst der Vergangenheit weiterzuspinnen.

Er zog die Schreibtischlade auf und reichte ihr einen Umschlag. »Das gehört Ihnen. Sie bekommen jeden Monatsersten einen.«

Sie öffnete das Kuvert und starrte den Scheck an. »Das verstehe ich nicht. Ich habe das Geld nicht verdient.«

»Es gibt jemanden, der nicht will, daß Sie bei B. Altman Parfum verkaufen müssen, statt zu Hause Tonleitern zu üben.«

»Wer ist dieser Jemand?«

»Man möchte anonym bleiben.«

»Ich glaube nicht, daß ich das Geld annehmen kann.«

»Wieviel Geld besitzen Sie im Augenblick? Seien Sie ehrlich.«

»Siebenundneunzig Dollar.«

»Dann betrachten Sie es als Darlehen.«

Den restlichen Nachmittag verbrachte Richard Schiller wie üblich: Er schmeichelte, brüllte, tischte ein paar Lügen und ein paar Wahrheiten auf, meldete sich am Telefon, warf den Hörer auf die Gabel, schoß eine Zwei-Worte-Mitteilung an den Leiter eines Opernhauses in der Provinz ab, der sich seinen Forderungen widersetzt hatte, informierte die Scala darüber, daß sie Hamburg überbieten müsse, wenn sie die von ihr begehrte *Sonnambula* zur Eröffnungsvorstellung der nächsten Saison bekommen wollte.

Und die ganze Zeit über sah er im Geist Ariana Kavalaris vor sich, wie sie als Isolde über eine Bühne lief und ihr Haar hinter ihr her wehte. Er klingelte seiner Sekretärin. »Suchen Sie mir bitte den *Liebestod* der Kavalaris heraus.«

Sie brachte das Band, und er ließ es ablaufen.

Gott hat diese Stimme erschaffen, dachte er. Diese Macht hat er nie wieder einer anderen Stimme verliehen. Und dennoch, diese Billings... Er rief Boyd Kinsolving, den Dirigenten der

Metropolitan Opera, an. »Wir treffen uns um achtzehn Uhr dreißig im Russischen Teeraum. Ich besitze etwas, das Sie interessieren dürfte.«

»Na schön, und was ist dieses geheimnisvolle Etwas, das ich haben will?«
»Das da.« Richard setzte Boyd die Kopfhörer auf und drückte auf einen Knopf. Die Batterien im Kassettenrecorder waren beinahe schon leer, so daß der *Liebestod* der Kavalaris nur zeitweise wie die Kavalaris klang. Der Rest ähnelte einem Kurzwellensender während eines Gewitters.
Boyd drehte am Lautstärkenregler herum und hörte zu. Er sah Richard an. »Scheußlicher Klang. Wer ist das? Ariana?«
»Machen Sie Witze? Ariana hat nie mit einem solchen lausigen Orchester gesungen. Das ist die Billings, ihre Schülerin. Das Mädchen, das beim Begräbnis gesungen hat.«
Boyds Gesicht wurde schneeweiß. »Sie haben sie unter Vertrag genommen?«
»Natürlich. Oder glauben Sie, daß ich warte, bis Sie sie festnageln?«
Während der nächsten beiden Drinks brachte Richard das Geschäft mit viel Geduld unter Dach und Fach. »Drei Santuzzas«, ließ er nicht locker.
»Aber sie muß sechsmal die zweite Besetzung für Nedda machen.«
»Vorausgesetzt, daß sie in Washington zweimal die Marschallin singt.«
Boyd verzog das Gesicht. »Einmal. Ich habe Columbia Artists versprochen –«
»Wollen Sie sie oder wollen Sie sie nicht?«
Boyd kippte seinen Scotch hinunter. »Ich will sie. Zwei Marschallinnen.«

»Sie sehen gut aus, Boyd.«
»Sie auch, Clara.«
Boyd nahm seine Bifokalbrille ab. Er zeigte sich nicht gern mit ihr, und solange sich Clara Rodrigo in seinem Büro befand, konnte er sich ohnehin nicht mit Schostakowitschs Orchestrierung von Mussorgskis *Boris Godunow* befassen.
»Danke, daß Sie gestern abend in *Turandot* das Tempo geändert haben.«
Ihr war am Höhepunkt die Luft ausgegangen, und sie hatte

das hohe C im Rätselduett nicht halten können. Er hatte die Begleitung beschleunigt, um den Versager zu kaschieren. Aus dem Publikum waren ein paar fachmännische Buh-Rufe gekommen.

Er lächelte liebenswürdig. »Es war mir ein Vergnügen, Schätzchen.«

»Ich habe gehört, daß Sie eine neue zweite Besetzung für meine Nedda gefunden haben?«

Er hatte den Vertrag vor kaum achtundvierzig Stunden abgeschlossen, und sie wußte es bereits. In der Vertragsabteilung mußte es eine undichte Stelle geben.

»Erzählen Sie mir von ihr.« Clara massierte ihre Diamantringe.

»Sie ist... vielversprechend.«

»Habe ich sie schon gehört?«

»Möglicherweise.«

Clara hatte offenbar nur eine beschränkte Anzahl von Lächeln auf Lager, und der Vorrat war offenbar aufgebraucht. Sie erhob sich zu ihrer vollen Größe von einem Meter sechzig, zu der ihre Absätze elf Zentimeter beisteuerten. »Ich bin eine vernünftige Frau, nicht wahr? Ich erwarte nicht, daß ich ewig lebe. Aber ich erwarte auch nicht, daß ich so bald abtrete, wie Sie gern möchten.«

»Wovon sprechen Sie überhaupt?«

»Drei Santuzzas und sechs Neddas. Die erste und die letzte Vorstellung beim Gastspiel in Washington – als Marschallin.«

»Sie ist nur die zweite Besetzung für die Marschallin.«

»Das spielt keine Rolle.« Clara warf den Kopf zurück und starrte ihn an, als wolle sie ein Loch in seinen Schädel brennen. »Vielleicht hat sie eine große Zukunft vor sich. Aber sie kann nicht hineinspringen. Sie muß hineinkriechen, wie jeder andere.«

»Aber, aber, Clara, Sie sind wohl kaum in die Met gekrochen.«

Sie fuchtelte mit den diamantbedeckten Fingern gefährlich nahe vor seinen Augen herum. »Drei Jahre in Palermo, vier Jahre an der lyrischen Oper von Barcelona, noch nie eine Marschallin in New York – und dieser Billings, die beim Begräbnis ein paar Takte gesungen hat, werfen Sie alles in den Schoß.«

»Warum haben Sie Angst vor ihr?«

»Ich habe keine Angst«, kreischte sie, »ich bin angewidert.«

In Boyds Brust breitete sich eine seltsame Erregung aus. Er begann zu ahnen, wie gut diese Billings wirklich war.

»Ich werde in diesem Haus nicht singen, wenn sie hier singt. Haben Sie mich verstanden, Boyd?«

»Ja, Süße. Sie haben sich vollkommen klar ausgedrückt.«

Es gelang Boyd Kinsolving erst um drei Uhr nachmittags,

Richard Schillers telefonisches Abwehrsystem zu durchbrechen. »Ich kann die Billings nicht engagieren. Wenn sie diese Bühne betritt, geht Clara.«

»Dieses verdammte kleine Biest«, murmelte Richard.

»Aber es gibt eine andere Möglichkeit. Können Sie morgen mit der Billings zum Lunch ins Côte Basque kommen?«

Richard bestellte Vanessa für ein Uhr ins Restaurant. Ihm brach das Herz, als sie ihn voll brennender Vorfreude in einem hübschen weißen Kleid erwartete.

Er erklärte es ihr ruhig, dann griff er über den Tisch nach ihrer Hand. Sie schwieg und rührte sich nicht.

Boyd Kinsolving schlenderte mit zwanzigminütiger Verspätung in einer roten Freizeitjacke herein. »Miss Billings?« Er schüttelte ihr die Hand. »Sie haben einen großartigen Agenten, und ich liebe Ihre Stimme, und das Durcheinander widert mich an.« Er setzte sich und schlug die Speisekarte auf. »Entschuldigen Sie, wenn ich Ihnen etwas überdreht vorkomme, aber ich habe gerade mit den Philharmonikern Strauss geprobt. Mein Gott, dieser Mann ist spitze.«

»Tatsächlich?« Vanessa sah ihn freundlich an. »Ich habe immer geglaubt, daß er ein Trabant von Wagner ist.«

»Trabant?« Boyd Kinsolving nahm die halbmondförmige Brille ab und musterte die junge Dame, die nicht nur sang, sondern auch widersprach.

Und sie setzte ihm auseinander, daß Wagner die Psychologie des Menschengeschlechts erfaßt hatte, während Strauss nie über den einzelnen Menschen hinausgekommen war. »Nehmen Sie den *Walkürenritt* – eine weltweite Katastrophe ertönt. Damit verglichen sind Elektras Triumphtanz oder Salomes *Tanz der sieben Schleier* ausschließlich lokale Ereignisse.«

Boyd Kinsolving setzte die Brille wieder auf. »Ich soll nächsten Monat in London Plattenaufnahmen machen. Aber meine Sopranistin hat beschlossen, ein Kind zu bekommen. Können Sie als *Manon* einspringen?«

»Puccinis oder Massenets *Manon*?« fragte sie.

Beide Komponisten hatten Opern – *Manon Lescaut* und *Manon* – geschrieben, die auf dem Roman des Abbé Prevost beruhten. Es war nicht ungewöhnlich, daß zwei Komponisten das gleiche Thema aufgriffen. Ungewöhnlich war jedoch, daß beide Opern gleichermaßen beliebt waren. Für gewöhnlich verdrängt eine der beiden die andere. Verdis *Othello* hatte Rossinis gleichnamige Oper ausgelöscht, Puccinis *Bohème* hatte die Oper Leoncavallos für immer zu einem Schattendasein verurteilt. Aber die beiden *Manons* – die eine voll wilder italienischer Leidenschaft, die andere von exquisiter französischer Eleganz – hatten sich auf den Spielplänen behauptet.

»Massenets«, antwortete Boyd.

»Ich habe die Rolle nicht einstudiert«, stellte sie ruhig fest.

»Sie müssen Sie natürlich nicht auswendig lernen«, beruhigte sie Boyd, »und außerdem sind es immer nur kurze Aufnahmen. Sie werden mit den Londoner Philharmonikern singen. Meiner Meinung nach sind sie das sensibelste Opernorchester der Welt. Ihr Tenor wird Lucco Patemio sein. In einem Aufnahmestudio ist er noch immer gut. Erklären Sie ihr, Richard, daß sie es tun soll.«

Richard nickte. »Tun Sie es.«

»Darf ich es mir überlegen? Wenigstens über Nacht?«

Boyd Kinsolvings bezauberndes Lächeln sagte klar und deutlich nein. »Machen Sie sich keine Sorgen darüber, wie Sie es lernen sollen. Austin Waters wird es mit Ihnen einstudieren. Er hat der Callas diese Rolle in – waren es drei Wochen, Richard?«

»Zwei.«

»... beigebracht. Es ist also abgemacht? Gut, dann feiern wir. Champagner zu den Austern?«

Zum erstenmal in seiner Laufbahn als Schriftsteller steckte Ames Rutherford in einer Sackgasse.

Er saß an seinem Schreibtisch, aber nichts kam. Er ging dreitausend Kilometer um seinen Schreibtisch, aber nichts kam.

Etwas war weg: der Wille, die Ideen, sein Talent. Er konnte es nicht zurückholen. Wenn er die Augen schloß und Worte herbeizwingen wollte, erschien nur das Gesicht auf der Empore.

Nachdem zwölf Tage dahingetropft waren wie Katzenpisse in einer Kiste mit Streu, wußte er, daß er diesen Artikel nie schreiben würde, und nach dem dreizehnten Tag fragte er sich, ob er überhaupt jemals wieder etwas schreiben würde. Er ging zu dem Mann beim *Knickerbocker*-Magazin, der der Ansicht war, daß Ames das Zeug zu einem Topjournalisten hatte. »Das schaffe ich nicht, Greg.«

Greg Hatoff erhob sich hinter seinem Schreibtisch und nahm die Zigarre aus dem Mund. Er war groß und kräftig, sein Gesicht war sogar im Winter sonnengebräunt, und seine braunen Augen waren von einem Kranz von Lachfältchen umgeben. »Vielleicht willst du deinen Dad nicht mit Schmutz bewerfen. Das kann ich verstehen. Verdammt, ich kann es sogar bewundern.«

Ames war auf einen Streit gefaßt gewesen, und statt dessen

brachte ihm dieser Schweinekerl, der ihn so drangsalierte, Verständnis entgegen.

»Mein Agent wird dir den Vorschuß zurückschicken.«

Greg legte Ames den Arm um die Schultern. »Behalte das Geld. Ich ziehe es dir von deinem nächsten Honorar ab.«

Zehn Tage lang studierte Vanessa Billings Jules Massenets *Manon*, und Boyd Kinsolving nahm an, daß die Partitur seinem neuen Star keine unüberwindlichen Schwierigkeiten bereitete. Eine Woche vor der Aufnahme lud er Vanessas Korrepetitor zum Dinner ein, um sicherzugehen.

Austin Waters saß an dem langen Eßtisch und wollte sich offenbar dazu überwinden, etwas sehr Heikles zur Sprache zu bringen. »Wie gut kennen Sie die Billings?«

»O mein Gott.« Boyd legte die Gabel beiseite und griff nach dem Weinglas. »Sie kann keine Noten lesen. Sie hat kein Gedächtnis. Sie hat wenig Höhe. Keine Tiefe. Würden Sie bitte aufhören, mich so entgeistert anzusehen, und mir die schlechte Nachricht schonend beibringen?«

»Warum haben Sie sie engagiert?«

»Instinkt. Außerdem hat sie beim Begräbnis gut geklungen. Außerdem – ich weiß es nicht. Sie hat etwas an sich...«

Austin Waters sah ihn im flackernden Kerzenlicht schweigend an. Sein Haar war grau, er hatte durchdringende Augen, und etwas beunruhigte ihn zweifellos. »Ich habe mit ihr gearbeitet, als sie Arianas Schülerin war. Sie hat sich verändert. Ich kann ihr diese Partie nicht beibringen.«

Boyd starrte ihn entsetzt schweigend an; er hatte das Gefühl, daß die Erde unter seinen Füßen schwankte. Austin war einer der besten Korrepetitoren der Oper. Er hatte Anfänger unterrichtet, er hatte Oldtimer wiederhergestellt, er konnte Wunder wirken. Und jetzt gab er sich geschlagen. »O mein Gott.«

»Hat sie Ihnen erzählt, daß sie die *Manon* schon gesungen hat?«

»Nein, sie war ehrlich. Sie hat zugegeben, daß sie sie nie gesungen hat.«

»Dann lügt sie.« Austin beugte sich vor und flüsterte beinahe. »Sie lernt ihre Rolle nicht, Boyd, sie beherrscht sie. Jeder Ton, jeder Ansatz – vom ersten Tag an hat alles gestimmt. Ganz zu schweigen davon, daß ihr Französisch einwandfrei ist. Das Bizarre daran ist jedoch, daß es Arianas Darstellung ist.«

Boyd starrte ihn verständnislos an. »Ariana hat Massenets *Manon* nie gesungen.«

»Glauben Sie mir, wenn sie sie gesungen hätte, hätte es genauso geklungen.«

Boyd sank zurück; ihm fiel ein Stein vom Herzen. »Dann behaupten Sie also, daß sie gut ist.«

»Sie ist nicht nur gut, sie ist die Beste.«

Acht Tage später flog Boyd Kinsolving nach London.

Vanessa Billings verblüffte ihn.

Sie erschien in einem hellen Kleid im Aufnahmestudio und hatte das blonde Haar wie ein kleines Mädchen mit einem blauen Band zurückgebunden. Sie stand vollkommen ungezwungen vor den hundert erfahrensten, kritischsten Musikern der Welt.

Sie strengte sich nicht an, sie schlüpfte einfach in die Rolle. Ihre Phrasierung war peinlich genau, der Ansatz rein; sie stürzte sich nicht in die Töne; sie brachte nicht nur die melodische Qualität jedes Tones, sondern auch seine innere Spannung zur Geltung. Alles – Timbre, Nuancen, Phrasierung – war da.

Bereits die erste Aufnahme war vollkommen. In drei achtstündigen Arbeitstagen nahmen sie die wichtigsten Arien des ersten und des zweiten Aktes auf.

Am vierten Tag lud Boyd Vanessa zu einem leichten Lunch ins Claridge ein. Sie plauderten über die Oper, das heißt, sie plauderte, und er versuchte zuzuhören, ohne seine Überraschung zu zeigen.

Sie erzählte ihm, daß sie die Oper nicht als Musik empfand. »Ihre Wurzeln sind musikalisch, aber in Wirklichkeit handelt es sich um Theater, Gefühl und Empfindung. Deshalb stehen ihr so viele Musiker mißtrauisch gegenüber.«

Boyd fragte sie, was Melodie denn anderes als Musik wäre.

»Die Opernmelodie war ursprünglich reine Musik«, antwortete sie. »Aber vergleichen Sie eine Melodie von Strauss mit einer Melodie von Mozart, oder von Puccini und Donizetti. Sie werden sehen, daß sich die späteren Komponisten von der musikalischen Logik gelöst und sie durch emotionellen Ausdruck ersetzt haben. Sie verlassen sich auf die Harmonie und die Orchestrierung, die ihre melodische Linie stützen. Man kann die Arien der frühen Opern ohne Begleitung transkribieren oder sogar singen. Die Melodien der späteren Opern existieren nur in dem Kontext, in den sie ihre Komponisten gestellt haben.«

Boyd versuchte, verständnisvoll und möglichst unbeeindruckt auszusehen. »Da können Sie recht haben«, gab er zu und bedeutete dem Kellner, noch eine Flasche Wein zu bringen.

Am fünften Tag der Aufnahme waren sie um fünfzehn Uhr bei Manons Gavotte *Profitons de la jeunesse* angelangt. Vanessa führte ihre fakultativen hohen Läufe aus, einschließlich einer besonders effektvollen Tonleiter vom tiefen E bis zum D oberhalb des hohen C. Bei einer anderen Stelle setzte sie einen entscheidenden Ton mezzoforte an und ging dann unvermittelt in ein Diminuendo über, bis der Ton beinahe nur noch ein Flüstern war. Der Effekt war hypnotisch, als würde sich ein heller Lichtschein plötzlich zu einem unendlich kleinen Brennpunkt verengen.

Dann ließ sie den Ton anschwellen, gleichmäßig, kräftig und vollkommen klangrein, und baute ihn zu einer Klangfülle auf, die den gesamten Raum des Studios beherrschte, zu einer so großen, so soliden, so greifbaren körperlichen Präsenz, daß jeder Musiker im Studio ihr strahlendes Gewicht spürte.

Und dann – wo jede andere Sopranistin die Wirkung verlängert, sie dem Publikum eingehämmert hätte – Stille. Kein Geräusch.

Boyd hätte gern gewußt, warum sie den Ton abgebrochen hatte, aber die Aufnahme war einwandfrei, und er war bereit, sich nach ihr zu richten. Er gab den Einsatz für den nächsten Takt. Beim zweiten Taktschlag sah ihn Vanessa an, und er wußte sofort, daß etwas nicht stimmte.

Er klopfte ab.

»Das war schön, Vanessa, einfach zauberhaft. Was ist danebengegangen? Sie können den Ton halten, solang Sie wollen – ich richte mich nach Ihnen.«

Sie schüttelte den Kopf. »Man kann ihn nicht halten. Hier setzt die Oboe ein, und die Singstimme würde sie übertönen.«

Er blickte auf seine Partitur. Sie hatte recht. Die Oboe setzte beim dritten Taktschlag ein, eine aus drei Tönen bestehende Phrase, die der Komponist mit *avec douleur* – mit Trauer – bezeichnet hatte. Boyd hatte nie zuvor den Einsatz bemerkt und war sicher, daß er ihn nie in einer Aufzeichnung oder bei einer Vorstellung wahrgenommen hatte. »Oboe, was haben Sie drei Taktstriche nach dem H, vierter Taktschlag?«

Der Spieler beugte sich vor und kniff die Augen zusammen: »Eine Pause.«

Boyd runzelte die Stirn. Offenbar ein Druckfehler. »Ein Es sollte über den Taktstrich gebunden sein.«

Der Oboist beugte sich wieder vor und malte die Note in seinen Auszug.

»Können wir die Stelle wiederholen, nur das Orchester?« Boyd hob den Taktstock und gab den Einsatz.

Die Musik brandete auf, und bei dem dissonanten Höhepunkt fügte die Oboe einen Hauch von Bedauern hinzu. Plötzlich wurde eine musikalische Passage, die nur ein Melodram gewesen war, zu einem reinen Gefühl.

»Vollkommen.« Boyd ließ den Taktstock sinken. »Absolut vollkommen.«

Er fragte sich, woher die Billings es gewußt hatte. Sie hatte sich unmöglich die Orchesterpartitur einprägen können. Sie hatte schon damit genug zu tun, wenn sie ihre Partie lernte. In all den Jahren, in denen er Opern dirigierte, hatte er nie eine Sängerin gekannt, die sich die Mühe gemacht hatte, auch die Orchesterpartitur zu lernen.

Außer Ariana.

Nachher fragte er Vanessa: »Woher haben Sie das mit der Oboe gewußt?«

»Ich bin verpflichtet, solche Sachen zu wissen. Das Orchester spielt eine der wichtigsten Rollen in der Oper – finden Sie nicht?«

Er überlegte einen Augenblick. »Ich habe es nie so gesehen.«

»Das Orchester ist wie der Erzähler in einem Roman. Es kennt die Vergangenheit, die Gegenwart, die Zukunft – die Ursachen, die Folgen, die Gründe. Und es spricht immer die Wahrheit, die ganze Wahrheit und nichts als die Wahrheit.«

Er starrte sie an und hatte das Gefühl, daß er jemand anderem gegenübersaß.

»Sie verblüffen mich«, stellte er fest.

35

In der Eigentumswohnung am Central Park West ging Clara Rodrigo die Luft aus. Ihre Stimme quälte sich zum Es hinauf, erreichte das G und brach mit einem grotesken Quietscher.

Ihr Klavierbegleiter, der zweimal wöchentlich zu ihr kam, sah sie mit hochgezogenen Augenbrauen an. »Entschuldigen Sie, Madam, aber es ist schwierig, die Linie zu halten, wenn Sie nicht vor dem Es einatmen. Bellini hat die Pause genau aus diesem Grund gesetzt.«

Clara warf einen Blick auf die Partitur und fragte sich, warum sie die Pause noch nie bemerkt hatte. »Die Kavalaris hat nie vor dem Es geatmet, und meine Atemtechnik ist weitaus besser als ihre.«

Der Klavierbegleiter richtete sich auf und schwieg.

»Sie sind unbrauchbar«, erklärte sie. »Alle sind unbrauchbar. Keiner von Ihnen versteht, was ich erreichen will. Zum Glück gibt es immer noch Austin Waters. Ich mag ihn nicht, aber er versteht wenigstens etwas von Stimmen.«

Sie rief Austin Waters an. Der Auftragsdienst meldete sich und teilte ihr mit, daß Austin sich in London befand und erst in zehn Tagen zurückkommen würde. Sie warf den Hörer auf die Gabel. Wie konnte er es wagen, wegzufahren, ohne sie zu verständigen? Wußte er denn nicht, daß sie ihn möglicherweise brauchte?

Sie rief wieder an, diesmal einen von Austins Schülern. Sie plauderte. Sie bot Freikarten für die *Cavalleria* an, in der sie am Donnerstag sang. Und schließlich: »Und was macht der liebe Austin?«

Sie hörte zu, und ihr Verstand wurde zu einem Vergrößerungsglas. Sie begann, die feinen Zusammenhänge in dem Komplott gegen sie wahrzunehmen. »Danke, mein Lieber. Viel Vergnügen in der Oper.«

Sie legte auf. Ein Schrei brach aus ihr hervor.

Clara bestellte eine Limousine und erreichte den JFK-Flughafen gerade noch rechtzeitig für den Flug nach London um zwanzig Uhr dreißig. Sie stieg im Claridge ab, machte sich frisch und schlenderte um zehn Uhr in das HMV-Kingsway-Studio, als besitze sie die Aktienmehrheit der Gesellschaft. Sie winkte dem Portier mit ihrer juwelengeschmückten Hand zu. Er ließ sie durch. Sie ging direkt in den Kontrollraum und hörte zu.

Die Billings hielt einen langen Klangbogen über murmelnder Streicherbegleitung. Der Schmerz, der Clara durchzuckte, bestand zum Teil aus Bewunderung, zum Teil aus Neid, aber zum größten Teil aus Verzweiflung. Sie wußte, daß sie diese Töne nie so singen konnte wie dieses Mädchen, das hier auch nicht einmal Atem holen mußte.

Sie tippte auf die Schulter des Tontechnikers. »Unterbrechen Sie die Aufnahme.«

Aus einem Gesicht mit Spitzbart sahen sie entsetzte Augen an.

»Sie hätte bei *douce* ein As singen müssen«, erklärte Clara.

Der Techniker zögerte, dann beugte er sich zum Mikrofon, und seine Stimme übertönte den Strom von Klängen. »Ich muß leider unterbrechen, Mr. Kinsolving. Wir haben ein Problem.«

Clara weigerte sich, auf dem angebotenen Stuhl Platz zu

nehmen. »Sie sind ein Schuft, Boyd. Haben wir uns nicht darauf geeinigt, daß sie nicht bei Ihnen singt?«

»Wir haben uns darauf geeinigt, daß sie nicht an der Met singt.«

Ihre Stimme wurde stählern. »Aber mein lieber Boyd, Sie sind doch die Met.«

Er sah ihr in die Augen und erblickte den Wahnsinn der Lady Macbeth, der Medea, der Lucia. »Clara, wir befinden uns jetzt in London. Es handelt sich um ein englisches Orchester.«

»Sie haben mir Ihr Wort gegeben. Entweder Sie halten es, oder ich breche meinen Vertrag.« Sie öffnete die Handtasche, entnahm ihr ein Dokument und begann, es zu zerreißen.

Boyd überlegte schnell. Seit sechs Jahren überanstrengte sie ihre Stimme, jettete über Kontinente und Ozeane zu fünf Engagements pro Woche, nahm Partien an, die zu schwer für sie waren. Bei hohen Tönen sang sie nicht rein, und ihre Stimme begann, unsicher zu werden. Andererseits besaß sie immer noch Anhänger und konnte sich immer noch auf die Kritiker verlassen. Vanessa Billings besaß bis jetzt weder Anhänger noch Freunde unter den Kritikern.

Im Augenblick brauchte Boyd Clara mehr als Vanessa.

Er griff nach ihrer Hand und hielt sie fest. »Sie haben mich überzeugt, Clara. Hören Sie schon auf, den Vertrag zu zerreißen.«

Sie saßen an einem Tisch in der Bar des Waldorf. Boyd trank seinen Gin Tonic. Vanessa rührte in dem ihren.

»Ich habe an dieses Projekt geglaubt«, erklärte sie. »Ich habe an Sie geglaubt, und zum erstenmal seit zehn Jahren habe ich an mich geglaubt. Ich habe die Partie gelernt, und ich war überzeugt, daß wir etwas Wunderbares vollbringen würden.«

»Wir haben etwas Wunderbares vollbracht.« Er legte seine Hand auf die ihre und spürte, wie sie sich innerlich zurückzog.

»Haben Sie schon gegessen?« bot er ihr an.

»Nein danke, ich werde heute abend im Flugzeug essen.«

Richard Schiller hörte ihr zu und nickte mit sorgfältig dosiertem Mitgefühl. Er wollte verhindern, daß sie sich selbst bedauerte. »Boyd Kinsolving hat einen Fehler begangen«, sagte er. »Das ist sein Problem.«

Vanessa saß zusammengesunken im Stuhl. »Manchmal fühle ich mich so machtlos.«

»Dann sind Sie manchmal ein Idiot. Sie werden Konzerte geben. Wir werden die Alice Tully Hall mieten. Wir werden Werbespots bei den erstklassigen Sendern laufen lassen – und wir werden die Bänder von Ihren Manon-Aufnahmen verwenden. Sie werden ein paar Lieder, ein paar Folksongs und außerdem, weil Sie sich schon die Mühe gemacht haben, sie einzustudieren, Manons drei große Arien bringen.«

Einen Augenblick lang reagierte sie nicht. »Ich weiß nicht, ob ich es schaffe...«

»Verdammt noch mal, Sie tun es für Ariana.«

»He, Liebes«, rief Ames.

Fran lächelte fragend. »Mmmmm-hm?«

Er räkelte sich im Bademantel und blätterte im Veranstaltungsteil der Sonntag-*Times*. Sie saßen auf der verglasten Sonnenterrasse, und auf dem Tisch dampfte eine Kaffeekanne.

»Hättest du Lust, am Dreiundzwanzigsten ein Konzert zu besuchen?«

»Geht nicht. Cathy und Sid Guberman haben uns zum Dinner eingeladen.«

Er stöhnte. »Dinner und Dias von ihrer Ägyptenreise? Erzähl ihnen, daß deine Mutter zu Besuch kommt. Erzähl ihnen, daß meine gerade gestorben ist. Erzähl ihnen irgend etwas.«

»Was ist an diesem Konzert denn so großartig?«

»Es ist die Frau, die ich beim Begräbnis der Kavalaris gehört habe.«

»Seit wann schwärmst du für Liederabende?«

»Diesen werde ich nicht versäumen, Fran. Wenn du bei Cathy Dias sehen willst, dann geh hin. Ich gehe ins Konzert.«

Am Abend des Konzerts war die Alice Tully Hall ausverkauft, und Fran und Ames zwängten sich in dem Augenblick auf ihre Plätze, in dem aufbrandender Applaus die Sängerin auf der Bühne begrüßte.

Vanessa stand schlank und hoch aufgerichtet in einem Lichtfleck, lächelte anmutig und trug ein einfaches weißes Kleid, das ihre kräftigen Schultern und den wohlgeformten Hals frei ließ. Sie verbeugte sich zweimal, drehte sich dann um und nickte ihrem Begleiter zu.

Das Konzert begann mit drei Schubert-Liedern.

Fran verstand nichts von Stimmen, aber sie hatte acht Jahre lang Flöte studiert, und mitten im ersten Lied, *An die Musik*, wußte sie, daß diese Stimme alle Vorzüge eines edlen Instruments besaß: Sicherheit, Timbre und das undefinierbare Etwas, das die Großen von den Guten unterscheidet.

Nach diesem Abschnitt setzte Applaus ein. Fran war über seine Intensität erstaunt, klatschte jedoch ebenfalls.

Ames klatschte nicht.

Sie sah ihn an. Plötzlich war die Verbindung zwischen ihnen unterbrochen. Etwas lag in der Luft. Sie fühlte etwas im Raum anwesend, wie einen Schatten. Ein prickelnder Schauer überlief ihre Haut.

Er starrte die Sängerin an.

Und die Sängerin starrte ihn an.

Im gleichen Augenblick erhob sich Vanessa Billings' Stimme wie ein Springbrunnen aus Tönen zu den ersten Takten von Schumanns *Frauenliebe und -leben*.

Der letzte Applaus verebbte langsam, als Vanessa in das grüne Zimmer hastete. Sie ließ sich in einen Stuhl fallen und stöhnte lautlos. Richard Schiller umarmte sie und bemerkte überrascht, wie schlaff sich ihr Körper anfühlte.

»He, reißen Sie sich zusammen. Sie bekommen Besuch.«

»Muß ich mit ihnen sprechen? Jetzt?«

»Der Ruhm hat auch seine Kehrseiten.«

Sie seufzte und schleppte sich ins Badezimmer. Er hörte, wie das Wasser lange ins Becken trommelte. Als sie zurückkam, sah sie etwas frischer aus.

Er drückte sie an sich. »Und vergessen Sie nicht – seien Sie freundlich zu den Kritikern.«

»Woher soll ich wissen, wer ein Kritiker ist?«

»Ich muß Ihnen doch tatsächlich alles beibringen.«

»Sie müssen mich vor allem stützen.«

Er öffnete die Tür. Die Menschenschlange reichte durch den Korridor bis an das untere Ende der Treppe. Er ließ immer zehn Personen auf einmal ein.

Es war nicht zu übersehen, daß es ihr schwerfiel, sich mit Fremden zu unterhalten. Mindestens dreißig Leute baten sie um ein Autogramm auf ihren Programmen, und sechs oder sieben brachten ihr sogar kleine Geschenke: Blumen, Konfekt, Notenblätter. Als sie nervös eine leicht humorvolle Bemerkung machte, lachten alle. Das verwirrte sie sichtlich. Es war offenbar das erstemal, daß sie im Mittelpunkt stand.

Alan Cupson von der *Times* küßte ihr ostentativ die Hand. Seit Richards letztem Zusammentreffen mit ihm hatte er sich einen Spitzbart wachsen lassen. »Ich schreibe keine Kritik über Sie, Miss Billings. Ich bin nur zum Vergnügen hier. Und es war ein reines Vergnügen. Woher kam das hohe F in *Der Gärtner*? Nur die Kavalaris hat es bis jetzt eingefügt. Ahmen Sie sie womöglich nach?«

»Hohes F?« Sie wirkte verwirrt.

»Mißverstehen Sie mich nicht, ich kritisiere Sie nicht. Gewisse Freiheiten sind durchaus zulässig. Vor allem bei einem mittelmäßigen Komponisten wie Pfitzner. Er braucht oft ein wenig – Überhöhung.« Er ergriff ihre Hand und blickte ihr in die Augen.

»Ich danke Ihnen für einen bezaubernden Abend.«

Richard wollte gerade die nächsten zehn Besucher hereinlassen, als Vanessa ihn zurückhielt. »Ich bin durch die vielen Menschen wie betäubt. Ich muß mich wirklich hinlegen. Richard – bitte!«

Sie sah tatsächlich viel zu blaß aus, und er glaubte ihr, daß sie gegen eine Ohnmacht kämpfte.

»Okay. Fünf Minuten.«

Seit fünfunddreißig Jahren hatte Nikos Stratiotis nie länger als zwei Minuten auf jemanden gewartet. Aber heute stand er beinahe seit einer halben Stunde im Korridor. Es war kurz nach elf. Er war der letzte Bewunderer, der noch wartete, als die Tür zum grünen Zimmer endlich aufging.

»Es tut mir leid, daß Sie warten mußten«, begrüßte ihn Richard.

Eine kleine Lampe brannte auf einem Tisch. Vanessa Billings lehnte auf einer Chaiselongue. Richard stellte sie einander vor.

Nikos beugte sich über ihre Hand. »Ich danke Ihnen für dieses Konzert. Ich bewundere Ihre Gesangskunst.«

Sie sah ihn an, und für kurze Zeit trafen sich ihre Blicke. »Danke.«

»Sind Sie hungrig? Darf ich Sie zum Abendessen einladen?«

»Das ist sehr freundlich von Ihnen, aber...«

»Falls Sie müde sind, kann ich Sie nach Hause bringen.«

Sie zögerte, und Richard räusperte sich rasch.

»Das ist schon in Ordnung, Nikos, ich wollte sie selbst nach Hause bringen.«

»Natürlich.« Nikos küßte ihr nochmals die Hand. »Nun dann, gute Nacht.«

Er hatte bereits die Tür erreicht, als ihre Stimme ihn zurückrief.

»Ich würde gern mit Ihnen fahren, Mr. Stratiotis. Aber könnten wir zuerst ein paar Schritte gehen?«

Sie gingen den Broadway nach Süden hinunter, und die Limousine schlich neben ihnen her. Es war eine warme Nacht, und die Straßenlaternen leuchteten im leichten Dunst wie Pfauenaugen. Drei Straßen lang schwiegen sie.

Sie sah ihn an, und er erkannte die Augen einer anderen Frau, die ihm Fragen stellte. »Sie sind es, nicht wahr?« fragte sie. »Sie haben den Saal und die Reklame bezahlt. Ihr Geld hat die Kritiker auf die Beine gebracht, das Haus gefüllt und den Applaus gekauft.«

»Sie irren sich. Niemand hat den Applaus gekauft. Ich habe Ihnen achthundert Dollar monatlich gegeben. Ich habe den Saal gemietet und fünftausend Dollar für Reklame ausgegeben. Ihr Agent meint, daß das der Standardbetrag ist.«

Sie blieb stehen. »Warum helfen Sie mir?«

»Es ist eine Schuld.«

»Sie schulden mir nichts.«

»Ich schulde es jemand anderem.«

Sie kamen zur 59. Straße. Eine Pferdedroschke wartete am Randstein, Kutscher und Pferd dösten. »Möchten Sie damit fahren?« fragte er.

Sie lächelte, und Nikos weckte den Kutscher.

Die Pferdehufe klapperten gemächlich durch den Park und die angrenzenden Avenues. Manchmal sprachen sie, manchmal schwiegen sie lange. Seltsamerweise gab es keine Spannung zwischen ihnen. Sie waren wie alte Freunde, die sich nach einer langen Trennung wieder treffen und ihre jeweiligen Erinnerungen an die gleichen Ereignisse hervorkramen.

Sie fuhren über eine Stunde. Es war beinahe ein Uhr, als Nikos auf einen Zeitungsstand zeigte: »Schauen wir nach, ob Ihre Kritiken schon erschienen sind.«

Er stieg aus der Kutsche, kaufte die Zeitungen und las ihr die Kritiken vor. Sie waren gut. Die *Times* prophezeite, daß Vanessa Billings in die erste Reihe der jungen amerikanischen Sängerinnen vorrücken würde. Die *News* behauptete, daß sie eine Kavalaris ohne deren Fehler sei.

»Sie werden von nun an sehr beschäftigt sein«, stellte er fest. »Aber darf ich Sie an einem Abend – wenn Sie Zeit haben – wiedersehen, Miss Billings?«

Richard Schillers Schreibtisch war eine Insel des Chaos. Er mußte die Notizen über fünf Verträge durchsuchen, bevor er den Brief fand, der an diesem Morgen für Vanessa eingetroffen war.

Sie stand am Fenster, las den Brief und las ihn dann noch einmal. Die Worte klangen falsch. Wie der Schreiber.

»Ich freue mich«, sagte sie. »Ich fühle mich geschmeichelt, daß meine Kritiken Boyd Kinsolving gefallen. Aber... wenn ich an diesen Mann denke und an das, was er mir angetan hat...«

Sie zerriß den Brief, ging um den Schreibtisch herum, öffnete die Faust und ließ die Papierschnitzel in den Papierkorb regnen.

Richard beobachtete sie. »Zur Zeit gibt es in Ihrer Karriere keinen Platz für Groll. Sie werden sich hinsetzen, ihm einen kleinen, lieben Brief schreiben und sich bedanken.«

»Ich werde ihm überhaupt nichts Kleines, Liebes schreiben.«

»Dann werde ich den Brief persönlich fälschen, denn Boyd ist die beste Karte in dem ganzen Spiel, und ich will, daß Sie mit ihm arbeiten.«

»Ich werde nie wieder mit diesem Mann arbeiten.«

»Hören Sie mal, ich schließe die Verträge ab, und Sie kümmern sich um die Musik, okay? Es ist mir egal, wen sie hassen oder wer Sie haßt, Sie werden jedenfalls in drei Monaten auf der Bühne der Metropolitan für ihn singen.«

Fran kam mit einem Tablett mit Joghurt und frischen Erdbeeren aus der Küche und sah gerade noch, wie Ames etwas aus der *Times* herausriß.

»Was reißt du da heraus?« fragte sie.

Er schaute sie beinahe erschrocken an. »Nichts.« Er faltete das Stück Papier zusammen. »Nur eine Anzeige für Dills Buch.«

»Ich habe nicht gewußt, daß es schon erschienen ist.«

»Doch, letzte Woche.«

Ames nahm den Artikel in sein Arbeitszimmer mit und las ihn zum zwölftenmal. Vanessa Billings hatte ein Konzert im Veteranenkrankenhaus gegeben. Ein Foto von ihr war dabei, und er betrachtete es lange.

Er schloß die Tür zum Arbeitszimmer und öffnete dann den metallenen Ablageschrank. Hinter den Steuerformularen hatte er einen Schnellhefter versteckt, der sich bereits vor Zeitungsausschnitten über Vanessa Billings ausbauchte.

Er heftete den Artikel ein.

36

Am ersten Dienstag jeden Monats trafen sich Richard Schiller und Meyer Colby, ein weiterer Künstleragent, immer im Grillraum des Four Seasons zum Lunch. Sie saßen stets an dem gleichen kleinen runden Tisch hinter der Zwischenwand aus Buchsbaumholz, jeder trank einen Martini, und sie aßen immer das, was Julian, der Maître d'hôtel, ihnen empfahl.

An diesem Dienstag empfahl Julian Fisch. Meyer sah unglücklich aus, und Richard ahnte, daß es nicht nur damit zusammenhing, daß Meyer Fisch haßte.

»Dieses Biest macht mich wahnsinnig.«

»Aber, aber, Meyer, kein Mensch macht Sie wahnsinnig.«

»Sie kennen Clara Rodrigo nicht. Warum, zum Teufel, habe ich sie unbedingt vertreten wollen? Sie hat vergangene Woche einen Liederabend in Bloomington, Indiana, abgesagt. Sie sagt überhaupt alle Termine für die Reihe ›Große Künstler‹ ab.«

Die Seminare »Große Künstler« brachten Meyer Colby die größten Einnahmen. Collegestudenten kauften Abonnements zu unzähligen Veranstaltungen für Flötisten, Blockflötengruppen, jungen Pianisten und Lautenspielern, und als Belohnung bekamen sie einen oder zwei Künstler, die sie wirklich hören wollten – oder es sich einredeten: zum Beispiel Clara Rodrigo, die *Vissi d'arte* schmetterte. Meyer Colby hatte auf diese Art eine Menge Zitherspieler verkauft.

»Darf sie das tun?«

»Wenn sie krank ist, darf sie.«

»Ist sie krank?«

Colbys Lippen unter dem schmalen braunen Schnurrbart waren schmal und gespannt. »Woher soll ich das wissen? Donnerstag soll sie in Peoria singen und legt sich mit Halsentzündung und hohem Fieber ins Bett. Samstag muß sie in der Lyrischen Oper von Chicago singen und ist gesund.«

»Wer ist ihr Arzt?« wollte Richard wissen.

Gelegentlich lohnte es sich, eine Schwägerin zu haben. Richard rief Frieda, die Frau seines Bruders, an. »Bist du nicht mit dieser Frau Abscheid befreundet, die mit einem Arzt verheiratet ist?«

»Henrietta? Ich habe ihre Katze betreut, als sie nach Nizza gefahren sind.«

»Ich muß ihren Mann kennenlernen.«

»Ich erwarte zwei Freikarten für den ersten Rang zur Eröffnungsvorstellung der Met im Herbst.«

»Woher weißt du, daß die Angelegenheit zwei Freikarten im ersten Rang wert ist?«

»Wenn du um etwas bittest, weiß ich es.«

Drei Abende später lud Richard seine Schwägerin sowie Dr. und Mrs. Gunter Abscheid auf die Kreditkarte seiner Agentur zum Dinner ins Le Lavandou ein. Während der ersten drei Gänge tratschten die Frauen über alte Freunde und über Katzen, und Richard sah zu, wie Dr. Abscheid sein Flunderfilet düster anstarrte. Nach dem Dessert (sie hatten alle Himbeermousse bestellt) bekam Frieda verabredungsgemäß einen Schwindelanfall und bat Henrietta, mit ihr einmal um den Block zu gehen.

Richard schüttete zwei Päckchen Süßstoff in seinen Espresso. »Warum sagt Clara Rodrigo so viele Verpflichtungen ab?«

Der Doktor verdrehte die Augen. »Die Frage ist, warum singt sie auf so vielen?« Er schüttelte den Kopf. »Es ist ein Verbrechen.«

»Ist das Ihre Meinung als Musikliebhaber?«

»Großer Gott, nein, es ist einfach meine Meinung als Arzt.«

Richard beugte sich über den Tisch. »Was ist mit ihr los?«

Dr. Abscheid kratzte sich nervös unter dem Kinn, und dann sprudelte es aus ihm heraus. »Ihr Hals ist im Eimer. Es ist ein Wunder, daß sie schlucken kann, geschweige denn einen Ton herausbringt.« Er schilderte ihren Zustand. Richard hörte zu, verstand und empfand keinen Augenblick lang Mitleid mit Clara Rodrigo. Sie hatte zu vielen Menschen viel zu gedankenlos Schaden zugefügt.

»Was hält sie auf den Beinen?«

»Cortison. Ich dürfte es ihr nicht geben, aber sie ist so eine...« Die Finger des Arztes trommelten auf sein Brandyglas. »Ich bin noch nie in meiner Laufbahn von einer Patientin so drangsaliert worden.«

Richard verzog mitfühlend das Gesicht. »Das versteht sie.«

»Ich verabreiche ihr vor den großen Auftritten Injektionen. Die kleinen Verpflichtungen sagt sie ab. Die Injektionen unterdrücken ein paar Stunden lang die Symptome. Sie richtet ihren

Hals zugrunde. Teilweise ist der Schaden irreparabel. Aber sie will nicht auf die großen Verpflichtungen verzichten.«

»Wie lange kann sie noch weitermachen?«

»Sie kann nicht weitermachen. Hören Sie sich doch die Stimme an. Kann man das Singen nennen?«

Richard spürte, daß Dr. Abscheid von Madame Rodrigo genug hatte, was bedeutete, daß man mit ihm ins Geschäft kommen konnte. »Sie singt nächste Woche in *Hoffmann*. Die Rolle kann sogar eine gesunde Stimme umbringen. Geben Sie ihr keine Injektion. Bringen Sie sie dazu, abzusagen.«

»Damit wird sie nie einverstanden sein. Sie hat Angst davor, daß ihre zweite Besetzung einspringt. Das Mädchen ist einundzwanzig und singt wie ein Profi.«

»Wer ist die zweite Besetzung?«

»Camilla irgendwie – Seaton. Eine große Stimme. Sie wird Karriere machen.«

»Ich kann Ihnen helfen. Geben Sie Clara eine Placebo-Injektion. Ich werde dafür sorgen, daß die Seaton nicht zum Zug kommt. Ich werde die Partie einer Anfängerin geben, einer Sängerin, die noch nie an der Met aufgetreten ist.«

»Einer Anfängerin, die zufällig Ihre Klientin ist?«

»Zufälligerweise ja.«

»Und wir sind quitt?«

»Beinahe. Könnten Sie meiner Schwester zwei Freikarten für die Eröffnungsvorstellung der Met im Herbst verschaffen?«

Dr. Abscheid rief am Mittwoch an. »Ich habe ihr heute früh eine Placebo-Injektion gegeben. Sie wird morgen abend nicht singen können.«

»Alles übrige ist meine Sache. Und nicht vergessen, zwei Freikarten.«

Sie trafen sich in dem Lokal, das Adolf Erdlich für Geschäfte und Schiebungen bevorzugte, einem Straßencafé auf der 67. Straße, in dem es laut Erdlich den einzigen echten Wiener Kaffee in ganz New York gab.

Das Geschäft: »Wie geht es Ihnen, Adolf?«

»Was wollen Sie, Richard?«

»Und wie geht es Ihrer Frau?«

»Bitte kommen Sie zur Sache.«

Eine rotbäckige Kellnerin stellte zwei dampfende Tassen Wiener Kaffee mit Schlag vor sie hin. Der Direktor der Metropolitan

Opera lächelte sie an. Es war sehr gut möglich, daß es sein einziges Lächeln in dieser Woche war. Er maß genau einen gestrichen vollen Kaffeelöffel Zucker ab und ließ ihn auf die geschlagene Sahne rieseln.
»Unter uns, Adolf, Clara wird morgen absagen.«
Adolf Erdlich starrte die Passanten an. Er hob das Kinn, und diese Bewegung besagte deutlich, daß seinerzeit in Wien Sigmund Freud und Gustav Mahler an seinem Tisch vorübergeschlendert waren. Jetzt waren es Punks auf Skateboards und aufgedonnerte schwarze Nutten. »Erstens sagt Clara der Met nie ab, und zweitens verfügen wir über eine zweite Besetzung.«
»Und drittens habe ich jemand Besseren. Vanessa Billings. Sie haben sie bei Arianas Begräbnis gehört. Sie haben die Kritiken über ihr Konzert in der Tully Hall gelesen.«
Erdlichs Tasse berührte seine Lippen und hinterließ auf seinem adretten, weißen, schmalen Schnurrbart einen feinen Flaum aus geschlagener Sahne.
»Wir müssen dieses Geschäft mit Handschlag abschließen. Kein Vertrag, keine Garantien. Sie sind zu nichts verpflichtet. Vanessa wird morgen um achtzehn Uhr dreißig im Haus bereit sein, einzuspringen. Sprechen Sie mit niemandem darüber. Geben Sie es drei Minuten, bevor der Vorhang aufgeht, bekannt.«
Erdlich rührte sich nicht, hielt den Kopf über dem gestärkten Kragen hoch erhoben, und sein graues Haar klebte an seinem Schädel, als hätte man es mit einem Pinsel hingemalt. Als er schließlich sprach, tat er es lässig, müde und resignierend. »Erstens können wir keine Anfänger auf die Bühne der Metropolitan Opera stellen. Zweitens hat sie unsere Inszenierung nicht geprobt.«
Richard begann, sein Angebot auszuschmücken. »Sie hat sie dreimal gesehen.«
»Sie kennt die Fassung nicht.«
»Sie wird sie morgen nachmittag durchgehen.«
»Ein einziges Mal? Sie scherzen.«
Richard entschloß sich zu einer offenen Lüge. »Es handelt sich um die Spoleto-Fassung. Sie hat sie vergangenen Sommer studiert und beherrscht sie jetzt im Schlaf.«
Erdlichs dunkle Augen verengten sich, und seine rotgeränderten Nasenflügel bebten leicht. »Bringen Sie sie morgen um vierzehn Uhr in den Probenraum drei.«
Richard brauchte zwei Stunden, bis er Vanessa in einem griechischen Waschsalon an der Ecke der 22. Straße aufgestö-

bert hatte. »Was halten Sie davon, wenn Sie *Hoffmanns Erzählungen* singen? Alle drei Hauptrollen?«

Sie wartete mit den Notenblättern von *Amore dei tre re* in der Hand darauf, daß eine Trockenmaschine frei wurde, und ließ jetzt beinahe die Noten fallen. »Alle drei?«

Es war eine mörderische Aufgabe: eine singende Puppe; eine venezianische Kurtisane; eine todgeweihte Schönheit. Es waren lauter Sopranrollen, aber jede unterschied sich stimmlich und psychologisch so sehr von den anderen, daß bisher nur wenige Sängerinnen das Wagnis eingegangen waren.

»An der Met«, fuhr Richard fort. »Morgen abend.«

Auf ihrem blaßgewordenen Gesicht lag mehr als Panik – Unglaube. »Sie wissen, daß ich es nicht kann.«

»Ich weiß, daß Sie es können. Sie proben um vierzehn Uhr, Sie melden sich um achtzehn Uhr dreißig zum Make-up, sie treten um zwanzig Uhr auf.«

»Richard, ich – beherrsche die Rollen nicht.«

Er griff nach ihrer Halskette und zog sie heraus. Arianas Medaillon glitt aus dem Ausschnitt ihrer Bluse.

»Und ob Sie die Rollen beherrschen.«

Am nächsten Nachmittag um drei nahm Boyd auf der Terrasse seines Penthouses Claras Anruf entgegen. »Boyd, mein Lieber, ich bin leicht erkältet. Ich könnte zwar heute abend die Olympia singen, aber ich halte es für vernünftiger, wenn ich meine Kräfte für die Giulietta und die Antonia aufhebe. Schließlich sind sie die Lieblingspartien des Publikums.«

Und die beiden leichteren, dachte Boyd. »Natürlich. Wir werden Ihre zweite Besetzung mobilisieren.«

Zwei Stunden später rief sie wieder an. Boyd nahm den Anruf in der Sauna entgegen.

»Boyd, mein Lieber.« Jede Silbe quälte sich durch Schichten von gestocktem Schleim. »Könnten Sie vielleicht Giuliettas Arie einen Ton tiefer setzen? Ich möchte mir mein hohes Cis für die Antonia aufsparen.«

»Wir müßten die Partitur kopieren lassen, und dafür reicht die Zeit nicht. Überlassen wir die Rolle lieber Ihrer zweiten Besetzung.«

»Die arme Kleine hat überhaupt keine Erfahrung. Ich hoffe nur, daß das Publikum nicht allzu enttäuscht sein wird.«

»Keinesfalls. Es kann sich ja auf Ihre Antonia freuen.«

Eine Stunde später rief Clara wieder an; ihre Stimme schien aus einem Sarg zu krächzen; sie sagte die Antonia ab.

Fünf Minuten nach acht hatte sich die Menge durch die Gänge auf ihre Plätze begeben. Sieben nach acht verdunkelten sich die Lüster der Metropolitan Opera und stiegen langsam zur Decke empor. Ein hochgewachsener Mann im Frack trat auf die Bühne und gab eine Besetzungsänderung bekannt.

Dreißig Sekunden später klopfte Adolf Erdlich an die Tür von Garderobe neun. Camilla Seaton, die im Begriff war, ihr Debüt in drei Rollen – der Olympia, der Giulietta und der Antonia – zu machen, öffnete die Tür in einem Kostüm aus raschelndem lila Taft. Ihr Gesicht glühte.

Adolf Erdlich erklärte Miss Seaton, daß sie nicht auftreten würde. Seine Worte fielen wie Steine in die plötzliche Stille. Er legte Miss Seaton die Hand auf die zitternde Schulter. In seinem wienerisch gefärbten Oxbridge*-Englisch hielt er seine übliche Rede für diese ganz und gar nicht unübliche Situation.

»Kommen Sie, meine Liebe. Damit ist noch lange nicht alles zu Ende. Es werden sich Ihnen noch Chancen genug bieten.«

Die Orchestermitglieder hatten ihre Instrumente gestimmt und wetzten nervös auf ihren Stühlen herum, als im Hintergrund des Orchestergrabens eine Tür aufging und Boyd Kinsolving erschien. Er wandte sich dem Publikum zu und verbeugte sich so schwungvoll, daß sein attraktiv ergrauendes Haar wogte.

Er drehte sich um, hob den Taktstock und hielt das viertausend Zuschauer zählende Publikum sowie das zweiundsiebzig Mann starke Orchester für einen Augenblick vollkommener Stille gefangen. Dann gab er den Einsatz.

Er dirigierte das Vorspiel beinahe geistesabwesend, schlug mit der linken Hand den Takt und blätterte mit der rechten um.

Als die zweite Besetzung für die Olympia auftrat, warf er einen Blick auf das Kostüm und atmete erleichtert auf – das hatten sie wenigstens hingekriegt. Doch Boyd wußte, wann die Schwierigkeiten beginnen würden: bei dem Lied der Puppe, einer der anspruchsvollsten Koloraturarien, die es gibt, und die voller Fallen steckt.

Die zweite Besetzung vermied alle diese Fallen.

Vollkommen mühelos meisterte sie die Sprünge, Triller und Läufe, setzte jede Form des gesanglichen Ausdrucks vom durchgehaltenen Legato bis zum leichten, gestochen scharfen Staccato ein, erreichte das tiefe Es und stieg zu einem unglaublich strahlenden hohen Es empor.

Boyd wurde klar, daß es sich unmöglich um das Mädchen

---

* Oxbridge = am. Idiom (scherzhaft) für Oxford- und Cambridge-Englisch

handeln konnte, das ihm vor zwei Wochen vorgesungen hatte. Die musikalischen Unterschiede waren zu groß. Hier trat keine nervöse zweite Besetzung zum erstenmal vor zahlendem Publikum auf. Es handelte sich um eine ausgereifte Darbietung, bei der jeder Atemzug, jeder Ton, jeder Ansatz genau berechnet und sicher war.

Sie schloß den ersten Refrain mit einem funkelnden hohen A. Er spürte, daß das Publikum die Musik unterbrechen, sofort applaudieren wollte. Doch von ihr sprang etwas auf die Zuschauer über, ein Signal, das ihre Augen, ihre Haltung, ihre Stimme aussandten. Als wäre sie an die Rampe getreten und hätte gesagt: noch nicht. Ihr werdet sofort Gelegenheit bekommen. Vorläufig bin ich noch dran.

Doch sie hatte sich nicht vom Fleck gerührt.

Sie hatte einfach vor dem Publikum gestanden, ihren Ton rein angesetzt und ebenso rein beendet, und jetzt, während der acht Takte der Harfe und der Flöte, bewegte sie sich. Sie trat zwei Schritte zur Seite, streckte die Hand aus, setzte zu einer Pirouette an und stieß mit der Harfe zusammen.

Die Harfe fiel nicht um, aber einen unerträglichen Augenblick lang sah es aus, als geriete alles außer Kontrolle.

Boyd Kinsolving hatte diese Szene erst einmal in seinem Leben gesehen, als Ariana Kavalaris in ebendiesem Haus diese Partie gesungen hatte. Der Taktstock fiel ihm aus der Hand. Er schlug an der Kante des Pults auf und klapperte auf den Boden.

Sie bemerkte es und warf ihm einen Blick zu. Ihre Augen leuchteten, nicht boshaft und auch nicht triumphierend, sondern gut gelaunt.

Vanessa Billings, begriff er, und sein Herz setzte einen Schlag lang aus. Aber wieso?

Offenbachs entzückender Walzer ging ohne Boyds Hilfe weiter. Der erste Cellist reichte ihm den Taktstock. Er griff wieder in die Musik ein.

Traditionellerweise fügten die Sängerinnen beim zweiten Refrain Spitzentöne ein, aber sie kletterte höher, als er es je erlebt hatte. Höher als die Ponselle. Höher als Lily Pons, die vielleicht die größte Koloratursängerin der fünfziger Jahre des zwanzigsten Jahrhunderts gewesen war. Es, E, F. Höher als alle anderen – ausgenommen die Kavalaris.

Nach einem überwältigenden Es sprang das Publikum tobend auf.

Olympia schloß ihr Lied, vollführte ein paar graziöse Tanzschritte und zog sich zurück.

Nach dem zweiten Akt lächelte Boyd Vanessa zu wie einer alten Freundin.

Camilla Seaton, die zweite Besetzung für die zweite Besetzung, blieb in ihrer Garderobe und zog sich für jeden Akt um. Es war ja immer noch möglich, daß sie gebraucht wurde.

Als der letzte Akt begann, wanderte sie durch die langen, stillen Korridore hinter der Bühne und fühlte sich leer und verlassen. Unter den Sängern und Bühnenarbeitern, die geschäftig hin und her liefen, war sie die einzige, die nichts zu tun hatte. Sie blieb neben der Kabine des Elektrikers stehen und hörte ihrer Rivalin zu.

Sie ist besser als ich, seufzte Camilla Seaton innerlich. Viel, viel besser. Und sie kann nicht viel älter sein als ich. Vielleicht zehn Jahre. Ob ich jemals so gut sein werde?

Camilla versuchte, Vanessa Billings' Stimme zu analysieren.

Sie war so strahlend und gewaltig, daß sie mühelos eine Kathedrale füllen konnte. Sie strömte rein dahin, war rhythmisch exakt und bis ins letzte Detail präzise.

Doch sie hörte noch etwas anderes heraus, etwas Beunruhigendes, Schönes. Die Stimme schien einer lautlosen Melodie – der eigentlichen Melodie – Ausdruck zu verleihen, die sich hinter den klingenden Tönen verbarg.

Der Vorhang fiel wie eine rasch hereinbrechende Nacht. Boyd legte den Taktstock weg.

Das Publikum hielt wie ein einziges Wesen den Atem an. Eine Sekunde lang herrschte vollkommene Stille, die Musik schien noch in der Luft zu hängen, und dann brach dröhnender Beifall aus, Bravorufe und Getrampel ertönten.

Der Vorhang teilte sich.

Die Solisten traten nacheinander durch den Spalt und verbeugten sich. Die Nebenrollen bekamen Applaus – der Mezzosopran, der Bariton, der zweite Tenor.

Vanessa verbeugte sich.

Bravorufe ertönten. Programme flogen auf die Bühne. Papierschnitzel flatterten von den Rängen herunter und drehten sich in den Luftströmungen wie Schmetterlinge.

Sie knickste tief und anmutig. Ihr Gesicht leuchtete vor unwahrscheinlicher Gelassenheit, wie bei einer Gestalt aus einem Renaissancebild.

Boyd wischte sich das Gesicht mit dem bereits durchweichten Taschentuch ab. Er hatte eine Katastrophe erwartet, und statt dessen kam... das. Sie gehört hierher, dachte er.

Vanessa Billings wurde achtmal vor den Vorhang gerufen. Der Tenor Lucco Patemio folgte ihr achtmal wie ein Schatten.

Boyd holte tief Luft, wartete kurz, bis er begriffen hatte, daß dies alles Wirklichkeit war, daß er diese schreiende, trampelnde, begeisterte Hysterie nicht träumte. Er liebte dieses Geräusch. Er liebte diesen Augenblick der Begeisterung. Er wollte daran Anteil haben.

Er verließ das Pult und ging an den Streichern vorbei, die höflich mit dem Bogen auf ihre Instrumente klopften. Während er durch die Tür und die Treppe hinauflief, hörte er das unvermindert anhaltende Jubelgeschrei, die Bravos, die veränderte Resonanz, als das Publikum zum Orchester vordrängte, dort stehenblieb und applaudierte.

Patemio und die Billings erwarteten ihn. Er reichte jedem eine Hand, und sie marschierten durch den Spalt im Vorhang, den ein Bühnenarbeiter offenhielt.

»Bravo, meine Liebe, absolut bravo.« Boyd küßte seinen neuen Star auf die Wange. Gerade noch rechtzeitig fiel ihm ein, daß er Patemio die Hand drücken mußte. »Auch Sie, Lucco.«

Patemio, der jetzt weit über sechzig war, hatte eine für einen Opernsänger erstaunlich lange Karriere hinter sich – fast vier Jahrzehnte. Seine Stimme hatte ihren Glanz verloren, aber nicht ihre Kraft. Er trug unübersehbar ein Toupet, aber es war nicht ärger als die Perücken, die er auf der Bühne trug. Er war ein neidisches Biest, schlimmer als ein verwöhntes Haustier, und mußte verhätschelt werden; aber er beherrschte das Repertoire und war für jene Zuschauer, die ein A nicht von einem As unterscheiden konnten, zu einer Institution geworden – Mr. Oper.

»Sie waren einfach hervorragend«, versicherte ihm Boyd.

Sie traten lächelnd in das Scheinwerferlicht. Boyd spürte, wie feucht Vanessas Hand war, wie ihr Puls gegen seine Hand hämmerte. »Sie sind ein Wunder«, schrie er ihr ins Ohr.

Ihre Blicke trafen sich kurz, und etwas wie Wiedererkennen blitzte zwischen ihnen auf: Wir sind schon einmal hier gewesen, du und ich. Wir haben diesen Augenblick, diesen Applaus gemeinsam erlebt.

Und dann sank sie gegen ihn.

»Vanessa, was fehlt Ihnen? Helfen Sie mir, Lucco. Sie ist ohnmächtig geworden.«

Aber sie war nicht in Ohnmacht gefallen, sie hatte nur das Gleichgewicht verloren. Sie brachten sie hinter die Bühne. Sie konnte stehen, aber ihre Brust hob und senkte sich wie die Flügel eines flatternden Vogels.

Das Haus applaudierte und tobte immer noch.
»Verbeugt euch noch einmal.« Boyd versetzte seinem Tenor und seinem Sopran einen Stoß. »Stützen Sie sie, Lucco. Nur eine kurze Verbeugung. Es ist beinahe Mitternacht, und wir wollen keine Überstunden machen.«
Ein Niagarafall aus Getrampel und Geschrei brach über sie herein. Das Geräusch war beinahe erschreckend, als würden Bolschewiken einen Palast in seine Bestandteile zerlegen.
Erst nach zwei Minuten Beifall und Gekreisch geleitete Lucco Vanessa wieder hinter den Vorhang.
Eine Gestalt stand vor Boyd. Er erkannte die kleine zweite Besetzung; sie war so winzig, verlassen und erdrückt wie eine Schneeflocke in einer Lawine.
»Sie ist großartig«, stellte das Mädchen ruhig fest.
Boyd legte ihr väterlich den Arm um die Schultern, denn er hatte Mitleid mit ihr. Es hätte ihr großer Abend werden können. »Sie haben recht, Süße«, bestätigte er. »Viel mehr als großartig.«
Das Mädchen sah Vanessa schüchtern an, und Boyd bemerkte den Blick.
»Vanessa, das ist Camilla Seaton, Claras zweite Besetzung.«
»Guten Abend.« Vanessa lächelte matt. »Wenn ich nicht gewesen wäre, hätten Sie heute gesungen.«
»Ich hätte nicht annähernd so gut gesungen wie Sie.«
»Das ist sehr freundlich von Ihnen.«
»Ich bin nicht freundlich, Miss Billings, ich sage nur die Wahrheit. Ich habe *Hoffmann* zwei Jahre lang studiert, die Oper aber erst heute abend wirklich gehört. Dürfte ich Sie um etwas bitten?«
»Natürlich.«
»Würden Sie mich unterrichten?«
Stille sammelte sich plötzlich um sie wie zähe Flüssigkeit.
»Ich weiß, daß Sie sehr beschäftigt sind, aber ich würde mich jederzeit freimachen, wenn Sie eine Minute erübrigen können. Ich arbeite fleißig und lerne schnell.«
Boyd hatte schon allerlei geschickte Manöver erlebt, aber bei diesem Kind, das vor Hoffnung und Unverfrorenheit übersprudelte, verschlug es ihm den Atem. Er trat zwischen die beiden Frauen. »Vielleicht könnten Sie es ein andermal besprechen. Vanessa hat zwei anstrengende Tage hinter sich.«
Vanessa löste sich von ihm. »Ich bin schon wieder in Ordnung.« Sie ergriff die Hand des Mädchens. »Das war das schönste Kompliment, das Sie mir machen konnten.«
Sie schaute dem Mädchen in die Augen. Stille trat ein, doch

sie umfaßte nur die beiden Frauen, sonst niemanden. Boyd spürte, wie etwas zwischen ihnen übersprang.
»Darf ich Sie anrufen?« fragte Vanessa. »Wir werden darüber sprechen.«
»Das war nicht notwendig«, tadelte Boyd sie nachher, als er Vanessa zu ihrer Garderobe begleitete. »Sie sind ihr nichts schuldig.«
Sie sah ihn merkwürdig an. »Woher wollen Sie wissen, was ich wem schuldig bin?«
Boyd schüttelte den Kopf. »Ein Rat von einem erfahrenen Überlebenskünstler der Oper. Gefühle gehören auf die Bühne, dahinter haben sie nichts verloren.«

37

Drei Monate lang beobachtete Clara Rodrigo, wie die Billings von der Welle des Ruhms immer höher getragen wurde. »Vanessa Billings verfügt über übernatürliche Vielseitigkeit«, gurrte die *New York Times*. »Ihre Stimme beherrscht die dunklen Töne einer Tosca ebenso mühelos wie das silberne Filigran einer Norma. Seit der Kavalaris habe ich kein solch erstaunliches Organ mehr gehört, und wir täten gut daran, uns zu erinnern, daß die Kavalaris in dieser Beziehung selbst die großartige Maria Callas übertroffen hat.« Die stets mehr auf Sensation bedachten Magazine sagten ihr offen eine goldene Zukunft voraus: die nächste Kavalaris.

Wie es der Zufall wollte, kam der Abend, an dem Clara und die Billings in der gleichen Oper an verschiedenen Häusern auftraten: Clara an der Met in einer neuen Galavorstellung, die Billings in der City Opera auf der anderen Seite der Lincoln Plaza in einer vereinfachten Wiederaufnahme einer Repertoire-Reproduktion. Auf dem Programm stand Turandot, und als Clara zwei Stunden vor Vorstellungsbeginn über die Plaza eilte, trat ein kleiner, dunkler, bärtiger Mann auf sie zu. Seine Jacke war zerdrückt und schmutzig, und er sah aus wie ein böser Zauberer.

»He, Lady.« Die Stimme klang verschwörerisch. »Haben Sie eine Karte zu der Billings? Ich gebe Ihnen vier Rodrigos für eine Billings.«

Sie konnte vor Wut nicht sprechen, sah ihn haßerfüllt an, zog ihren Nerzmantel fester um sich und rauschte an ihm vorbei.

»Fünf Rodrigos! He, Lady! Fünf Rodrigos und Bargeld!«

Am nächsten Tag waren die Kritiken der Billings besser als die ihren. Sie war beunruhigt und beschloß, eine Wahrsagerin aufzusuchen, die ihr einmal jemand empfohlen hatte, eine Frau mit angeblich übersinnlichen Kräften, die ihre Kunst in der Nähe vom B. Altmans-Kaufhaus an der 34. Straße betrieb.

Die Sonne ging unter, als Clara die Treppe über dem chinesischen Restaurant hinaufstieg. Sie schob einen Perlenvorhang zur Seite und tastete sich in die Dunkelheit. Ein Transistorradio dröhnte, und im Zimmer war es sehr heiß.

Zunächst konnte sie die große, dunkle, in Spitzen gehüllte Frau kaum ausmachen. Eine überraschend tiefe Stimme befahl: »*Siéntese.*« – »Setzen Sie sich.«

Die Frau stellte das Radio leiser. Clara begann sie zu sehen: Die Augen waren milchig, praktisch ohne Iris, und im Oberkiefer fehlte die Hälfte der Zähne. Hinter ihr stand ein Regal mit Jahrmarktstand: Bären, Kaninchen und Babys mit blondem Haar. Die beiden Frauen sprachen spanisch miteinander: nicht das Kastilisch aus Claras Konservatoriumstagen, sondern den rauhen Santurce-Dialekt ihrer Kindheit.

»Wer hat Sie geschickt?«

Clara nannte den Namen der Haitianerin, die ihre Wohnung saubermachte.

Kurze Stille folgte. »*Por qué has venido, hijita?*« – »Warum bist du gekommen, Töchterchen?«

Clara sprach zwanzig Minuten lang und erzählte alles.

Die alte Frau erteilte ihr Anweisungen.

Zwei Tage später stieg Clara wieder die Treppe hinauf. Sie überreichte der Frau ein lebendes Huhn, um das sie ein Band gebunden hatte, das sie in *Die Regimentstochter* getragen hatte.

»Komm in einer Woche um die gleiche Zeit wieder«, befahl die Frau.

»Nächste Woche muß ich in Chicago singen.«

»Komm in einer Woche wieder.«

Am nächsten Abend sang Vanessa Billings in der City Opera eine weitere Rolle, die Clara als ihr rechtmäßiges Eigentum betrachtete, die Magda in *La Rondine*. Wenn man den Kritikern glauben durfte, war die Darbietung makellos. Nachdem Clara die Kritiken gelesen hatte, sagte sie Chicago ab.

An dem vereinbarten Tag stieg sie wieder die Treppe hinauf. Die Wahrsagerin umklammerte Claras Hände und hielt sie über einen Topf voll scheußlicher dunkler Brühe.

»Hinter ihr stehen Kräfte«, erklärte die Frau. »Sie sind mächtig. Mächtiger, als du dir vorstellen kannst.«
»Besitzen diese Kräfte einen Namen?«
»Sie besitzen den Namen des Unnennbaren.«
Clara hatte den Namen einer Agentur oder eines Managers erwartet, begriff aber, daß sie ihn nicht hören würde. »Wie können diese Kräfte zunichte gemacht werden?«
»Nur Liebe kann diese Kräfte zunichte machen.«
Clara sprang auf. »Liebe deinen Feind, wollen Sie mir den Unsinn einreden? Da hätte ich gleich zu einem Priester gehen können.« Sie riß die Hand zurück und bemerkte, daß ihr die Frau den Ring vom Finger gestreift hatte. »Geben Sie mir meinen Ring zurück.«
»Ich habe Ihnen die Wahrheit gesagt«, protestierte die Frau. »Wenn Sie mich jetzt nicht bezahlen, wird es Sie später viel mehr kosten.«
»Ich gebe Ihnen fünfundzwanzig Dollar, aber keinen zehnkarätigen Diamantring.«
Die Frau gab ihr den Ring zurück. »In einem Jahr«, warnte sie, »wird die Billings ein Star sein, und Sie werden Ihre Stimme verloren haben.«

In diesem Winter veröffentlichte Ames Rutherford endlich seinen zweiten Roman. Die Kritiker fanden, daß er die Erwartungen, die der erste geweckt hatte, noch übertraf. Sie bezeichneten seine Prosa als kraftvoll, stark, schwungvoll. *People* brachte einen zweiseitigen Auszug. Ames trat im Fernsehen auf. Er befürchtete, daß er auf dem kleinen Bildschirm unbedeutend wirken würde, weil er nichts zu sagen hatte, aber die Gastgeber der Talk-Shows mochten ihn, und auf dem Bildschirm sah er sogar besser aus als auf dem Foto auf dem Schutzumschlag: Seine Augen wirkten dunkel und wachsam, sein Mund war voller, seine Nase schmal und angelsächsisch, und sein hellbraunes Haar schimmerte rötlich. Seine Bewegungen und seine Antworten auf die Fragen der Interviewer waren knapp und selbstsicher, er war eins fünfundachtzig groß, und man hatte den Eindruck, daß er körperlich vollkommen war.
Die fünfte Auflage seines Buches erschien.
Jetzt habe ich alles erreicht, was ich jemals wollte, dachte er.
Dennoch plagte ihn unerklärliche Unzufriedenheit, tiefreichende Unruhe. Etwas entzog sich ihm.
An einem Freitag, als der Regen wintergrau auf Long Island herabprasselte, lag Ames auf dem Kaminvorleger im Wohnzim-

mer und überflog geistesabwesend die Wochenendbeilage der *New York Times*. Fran hatte dampfenden Kaffee und Amaretto neben ihn hingestellt, und er blätterte die Seiten um, ohne die Worte zu sehen.

Das Foto einer seltsam vertrauten, dunkelhaarigen Frau erregte plötzlich seine Aufmerksamkeit. Dienstag abend, lautete der Text darunter, wird Vanessa Billings eine schwarze Perücke aufsetzen und die Rolle der Santuzza, der exkommunizierten sizilianischen Schönheit in Pietro Mascagnis *Cavalleria rusticana* singen.

Am Dienstag belog Ames Fran und verließ unter einem Vorwand das Haus. Er wollte in die City Opera – und er wollte allein dorthin.

Der Platzanweiser führte Ames auf seinen Platz. Das Licht lag weich auf den Reihen der roten Samtstühle.

Als der Vorhang fiel, war Ames der erste, der aufsprang, applaudierte und »Bravo!« schrie.

»Jean Stern lädt uns zu einer Einzugsparty in ihr neues Haus ein.« Fran reichte ihm ein Blatt Tiffany-Velinpapier; Jean Stern hatte die freien Stellen gestochen schön ausgefüllt: Sie werden gebeten, am... und dann mit roter Tinte und Rufzeichen: EINE WUCHT!

»Gehen wir hin«, entschied er.

Fran schaute ihn überrascht an. »Du hast immer behauptet, daß du sie und ihre Jet-set-Freunde nicht ausstehen kannst.«

»Wirklich? Gehen wir trotzdem hin.«

Noch Jahre später fragte er sich, warum er sich damals dazu entschlossen hatte.

Jean Stern begrüßte sie an der Tür ihrer neuen Wohnung im Dakota. »Ihr habt es tatsächlich geschafft, ihr Engel.« Sie hatte ihr Haar zu Zöpfen geflochten und trug ein jadegrünes Kleid mit schwarzen Pfauen. Ihre Stimme klang glücklich und high, und sie sah sehr glücklich und sehr, sehr high aus. »Deine Kritiken waren wunderbar, Ames. Hast du sie selbst geschrieben?«

»Biest.« Er küßte sie auf die Wange.

Sie belegte Ames und Fran mit Beschlag und stellte sie vor. Die meisten Gäste waren reich oder außergewöhnlich berühmt – oder Top-Autoren des *New Yorker*, die manche dieser Berühmtheiten erst gemacht hatten. Die Erbin eines Parfumvermögens, die Perlen und Zigarettenasche verstreute, erklärte Ames: »Wissen Sie, ich wollte immer schon schreiben. Ich habe eine wunderbare Geschichte, aber ich brauche einen Mitarbeiter.«

»Was zum Teufel tue ich hier?« fragte er sich.

»Du wolltest herkommen«, bemerkte Fran. »Schieb mir nicht die Schuld zu.«

»Ich beschwere mich ja nicht, oder?«

»Aber du mischst dich auch nicht unter die Gäste. Diesen Monat bist du eine Berühmtheit. Jean erwartet von ihren Berühmtheiten, daß sie sich unter die übrigen Gäste mischen. Außerdem hätte ich dadurch Gelegenheit, mich mit meinen alten Klassenkameradinnen zu unterhalten, die dich zu Tode langweilen.«

»Okay, ich verstehe einen Wink mit dem Zaunpfahl. Geh hin und unterhalte dich.«

Er ging auf Erkundigungstouren. In der Bibliothek wurden Joints herumgereicht. Im größten Badezimmer wurde Kokain geschnupft. Nach dem Krach in der Toilette des Gästezimmers am Gang zu schließen, waren dort drei oder mehr Leute mit Gruppensex am Werk. Er entdeckte auf der Party nichts und niemanden, bei dem er es bedauert hätte, wenn er aus einem Feuerwehrauto in voller Fahrt hinausgeworfen würde.

Um neun Uhr saß er mürrisch auf einem Sofa, war damit beschäftigt, der Parfumerbin und ihrer Romanidee nicht zuzuhören, und starrte über das Blumenmuster des Orientteppichs hinweg in die gegenüberliegende Ecke des Wohnzimmers. Durch ein wogendes Meer aus maßgeschneiderten Jacketts und nackten Schultern mit unzeitgemäßer Sonnenbräune erblickte er einen kleinen Säulendurchgang.

Plötzlich beugte er sich vor. In dem Durchgang stand ein kleines Mädchen mit langem schwarzem Haar und großen dunklen Augen.

Er erblickte sie mit beinahe halluzinatorischer Deutlichkeit, als schaue er durch das verkehrte Ende eines Feldstechers. Sie war ihm so vertraut, als hätte er jede Nacht seines Lebens von ihr geträumt. Sie konnte nicht älter sein als sechs Jahre. Sie trug weiße Kniestrümpfe und einen weißen Rüschenrock, der aus einer anderen Zeit stammte. Ihr Lächeln kam ihm entgegen wie eine ausgestreckte Hand.

Er hatte das gleiche Gefühl wie bei dem Begräbnis der Kavalaris, als hätte sich eine Handbremse gelöst, als drehe etwas in ihm unkontrolliert durch. Er hörte sich sagen: »Entschuldigen Sie.« Dann stand er rasch auf und drängte sich durch die Menge.

»Da sind Sie ja.« Jean Stern ergriff seine Hand. »Ich möchte Sie jemandem vorstellen.«

»Wer ist das kleine Mädchen, Jean?«

»Tut mir leid, mein Lieber, auf dieser Party gibt es keine kleinen Mädchen. Vanessa, das ist mein lieber Freund Ames Rutherford. Ames, das ist Vanessa Billings!«

»Hallo«, sagte er. »Sie geben eine großartige Santuzza ab.«

»Mit dieser schrecklichen schwarzen Perücke?« Sie lächelte.

Als sie die Perücke erwähnte, zuckte er zusammen. Vanessa Billings war eine erwachsene Frau, hatte blondes Haar und graugrüne Augen, aber sie war das dunkelhaarige kleine Mädchen, das er gerade gesehen hatte.

»Wenn du einen Schritt weitergehst, Ames«, meinte Jean, »stehst du vor Nikos Stratiotis.«

Stratiotis war ein kräftiger Mann in den besten Jahren, mit dunklem, gewelltem Haar, das kaum ergraut war. Er sah besser aus als auf den Fotos, auch gesünder, und in seinen Augen lag unübersehbare Mordlust.

»Ihr wart gemeinsam in der *New York Times*«, zwitscherte Jean. »Aug in Aug in der Wochenendbeilage.« Dann bemerkte sie, daß ihr zwei Leute aus ihrem Publikum nicht mehr zuhörten. »He, Vanessa. He, Ames.« Sie wedelte mit der Hand vor ihren Gesichtern hin und her. »Ich spreche mit euch.«

Nikos wußte beinahe sofort, daß Ames Rutherford für ihn kein Fremder war. Im Geist sah er ein Bild vor sich: ein strahlendblauer Junitag vor elf Jahren. Die Menge drängte sich im Hof von Harvard. Ariana stellte sich auf die Zehenspitzen, küßte einen jungen Mann – und erklärte später, daß er niemand Bestimmtes war. »Nur der Sohn eines alten Freundes.«

Nachdem er jetzt den Namen erfahren hatte, fügte sich das letzte Stück eines Puzzles an seinen Platz. Ames war der Sohn des Mannes, den Ariana geliebt hatte. In Nikos' Blut raunte ein Gefühl, das nur Griechen kennen: Ein Verhängnis nahte. Er und Ariana Kavalaris waren durch zu viel Vergangenheit, zu viel Schmerz miteinander verbunden. Daß ihre Pfade sich gekreuzt hatten, war kein bedeutungsloser Zufall. Der junge Mann mit dem Lockenkopf, dem Hemd von Brooks Brothers, den alten Bluejeans und den neuen Joggingschuhen ist meine Nemesis.

Er trat zu Vanessa. »Gehen wir«, flüsterte er.

Sie sah ihn erschrocken an. »Wir sind doch eben erst gekommen, Nikos.«

»Verabschiede dich. Ich hole deinen Mantel.«

Im Fahrstuhl runzelte sie ärgerlich die Stirn. »Findest du nicht, daß wir uns unhöflich benommen haben?«
»Kennst du den jungen Mann von irgendwoher?«
»Nein.«
In der Limousine ließ er die Glasscheibe hinaufgleiten. »Bist du sicher, daß du ihn noch nie gesehen hast?«
Sie starrte aus dem Fenster auf die Markisen der 72. Straße. Ein unmerkliches Lächeln lag auf ihren Lippen. »Er hat mich auf der Bühne gesehen. Das hat er mit etlichen Leuten gemein, weißt du.«
»Er hat dich angesehen, als hättet ihr eine Art... Ich weiß nicht. Als hättet ihr etwas miteinander.«
Sie lachte. »Du bist sehr attraktiv, wenn du eifersüchtig bist.«
»Ich bin nicht eifersüchtig.« Sein braunes Gesicht wurde dunkler. »Es geht nur darum, daß ich ohnehin nicht viel mit dir zusammen bin und nicht die Absicht habe, dich mit jedem ehrgeizigen kleinen Schriftsteller zu teilen, der bei einer Party auftaucht.«
Sie ergriff seine Hand, beugte sich zu ihm und lehnte den Kopf an seine Schulter. »Bleibe eifersüchtig. Dann fühle ich mich sicherer. Ich werde den ehrgeizigen kleinen Schriftsteller anheuern, damit er überall dort auftaucht, wo wir uns befinden.«
Das Arbeitszimmer im obersten Stock des Gebäudes in der Fifth Avenue war zur Hälfte vom Kaminfeuer beleuchtet, zur Hälfte lag es im Dunkel. Nikos ging zum Schreibtisch und griff nach einem langen, linierten Schreibblock. Er schaltete eine Leselampe ein. Mit der engen, ordentlichen Schrift, die ihm die armenischen Nonnen beigebracht hatten, machte er sich Notizen und führte alles an, was er über Ames Rutherford wissen mußte, dazu ein paar Dinge, auf die er einfach neugierig war.
Zwanzig Minuten später erschien Maggie in der offenen Tür und schälte Diamanten von ihrem Hals. »Du arbeitest noch?«
»Mhmmm – mmm.« Er blickte nicht auf. »Wie war die Show?«
»Du hast nichts versäumt. Kommst du heute abend noch herüber?«
»Ich möchte dich nicht mit meinem Schnupfen anstecken.«
»Okay. Schlaf gut.«
Am nächsten Morgen reichte Nikos auf dem Rücksitz seiner Limousine, die zum JFK-Flughafen unterwegs war, seinem Mitarbeiter drei lange, gelbe, linierte Blätter, die er mit seiner sorgfältigen Handschrift bedeckt hatte.
»Verschaffen Sie mir diese Informationen so unauffällig und so rasch wie möglich.«

Als er aus Brüssel zurückkehrte, lag der Bericht auf seinem Schreibtisch. Er las ihn langsam.

Ames Rutherford hatte in der Buckley-Schule in Manhattan hervorragende Noten erhalten; er hatte an der Phillips Exeter Academy in New Hampshire hervorragende Noten erhalten; er hatte an der Harvard University hervorragende Noten erhalten; er hatte beim Militär in der Reserve gedient; er hatte vier Jahre in einem bedeutenden New Yorker Anwaltsbüro gearbeitet; er hatte zwei Bestseller veröffentlicht; er lebte seit elf Jahren mit der gleichen Frau zusammen, die er nie geheiratet hatte (Warum nicht? fragte sich Nikos): Er hatte sie nie betrogen (Warum nicht?); er trank viel, aber für die heutige Zeit und für sein Alter nicht abnormal; er hatte viele Freunde, die Drogen nahmen, galt aber selbst nicht als jemand, der Rauschgift brauchte.

Nikos starrte die ordentlichen Ausdrucke an. Sie erfüllten ihn mit Unbehagen. Er trat ans Fenster und starrte lange zum vierzig Stockwerke tiefer liegenden East River hinunter.

Am darauffolgenden Abend saß Nikos in seinem Arbeitszimmer und hörte Musik. Die Klänge strömten wie kühlendes Wasser in die Höhlen seines Geistes.

Er hörte die Stimme seiner Frau und öffnete die Augen.

»Wir waren in letzter Zeit nicht oft beisammen.« Maggie trug ein rotes Oscar-de-la-Renta-Modell, als wollte sie ausgehen.

»Stört es dich?«

»Es stört mich, wenn die Leute es bemerken. Hast du eine Affäre?«

»Bitte, Maggie. Ich versuche, Musik zu hören.«

»Wirst du dich wenigstens heute abend um mich kümmern?«

»Warum gerade heute abend?«

»Weil wir, wie du genau weißt, eine Gesellschaft geben.«

»Das habe ich vergessen.« Er seufzte. »Es tut mir leid. Und ich bin enttäuscht. Ich hatte mir *Bohème* anhören wollen.«

»Hans hat deine Sachen auf deinem Bett zurechtgelegt. Die Gäste treffen in vierzig Minuten ein.«

Nikos fand die Party unerträglich. Maggies Gäste unterhielten sich mit einem Eifer über Immobilien und Kunst, als entschieden sie über das Schicksal der westlichen Zivilisation. Nach dem schottischen Lachs wurden Fingerschälchen herumgereicht, die Frauen legten ihre Ringe neben ihre Gedecke, und man fühlte sich wie in einem Waschraum.

»Ich habe meine Saphire umarbeiten lassen«, erzählte die Frau links von Nikos. Sie war angeblich eine aufstrebende Nachrichtenmoderatorin bei NBC und hatte ihm einen zwanzigminütigen Vortrag über die Lage in El Salvador gehalten. »Ich habe die Fassung behalten, aber die Steine ausgetauscht. Was halten Sie davon?«

Er entschuldigte sich, bevor das Dessert aufgetragen wurde. Maggie fing ihn im Korridor ab. »Wohin gehst du?«

»In die Oper. Ich komme noch zum letzten Akt von *Adriana Lecouvreur* zurecht.«

Sie starrte ihn voll unterdrückter Wut an. »Ich nehme an, daß Vanessa Billings singt.«

»Ja. Und nach drei Stunden im Kreis deiner Freunde habe ich das dringende Bedürfnis, eine menschliche Stimme zu hören.«

»Wenn du diese Party verläßt, Nikos, dann warne ich dich –«

Er wartete die Warnung nicht ab. Er verließ die Party.

Am nächsten Morgen schaute Maggie bei Cartier vorbei. Ihr Blick fiel auf ein venezianisches Kreuz aus in Gold gefaßten Diamanten und Rubinen. »Was ist das für ein entzückendes Ding?«

Der Verkäufer sperrte die Glasvitrine auf. »Benvenuto Cellini hat es entworfen. Es hat den Medicis gehört.« Er legte ihr die Kette um den Hals. »Wir haben drei Steine ersetzt.«

Sie betrachtete ihr Spiegelbild. »Würden Sie es in Rechnung stellen und einpacken?«

Der Verkäufer rief das Stratiotis-Büro an.

»Wie hat der Betrag noch gelautet?« fragte Nikos.

»Eine Million zweihundertfünfzigtausend Dollar, Sir.«

»Können Sie es nicht nach New Jersey schicken und mir die Umsatzsteuer ersparen?«

»Sie hat es mitgenommen, Sir.«

Nikos seufzte. »Ich verstehe.« Er beendete das Gespräch, dachte einen Augenblick nach und bat dann seine Sekretärin, ihn mit Richard Schillers Büro zu verbinden. »Richard, was für eine Aufführung könnte die Metropolitan um 1 250 000 Dollar plus acht Prozent aufziehen?«

»Eine verdammt gute Aufführung.«

»Mit Vanessa in der Hauptrolle?«

Adolf Erdlich erläuterte das Projekt. Statt, wie vorgesehen, im Herbst *Manon Lescaut* herauszubringen, würde sich die Metropolitan die San-Francisco-Produktion mit dem Bühnenbild von

Chagall ausleihen; es würde sieben Bühnenproben mit dem erweiterten Orchester geben; und Mr. Stratiotis' Stiftung würde alle Kosten übernehmen.

»Ich muß natürlich nicht erwähnen, daß wir Ihnen für diese Großzügigkeit zu tiefem Dank verpflichtet sind.«

Adolf Erdlich ging zu seinem Schreibtisch und entnahm der Schatulle ausgezeichnete Zigarren. Er reichte Meyer Colby, Richard Schiller, Boyd Kinsolving und Nikos Stratiotis je eine.

»Wage ich, Ihnen eine anzubieten, Clara?«

Clara Rodrigo machte sich nicht die Mühe zu lächeln, sondern schüttelte entschieden den Kopf. Adolf Erdlich zündete seine Zigarre an, setzte sich wieder und fuhr fort. Clara Rodrigo hörte ihm zu, ein kleiner Berg aus Diamanten und Schweigen, und als Adolf Erdlich fertig war, richtete sie sich auf.

»Wie Sie sicherlich erwartet haben, lautet meine Antwort nein. Und ich bin empört, Boyd, daß Sie sich für so etwas hergeben.«

Adolf Erdlich legte Clara den Arm um die Schultern. »Warum müssen wir uns streiten? Können wir nicht wenigstens dieses eine Mal so etwas wie eine Familie sein? Wollen wir nicht alle nur das Beste für die Metropolitan?«

»Ich habe den Eindruck, daß Mr. Stratiotis das Beste für seine Freundin will.«

»Was in diesem Fall gleichbedeutend mit dem Besten für uns alle ist.«

Clara betrachtete die fünf Männer, die sie verraten hatten, der Reihe nach. »Laut meinem Vertrag soll ich in dieser Aufführung singen. Ob die Ausstattung aus San Francisco oder vom Mond kommt, ob Mr. Stratiotis oder der Weihnachtsmann für die Kosten aufkommt – diese Aufführung gehört mir.«

»Clara«, bat Meyer Colby, »zeigen Sie sich wenigstens dieses eine Mal kooperativ. Bitte.«

Adolf Erdlich ergriff leise und besorgt das Wort. »Clara, wir beten alle zu Gott, daß es sich um einen vorübergehenden Zustand handelt, aber im Augenblick haben Sie keine Stimme. Sie haben die letzten drei Vorstellungen absagen müssen.«

»Sind gerötete Stimmbänder ein Verbrechen? Jeder kann einmal gerötete Stimmbänder haben.«

»Und jeder, der siebzigtausend Dollar für einen Auftritt bekommt, sollte damit fertig werden.«

»Sobald die Inszenierung steht, bin ich gesund.«

»Nein, Clara, Sie haben dreimal abgesagt.«

Clara Rodrigo stand zitternd auf. »Sind Sie mein Agent, Meyer, oder arbeiten Sie für diese Männer?«

»Ich kann nichts tun, Clara.«

»Dann verklage ich Sie alle.«

Adolf Erdlich zuckte die Schultern und sah die Frau, die einmal eine *prima donna assoluta* gewesen war, müde an. »Klagen Sie, soviel Sie wollen, Clara. Aber diese Aufführung singt Vanessa Billings.«

Im Herbst ging die Generalprobe von *Manon Lescaut* bis zum vierten Akt gut, in dem Manon sterbend auf – wie Puccini es nannte – »der Ebene von Louisiana« lag. Boyd klopfte ab, und das Orchester verstummte. »Vanessa, bei *sei tu* ändert sich das Tempo – der Wert der Viertelnote ist 72, nicht 69. Sonst schleppen Sie.«

Sie kam auf die Vorbühne. »Ich halte es für falsch, hier schneller zu werden.«

»Es tut mir leid, Schätzchen. Wenn Sie sich meine Partitur ansehen wollen –«

Boyd schaute auf seine Dirigentenpartitur hinunter, nach der er alle *Manon Lescaut* mit Ariana dirigiert hatte. Die Zahl 72 war mit Rotstift durchgekreuzt, und daneben stand in Arianas Schrift die strenge Anweisung: Die Viertelnote entspricht immer 69! Boyd, das ist mein großer Auftritt – wage nicht, ihn mir zu verderben!

Vanessas und Boyds Blicke trafen sich über die Rampenlichter hinweg. Sie trug eine gepuderte Perücke und die Kleidung einer Deportierten, und er glaubte einen Herzschlag lang, daß er seiner toten Frau gegenüberstand.

Er räusperte sich. »Na schön, Schätzchen, wir können 69 versuchen. Orchester, notieren Sie es sich.« Er hob wieder den Taktstock. »Alles klar, Harfe? Beginnen Sie dort, wo der Takt zu 2/4 wechselt. Legen Sie sich ins Zeug, Gentlemen.«

Am 23. Oktober um zwanzig Uhr sechsundzwanzig stieg Vanessa Billings auf die Bühne der New Yorker Metropolitan Opera im Reisekleid einer Schülerin im achtzehnten Jahrhundert aus der Kutsche, die sie ins Kloster bringen sollte.

Das Publikum geriet in Bewegung wie ein Wald unter einem Windstoß.

Von dem Augenblick an, in dem sie den Mund öffnete, hatte sie die Zuschauer in der Hand. Aus den Arien und Rezitativen ihrer Rolle schuf sie eine Gestalt, ein wildes Gemisch aus Unschuld und Eigensinn, das wie ein dämonischer Engel über die

Rampe fegte. Jede kleinste Bewegung, jede leiseste Äußerung wirkten zutiefst verführerisch, als verkörperten ihr Fleisch, ihre Stimme diesen einen Abend lang das sexuelle Verlangen der gesamten Welt. Genau wie alle viertausend Frauen und Männer im Haus war Ames Rutherford in der dritten Reihe des ersten Ranges verzaubert, fasziniert, verblüfft darüber, wie frisch und neu Puccini durch diese Vorstellung wirkte. Jeder Ton, den die Billings sang, war ein geschliffener Edelstein, der blitzende Lichtpfeile versprühte.

Während des größten Teils des ersten Akts lehnte Fran an seiner Schulter, und ihre Hand berührte die seine. Doch als des Grieux Manon vorschlug: *Fuggiamo, fuggiamo* – »fliehen wir, fliehen wir« – zog sich Ames von ihr zurück.

Da kommt etwas auf dich zu. Gib acht.

Die böse Ahnung kam aus dem Nichts. Es gab keinen Grund dafür. Er kannte die Oper nicht, kannte die Darsteller nicht, konnte ganz bestimmt nicht in die Zukunft sehen; dennoch war er plötzlich davon überzeugt, daß alles, was jetzt geschah, schon einmal geschehen war – die Musik, die Bewegung, das Getriebe und das Licht auf der Bühne, das verzückte Schweigen und der zarte Duft von Parfum über dem Publikum.

Beinahe klaustrophobische Panik ergriff ihn, und er konnte sie nicht unter Kontrolle bringen. Er hatte das Gefühl, daß er im nächsten Augenblick etwas erfahren würde, das er nicht ertragen konnte.

Er stand auf, drängte sich an Knien und Handtaschen vorbei, spürte, wie Fran die Hand nach ihm ausstreckte, fand den Gang und die Treppe, die durch die Dunkelheit hinauf zu der hellen Umrahmung der Tür führten.

Er ging zur Bar im ersten Rang, wo er der einzige Gast war. Das Herz schlug ihm bis in den Hals. Die Stille war von gedämpften Puccini-Klängen erfüllt. Er trank einen kräftigen Schluck Stolitschnaja on the rocks. Statt ihn zu beruhigen, wirkte er wie ein Aufputschmittel, und Ames spürte seinen Puls plötzlich an der Schädeldecke.

Der Barmann sah ihn vielsagend an. »Angeblich wird die Billings die nächste Kavalaris. Sind Sie auch dieser Ansicht, Sir?«

»Höchstwahrscheinlich. Können Sie mir bitte noch einmal dasselbe einschenken?«

Fran kam über den roten Läufer gelaufen. »Was ist mit dir los, Ames? Fühlst du dich nicht wohl?« Sie schaute ihn an. Seine Augen hatten sich verändert. Sie waren wie die Vertiefung in griechischen Statuen, hinter denen sich niemand befindet.

»Nur ein Anfall von Klaustrophobie«, erklärte er. »Drinnen ist es ziemlich stickig.«

In diesem Augenblick brach der Applaus aus. Herren im Smoking führten juwelenbehängte ältere Damen zur Bar.

»Möchtest du nach Hause fahren?« fragte Fran.

Ames trank den zweiten Wodka. »Bestimmt nicht. Mir geht es jetzt wieder ausgezeichnet.«

Während der nächsten Pause trank er noch einen Wodka, und in der dritten einen weiteren. Fran beobachtete ihn ängstlich und trank Lemon-Soda.

Als der Vorhang um dreiundzwanzig Uhr zwanzig nach dem letzten Akt fiel, liefen Ames und Fran auf den Broadway hinaus, um vor dem allgemeinen Ansturm ein Taxi zu ergattern, und die Billings mußte zwölfmal vor den Vorhang.

Die verzweifelte Garderobiere schleppte Dr. Abscheid in die Garderobe.

Vanessa lag der Länge nach auf dem Sofa und hatte das Gesicht in ein Kissen vergraben. Der Arzt drehte sie auf den Rücken. Ihre Haut war leichenblaß. Er knöpfte das Oberteil ihres Kostüms auf, fühlte den Puls an ihrem Hals.

Zuerst glaubte er, daß sie im Koma lag, als ihre Atemzüge aber tiefer wurden, begriff er, daß sie einfach nach einer anstrengenden Vorstellung eingeschlafen war.

Sie streckte sich, drehte sich auf die Seite und öffnete die Augen. Graugrüne Verständnislosigkeit blitzte kurz auf.

»Habe ich geträumt?« Sie setzte sich auf.

Dr. Abscheid schob sein Stethoskop in die Tasche. »Das weiß ich nicht. Haben Sie geträumt?«

»Es war kein Traum.« Richard Schiller überreichte ihr einen Strauß aus drei Dutzend weißen Rosen. »Sie haben das Publikum zu Begeisterungsstürmen hingerissen.«

»Habe ich es tatsächlich gut gemacht?«

Richard lächelte die übrigen an. »Haben Sie das kleine Mädchen gehört?«

Nikos brachte sie in seiner Limousine nach Hause.

»Danke für die Rosen«, sagte sie. »Sie sind schön. Und danke für diesen Abend.«

»Ich danke dir für diesen Abend. Er hat mir große Freude bereitet.« Er legte den Arm auf die Rücklehne und überbrückte damit den Raum zwischen ihnen, berührte sie aber nicht.

»Merkwürdig, früher habe ich Opern gehaßt. Und jetzt denke ich beinahe an nichts anderes mehr.«

Aus der Klimaanlage stieg schwacher Rosenduft. Sie spürte, daß er sie an sich ziehen wollte, und lehnte den Kopf an seine Schulter.

»Wie war Ariana, Nikos?« fragte sie leise.

Er seufzte. »Du hast sie bestimmt besser gekannt, als es mir je möglich war.«

»Nein. Für mich war sie die Lehrerin – immer fern, immer unwirklich. Für dich war sie ein Mensch aus Fleisch und Blut.«

Er schaute sie ernst an. »Warum fragst du?«

»Ist es nicht natürlich, daß eine Frau mehr über ihre Vorgängerin wissen möchte?«

Er blickte schweigend aus dem Fenster der Limousine, dessen Glas so sauber geputzt war, daß es unsichtbar war. Die glitzernden Hochhäuser von Central Park West funkelten vor dem Nachthimmel.

»Ich war fünfundzwanzig.« Die Erinnerung ließ seine Stimme weich klingen. »Ich habe einen Schnellimbiß am Broadway betreten. Dort stand sie. Dunkles Haar, dunkle Augen, die mich ansahen, als gehörten sie zu einem verletzten kleinen Mädchen. Damals war sie noch kein Star. Aber sie besaß Geist... Intelligenz... Unabhängigkeit.«

»Und Schönheit?«

Er nickte. »Schönheit. O ja, sie besaß Schönheit. Und vierundzwanzig Jahre später, als wir uns endlich liebten, war sie noch schöner.«

Er erzählte von ihren Begegnungen, ihren Flitterwochen, ihrem gemeinsamen Leben. Er erzählte von dem Glück, das in Leid umgeschlagen hatte und von dem allmählichen Sich-von-einander-Lösen.

»Warum ist es schiefgegangen?« wollte Vanessa wissen. »Wegen Maggie?«

»Nein.« Er schüttelte den Kopf. »Wegen mir. Ich war nie fähig...« Er verstummte.

»Wozu nie fähig, Nikos?«

Er starrte seine aneinandergepreßten Hände an. »Zuzugeben, wie sehr ich sie liebte. Ich bin überhaupt nie dazu imstande gewesen, ganz gleich, wie sehr ich jemanden liebte... bis es zu spät war. Ich kann alles, nur dies eine nicht.«

Sie hob den Kopf und berührte seinen Hals mit den Lippen. »Man kann es auch anders ausdrücken als mit Worten.«

Er wandte sich ihr zu und hielt sie mit seinem Blick umfangen. »Wenn dieser Abend doch endlos währen könnte. Die

Vorstellung. Der Applaus. Wie du gesungen hast, wie schön du aussiehst. Die Heimfahrt mit dir. Wenn es doch endlos währen könnte.«

»Es wird endlos währen, Nikos, es liegt nur an uns.«

38

»Sie erregen zu oft Anstoß«, stellte Holly Chambers im April fest. Er saß mit Nikos in dessen New Yorker Büro, trank Espresso und besprach die Strategie, die sie in der nächsten Woche an der Börse verfolgen würden.

»Ich kann es mir leisten«, widersprach Nikos ruhig.

»Wir haben sehr konservative Broker dazu überredet, die Haftung für uns zu übernehmen. Sie haben nicht viel Verständnis dafür, daß der Name ihres Klienten dauernd in der Skandalpresse zwischen Discotratsch und Kokaintoten erscheint.«

»Die Welt hat sich verändert, Holly, Berühmtheit ist heutzutage ein Aktivposten. Jede Art von Berühmtheit. Ein Massenmörder könnte Hamburger verkaufen. Die Mätresse eines Diktators könnte einer Bluejeans-Produktion ihren Namen leihen. Und hundert Banken würden sich darum reißen, sie zu finanzieren.«

Holly schüttelte zweifelnd den Kopf. »Mir wäre es trotzdem lieber, Sie würden sich mit Ihrer Sängerin etwas vorsichtiger verhalten.«

Nikos trat ans Fenster und drehte sich um. »Sie ist für mich eine Oase. Sie lenkt mich von der Arbeit ab. Sie lenkt mich von dem Unsinn, den Partys, den Kreuzfahrten, und den Menschen ab, die ich nicht riechen kann. Vor allem lenkt sie mich von meiner lächerlichen Ehe ab. Ohne sie wäre ich verrückt, mit ihr bin ich ein normaler Mensch. Ich verstehe es nicht, und ich will es auch nicht verstehen. Ich weiß nur, daß ich sie brauche.«

Das Telefon klingelte. Nikos hob den Hörer ab, hörte einen Augenblick zu, erteilte Anweisungen. »Sie singt Mittwoch an der Opéra in Paris. Die Vorstellung dauert lange. Die Limousine soll an der Bühnentür warten. Und sorgen Sie dafür, daß das Flugzeug am Flughafen bereitsteht.«

Nikos legte auf, und die blauen Augen seines Beraters durchbohrten ihn. »Und Sie werden vermutlich auf Ihrer Jacht in Cannes warten?«

Nikos leugnete es nicht.

Holly lächelte zynisch resignierend. »Geben Sie es zu. Wenn es um Frauen geht, waren Sie nie vernünftig und werden es nie sein.«

»Was für einen Sinn haben Frauen, wenn ich vernünftig sein soll? Ich bin im Geschäftsleben vernünftig. Ich habe mir ein Quantum Verrücktheit verdient.«

»Und wenn die Principessa sich auf dieser Jacht befindet, werden Sie genau Ihr Quantum Verrücktheit bekommen.«

Nikos hatte die Einladungen persönlich versandt. Er hatte den Marquis und die Marquise von Ava dazu überredet, für drei Tage an Bord zu kommen. Sir Herbert Parry, der die königliche Familie malte und die Gesellschaft porträtierte, war im Angleterre in Nizza abgestiegen, und Nikos hatte ihn dazu gebracht, am Donnerstag und Freitag dabeizusein und Lady Parry, den ersten weiblichen Finanzminister Großbritanniens, mitzubringen. Er war ziemlich sicher, daß Maggie sich ordentlich benehmen würde, wenn sich ein britischer Minister an Bord befand, und zumindest in der Öffentlichkeit keinen ihrer berüchtigten Anfälle bekommen würde.

Vanessa traf Donnerstag abend mit dem Wasserflugzeug vom Flughafen ein. Sie strahlte in ihrem einfachen weißen Kleid, und ihr breitrandiger roter Strohhut tauchte sogar nachts ihr Gesicht in einen warmen Schein.

Nikos stellte vor.

Maggie überspielte den Schock gut. »Du hättest mich warnen können«, zischte sie später, als sie in ihre Kabine gingen.

»Und dir die Überraschung verderben?«

»Wage nicht, mich zu demütigen, Nikos. Nicht vor diesen Leuten.«

Er versuchte nicht, sich Vanessa zu nähern. Doch am nächsten Tag traf er sie kurz nach Sonnenuntergang auf dem Deck. Sie stand etwas abseits von den anderen Gästen an der Reling und blickte nachdenklich auf das Meer hinaus. Er trat zu ihr.

Der Himmel war still, und die Lichter und Geräusche Nizzas schienen über einen ungeheuren Abgrund von Raum und Zeit zu kommen.

»Ich würde am liebsten ewig hier neben dir stehen«, sagte er.

Sie lächelte. »Du würdest dich bald langweilen.«

»Mit dir würde ich mich nie langweilen.«

Er sehnte sich danach, sie an sich zu ziehen, ihr Gesicht und ihren Hals mit Küssen zu bedecken. Aber er spürte, daß es so nicht ging.

»O Nikos, im Vergleich zu deinen Freunden bin ich so unbedeutend. Sie leiten ganze Imperien, und ich... zwitschere.«

»Du bist bedeutender als jeder einzelne von ihnen, und das weißt du.«

Sie drückte ihm einen Augenblick lang dankbar die Hand. »Warum tust du meinem Ego so gut?«

»Warum tust du dem meinen so gut?«

Nach dem Dinner stand Maggie auf und klatschte in die Hände, bis Ruhe eintrat. »Vanessa, kann ich Sie dazu überreden, uns im Großen Salon ein paar Lieder zum besten zu geben? Unsere Gäste wären bestimmt genauso begeistert wie ich.«

Die Gäste applaudierten, und zornige Röte stieg Vanessa in Hals und Gesicht. Sie hatte gute Lust zu erklären, daß sie nur auf der Bühne sang; aber ihr war klar, daß ihre Gastgeberin eben diese Antwort von ihr erzwingen wollte.

Sie riß sich zusammen und lächelte huldvoll. »Ich werde sehr gern singen.«

Der Instinkt riet Nikos, nicht zu heftig zu applaudieren und Vanessa nicht zu offen den Hof zu machen. Nach der dritten Arie entschuldige er sich und ging in seine Kabine.

Durch das offene Bullauge hörte er einen Sopran, der mühelos das *Regnava nel silenzio* aus Donizettis *Lucia di Lammermoor* meisterte. Der Klang erreichte ihn über die Wellen wie eine Erinnerung. Er ließ das Buch auf den Schoß sinken und schlief lächelnd ein.

Kurz nach zwei Uhr betrat Maggie die Kabine. Sie nahm ihren Schmuck ab, und als Nikos aufwachte, machte sie ihrem Ärger Luft. »Die Art, wie sich deine Miss Billings benimmt, gefällt mir nicht. Sie hat unsere Gäste behandelt, als wären sie Sponsoren, denen sie vorsingt.«

»Wieso?«

»Sie hat die Aufmerksamkeit auf sich gelenkt, indem sie diese langweiligen Lieder gesungen hat.«

»Sei fair, Maggie. Du hast sie gebeten zu singen.«

»Aber doch nicht lauter Arien.«

»Was hast du denn erwartet? *Melancholy baby*?«

»Das wäre wenigstens kurz gewesen. Ich habe schon gedacht, daß sie den Mund überhaupt nicht mehr zubringt. Hast du sie eingeladen, um mich zu ärgern? Hast du eine Affäre mit ihr?«

»Siehst du mich in ihrem Bett?«
»Noch nicht.«
Nikos schlug das Buch auf. »Warum entspannst du dich dann nicht in bezug auf Vanessa und freust dich über sie?«
»Warum, um Himmels willen, sollte ich mich über dieses Weib freuen?«
»Eine Menge Gastgeberinnen wären bereit, einen Mord zu begehen, damit sie sie für fünf Tage bekommen.«
»Du hast sie für fünf Tage eingeladen?«
Nikos nickte und blätterte um.
Maggie warf ein goldenes Armband auf den Schreibtisch. »Dann verlasse ich das Schiff, und du kannst dich selbst um La Billings und das übrige langweilige Gesindel kümmern.«

Drei Tage später legte die *Maria Kristina* in Korfu an. Principessa Maggie ging mit ihrem Handkoffer von Bord und ließ sich auf den Rücksitz des einzigen Taxis am Kai fallen.
Zorn wütete in ihrem Herzen. »Bringen Sie mich in die Stadt.«
Das Taxi hupte sich durch kurvenreiche Straßen mit Kopfsteinpflaster. Maggie sah Parfümerien, Geschäfte mit Alkoholika, Souvenirläden. Sie sah ein Kunstgeschäft, dessen Auslage mit einheimisch wirkenden Gemälden, Skulpturen und Kunsthandwerk vollgestopft war.
Dann begriff sie, daß sie die Lösung vor Augen hatte.
»Halten Sie, bitte.«

Über der Jamaica Bay bei New York lagen Dunst und Smog, als der Air-France-Flug 546 aus Paris sicher landete. Die Terminals füllten sich mit Passagieren. Reporter von Presse und Fernsehen vergrößerten das Durcheinander und schwärmten wie Bienen im Korridor herum, der zum Ausgang führte.
Eine Gestalt in schwarzem Nerz hob in der Zollabfertigung die Hand zum Gesicht und setzte eine dunkle Brille auf. Zu spät. Eine Frau von *Newsweek* erkannte sie, und dann griffen die CBS und die *Washington Post* den Ruf auf: »Miss Billings.«
Die Welle umspülte sie, ließ ihr keinen Spielraum.
»Haben Sie eine Affäre mit Nikos Stratiotis?«
Sie nahm die Brille ab und stellte sich der Meute. »Ich verrate es euch, wenn ihr mir sagt, wer *La Traviata* geschrieben hat.«
»Richard Wagner.«
»Pech gehabt.«

Ames saß seit drei Stunden an der Schreibmaschine und hatte außer zerknüllten Seiten im Papierkorb nichts produziert. Er schaltete die Maschine ab und holte sich ein Bier.

Fran lag mit einem Buch im Bett, und als er an der offenen Tür vorbeikam, rief sie: »Bleibst du noch lange auf?«

»Das hängt davon ab, ob mir noch etwas einfällt.«

Er nahm das Bier aus dem Kühlschrank, ging ins Arbeitszimmer und ließ sich vor dem Fernsehapparat in einen Stuhl fallen. Er spielte mit der Fernbedienung, sprang von Kanal zu Kanal und schaute nach, was das Fernsehen so spät nachts noch zu bieten hatte.

Er hatte sich gerade im Fernsehstuhl langgestreckt und sah sich Reklame und Nachtfilme an, als er bei der spöttischen Stimme einer Frau zusammenzuckte: »Pech gehabt.«

Während er Vanessa Billings' Gesicht anstarrte, öffneten sich ihre Lippen zu einem strahlenden Lächeln. Ihm wurde klar, daß er seit Tagen mit offenen Augen von diesem Lächeln träumte, daß es ständig in seinem Unterbewußtsein gegenwärtig war. Er sprang auf, drückte die Aufnahmetaste des Videorecorders und konnte gerade noch ein Stückchen von ihr aufzeichnen, bevor ein Werbespot sie unterbrach.

Er ließ das Band zurücklaufen, hielt das Bild bei ihr an, schaute sie an. Eine Stunde lang betrachtete er nur ihr Bild.

»Das ist verrückt.«

Er trank den Rest des inzwischen warm gewordenen Biers, ging dann ins Badezimmer und duschte, so heiß er konnte. Als er ins Schlafzimmer kam, war das Licht ausgeschaltet, und die schlafende Fran atmete regelmäßig und tief.

Er holte sich noch ein Bier, ließ sich wieder vor den Fernsehapparat fallen, zündete eine Zigarette an und betrachtete weiterhin ihr Gesicht.

»Entschuldigen Sie, daß ich Sie störe, Mr. Stratiotis, aber der Hafenmeister will die Statuen nur gegen Bezahlung freigeben.«

Nikos blickte von seinem Schreibtisch auf. »Was für Statuen?«

»Die Cupidos, die Mrs. Stratiotis in Korfu bestellt hat.« Seine Sekretärin überreichte ihm den Durchschlag der Rechnung.

Er überflog rasch die Zahlenreihe – hundertzweiunddreißigtausend Dollar, weil sie die Steine als Briefpost verschickt hatte. Ihm wurde bewußt, wie unwirklich das Ganze war, und dumpfe Müdigkeit erfaßte ihn. »Von nun an sind Mrs. Stratiotis' Ausgaben ihre Angelegenheit – nicht die meine und nicht die dieser Gesellschaft. Und damit meine ich alle Ausgaben, Miss Owens. Bitte sorgen Sie dafür.«

Principessa Maggie hörte regungslos zu, als ihr der Hafenmeister erklärte, warum die Cupidos nicht mit einer Limousine ins Haus geliefert werden konnten. Sie drückte einen anderen Knopf auf dem Telefon.

»Sagen Sie dem Chauffeur, daß ich Besorgungen erledigen will.«

Maggie betrachtete Ringe, als ein Saphir in Cabochonschliff, in den eine winzige Figur eingraviert war, ihre Aufmerksamkeit erregte.

Der Verkäufer zeigte ihn ihr unter einer Lupe. »Diana, die Göttin der Jagd.«

Maggie zog zwei Ringe ab, schuf Platz und steckte sich Diana an. »Er ist zu weit.«

»Wir können ihn enger machen.«

Sie seufzte. »Wie lange würde das dauern?«

»Würde Ihnen morgen mittag genügen?«

»Nein, ich brauche ihn heute abend für eine Party.« Sie gab ihm den Ring zurück und strich wie eine hungrige Löwin um die Schaukästen herum. Dann entdeckte sie die Halsketten. »Sehr hübsch«, stellte sie fest. »Sehr, sehr hübsch.«

»Falls Madame an Saphire denkt, wir haben ein –«

Sie unterbrach den Verkäufer und zeigte auf ein goldenes Halsband mit acht Solitär-Diamanten mit Smaragdschliff. Sie legte es sich um. »Was kostet es?«

Der Verkäufer hustete leise in die Faust. »Eine Million einhundertfünfundzwanzigtausend.«

Sie ging zu einem Spiegel neben dem Fenster und betrachtete sich. Tatsächlich, ihre Kinnlinie wurde schlaff. Verdammt, das bedeutete, daß sie noch einmal nach Brasilien fahren mußte.

»Ich nehme es. Können Sie es einpacken?«

»Selbstverständlich. Und welche Zahlungsweise zieht Madame vor?«

»Belasten Sie mein Konto damit, wie üblich.«

Der Verkäufer zögerte kurz und biß sich auf die Lippe. »Ich bitte um einen Augenblick Geduld.«

Sie tat, als betrachte sie Broschen, aber im Spiegel sah sie, wie der Verkäufer mit dem Geschäftsführer sprach. Dann verstummten die beiden Männer. Schließlich kam der Geschäftsführer auf sie zu.

»Madame wünscht, daß wir die Halskette in Rechnung stellen?«
»Wie ich es bei allen meinen Käufen gehalten habe.«
Das Gesicht des Geschäftsführers wurde ernst. »Dann weiß Madame nicht, daß Mr. Stratiotis Anweisungen erteilt hat?«
»Was für Anweisungen?«
»Sein Büro hat angeordnet, daß Madames Konto gesperrt wird. Natürlich, wenn Madame bereit wären, mit Scheck zu zahlen –«
Zorn und ungläubige Verblüffung überwältigten sie. Sie spürte, wie das Schloß nachgab, als sie sich das Halsband herunterriß und es auf den Schaukasten warf.
»Ich danke verbindlichst, aber Madame ist dazu nicht bereit.«

Die Gäste auf Carlotta Buschs Party am gleichen Abend stellten die für sie typische Mischung aus der alten Garde Amerikas und dem neuen New York dar. Saltonstalls, Randolfs, Pinkneys unterhielten sich mit der neuen Nachrichtenmoderatorin von CBS, Modezeichnern, Broadway-Komponisten. Wenn Maggie zu einer Gruppe trat, verstummte das Gespräch plötzlich, Augen folgten ihr und wandten sich ab, wenn sie den Blick erwiderte. Sie nahm an, daß es sich bereits herumgesprochen hatte, erhielt die Bestätigung aber erst nach dem Dinner.
Sie befand sich in einem der Badezimmer im ersten Stock. Durch die Doppeltür hörte sie aus dem benachbarten Badezimmer Gelächter.
Und dann die Stimme einer Frau: »Mimsy Hoyt und Happy Blumenthal waren dabei, als der Geschäftsführer es ihr mitgeteilt hat. Sie hat eine fürchterliche Szene gemacht.«
Und eine andere Frau: »Daß so etwas auch einer so süßen Prinzessin zustoßen muß.«
Maggie kehrte rasch zur Party zurück. Am liebsten hätte sie zu weinen begonnen und gleichzeitig einen Mord begangen. Sie fühlte sich, als hätte man sie durch die Mangel gedreht, und nachdem sie drei Minuten mit dem Mann geplaudert hatte, der die Stars in Hollywood mit Rolls-Royces versorgte, mußte sie sich entschuldigen und frische Luft schöpfen. Sie ging betont graziös und hoch aufgerichtet und fragte sich, wann sie frühestens nach Hause fahren konnte.
Die Lichter von Queens beherrschten zwar nicht die Gegend, aber von Carlottas Terrasse aus war der Anblick sehenswert. Ein Windstoß klebte den leichten Stoff von Maggies Kleid an ihren Körper und betonte kurz die festen Brüste und die Taille, die

nicht ganz so schlank war, wie sie gewollt hätte. Auf dem Fluß heulte ein Schleppdampfer.

Eine Stimme hinter ihr sagte: »Gestatten Sie, Madam?«

Sie drehte sich um und stand vor einem hochgewachsenen, etwa einen Meter neunzig großen Mann mit länglichem Gesicht und eng beieinander stehenden, durchdringenden Augen. Sie hatte ihn schon gesehen, wußte aber nicht mehr, wo.

Er nahm eine Zigarre aus der inneren Brusttasche, zog sie aus dem zylindrischen Behälter und wartete auf Maggies Erlaubnis.

»Lassen Sie sich nicht stören«, sagte sie. »Rauch hat mich noch nie gestört.«

»Mein Name ist Johnny Day Hill.«

Jetzt erinnerte sich Maggie. Der Rechtsanwalt. Er hatte gerade in Baton Rouge einen Freispruch für eine Erbin erwirkt, die wegen Mordes angeklagt war.

Es war typisch für Carlotta, daß sie ihn am Tag der Urteilsverkündung für ihr Dinner gekapert hatte.

»Ich bin Maggie Stratiotis.«

»Ich habe eine Menge über Sie gehört.« Er steckte sich die Zigarre in den Mundwinkel und war einen Augenblick lang damit beschäftigt, sie anzuzünden. »Sie haben ein rechtliches Problem. Ihr Konto wurde gesperrt. Das ist Verweigerung des Unterhalts.«

Sie erstarrte. Das war zuviel. Sogar vollkommen Fremde wußten davon.

»Er weigert sich, die Transportkosten für Ihre Einkäufe zu bezahlen und informiert die Presse darüber. Das ist Rufschädigung.« Seine Stimme war heiser und sein Lächeln ungezwungen. »Ich rate Ihnen, eine Klage einzubringen, meine liebe Dame.«

Sie ließ die Maske der Verständnislosigkeit fallen. »Wieviel könnte ich herausholen?«

»Eine ansehnliche finanzielle Zuwendung unter Zugrundelegung angemessener Ausgaben.«

»Was verstehen Sie unter angemessen?«

»Was war der höchste Betrag, den er Ihnen je in einem Monat bewilligt hat? Verdoppeln Sie ihn.«

»Das wären ungefähr hundertfünfzigtausend Dollar.«

»Wir werden eine Viertelmillion fordern. Ich bekomme ein Drittel.«

Am 3. Mai um vierzehn Uhr dreißig forderte Rechtsanwalt Johnny Day Hill in einer nichtöffentlichen Sitzung das Gericht auf, seiner Klientin Maggie Stratiotis als vorläufigen Unterhalt zweihundertfünfzigtausend Dollar monatlich zuzusprechen.

Anwalt Holly Chambers, der Nikos Stratiotis vertrat, fragte Seine Ehren, ob das Gericht eine Aufschlüsselung dieser Ausgaben erhalten könne.

Johnny Day Hill schlug die Texas-Stiefel übereinander und zog die Notizen in seinem Büchlein zu Rate. »Mrs. Stratiotis braucht siebenundzwanzigtausend Dollar monatlich für die Erhaltung ihrer Eigentumswohnung in Manhattan; eintausendvierhundert Dollar monatlich für Mitgliedsbeiträge bei diversen Clubs; eintausendzweihundert Dollar für ihre American-Express-Karte; eintausendzweihundert Dollar für die Diners-Club-Karte. Ferner dreitausendsechshundert Dollar für Reisen und Aufenthalte; zwölftausend Dollar für die Bewirtung von Gästen; achttausend Dollar für das Personal; fünftausend Dollar für wohltätige Zwecke; fünfundzwanzigtausend Dollar für Kleidung.«

»Im Monat?« fragte Seine Ehren mit hochgezogenen Brauen.

»Im Monat, Euer Ehren. Und siebenunddreißigtausend Dollar für Schmuck und Pelze.«

Holly Chambers hatte auf einem Taschenrechner mitgerechnet. »Damit bleiben hundertachtundzwanzigtausendsechshundert Dollar monatlich offen.«

Johnny Day Hill lächelte. »Meine Klientin hat sehr viele Nebenausgaben.«

Holly Chambers erwiderte das Lächeln. »Mein Klient möchte gern mehr über diese Nebenausgaben erfahren.«

Johnny Day Hill steckte die Daumen in den perlenbesetzten Gürtel. »Euer Ehren, Mrs. Stratiotis steht im Licht der Öffentlichkeit. Die Nebenausgaben sind bei solchen Persönlichkeiten astronomisch. Wenn das Gericht es wünscht, kann meine Klientin eine geprüfte Abrechnung vorlegen, in der –«

Der Richter brachte Mr. Hill mit einer Handbewegung zum Schweigen. »Wir stehen noch nicht vor Gericht. Es handelt sich um eine formlose Vorverhandlung.«

»Geben Sie ihr das Doppelte von dem, was sie verlangt«, sagte Nikos Stratiotis.

Die Köpfe beider Anwälte fuhren herum. Sogar Maggie Stratiotis, die mit ihrem Gedicht von einem blauen Hut bildschön aussah, warf ihrem Mann einen Blick zu und runzelte verblüfft die makellos glatte Stirn.

»Darf ich mich mit meinem Klienten beraten, Euer Ehren?« fragte Holly Chambers. Er zog Nikos zum Fenster, von dem aus man den Blick auf den Stau auf der Brooklyn Bridge und auf den

strömenden Regen hatte. »Was zum Teufel fällt Ihnen ein? Ich kann sie auf fünfzigtausend hinunterhandeln.«
»Ich will nicht handeln, Holly. Ich will sie loswerden, ganz gleich, was es mich kostet.«
»Mir ist es nicht gleichgültig, was es kostet, und dafür bezahlen Sie mich.«
»Sie haben mir nicht zugehört, Holly.«
Nikos erläuterte genau, was er wollte, und Holly kehrte kopfschüttelnd zum Richter zurück.
»Euer Ehren, mein Klient knüpft eine einzige Bedingung an sein Angebot. Mrs. Stratiotis muß einer sofortigen, unangefochtenen, einvernehmlichen Scheidung zustimmen. Sie muß jetzt und hier während dieser Verhandlung zustimmen. Andernfalls wird mein Klient morgen die Scheidungsklage wegen Ehebruchs einbringen. Er ist bereit, in einer öffentlichen Verhandlung das Beweismaterial vorzulegen, das das Ermittlungsbüro Meyers und O'Reilly gesammelt hat.«
Maggies Hut schwankte. Sie fragte Seine Ehren, ob sie sich mit ihrem Anwalt beraten dürfe.
Einen Augenblick später räusperte sich Johnny Day Hill.
»Euer Ehren, meine Klientin ist bereit, der Scheidung plus siebenhundertfünfzigtausend Dollar monatlich zuzustimmen.«
»Euer Ehren!« rief Holly Chambers.
»Halten Sie den Mund, Holly«, unterbrach ihn Nikos. »Sagen Sie Mr. Hill, daß wir uns einig sind.«

Der vollgestopfte Kühlschrank zeugte von Frans Ordnungsliebe: Tupperware mit Resten, Flaschen mit Vollmilch und naturbelassenen Säften, Käse in Laiben, Rechtecken und Scheiben, Säckchen mit Obst und Schüsseln mit vorgekochtem Gemüse.
Ames entschloß sich für eine Ecke Ziegenkäse und eine Schüssel Karottensalat, und, warum nicht, ein Bier; lud das Ganze auf ein Tablett und kehrte in sein Arbeitszimmer zurück.
Er hatte die Vorhänge zurückgezogen und saß lange vor dem dämmernden Mainachmittag, aß nicht, schrieb nicht, dachte nicht einmal, trank nur sein Bier, rieb sich die Knöchel und wunderte sich darüber, daß er ausgerechnet auf der rechten Handfläche eine Schwiele hatte.
In der Auffahrt hupte ein Auto. An der Eingangstür erklangen Stimmen, und dann marschierte Greg Hatoff an Fran vorbei in das Arbeitszimmer und streckte Ames mit breitem Grinsen die Hand entgegen.
»Hi, Amesie. Ich bin zufällig vorbeigekommen und...«

Eine Lüge. Kein Herausgeber eines New Yorker Magazins kam an einem regnerischen Wochentag im Mai zufällig in den Hamptons vorbei.

Greg schaute auf das Blatt in der Schreibmaschine. »*Der scharlachrote Buchstabe* oder *Vom Winde verweht?*«

Ames zwang sich zu einem Lächeln. »Kann ich noch nicht genau sagen.«

Greg ließ sich im Fauteuil nieder. »Hätten Sie nicht Lust, für das Magazin einmal Riesentöter zu spielen?«

»Ich würde gern, aber ich stecke mitten in einem Buch.«

Greg legte unbeeindruckt die Finger aneinander. »Die Lage ist folgende. Nikos Stratiotis, Ihr und mein Lieblingskapitalist, setzt seine Frau Maggie vor die Tür. Angeblich handelt es sich um die höchste in einem außergerichtlichen Vergleich erzielte Abstandsumme, seit Napoleon Joséphine den Laufpaß gegeben hat. Der Aufhänger für diese Geschichte: Auch so reichen Leuten kann etwas so Gewöhnliches zustoßen. Sie sind genau der Mann, der es in Worte setzen kann. Fünfundzwanzigtausend.«

»Worte?«

»Dollar, Dummerchen.«

»Sprechen Sie mit meinem Agenten.«

»Ich bin noch nicht fertig. Die Geschichte hat natürlich eine Pointe. Angeblich will nämlich Nikos Ihre und meine Lieblingssopranistin heiraten – Vanessa, zärtlich La Billings genannt.«

Alles im Raum, in der Welt veränderte sich. Es war, als erwache Ames plötzlich zum Leben, als drücke sich ein warmer Körper an den seinen, als dringe etwas in seine Poren ein.

»Sie müssen sie nur interviewen«, fuhr Greg fort. »Wir fädeln alles andere ein.«

Ames war darüber erstaunt, wie viele rationale Erklärungen sein Gehirn bereits parat hatte. Der Auftrag war eine Erlösung von der Alltäglichkeit seiner Existenz. Er half ihm über den toten Punkt hinweg. Er verschaffte ihm Einblick in eine Welt, mit der er sonst nie in Berührung kam.

Doch es gab einen tieferen Grund, eine Vorstellung in seinem Geist, die so verschwommen und unerklärlich war, daß er sie kaum sich selbst gegenüber in Worte fassen konnte: Stratiotis wird sie nicht heiraten. Ich werde es tun.

Er antwortete mit einer Stimme, die ihm selbst fremd erschien. »Ich übernehme es.«

39

Am Mittwoch abend wohnte Ames Rutherford auf einem Platz im ersten Rang der Metropolitan zwei Akten von Puccinis *Manon Lescaut* bei. Diesmal litt er weder unter Vorahnungen noch unter Klaustrophobie. Auf fast naive Art genoß er die Oper sogar – mehr wegen ihrer üppig ausgesponnenen Melodien als wegen ihrer Moral, die offenbar besagte, daß Leidenschaft sich nie lohnt.

Um dreiundzwanzig Uhr fünfundfünfzig schlängelte er sich durch eine Gruppe jubelnder Manhattan-Nabobs hinter die Bühne, nannte einem Wächter seinen Namen und wurde in Vanessa Billings' Garderobe geführt, wo er auf sein Opfer wartete.

Drei Minuten später trat die berühmteste amerikanische Sopranistin der Welt ein und warf ihm einen Blick zu. »Hallo«, begrüßte sie ihn, »haben wir uns nicht schon einmal gesehen?«

Die Erde bebte nicht, kein Blitz zuckte, und dennoch wußte er nach diesem einen Blick, daß sein Leben von nun an in einer anderen Richtung verlief.

»Wir haben uns bei Jean Stern kennengelernt«, antwortete er.

Sie trug eine gepuderte Perücke und ein tief ausgeschnittenes Kleid mit einem Reifrock aus Satin, dessen Farbe an Sonnenschein auf glitzerndem Schnee erinnerte. Auf ihrer Wange klebte ein Schönheitspflästerchen.

Warum fühle ich mich wie ein verliebter Achtzehnjähriger? fragte er sich.

Sie nahm die Perücke ab und überreichte sie mit einem Lächeln und einem Danke einem jungen Mann, der sofort begann, sie zu kämmen und die Locken in Ordnung zu bringen. »Wir können uns Zeit lassen«, beruhigte sie Ames. »Ich trage im dritten Akt im Gefängnis das gleiche Kostüm. Möchten Sie etwas trinken?«

Schon seine Aufregung und Unruhe standen in keinem Verhältnis zur Bedeutung dieses Gesprächs. Er mußte nicht noch zusätzlich Öl ins Feuer gießen. »Danke, ich trinke nicht.«

»Ich habe keinen Drink gemeint. Aber ich habe Apfelsaft hier.«

»Apfelsaft klingt großartig.«

Aus einem Krug, der auf der Kommode stand, schenkte sie

zwei Gläser ein und reichte ihm eines. »Er hat Zimmertemperatur. Schmeckt nicht besonders, aber Sängerinnen müssen vorsichtig sein, wenn sie zwischen zwei Akten etwas trinken. Ein Rülpsen auf der Bühne könnte katastrophal sein.«

»Darf ich das zitieren?«

Sie lachte, und sofort lag Herzlichkeit im Raum. Merkwürdigerweise drang die Herzlichkeit in einen Bereich in ihm ein, in dem er noch nie Herzlichkeit empfunden hatte, von dem er gar nicht gewußt hatte, daß es ihn gab.

»Was für Leute interviewen Sie für gewöhnlich?« erkundigte sie sich fröhlich. »Steigen Sie einfach auf die Guillotine und legen den Kopf unter das Fallbeil?«

»Einige. Ich überlasse die Entscheidung Ihnen.«

Ihre vollen Lippen verzogen sich amüsiert. »Danke für die Warnung. Sie werden doch keine peinlichen Fragen stellen, nicht wahr?«

»Das hängt davon ab, was Ihnen peinlich ist.«

»Das hängt davon ab, was Sie wissen wollen.«

»Was möchten Sie mir erzählen?«

»Es gibt nicht viel zu erzählen. Ich bin nur eine Dilettantin aus Hempstead, Long Island, die Profi geworden ist.« Die Bemerkung klang nach übertriebener, gespielter Bescheidenheit, bis sie zu lachen begann. »Es tut mir leid, aber das war zu blöd, nicht wahr? Ich versuche, mich so zu benehmen, wie man es bei einem Interview von mir erwartet, und habe nicht die leiseste Ahnung, was Sie von mir erwarten.«

Er wollte die Anziehung, die sie auf ihn ausübte, analysieren. Es war nicht nur ihre Schönheit, die offensichtliche Intelligenz, die leicht hochmütige Ungezwungenheit. Es handelte sich um etwas weitaus Subtileres. Er saß keinem einfachen, gutbürgerlichen Mädchen aus Hempstead, keiner französischen Kokotte und auch nicht einer der größten Künstlerinnen der Welt gegenüber. Er erlebte jemand anderen, einen Menschen, den sie eigens für diesen Augenblick schuf. Für ihn.

»Darf ich Ihnen eine abgedroschene Frage stellen?« wollte er wissen.

»Warum nicht? Schließlich befinden wir uns in einem Opernhaus.«

»Gehören Sie zu den ganz Großen?«

»Fragen Sie sie, nicht mich.« Sie zeigte auf die Wände, an die sie Bilder von Divas von einst und jetzt gehängt hatte. »Wenn Sie mich fragen, ich bin nur ein kleines Glied in einer langen, langen Kette.«

»Aber Sie sind in die Kette eingedrungen. Das schaffen nicht viele. Wieso ist es Ihnen gelungen? Oder war jemand dafür verantwortlich, daß es Ihnen gelungen ist?«

»Sie meinen damit, ob es meine Mutter, meine Lehrerin, ein heimlicher Mäzen war...«

Ihre Blicke trafen einander.

»Bitte, sprechen wir nicht über diese Gerüchte«, ersuchte sie ihn.

»War es die Kavalaris?« fragte er.

»Ariana hat in meinem Leben eine sehr große Rolle gespielt. Sie hat mich unterrichtet.«

»Manche Leute behaupten, daß sie Sie nach Ihrem Ebenbild geschaffen hat.«

»Manche Leute sind Idioten. Ich reiche nicht einmal annähernd an sie heran. Aber ich bemühe mich verdammt darum.«

Von da an ging es glatt. Er versuchte, sie nicht zu offen anzustarren, stellte Fragen, entlockte ihr die Antworten. Innerhalb einer Viertelstunde hatte er genügend Material für einen ordentlichen Artikel von fünf Seiten beisammen: die Hoffnungen, die Durchbrüche, die Enttäuschungen, das ganze farbige, oberflächliche Zeug. Und dann klopfte es, und eine Stimme rief: »Zehn Minuten, Miss Billings.«

Sie stand auf und ging zum Perückenständer. »Komisch. Ich habe Angst vor diesem Interview gehabt, aber Sie waren ganz anders, als ich erwartet habe. Ich habe mich dabei sogar amüsiert.«

»Danke... mir hat es ebenfalls Vergnügen bereitet.«

Er stand an der Tür und streckte die Hand nach der Klinke aus, als sie erwähnte: »Freitag in einer Woche trete ich im Fernsehen auf – Kanal dreizehn. Sind Sie jetzt gehörig beeindruckt?«

Er lächelte. »Ich werde mir die Sendung ansehen.«

»Ich habe Ihnen nicht viel erzählt. Sprechen ist nicht meine Stärke. Aber wenn Sie möchten – wenn Sie mich einen Tag lang begleiten und zuschauen wollen, wie eine Primadonna im Supermarkt Lebensmittel einkauft...«

»Das würde ich gern tun.« Er würde es sehr gern tun.

»Ich habe meine Termine nicht im Kopf. Ich rufe Sie an, sobald ich einen freien Tag habe.«

Er gab ihr seine Nummer.

Es stellte sich heraus, daß Fran für den Abend, an dem Vanessa Billings im Fernsehen auftrat, Ellen Stern und ihren Freund zum Dinner eingeladen hatte. Ames stocherte in dem Hummer auf seinem Teller herum und versuchte, sich für Ellen und ihren blonden Jüngling, einen affektierten Börsenmakler namens Chasen Montgrade, zu erwärmen.

»Die Kunst ist die Schöpfung ihrer Ausgestoßenen«, stellte Chasen fest.

Ames schluckte eine Entgegnung hinunter, entschuldigte sich und ging in die Bibliothek. Fünf Minuten später folgte ihm Fran und fand ihn vor dem Fernsehapparat.

»Was ist mit dir los, Ames? Wir haben Besuch. Wenn du dir etwas Wichtiges ansiehst, nimm es auf Band auf und schau es dir später an.«

Den Rest des Abends über hatte er das Gefühl, daß er mühsam durch tiefen Schnee stapfte. Ellen und Chasen verabschiedeten sich erst um halb zwei Uhr. Fran folgte Ames in die Bibliothek und sprach dabei über Ellen und die alten Zeiten in Vassar.

Er spulte das Band zurück und drückte die Wiedergabe-Taste. Auf dem Bildschirm erschien in Schwarzweiß das Gesicht einer Frau. Es war nicht Vanessas Gesicht. Er begriff, daß als Background-Information über ihre Lehrerin berichtet wurde. Er ließ das Band rasch weiterlaufen.

Fran gähnte. »Ich gehe zu Bett.«

»Ich komme bald nach«, versprach er.

Aber er kam nicht bald. Er spielte das Interview mit Vanessa bis vier Uhr früh immer wieder ab.

Er verbrachte den Samstag damit, daß er auf Vanessas Anruf wartete. Sie rief nicht an. Er versuchte zu arbeiten, aber er fand nicht die richtige Formulierung und konnte sich nicht länger als eine halbe Stunde konzentrieren.

Sie rief auch am Sonntag nicht an.

Er ließ ihr Band immer wieder laufen. Er schaute zu, wie sie dem Interviewer erklärte, warum sie sich für die Oper entschieden hatte. »Ich glaube an das Wunder und an die Romantik, die ich als Kind erlebt habe. Ich wünsche mir, daß die Welt dieser Vorstellung entspricht. Und die Oper erfüllt mir diesen Wunsch.«

Sie rief auch am Montag nicht an, und er bekam Angst, weil sie für sein Leben so große Bedeutung besaß.

»Stimmt etwas nicht?« fragte Fran verwirrt und besorgt.

Seine Gedanken kehrten vom anderen Ende des Sonnensystems zurück. »Ich bekomme diesen verdammten Artikel nicht in den Griff.«

»Kämpf nicht so verbissen darum.«

Er küßte sie schuldbewußt und hoffte, daß sie das Schuldbewußtsein nicht bemerken würde. Dann schloß er sich mit Telefon und Notizblock in seinem Arbeitszimmer ein. Er brachte keinen Buchstaben zu Papier, und es kam kein Anruf.

In dieser Nacht trank er.

Am nächsten Morgen brachte ihm Fran eine Tasse Kaffee ans Bett. Sie beobachtete ihn schweigend mit dem geduldigen Blick einer Frau, die auf jemanden wartet, der nie kommen wird.

»Im Anrufbeantworter ist eine Mitteilung für dich gespeichert«, bemerkte sie.

Er versuchte, seine Aufregung nicht zu zeigen, versuchte, sich Zeit zu lassen, während er zum Anrufbeantworter ging und auf den Knopf drückte.

»Ich rufe im Auftrag von Miss Billings an. Könnte Ames Rutherford sie heute mittag in der Perry Street Nummer 89, Apartment 2A, treffen?«

Es war eine Frauenstimme, aber nicht die Vanessas. Sie klang dunkel und drängend, merkwürdig vertraut und wieder nicht vertraut. Er ließ die Mitteilung noch einmal ablaufen und notierte sich die Adresse.

Fran stand in ihren rosafarbenen Jogging-Shorts im Türrahmen und erinnerte ihn: »Du bist zum Lunch mit deinem Agenten verabredet.«

»Verdammt. Das habe ich vergessen.« Er rief Horatio Charles an und fragte ihn, ob sie den Lunch um eine Stunde verschieben könnten.

Er rasierte sich, duschte und warf die erforderlichen Notizbücher sowie seinen Kassettenrecorder in die Aktentasche. Fran verabschiedete sich merkwürdig bedrückt von ihm.

Das Haus Nummer 89 in der Perry Street war drei Stockwerke hoch, mit rosafarbenen Stuck verziert, besaß keinen Fahrstuhl, und die Fassade war von alten Weinstöcken überwachsen. Als Ames beim Apartment 2A läutete, meldete sich niemand, also klingelte er beim Hausmeister.

Die leicht bucklige Frau, die das schmiedeeiserne Tor öffnete, mußte mindestens achtzig sein, aber ihr weißes Haar war dicht und ihre Augen, die ihn genau musterten, sehr lebendig.

»Miss Billings hat mich gebeten, sie im Apartment 2A zu treffen.«

Die alte Frau führte ihn hinkend durch einen schmalen Durchgang. Sie überquerten einen mittagshellen Hof. Vögel zwitscherten so lautstark, als wären sie übergeschnappt. Es gab Paradiesbäume, Beete mit blauen und weißen Petunien und einen plätschernden Marmorspringbrunnen mit einem efeuüberwachsenen Pan, der sich sorglos weit vornüberneigte.

Die Frau führte ihn eine Treppe hinauf und blieb vor einer Holztür mit einem Messing-A stehen.

Er wußte mit traumhafter Sicherheit, daß er schon einmal durch diesen Hof, diese Treppe hinauf, zu dieser Tür gegangen war.

Die Alte versetzte der Tür einen Stoß, und als sie sich nach innen öffnete, sangen die lange nicht geölten Angeln zwei Töne. Er hätte schwören können, daß er sich aus längst vergangener Zeit an diese Töne erinnerte: der Anfang von *Amazing Grace*. Das Apartment war staubig und düster, und die Einrichtung hätte in ein Motelzimmer gepaßt. Er war verdutzt. »Sie ist nicht hier?«

»Sie sind der erste«, meinte die Alte. »Lassen Sie sich Zeit. Ich bin unten, falls Sie die Wohnung mieten wollen.«

Sie schlurfte davon, und Ames begriff, daß er sich in einer möblierten Wohnung befand, die zu vermieten war.

Warum hat Vanessa mich gebeten, sie hier zu treffen?

Er ging ins nächste Zimmer. In ihm stand ein altmodisches Bett, auf dem die Baumwollimitation einer Steppdecke lag. Die Schranktür stand offen. Er hatte das überraschend sichere Gefühl, daß an der Wand neben dem Fenster ein Piano stehen sollte.

Er setzte sich auf das Bett. Die Uhr einer nahen Kirche schlug die Viertelstunde; nach einiger Zeit schlug sie wieder. Er hörte, wie das Tor zum Hof aufging, wie ein Hund bellte, und dachte: Das ist sie. Aber als er zum Fenster lief, war es nur eine dicke Frau mit rosafarbenen Lockenwicklern.

Wieder schlug die Kirchenuhr, und er wußte, daß sie nicht mehr kommen würde. Er ging die Treppe hinunter und schenkte der Alten sein strahlendstes Lächeln. »Falls meine Freundin noch kommen sollte, würden Sie ihr bitte ausrichten, daß sie mich in Ginos Restaurant in der Bleecker Street erreicht?«

Bis auf das Geräusch der Messer und Gabeln auf den Tellern verlief die Mahlzeit sehr ruhig. Horatio Charles trug einen maßgeschneiderten, sehr leichten grauen Anzug und sprach mit seiner leisen Princeton-Stimme über ein französisches Angebot für den Roman.

Ames blickte unaufhörlich zur Tür, aber Vanessa Billings stürzte nicht atemlos mit einer Entschuldigung und einer Erklärung herein. Sein Herz fühlte sich an wie brennender Stein.

Er nahm einen langen Zug aus seinem Bierglas. Das Gespräch

plätscherte dahin, aber im Geist sah er immer noch das Apartment in der Perry Street vor sich, die Wand, an der ein Piano stehen sollte, und das Tor, durch das sie zu Mittag hätte schreiten sollen.

Horatio Charles beglich die Rechnung. »Soll ich die Papiere nach East Hampton hinausschicken, oder wollen Sie vorbeikommen und unterschreiben?«

»Schicken Sie sie hinaus«, meinte Ames und hatte nicht die geringste Ahnung, womit er sich einverstanden erklärt hatte.

Er versuchte, Vanessa von einer Telefonzelle aus zu erreichen. Er erreichte ihren Anrufbeantworter und war zu gekränkt, um auf ihn zu sprechen und zuzugeben, daß er gekränkt war. Er fuhr viel zu schnell nach Hause und hörte die tagsüber eingetroffenen Nachrichten ab. Es handelte sich um die üblichen Fälle, bei denen die Hörer schweigend aufgelegt wurden, die falschen Verbindungen, eine teilweise Löschung, bei der er sich fragte, ob der Anrufbeantworter vielleicht nicht in Ordnung war, und einen Mann, der »Bitte rufen Sie Timothy an« sagte.

Das war alles. Ein Timothy, wer immer das sein mochte, aber keine Vanessa.

Als Fran vom Tennis nach Hause kam, fragte Ames sie, ob sie eine seiner Nachrichten gelöscht hatte. Sie sah ihn an, und in diesem Augenblick explosiver Stille begriff er. Sie weiß es. Sie weiß, daß der Zustand, der zwischen uns nie eingetreten ist, zwischen mir und jemand anderem eingetreten ist.

»Ich lösche nicht die Mitteilungen anderer Leute«, stellte sie fest.

Das war alles: Eine Frage, eine Antwort, und sie wußten beide, daß es von nun an bergab ging.

Kurz vor Mittag ging Fran fort; sie schlug die Tür hinter sich zu. Er rief Vanessa nochmals an, und wieder meldete sich der Anrufbeantworter. Diesmal hinterließ Ames eine Nachricht: »Hier ist Ames Rutherford. Bitte rufen Sie mich an.«

Von diesem Augenblick an war sein Büro nicht mehr der Raum, in dem er arbeitete, es war der Raum, in dem sie nicht anrief.

Nach zwei Stunden rief er ihren Agenten an. Richard Schiller meinte, Miss Billings sei sehr beschäftigt. Sie hatte Verpflichtungen in Europa und Südamerika, mußte in Bayreuth die Kundry singen, und offen gestanden waren Interviews nicht besonders wichtig, eigentlich gab sie nie welche.

»Sie hat mir vergangene Woche eines gegeben«, widersprach Ames.

»Dürfte ich dann fragen, warum Sie sie noch einmal sprechen wollen?«

»Ich brauche noch etwas persönlichen Background.«

»Miss Billings ist ein sehr zurückhaltender Mensch.«

»Sie hat es mir versprochen.«

Eine Pause folgte, und Ames wartete auf ein »Scheren Sie sich zum Teufel« oder darauf, daß Mr. Schiller auflegte. Doch was dann kam, war beinahe liebenswürdig.

»Wenn Sie Background wollen – ihre Eltern sind ausgesprochene Persönlichkeiten. Sie leben draußen auf Long Island. Warten Sie, ich gebe Ihnen die Telefonnummer.«

Das kleine weiße Holzhaus stand auf einem Eckgrundstück. Es gab Hochstammrosen, einen Weg aus Steinplatten, der zu einem makellos instandgehaltenen Vogelbad führte, und ein grauhaariger Mann in einem Hawaiihemd hörte auf, seinen Rasenmäher vor sich herzuschieben, und joggte zum Randstein.

»Hi, ich bin Stan Billings.« Eine rote Hand kam freundschaftlich durch das offene Fenster des Mercedes, und Ames schüttelte sie. »Stellen Sie Ihren Wagen in die Auffahrt. Kommen Sie herein und lernen Sie Ella-Viola kennen.«

Ella-Viola hatte rosafarbenes Haar, eine Bifokalbrille mit Glitzerfassung und ein rundliches Gesicht, das zum Lächeln geschaffen war. Sie bot Eistee an. »Oder möchten Sie etwas Stärkeres?«

Ames bemerkte das Segne-dieses-Haus-Schild über der Treppe. »Danke, Eistee ist genau das richtige.«

Ella-Viola setzte sich in den Schaukelstuhl und ließ eine halbfertige Rose in Petit-point-Stickerei auf ihren Schoß sinken. »Vanessa hat nicht über Nacht Erfolg gehabt, wie die Magazine behaupten. Sie hat gearbeitet, seit ihrer Kindheit darauf hingearbeitet, und es ging immer zwei Schritte vor und drei zurück, und nach dieser entsetzlichen *Traviata* in Philadelphia wollte sie schon aufgeben.«

»Laß doch Mr. Rutherford Fragen stellen, Ella«, unterbrach sie Stan.

Ella-Viola nahm den Vorschlag mit bewundernswertem Gleichmut hin. »Was möchten Sie denn gerne wissen, Mr. Rutherford?«

Ames sah sich im Wohnzimmer um, das mit ausgestopften Puppen, Bowling-Preisen und Regalen mit Tony-Bennett-Platten angefüllt war, und fragte sich unwillkürlich: Ein Opernsopran von Weltklasseformat ist aus dieser Umgebung hervorgegangen? Genausogut konnte eine Orchidee in einem Kleefeld wachsen.

»Nennen Sie mich bitte Ames.« Aus Dutzenden Interviews wußte er, daß die Kindheit wie ein Dosenöffner funktioniert. »Erzählen Sie mir, wie Vanessa als kleines Mädchen war.«

Während der nächsten beiden Stunden sprachen Stan und Ella-Viola über einen lebenden Menschen und nicht über ein nationales Denkmal.

Ihn interessierte vor allem ein Punkt, der ihm ein Rätsel blieb, denn die Eltern versuchten gar nicht, es zu lösen. Vanessa hatte in *Traviata* versagt, in der Rolle, die zehn Jahre später zu ihrem größten Triumph wurde, und zwar so vollständig versagt, daß sie verschwunden war, alle Kontakte zur Oper, ihren Freunden, ihren Verwandten abgebrochen hatte – bis zu ihrem überraschenden Comeback beim Begräbnis ihrer Lehrerin.

»Was hat sie während dieser Jahre getan?« fragte Ames.

»Sie spricht nie darüber«, antwortete Ella-Viola. »Wir haben geglaubt, daß sie tot ist.«

Die letzten Sonnenstrahlen fielen auf den Teppichboden, als Ames sich endlich bei Stan und Ella bedankte, Notizbuch und Kassettenrecorder einpackte und wieder in den Mercedes stieg.

Er fuhr drei Straßen weit. Bei der Kreuzung von Albemarle und Kingston schnitt ihm eine schwarze Limousine den Weg ab. Ein großer Mann in Chauffeurlivree stieg aus und winkte Ames an den Randstein.

»Mr. Rutherford?« Seine Stimme war leise und ausdruckslos. Er öffnete Ames' Tür. »Mr. Stratiotis wäre Ihnen dankbar, wenn Sie ihm einen Augenblick Gesellschaft leisten könnten.«

Ames sah keine Möglichkeit abzulehnen. Er wollte sich auf keinen Boxkampf einlassen, und der Reporter in ihm sagte: Kneif nicht. Der Chauffeur begleitete ihn zur Limousine, und er trat aus dem schwülen Nachmittag in die weiche Kühle der Klimaanlage des schwarzen Lincoln Continental.

Ames und Nikos Stratiotis starrten sich aus den beiden Ecken des Rücksitzes an. Auf einer antiken Tischplatte, die an der Trennwand befestigt war, stand ein silbernes Tablett mit Flaschen, Gläsern und Eis. Stratiotis beugte sich vor und schenkte einen Chivas on the rocks ein.

»Das trinken Sie doch, nicht wahr?«

Ames nahm das Glas entgegen. »Danke. Warum nicht?«
Stratiotis hob sein Glas zu einem stummen Toast. Aus den Bläschen schloß Ames, daß es Perrier und Limone enthielt.

»Sie haben Vanessa Billings angerufen«, stellte Stratiotis fest.

»Ich habe ihren Anrufbeantworter angerufen.«

»Warum?«

»Ich schreibe einen Artikel über sie.«

»Ich wäre Ihnen dankbar, wenn Sie es nicht täten.«

»Es ist mein Job.«

»Wer bezahlt Sie?«

»Ich bedaure.«

»Ich kann es herausbekommen.«

»Aber nicht von mir.«

»Mr. Rutherford, meiner Meinung nach müssen Sie bereits mit allerhand fertig werden.« Stratiotis fiel das graumelierte schwarze Haar in einer schöngeschnittenen Welle in die Stirn. »Sie haben eine Frau, von der Sie sich trennen wollen, Sie haben literarische Freunde, die Opium rauchen, und angeblich entwickeln sich Ihre Trinkgewohnheiten zu einem beachtlichen Problem. Sie brauchen nicht auch noch Vanessa Billings.«

Ames schaute zum Chauffeur hinter der geschlossenen Glasscheibe hinüber. »Ich weiß nicht, von wem Sie diese Informationen haben, aber sie sind Mist.«

»Meine Quellen sind verläßlich. Bitte vergessen Sie den Artikel.«

Das Bitte beeindruckte Ames nicht. Stratiotis befahl, er bat nicht. Irgendwie war es rührend. Der Mann war offensichtlich verliebt und versuchte einfach, sein Eigentum zu schützen; er beging nur einen Fehler, daß er es, wie alles in seinem Leben, mit einem Bulldozer tat.

Ames fragte sich: Was hat Vanessa an sich, daß dieser Mann sie so liebt; ist es das gleiche, was mich an ihr fasziniert? Warum schwimme ich ihretwegen wie ein Lachs gegen den Strom?

Es kam für ihn nicht in Frage, den Artikel zu vergessen, aber er dachte auch nicht daran, einem so mächtigen Mann wie Stratiotis offen nein zu sagen.

»Ich vergesse ihn, sobald mein Chef seinen Vorschuß zurückverlangt.« Was nie der Fall sein würde, wenn er Greg Hatoff richtig einschätzte.

»In diesem Fall«, erwiderte Stratiotis, »wird sich Ihr Chef mit Ihnen in Verbindung setzen.«

Doch Greg Hatoff setzte sich keineswegs mit ihm in Verbindung, und es stellte sich heraus, daß das Zusammentreffen mit Stratiotis genau der Ansporn war, den Ames gebraucht hatte.

Er durchstöberte in der örtlichen Bibliothek die Zeitungen der letzten elf Monate nach Sensationsberichten über Vanessa. Er fotokopierte drei Tage lang in New York Artikel aus den Archiven der *Times* und der *Post*. Er nahm viermal den Lunch mit einem trinkfreudigen Opernfan und hielt alle Gerüchte über die Billings auf seinem Kassettenrecorder fest.

Dann hing er das Schild GENIUS AT WORK an die Tür seines Arbeitszimmers und begann, das Material zu ordnen.

Die ganze Zeit über beobachtete ihn Fran schweigend und besorgt.

Er arbeitete bereits die zweite Woche an seinem Artikel, als das Telefon in genau dem falschen Augenblick klingelte und einen sehr komplizierten Gedankengang unterbrach. Er hatte genug von seiner Stimme auf dem Tonband und hob ab, bevor sich der Anrufbeantworter einschalten konnte.

»Ames?«

Es war Vanessa. Er erkannte ihre Stimme sofort. Das Zimmer wurde hell, als wäre die Sonne aufgegangen.

»Wie ist es Ihnen gegangen?« fragte sie.

Wie es mir gegangen ist? Ich bin verrückt geworden, während ich darauf gewartet habe, daß Sie mich anrufen, und jetzt sind Sie am Apparat, und ich fühle mich noch achtmal verrückter. Aber es ist nicht der richtige Augenblick, um darauf einzugehen. Außerdem will ich nicht, daß Sie merken, was für ein Idiot ich bin. Höchste Zeit, daß ich stark, attraktiv, erfolgreich wirke.

»Ach, mir ist es gutgegangen. Und Ihnen?«

»Ich war nicht in New York – Chicago hat mich für drei *Troubadour*-Aufführungen gebraucht; es handelt sich nicht gerade um meine Lieblingsrolle. Sie entspricht nicht meiner Stimmlage, aber verraten Sie das niemandem.«

»Und deshalb haben Sie vermutlich unsere Verabredung vergessen.«

»Verabredung? Wir hatten eine Verabredung? Das tut mir leid, Ames. Meine Sekretärin hat offenbar vergessen, mich daran zu erinnern. Wir haben alle verrückt gespielt, mein Korrepetitor hat Grippe gehabt, ich arbeite mit einem Wahnsinnigen, ich suche eine neue Wohnung, und nichts läuft, wie es soll. Wollen Sie immer noch, daß wir uns treffen, oder stehe ich jetzt auf der Liste Ihrer Feinde?«

»Ich führe keine Liste meiner Feinde, und wenn ich es täte, würden Sie bestimmt nicht darauf erscheinen.«

»Warum sind nicht alle Kritiker so nett wie Sie? Wollen wir uns morgen treffen? Zu Mittag?«
»Und ob.«
»Wo?«
»Warum nicht in der Perry Street Nummer 89?«
»Ich komme.«

Vanessa legte auf, und dann fiel ihr etwas Merkwürdiges ein; sie hatte morgen um elf eine *Salome*-Probe an der Met. Wie habe ich das nur vergessen können?

Es bedrückte sie seltsamerweise, daß sie Ames Rutherford anrufen und die Verabredung absagen mußte.

Sie fragte sich, was sie an ihm so anziehend fand. Es hing mit seinem ungezwungenen, fröhlichen Lachen und mit seinen Augen zusammen. In seinem Blick lagen Intelligenz und die Andeutung eines Geheimnisses. Sie hatte das Gefühl, daß dieser Fremde sie besser kannte als sie sich selbst, daß er alles über ihre Vergangenheit, ihre Gedanken, ihre Hoffnungen wußte.

Sie ging zum Fenster, öffnete es weit und beugte sich hinaus. Es war ein strahlend klarer Nachmittag. Von der Straße kam undeutlicher, aber gleichbleibender Lärm, wie ein leiser Akkord, der auf einer Orgel gehalten wird.

Sie rief ihren Agenten an.

»Ich kann morgen nicht proben, Richard. Ich habe eine Art Darmgrippe.« Es handelte sich um eine glatte Lüge, und dennoch war sie voll Sehnsucht, Glück und Wahrheitsliebe. Morgen würde Ames Rutherford ihre Wirklichkeit sein, nicht die Salome. »Können Sie an meiner Stelle absagen?«

Der vielsagende Seufzer eines sehr erfahrenen Agenten kam aus dem Hörer. »Sie wissen, daß Sie den Chor bezahlen müssen?«

»In *Salome* gibt es keinen Chor, und es handelt sich nur um eine Klavierprobe. Bitte, Richard! Nur dieses eine Mal?«

»In meiner langen, tragischen Karriere habe ich etwas gelernt: daß es im Opernbetrieb kein ›Nur dieses eine Mal‹ gibt. Aber schön, nur dieses eine Mal.«

40

Ames, seine Notizbücher und sein Kassettenrecorder trafen um Viertel vor zwölf im rosafarbenen Haus in der Perry Street ein. Fünf vor zwölf war sie noch immer nicht erschienen.

Sie kommt nicht.

Um zwölf Uhr fuhr ein Taxi vor, dem sie strahlend entstieg. Sie war von Kopf bis Fuß in helles Himbeer gekleidet, und seine Augen konnten nicht von ihr lassen.

»Hi«, grüßte sie.

»Hi.«

Für eine freundschaftliche Begrüßung gingen sie etwas zu rasch aufeinander zu. Er erkannte, daß sie sich im nächsten Augenblick umarmen würden, und spürte, daß sie es ebenfalls erkannte. Dann trat jeder einen halben Schritt zurück, und sie streckte die Hand aus.

»Wie großartig, daß ich heute nicht die Salome singen muß«, sagte sie.

»Und wie großartig, daß ich heute nicht an der Schreibmaschine sitzen muß.«

Ames läutete beim Hausmeister, die alte Frau erschien und öffnete das Tor. »Wir möchten die Wohnung noch einmal besichtigen«, erklärte er.

Die alte Frau führte sie in den kleinen Garten. Sie kniff die Augen zusammen, weil die Sonne sie blendete, und starrte Vanessa an: »Sie wissen ja, wo sie ist.«

Ames führte Vanessa die Treppe hinauf. Er spürte, daß sie zögerte. Er stieß die Tür mit dem Messing-A auf, und die Angeln sangen zwei Töne aus *Amazing Grace*.

Sie betrat langsam den Raum. Während ihre Augen die Wände absuchten, bemerkte Ames verschiedenes an ihr: Wie glatt ihre leicht sonnengebräunte Haut war, wie tief graugrün ihre Augen leuchteten, wie hoch aufgerichtet sie ging, als beobachteten sie viertausend Menschen. Sie hob sich strahlend von den Wänden ab.

»Wie lautet das Urteil?« fragte Ames. »Entspricht die Wohnung?«

Sie sah ihn verwirrt an. »Wofür sollte sie entsprechen?«

»Sie suchen doch eine neue Wohnung?«
»Ja, das schon... aber keine möblierte Wohnung ohne Fahrstuhl im Village.«
Er runzelte die Stirn. Da stimmte etwas nicht. »Warum haben Sie mir dann vorgeschlagen, Sie hier zu treffen?«
Sie starrte ihn an. »Sie haben es doch mir vorgeschlagen!«
»Letztes Mal hat mir Ihre Sekretärin mitgeteilt, daß ich zu Mittag hiersein soll. Ich war hier, aber Sie haben sich nicht blicken lassen.«
»Meine Sekretärin behauptet, daß sie Sie nie angerufen hat.«
»Aber jemand hat mich angerufen.«
»Cynthia war es jedenfalls nicht. Außerdem, warum sollte ich jemanden, den ich treffen will, ausgerechnet hierher bestellen?«
»Moment mal, sehen Sie mich nicht so an, ich bin unschuldig.«
Doch sie starrte ihn weiterhin an, und er nahm an, daß sie das gleiche merkwürdige Gefühl hatte wie er bei seinem ersten Besuch in dieser Wohnung.
»Ohne die schäbige alte Einrichtung könnte es eine gemütliche Wohnung abgeben, finden Sie nicht?« meinte er.
»Ich weiß nicht. Ich fühle mich in einer Wohnung nur dann zu Hause, wenn ein Klavier vorhanden ist.«
Er hatte keine Ahnung, warum er den nächsten Satz sagte. Offenbar wollte er sie testen. »Es gibt ein Klavier.«
Sie schaute ihn an, ging dann zur geschlossenen Tür, öffnete sie und wandte sich der leeren Wand zu. »Wo?«
»Warum sind Sie geradewegs auf diese Ecke zugesteuert?«
»Weil es der logische Platz für ein kleines...«
Sprich es aus: für ein kleines Klavier.
Doch sie riß sich zusammen und ließ ihn nicht aus den Augen: »Soll das ein Trick sein?«
»Natürlich. Das ist doch die Masche aller Interviewer, nicht wahr?«
»Sie interviewen mich hier?«
»Warum nicht? Es ist gemütlicher als jedes Lokal.«
Sie lächelte, und es war, als wäre eine Gewitterwolke abgezogen. Sie setzten sich, und er stellte seinen Kassettenrecorder auf den Glastisch.
»Sie sind vermutlich mehr an der Billings interessiert als an mir.«
»Gibt es einen Unterschied zwischen den beiden?«
»Die Billings singt. Ich esse Fertigmenüs und schaue mir rührselige Fernsehserien an.«
»Fangen wir mit der Billings an.«

Es war, als mache sie sich liebevoll über jemand Abwesenden lustig. Sie erzählte ihm von den Jahren unerbittlicher Disziplin, von der Besessenheit, mit der die Billings die Muskeln ihres Körpers und ihrer Stimme geschult hatte. »Die Billings hat niemals aufgehört zu lernen – weder in bezug auf Technik noch auf Rollen. Und wenn sie in Form ist, kann sie sie nie lang halten: vielleicht vier Stunden, für die *Götterdämmerung* sechs. Dann muß sie von vorn mit dem idiotischen do-re-mi anfangen. Für jede Stunde, die sie in Höchstform auf der Bühne steht, braucht sie dreißig, in denen sie sich zu Tode schindet.«

Sie weigerte sich, über die Zeit nach der katastrophalen *Traviata* in Philadelphia zu sprechen, als sie untergetaucht war. Andererseits erzählte sie ihm Dinge über sich, die noch kein Journalist erwähnt hatte.

»Die Billings kann sehr unangenehm werden, wenn sie nach einer Vorstellung nicht heiße Milch und dunklen Likör mit Sirup bekommt. Es tut ihr natürlich nicht gut; im Gegenteil, Milch erzeugt Schleim. Aber ihre Großmutter hat es ihr gegeben, als sie noch ein Kind war, und keine Diva trennt sich gern von ihren schlechten Gewohnheiten.«

Sie erzählte ihm von den Liedern, die sie seit ihrer Kindheit im Gedächtnis bewahrte, die Schlager, die Volkslieder, die leichten Klassiker, mit denen jeder beginnt, Musik, die ihr heute noch über Depressionen hinweghalf und ihr den Glauben ans Leben wiedergab.

»Ich kann mir nicht vorstellen, daß Sie jemals deprimiert sind oder den Glauben an etwas verlieren«, meinte Ames.

Sie sah ihn lange an. Einen Augenblick lang hielten sie einander mit dem kühlen Zittern ihrer Blicke gefangen.

Und plötzlich dachte er nicht mehr an das Interview. Er spürte die Leere in sich, das Unausgefülltsein, die nie gesättigte Vergangenheit, die nach Erfüllung rief.

Jetzt war sie ihm auch sexuell sehr bewußt. Noch nicht. Ich könnte sie jetzt küssen, aber ich werde es nicht tun.

Doch es kam ganz anders. Überrascht stellte er fest, daß er aufstand. Diese Handlung erforderte keinen Entschluß, keine Entscheidung. Es war, als würde jemand anderer auf sie zugehen.

Sie streckte die Hand aus. Als sie seine Wange berührte, lief ihm ein Schauer der Erregung über die Haut. Keiner von ihnen bewegte sich, und er wußte genau, daß sie das gleiche Verlangen empfand wie er.

Er legte ihr die Hände auf die Schultern, beugte sich vor und berührte mit seinen Lippen leicht die ihren. Einen Augenblick lang reagierte sie nicht, dann schlang sie mit einem winzigen Aufstöhnen die Arme um ihn und drückte ihren Körper an seinen, während sich ihre Lippen hungrig öffneten.

Er schmeckte die kühle Spitze ihrer Zunge. Der Kuß hörte nicht auf. Es war ein Kuß, nach dem es kein Zurück mehr gab. Er ging zur Tür und versperrte sie.

»Hier hinein.« Er führte sie ins Schlafzimmer.

Wieder war nicht er derjenige, dessen Herz klopfte, der ihre Bluse wegschob und ihre Brüste küßte. Nicht er öffnete ihren Rock und reichte ihr die Hand, als sie aus ihm herausstieg.

Und dennoch war er derjenige, der ihr Geliebter wurde.

Vanessa stürzte verwirrt, erschöpft und fröhlich in ihre Wohnung. Ihr Blick fiel auf einen Strauß Rosen, die anders waren als alle, die sie bis jetzt gesehen hatte. Sie waren perlmuttrosa, und an der Basis jedes Blütenblatts befand sich ein feuerrotes Muttermal. Als sie sich bückte, um an ihnen zu riechen, erblickte sie ein Billett mit Nikos' Schrift. *Es tut mir leid, daß Du Dich nicht wohl fühlst.*

Im anderen Zimmer läutete ein Telefon. Cynthias grauer Haarknoten zitterte, als sie den Korridor betrat. »Er ruft seit elf Uhr stündlich an.«

Vanessa hob ab.

»Du fühlst dich nicht wohl?« fragte Nikos.

»Es ist schon wieder in Ordnung. Ich bin nur ein bißchen erschöpft.«

»Es sieht dir nicht ähnlich, eine Probe abzusagen.«

Tiefe Traurigkeit überkam sie. Er war aus dem Mittelpunkt ihres Lebens an den Rand gerückt. »Ich bin todmüde, Nikos. Können wir nicht morgen miteinander sprechen?«

»Natürlich. Ich liebe dich.«

Sie schwieg einen Augenblick zu lang. »Ich liebe dich auch.«

Am nächsten Tag vergrub sich Ames in sein Arbeitszimmer. Er wußte, was er wollte: nicht den üblichen Prominentenschmus über Haus, Schmuck und Limousinen, sondern einen Bericht über den Menschen Vanessa, gesehen durch das Auge einer Kamera.

Er las seine Notizen durch. Ganze Szenen fielen ihm mit überraschender Deutlichkeit ein.

Nicht nur die Gespräche. Wie sie gelächelt hatte. Der Augenblick, als sie sich berührt hatten. Wie sie ihn angesehen hatte.

Aber er konnte nichts davon aufs Papier bringen. Es war, als wollte er Wolken an ein Brett nageln.

Fran tauchte immer wieder in der Tür auf. Manchmal brachte sie ihm Kaffee oder ein Sandwich, und manchmal war sie einfach da, und er hatte das beunruhigende Gefühl, daß sie ihn überwachte.

»Es ist ein schöner Tag«, meinte sie. »Hast du nicht Lust auf einen Spaziergang?«

»Tut mir leid.«

»Komm schon. Seit einem Monat sind wir nicht mehr zusammen spazierengegangen. Du fehlst mir.«

»Warum muß ich dir gerade dann fehlen, wenn ich etwas schreiben will?«

Sie starrte ihn an, und ihre Stimme klang gespannt wie eine straffe Saite. »Ich lebe seit zwölf Jahren mit dir zusammen, und weißt du, was lächerlich ist? Manchmal habe ich immer noch keine Ahnung, wer du bist oder was du von mir erwartest.«

Er zwang sich seufzend zu Geduld. »Ich bin Ames Rutherford, ich versuche, Schriftsteller zu sein, und du kannst tun, was du willst, wenn du mich nur in Ruhe läßt, bis ich diesen Artikel geschrieben habe.«

An der plötzlichen Stille merkte er, daß er sie angeschrien hatte.

Sie wurde rot, verließ schnell das Zimmer und knallte die Tür hinter sich zu. Dann war sie wieder da und sah Ames mit einer stummen Bitte in den Augen an. »O Gott, bitte, nimm mich in die Arme.«

Er stand auf und schloß sie in die Arme.

»Ich habe solche Angst«, flüsterte sie. »Ich sehe dich nie, und wir haben uns seit achtzehn Tagen nicht mehr geliebt. Ich hasse diesen Artikel, weil er dich so sehr in Anspruch nimmt, und ich habe Angst davor, daß ich dich verlieren könnte.«

»Daß du mich an einen Artikel verlierst?«

»An sie.«

»Von wem sprichst du, zum Teufel?«

Er wußte, von wem zum Teufel sie sprach, und erkannte, daß sie wußte, daß er es wußte, aber ihre Augen dankten ihm für die Lüge.

Er machte es auf die einzige Art wieder gut, die er beherrschte: Er bereitete das Abendessen zu. Hummerschwänze schmorten mit Parmesan und dicken Klecksen Senf auf großer Flamme. Sie aßen auf der Terrasse, wo eine kühle Brise sie umfächelte.

»Darf ich dich fragen, wie es dem Artikel geht?«

»Besser, viel besser«, log er.

Nach dem Abendessen ging er wieder an seine Arbeit. Er versprach, daß es nur eine Stunde dauern würde, aber es war vier Uhr morgens, als er ins Schlafzimmer kam.

Durch den Spalt unter der Badezimmertür kam Licht hervor. Frans Gesicht hob sich vom Kissen ab. Sie lag auf der Seite und atmete tief.

»Fran?«

Keine Antwort.

Er zog sich aus, duschte, schaltete dann das Licht aus und tastete sich vorsichtig durch die Dunkelheit. Er glitt sehr langsam ins Bett, um sie nicht zu stören. Aber sie bewegte sich, ihre Brüste drückten sich an seinen Rücken, und er begriff, daß sie auf ihn gewartet hatte.

Er drehte sich um, schloß die Augen und betete darum, daß er imstande sein würde, sie zu lieben.

Er legte die Arme um sie. Seine Lippen glitten über ihren Mund, streiften ihn aber nur, küßten nicht. Sie begann zu reagieren, doch er wich zurück, und seine Gedanken flohen zu Vanessa.

Er fuhr Fran mit den Lippen über die Wangen und ließ sie dann sehr langsam mit kreisförmigen Bewegungen zu ihren Brüsten hinuntergleiten. Für gewöhnlich regte es ihn an, aber heute klappte es nicht.

Seine Fingerspitzen berührten ihr Gesicht. Sie hatte die Augen geschlossen, und ihre Wangen waren feucht. Sie weinte.

»Es tut mir leid«, flüsterte er.

Sie rollte sich von ihm weg und errichtete aus ihrem Schweigen eine Mauer. Ein Ozean des Mißverständnisses breitete sich zwischen ihnen aus.

»Schlaf ein«, sagte sie. »Bitte schlaf ein. Ich liebe dich, und es spielt keine Rolle.«

Natürlich spielte es eine Rolle, sogar eine große Rolle.

Er hatte sich zu rasch in zu vielerlei Hinsichten verändert, und alles hatte mit seiner Arbeit an dem Opernartikel begonnen.

Sie wartete, bis er zu seinem monatlichen Haarschnitt in die Stadt fuhr, dann warf sie alle Bedenken über Bord und durchsuchte Hals über Kopf sein Arbeitszimmer. Sie spielte seine Kassetten stichprobenartig ab. Offenbar hatte er vier Stunden lang die üblichen albernen Fragen gestellt: Wo-haben-Sie-studiert und Was-essen-Sie-am-liebsten.

Sie blätterte rasch seine Notizbücher durch, die Körbchen für die abgehende und die ankommende Post auf seinem Schreibtisch, in denen er die Manuskripte aufbewahrte, die er gerade ausarbeitete. Sie durchsuchte die Schreibtischladen, die Schränke, die Regale. Sie leerte den Papierkorb aus. Sie schaute sogar unter die Kissen und hinter die Bilder.

Nach eineinhalb Stunden hatte sie nicht das geringste gefunden.

Nichts Getipptes, nichts Handgeschriebenes, nichts Notiertes, Gekritzeltes oder wenigstens Gezeichnetes. Er hatte sich drei Tage lang in sein Zimmer eingesperrt und sie ausgeschlossen, aber überhaupt nichts zu Papier gebracht.

Als sie hörte, daß die Räder seines Wagens auf dem Kies der Einfahrt knirschten, warf sie einen letzten Blick auf seinen Schreibtisch und bemerkte sein Adreßbuch. Instinkt riet ihr, es zu öffnen.

Ein ordentlich gefaltetes, beschriebenes Stück Papier fiel zu Boden.

Sie bückte sich und hob es auf.

Sie war auf einen lauten Knall vorbereitet, doch es wurde nur ein Flüstern. Auf dem Papier stand, nicht von Ames' Hand, eine New Yorker Telefonnummer. Darunter tanzte und hüpfte der Name Vanessa über die Seiten – wie oft? Sie zählte.

Zweiundsiebzigmal.

In Ames' Schrift.

41

Das Dinner bestand aus frischem Alsenroggen mit Speck, delikaten grünen Bohnen und Schweigen. Ames reagierte auf Frans Versuche, ein Gespräch in Gang zu bringen, höflich, aber einsilbig. Sie wußte, daß es der falsche Augenblick war, und sie wußte auch, daß sie sich nicht beherrschen konnte, wenn sie zornig war. Aber sie konnte nicht mehr schweigen.

»Interessiert dich denn unsere Beziehung überhaupt nicht mehr? Versuche nur ich, unsere Liebesaffäre, oder was immer uns verbindet, zu retten?«

»Bitte, Fran, ich weiß, daß ich dich entsetzlich vernachlässigt habe, aber sobald ich mit meinem Artikel fertig bin –«

Sie wußte, daß sie kämpfen mußte und über keine Waffen verfügte: Sie war weder raffiniert noch berühmt noch geheimnisvoll. Sie besaß nur die Wahrheit. »Gib es auf, Ames. Du hast drei Tage und Nächte dort drinnen gearbeitet, und die Seiten sind leer.«

Er starrte sie an, als hätte es ihm die Rede verschlagen.

»Bis auf diese eine.« Sie hob das Blatt hoch.

»Wo hast du das her?«

»Ich habe dein Zimmer durchsucht.«

Er antwortete nicht.

»Hast du ein Verhältnis mit ihr?« fragte sie.

Er stand auf. »Ich glaube nicht, daß –«

»Denn wenn es der Fall ist, dann möchte ich es wissen. Ich werde mich nicht weitere zwölf Jahre schuldbewußt und verantwortlich fühlen, wenn du dich von mir zurückziehst, wenn eigentlich du derjenige sein müßtest, der sich schuldbewußt und verantwortlich fühlt.«

»Du beschuldigst mich? Du mit deinem Timothy?«

Sie starrte ihn mit offenem Mund an. »Timothy?«

»Er ruft dich an, und du löschst seine Nachrichten, damit ich nichts merke.«

»O mein Gott, du glaubst, daß ich ein Verhältnis mit Timothy habe?«

»›Ruf mich an, wenn du sprechen kannst... Wann können wir uns treffen...‹ Was soll ich denn annehmen?«

»Timothy ist ein süßer, weißhaariger, siebzig Jahre alter Mann und mein Anonyme-Alkoholiker-Helfer.«

»Erzähl mir das noch einmal. Dein Anonyme-was?«

»Ich war bei einigen Anonyme-Alkoholiker-Treffen. Es handelt sich um eine Selbsthilfegruppe für die Familien und Freunde von Alkoholikern.«

Einen Augenblick lang sah Ames sie an wie ein Tier, das in die Falle gegangen ist. »Du erzählst den Leuten, daß ich Alkoholiker bin?«

»Du trinkst, Ames. Sieh dich doch an. Du kannst dich nur vom Tisch erheben, wenn du ein Glas in der Hand hast.«

Er sah das Glas an. »Deshalb bin ich noch lange kein Alkoholiker.«

»Du trinkst, du bringst dich um, und ich lasse mich nicht ebenfalls von dir umbringen. Ja, ich besuche diese Treffen. Zweimal wöchentlich. Und ja, ich erzähle Timothy alles, und er hilft mir, mit dem Schlamassel fertig zu werden, in dem wir leben.«

Der Zorn machte ihn blind. Das letzte, was er später von diesem Abend wußte, war, daß er sich mit einer Flasche Wodka in seinem Arbeitszimmer verbarrikadiert hatte.

Als er am Morgen in die Küche schwankte, weil er Kaffee

brauchte, fühlte sich sein Kopf an wie eine Trommel, und Frans Schweigen schlug darauf einen Trauermarsch. »Ich muß mich vermutlich bei jemandem entschuldigen«, murmelte er.

»Du weißt wohl nicht mehr, was du alles gesagt hast.« Aus ihrem Blick schloß er, daß die Äußerungen, an die er sich nicht mehr erinnerte, ganz schön scheußlich gewesen sein mußten.

Das Telefon klingelte. »Ich bin es, Ames, Vanessa. Geht unser Interview weiter?«

Fran schenkte sich gerade die zweite Tasse Kaffee ein, maß sorgfältig einen Löffel voll Bio-Honig ab und rührte um.

»Natürlich«, antwortete er.

»Gleicher Ort?«

»Natürlich.«

»Halb eins?«

»Natürlich.«

Fran wandte den Kopf und sah ihn an. Einen Augenblick lang lag tiefe Schönheit in ihrem Kummer, und plötzlich war er innerlich zerrissen.

Er legte auf und begann, sich rasch und energisch zu bewegen. Er zog ein frisches Brooks-Brothers-Hemd und saubere Jeans an. Er steckte die richtigen Papiere in seine Aktentasche. Er holte die Autoschlüssel.

Fran blickte kommentarlos, aber traurig in ihren Kaffee. »Vergiß nicht, daß wir heute abend bei den Currys zum Dinner eingeladen sind. Um achtzehn Uhr dreißig. Letztes Mal sind wir zwei Stunden zu spät gekommen. Es ist unsere letzte Chance.«

Er brauchte einige Sekunden, um in die Welt der Dinner und des »Heute abend« zurückzukehren. »Ich werde pünktlich sein.«

Vanessa war vor ihm in der Wohnung in der Perry Street, stand am Fenster und schaute in den Garten hinunter. Als er hereinkam, drehte sie sich um. »Ich habe schon geglaubt, daß du nicht mehr kommst.«

»Der Verkehr hat mich aufgehalten.«

»Du hast mir gefehlt.«

»Du hast mir ebenfalls gefehlt.«

Es war ein seltsamer, befangener, schöner Augenblick.

Er schaltete umständlich den Kassettenrecorder ein und stellte ihr ein paar dumme Fragen über Kritiker.

»Würdest du dieses Gerät abstellen, Ames?«

Er stellte das Gerät ab.

»Bitte komm zu mir herüber.«

Er klappte sein Notizbuch zu und durchquerte das Zimmer. »Noch vor einer Minute habe ich dort drüben gesessen und hätte meine Seligkeit dafür gegeben, daß ich wieder deine Hand halten darf. Und jetzt halte ich deine Hand.«
»Komm näher. Halte mich ganz und gar.«
Er kam näher, schloß sie in die Arme. Seine Stimme war ganz weich, als er sagte: »Weißt du, daß ich in der vergangenen Woche nur an dich gedacht habe?«
»Ich weiß es nicht. Erzähl es mir.«
»Wenn ich die Augen schließe, sehe ich dich, wenn es mitten in der Nacht ganz still ist, höre ich dich. Wenn du wüßtest, wie sehr ich mich danach sehne, dich zu lieben...«
»Ich sehne mich auch danach, Ames.«
Er küßte sie. Zuerst leicht auf die Stirn, dann sanft auf ein Auge und dann auf das andere, dann weniger sanft auf die Wangen und schließlich voll, tief und gar nicht sanft auf den Mund.
Sie trat zurück und führte ihn ins Schlafzimmer. Noch bevor sie das Bett erreichten, hatte er eine Erektion. Sie zogen sich rasch aus, und sie öffnete sich seiner Umarmung.
»O ja, Ames, o ja.«
Ohne sich voneinander zu lösen, liebten sie sich dreimal, und die drei Male gingen fließend ineinander über.
Später lagen sie im Bett nebeneinander. »Jetzt ist es wohl passiert«, meinte er. »Wir haben eine Affäre. Wir treffen uns heimlich, lieben uns. So geht es doch bei einer Affäre zu, oder was meinst du?«
»Ich wollte, daß es dazu kommt«, gestand sie.
»Ich auch.«
Sie drückte sich an ihn. »Wann wolltest du es zum erstenmal?«
»Als ich dich zum erstenmal gesehen habe.«
»Ich auch.« Dann schwieg sie. »Aber du hast eine Freundin.«
»Und du einen Freund.«
»Liebst du sie?«
»Nicht mehr. Schon lange nicht mehr. Liebst du ihn?«
Sie antwortete nicht.
»Es wäre mein Tod, wenn du ihn liebst.«
»Warum?« Er wußte, was er von ihr hören wollte, aber sie sagte es nicht. »Und du?«
»Ich weiß nur eines, Ames, daß ich den Rest meines Lebens mit dir verbringen will, und wenn das nicht möglich ist... werde ich sterben.«

Er lag noch neben ihr im Bett, als er bemerkte, daß das Licht im Hof in abendliches Dunkel überging.

»O Gott.« Er griff nach dem Haufen aus Kleidungsstücken auf dem Boden, auf den er seine Uhr gelegt hatte. »Ich bekomme Schwierigkeiten. Wo gibt es hier ein Telefon?«

»Rufst du mich noch diese Woche an?«

»Morgen, okay?« Er küßte sie, und sie hielt ihm seinen Kassettenrecorder hin. Er sah sie an, und sein Herz setzte einen Schlag lang aus. »Du bist verdammt wunderbar, weißt du das?«

»Was bist du, ein Kritiker?«

»Nur jemand, der sehr, sehr lange auf jemanden gewartet hat, der genauso ist wie du.« Er wollte sie wieder küssen, aber sie wehrte ihn überraschend entschieden ab.

»Ecke Bleecker. Telefonzelle.« Sie schob ihn aus der Tür.

Die Telefonzelle befand sich genau dort. Er warf die Münzen ein, wählte. Einen Augenblick später summte es.

»Hallo?«

»Es tut mir leid, Fran, ich bin aufge –«

Sie unterbrach ihn. »Ich bin in der altmodischen Vorstellung erzogen worden, daß man hält, was man verspricht.«

»Ich bin schon unterwegs. Fahr du direkt zur Party. Ich treffe dich dort.«

»Laß dir Zeit. Ich habe ihnen mitgeteilt, daß wir nicht kommen. Ich gehe statt dessen zu meinem Anonyme-Alkoholiker-Treffen.«

»Komm schon, Fran, es war ein Stau infolge eines Unfalls, du mußt mich deshalb nicht bestrafen.«

»Ich liebe dich, Ames. Und du liebst mich nicht. Du liebst niemanden. Das sollte ich wahrscheinlich nicht sagen. Vielleicht liebst du deine Opernsängerin. Aber mich hast du nie geliebt. Niemand ist daran schuld, und das Ganze ist vorbei.«

»Wovon sprichst du?«

»Ich spreche von uns. Es ist vorbei, Ames. Ich ziehe aus.«

»Weil ich zu einem Dinner zu spät gekommen bin?«

»Weil du zu einem Dinner zu spät gekommen bist. Und aus zehn Millionen anderen Gründen.«

Die Verbindung wurde unterbrochen. Er wählte die Auskunft. »Fräulein, haben Sie eine Nummer der Anonymen Alkoholiker in East Hampton?«

Er fand die angegebene Adresse, als die Teilnehmer schon im Aufbruch waren. Etwa ein Dutzend Leute, in der Mehrzahl Frauen, standen vor einer Methodistenkirche auf dem Rasen herum und plauderten miteinander.

Fran trug ein wunderschönes Abendkleid und ihre kleine Lieblingsbrosche von Tiffany, und er empfand heftige Gewissensbisse, als er sie sah.

»Ames, das ist Timothy. Ich habe dir von ihm erzählt.«

Ein kleiner, kräftiger Mann mit weißem Haar und randloser Brille streckte ihm die Hand entgegen. »Hi.« Seine Stimme war freundlich.

»Hi.« Ames traute Timothy nicht. Der Mann trug mehrere Masken übereinander.

»Timothy fährt mit mir nach Hause«, erklärte Fran. »Er hilft mir beim Packen.«

Ames nagelte das Lächeln auf seinem Gesicht fest. »Können wir nicht miteinander sprechen?«

Sie zögerte. »Wir treffen uns im Haus, Timothy.« Sie stieg in Ames' Auto.

Zunächst schwiegen sie. Der Vordersitz war nicht besonders geräumig, und dennoch blieb noch viel Platz zwischen ihnen. Er nahm die Kurven vorsichtig. »Es tut mir leid«, sagte er.

»Ich habe genug davon, daß es dir leid tut, und daß es mir leid tut. Ich habe zwölf Jahre in dich und mich investiert, und was hat es mir gebracht – ein wertloses Abschlußzeugnis in Musik, keine Kinder, keinen Mann, ein paar Monate bei der Selbsthilfegruppe – das ist nicht genug.«

»Die Welt ist zu uns allen gemein.«

»Die Welt ist gemein, aber sie muß nicht absurd sein. Ich kann nicht mehr in einem kafkaesken Zustand leben, gespannt darauf warten, ob du kalt oder warm sein wirst, ob du einen Zwischenstopp in einer Bar gemacht und daraufhin vergessen hast, daß wir zu einem Dinner eingeladen sind, ich kann nicht mehr darum beten, daß du noch am Leben bist, und mich danach sehnen, daß du tot bist.«

»Ich habe nie gewußt, daß du dich danach sehnst, daß ich tot bin.«

»Ich sehne mich nach überhaupt nichts mehr. Es ist mir sogar egal, ob du mich berührst oder ob du schweigst, oder ob du dich in eine andere Frau verliebst. Du kannst weiterhin kleine Stücke von dir abreißen und sie wegwerfen, und es wird mir nie mehr weh tun. Ich habe darum gebetet, daß ich imstande sein möge, mich von dir zu lösen, und jetzt kann ich es, Gott sei Dank.«

»War ich wirklich so schrecklich?«

»Du bist im Lauf der Jahre ganz schön schrecklich geworden.«
»Warum wolltest du mich dann haben?«
»Weil du so schön lieben kannst. Oder konntest. Und aus irgendeinem Grund hast du mich offenbar gebraucht.« Sie seufzte. »Warum hast du mich gebraucht, Ames? Warum bist du zwölf Jahre lang bei mir geblieben?«
»Ich habe dich geliebt.«
»Das stimmt nicht.«
»Schön, ich habe dich nicht geliebt.«
»Willst du wissen, was ich denke, Ames? Du hast Angst vor der Liebe. Das hast du von deinem Vater geerbt. Die Liebe ist gefährlich, laß sie bleiben. Ich habe dich davor beschützt, daß du dich verliebst. Der Schutz hat versagt. Du hast deine Opernsängerin kennengelernt.«

Die Nacht brach herein, als sie das Haus erreichten. Er mixte sich einen Drink und sah zu, wie sie die letzten Kleidungsstücke in die letzten Koffer stopfte und alles zum Abtransport fertigmachte.

Schließlich packte sie ein paar Toilettenartikel in den kleinen Gucci-Handkoffer, den er ihr zum zweiten Jahrestag des Abends geschenkt hatte, an dem sie beschlossen hatten, zusammenzuleben. Er war jetzt abgenützt und ein bißchen schäbig, aber sie hatte ihn behalten.

Er folgte ihr zur Eingangstür.

»Leb wohl, Ames.« Sie stellte sich auf die Zehenspitzen und küßte ihn. »Ich schicke dir meine Adresse, sobald ich eine habe.«

»Es tut mir leid, Fran.«

»Vergiß es. Weder du noch ich sind daran schuld. Wir haben versucht zu beweisen, daß wir zusammenleben können; wir können es nicht.«

Sie drehte sich um und lief rasch zu dem Lieferwagen hinaus, in dem Timothy den Motor warmlaufen ließ. Ames blieb regungslos im Korridor stehen und wartete, und dann schlug die Wagentür hinter zwölf Jahren zu, die es plötzlich nicht mehr gab.

Mit Hilfe eines Viertelliters Wodka fiel Ames in unruhigen Schlaf. Niemand sagte »Guten Morgen«, als er aufwachte und sich auf die andere Seite drehte. Auf dem Nachttisch stand kein freundlich dampfender Kaffee.

Er schwankte in die Küche. Der Tag war bereits ein heller

Lichtfleck auf der Anrichte. An einigen Stellen sah die Wand nackt aus.

Er blinzelte die Reste des vergangenen Abends an, das angebissene Sandwich mit Erdnußbutter, an das er sich nicht erinnerte, die Bierdosen und die wild aufgetürmten Teller in der Spüle.

Er hatte zehntausend Teller in diese Spüle gelegt, und magischerweise waren sie immer im Geschirrspüler oder im Regal gelandet. Diese Teller hier hatten sich die ganze Nacht über nicht vom Fleck gerührt. Sie teilten ihm mit: Das Universum hat sich verändert.

Mit heißem Wasser aus dem Boiler machte er sich eine Tasse Instantkaffee. Dann griff er nach dem Telefon und wählte die Vorwahl von New York und dann die sieben Ziffern von Vanessas Nummer.

Einen Augenblick lang klingelte es noch nicht.

Es ist zu früh. Ich wecke sie auf.

Er legte auf und kam mit sich selbst überein, sie nicht vor zehn anzurufen.

Und wenn sie um zehn schon fort ist?

Okay, neun Uhr dreißig, aber keine Minute früher.

Um neun Uhr neunundzwanzig wählte er wieder Vanessas Nummer.

Es hat keinen Sinn, daß ich sie liebe. Alles spricht dagegen. Es würde sich gehören, daß ich nach Fran wenigstens einige Zeit verstreichen lasse.

Er legte auf und dachte dann: Was für einen Unsinn rede ich mir eigentlich ein? Das Kapitel Fran ist abgeschlossen. Ich muß auf niemanden und nichts warten.

Er wählte zum drittenmal. Einige Sekunden lang herrschte vollkommene Stille. Sein Magen fühlte sich an, als wäre er schwerelos. Nach dem fünften Läuten meldete sich eine Stimme.

»Kann ich etwas für Sie tun?«

Nicht Vanessa, ein Mann.

»Miss Billings, bitte.«

»Miss Billings ist nicht im Haus, kann ich ihr etwas ausrichten?«

Nicht im Haus – wo ist sie? »Können Sie mir sagen, wo ich sie erreichen kann?«

»Wer spricht, bitte?«

»Ames Rutherford. Ich mache ein Interview mit ihr.«

»Ja, Mr. Rutherford. Miss Billings bedauert es sehr. Sie wird diesen Sommer keine Interviews mehr geben. Sie besucht

Freunde in Monte Carlo und wird bis September auf Tournee sein.«

Was ist los? Sie hat Monte Carlo nie erwähnt.

»Sie hat Ihnen geschrieben. Ich habe den Brief heute früh aufgegeben. Sie sollten ihn morgen bekommen.«

Aber der Brief traf weder am nächsten noch am übernächsten und auch nicht am überübernächsten Tag ein. Vier Tage vergingen, in denen er den Wellen lauschte, verrückt wurde, bei Sonnenschein und Regen zum Briefkasten hinauslief, wenn ein vorbeifahrender Wagen sein Tempo verringerte. Er bekam Reklame, Rechnungen, Werbung, aber vier Tage lang kam nichts von Vanessa Billings.

Am fünften Tag lag ein Brief allein im Briefkasten. Es war dickes, weiches Velinpapier, das sich angenehm hautartig anfühlte. Auf dem Umschlag, einem blaßgrauen Rechteck, das ihn an die Morgendämmerung erinnerte, erkannte er Vanessas Schrift. Er hob den Brief ans Gesicht und atmete tief ihr Parfum ein.

Plötzlich war er so schwach wie ein Hund, der seit drei Tagen nichts mehr gefressen hat. Er war siebenhundert Kilometer um diesen Brief gelaufen. Jetzt brach er mit ihm im Lehnstuhl neben dem Kamin zusammen. Seine Hand zitterte. Er zitterte innerlich. Trotzdem öffnete er den Umschlag sehr ordentlich an der Klappe.

»Mein liebster Ames,
noch nie in meinem Leben ist es mir so schwergefallen zu schreiben. Ich empfinde für Dich mehr als je zuvor für jemanden oder etwas, einschließlich der Musik. Und darin besteht das Problem.

Die Musik bedeutet für mich nicht nur meine Karriere – sie ist mein Leben, das Beste an mir. Sie ist alles Gute, Starke und Ehrliche in mir.

Der Rest ist Angst, Unehrlichkeit, Scham – ich ertrage es nicht, auch nur daran zu denken.

Die Musik hat mich von den Toten zu den Lebenden zurückgeführt. Ich verdanke der Musik mein Leben und meine Seele. Ich habe ein Versprechen gegeben, Ames, ein Versprechen, durch das in meinem Leben nur Raum für eine flüchtige Liebe bleibt.

Bevor ich Dich kennenlernte, bin ich nie in Versuchung

geraten, dieses Versprechen zu brechen. Und seit ich Dich kenne, wollte ich es bereits tausendmal brechen. Aber dieser Bruch würde bedeuten, daß alles stirbt, was ich bin, was Du an mir liebst.

Ich kann Dich nicht so nebenbei lieben. Jeden anderen Mann, aber nicht Dich.

Deshalb bleibt mir keine Wahl. Ich kann Dich nie mehr wiedersehen.

Ich werde Dich nie vergessen. Du hast mich glücklicher gemacht, als ich es je verdient habe, Ames. Bitte, vergib mir. Ich werde Dich immer lieben.

Vanessa

FÜNFTER TEIL

Rückkehr
1981–1985

42

Ames las den Brief an diesem Tag hundertmal, aber der unglaubliche Inhalt änderte sich nicht.

Warum? Warum?

Er legte Vanessas Band in den Videorecorder ein und starrte sie an, hörte sie, suchte in ihrem Bild nach einer Antwort.

Plötzlich erfüllte eine fremde Stimme das Wohnzimmer. »Natürlich werde ich wieder singen. Ich muß – ich will – ich kann.«

Etwas in dem Gesicht, das ihn vom Bildschirm her anblickte, nahm ihn gefangen. Es gehörte zu der Einleitung in Schwarzweiß, die er immer übersprungen hatte. Jemand fragte Vanessas Lehrerin, ob sie ein Comeback plane.

Sein Herz schlug wild, und ihm stockte der Atem. Er kannte diese Stimme.

Er drückte die Stop-Taste und ließ den Film zurücklaufen. Das Gesicht hing bewegungslos auf dem Schirm. Einen Augenblick lang herrschte explosive Stille, und dann ertönte wieder die Stimme, die er von irgendwoher kannte.

»Ich muß – ich will – ich kann.«

Um vier Uhr nachmittags rief Ames Rutherford Dill Switt an, und Dill schaffte gerade noch den Fünf-Uhr-Zug.

Dill hatte einen Schmerbauch, war unrasiert, brachte die Augen nicht ganz auf und kämpfte mit einem drei Tage alten Kater, so daß ihn der Blick, den ihm der Taxifahrer in East Hampton zuwarf, nicht sonderlich erschütterte. Dennoch war er entsetzt, als sein ältester, bester Saufkumpan die Eingangstür öffnete.

Ames Rutherford war um fünf Kilo leichter, und die Linien in seinem Gesicht waren um mindestens zehn Jahre tiefer geworden. Bartstoppeln bedeckten sein Kinn, und die Hand, mit der er Dill auf die Schulter klopfte, zitterte heftig. »Dill, alter Junge.«

»Ames, alter Junge.«

Die beiden Harvard-Absolventen fielen einander in die Arme.

»Hungrig nach der scheußlichen Bahnfahrt?« erkundigte sich Ames.

Die Küche sah aus, als hätten Terroristen eine Bombe hochgehen lassen. Die Spüle ging vor schmutzigem Geschirr und leeren Bierdosen über.

»Du hast mir gefehlt, alter Junge.« Mit einer Armbewegung fegte Ames einen Teil der Anrichte frei. Er holte Vier-Zentimeter-Steaks aus der Tiefkühltruhe und klatschte sie unaufgetaut in eine Pfanne.

»Hol dir einen Drink. Gläser stehen in der Anrichte.« Dill trank und sah zu. Zwölf Minuten lang schwankte Ames durch die Küche, hielt eine Kaffeetasse mit Wodka in der Hand, schüttete ihn größtenteils auf sein Hemd und nur gelegentlich in seine Kehle. Er regelte die Flamme, warf Gewürze in die Pfanne, maß nie etwas ab und sah nie auf die Uhr.

Saufen ist schon etwas Komisches, fand Dill. Es hindert einen am Schreiben, aber nur selten am Kochen.

Sie aßen den Salat und die Steaks auf der Terrasse unter den Sternen und reichten sich den Wein und den scharfen schwarzen Pfeffer zu. Dill erzählte Ames den neuesten Tratsch, wer ein neues Buch verkauft hatte, wer nicht, wer auseinanderging und wer sich versöhnte.

Er spürte, daß er seinen Gastgeber langweilte.

»Du wolltest etwas mit mir besprechen, Ames?«

Ames brachte eine Sechserpackung Budweiser aus der Küche und öffnete zwei Dosen. Er richtete zwei Liegestühle mit Blick auf den Atlantik her und winkte Dill in einen davon. Sie legten die Füße auf die niedrige Steinbrüstung, und Ames begann, leise über Vanessa zu sprechen.

Eineinhalb Sechserpackungen später wischte sich Dill den Mund mit dem Handrücken ab. »Du bist nicht der erste Mensch, der verliebt ist.«

Ames' Blick bohrte sich in ihn. »Es ist nicht das erstemal, daß ich in Vanessa Billings verliebt bin.«

Der Mond spiegelte sich in der Flut. Die Wellen brachen sich am Ufer, und zwischen den einzelnen Brechern entstanden große Pausen.

»Wann war das erstemal?«

»Dill, ich war immer schon in diese Frau verliebt. In dem Augenblick, in dem ich sie gesehen habe, habe ich gewußt, daß sie diejenige ist, welche.«

Dill ließ die Füße auf die Steinplatten sinken. »Das Lied kenne ich. Du bist nicht der erste, der es singt.«

»Das meine ich nicht. Ich meine damit, daß ich diese Frau gekannt habe. Ich habe gewußt, worüber sie lacht, worüber sie weint, was ihre Lieblingsblumen sind, wie es sein müßte, wenn wir uns lieben.«

»Na schön, diese Vanessa vermittelt dir ganz stark das Gefühl des Déjà-vu.«

»Diesen Vereinfachungsmist nehme ich dir nicht ab, Dill.«

»Du bist in jemanden verliebt, den du nicht kennst. Du füllst die Lücken aus. Ames, sogar ich könnte die Lücken ausfüllen. Im vergangenen Jahr war diese Frau auf der Titelseite von acht Magazinen, die *Times* hat unzählige Artikel über sie gebracht, und du hast die Zeitungsausschnitte aufgehoben. Kein Wunder, daß du ihre Lieblingsblumen kennst – du kennst sogar ihr Lieblingsrezept.«

»Woher wußte ich, wie es ist, wenn wir uns lieben?«

»Es gibt zwei Arten von Sex: guten und schlechten. Guter Sex ist immer das gleiche. Déjà gefickt. Verstehst du denn nicht, du erfindest sie. Der Ausdruck dafür lautet Projektion. Frag Freud. Frag Jung. Frag, wen du willst.«

»Du hältst mich für verrückt.«

»Wir sind alle verrückt. Wir sind Schriftsteller, wir müssen verrückt sein. Wir müssen aber keine Idioten sein. Du hast wegen eines Hirngespinstes die Frau weggeworfen, mit der du zwölf Jahre zusammengelebt hast; und jetzt hast du auch noch das Hirngespinst verloren. Das ist idiotisch, und wenn du mich fragst, tut dir das weh. Greif zum Telefon und hol Fran zurück.«

»Zwischen Fran und mir ist es seit Jahren vorbei.«

»Was du erst gewußt hast, als Vanessa es dir sehr klar gemacht hat.«

»Es wäre mit oder ohne Vanessa soweit gekommen.«

»Klar, du hättest jemand anderen kennengelernt, und du hättest alles über sie gewußt – ihr Parfum, ihre Blumen, zum Teufel alles. Du warst dazu bereit, Ames. Du hast es geschehen lassen. Du kannst es ungeschehen machen, und wenn du auf meinen Rat hörst, dann tust du es auch.«

»Es ist zu spät. Ich liebe Vanessa, habe sie immer geliebt, werde sie immer lieben. Und sie liebt mich. Das steht in ihrem Brief.«

»Natürlich liebt sie dich. Deshalb häuft sich das Geschirr in deiner Spüle, und sie ist mit ihrem Milliardär an die französische Riviera gereist.«

»Sie braucht mich. Mit dem Brief bittet sie mich um Hilfe.«

»Mit dem Brief bittet sie dich, sie endlich in Ruhe zu lassen.«

Ames seufzte. In der Ferne brachen sich zwei Wellen rasch hintereinander, wie ein Gewehrschuß und sein Echo. »Komm herein.«

Er ging ins Haus voran, am Getränkeschrank im Wohnzimmer vorbei, aus dem er eine Flasche Stolitschnaja mitnahm, in ein Zimmer, das nach Schweiß, ungemachtem Bett und verschüttetem Bier roch.

»Setz dich«, befahl Ames. »Ich möchte, daß du dir etwas ansiehst.«

Das Etwas war ein körniges Schwarzweiß-Band von Ariana Kavalaris' letztem, rührendem, berühmtem TV-Interview, in dem sie gesagt hatte: »Ich werde wieder singen, ich muß – ich will – ich kann.«

Ames schaltete seinen Anrufbeantworter ein. »Und jetzt hör dir das an.«

Dill hörte sich einen Mann an, der für den Polizeisportverein um Zeitungsabonnements warb.

»Blödsinn, das nicht.« Ames drückte auf eine andere Taste. Jemand sagte auf spanisch: »Falsch verbunden.« Dann sagte Fran, daß sie um achtzehn Uhr nach Hause kommen würde. Und dann kam eine Frauenstimme.

»Ich rufe im Namen von Vanessa Billings an. Könnte Ames Rutherford sie heute mittag in der Perry Street 89, Apartment 2A, treffen?« Das war alles.

»Na und?« fragte Dill.

»Hörst du es denn nicht?« Ames ließ das Fernsehband und dann den Anrufbeantworter noch einmal ablaufen.

Dill reagierte nicht. Er weigerte sich zwar nicht, einen Kommentar abzugeben, aber er hatte es mit seinem Urteil auch nicht eilig.

»Es ist die gleiche Stimme«, behauptete Ames.

»Warte mal. Ariana Kavalaris ruft niemanden an, um eine Verabredung für Miss Billings zu treffen. Damit hat sie nichts zu tun. Außerdem muß sie bereits tot gewesen sein, als du diese Nachricht bekommen hast.«

»Die Frau im Anrufbeantworter ist Ariana Kavalaris.«

»Wie zum Teufel kann sie es sein?«

»Wer zum Teufel kann es sonst sein?« Er drückte wie verrückt auf die Tasten und ließ beide Bänder gleichzeitig ablaufen.

Dill hob die Arme und ergab sich. »Na schön, die Stimmen ähneln sich. Vielleicht hat die Billings diese Sekretärin engagiert, weil ihre Stimme sie an die Kavalaris erinnert hat.«

»Vanessas Sekretärin hat mich nie angerufen. Das haben wir überprüft.«

»Willst du mir einreden, daß Ariana Kavalaris dich wegen dieser Kurzbotschaft aus dem Grab angerufen hat?«

»Nicht Ariana Kavalaris. Ihre Stimme.«

»Hör zu, Ames. Man hat die Astrologie getestet. Man hat Tarot und I-Ging getestet.«

»Ich spreche nicht von der außersinnlichen Scheiße. Ich spreche von...« Er ließ sich in einen Stuhl fallen. »Verdammt, ich weiß nicht, wovon ich spreche.« Er begann, leise zu weinen.

Dill empfand tiefes Mitleid mit seinem alten, leidenden Freund. Das Leben des Jungen war restlos vermasselt. Es war der richtige Augenblick, um zu einem weniger schmerzlichen Thema überzugehen. »Sag mal, alter Knabe, wie steht es mit dem Schreiben?«

Ames zuckte die Schultern.

»Vielleicht solltest du dich wieder mit dem Artikel befassen. Es ist verdammt schade, wenn du die ganze Arbeit über Vanessa Billings umsonst gemacht hast. Bring es zu Papier.«

Ames leerte sein Glas, und dann blickte er plötzlich hoffnungsvoll zu Dill auf. »Wenn ich diesen Artikel schreibe, dann wird sie ihn lesen, nicht wahr?«

Am Morgen brachte Ames Dill zu dem Zehn-Uhr-dreißig-Zug, winkte ihm zum Abschied, fuhr nach Hause und legte die Hände auf die Schreibmaschine. Er spürte, wie die metallische Stille in ihn einsickerte. Er genehmigte sich einen Drink – nur einen – als Glücksbringer, als Schmiermittel, für unterwegs.

Er spürte, wie sein Gehirn locker wurde, wie die Worte zu tropfen begannen.

Er hob die Hände über die Tasten – und stürzte sich hinein.

Er wußte, was er mit dem Artikel ausdrücken wollte. Er wollte die Parallelen zwischen Ariana Kavalaris und ihrer Schülerin aufzeigen, sie wenn möglich noch unheimlicher und gespenstischer darstellen, als sie waren. Er wollte Vanessa als die überragende Künstlerin zeigen, die in die Klauen der geschäftlichen Mittelmäßigkeit geraten war und die alle Fehler ihrer Lehrerin wiederholte. Er hatte keine Zweifel über seine eigene Rolle. Er war ein selbsternannter edler Ritter, der die schöne Prinzessin rettete, indem er den Artikel veröffentlichte.

Während der nächsten drei Tage schlief er nachts vier Stunden, trank tagsüber zwanzig Tassen Kaffee und ein Gläschen Wodka und kümmerte sich nicht um das Telefon. Er lebte von Thunfisch aus Dosen und harten Eiern.

Am Morgen des vierten Tages schleppte er hundertdreiundvierzig Seiten in den Sonnenschein hinaus, setzte sich in den Schatten sommerlicher Blätter und versuchte, sich auf das zu konzentrieren, was er irgendwie zustande gebracht hatte. Am Nachmittag fuhr er nach East Hampton und sandte den Artikel per Eilpost ab.

Zweiundsiebzig Stunden später riß das Telefon Ames aus einem dreitägigen Schlaf. Greg Hatoff brüllte: »Ich liebe es! Ich liebe dich! Du hast es sogar geschafft, daß ich diese verrückte kleine Diva liebe!«

Mühsam öffnete Ames das zweite Auge. »Hoffentlich bedeutet all diese Liebe, daß es dir gefällt.«

»Klugscheißer. Wir lassen es von den Anwälten auf Verunglimpfung untersuchen, und wenn sie ihr O. K. geben, bringen wir es in der Ausgabe zum Vierten Juli.«

Ames begrub sich in Einsamkeit und wartete. Die Fahnen kamen am dreiundzwanzigsten Juni, und die Vierte-Juli-Ausgabe des *Knickerbocker* traf am achtundzwanzigsten Juni bei den Verkaufsständen ein.

Am neunundzwanzigsten Juni rief Greg an. »Der Zeitungsstand war innerhalb von vierundzwanzig Stunden ausverkauft. Wir mußten hunderttausend Exemplare nachdrucken.«

Belegbogen der Ausschnittdienste tauchten im Briefkasten auf: Ein Kolumnist in Chicago behauptete, daß Ames über Ehrgeiz und das damit verbundene Herzeleid erstaunlich genau Bescheid wisse. In der *Washington Post* stand, daß niemand so scharfzüngig sei wie Ames Rutherford oder die extravaganten Gemeinheiten unserer Zeit besser nachempfinden könne als er.

Ames legte die Belegbogen ab, aber ihn interessierte nur eines: Vanessa Billings' Reaktion. Sie kam nicht. Er fragte sich, wie lange der *Knickerbocker* brauchte, um Monaco zu erreichen.

Den Vierten Juli verbrachte er allein neben dem Telefon. Er hoffte tatsächlich, daß sie anrufen und sagen würde: »Alles Gute zum Vierten – und übrigens, ich habe deinen Artikel gelesen.«

Sie rief nicht an. Um zehn Uhr abends fand er, daß in Monaco ohnehin bereits alles schlief, und ging über den Strand zu George Plimptons Feuerwerk-Party, um vielleicht etwas über sie zu erfahren.

Er hörte, daß sie *Turandot* für die Scala einstudierte.

Er hörte, daß sie sich in Australien befand und einen Film für das englische Fernsehen drehte.

Er trank zuviel und kam mit einer Erbin aus Barbados und schlimmen Kopfschmerzen nach Hause. Im Anrufbeantworter fand er eine Nachricht vor.

»Hallo, Ames. Hier spricht dein Vater. Kannst du mich anrufen?«

»Ich habe deinen Artikel gelesen«, begann Bischof Rutherford am nächsten Tag das Gespräch. »Er hat mich sehr bewegt.«

Ames stand mit dem Telefon am offenen Fenster und starrte auf den Atlantik hinaus. In seinem Kopf hämmerte der Kater. Er schaffte ein »Danke«.

»Ich würde gern mit dir darüber sprechen. Könntest du heute abend mit mir essen?«

Ames zögerte. »Ich habe meinen Kalender nicht bei der Hand, aber –«

»Bitte.« Die Stimme klang gepreßt und drängend.

Es war das erstemal, daß Ames' Vater ihn um etwas bat. »Okay, aber ich kann nicht lange bleiben.«

Nach dem Essen gingen sie ins Arbeitszimmer. Der Bischof machte sich am Schloß der Anrichte zu schaffen und holte eine Flasche und zwei schöne Gläser heraus. Als er einschenkte, wirkten seine Bewegungen müde und etwas niedergeschlagen.

Ames stellte schmerzlich erstaunt fest, daß sein Vater alt wurde. Wie lange wird es dauern, bis auch ich alt werde?

Der Bischof reichte ihm ein Glas. »Auf deine Gesundheit...«

»Und auf die deine.«

Das Gespräch wartete darauf, daß jemand es eröffnete. Ames legte den Kopf zurück und stürzte die Hälfte des Brandys hinunter.

Sein Vater sah ihn im Dämmerlicht an, und Ames spürte in ihm eine Einsamkeit, die stark, resigniert und unergründlich patrizisch war.

»Wie verstehst du dich mit Fran?«

»Du mußt aus deinem Herzen keine Mördergrube machen, Dad. Ich weiß, daß du sie nicht magst.«

»Ich habe nichts gegen Fran.«

»Sie hat mich verlassen.«

In den Augen des Bischofs lag Mitgefühl. »Das tut mir leid.«

»Wir sind schon seit langem nicht mehr zusammen. Wahrscheinlich seit wir uns kennen.«

»Liebst du sie?«

»Nein.«

»Ich hoffe – ich hoffe, daß du einmal jemanden lieben wirst.«

»Ich liebe jemanden.«

Der Bischof sah seinen Sohn kurz an, dann trat er ans Fenster und schaute durch die schön gedrehten gußeisernen Gitterstäbe auf die abendlichen Spaziergänger auf der Straße hinunter. Es handelte sich hauptsächlich um Schwarze und Puertoricaner, die sich an diesem Abend friedlich verhielten. Die Gegend hatte sich verändert. Einmal war es eine weiße, protestantische, patrizische Vorstadt im weißen, protestantischen, patrizischen New York gewesen. Aus dieser Zeit war nur die Kathedrale übriggeblieben, und die Schwarzen und die Puertoricaner besuchten sie nur selten.

Der Bischof seufzte. »Der Artikel war großartig, Ames. Ich weiß, daß du dich ein bißchen lustig gemacht hast, aber das ist dein gutes Recht.« Er kehrte zu seinem lederbespannten Fauteuil zurück. »In einer Beziehung hast du dich allerdings geirrt – über den Grund, warum ich den Nachruf gehalten habe. Ich habe es nicht deshalb getan, weil ich der Beichtvater des Jet-set bin. Ich war mit ihr befreundet – und ich hatte das Gefühl, daß ich es ihr schuldig war.«

Plötzlich erwachte Ames' Interesse. Jahrelang hatte er seinen Vater als vollendetes Puzzle gesehen, in dem keine Teile fehlten, und nun tauchte unversehens ein ganz neues Teil auf.

»Es muß dir seltsam vorkommen«, fuhr der Bischof fort, »dein Vater und... eine Opernsängerin. Manchmal kommt es sogar mir seltsam vor. Als wäre das alles jemand anderem zugestoßen.«

Doch irgendwie kam es Ames nicht so seltsam vor; überhaupt nicht. Eigentlich kam es ihm vor, als hätte ein Teil von ihm es immer schon gewußt. »Wie gut hast du die Kavalaris gekannt, Dad?«

»Wie gut?« Der Bischof schwieg eine Weile, in Erinnerungen versunken. »Vor langer Zeit – als wir sehr jung und voller Hoffnung waren – waren Ariana und ich ein Liebespaar.«

Mit leiser Stimme, die nur gelegentlich zitterte, erzählte Bischof Mark Rutherford seinem Sohn die Geschichte.

43

Als der Bischof zu Ende war, war es dunkel geworden. Er ging zum Schreibtisch und schaltete die Lampe ein.

Ames schwieg, um den Augenblick nicht zu zerstören.

Der Bischof griff nach einer Pfeife. »Manchmal frage ich mich, ob der Weg, den ich in meinem Leben zurückgelegt habe, vielleicht ein Umweg und nicht die Hauptstraße gewesen ist.«

Ames erkannte, daß es sich um eine Frage handelte und daß die Antwort seinem Vater wichtiger war als alles andere. Er verstand allmählich, warum er immer das Gefühl gehabt hatte, daß Mark Rutherford ein Mensch war, der stets nur am Wegrand des Lebens auf etwas wartend stand und sich von allem abkapselte. Er sah allmählich auch verschiedenes aus seinem eigenen Leben und auch, warum er immer den Eindruck gehabt hatte, daß ein Teil darin fehlte.

»Die Wohnung, in der du mit ihr gewohnt hast, Dad – hat sie sich in der Perry Street 89 befunden?«

Der Bischof sah ihn erstaunt an. »Ja.«

Ames stand auf, ging durch das Zimmer und umarmte seinen Vater.

»Danke«, flüsterte der Bischof. »Danke, weil ich alles aussprechen durfte.« Er begann zu weinen.

Sein Sohn schwieg und drückte ihn nur an sich.

»Schweigen ist der Tod. Ich habe einen so großen Teil meines Lebens schweigend verbracht. Daran ist niemand schuld, ich wollte es so.« Der Bischof trocknete sich die Augen. »Entschuldige, daß ich mich so gehenließ.«

»Danke, Dad.« Ames hatte den Eindruck, daß diese Tränen und diese vier Stunden der Wahrheit das erste wirkliche Geschenk waren, das sein Vater ihm gemacht hatte. »Ich danke dir aus tiefstem Herzen.«

Am nächsten Tag suchte Ames das ehemalige Seminar seines Vaters auf. Sein Blick glitt über Eisenzäune, Bäume, die seit hundert Jahren ungestört wuchsen, Gebäude aus alten Backsteinen. Eine plötzliche Erkenntnis ließ ihn erstarren.

Ich bin schon einmal hier gewesen.

Er wußte, was er sehen würde, wenn er um die Ecke bog. Eine Buchsbaumhecke. Dahinter einen Tennisplatz. Eine hohe Eiche, so hoch wie die Gebäude. Dahinter ein Abenteuer-Spielplatz.

Er bog um die Ecke.

Drei kleine Kinder spielten so eifrig auf einem Abenteuer-Spielplatz, daß sie ihn nicht bemerkten. Zwei Seminaristen in Badehosen und T-Shirts schlugen im schwindenden Licht des Abends einen Tennisball über das Netz.

Er setzte sich nachdenklich auf eine Bank unter der Eiche.

Wie kann ich das geträumt haben? Warum sollte ich es geträumt haben? Sind Träume nicht die Erfüllung von Wünschen? Welchem meiner Wünsche entspricht dieser Ort?

Gedanken tauchten auf, die nicht die seinen waren. Trauer erfüllte ihn. Er glaubte immer noch, seinen Vater zu hören. Auf seiner Brust lag eine Last.

Er wußte nicht, wie lange er dort gesessen hatte. Er spürte einen Schatten neben sich auf der Bank und merkte dann, daß der Himmel sich bewölkt hatte. Die ersten Tropfen trommelten auf die Blätter. Er rannte zur nächsten Tür, um sich unterzustellen. Es begann zu schütten. Er stieß die Tür auf und trat ein.

Als sich seine Augen an die Dunkelheit gewöhnt hatten, nahm er zwei Kerzen wahr, die blasses Licht auf einen fernen Altar warfen. Darüber schauten aus einem halbrestaurierten farbigen Glasfenster Stücke der Vergangenheit heraus. Was zum Teufel suche ich in einer Kirche? fragte er sich ärgerlich und niedergeschlagen. Er setzte sich in eine Bank und machte sich mit einem Seufzer Luft.

»Wer immer Du bist, was immer Du bist«, flüsterte er, »stehe meinem Vater bei.« Er hatte nicht vorgehabt, um mehr zu bitten, und hörte überrascht, wie die gleiche Stimme murmelte: »Und hilf auch mir.«

Als Vanessa im Herbst die Tür öffnete, sah sie als erstes ein zerknittertes Magazin auf dem Notenpult des Klaviers.

»An was für Freunde vermietet mein Agent meine Wohnung?« Sie runzelte die Stirn. »Ist *Knickerbocker* nicht ein Magazin für Süchtige?«

Cynthia sah sie scharf an – vielleicht zu scharf. »Es druckt eine Menge verlogenen Tratsch über eine Menge verlogener, tratschsüchtiger Leute.«

Vanessa hielt die Titelseite hoch, auf der ihr Name stand. »Sie meinen verlogenen Tratsch über mich.«

»Machen Sie sich nicht die Mühe, es zu lesen«, antwortete Cynthia.

»Ich werde es bestimmt überleben.« Vanessa ließ sich in den bequemen Stuhl fallen und schaltete die Leselampe ein. Sie kam zum Namen des Verfassers. Ames Rutherford.

Sein Bild tauchte vor ihr auf. Jahrzehnte schienen dazwischen zu liegen, nicht erst ein Sommer.

Es ist vorüber. Ich habe beschlossen, daß es vorüber sein muß. Ich halte immer an meinen Entschlüssen fest.

Sie begann zu lesen.

Der Artikel glühte vor Gefühl und war von einer Präzision, die sie überraschte. Er enthielt Einzelheiten, über die sie bestimmt nie mit jemandem gesprochen hatte. Immer wieder unterbrach sie die Lektüre und fragte sich, wie er so viel über Gesang, über die Menschen um sie und vor allem über ihre Gefühle gewußt haben konnte.

Ich könnte ihn anrufen. Es ist nichts dabei. Nur ein Anruf, damit ich ihm sagen kann, daß mir der Artikel gefallen hat.

Ames starrte die Seite an, auf der er achtmal versucht hatte, einen Satz zu formulieren. Im Zimmer war es plötzlich warm. Er riß das Fenster auf. Möwen stießen auf den Atlantik hinab. Er trommelte mit den Fingern auf das Fensterbrett.
 Der Minutenzeiger der elektrischen Wanduhr glitt gleichmäßig über römische Ziffern. Als er das V erreichte, brach der Klang der Klingel wie Wellen über ihn herein.
 Einen Augenblick lang gab es außer dem schrillenden Telefon nichts auf der Welt. Er erblickte einen Schatten in der Luft, blondes Haar, eine Kopfbewegung. Er griff nach dem Hörer, aber der Anrufbeantworter hatte sich bereits eingeschaltet: Hallo, Sie sprechen mit...

Nein, dachte Vanessa; ich will nicht mit seinem Gerät sprechen.

Ames hob den Hörer ab.
 Er hörte nur das Freizeichen.

Im Lauf dieses Jahres erlangte Nikos' dominikanische Scheidung auch im Staat New York Gültigkeit. Vanessa vergrub sich in Gesang und Erfolg. Sie verbrachte die Wintersaison mit Engagements in New York, Paris, Mailand und München. Im Mai folgten flaue, leere Wochen, und ihre Gedanken wanderten zu dem jungen Reporter zurück, der sie vor so vielen Monaten interviewt hatte, und zu der Wendung, die ihr Leben damals beinahe genommen hätte.
 Sie ertappte sich dabei, daß sie müßig aus dem Fenster starrte, und an einem Mittwoch nachmittag stand sie plötzlich ohne jeglichen Grund in der Perry Street vor dem Haus Nummer 89.
 Es traf sie wie ein Schlag. Sie marschierte zur nächsten Telefonzelle. »Austin, ich bin soweit, daß ich *Lulu* lernen möchte.«
 »Das ist doch nicht Ihr Ernst.«
 »Wann können Sie die Partitur mit mir durchgehen?«
 »Kindchen, niemand geht diese Partitur durch, aber wenn Sie heute um vierzehn Uhr dreißig herüberkommen wollen, können wir versuchen, durch sie zu hinken.«

In diesem Jahr gestattete sich Vanessa nur eine Woche Urlaub, sieben ungetrübte Septembertage mit Nikos unter dem wolkenlos blauen Himmel von Luzern. Dann stürzte sie sich im Oktober in Australien und Südamerika in eine *Aida* und eine *Turandot* nach der anderen.

»Es hat keinen Sinn, Austin, ich komme nicht damit zurecht.« Es war wieder Frühling, und infolge des Wetterumschwungs war sie reizbar.

»Kommen Sie schon. Fangen Sie bei *Al fin son tua* an.«
»Ich fange seit drei Wochen bei *Al fin son tua* an.«
»Irgendwann werden Sie es hinkriegen.«
Vanessas Stimme brach beim ersten Ton. Sie setzte sich neben den Korrepetitor auf die Bank und begann zu weinen. »Warum darf ich nicht vor dem B atmen?«
»Das tun nur Schwindler.«
»Niemand schafft es, ohne zu atmen.«
»Die Kavalaris hat es geschafft.«
»Ich bin nicht Ariana!«
Er schaute sie an. »Alles, was Ariana gekonnt hat, können Sie auch. Ich habe sie gelehrt, diese Passage so zu singen, wie Donizetti sie geschrieben hat, und ich werde auch Sie es lehren.« Er nickte ihr zu, und seine Finger begannen wieder mit der Begleitung.
Vanessa schlug mit der Faust auf die Tasten.
Austin klappte den Klavierdeckel zu. »Fünf Minuten Pause. Spucken Sie's aus.«
Sie zitterte und hätte am liebsten geweint. »Es tut mir leid. Der ganze Winter ist danebengegangen. Nein, das ist nicht wahr. Das ganze Jahr ist danebengegangen. Manchmal glaube ich, daß mein ganzes Leben danebengegangen ist.«
»Sie sind verkrampft.« Seine Hände massierten ihre Schultern. »Ihnen steht ein großes Debüt bevor. Es gibt keinen Künstler auf der Welt, der nicht gelegentlich an sich zweifelt.«
»Es ist schlimmer als Zweifel. Ich habe Angst.«
»Angst wovor?«
Sie mußte es jemandem erzählen. Warum nicht ihrem Korrepetitor? Er wußte ohnehin so gut wie alles über sie.
»Wenn ich auf die Bühne hinaustrete, weiß ich nie, was aus meinem Mund kommen wird.«
»Natürlich wird es die Partitur sein.«
»Aber manchmal...« Hatte es einen Sinn, wenn sie etwas erklären wollte, das sich kaum in Worte fassen ließ? Als wollte

sie einen Schatten beschreiben, der außerhalb ihres Gesichtsfeldes lag. »Letzten Mai in der Scala, am Ende der Wahnsinnsszene in *I Puritani* habe ich ein Es gesungen –«

»Das Bellini in die Partitur gesetzt hat.«

»In meiner Gesangspartitur war es nicht enthalten.«

»Gehen Sie in die Bibliothek der Academia di Santa Cecilia, und sehen Sie im Manuskript nach.«

»Zum Teufel mit dem Manuskript! Ich habe diesen Ton neun Takte lang über dem vollen Orchester und dem Chor gehalten.«

»Na und? Das Publikum war begeistert.«

»Aber ich habe nicht die richtige Lunge dafür!«

»Jetzt haben Sie sie eben, Liebste.«

»Ich habe es nie einstudiert, Austin, niemand hat es mich gelehrt, ich studiere nie das Manuskript des Komponisten, es war vollkommen unbegründet. Und es handelt sich nicht nur um Töne. Es gibt Dinge, die ich auf der Bühne mache, ohne daß ich weiß, wo ich sie herhabe.«

»Zum Beispiel?«

Sie schloß die Augen. »Lissabon. *Traviata*. Wer hat jemals *Addio del passato* vom Fußboden aus gesungen?«

»Wollen Sie ein Mysterium daraus machen?«

»Ich suche nach einer Erklärung.«

»Schön. Setzen Sie sich. Finden wir eine Erklärung.« Austin stand auf und schenkte zwei Tassen Kaffee ein. »In Athen hat die Kavalaris *Addio del passato* vom Fußboden aus gesungen – hat versucht, sich wie eine zerbrochene Puppe auf das Bett zu ziehen – hat sich an die Stelle geklammert, an der sie und Alfredo sich zum erstenmal geliebt hatten. Sie hat es auch in Amsterdam gemacht. Und in Rio. Es war verdammt wirkungsvoll. Wieso sehen Sie darin ein Problem? Sie haben viel von der Kavalaris übernommen. Glücklicherweise. Sie war die Beste, und sie hat gewußt, daß Sie die Beste sein werden. Deshalb hat sie Sie unterrichtet.«

»Austin – diese Dinge hat sie mich nicht gelehrt.«

»Das war auch nicht nötig. Sie haben ihre Vorstellungen gesehen, darüber gelesen, Sie besitzen die gleichen Instinkte wie sie.«

»Sie verstehen mich nicht, Austin. Ich ahme die Kavalaris nicht nach. Wenn solche Dinge geschehen, spiele ich nicht. Sie geschehen einfach –« Sie ließ die Untertasse fallen. »So.«

»Tut mir leid, Liebste, aber das war unecht. Sie geschehen –« Austin schlug ihr ins Gesicht, und sie ließ die Kaffeetasse fallen. »– so.«

Sie schaute den Fleck auf dem Teppich und dann ihn an, dann vergrub sie das Gesicht in den Händen und begann zu weinen.

»Ist schon gut, ist ja schon gut.« Er drückte sie an sich. »Man nennt es ›In der Rolle aufgehen‹. Man nennt es ›Mit Leib und Seele in der Musik aufgehen‹. Man nennt es ›Genie‹. Sie besitzen es. Bewahren Sie es sich.«

Sie löste sich von ihm. »Aber die Person, die singt, bin nicht ich. Was aus meiner Kehle kommt, ist die Stimme einer anderen Person – die aus mir singt...«

Er zog an seiner erkalteten Pfeife. »Das kommt gar nicht so selten vor. Die DiScelta pflegte zu sagen, daß der Sänger oder die Sängerin zwei- oder dreimal in seiner oder ihrer Laufbahn – wenn alle Voraussetzungen stimmen – das Gefühl hat, daß eine andere Stimme aus ihm oder ihr singt. Für gewöhnlich stellt sich heraus, daß es seine oder ihre beste Vorstellung war. Bei Ihnen ist es einfach so, daß Sie sehr viele beste Vorstellungen geben.«

Sie schüttelte seufzend den Kopf. »Diese Stimme bin nicht ich, Austin. Und nicht nur die Stimme nicht. Auch die Vorstellungen sind nicht ich. Ja, die Hälfte meines verdammten Lebens bin nicht ich.«

Austin blickte sie nachdenklich an. »Erzählen Sie mir von Ihrem verdammten Leben.«

»Haben Sie jemals ein Erlebnis gehabt, das Sie schon vorher bis ins letzte Detail gekannt haben?«

»Geben Sie mir ein Beispiel.«

»Ich habe Ames Rutherford in dem Augenblick erkannt, in dem er meine Garderobe betreten hat. Ich habe gewußt, daß ich ihn schon immer geliebt habe.«

Austin zuckte die Schultern. »Er hat einen großartigen Artikel über Sie geschrieben. Er hat Sie in den Himmel gehoben. Ich würde ihn auch lieben.«

»Ich habe ihn viermal in meinem Leben gesehen. Wie kann ich einen Fremden lieben?«

»Er muß etwas verdammt Anziehendes an sich haben.«

»Seine Augen... schienen alles über mich zu wissen: meine Vergangenheit, meine Geheimnisse, meine Hoffnungen... meine Ängste. Als wäre er seit meinem sechsten Lebensjahr mein Freund. Und wenn er sich über die Oper lustig machte – mußte ich lachen. In diesem Beruf tut Lachen so gut.«

»Da kann ich Ihnen nur beipflichten.«

»Und wenn er mich liebte... Ist es sehr schlimm, daß ich Ihnen das alles erzähle? Als würde er jede Pore meines Körpers kennen. Es... hat mich erregt. Warum ist es mir unangenehm, das zuzugeben?«

Austin zuckte die Schultern. »Erregt Nikos Sie?«

»Ja, aber... Austin, ich komme mir wie ein Luder vor, wenn ich es ausspreche. Bei Ames befand ich mich außerhalb von mir, ich war jemand anderer. Bei Nikos... es ist wunderbar, aber ich bin immer noch das gleiche alte Ich.«

Austin zog nachdenklich an seiner kalten Pfeife. »Sie sind eine intelligente Frau, und Sie stehen vor einem schmerzlichen Dilemma. Vielleicht ist Ames Rutherford ein diplomatischer Ausweg für Sie.«

»Aus welchem Dilemma?«

»Nikos ist Ihnen gegenüber großzügig gewesen. Er ist charmant und einsam. Sie sind ihm dankbar, und Sie wollen ihm nicht weh tun.«

»Ich will es nicht und werde es nicht.«

»Aber Sie werden ihn auch nicht heiraten.«

Sie sah ihren Korrepetitor erstaunt an. »Natürlich werde ich ihn heiraten.«

»Genau davon haben Sie mir soeben nichts erzählt.«

Sie blinzelte, als hätte er sie wieder geschlagen, dann stand sie rasch auf. »Dann erzähle ich es Ihnen jetzt. Ich werde Nikos heiraten.«

»Nikos – heirate mich heute.«

Er lächelte. »Ich muß heute nach Zürich.«

»Ich begleite dich.«

»Und wer wird heute abend die *Tosca* singen? Die Leute bezahlen nicht, um deine zweite Besetzung zu hören.« Er legte ihr den Arm um die Schultern und zog sie an sich.

Sie schmiegte sich an seine Wange und fühlte sich geborgen. »Wirst du mich heiraten, wenn du zurückkommst?«

»Natürlich. Warum nimmst du an, daß ich unsere Pläne umstoßen würde?«

»Ich meine, daß du mich in dem Augenblick heiraten sollst, in dem du zurückkommst. Bitte.«

Er sah sie aufmerksam an. »Liebes, manchmal müssen wir auf die Dinge, die wir wirklich haben wollen, warten.«

Du verstehst mich nicht. Du begreifst nicht. Wie kann ich dir etwas erklären, woran ich selbst nicht glauben kann?

»Es handelt sich ja nur um eine Woche«, beruhigte er sie.

»Und wenn sich etwas ändert?«

»Hast du Angst, daß die Welt in die Luft fliegen, daß Nordamerika im Ozean versinken wird? Ich verspreche dir, daß sich nichts ändern wird.«

Die Welt flog nicht in die Luft, Nordamerika versank nicht im Ozean. Nikos kehrte pünktlich nach einer Woche zurück. Am nächsten Nachmittag fuhr Vanessa mit ihm in die griechisch-orthodoxe Kirche an der Ecke der Fifth Avenue und 92. Straße. Dort probten sie vor einem sehr bärtigen Patriarchen namens Pater Gregorius Lampodoupolos ihre Trauung.

Es klappte wie am Schnürchen.

Die Panne kam drei Minuten später auf einer sonnendurchglühten Straße in Manhattan.

Nikos half Vanessa in die Limousine, und der Chauffeur schloß die Tür hinter ihnen. Vanessa hatte das Gefühl, daß der Wagen sie einschloß: die Welt, die sie gewählt hatte.

Die Bar stand offen, die Tischplatte war heruntergeklappt. Eine Champagnerflasche lag in einem silbernen Kübel auf einem Bett aus Trockeneis. Daneben warteten zwei schöne blaßgrüne, schlanke Gläser, deren lange Stiele an Rosen erinnerten.

Nikos ergriff die Flasche, schälte Stanniolpapier und Drahtkörbchen ab und lockerte langsam den Korken. Es knallte, und der Champagner schäumte an der Flasche herunter. Nikos schenkte schnell ein, ohne einen einzigen Tropfen zu vergießen, und reichte Vanessa ihr Glas.

»Auf das Glück«, prostete er ihr zu.

Eine dünne Kristallmembrane stieß zart an die andere. Ihre Lippen folgten der Krümmung des Glases. Tausend unglaublich zarte Bläschen explodierten auf ihrer Zunge. Als koste sie eisgekühlte Funken.

Nikos zog einen kleinen, flachen Gegenstand aus seiner Brusttasche und reichte ihn ihr.

Kurzes Zögern durchzuckte sie. Sie öffnete das schwarze Schmucketui. Licht blitzte über ihre Hand. Sie hob ein aus drei verflochtenen Schnüren bestehendes Diamanthalsband hoch. Es schaukelte wie ein Pendel, das die Erdumdrehungen mißt.

»Es ist wunderbar«, flüsterte sie.

»Gib es mir.«

Nikos legte ihr die Diamanten um den Hals. Sie berührten ihre Haut wie Finger, die kühl auf ihre Kehle drückten.

»Ich habe nur eine einzige Bitte«, fuhr Nikos fort. »Sobald wir verheiratet sind, darfst du Ames Rutherford niemals wiedersehen.«

Sie starrte Nikos an, ihren anbetungswürdigen, alternden, griechischen Gott in dem schönen dunklen Anzug, dessen schwarze Locken grau gesprenkelt waren. Dann lehnte sie den Kopf sehr ruhig an seine Schulter.

»Ames Rutherford darf nie versuchen, dich wiederzusehen,

nie versuchen, sich auf irgendeine Weise mit dir in Verbindung zu setzen, nie mehr etwas über dich schreiben.«

Nie mehr, dachte sie betäubt. »Ich kann einem anderen Menschen nichts verbieten.«

»Er ist rücksichtslos, aber trotz allem ein Ehrenmann. Du kannst erreichen, daß er es dir verspricht.«

Sie wählte die Vorwahl von East Hampton und dann die Nummer. Die zehn Zahlen schienen in ihrem Gedächtnis auf diesen Augenblick gewartet zu haben.

Es klingelte viermal, dann schaltete sich der Anrufbeantworter ein. Die Erinnerung regte sich schemenhaft in ihr. Das Piepsen ertönte, und ihr fiel ein, daß sie sich nicht überlegt hatte, was sie sagen wollte.

»Ames... hier spricht Vanessa... Vanessa Billings... ich rufe dich an, weil... ich möchte...«

Es klickte, der Hörer wurde abgehoben, und dann: »Hallo? Hallo?« Seine Stimme klang nicht zornig, wie sie befürchtet hatte, nur erschrocken – sehr, sehr erschrocken. »Vanessa?«

Sie hatte geglaubt, daß sie nie wieder hören würde, wie er ihren Namen nannte. Etwas in ihr krampfte sich zusammen. »Ich möchte dich sehen.«

Stille brach über sie herein.

»Möchtest du herauskommen?« fragte er.

Ihr wurde klar, daß sie es gern tun würde. Sogar sehr gern. Und das erschreckte sie. »Nein«, antwortete sie schnell. »Irgendwo in der Nähe. Irgendwo, wo es ruhig ist... aber an einem öffentlichen Ort.«

Er zögerte kurz. »Kennst du das Seminar an der Ecke Ninth Avenue und 21. Straße?«

Wieso erwartete er eigentlich, daß sie ein Seminar in Chelsea kannte? Wieso hatte sie eigentlich das Gefühl, daß sie es schon gesehen oder von ihm gehört hatte...

»Ich werde es finden«, erwiderte sie.

»Ich bin morgen um zehn Uhr dort, okay?«

Die Limousine hielt vor dem schmiedeeisernen Tor. Der Chauffeur sprang heraus, lief zur Tür und hielt sie auf. Ein kühler Luftzug traf Vanessas Beine. Sie zog ihren Pelz enger zusammen.

Nikos bewegte sich nicht, sein Gesicht war eine starre Maske. »Ich komme nicht mit.«

»Nikos – bitte.«

Er umschloß ihre Wange sanft mit der Hand. »Du bist kein Kind mehr. Das kann Papa nicht für dich erledigen.«

Vanessa las in Nikos' Augen, daß sein Entschluß feststand, daß es ihn schmerzte. Überwältigende Einsamkeit erfüllte sie. Sie verließ gehorsam den Wagen und ging langsam zum Tor.

Dann schritt sie schnell hindurch.

44

Alles war verblüffend vertraut: die Gebäude, die Wege, die Ulmen und Eichen, denen der Wind seltsam seufzende Geräusche entlockte. Und dann erblickte Vanessa Ames.

Er ging unter einem Baum auf und ab, zündete eine Zigarette nach der anderen an und warf dann den halb gerauchten Stummel weg.

Er drehte sich um, sah sie und kam rasch auf sie zu. »Du hast am Telefon schrecklich geklungen. Was ist los?«

Plötzlich war alles unmöglich – sich zu bewegen, zu sprechen, sogar zu atmen. Sie standen sich schweigend gegenüber.

»Vanessa.« Er schüttelte sie, und dann preßten sie sich unvermittelt aneinander, küßten sich, wimmerten.

»Laß mich nie wieder davonlaufen.« Ihre Hände zerrten an ihm, klammerten sich an ihn, als würde er verschwinden, wenn sie ihn auch nur eine Sekunde lang losließ.

»Mein Wagen steht draußen«, sagte er.

»Nicht dieses Tor. Gibt es noch eines?«

»Hinter der Kapelle.«

Regenwolken zogen rasch über den Himmel, und dumpfer Donner dröhnte, als Ames' Mercedes über die Staatsgrenze nach Maryland schoß. Sie fanden in einem Einkaufszentrum ein Juweliergeschäft und kauften einen Goldring um dreißig Dollar.

»Später bekommst du einen echten«, versprach Ames.

Vanessa küßte ihn. »Dieser ist echt genug.«

Ames fragte den Verkäufer, wo man in dieser Stadt eine Heiratslizenz bekommen konnte. Der Verkäufer zeichnete lächelnd einen Plan auf die Rückseite der Rechnung.

Das Holzhaus stand an der Ecke High Street und River. Ein alter Mann in Bluejeans und Arbeitshemd kam zur Tür. Sein weißes Haar stand wie winzige Engelsflügel von seinen Schläfen ab, und er ging vornübergebeugt. »Kann ich Ihnen helfen?«
»Trauen Sie uns.« Ames reichte ihm die Lizenz.
Der alte Mann setzte die Brille auf. »In Ordnung. Kommen Sie herein.«
Das Haus wirkte freundlich und roch leicht nach Katzen. Der Friedensrichter rief seine Frau aus der Küche herein. »Wir brauchen einen Zeugen, Mildred.«
Mildred nickte ihnen zu. Sie hatte ein schmales, puppenhaftes Gesicht und große, leuchtende Augen. Während sie der Zeremonie lauschte, wischte sie sich geistesabwesend die Hände an der mit Teig bekleckerten Schürze ab.
Der Friedensrichter las aus einem zerfledderten Büchlein. Jedesmal, wenn ein Auto am Haus vorbeifuhr, wanderte Vanessas Blick zum Fenster, sie hielt den Atem an und horchte, ob es langsamer wurde.
»Nimmst du, Ames, diese Frau zu deinem rechtmäßig angetrauten Weib?«
»Ja.«
»Nimmst du, Vanessa Billings, diesen Mann zu deinem rechtmäßig angetrauten Ehemann?«
Ihre Stimme war weg, sie konnte nur nicken.
»War das ein Ja, Vanessa?«
»Ja«, flüsterte sie.
»Du darfst Vanessa den Ring an den Finger stecken, Ames.«
Sie spürte die Wärme seiner Hand, und dann glitt ein kühles Band auf ihren Finger.
Endlich, seufzte etwas in ihr, endlich.
Die Stimme des Friedensrichters schien aus großer Ferne zu kommen. »Aufgrund der mir vom Staat Maryland und dem Cecil County übertragenen Vollmacht erkläre ich euch zu Mann und Frau.«
Ames küßte sie, und Vanessa sah ihre Augen, die sich in den seinen spiegelten. Sie hatte das überwältigende, unheimliche Gefühl, daß irgend etwas endlich wiederhergestellt worden war.
Als Vanessa und Ames nach New York zurückkehrten, prasselte der Regen auf den Gehsteig. Sie liefen rasch in das Gebäude.
Sie hatte eine Stehlampe eingeschaltet gelassen, und angenehm gedämpftes Licht erfüllte die Wohnung. Er schälte sie aus ihrem Mantel.

»Ich muß noch etwas tun«, sagte sie.
»Mhmmm, auch ich muß noch etwas tun.«
»Nein, vorher. Es dauert nur eine Sekunde.«
Sie ging zum Telefon und wählte ihren Auftragsdienst. »Hier spricht Vanessa, Molly – hat jemand angerufen?«
Als sie endlich den Hörer auflegte, rauchte Ames eine Zigarette und beobachtete sie.
»Achtzehn Anrufe.« Sie seufzte. »Alle von Nikos.«
Schweigen füllte den Raum zwischen ihnen. Ames blies einen Rauchring. »Ich muß zu ihm.«
Ames antwortete nicht.
»Ich muß es ihm erzählen, zumindest das bin ich ihm schuldig.«

Das Mädchen führte Vanessa in die Bibliothek. Nikos begrüßte sie zärtlich und bekümmert. »Ich habe mir Sorgen gemacht.«
»Es tut mir leid, Nikos, ich –« Ihr wurde klar, daß sie ihn verletzen würde und daß sie es ihm nicht schonend beibringen konnte. »Ich habe Ames geheiratet.«
Er sah sie an. Seine Brust hob sich, und er seufzte auf. »Ich wollte dich ganz oder gar nicht. Ich bin ein Risiko eingegangen und habe gewußt, daß es ein Risiko ist. Ich habe nicht das Recht, mich zu beklagen.«
»Wir haben es nicht vorgehabt. Wir haben es nicht beabsichtigt.« Sie versuchte zu erklären, aber jedes Wort war ein Stein mehr, den sie ihm auflud.
»Ich wünsche euch Glück«, sagte er.
»Wirst du mich hassen?«
»Ich bin nicht sicher. Ich habe Anspruch darauf, dich ein bißchen zu hassen.« Er küßte sie auf die Stirn und drehte ihr Gesicht, so daß ihr das Lampenlicht in die Augen fiel. »Ich möchte ein Teil deines Lebens bleiben, Vanessa.«
»Das bist du.«
»Darf ich dir weiterhin helfen? Niemand muß davon erfahren.« Er berührte ihr Kinn mit einem Finger und hob ihr Gesicht. »Dadurch könnte ich alles wiedergutmachen, was ich dir nie gegeben habe.«
Unwillkürlich entrang sich ihr ein Flüstern. Sie hatte ihn verletzt und hätte in diesem Augenblick alles getan, um ihm nie wieder Schmerz zuzufügen. »Bitte, hör nie auf, mir zu helfen, Nikos.«

An diesem Abend log Vanessa zum erstenmal in ihrer Ehe.
Ames hatte darauf bestanden, sie zum Dinner in das Côte Basque auszuführen. Als der Kellner die Flasche Mumm brachte, unterhielten sie sich bereits angeregt und lachten, als der herausfliegende Korken Ames anspritzte.
»Auf uns«, prostete Ames. »Auf Mr. und Mrs. Mark Ames Rutherford den Dritten.«
Sie stießen an.
Ames beobachtete sie. »Was hat Nikos gesagt, als du es ihm erzählt hast?« Das Lächeln auf ihrem Gesicht erstarrte. Sie hätte sagen können: Er will eine Stiftung einrichten, aus der meine Vorstellungen finanziert werden.
Statt dessen antwortete sie: »Er hat uns Glück gewünscht.«
»Tatsächlich?« Ames lächelte. »Trinken wir auf Nikos – weil er seine Niederlage wie ein Gentleman trägt. Gott segne ihn.«

Diesen Sommer verbrachten sie in den Hamptons und waren glücklich.
Ames begann sogar, Material für seinen neuen Roman zu sammeln. Vanessa studierte ihre Rollen für den Herbst ein: die Lucia in Covent Garden, die Margarethe in Brüssel, die Donna Anna in New York. Drei sonnige Monate lang hallten klappernde Schreibmaschinentasten und hohe C durch das Haus.
»Heuer singst du verdammt viele verrückte Damen«, scherzte Ames, und sie versetzte ihm mit der Partitur von *Jenufa* einen Klaps. »Noch eine Wahnsinnige«, meinte er, dann fügte er hinzu: »Gehn wir ins Bett.«
»Später. Ich arbeite, und das solltest du auch tun.«
»Es ist halb zwei Uhr nachmittags, die Sonne scheint, und wir werden nie wieder so jung sein. Komm schon. Bitte? Ich koche das Abendessen.«
Sie zögerte. »Geschmorten Hummer?«
Sie wachte mitten in der Nacht auf. Er lag nicht neben ihr. Sie stand neugierig auf und tappte barfuß in den Korridor.
Die Tür zu seinem Arbeitszimmer stand offen. Er beugte sich über die Schreibmaschine und starrte regungslos auf eine Seite.
Sie spürte, daß er an einem toten Punkt angelangt war, ging zu ihm und setzte sich neben seinem Stuhl auf den Boden.
Sie hatte seine Bücher gelesen. Sie sprachen von Hoffnung angesichts der Leiden der Menschheit und hatten sie bewegt. Für sie übte er die gleiche Macht aus wie die Komponisten, deren Melodien sie sang. Ames und sie brachten ein wenig Schönheit, die vorher nicht dagewesen war, in die Welt.

Sie umarmte sein Bein und legte den Kopf auf seinen Schenkel.

Seine Hand sank herab und berührte ihren Nacken. Dann verlor sich die Berührung, die Schreibmaschine erwachte zum Leben und spuckte in wildem Tempo Geklapper, Geklingel und den Aufprall des zurücklaufenden Wagens aus.

Unwillkürlich dachte sie: Das habe ich für ihn getan.

Am nächsten Tag brachte ihr Ames einen kleinen Strauß Wiesenblumen.

»Du bist mein Mittelpunkt«, sagte er. »Verlaß mich nie.«

Sie wußte nicht genau, wann sie die ersten Veränderungen in ihrer Stimme bemerkt hatte, aber die waren innerhalb der ersten sechs Monate ihrer Ehe eingetreten.

Gelegentlich war es nur ein nachlässig angesetzter Ton – ein unkontrolliertes hohes B in ihrer Margarethe, das zu einem harten, krächzenden Geräusch wurde, als sie es halten wollte. Gelegentlich handelte es sich um eine ganze Arie – ein *Mi chiamano Mimi* in Brüssel, das sie kitschig sang, ohne zu wissen, warum, mit dem sie aber dennoch Beifallsstürme erntete.

Sie erwähnte es Austin Waters gegenüber, als sie ihn wieder in seinem Studio aufsuchte.

Er erwiderte sanft: »Das Publikum mag Sie. Und das Publikum irrt sich nie.«

»Hören Sie auf, den Nachsichtigen zu spielen, Austin. Meine Darstellung wird kitschig. Ich höre ja, was ich tue...«

Wie immer erriet er die Dämonen, die sie verfolgten, verstand den nicht zu Ende geführten Gedankengang und legte ihr väterlich die Hand auf die Schulter. »Sie können nur eines tun: üben, bereit sein, weitermachen. Eine Vorstellung ist keine Meisterklasse. Sie können nicht ununterbrochen in Hochform sein. Irgendwann formt die Rolle Sie, nicht umgekehrt.«

»In letzter Zeit haben mich meine Rollen sehr seltsam geformt.«

»Sie haben unter starkem Streß gestanden. Ihr Leben verändert sich. Sie entwickeln sich.«

Sie seufzte. »Ich habe wirklich genug davon, mich zu entwickeln.«

»Wissen Sie, was Sie meiner Ansicht nach tun sollten?«

Sie wartete auf das Geheimnis und war beinahe auf den Namen des Gurus, eines Masseurs oder eines Wunderkrauts gefaßt.

»Sie sollten eine Schülerin nehmen. Glauben Sie mir, nichts

lenkt besser von sich selbst ab. Sie werden überrascht sein, wie es sich auf Ihren Gesang auswirken wird.«

Vanessa fand die Telefonnummer jener zweiten Besetzung, die sie einst gefragt hatte, ob sie ihr Stunden geben würde. »Wollen Sie immer noch, daß ich Sie unterrichte, Camilla?«

Ihre Gesprächspartnerin schien zu sterben und dann wieder aufzuerstehen. »Und ob ich das will, verdammt noch mal, ich meine, ja – ich meine, wann?«

»Wir müssen die Stunden in meinen Zeitplan einbauen, aber wie wäre es, wenn wir morgen anfangen?«

Camilla war bereit, mit der Long-Island-Eisenbahn zum Haus herauszukommen, was ihr hoch anzurechnen war, weil es sich um die langsamste und schmutzigste Eisenbahn im ganzen Osten handelte. Es gab Abende, an denen sie den früheren Zug zurück versäumte und zum Abendessen blieb (das Ames köstlich und bereitwillig zubereitete).

Vanessa liebte die Stunden, freute sich auf sie. Als Lehrerin verhielt sie sich wie ein Buchhalter, der besonders auf das Kleingeld achtet, betrachtete jedes Detail der Partitur durch das Mikroskop und entdeckte vieles einfach dadurch, daß sie es Camilla zeigte.

Sie ließ ihr nichts durchgehen. Stimmte die Phrasierung? Hielt sie den Takt ein? Sprach sie das T? Ein schlecht angesetzter Ton, ein um eine Nuance zu tiefes As, eine punktierte Achtelnote, die Camilla nicht lang genug hielt – was es auch war, sie unterbrach, stemmte die Hände in die Hüften und fuhr sie an.

»Dürfte ich fragen, Miss Seaton, was das zum Teufel gewesen ist?«

Je länger Camilla übte, desto leichter fielen ihr hundert Dinge, die sie zuerst nicht geschafft hatte. Und allmählich schwand Vanessas Unsicherheit, und sie fühlte sich bei ihren eigenen Auftritten sicher.

»Ich möchte etwas wissen«, fragte Ames an einem Donnerstag im März seine Frau, nachdem sie Camilla zum Zug gebracht hatten. »Habe ich eigentlich eine weltberühmte Sängerin geheiratet oder eine Lehrerin?«

»Du hast eine weltberühmte Sängerin geheiratet, die dabei ist, eine ausgezeichnete Lehrerin zu werden.«

»Bist du sicher, daß es dir nicht zuviel wird?«

»Wenn es mir bei meinen Auftritten hilft, ist es die Mühe wert.«

»Hilft es dir denn bei deinen Auftritten?«

»Hör dir meine *Tosca*-Generalprobe an und urteile dann selbst.«

Als Ames seinen Platz im ersten Rang der New Yorker Metropolitan einnahm, war er voller Erwartung und Neugierde. Doch im Lauf des ersten Aktes ging eine unerklärliche Veränderung mit ihm vor.

Er liebte Puccini, er liebte *Tosca*, er liebte seine Frau. Dennoch glaubte er Vanessa die Gestalt keinen Augenblick lang, verstand nicht, daß sie das alles so hochschätzte – das Posieren, das Schreien, das Übertreiben von Gefühlen, die an und für sich unglaubwürdig waren. Er schämte sich beinahe für sie.

Die kunstvollen Dekorationen kamen ihm lächerlich vor, die teuren Kostüme einfallslos und vulgär. Auf der Welt verhungern Menschen, dachte er, und Stiftungen geben für so etwas Geld aus.

Als Tosca abging, applaudierte er nicht.

Was zum Teufel ist mit mir los? Werde ich zu einem Opernmuffel, der das Theater haßt?

Unbehagen regte sich in ihm, denn er spürte, wie er sich in jemand anderen verwandelte, in jemanden, der ihm fremd war.

Allmählich brach Ames der kalte Schweiß aus, und sein Herz pochte wie eine Pauke. Die Musik, die früher so melodiös, mitreißend und leidenschaftlich geklungen hatte, schien plötzlich leer, und nur die strahlenden hohen Töne waren effektvoll. Obwohl das Libretto dieser Oper wesentlich logischer war als das der meisten Standardwerke, empfand er es heute als unerträgliches Melodrama, in dem die Zufälle so dicht gesät waren wie Regentropfen in einem Gewitter.

Während der ersten Pause blieb Ames sitzen. Der Haß, der ihn erfüllte, war von einer Intensität, die er noch nie erlebt hatte. Es war ein beißender, vernichtender Haß, der in ihm den Wunsch weckte, den Vorhang zu zerreißen, die Stühle zu zerschlagen, die Partituren zu zerfetzen, die Opernhäuser niederzubrennen.

Nach einer beinahe unerträglichen Ewigkeit erlosch das Licht langsam – ein Hinweis darauf, daß die Pause zu Ende ging.

In der großen Szene zwischen Scarpia und Tosca erklang hinter der Bühne eine Militärtrommel. Tosca hob den Kopf und lauschte.

Jede Musik besitzt einen ihr eigenen Rhythmus, ihren Herzschlag. Es handelt sich nicht um das leblose Ticktack eines Metronoms oder das Taktschlagen des Dirigenten, sondern um das Pochen eines lebenden Herzens. Alle Musiker hören ihn und gehorchen ihm. Dank dieses stummen Takts kann ein ganzes Orchester nach vollkommener Stille gleichzeitig zum Leben erwachen, kann gemeinsam langsamer werden oder eine Phrase schneller nehmen, oder einsetzen, wenn die Sopranistin einen Triller sicher beendet hat. Dank dieses Herzschlags können Sänger in den wildesten Abschnitten der wildesten Duette beisammenbleiben. Vanessa lauschte jetzt diesem Takt.

Die beinahe vollkommene Leere des Hauses antwortete ihr.

Einen Augenblick lang nahm sie das gedämpfte Glitzern auf den Rängen wahr, und vielleicht war es nur ihre Phantasie, aber sie sah Ames vor sich, der die Ellbogen auf die Brüstung gestützt hatte. Sein Gesichtsausdruck war angewidert.

Was hält er wohl von diesem Geschrei? fragte sie sich.

Ihre Lunge weitete sich, als sie einatmete, aber nur einige Sekunden lang. Sie wurde unsicher. Mit einem Blick erfaßte sie den Bariton, der in einem Kostüm aus dem achtzehnten Jahrhundert einen tiefschwarzen Opernbösewicht mimte, und hinter ihm in den Kulissen einen Bühnenarbeiter im Overall, der sich am Ohr kratzte und vor Langeweile triefte.

So ein Unsinn. Warum stehe ich überhaupt hier?

Das Ganze war lächerlich; sie bewegte sich in einer falschen Dekoration unter dem verfälschenden Schein der Scheinwerfer inmitten von falschen Schatten.

Sie verpaßte ihren Einsatz.

Boyd Kinsolving klopfte ab, und das Orchester verstummte. »Können wir noch einmal bei 34 beginnen?« Er sah Vanessa fragend an. »Ist alles in Ordnung, meine Liebe?«

Obwohl das Haus dunkel und ruhig war, spürte Ames, daß Vanessa nicht schlief, spürte, wie ihre Gedanken rasten. Schließlich schaltete er das Licht ein.

»Okay«, schlug er vor, »hören wir auf, uns etwas vorzumachen. Ich weiß, daß du nicht schläfst, du weißt, daß ich nicht schlafe. Sprechen wir lieber darüber.«

Sie setzte sich auf und schaute ihn an. »Heute ist im Opernhaus etwas geschehen. Bevor ich meinen Einsatz verpaßte.«

Er nickte. »Ich habe es auch gespürt.«

»Was war es, Ames?«

Er schüttelte hilflos den Kopf. »Ich weiß es nicht.«

»Es war, als ginge etwas von dir aus – etwas Schreckliches, beinahe wie Haß.«

Er seufzte. »Manchmal wäre es mir lieber, wenn du nicht so verdammt intuitiv wärst.«

»Was hast du gehaßt, Ames?«
»Ich hatte den Eindruck, daß ich dich verliere.«
Sie starrte ihn an. »Wieso verlierst du mich?«
»Ich weiß es nicht. Aber ich habe gespürt, wie die Musik dich mir weggenommen, dich verschluckt hat wie Treibsand.«
»Komm, komm, ich weiß, daß Puccini dick aufträgt, aber Treibsand...« Sie unterbrach sich. »In wie vielen Vorstellungen hast du mich gesehen?«
»Das weiß ich nicht. Vermutlich in einigen Dutzenden.«
»Hast du schon einmal diesen Haß empfunden?«
»Nie.«
»Du hast mich heute zum erstenmal nach unserer Heirat auf der Bühne gesehen.«
»Was hat das mit –«
»Ich bin nicht sicher, aber nachdem wir geheiratet haben, hat sich meine Stimme verändert. Ich weiß, daß es nach Aberglauben klingt, aber verdammt, Ames, Sängerinnen sind nun einmal abergläubisch. Zumindest diese Sängerin ist es.«
Er schwieg.
»Ich liebe dich, Ames. Ich habe dich von dem Augenblick an geliebt, als ich dich zum erstenmal gesehen habe. Manchmal habe ich das Gefühl, daß ich dich schon lange vor diesem Augenblick geliebt habe. Ich würde alles für dich tun.«
Er spürte, daß sie nicht alles gesagt hatte. »Aber?«
»Aber heute war ich entsetzt.«
»Und?«
»Und ich möchte, daß du nie wieder eine meiner Vorstellungen besuchst.«
Zu Ames' Verblüffung war er nicht überrascht.
Er spürte, wie die Dunkelheit überhandnahm, wie Vanessa sich von ihm entfernte, aber es kam nicht überraschend.
Er griff nach einer Zigarette, zündete sie an, blies den Rauch aus. »Ich bin also offenbar ein großer, böser Zauberer und belege hübsche kleine Sängerinnen mit einem Fluch.«
»Glaubst du, daß ich einfach nur neurotisch bin?«
Er schüttelte den Kopf. »Wenn einer von uns zum Psychiater muß, dann ich. Heute ist etwas Verrücktes über mich gekommen, und du hast es gefühlt.«
»Und in mir ist alles erstarrt, und der Ton wollte nicht kommen. Ich habe so oft versagt, Ames, ich kann mir keinen weiteren Versager leisten.«
Er küßte sie, als hätte er volles Verständnis für sie. »Du wirst nicht versagen. Und ich komme zu keiner deiner Vorstellungen mehr, okay?«

»Bist du böse?«
»Ich liebe dich.«
»Aber du bist böse?«
»Nicht böse – nur ein bißchen verwirrt.«

Vanessa starrte drei Takte lang zum Fenster hinaus.

Als sie sich dann dem Publikum zuwandte, war sie ein anderer Mensch. In diesen Sekunden hatte sie sich vollkommen verändert.

Man konnte schwer schildern, worin der Unterschied bestand, aber als sie ans Fenster getreten war, war sie Vanessa Billings gewesen, die die Tosca überdurchschnittlich gut sang, und als sie sich wieder umdrehte, stand eine völlig andere Person dem Publikum gegenüber.

Sie ging zum Sofa, sank langsam darauf nieder.

Scarpia schenkte sich kalt und zynisch Kaffee ein und nahm einen Schluck.

Das Orchester verstummte.

Die Zuschauer beugten sich atemlos vor.

Einen Augenblick lang herrschte vollkommene Stille.

Sie hob den Kopf, und ein Ton entströmte ihrer Kehle, der in seiner Reinheit erschreckend war.

Vissi d'arte, vissi d'amore...

Was im Opernhaus geschah, ging über die Worte, über die Töne hinaus. Die Arie verlor Zug um Zug ihre Identität, verwandelte sich in reine Musik, die sich ihrerseits in reines Gebet auflöste.

Auch das lauschende Publikum veränderte sich, als erinnere sich jeder einzelne daran, wie er als Kind hoffnungslos um das Leben eines Haustiers oder um die Erfüllung eines Wunsches oder als Erwachsener um das Leben eines anderen Menschen, um die Erfüllung eines Traumes oder vielleicht sogar um Liebe gebetet hatte.

Und wie Gott unfaßbarerweise die Bitte nicht erhört hatte.

Perchè, Signor, ah perchè me ne rimuneri così? – »Warum, o Herr, suchst du mich heim so schwer?«

Die Frage hing unbeantwortet in der Luft.

Der Applaus setzte nicht sofort ein. Zu viele Zuschauer kämpften mit den Tränen. Erst mußten Taschentücher wieder in Rock- und Handtaschen verschwinden, bevor die Bravos und der Jubel durch die Dunkelheit hallten.

In ihrer Garderobe saß Vanessa nervös auf einem Stuhl und schaute zu ihrer zweiten Besetzung hinüber. »Wie war ich?«

Camilla starrte sie ungläubig an. »Sie fragen noch?«

»Der Akt ist so publikumswirksam, daß sie sogar applaudieren würden, wenn ich miserabel wäre.«

»Sie sind nie miserabel.«

»Die Generalprobe ist schiefgegangen, und heute abend bin ich wieder nicht auf der Höhe.«

»Heute abend sind Sie einmalig.«

»Wirklich? Bei den dramatischen Höhepunkten bin ich nicht da. Ich erinnere mich daran, daß ich ans Fenster trat, ich erinnere mich daran, daß ich Scarpia erstochen habe – aber dazwischen klafft eine Lücke. Ich erinnere mich nicht daran, daß ich *Vissi d'arte* gesungen habe.«

Camilla sah ihre Lehrerin verständnislos an. »Das kann doch nicht Ihr Ernst sein. Es war das beste *Vissi d'arte*, das ich je gehört habe.«

Vanessa schwebte durch den letzten Akt.

Das Publikum rief sie achtmal vor den Vorhang. Am nächsten Tag bezeichnete die *Times* Vanessa als die sensationellste Tosca seit der Callas. Es war Oper in einmaliger Vollendung. Bravo, La Billings.

45

Wenn Vanessa in New York sang, konnte Ames die sieben Stunden ohne sie durchaus überleben. Aber wenn sie in Europa gastierte, mußte er zwölf Tage ohne sie sein, Klumpen leerer Zeit, in denen er durch das Haus wanderte, den Wellen lauschte, zu schreiben versuchte, nicht schrieb, zu essen versuchte, nicht aß, zusah, wie der Pegel in der Wodkaflasche sank, und nicht begriff, wieso es so rasch ging.

Und dann hob er eines Morgens den Kopf von der Schreibmaschine und entdeckte, daß sie sich über ihn beugte.

»Bitte sei glücklich, Ames. Das Beste an mir gehört dir. Was auf der Bühne geschieht, bin nicht ich. Das ist nur etwas, das ich tun muß. Komm ins Bett.«

»Es tut mir leid«, murmelte er und dachte: Um Himmels willen, in was verwandle ich mich?

Als er aufwachte, lasteten Kater und Schuldbewußtsein wie ein bleierner Himmel auf ihm. Sie mußte Verschiedenes außer Haus erledigen, und er war froh darüber. Er bereitete das Abendessen zu: Kalbsschnitzel mit Salbei, Wurst und geriebener Zitronenschale gefüllt, Zucchini mit Zitronenbutter, von A bis Z selbstgemachte Kartoffelkroketten; heiße Sauerteigbrötchen; eine Karaffe gutgekühlter deutscher Riesling.

Er stellte nach Sandelholz duftende Kerzen auf den Tisch, zündete sie an, trank nur ein Glas Wein, wartete und fragte sich, was sie aufhielt.

Was sie aufhielt, war ihr siebzehn Jahre alter Geliebter.

In dreihundert Kilometern Entfernung sang Vanessa am Metropolitan Opera House die Marschallin im ersten Akt des *Rosenkavalier*, einer bittersüßen Komödie, die im Wien des achtzehnten Jahrhunderts spielt.

Ames ging in die Küche und schaute im Kalender neben dem Kühlschrank nach, in den Vanessa ihre Verpflichtungen notierte. Er begriff nicht, wieso er es übersehen hatte. Die Eintragung war eindeutig. Sie sang an diesem Abend in der Metropolitan.

Er ging in die Garage, setzte sich in den Wagen, fuhr drauflos.

Wie beinahe alle Sopranistinnen, die fähig sind, die Marschallin zu singen, liebte Vanessa diese Rolle. Die Figur besaß Schönheit, Intelligenz, Humor und Großzügigkeit – ganz zu schweigen von einigen der lieblichsten Melodien, die Richard Strauss je komponiert hatte, und – ein großes Plus – obwohl sie die Oper eröffnete und schloß, hatte sie im mittleren Akt keinen Auftritt.

Wodurch Vanessa Zeit hatte, sich auszuruhen, Fruchtsaft zu trinken, Briefe zu schreiben.

Ames stellte den Mercedes in der Parkgarage unterhalb des Lincoln Center ab. Auf der Plaza bot eine Frau, deren Nerz genauso gekräuselt war wie ihr Haar, einen Balkonplatz für den letzten Akt des *Rosenkavalier* an.

Der Platz befand sich praktisch in der obersten Reihe. Ames sah nervös auf die Bühne hinunter und dachte: Warum tue ich das? Warum bin ich hier?

Es klopfte, und jemand rief: »Drei Minuten, Miss Billings.«

Vanessa trat vor den Spiegel und warf einen letzten Blick auf ihr Kostüm. Plötzlich wurde ihr übel. Sie begann zu schwanken. Ihre Garderobiere fing sie auf und führte sie zum Stuhl zurück.

Sie wußte, was geschehen war. *Ames befindet sich hier – im Haus.* Sie preßte mit Mühe die Worte heraus. »Holen Sie meine zweite Besetzung«, befahl sie der Garderobiere. »Ich kann nicht weitersingen.«

Es war, als erwache er aus einer Ohnmacht.

485

»Entschuldigen Sie.« Ames stand auf, beachtete die verärgerte Reaktion seiner Nachbarn nicht und zwängte sich in den Gang hinaus. Der Weg zum Ausgang war lang und dunkel.

Genauso plötzlich, wie der Anfall gekommen war, ging er vorbei. Vanessa holte tief Atem und sog die Luft tief in sich ein. *Er ist fort.*

Es klopfte wieder. »Bitte auf die Bühne.«

Sie konnte aufstehen, durch die Garderobe zur Tür gehen und die Klinke hinunterdrücken. Die Garderobiere beobachtete sie erleichtert.

»Sagen Sie Camilla, daß es sich um blinden Alarm gehandelt hat. Ich mache weiter.«

Ames ging durch Verkehr und Auspuffgase, an Straßenschildern und Geschäften vorbei, die ihm fremd waren. Er gelangte zu einer Steinmauer zwischen zwei efeubewachsenen Backsteingebäuden. In sie war ein Eisentor eingelassen; er hatte sein Ziel erreicht. Er öffnete das Tor und trat ein.

Ames war nicht daheim, als die Limousine Vanessa in das Haus in East Hampton zurückbrachte. Der Mahagonitisch war für das Abendessen gedeckt, die Kerzen waren längst abgebrannt, das Essen eiskalt. Sie räumte Fleisch und Gemüse weg und machte sich eine Tasse Kakao zurecht.

Ames kam um zwei Uhr dreißig zur Tür herein.

»Nimm dir auch eine Tasse Kakao«, schlug sie vor.

Sie tranken eine Weile schweigend, dann erwähnte sie das Naheliegende: »Jemand hat ein richtiges Festessen gekocht und es nicht gegessen.«

»Stimmt.«

»Du bist spät nach Hause gekommen.«

»Das tut mir leid. Wie war die Vorstellung?«

»So-so.« Nach einer Pause. »Du hast den Wagen genommen?«

»Ich bin nach New York gefahren.«

Er war heute abend im Opernhaus, dachte sie. Und dann: Nein, er hat es mir versprochen... er hat bestimmt nicht...

»Ich bin zu dem alten Seminar gefahren«, erzählte er. »Erinnerst du dich, wir haben uns an dem Tag, an dem wir geheiratet haben, dort getroffen.«

»Warum wolltest du ausgerechnet dorthin?«

»Es ist ein schöner alter Bau, der überhaupt nicht zu New York paßt. Ich habe nur müßig zugesehen, wie die Nacht dunkler wurde.«

Er unterbrach sich, und sie hatte das Gefühl, daß das nicht alles war, womit sich seine Gedanken beschäftigten.

»Ich mag das Seminar nicht«, antwortete sie, »es erinnert mich an einen Friedhof.« Sie wollte etwas Dummes sagen. Sie wollte sagen, daß die Toten längere Schatten werfen als die Lebenden. Sie wollte sagen: Bitte geh nie wieder dorthin.

Sie drückte es auf ihre ausweichende Art aus. »Nächste Woche ist unser Jahrestag – der neunte April. Wenn ich ein paar Vorstellungen absage, können wir die ganze Woche für uns haben.«

»Komm, komm, du kannst doch nicht absagen.«

»Natürlich kann ich.« Nein, ich kann nicht, nein, ich sollte nicht, nein, ich darf nicht, aber ich werde es tun. »Es handelt sich nur um zwei *Toscas*. Camilla kann für mich einspringen.«

»Du bist ja ein leichtfertiger kleiner Superstar. Liebes, ich liebe dich.« Er beugte sich über den Tisch und küßte sie, dann packte er sie. »Weißt du, warum ich mich in letzter Zeit so scheußlich benommen habe? Ich habe geglaubt, daß du... na ja, daß du mich vergessen hast.«

»Du bist ein schöner Dummkopf, Ames.«

»Ich weiß nicht, ob ich schön bin, aber gelegentlich bin ich zweifellos ein Dummkopf.«

Am nächsten Vormittag rief Vanessa Richard Schiller an und erklärte ihm, daß sie in der Woche vom neunten April krank sein würde.

Er schwieg eisig.

»Richard, zur Zeit braucht mich meine Ehe mehr als diese *Tosca*.«

»Packen wir einen Picknickkorb und wandern wir ein Stück«, schlug Ames vor. Der Himmel war blau und das Wetter ungewöhnlich warm für die Jahreszeit – beinahe sommerlich. Es war der erste Tag ihres Urlaubs, der erste Tag, an dem sie schwänzten, und er war von verrückter, jungenhafter Erregung erfüllt.

»Wie du willst«, antwortete sie.

Sie gingen barfuß den Strand entlang. In der Luft lag der reine, salzige Geruch des Ozeans. Sie folgten der dunklen Linie der Ebbe, an den Strandhäusern entlang, und dann bogen sie landeinwärts in die Dünen ab und breiteten ihr kariertes Tischtuch auf dem Gras aus.

Sie aßen französisches Weißbrot und weichen Brie. Das Wetter war warm, die Luft mild, der Wind fuhr sanft über sie hinweg. Eine Flasche Vino rosso da tavola ging hin und her.

Das schwere, gedämpfte Rauschen der Wellen drang durch die Stille. Er folgte ihrer Blickrichtung. »Was siehst du?«
»Jenseits des Horizonts London, Paris und Frankfurt.«
»Schau nicht hin. Rede dir ein, daß es keinen Horizont gibt.«
»Ich habe wieder das Gefühl, daß ich eingesperrt bin. Im November drei *Lulus* und sieben *Esclarmondes*.«
»Ein Biest und eine Hexe sind noch lange kein Todesurteil.«
»Heute Hamburg, morgen Mailand, übermorgen San Francisco und nie eine Pause. Manchmal glaube ich, daß es ewig so weitergehen wird.«
»Ewig ist ein relativer Begriff. Ewig kann auch die nächsten sechs Tage sein.«
Er zog sie zu sich hinunter, und sie lagen nebeneinander, die Sonne wärmte ihre Rücken, die Gischt, die der Wind herbeitrug, benetzte ihre Haut. Sie liebten sich langsam und genußvoll. In Vanessas Augen standen Tränen.
»Weißt du, was das ist?« fragte sie. »Unsere zweite Affäre.«
»Ich kann mir keine bessere Art für den Neubeginn einer Ehe vorstellen.«
Bis sieben Uhr abends am vierten Tag war ihr Zusammensein vollkommen.

Der Nachmittag hatte sich in purpurgetränktes Abendlicht verwandelt, Vanessa und Ames saßen auf der Terrasse. In der Ferne brummte ein Auto vorbei, blieb dann stehen und setzte zurück. Räder knirschten auf dem Kies.
»Besucher«, stöhnte Ames.
Eine Gestalt kam über den Rasen – Camilla Seaton. »Es tut mir leid«, entschuldigte sie sich, »ich hätte anrufen sollen, aber...«
»Der Besuch gehört dir«, flüsterte Ames. Er erklärte, daß er in der Küche mit einer Flunder verabredet sei, und ließ die beiden allein.
Camilla setzte sich. Ihre Augen blickten ins Leere.
»Was ist los?« fragte Vanessa.
Camilla brauchte eine Weile, bis sie zu sprechen begann. Sie erzählte, daß ihre *Tosca* durchgefallen war. Nach ihrem *Vissi d'arte* hatte eisige Stille geherrscht. Sie hatte das Messer nicht gefunden, mit dem sie Scarpia erstechen mußte, und die Trommel hatte sie so erschreckt, daß sie das Kruzifix hatte fallen lassen, statt es ihm auf die Brust zu legen.
»Ist das alles?« fragte Vanessa, obwohl es eigentlich reichte.
»Würden Sie die Rolle mit mir durchgehen? Noch heute abend?« Camilla beugte sich plötzlich vor. »Ich habe meine

Partitur mitgebracht, ich habe auch ein Tonband dabei, und wenn Sie mir nur erklären könnten, was ich falsch mache..."

Vanessas Blick wanderte zum Küchenfenster, zu Ames' Schatten dahinter. »Nicht heute abend.« Sie brachte es nicht fertig, das Mädchen anzusehen. Brachte es nicht fertig zu gestehen, daß sie zum erstenmal in ihrem Leben glücklich war. »Ich stecke selbst in Schwierigkeiten.«

Camilla rührte sich nicht, war in einen Kokon des Schweigens eingesponnen.

»Wir werden die Rolle später durchgehen«, versprach Vanessa. »Nächsten Monat.«

»Erst in einem Monat?«

»Wir arbeiten dann die Partitur Ton für Ton durch«, wiederholte Vanessa und haßte sich, haßte das Leben, das immer verlangte, daß man sich selbst oder jemand anderem Schmerz zufügte. Und dann dachte sie: Nein, es geht darum, daß ich mein Leben liebe.

»Was wollte sie denn?« fragte Ames beim Kerzenlichtdinner – es gab mit Krabben gefülltes Flunderfilet.

»Nichts. Sie war nur ein bißchen unsicher.«

Am nächsten Morgen, ihrem Jahrestag, war es kühl, frisch und sonnig. Ein goldenes Omen. Ames briet zum Frühstück Spiegeleier und schaffte es, daß nur ein Dotter zerlief. Sie gingen barfuß den Strand entlang, bewunderten den auf dem Strandhafer glitzernden Tau und waren glücklich.

»Ich habe eine großartige Idee, Schätzchen«, meinte er. »Bleiben wir heute abend zu Hause und stopfen wir uns mit allen möglichen großartigen Gerichten voll, die niemand, der halbwegs vernünftig ist, essen würde...«

»Zum Beispiel Hummer in der Folie?«

»Und Wein und Kuchen, eine Menge Kuchen. Damit sollten wir bis ungefähr elf Uhr beschäftigt sein, und dann lassen wir das Geschirr einfach stehen und setzen uns auf die Terrasse und schauen hinauf zum Mond und...«

Er küßte sie, lang und innig.

»Mir gefällt das und...« stellte sie fest.

»Ich muß in die Stadt und ein paar Dinge besorgen. Du bleibst schön brav hier, ja?«

»Ich habe nichts vor.«

»Versprichst du es?«

Sie schloß lachend die Augen. »Ich verspreche es.«
Er fuhr nach East Hampton. Als er die Hauptstraße entlangging, hüllte ihn Glückseligkeit ein wie ein unsichtbarer Mantel.
Er mußte im Fischladen auf den Hummer und beim Bäcker auf die Haselnußtörtchen warten. Ihm fielen noch ein Dutzend weiterer Überraschungen ein, wie das Set Pierre-Deux-Servietten, die sie sich wünschte, und er mußte in einem Dutzend weiterer Läden warten. Das Warten machte ihm überhaupt nichts aus. Er sah sie vor sich, wie sie lachte und die Augen im Sonnenschein zusammenkniff.

Adolf Erdlich rief an. »Sie müssen heute abend singen, Vanessa.«
»Unmöglich, ich bin krank, Adolf. Offiziell.«
»Und Ihre zweite Besetzung ist wirklich krank. Camilla hat die heutige Nacht in der Intensivstation des Lenox Hill verbracht. Offenbar hat sie Schlaftabletten mit Vitaminpillen verwechselt.«
»O mein Gott – nein. Sie kommt doch durch?«
»Sie kommt durch. Ihre *Tosca* ist etwas anderes. Mehr als ein Drittel unserer Abonnenten haben angerufen und ihre Plätze dem Musikerfonds gespendet.«
Sonnenschein drang durch das hölzerne Fenstergitter. Vanessas Blick folgte dem sanft zum Ufer abfallenden Rasen. Es war Mittag, die Sonne stand hoch am Himmel und baute über den Atlantik einen leuchtenden Steg von East Hampton zu allen anderen Opernhäusern Europas.
»Gibt es sonst niemanden, der heute abend singen kann?«
»Sie haben sich vertraglich verpflichtet, diese Woche zweimal in *Tosca* aufzutreten«, erinnerte sie die Stimme am Telefon. »Wir haben auf einen dieser Auftritte verzichtet. Wir brauchen Sie sehr, sehr dringend. Um drei Uhr holt Sie ein Wagen von ihrem Haus ab.«
Vanessa hörte sich sagen: »Ich mache mich fertig.«

Sie wollte erklären. Sie mußte erklären.
Aber Ames war nicht da, und Adolf Erdlichs onyxschwarze Limousine stand vor der Tür. Sie ließ den Fahrer fünfzehn Minuten warten, und dann noch einmal fünfzehn Minuten, aber Ames' Wagen war noch immer nicht in die Auffahrt eingebogen.
Um halb vier kritzelte sie eine Nachricht auf ein Blatt Papier und klebte sie an den Kühlschrank.
Ames kam kurz nach vier Uhr zurück.
»Vanessa?«

Sein Blick wanderte forschend von Raum zu Raum.

»Vanessa, Liebes?«

In ihm ging die Hoffnung in Ungewißheit und dann in Vorahnung über. Er hatte eine unangezündete Zigarette im Mund, als er das Stück Papier fand.

Liebster – ich habe bis halb vier gewartet. Camilla ist schwer verletzt und kann nicht auftreten. Sie brauchen mich. Bitte, verzeih mir. Ich liebe Dich, ich werde es wiedergutmachen. Ich verspreche es. Tausend Küsse. Vanessa.

In den zehn Sekunden, die er brauchte, um das schwungvolle Gekritzel zu lesen, alterte er von einem kleinen, von Liebe erfüllten Jungen zu einem alten Mann, in dessen Herz es nur noch Haß gab. Er schlug mit der Faust auf den Kühlschrank, dann betrachtete er ungläubig seine blutende Hand.

Was zum Teufel geht mit mir vor?

Er hatte eine Idee, einen letzten schwachen Hoffnungsschimmer. Er griff nach dem Telefon in seinem Arbeitszimmer und wählte.

»Ich bin es, Dad, Ames. Ich muß mit dir sprechen. Kann ich sofort zu dir kommen?«

46

»Meine Frage wird dir vielleicht merkwürdig vorkommen, Dad.«

»Frag mich.«

»Was hast du für die Musik empfunden, nachdem du Ariana verlassen hast?«

»Musik?« Der Bischof atmete tief ein. »Ich war davon überzeugt, daß die Musik sie mir weggenommen hatte. Ich haßte sie zehn entsetzliche Jahre lang. Gesang brachte mich in Wut. Opern... brachten mich um. Am liebsten hätte ich das Bühnenbild niedergerissen und die Sänger erwürgt.«

Einen Augenblick lang rührte sich im Arbeitszimmer kein Hauch, dann seufzte leichter Wind durch die Vorhänge.

»Und jetzt?«

»Jetzt?« Im Lächeln des Bischofs lag längst gestorbener Schmerz. »Jetzt bin ich genauso musikalisch wie der erstbeste Prälat.«

»Du kannst Konzerte besuchen?«
»Natürlich.«
»Opernaufführungen?«
»Ich sehe gelegentlich eine, wenn ich eingeladen werde.«
»Und du hast aufgehört, die Musik zu hassen?«
»Ich hatte keine andere Wahl. In meinem Beruf gibt es schrecklich viel Bach.«
»Wie hast du es geschafft, dich zu ändern?«
»Ich habe um die Kraft gebetet, meine Widerstandsfähigkeit aufgebaut, mir Schallplatten angehört, mich gezwungen, zu Symphonien zu gehen. Irgendwann war ich bei einem Liederabend. Es ist mir nicht leichtgefallen, aber es hat mich nicht umgebracht. Und dann habe ich den entscheidenden Schritt gewagt und eine Oper besucht. Es hat geschmerzt, aber ich habe es überlebt.«
Ames empfand wider Willen Bewunderung für seinen Vater, der zum Börsenmakler bestimmt gewesen war, aber die ausgefahrenen Geleise verlassen, den Kragen eines Priesters angelegt und Wall Street den Rücken gekehrt hatte. Er hatte eine Enttäuschung überlebt und sie überwunden wie eine schlechte Gewohnheit.
»Hast du je wieder eine ihrer Vorstellungen besucht?«
Der Bischof atmete ein. »Nur im Geist. Aber ich habe mir alle ihre Platten gekauft. Manchmal... spiele ich sie.«
Spät nachts ging Ames um den Waldrand herum hinunter an den Strand. Kalter Schaum umspülte seine nackten Füße.
Der Motor eines Wagens dröhnte. Einen Augenblick später bewegte sich oben, wo der Strand in die Dünen überging, Vanessas Gestalt auf ihn zu. Sie küßten einander. Er erkundigte sich, wie die Vorstellung gewesen war.
»Es tut mir leid, Ames –«
»Komm schon, hör auf damit. Arbeit ist Arbeit. Waren Sie vor Begeisterung aus dem Häuschen?«
Sie lächelte. »Sie waren aus dem Häuschen.«
Als sie weitergingen, erkundigte sie sich, wie er den Tag verbracht hatte.
»Weißt du, was komisch ist? Ich habe einen verdammt wunderbaren Tag hinter mir.«
Sie waren noch drei Tage lang glücklich.

Dann rief Camilla Vanessa weinend an und erzählte ihr, daß die Kritiker in Philadelphia sie in *Bajazzo* verrissen hatten.
Vanessa gab beruhigende Geräusche von sich (»Niemand

kann zwei Tage, nachdem er aus dem Krankenhaus entlassen wurde, diese Rolle singen«), aber sie bekam durch das Gespräch den Eindruck, daß sie schuld daran war und daß sie Camilla nur Schritt für Schritt durch die Partitur führen müßte, damit alles wieder gut wurde.

Zwei Tage lang plagten sie Gewissensbisse. Schließlich rief sie Richard Schiller an. »Ich muß mir nächste Woche Urlaub nehmen.«

»Das können Sie nicht. Sie singen in San Francisco.«

»Sie müssen mich freibekommen.«

»Warum?«

Was sollte sie ihm erzählen? Daß sie das unwiderstehliche Bedürfnis hatte, ihrer Schülerin Stunden zu geben? »Ich fühle mich nicht wohl.«

»Ich lade Sie zum Lunch ein. Dann können Sie es mir genauer schildern.«

Sie nahmen den Lunch an einem ruhigen Ecktisch in dem kleinen französischen Lokal in der 55. Straße in der Nähe der Agentur ein. Richard hörte ihr zu.

»Sie sind nicht Camillas Mutter. Für ihre Vorstellungen ist sie selbst verantwortlich, nicht Sie.«

»Sie ist meine Schülerin. Sie hat mir geholfen.«

»Sie hat Ihnen geholfen? Das müssen Sie mir genauer erklären.«

»Sie hat mir erlaubt, sie zu unterrichten.«

Richard zog die Augenbrauen in die Höhe. »Sie hat Ihnen erlaubt, sie zu unterrichten?«

»Ja. Und dann habe ich sie im Stich gelassen.«

Er schüttelte den Kopf. »Na und? Wenn es so wichtig ist, werden Sie sie eben nach San Francisco unterrichten.« Er griff über den Tisch und drückte ihr die Hand. »Entspannen Sie sich, ja? Sie sind glücklich verheiratet, vollkommen gesund. Ihre Stimme ist besser denn je. Die Aufführung wird via Satelliten übertragen, zweihundert Millionen Menschen werden zusehen, und können Sie sich vorstellen, wie sich so etwas auf den Verkauf Ihrer Platten auswirken wird?«

»Warum fühle ich mich dann so elend?«

»Ein Künstler muß sich elend fühlen. Essen Sie jetzt Ihr Eis, bevor es schmilzt.«

Trotz Vanessas böser Ahnungen befolgte sie vier Tage später den Rat ihres Agenten und bestieg das Flugzeug nach San Francisco.

Eine Geisterstimme sprach im leeren Büro. »Mark Ames Rutherford der Dritte, der bahnbrechende Autor der *Festung*, ist der erste Schriftsteller, der die geheime hinterhältige Verbindung zwischen den Tresoren der Chase Manhattan Bank und den Marmorwänden des Lincoln Center aufgedeckt hat.«

Die Stimme kam vom Anrufbeantworter und erinnerte sehr an Dill Switt, wenn er gut aufgelegt war.

Ames konnte nicht anders, er mußte sich melden. »Geheim, hinterhältig? Ich glaube, du bist ein bißchen high, Dill.«

»Aufgekratzt, sagt ein höflicher Mensch. Ich sitze im Lion's Head und trinke kühlen Beaujolais in Gesellschaft einer jungen Dame, die Starreporterin des *Wall Street Journal* und außerdem, und das ist das Interessante daran, Opernfan ist. Jetzt gib gut acht. Der Preis für ein Glas kühlen Beaujolais ist gerade um dreißig Prozent gefallen. Und warum ist der Preis gerade gefallen? Weil die Franzosen vor zehn Tagen den Franc abgewertet haben. Und warum haben sie das getan? Wegen der absichtlichen oder unabsichtlichen Zusammenarbeit von wohlmeinenden, anständigen Bürgern wie deiner Frau, dem Singvogel, mit internationalen Schiebern wie Nikos, dem Griechos.«

»Es wäre mir lieber, wenn du keine solchen Witze machst.«

»Wer macht hier Witze? Du mußt doch wissen, daß Nikos Stratiotis seine Dollarguthaben als Deckung benützt, um gegen europäische Währungen zu spekulieren.«

»Das tut jede Bank in New York und Zürich.«

»Aber Stratiotis bezahlt in Amerika seit zwanzig Jahren keinen Cent Körperschaftsteuer. Er setzt nämlich wohltätige Stiftungen von seinem Einkommen ab.«

»So machen es eben die großen Tiere.«

»Die anderen großen Tiere machen es nicht mit Stratiotis' Fingerspitzengefühl. Um aus dem Programm der Chicago Opera zu zitieren: ›Diese Produktion des *Troubadour* verdanken wir der Großzügigkeit der Stratiotis-Stiftung für die Schönen Künste.‹ Ich übersetze frei aus einem neueren Programm der Pariser Oper: ›Die Leitung der Oper möchte der Stiftung Stratiotis für ihre außergewöhnliche Großzügigkeit bei der Erstellung dieser Produktion von *Romeo und Julia* danken.‹«

»Okay. Manche Männer geben Geld für Pferde aus, Stratiotis gibt Geld für die Oper aus. Na und?«

»Stratiotis finanziert die Aufführungen deiner Frau, Dummkopf. Ausschließlich die ihren.«

Ames zwang sich, es nicht zu glauben. Ich kann es nicht glauben. Dill lügt. Nein, er lügt nicht. Er irrt sich. Ein gutgemeinter Irrtum.

»Das stimmt nicht«, hörte er sich sagen. »Vanessa hat seit über einem Jahr keine Verbindung mehr mit Stratiotis.«

»Ach so? Schau dir doch die Programme des Lyrischen Theaters von Barcelona, des Teatro Colòn, der Scala an. Schau dir das vorwöchige Programm der Metropolitan an. ›Die Metropolitan Opera möchte ihren Dank aussprechen –‹«

Ames versuchte, die Worte auszulöschen, sich auf die Flut zu konzentrieren, die sich fünfzehn Meter vor dem Haus brach. Aber etwas in ihm wand sich und stürzte dann zusammen. »Ich möchte deine Freundin vom *Wall Street Journal* kennenlernen. Ich möchte diese Programme sehen.«

»Lisa und ich sind um zwanzig Uhr dreißig zum Dinner bei Carnaby verabredet. An unserem Tisch haben drei Personen Platz.«

Ames traf sie im Restaurant, dem neuesten In-Lokal in Soho. Er las fünf Opernprogramme, während Dill und das Mädchen Lammrücken aßen. Die Programme waren alle neueren Datums, in verschiedenen Sprachen gehalten, hatten aber eines gemeinsam. Die Billings sang, Stratiotis finanzierte die Aufführung.

»Ich habe noch mehr Programme zu Hause«, erklärte das Mädchen. »Ganze Schachteln voll. Er finanziert sie seit Jahren.«

Ames beschloß, direkt mit Stratiotis zu sprechen. Er rief sein Büro in der Wall Street an und gab sich verzeihlicherweise als Stan Billings, Vanessas Vater, aus.

Die Stimme der Sekretärin wurde um etliche Grade freundlicher. »Sie können Mr. Stratiotis in San Francisco erreichen. Ich gebe Ihnen seine Nummer.«

Der Flug über den Kontinent war ein dunkles, traumartiges, sechs Stunden dauerndes Gleiten, und dann bewegten sich die Gebäude und Straßen von San Francisco wie unwirkliche Schatten am Fenster des Taxis vorbei.

Frühlingsregen stürzte vom Himmel, und es war neunzehn Uhr fünfundfünfzig, als Ames beim Opernhaus eintraf, einem kleinen architektonischen Juwel in der Van Ness. Er drängte sich durch Ströme von Abonnenten. Ein Platzanweiser überreichte ihm sein Programm und führte ihn zu seinem Platz. Er setzte sich und schlug das Programm auf. Bitte, lieber Gott, mach, daß ich unrecht habe. Mach, daß alles nur meiner paranoiden Phantasie entspringt.

Sein Blick glitt rasch über die Liste der Mitwirkenden.

Und da war sie, die kleine, kursiv gedruckte Mitteilung am

unteren Ende der Seite. Diese Vorstellung von *La Traviata* wurde dankenswerterweise durch eine Subvention der Stratiotis-Stiftung für die Schönen Künste ermöglicht.

Vanessa fühlte sich in ihrer Garderobe unbehaglich, seltsam entrückt, und eine Ahnung, die sie nicht in Worte fassen konnte, lastete schwer auf ihr.

Die Maskenbildnerin betupfte ihre Stirn mit einer Puderquaste.

Und plötzlich wußte Vanessa: »Er ist hier. Er befindet sich im Haus...«

Die Garderobiere sah sie erschrocken an, bevor sie Vanessas Kinn hob und ihre Augenbrauen nachzog. »Ja, Madam, auch die Callas hat sich jedesmal so gefühlt, wenn sie die Violetta gesungen hat.«

Ames rutschte unruhig auf seinem Stuhl hin und her und blickte dauernd auf die Uhr. Der Sekundenzeiger schien zu kriechen. Na schön. Stratiotis befindet sich zufällig in der Stadt, in der sie auftritt. Was beweist das schon?

Endlich erlosch das Licht. Aus dem Orchestergraben erklangen leise Geräusche. Eine Oboe zirpte. Applaus setzte ein, als der Dirigent ans Pult trat.

Ames bemühte sich, konzentriert zuzuhören.

Er befindet sich zufällig in der Stadt, in der sie in einer Aufführung singt, die er zufällig finanziert hat. Er hat sich vielleicht in einigen Städten befunden, in denen sie in Aufführungen gesungen hat, die er zufällig finanziert hat. Vielleicht in mehr als einigen Städten. Was beweist das schon?

Er erstickte. Er ertrug es nicht länger, ruhig zu sitzen.

Ich will das nicht sehen.

Vanessa umschloß beschwörend das Medaillon an ihrem Hals und schöpfte aus ihm Kraft. Die Ahnung verschwand und hinterließ barmherzige Leere. Sie wußte nicht mehr, was sie aus der Ruhe gebracht hatte – etwas Erschreckendes, Phantastisches. Sinnloses.

Es klopfte, und jemand rief: »Auf die Bühne, Miss Billings!«

Vanessa stand auf. Die Garderobiere hielt ihr lächelnd die Tür auf.

Impulsiv küßte Vanessa sie.

Ames trank drei doppelte Martinis. Der Barmixer hatte einen buschigen Schnurrbart, und die Bar glänzte tief mahagonifarben.

Gelegentlich ging eine Tür auf, und ihre Stimme drang durch die Stille, stieg so leicht, so schnell empor, daß Ames' Ohren kaum ihrem Flug folgen konnten.

Die Vorstellung war zu Ende. Der Applaus brach wie ein Gewitter los. Vanessas Tenor ergriff ihre Hand und führte sie durch den Vorhang.

Einen Augenblick lang flammte die ganze Welt in einem Glorienschein auf. Sie stand im Scheinwerferlicht, der Beifall, zerrissene Programme und Blumen regneten auf sie herab. Lächelnd bedankte sie sich mit einem tiefen Knicks.

Ames hörte, wie ihr Name wie Wind im Wald durch die Menge rauschte. Er legte einen Zwanzigdollarschein auf die Bar und schnippte mit den Fingern, um den Barmann auf sich aufmerksam zu machen.

»Wie komme ich hinter die Bühne?«

Die Luft im Korridor war drückend und stickig. Ames fand die Tür. Er hob die Hand, klopfte zweimal, und eine kleine grauhaarige Frau öffnete.

»Ja, Sir?«

Hinter ihr erblickte er Vanessa, die noch im Kostüm in einem Lehnstuhl saß. Und dann sah sie ihn.

Einen Sekundenbruchteil lang starrte sie ihn entsetzt an, dann streckte sie die Hand aus und versuchte zu lächeln. »Ames.«

Als sie auf ihn zutrat, bemerkte er eine zweite Person im Raum, eine große Gestalt in einem dunklen Anzug, die neben dem Fenster stand.

Nikos Stratiotis drehte sich um. Ihre Blicke kreuzten sich.

»Ich verstehe«, stellte Ames ruhig fest. »Ich verstehe endlich.«

»Ames«, flüsterte Vanessa, »nein.«

Nikos schob ihm einen dreibeinigen Stuhl hin. »Sie verstehen überhaupt nichts. Setzen Sie sich.«

Ames fegte den Stuhl zur Seite, der krachend umfiel. »Weißt du, wie einsam und leer ich mich gefühlt habe, wenn du bei ihm warst? Ich habe gewußt, daß es einen Grund dafür geben muß, warum du mich nicht bei deinen Vorstellungen dabeihaben wolltest, aber ich hätte mir nie träumen lassen, daß der Grund Stratiotis heißt.«

Auf Vanessas Gesicht lag Entsetzen. »Du irrst dich, Ames.«

»Außerdem ist er betrunken«, stellte Nikos fest. »Es ist ein Jammer, daß Sie Ihren Mund nicht zehn Sekunden lang genausogut abschalten können wie Ihren Verstand und uns erklären lassen –«

Ames fuhr zu ihm herum. »Ich wollte diese Frau haben, ich habe sie geliebt, und im Gegensatz zu Ihnen habe ich sie geheiratet.«

Vanessa streckte die Hand aus. »Ich schwöre dir, Ames –«

»Du hast geschworen, mich zu lieben, zu ehren und zu schätzen, mich – nicht ihn. Wozu hast du mich überhaupt gebraucht, als Aushängeschild?«

»Du siehst alles vollkommen falsch, Ames.«

Sie versuchte es zu erklären, aber er verließ die Garderobe und machte sich nicht einmal die Mühe, die Tür hinter sich zuzuschlagen.

Schier eine Ewigkeit später klopfte es.

»Miss Billings.« Der Regieassistent schaute schüchtern herein. »Wir haben das Licht im Zuschauerraum eingeschaltet, aber sie applaudieren immer noch. Würde es Ihnen etwas ausmachen, noch einmal vor den Vorhang zu treten?«

Nikos griff ein. »Miss Billings ist erschöpft.«

»Es ist schon in Ordnung, Nikos.« Sie ging an ihm vorbei. »Das sind meine Freunde, ich bin es ihnen schuldig.«

Ihm war nicht klar, was sie plante, aber er spürte, daß sie insgeheim einen festen, klaren Entschluß gefaßt hatte.

»Fahr schon zur Party voraus«, meinte sie. »Sally wird mir beim Umziehen helfen.« Sie küßte Nikos flüchtig. »Ich komme in einer halben Stunde nach.«

Das Opernhaus tobte. Die jubelnde, glitzernde Menge war aufgestanden und rief sie noch dreimal vor den Vorhang.

Es war die großartigste Vorstellung einer großartigen Karriere gewesen: eine makellose *Traviata*. Sie wußten es; sie wußte es.

In diesem Augenblick traf die Behauptung vieler Kritiker zu: Sie war die größte Sopranistin ihrer Zeit.

Vanessa lief in ihre Garderobe zurück, lehnte sich einen Augenblick an die Tür und schloß die Augen. Ihre Knie gaben nach. Sie hielt sich an einer Stuhllehne fest, dann setzte sie sich.

Sally brachte ein Glas warme Milch mit Sirup. Vanessa trank. Sally sah ihr befriedigt zu und nahm dann das Glas entgegen.

»Soll ich Ihnen das Bad einlassen?« fragte sie.

»Nein danke. Ich möchte eine Zeitlang allein sein.«

Als Sally gegangen war, begann Vanessa, sich auszuziehen. Sie tat es mechanisch, ohne zu denken, eine Sängerin, die ihr Kostüm schont und gleichzeitig aus der Gestalt schlüpft, die sie auf der Bühne dargestellt hat.

Sie öffnete die Goldkette an ihrem Hals und ließ sie durch die

Finger gleiten. Das Medaillon fiel auf den Frisiertisch. Sie betrachtete es kurz. Die winzigen Edelsteine glitzerten hart und erbarmungslos wie gnadenlose Richter.

Eine endgültige, schmerzhafte Überzeugung setzte sich in ihr fest. Ich kann nie beides haben. Es wird immer heißen: entweder die Musik oder dein Leben. Nie beides.

Sie wußte, was sie zu tun hatte. Es hatte keinen Sinn, es aufzuschieben.

Mit einer raschen Armbewegung fegte sie das Medaillon vom Tisch. Es schlug fast lautlos auf dem Teppich auf.

Sie riß ein Blatt von dem Notizblock auf dem Tisch und kritzelte drei Worte darauf. *Vergib mir, Ariana.*

Sie ließ heißes Wasser ein und streute eine Handvoll Verbenesalz hinein. Es war wie in einer Opernszene, in der sie gleichzeitig Darstellerin und Publikum war. Sie beobachtete ihre Handlungen wie unbeteiligt und mit einem seltsamen Gefühl von Endgültigkeit.

Vom Frisiertisch nahm sie eine Tonbandkassette. Sie schaute dabei nicht in den Spiegel, sondern legte die Kassette ein und drückte auf eine Taste.

Eine reine Sopranstimme erklang im Raum wie ein leiser Springbrunnen des Gebets.

Das Badezimmer war von Dunst erfüllt wie der frühe Morgen. Silberner Nebel schimmerte und zitterte über der Wanne. Die Luft war mit dem Duft der Verbene durchtränkt. Die Wärme wirkte wie eine Liebkosung.

Sie nahm eine Rasierklinge aus dem Toilettenschränkchen.

Plötzlich zögerte sie und hielt sich am Rand der Kommode fest. Der Geruch des Badesalzes schloß sich enger um sie, wie Arme, die sie stützten.

Sie stieg in die Wanne, lehnte sich zurück, schloß die Augen und ließ sich von Verdis Musik tragen.

Requiem aeternam dona eis, Domine, et lux perpetua luceat eis ... – »Gib ihnen die ewige Ruhe, Herr, und das Ewige Licht leuchte ihnen.«

Sie hob die Rasierklinge.

Es war nicht schwierig. Es war, als wäre das Leben ein Gefüge und als schlüpfe sie durch eine geheime Öffnung hinaus. Sie hatte es Tausende Male auf der Bühne getan. Diesmal handelte es sich nur um eine andere Bühne, das war alles.

Eine halbe Stunde später klopfte Sally. Niemand antwortete.

Sie drückte die Klinke hinunter. Die Tür war versperrt. Als sie das Holz berührte, fühlte es sich heiß an. Sie rief den Nachtwächter mit dem Hauptschlüssel.

Der Raum war von Dampf erfüllt.

Vanessa lag inmitten von rosafarbenem Schaum in der Wanne. Sie sah wachsbleich und leblos aus. Ihre Augen waren geschlossen.

Sally schrie.

Charles Zymamowski, der Nachtwächter, rief den Notarzt an. Er arbeitete seit über zwanzig Jahren an der San Francisco Opera, hatte aber noch nie so etwas erlebt.

Ein Team von Notärzten schaffte Vanessa Billings auf einer Tragbahre fort. Charles blieb zurück. Er versprach Sally, daß er saubermachen würde.

Zehn Minuten später fand er eine gekritzelte Nachricht auf dem Frisiertisch und ein Medaillon auf dem Fußboden.

Nikos versuchte erst gar nicht, das Haustelefon zu benützen. Er gab dem Nachtportier des St. Francis hundert Dollar, damit dieser ihn in Ames' Zimmer ließ.

Ames saß in Hemdsärmeln am Fenster und starrte in den Park hinunter.

»Ich will Ihnen eine einzige Frage stellen«, begann Nikos. »Wollen Sie sie haben?«

Ames drehte sich langsam um. »Verpiß dich, Krösus.«

Nikos spürte, wie es ihn heiß überlief, genau wie bei dem entscheidenden Schlag bei einem Squash-Match oder wenn er ein langes, schwieriges Geschäft abschloß. »Sie können stolz sein: Nach Ihrer kleinen Auseinandersetzung hat sie einen Selbstmordversuch unternommen.«

Ames erhob sich schwankend.

»Sie wird es überleben«, fuhr Nikos fort. »Aber sie braucht Pflege. Ich habe dafür gesorgt, daß sie in eine Klinik in New Jersey gebracht wird.«

»Anständig von Ihnen.«

»Morgen fliegt sie nach dem Osten. Einer von uns wird sich mit ihr im Flugzeug befinden. Das ist die letzte Chance in Vanessas Leben, die ich Ihnen biete.«

Ames befand sich mit ihr im Flugzeug. Er war verkatert, zitterte und war von einer Million schmerzlicher Gewissensbisse erfüllt, aber er saß neben ihr und hielt sechs Stunden und fünftausend Kilometer lang ihre Hand.

47

Ames schritt den langen, weißgetünchten Korridor entlang. Der Krankenpfleger klopfte an eine Tür und trat zur Seite. Ames ging hinein.

Der Raum war niedrig. Ein orangefarbener Teppich und gerahmte Aquarelle kämpften gegen das sterile Weiß der Wände. Der Sonnenschein drang durch das offene, vergitterte Fenster herein. Die Luft roch nach Formaldehyd.

Vanessa saß steif, vom Licht abgewandt, auf dem Bett. Ames trat zu ihr. Sie rührte sich nicht.

Er setzte ein Lächeln auf und schloß sie in die Arme. Sie wandte den Kopf und ließ zu, daß er sie küßte.

Er saß in dem Stuhl vor dem Bett und hielt ihre Hand. »Heute scheint die Sonne. Bist du schon spazierengegangen?«

Er hatte noch nie Augen wie die ihren gesehen. Sie waren leer wie ein Brunnen, in dem sich der sternenlose Nachthimmel spiegelt. Sie war vollkommen abwesend.

»Alle wollen wissen, wie es dir geht. Du fehlst allen. Vor allem mir. Du hast keine Ahnung, wie sehr du mir fehlst.« Er drückte ihre Hand. »Komm zu mir zurück, Vanessa. Komm bald zurück.«

Sie schaute an ihm vorbei, in das Sonnenlicht, dessen schräge Strahlen auf die Linoleumfliesen des Bodens fielen. Stille herrschte. Er wartete lange, dann stand er auf und ging zur Tür.

»Sie ist eine außergewöhnliche Frau, und zur Zeit leidet sie außergewöhnliche Schmerzen.«

Dr. Carl Sandersens Stimme strahlte Ruhe und Autorität aus. Genau wie sein Büro, ein kühler Raum mit grauem Teppich, Chrom und Leder. Ames bemerkte nur eine einzige Stelle, von der Wärme ausging: die Bücherregale, in denen etliche Bände schief standen.

»Bitte erzählen Sie mir von den Schmerzen«, verlangte er.

»Zwei Kräfte kämpfen um ihren Geist: der normale menschliche Selbsterhaltungstrieb und die vernichtende Angst, daß sie überhaupt keinen Grund mehr hat weiterzuleben.«

»Hat sie gesagt, daß sie Angst hat? Hat sie es Ihnen tatsächlich erzählt?«

Der Arzt runzelte die Stirn. Er sah gut aus, und sein pechschwarzes Haar war kurz geschnitten wie bei einem aktiven Soldaten. »Indirekt.«

»Sie hat mit Ihnen gesprochen? Dann bin ich auf Sie eifersüchtig.«

»Sie haben keinen Grund, eifersüchtig zu sein. Sie spricht mit niemandem.«

»Das Ganze ist meine Schuld. Wenn ich nicht so verdammt egozentrisch gewesen wäre...«

Dr. Sandersens Stimme wurde freundlicher. »Das Schuldbewußtsein gibt uns die Möglichkeit, uns einzureden, daß wir unser Leben im Griff haben. Es schmerzt, wenn man zugeben muß, daß man hilflos ist.«

»Aber sie hat doch meinetwegen...«

»Die Anlage dazu war bereits vorhanden. Es ist ganz gleich, was den Entschluß dann ausgelöst hat. Ihr Zustand ist zwar scheußlich, aber nichts Seltenes und auch nichts Rätselhaftes. In unserem Land ist er epidemisch. In den Krankenhäusern gibt es mehr Depressive als Schizophrene.«

»Hat sich ihr Zustand in dem Jahr, das sie hier schon verbracht hat, gebessert?«

Dr. Sandersen hätte gern etwas Ermutigendes gesagt. »Jeder Genesungsprozeß erfordert Zeit. Es sieht vielleicht nicht so aus, als mache sie Fortschritte, doch sie sind vorhanden. Und glauben Sie mir, es handelt sich dabei um Schwerarbeit. Halten Sie weiterhin zu ihr – sie braucht Ihre Unterstützung.«

Dr. Sandersen berührte Vanessas Arm. »Ich habe mich gestern mit Ihrem Mann unterhalten.«

Ihr Blick blieb auf sein Gesicht gerichtet. Er sprach weiter, als hätte sie geantwortet.

»Er ist ein netter Mensch.«

Sie stimmte nicht zu, widersprach nicht. Die Sonne zeichnete staubige gelbe Muster auf die Wand hinter ihr.

»Möchten Sie mir von Ihrem Mann erzählen?« Er fragte sich, warum er ihr gegenüber nie den typischen Arztton anschlagen konnte, warum er nie wie bei anderen geheucheltes Mitgefühl oder kühle Neugierde aufbringen konnte. Ihr gegenüber waren Mitgefühl und Neugierde echt.

Sie schien den Raum anzustarren, der ihn von ihr trennte.

Dr. Sandersen mußte sich ins Gedächtnis rufen, daß Schweigen einfach eine Botschaft in einer Sprache ist, die wir nicht verstehen.

Er stellte sich vor, wie sie der strahlende Höhepunkt einer Vorstellung gewesen sein mußte, wenn sie die Stille des Opernhauses mit der Flamme ihrer Stimme entzündete. Er konnte es ahnen. Er besaß ihre Schallplatten. Er hatte sie dreimal im Fernsehen erlebt. Sie hatte Leidenschaften ausgedrückt, von denen die meisten Menschen nur unbewußt träumen. Sie hatte geliebt, geopfert, verraten und gemordet. Sie hatte es fortissimo vor einer Million Zeugen getan.

Er ertrug die Vorstellung nicht, daß all das in Schweigen vergehen sollte.

»Ich muß Ihnen ein Geständnis machen«, setzte er nochmals an.

Diese Bemerkung hatte er sich aufgehoben. Er fühlte, daß sie ihm einen Funken Interesse entgegenbrachte. Schüchternheit, die an Ehrfurcht grenzte, überkam ihn.

»Ich sammle Autogramme. Wenn es Ihnen bessergeht, könnten Sie vielleicht...«

Er hatte gehofft, daß das Wort Autogramm einen Reflex, eine automatische Reaktion in ihrem Nervensystem auslösen würde. Aber sie blieb katatonisch und stumm sitzen wie ein Filmstreifen, der in einem kaputten Projektor steckt.

Er hatte diesen Zustand bereits bei anderen Patienten erlebt, den absichtlichen Verzicht auf das Bewußtsein, die Flucht aus dem Leben in die nahtlose Endgültigkeit der Psychose.

Heute abend werde ich um ein Wunder beten, dachte er.

Am Sonntag, dem dritten August, war Wanda Zymanowskis sechsundfünfzigster Geburtstag, und sie und Charles feierten ihn mit einer Grillparty im Hinterhof. Der Hinterhof war nicht groß, aber zu dieser Jahreszeit lag er am späten Nachmittag im Sonnenschein.

»Mach es dir bequem, Schätzchen«, rief Charles. »Heute besorge ich die Arbeit.«

Wanda ließ sich in einem Liegestuhl nieder, und Charley brachte Steaks, Salz und grobgemahlenen Pfeffer heraus. Er stellte den Sack mit Holzkohle und die Kanne mit Zündflüssigkeit neben den Grill. Er vergewisserte sich, daß die Holzkohle richtig verteilt und die Flüssigkeit richtig versprizt war. Dann riß er ein Streichholz an, und bald loderte das Feuer.

Er trat lächelnd an Wandas Stuhl. »Alles Gute zum Geburtstag, Schätzchen.«

Er überreichte ihr ein Päckchen, eine kleine Pyramide aus rot-grün-gestreiftem Papier, das von einem blauen Band zusammengehalten wurde. Es stellte sich heraus, daß die Pyramide aus zwei kleineren Päckchen bestand, einem kleinen Schmucketui auf einer Schachtel von Brieftaschengröße.

Sie öffnete zuerst das Schmucketui.

Er hatte ihr ein Medaillon an einer Goldkette geschenkt. Sie fragte ihn, wie er auf die Idee gekommen war, daß es ihr gefallen würde. Es sah nach Flohmarkt aus. Die Amethyste waren vermutlich echt, aber sie hätte gern gewußt, ob das bei den vielen kleinen Rubinen auch der Fall war, deren Fassung so tat, als wäre sie aus Gold.

Sie zwang sich, entzückt aufzuschreien. »O Charles, ist das schön!« Sie sprang auf und küßte ihn. »Es wird so gut zu meinem –« Sie mußte überlegen. »Es wird großartig zu meinem roten Kleid passen.«

»Öffne doch die zweite Schachtel«, schlug Charley vor.

Diesmal verstand sie überhaupt nichts mehr. Er hatte ihr ein Stückchen Papier geschenkt, das aus einem Notizblock gerissen worden war. Er hatte es auf Samt aufziehen, verglasen und mit einem schönen, mit Goldblättern verzierten Rahmen aus Ahornholz einfassen lassen.

Auf dem Papier stand etwas. Sie mußte das Glas schräg halten, um nicht von der Sonne geblendet zu werden, dann konnte sie die Worte entziffern.

Verzeih mir, Ariana.

»Ich verstehe das nicht, Charley.«

Er geriet in Eifer. »Der Zettel ist ein sogenannter Autogrammbrief. Vanessa Billings hat ihn persönlich geschrieben. Auf Auktionen geht so etwas um hundert Dollar weg.«

Wandas Herz pochte unruhig gegen die Rippen. »Woher hast du das alles, Charley?«

Charleys Blick wurde unsicher. »Sie hat es in der Garderobe liegenlassen, du weißt schon, an dem Abend...«

»Du hast diese Dinge aus Vanessa Billings' Garderobe mitgehen lassen?«

»Du sammelst doch Erinnerungsstücke, die mit der Oper zu tun haben. Du hast die Postkarte der Melba einrahmen lassen und im Wohnzimmer aufgehängt.«

Wanda starrte ihren Mann an. »Aber Charley, diese Dinge gehören doch ihr.«

»Komm schon, sie hat sie liegenlassen. Niemand hat jemals nach ihnen gefragt.«

»Das gehört sich nicht, Charley.«

Jetzt war er gekränkt. »Sie gefallen dir nicht.«
»O Charley, es sind die schönsten Geschenke, die ich je bekommen habe. Aber wir müssen sie zurückgeben.«

Draußen hupte es.
Ames starrte seit drei Stunden die Schreibmaschine an. Er drehte sich um und blickte zum Fenster hinaus. Durch die Pinien erkannte er die kleine rote Flagge auf dem Briefkasten. Der Lieferwagen des Briefträgers brummte unten an der Straße leise weiter. Ames zog die Shorts an, sprintete zum Tor und wich den Pfützen aus, die der gestrige Regen hinterlassen hatte. Ein klumpiger, brauner Umschlag lag auf der *New York Review of Books*. Durch das dicke Papier spürte er Kanten.
Er kam von der San Francisco Opera, was ein Schock war, und er war an ihn adressiert, nicht an sie.
Er kehrte ins Haus zurück, holte den Brieföffner und öffnete die Klappe.
Drinnen befand sich ein zweiter Umschlag, der an Vanessa Billings adressiert war, c/o San Francisco Opera. Der Absender war eine Mrs. Charles Zymanowski, Pine Street, San Francisco.
Das Kuvert war zu umfangreich, um ein Fanbrief zu sein.
Ames zögerte. Verdammt, ich habe die Vollmacht für sie.
Er riß Mrs. Zymanowskis Brief auf.

Dr. Sandersen musterte die Mitteilung und runzelte die Stirn. »›*Verzeih mir, Ariana.*‹ Warum könnte sie das geschrieben haben?«
»Ich weiß es nicht.«
»Wer ist Ariana?«
»Vanessa hat bei Ariana Kavalaris studiert. Vor langer Zeit.«
»Die Kavalaris ist seit Jahren tot. Wollen Sie mir einreden, daß Ihre Frau diese Mitteilung an eine Tote geschrieben hat?«
»Wenn sie diese Worte an dem bewußten Abend geschrieben hat ... ja, dann war sie für eine Tote bestimmt.«
Die Brille mit der Hornfassung begann in den Fingern des Arztes hin und her zu schwingen.
»In dem Paket hat sich noch etwas befunden.« Ames griff in die Tasche.
Dr. Sandersen starrte das mit Rubinen und Amethysten besetzte Medaillon an. Es war ein sehr schönes Schmuckstück.
»Es hat der Kavalaris gehört«, erklärte Ames. »Vanessa hat es immer getragen. Für sie war es eine Art Talisman. An

diesem Abend hat sie es aus irgendeinem Grund abgenommen.«

Der Arzt schwieg.

»Doktor, die Kassette, die sie in ihrer Garderobe aufgelegt hatte, war das *Requiem* von Verdi, gesungen von der Kavalaris.«

Dr. Sandersens schwingende Brille hielt unvermittelt inne.

»Würden Sie mir die Mitteilung und das Medaillon leihen?«

Dr. Sandersen blieb kurz auf dem Korridor stehen und horchte. Von drinnen kam kein Geräusch. Er stieß die Tür auf und trat ein.

Vanessa saß auf dem Bett.

»Guten Abend, Vanessa«, grüßte er freundlich.

Ihr Blick wandte sich ihm zu.

Er stellte den Kassettenrecorder auf den Tisch und legte die Kassette daneben. Er ließ sich Zeit, sorgte dafür, daß sie jede seiner Bewegungen und ihren Zweck erkannte, und legte das Band ein. Dann drückte er auf die Wiedergabe-Taste.

Das Gerät summte, dann begann die Musik.

Ihr Gesicht blieb ruhig und unbewegt. Nichts wies darauf hin, daß dahinter Leben oder Bewußtsein vorhanden waren.

Jetzt setzten die ersten menschlichen Stimmen ein, der Chor.

Etwas an ihr veränderte sich. Ihr Blick wurde plötzlich grauer, weicher, dann blinzelte sie, und der Arzt bemerkte, daß ihre Augen feucht geworden waren.

Ariana Kavalaris' Stimme löste sich vom Chor wie ein Funke, der aus einer Flamme emporsteigt.

Sechs Minuten lang schwieg Vanessa und hielt den Kopf gesenkt wie eine Nonne im Gebet. Dr. Sandersen fiel ein, daß das Gehör die erste Verbindung jedes Tieres mit der Außenwelt darstellt.

Die Musik verklang. Stille trat ein. Dr. Sandersen zog das Medaillon aus der Tasche und legte es vor sie auf den Tisch.

Ihre Kiefer verkrampften sich. Ihre Knöchel wurden weiße Knoten. Er spürte die Kraft, die sich in ihr sammelte, sich gegen ihn wendete, die endlich einen Sprung in der Mauer des Verstecks erzeugte, in das sie sich vor der Welt geflüchtet hatte.

»Vanessa.« Er riß sie herum, so daß sie ihn ansehen mußte. »Warum haben Sie ›Verzeih mir, Ariana‹ geschrieben?«

Sie versteckte den Mund hinter den auf ihn gepreßten Fingern. Er zog ihre Hand weg, schüttelte sie mit aller Kraft, war entschlossen, die Antwort aus ihr herauszubrechen.

»Warum haben Sie ihr Medaillon getragen? Warum haben Sie

es an diesem Abend abgenommen? Warum haben Sie ihre Vergebung erbeten?«

Sie sah ihn an, und ihre Augen schrien.

Er hörte den Aufschrei, war aber so überrascht, daß er nicht wußte, wo er hergekommen war.

»Weil ich mein Versprechen gebrochen habe.«

Sein Herz hämmerte, sprengte beinahe seine Rippen. »Was für ein Versprechen, Vanessa?« Weder seine Augen noch seine Hände noch sein Wille ließen sie los. »Welches Versprechen haben Sie gebrochen? Welches Versprechen?«

48

»Unbewußt glaubt sie, daß sie durch dieses Versprechen gebunden ist, und weil ihre Schülerin versagt hat, hat sie das Gefühl, daß sie ihr Versprechen gebrochen hat. Kurz gesagt, sie leidet unter der Wahnvorstellung, daß der Geist ihrer Lehrerin sie beherrscht.«

Ames Rutherford überlegte. »Ist sie verrückt, Doktor?«

»Verrückt ist kein medizinischer Terminus.«

»Ist sie es?«

»Sie ist schwer depressiv.«

»Wieso ist das etwas anderes als verrückt?«

»Es handelt sich um einen Abwehrmechanismus gegen den Wahnsinn. Das Ego reagiert zu heftig.«

»Worauf reagiert es?«

»In diesem Fall auf Gefühle.«

»Und woher kommen diese Gefühle?«

»Aus...« Dr. Sandersen zögerte und überlegte, wie er es für einen Laien verständlich ausdrücken konnte. »Aus ihr.«

Ames Rutherford schüttelte den Kopf. »Die Psychiatrie gibt, die Psychiatrie nimmt. Jedesmal, wenn sie eine Frage beantwortet, taucht eine weitere auf. Sagen Sie mir, Doktor, wird sie jemals hier herauskommen?«

Dr. Sandersen legte die Fingerspitzen aneinander. »Sobald sie begreift, daß es sich um Wahnvorstellungen handelt, die sie auf ihre Umwelt projiziert, können wir sie einstweilig entlassen. Unter einem großen Vorbehalt. Jeder Kontakt mit Musik ist verboten.«

»Aber sie stößt überall auf Musik. Im Fahrstuhl, im Supermarkt, auf der Straße. Davor kann man sie nicht abschirmen.«

»Natürlich ist es unvermeidlich, daß sie gelegentlich mit Musik in Berührung kommt. Ich meine die programmierten musikalischen Situationen: Opernhäuser, Konzertsäle. Die müssen wir ausschließen.«

»Wie lange?«

»Bis wir sicher sind, daß sie mit dem Material, das sie projiziert, fertig geworden ist.«

»Wie können wir das mit Sicherheit wissen?«

»Wenn sie ein Jahr lang keinen Rückfall und keine Depressionen bekommt, wäre das ein überzeugender Hinweis.«

»Wird sie nach einem Jahr wieder imstande sein aufzutreten?«

Dr. Sandersen musterte Ames. »Wollen Sie, daß sie wieder auftritt?«

»Ja. Ich wünsche mir nichts sehnlicher.«

»Dann wird sie zu gegebener Zeit – mit Ihrer Hilfe und Ihrem Verständnis – vielleicht wieder dazu imstande sein.«

Dr. Sandersens Büro war ruhig und friedlich. Wenn Vanessa bei ihm war, kam es ihm immer friedlich vor. Das rötliche Licht der untergehenden Sonne flutete über die Bücherregale. Ihre Hände lagen in den dunklen Falten ihres Rocks in ihrem Schoß. Das Licht spiegelte sich im goldenen Ehering an ihrem Finger.

»Möchten Sie über etwas Bestimmtes sprechen?« fragte er.

»In letzter Zeit waren meine Träume recht langweilig. Warten Sie. Eine kleine Katze irrte im Park herum; ich glaube, daß sie ausgesetzt wurde.«

»Was fällt Ihnen dazu ein?«

»Wozu?«

»Zu dem Zustand, ausgesetzt zu sein.«

»Vergessen Sie's, Doktor.« Sie lächelte ihn an.

»Warum haben Sie die Katze erwähnt?«

»Weil ich sie gesehen habe. Sie war wirklich, Doktor, keine fiebrige Projektion meiner verängstigten Phantasie.«

»Warum sagen Sie ›verängstigt‹? Glauben Sie, daß ich Sie für verängstigt halte?«

»Sie sind dazu da, um die Ängste ihrer Patienten aufzudecken.«

Er lächelte. »Und haben Sie ein paar ordentliche Ängste für mich auf Lager?«

»Weshalb sollte ich Angst haben? Ich muß keine Rollen lernen. Keine Fassung neu lernen. Mit keinem Tenor streiten, mir nicht vom Dirigenten meine Tempi verpatzen lassen. Keine Agenten, keine Verträge, keine Autogrammjäger. Nur herrliche Ruhe. Der Traum jeder Sängerin.«

»Ich würde annehmen, daß die meisten Sängerinnen etwas ängstlich werden, wenn zuviel Zeit zwischen zwei Vorstellungen liegt.«

»Sie wollen mich dazu bringen, daß ich etwas Bestimmtes ausspreche, nicht wahr?«

»Was will ich denn von Ihnen hören?«

»Oh, daß ich Angst vor dem Schlafen, Angst vor dem Wachsein, Angst vor dem Schlucken, Angst vor meinem Mann habe.«

»Und haben Sie keine Angst davor, nie wieder aufzutreten?«

Vanessa zuckte hilflos die Schultern. Dr. Sandersen verstand die Geste. Sie bedeutete die Kapitulation.

»Davor habe ich in erster Linie Angst«, seufzte sie.

»Sie werden wieder auftreten, Vanessa. Und ich hoffe, daß es bald der Fall sein wird.« Dr. Sandersen verschränkte die Hände im Nacken und erläuterte es näher. Es lief auf ein Jahr ohne Musik hinaus.

Sie hörte ihm schweigend zu. »Und wenn ich mich mit alldem einverstanden erkläre, was kann ich dann erwarten?«

»Um einen laienhaften Ausdruck zu verwenden: Genesung.«

»Was bedeutet Genesung? Daß ich nicht verrückt bin?«

»Diese Definition ist nicht schlecht.«

»Ich glaube, ich kann mit dem Wahnsinn leben. Sie haben mir gesagt, daß ich über ein Jahr lang mit ihm gelebt habe. Ich kann mit meiner Besessenheit leben: Tausende, die stärker sind als ich, haben es auch geschafft. Aber ich kann nicht ohne Musik leben. Genausogut könnten Sie meinen Gehörsinn zerstören, ein Fünftel meines Lebens abschreiben.«

»Nur ein Jahr lang.«

»Meinen Sie nicht *vielleicht* ein Jahr, Doktor? Vielleicht auch länger? Vielleicht solange ich lebe?«

»Es gibt immer ein Vielleicht.«

»Und wenn sich die Genesung, die Sie mir anbieten, als vorzeitiges Begräbnis entpuppt?«

»Das ist möglich, aber kaum wahrscheinlich.«

»Doch ich könnte auch das ertragen, wenn ich nur unterrichten dürfte.«

»Warum ist Ihnen das Unterrichten so wichtig, Vanessa?«

»Weil mir Gaben geschenkt wurden. Ich muß sie weitergeben.«

»Das glauben Sie?«
»Ich glaube, daß ich es geschworen habe.«
»Und wenn ich Ihnen erkläre, daß Sie nichts Derartiges geschworen haben?«
»Warum sollte ich Ihnen glauben? Warum sollte ich Ihnen vertrauen? Sie verbieten mir aufzutreten, Sie verbieten mir zu unterrichten. Sie wollen das einzig Wichtige in mir töten.«
»Niemand behauptet, daß Sie nicht unterrichten dürfen. Sie werden sehr bald unterrichten dürfen.«
»Wie bald?«
»Sobald Sie erkennen, daß es sich bei Ihren Ideen um Wahnvorstellungen handelt. Mit Ruhe, der nötigen Pflege und Ihrer inneren Bereitschaft werden Sie es schaffen. Es ist so, als würden Sie das Auge nach einer Implantation neu trainieren. Der Gesichtssinn kehrt wieder. Man beginnt, den Unterschied zwischen Hell und Dunkel zu erkennen.«
»Woher wollen Sie wissen, daß ich meine Wahnvorstellungen als solche erkenne?«
»Weil sie es mir sagen werden.«
Sie schwieg einige Sekunden. »Sie werden mir glauben?«
»Wir müssen zueinander Vertrauen haben, Vanessa.«

Drei Tage später wirkte Vanessa sehr besorgt und ging schon vorsichtig auf Distanz, als sie in dem Stuhl Platz nahm. »Ich bin wahnsinnig gewesen, nicht wahr?«
»Wahnsinnig ist ein starkes Wort, Vanessa.« Dr. Sandersen zerknüllte freundlich lächelnd das Papier eines Schokoladeriegels.
»Aber wenn ich diese Dinge geglaubt habe –« Ihre Schultern waren krampfhaft zusammengezogen, und ihre Hände hatten in ihrem Schoß miteinander gerungen, bis sie zur Ruhe gelangt waren. »Es gibt kein anderes Wort dafür als Wahnsinn.«
Er antwortete nicht. Sie log natürlich. Ihr Körper schrie es heraus. Doch die Tatsache, daß sie log, daß sie diese Lüge auftischte, bewies ihre Bereitschaft, einen Kompromiß mit der Wirklichkeit zu schließen, ihr auf halbem Weg entgegenzukommen.
Es war ein Anfang.
»Was möchten Sie, Vanessa?«
»Ich möchte wieder nach Hause.«

An einem kalten, klaren, leuchtenden Septembertag brachte Ames sie in das Haus in East Hampton zurück. Sie stellten ihre Koffer in der Eingangshalle ab, sie betrachtete die vertrauten und dennoch fremden Wände, und dann ging sie ins Wohnzimmer und schaute durch das Fenster auf den Ozean hinaus.

»Der gleiche alte Atlantik«, stellte Ames fest.

Sie drehte sich um. »Bist du nie böse auf mich?«

»Warum sollte ich auf dich böse sein?«

»Weil ich wahnsinnig geworden bin.«

»Ich war so oft böse, daß es für mein ganzes Leben reicht.«

Sie sah ihn an. Ihre Augen waren sanft und verführerisch. »Was ist, wenn ich nicht mehr ich bin? Wenn ich nicht mehr die Person bin, die du geheiratet hast?«

»Aber du bist sie.«

»Ames, das einzige, was sie nicht getan haben, war, mir Löcher in den Kopf bohren. Manchmal komme ich mir so verändert vor, daß ich mich frage, ob sie jemand anderen in mich hineingesteckt haben.«

Er hielt ihr Kinn fest und sah ihr in die Augen. »Liebes, außer dir ist niemand da drin.«

»Bist du sicher, daß du mich hier haben willst?«

»Ganz, ganz sicher.«

In dieser Nacht leitete er sie sanft durch einen Liebesakt, der vorsichtig und zärtlich und der erste seit anderthalb Jahren war.

Später schwor sie ihm, daß ihre Affäre mit Nikos mit ihrer Heirat zu Ende gewesen war.

»Ich weiß«, sagte er und schämte sich, weil er eifersüchtig gewesen war. Er lächelte, um sie zu beruhigen, um ihr zu zeigen, daß er genauso genesen war wie sie. Er küßte sie. »Weißt du, wie sehr ich dich liebe?« fragte er.

»Wirklich?« flüsterte sie. Sie blinzelte, weil die Tränen zu fließen begannen.

Er nickte und nahm sie dann sehr vorsichtig wieder in die Arme.

»Schön«, stellte Ames fest.

Sie war schön. In den sechs Wochen seit ihrer Heimkehr war die Krankenhausblässe verschwunden, und sie hatte soviel zugenommen, daß die Hagerkeit um die Augen und Backenknochen verschwunden war. Doch sie betrachtete ihr Bild im Spiegel immer noch mit gerunzelter Stirn. »Ob alle es wissen? Vermutlich schon.«

»Und wenn schon, Liebes. Es ist keine Schande.«

»Wenn es wenigstens nicht die erste Party wäre. Wenn es die dritte oder vierte wäre, müßte ich mir nicht mehr solche Sorgen machen.«

»Wir müssen eben mehr Partys geben.«

»Halte meine Hand.«

Endlich war es drei Uhr, die Stunde Null, und dann kam eine kritische Viertelstunde, in der niemand erschien, in der Ames seine Armbanduhr nach der Pendeluhr stellte, die Pendeluhr nach der Armbanduhr stellte und wieder von vorn anfing. Vanessa stand am Fenster des Anrichteraums, zählte die Hors d'œuvres und Platten und beobachtete die Einfahrt; der Mann, den sie für die Bar engagiert hatten, ein magerer, hungrig aussehender Deutscher namens Hansl, arrangierte Oliven und Eiswürfel und polierte Gläser, die es absolut nicht nötig hatten.

Zwanzig Minuten nach drei knirschte der erste Wagen die Einfahrt herauf – ein blauer Mercedes –, und die Cavanaughs stiegen aus: Morgan und seine Frau Morgan – sie hatten tatsächlich den gleichen Vornamen –, und dann purzelten aus einem roten Audi Pia Schrameck und ihr Mann Wystan, der jedesmal stotterte, wenn er aufgeregt war. Und dann Frank Bauer, Ames' Immobilienmakler, der zu Fuß von seinem ein Stück weiter unten an der Straße liegenden Haus gekommen war und eine blendend aussehende eurasische Wahrsagerin namens Harmony Ching mitbrachte, und dann Pablo und Leo – einer von ihnen war Maler und der andere... das hatte Vanessa vergessen.

»Du siehst wunderbar aus, Vanessa, einfach wunderbar.«

Als würden alle sehr vorsichtig mit ihr umgehen. Und dann Burt und Julia O'Connor und Julias Cousin Erin – die drei kamen offenbar von einer anderen Party, denn sie waren schon ein bißchen beschwipst, und Vanessa fiel auf, daß das Haus sich mit Künstlern, Maklern, Schriftstellern und Anwälten füllte, aber mit keinem einzigen Musiker, nicht einmal einem Cocktail-Pianisten oder einem akkordeonspielenden Straßenmusikanten.

Sie machte die Gäste miteinander bekannt und war über sich erstaunt, weil sie sich tatsächlich an alle Namen erinnerte: »Pablo, Leo, Harmony, Allan, Eleanor, Wystan, Morgan, Morgan – Julia, Burt und Erin.«

Und keine Musiker.

Dann traf Mandy van Slyke in einem Rolls mit Chauffeur ein, entschuldigte sich, weil sie zu spät gekommen war, und hoffte, daß es Vanessa nichts ausmachen würde, daß sie einen alten Freund mitgebracht hatte – »ein Freund von Ihnen, Liebste.«

Vanessa drehte sich um. Ihr Herz stand still. »Boyd.«

»Wie geht es dir, meine Liebe?«

Er war magerer und grauhaariger, als sie ihn in Erinnerung hatte, und seinem Gesicht sah man allmählich die vielen Jahre diskreter Ausschweifungen an. Aber es war unglaublich, was für eine Wohltat das Wiedersehen mit ihm war.

»Wir müssen miteinander sprechen«, sagte sie.

Erst nach einer halben Stunde konnten sie sich aus dem Staub machen und am Strand entlangwandern. Sie wollte wissen, was es an der Met Neues gab.

»Streiks. Clara Rodrigo. Eine Menge *Bohème*. Das Übliche. Wann wirst du zurückkommen und für uns singen?«

»Keine Ahnung.«

»Hast du unseren neuen *Don Carlos* gesehen?«

»Ich gehe nicht oft aus.«

Er sah sie erstaunt an. »Vanessa, Liebes, was zum Teufel ist mit dir los?«

»Weißt du es wirklich nicht? Ich war über ein Jahr lang verrückt.«

»Bist du noch immer verrückt, Schätzchen?«

»Wir wissen es nicht. Wir wollen es herausbekommen.«

»Ich begreife nicht, warum Verrückte nicht in die Oper gehen dürfen. Sie singen doch in ihr.«

Sie lachte und küßte ihn. »Danke, Boyd – dafür, daß du du bist.«

Er ergriff ihre Hand, und sie schlenderten weiter. Er spürte, daß sie sich bemühte, etwas loszuwerden.

Allmählich kam es heraus.

»Hast du in den Jahren, in denen du mit Ariana verheiratet warst, je bemerkt, daß sie eine Mystikerin war?«

»Eine Mystikerin?« Er stellte den Kragen gegen den Windstoß vom Ozean auf. »Wenn du damit meinst, daß sie auf Nägeln gegangen ist und dabei gesungen hat –«

»Ich meine, woran sie geglaubt hat.«

»Sie hat daran geglaubt, daß sie auf der Bühne ihr Bestes geben muß, daß sie Takt halten muß, daß sie gut bezahlt werden muß.«

»Das meine ich nicht.« Vanessa tastete nach der Goldkette an ihrem Hals. »Sie hat mir auf ihrem Totenbett dieses Medaillon geschenkt und behauptet, es wäre ihre Stimme.«

Boyd zuckte die Schultern. »Ariana war immer originell.«

»Sie hat mich schwören lassen, daß ich das Versprechen halten würde, das sie gebrochen hat, und das Leben abschließen würde, das sie nicht zu Ende gelebt hatte. Sie schien zu phantasieren. Ich habe damals angenommen, daß ich ihr einfach ihren Willen gelassen habe. Aber heute bin ich nicht mehr so sicher.«

Sie gingen weiter.

»Weißt du von dem Versprechen, Boyd, das Ariana ihrer Lehrerin gegeben hat?«

Boyd blieb kurz stehen. »Ariana hat einmal erwähnt, daß sie eine Schülerin nehmen müsse.«

»Sie hat der DiScelta versprochen, eine Schülerin zu nehmen, sie zu unterrichten und ihr Starthilfe zu geben. Was weißt du über das Leben, das sie nicht zu Ende gelebt hat?«

»Ich habe nicht die leiseste Ahnung.«

Die Sonne entlockte dem Atlantik Funken.

»Darf ich dir etwas Unheimliches erzählen?« fragte Vanessa. »Seit ich Ames Rutherford kennengelernt habe, habe ich immer wieder das Gefühl, daß ich das Leben eines anderen Menschen und nicht mein eigenes lebe.« Sie wandte sich Boyd zu. »Hast du jetzt den Eindruck, daß ich noch immer in die Klapsmühle gehöre?«

»Nicht im geringsten. Wir alle haben gelegentlich solche Gefühle.«

»Was weißt du über Mark Rutherford, Boyd?«

»Mark Rutherford war Arianas Geliebter. Er hat sie nach ihrer *Aida* in Mexiko City verlassen.«

»Warum?«

»Ich habe immer den Verdacht gehabt, daß Ricarda DiScelta damit zu tun hatte. Sie mußte sich ja ununterbrochen in Arianas Leben einmischen. Ich traue ihr zu, daß sie an Marks Ehrgefühl appelliert und ihn dazu überredet hat, um der Musik willen auf Ariana zu verzichten.«

Die Möwen stießen unter schrillem Gekreisch herab.

»Ariana hat bis zu ihrem Tod nie aufgehört, Mark Rutherford zu lieben«, stellte Vanessa fest. »Ich war dabei, ich habe es selbst gesehen.«

Boyds Augen wurden schmal. Er schwieg.

»Und wenn es Mark ebenso ergangen ist? Wenn er Ariana sein Leben lang geliebt hat, obwohl er mit einer anderen Frau verheiratet war? Glaubst du nicht, daß sein Sohn es mitbekommen hat?«

»Wie mitbekommen?«

»Hat Ames vielleicht etwas Unausgesprochenes, Ungelöstes in seinem Vater gespürt? Vielleicht ist dieser Eindruck so früh in seinem Leben erfolgt, daß er seine Reaktionen auf Liebe, Sex und Frauen geprägt hat.«

»Und auf dich?«

Vanessa nickte.

»Es ist ein zweischneidiges Schwert, Schätzchen. Ames ist

Mark Rutherfords Sohn, aber – im künstlerischen Sinn – bist du Arianas Tochter. Der Sohn verliebt sich in die Tochter der verlorenen Geliebten seines Vaters. Ein Psychiater würde so etwas bestimmt als Ödipus-Rivalität bezeichnen. Daß man dort Erfolg haben will, wo die Eltern versagt haben. Aber wer kennt sich schon mit dir, Ames oder den Psychiatern aus. Ich jedenfalls nicht.«

»Sei ehrlich, Boyd. Was hältst du von meinem Mann?«

»Er sieht gut aus. Hat Sinn für Humor. Betet dich offensichtlich an.«

»Danke. Was hältst du wirklich von ihm?«

»Die Wahrheit?«

»Die Wahrheit.«

»Ich sehe ihn als Figur in einem Muster. Auf der einen Seite stehen Ariana und Mark, auf der anderen du und Ames. Es ist beinahe so, als würden die Kinder die Geschichte ihrer Eltern zu Ende spielen, sie dort aufnehmen, wo sie vor vierunddreißig Jahren abgebrochen ist. Was Ames betrifft, so nehme ich kaum an, daß er sehr viel für mich übrig hat.«

»Das kommt daher, daß du Musiker bist. Ames ist gegen alles, was mit Musik zu tun hat. Als ich einmal an der Met *Tosca* geprobt habe, hat er vom Balkon aus zugesehen. Er hat solche Feindseligkeit ausgestrahlt, daß ich nicht weitersingen konnte und die Generalprobe geschmissen habe. Ich mußte ihn bitten, nie wieder zu einer meiner Vorstellungen zu kommen.«

»Komisch. Es ist wie bei einer Wippe, die sich auszugleichen sucht. Mark hat Ariana der Musik geschenkt – Ames versucht, dich ihr wieder wegzunehmen.«

»Manchmal habe ich den Eindruck, daß Ames die Musik haßt, als wäre sie ein Rivale.«

»Begreifst du denn nicht, Schätzchen? Genau das ist sie ja.«

Um halb sieben erfaßte Ames, daß Vanessa verschwunden war, und um sieben sah er, wie sie an Boyd Kinsolvings Arm vom Strand heraufkam. Sie sah glücklicher aus als jemals zuvor in den letzten eineinhalb Jahren, und er brachte es nicht übers Herz, diese Stimmung zu stören.

Er wartete, bis die Gäste gegangen waren. »Wer hat Boyd Kinsolving eingeladen?«

»Niemand. Mandy hat ihn mitgebracht.«

»Worüber habt ihr euch unterhalten?«

»Über Musik.«

Er schwieg.

»Ich habe nicht gesungen, Ames. Ganz großes Ehrenwort.«
Er war darüber erstaunt, wie schwer es ihm fiel, ihr Lächeln zu erwidern.

In den Wochen nach der Party nahm Vanessa die alten Vorhänge ab, hängte neue auf und fand auf einem Flohmarkt einen Schaukelstuhl für das Wohnzimmer. Sie brauchte drei Tage, um die Regale im Anrichteraum mit neuer Folie zu bekleben, die Gläser dorthin zu stellen, wo die Platten gestanden hatten, und die Platten dorthin, wo die Gläser gestanden hatten.

Sie beklagte sich nicht, sprach nicht viel, lächelte nur, wenn Ames in einen Raum kam, in dem sie herumhantierte.

Er rief Dr. Sandersen an, und dieser meinte: »Es ist vielleicht an der Zeit, ein bißchen mehr Leben von draußen hereinzulassen.«

Zwei Tage später kam ein Anruf. Ein Mann namens James Draper erklärte, daß er über fünfzig Jahre lang Ricarda DiSceltas Assistent gewesen war; er entschuldigte sich für den Anruf; Boyd Kinsolving habe ihm die Nummer gegeben, und er hoffe, daß er nicht störe.

»Das hoffe ich auch«, antwortete Ames kühl.

Draper stotterte verlegen etwas, dann erklärte er, daß er an einem Projekt arbeite, das Vanessa interessieren könne.

»Meine Frau arbeitet zur Zeit nicht.«

»Ich habe damit keine Arbeit gemeint. Können wir uns nicht treffen?«

»Ich besuche übermorgen meinen Agenten in der Stadt.«

»Ich arbeite in den Carnegie-Hall-Studios. Warum kommen Sie nicht auf eine Tasse Tee vorbei?«

Es stellte sich heraus, daß James Draper ein kleiner, älterer, rotwangiger, noch immer kräftiger Mann mit Glatze und Schnurrbart war. Er kauerte wie ein Junge auf dem Sofa, hatte die Arme um die Knie geschlungen, streichelte seine Abessinier-Katze und hatte die Füße untergeschlagen.

Er erklärte, was er vorhatte: eine wissenschaftliche Arbeit, die bei Oxford University Press erscheinen sollte und in der genau und detailliert die Interpretation von zwölf verschiedenen Rollen durch zwanzig Divas aus Vergangenheit und Gegenwart untersucht wurde. »Ich kann Vermutungen anstellen und theoretisieren soviel ich will, aber im Grunde kann einem nur eine Sängerin erklären, wie es gemacht wird.«

»Was hätte Vanessa dabei zu tun?«

»Bänder anhören. Kommentare abgeben.«

»Nicht singen?«
Der alte Mann war empört. »Natürlich nicht.«
Ames wurde klar, daß er seit Wochen um ein kleines Zeichen von irgendwoher, von irgendwem gebetet hatte. Und hier war es. Dieser komische kleine Mann warf ihm einen Rettungsring zu.
»Ich werde sie fragen«, versprach Ames.

49

Vanessa betrat den Raum in einem Kleid aus blauem Brokat mit einem weiten, schwingenden Rock.
Ein kleiner, kahlköpfiger Mann, der eine gepunktete Schleife trug, erhob sich und schüttelte ihr die Hand. »Ich bin Ihnen so dankbar dafür, daß Sie gekommen sind. Ich war jahrelang Ricarda DiSceltas Assistent, und sie hat Ihre Lehrerin unterrichtet. Für mich verkörpert sie die gute alte Zeit.«
»Ja«, bestätigte Vanessa. »Ariana hat oft von der DiScelta gesprochen. Sie hat sie sehr bewundert.«
Die Haushaltshilfe hatte Tee und Tassen bereitgestellt. Vanessa schenkte ein. »Milch oder Zitrone?«
»Zitrone, bitte. Ich habe Bänder mitgebracht. Ich habe mir vorgestellt, daß wir sie abspielen und Sie Kommentare dazu abgeben, und wenn Sie nichts dagegen haben, nehme ich Ihre Erklärungen auf Band auf. Mein Gedächtnis ist unter aller Kritik, und ich will keinen Prozeß riskieren, weil ich Sie falsch zitiert habe.«
Auf dem Sofa neben James Draper lag eine große Reisetasche, die vor Drähten und Mikrophonen überquoll.
»Beginnen wir mit ein bißchen *Turandot*. Ich habe wirklich großartige Ausschnitte mit.«
Er begann mit Bändern von *In questa reggia*: Tebaldi, dann die Callas, dann die Sutherland. »Finden Sie, daß die Sutherland das Wesentliche der Gestalt erfaßt?«
Vanessa versetzte sich in die Rolle einer Sachverständigen. »Es handelt sich um eine merkwürdige Gestalt. Sie besitzt weniger Seele als Puccinis übrige Heldinnen. Es wäre falsch, sie so zu singen wie die Tosca. Vergessen Sie nicht, Liù, der rivalisierende Sopran, nennt sie *tu che di gel sei cinta* – ›du, die mit

Eis umgürtet‹. Ich persönlich empfinde die Auffassung der Callas als zu warm, zu gefühlsbetont. Aber das ist eine subjektive Ansicht. Was die Rolle wirklich erfordert, ist Kraft – sonst eigentlich nichts.«

»Kraft.« James Drapers Brille funkelte sie an.

»Die Nilsson zum Beispiel singt sie sehr kalt, aber wie wirkungsvoll!«

Er nickte und spielte weitere Bänder ab. Wenn er sie darum ersuchte, gab sie Kommentare ab. Die Zeit verging. Und dann schwang sich eine reine Sopranstimme in die Stille empor.

Sie hob den Kopf und lauschte. Natürlich erkannte sie die Musik: Violettas Soloszene aus dem ersten Akt der *Traviata*.

»Wer ist das?« fragte sie.

»Sie.«

»Ich? Mein Gott. Ich war gut.«

»Sie sind ausgezeichnet. Wirklich ausgezeichnet.«

Ich hole es mir wieder, dachte sie. Ich habe Narben davongetragen, aber ich werde wieder gesund werden.

James Draper wechselte die Kassetten. Und dann hörte sie Violettas Abschied von Alfredo.

Es war für sie sehr unangenehm, als sie sich in dieser singenden Puppe wiedererkannte. Die Gesangsmodulationen waren banal, es fehlte das schmerzliche »Es-hätte-sein-können«. In der Phrasierung lag keine Leidenschaft, keine Erinnerung an die lange, süße Vertrautheit, die die beiden Liebenden vereint hatte. Es war für sie noch unangenehmer, als sie die gleiche Passage von Ariana hörte. Es war beinahe zuviel, ein leidenschaftlicher Ausbruch von Alpträumen, Angst und dem Entsetzen vor dem Verlassensein.

James Draper stoppte das Band. »Das ist eines der deutlichsten Beispiele für diametral entgegengesetzte Auffassungen – die Ihre und die Arianas.«

»Ja... sie unterscheiden sich deutlich voneinander.«

»Und der Unterschied ist um so merkwürdiger, als Ariana diese Rolle mit Ihnen einstudiert hat.«

In diesem Augenblick regte sich in Vanessa leise Gewißheit. Diese beiden Bänder enthielten etwas... etwas, das sie begreifen mußte.

»Warum haben Sie sich entschlossen, die Szene in Pastelltönen zu halten?« erkundigte sich Draper.

»Ich hatte mich zu nichts entschlossen. Es handelt sich einfach um keine sehr gute Leistung.« Sie schaute zum Kassettenrecorder hinüber. »Würden Sie mir die Bänder leihen? Nur Arianas und meine *Traviata*.«

Sie wachte mitten in der Nacht auf. Ames bewegte sich im Schlaf. Sie schlich hinunter, holte James Drapers Bänder aus der Klavierbank und las die ordentlich beschrifteten Etiketten.

Das Datum war bei beiden gleich: 12. Januar 1971. Der Abend, den sie seit dreizehn Jahren vergessen wollte.

Sie holte den Kassettenrecorder aus dem Arbeitszimmer und legte eine der Kavalaris-Kassetten ein. Ein hypnotischer Augenblick völliger Stille folgte. Seltsam, dachte sie, wie jedes Opernhaus seine eigene, besondere Stille besitzt: Die Stille der Met war riesig, höhlenartig, kühl und wurde sofort vom Applaus für den Dirigenten unterbrochen. Kurze Stille, und dann die vertrauten, absteigenden Akkorde des Vorspiels.

Sie schloß die Augen und befand sich in der Met.

Die Celli schluchzten die quälende, große Melodie des Vorspiels. Die Geigen fügten die flatternde, nervöse Gegenmelodie hinzu. Dann ging der Vorhang auf, und auf der Bühne fand das Fest in Violettas Pariser Haus statt.

Ariana Kavalaris befand sich in schrecklicher Verfassung, verpatzte Einsätze, vermied hohe Töne, sang die tiefen Töne unrein, stürzte sich in Phrasen, verheddertes sich im Text. Vanessa legte ihr Band ein. Das Orchester war nicht ganz so hervorragend wie das der Met, aber sie sang wesentlich besser als ihre Lehrerin. Zunächst. Und dann kam der schreckliche Augenblick in *Ah! fors è lui*, in dem ihr B nicht kam.

Sie zwang sich, den ganzen Akt anzuhören; dann Arianas zweiten Akt; dann den ihren. Und dann den dritten Akt. Eine Intuition ließ sie nicht los: Zwischen den beiden Vorstellungen gab es eine Beziehung, eine Verbindung, die so stark war, daß es sich beinahe um Ursache und Wirkung handelte.

Aber was war es?

Sie hörte sich den ganzen Vormittag lang die Bänder an und wußte noch immer nicht, was sie suchte. Nach dem Mittagessen holte sie Papier und Bleistift und machte sich Notizen.

Nach vier Stunden ging sie ihr Gekritzel durch: Erster Akt: *Libiamo*. Ariana lausig. Ich großartig. *Sempre libera*. Ariana: lausiger Anfang, gute Cabaletta. Ich: guter Anfang, gute Cabaletta. *Ah! Fors è lui* – Ariana lausig, ich sensationell. So ging es durch die ganze Oper weiter: Beide Sopranistinnen sangen ungleichmäßig, aber Ariana steigerte sich phänomenal, steigerte sich von einem entsetzlichen ersten zu einem überwältigenden dritten Akt, und Vanessa rutschte von einem funkelnden ersten zu einem erbärmlichen letzten Akt ab.

Aber sie war davon überzeugt, daß noch etwas anderes dahintersteckte. Sie mußte die Musik *sehen*.

Sie holte die Partitur aus der Bibliothek.

Sie spielte das *Libiamo* noch einmal und merkte Arianas Fehler in der Partitur grün an, sowie ihren einzigen Ausrutscher, ein abgebrochenes B, rot.

Es ergab sich keine Gesetzmäßigkeit.

Sie merkte den gesamten Akt an. Viel Grün, nicht allzuviel Rot. Eine Ahnung stieg in ihr auf.

Zweiter Akt: gegen Mitte zu hielten Rot und Grün einander die Waage.

Dritter Akt: nicht viel Grün, ein Meer von Rot.

Sie starrte die beiden Farben an. Sie hatte den Eindruck, daß es eine Gesetzmäßigkeit gab, daß sie zum Greifen nahe vor ihr lag. Aber sie erkannte sie nicht.

Sie schaute zum Fenster hinaus. Die Sonne war untergegangen. Wie viele Stunden hatte sie mit diesem Wahnsinn verbracht? Sie sah zur Pendeluhr hinüber. Mein Gott, neun Stunden. Sie spulte das Band zurück.

Wo war Arianas B so schwach gewesen? *Gioir*. Erster Akt. Und wo hatte es kräftig geklungen? Sie wechselte die Kassetten. Dritter Akt. Das entscheidende B am Ende des Schlußquintetts.

Jetzt spielte sie ihre eigenen Bänder ab. *Gioir*. Das B war verdammt gut. Jetzt das Quintett. Sie verzog das Gesicht. Das B konnte genausogut von einer alten Dame im Kirchenchor stammen.

Sie machte sich Notizen: die guten B, die schlechten B, wer welches wann gesungen hatte.

Schön, und jetzt sehen wir uns die hohen C an.

Zwei Stunden später besaß sie eine annähernde Übersicht über ihre und Arianas hohe Töne – die F bis zu den hohen C. Eine Art Gesetzmäßigkeit zeichnete sich allmählich ab: Wenn Ariana endlich ihr As gelang, verlor Vanessa das ihre; wenn Ariana endlich ein hohes C schaffte, brach Vanessas C.

Aber auch das stimmte nicht ganz. In *E Dio cancellò* brachte Ariana ein anständiges B zustande, und siebenundneunzig Takte später sang Vanessa immer noch gut B in *Ah, morir preferirò*.

Es sei denn... Sie rief Boyd Kinsolving an, überwand den Widerstand eines sehr besitzerisch klingenden Sekretärs und hatte endlich den großen Mann selbst am Apparat. »Gibt es eine Möglichkeit, den Beginn und das Ende der einzelnen Akte bei einer bestimmten Vorstellung an der Met und an der Philadelphia Opera zeitlich genau festzustellen?«

»An welchem Tag?« fragte er.

Boyd rief am nächsten Tag zurück. »Du kleiner, schlauer Teufel. Ich habe diese Vorstellung an der Met dirigiert. Ariana hat gesungen. Und du hast zur gleichen Zeit in Philadelphia gesungen.«

»Glaub mir, das weiß ich. Hast du die Zeiten?«

Er las ihr vor, um wieviel Uhr der Vorhang bei jedem Akt aufgegangen und gefallen war. »Das klingt fürchterlich geheimnisvoll, Vanessa. Willst du mir verraten, worauf du hinauswillst?«

»Sobald ich es weiß, bist du der erste, der es erfährt.«

»Ich kann es kaum erwarten.«

Als nächstes fertigte sie zwei Xerox-Kopien der Partituren an. Dazu mußte sie die öffentliche Bücherei aufsuchen. Sie schnitt die Singstimmen aus, bezeichnete die eine mit *Ariana*, die andere mit *Ich*, verwendete eine Stoppuhr und Boyds Angaben über die Aktanfänge und -schlüsse und notierte Minute für Minute die zeitliche Dauer jeden Taktes. Das Ergebnis stimmte nur annähernd, aber ein Vergleich der beiden Gesangsstimmen genügte, um den Zusammenhang deutlich zu machen.

Ihre Hände zitterten, als sie anrief, aber es gelang ihr, ruhig zu sprechen. »Kannst du morgen zum Lunch zu uns kommen, Boyd? Ich muß mit dir reden.«

Arianas Stimme kam in großen Klangwellen, erreichte sie über die Dunkelheit, über die Jahre hinweg...

Ah! io ritorno a vivere – oh gioia! – Ich lebe wieder – o welche Freude!

Verdis letzten tragischen Akkorde dröhnten aus dem kleinen Lautsprecher. Die Kassettenrecorder-Taste schnappte wieder zurück, und Ariana war entschwunden.

Die Aufnahme berührte Boyd schmerzlich, der Verlust der Frau, mit der er verheiratet gewesen war, wurde durch die Aufnahme wieder lebendig. Seine Gedanken wanderten in die Vergangenheit.

»Natürlich«, gab er zu, »weisen beide Darbietungen Schwächen auf. Doch es gibt Stellen in den Bändern, bei denen ich nicht mit absoluter Sicherheit feststellen kann, ob ich dich oder sie höre.«

Vanessa sah ihn nur an.

»Durch einen Zufall hast du nicht nur ihren Stil übernommen, sondern noch etwas – ihr Timbre, ihren Tonansatz. Natürlich hast du dich dann weiterentwickelt und wurdest ebenfalls ursprünglich und wunderbar.«

»Du mußt nicht höflich sein, Boyd.«

»Sie war deine Lehrerin, und es ist nur natürlich, daß sie dich beeinflußt hat. Sie selbst hatte viele Manieriertheiten der DiScelta übernommen.«

Er dachte kurz nach. »Genau wie du.«

»Boyd, auf diesen beiden Bändern hört man nur eine einzige Stimme.«

Er mußte sich ins Gedächtnis rufen, daß sie erst kürzlich aus der Nervenheilanstalt entlassen worden war. »Das ist ein interessanter Gedanke, Schätzchen. Du meinst damit, daß ihr, du und Ariana, die gleiche Tradition teiltet, nicht wahr?«

»Wir teilten die gleiche Stimme, Boyd. Es ist weder die ihre noch die meine. Aber immer, wenn wir gut sind – und ich meine wirklich gut –, ist es diese Stimme. Manchmal hat sie sie, manchmal habe ich sie. Aber wir haben sie niemals gleichzeitig.«

»Wiederhole das noch einmal, Schätzchen.«

»Zuerst habe ich die Stimme, und sie krächzt nur, und dann bekommt sie nach und nach die Stimme, und ich – du hast ja gehört, was aus mir geworden ist.«

»Jeder kann einen schlechten Abend haben. Man braucht keine Metaphysik, um so etwas zu klären.«

»Es handelt sich nicht um Metaphysik. Es stimmt Ton für Ton, und ich habe es festgehalten.« Sie schlug ihr Notizbuch auf und las: »New York 20.47: Ariana gelingt zum erstenmal das B. Philadelphia 20.47: Vanessa versagt zum erstenmal beim B.« Sie sah ihn an. »Von diesem Zeitpunkt an habe ich kein ordentliches B mehr zustande gebracht, und die ihren sind ausnahmslos phantastisch.«

»Die Theorie, die du auf dem B aufbaust, ist verdammt kompliziert.«

»Sie betrifft nicht nur das B, sie betrifft jeden zweigestrichenen Ton.« Sie reichte ihm das Notizbuch.

Er warf einen Blick auf die ordentlich beschrifteten Seiten, begriff aber nicht recht, was sich aus ihnen ergab.

»Als James Draper mir die Bänder vorspielte, hörte ich nur, wie ich vom Wunderbaren zum Entsetzlichen absank, und wie Ariana vom Entsetzlichen zur Vollendung aufstieg. Dann fiel mir das Datum auf. Es handelte sich um den gleichen Abend. Daraufhin begann ich, mit der Partitur in der Hand zuzuhören. Ariana fing ohne einen einzigen Ton an, ich fing mit allen Tönen an. Im Lauf des Abends verlor ich das B, sie bekam es. Ich verlor das A, sie bekam es. Es konnte kein Zufall sein. Ich überprüfte jeden einzelnen Ton in der Partitur. Und der Zeitpunkt stimmte auch jedesmal. Sie bekam die Töne, die ich verlor. *Sie nahm sie mir weg.*«

Boyd versuchte, sich einen Reim darauf zu machen. Die Stimmen auf den Bändern waren eine Realität. Alle richtigen und falschen, schönen und häßlichen Töne waren wirklich vorhanden. Vanessa bildete sie sich nicht ein. Alles, was sie angeführt hatte, stimmte und beunruhigte sie – zu Recht. Es beunruhigte auch ihn.

»Du hast deine Theorie großartig untermauert«, gab er zu. »Aber es ist unmöglich. Ich will nicht taktlos sein, Schätzchen, aber du warst... auf dem Weg der Besserung, als du auf diese Idee verfallen bist.«

»Weißt du eigentlich, daß es heißt: *Sterbende lügen nicht?* Ariana hat mir auf ihrem Totenbett von ihrem Versprechen erzählt. Und sie hat mir die daran geknüpften Bedingungen aufgezählt. Sobald ihre Schülerin eine Rolle auf der Bühne sang, durfte Ariana diese Rolle nie wieder singen. Sie hat diesen Teil des Versprechens an dem Abend gebrochen, an dem wir die *Traviata* gesungen haben.«

Im Wohnzimmer wurde es still. Boyd zündete eine Zigarette an.

Vanessa ging zum Fenster, drehte sich um, sah ihn an. »In den Monaten vor ihrem Tod brachte mir Ariana die restlichen Rollen bei. Es klingt vielleicht verrückt, Boyd, aber am Ende versuchte sie, das der DiScelta gegebene Wort zu halten – so wie ich mein Ariana gegebenes Wort halten will. Aber ich schaffe es ohne deine Hilfe nicht. Würdest du Camilla Seaton suchen?«

»Warum?«

»Weil ich sie bereits unterrichtet habe und wir dort fortfahren können, wo wir aufgehört haben. Weil ich Ariana meine Schuld abstatten und mich befreien kann, indem ich unterrichte.«

»Wovon befreien?«

»Von... dem, worin ich gefangen bin.«

»Camilla Seaton ist deine Zeit nicht wert. Sie ist passé.«

»Sie hat versagt, weil ich sie im Stich gelassen habe – genau wie ich versagt habe, als Ariana mich im Stich gelassen hat.«

»Du nimmst doch diesen Hokuspokus nicht wirklich ernst?«

Vanessa sprach ruhig, sehr leise. »Es ist meine letzte Chance, mein Versprechen zu halten. Wenn ich es nicht tue, werde ich wieder im Irrenhaus landen, und diesmal werde ich nicht mehr herauskommen. Außerdem habe ich mein Wort gegeben.«

»Einer Verrückten. Ariana hat sich ihr Leben lang auf Messers Schneide bewegt.«

»Verrückte können die Wahrheit wissen. Manchmal sind sie

eben deshalb verrückt! Mein Gott, als was würdest du diese Bänder bezeichnen, wenn nicht als Beweise?«

Er überlegte. »Es ist zweifellos etwas dran – etwas Außergewöhnliches. Aber man kann es kaum als Beweis bezeichnen.«

»O mein Gott.« Vanessa preßte die Faust auf den Mund. »Es ist mir gerade klargeworden.« Sie setzte sich neben ihn. »Nach der *Traviata* hat Ariana ihr F, dann ihr A und dann ihr E verloren. Begreifst du denn nicht?«

Er schaute sie verständnislos an. »Was soll ich begreifen?«

»Solfeggien, Boyd.«

Solfeggien, dachte er und erinnerte sich an längst vergangene Tage, als er die Grundprinzipien der Musik studiert hatte. Er hatte Takt geschlagen, vom Blatt gesungen und die Noten mit do-re-mi statt C, D, E bezeichnet.

»Die Solmisationssilben für F, A, E sind fa-la-mi«, erklärte sie. »*Follow me – Folge mir*. Die Stimme hat sie gerufen.«

Boyd holte tief und langsam Luft. »Lassen wir es dabei, daß diese kleine Theorie unser Geheimnis bleibt, okay?«

»Schön, Boyd, du mußt mir nicht glauben. Aber wenn du Camilla findest, komme ich an die Met zurück.«

Sein Blick erfaßte sie und ließ sie nicht mehr los. »In welcher Rolle?«

»Welche möchtest du denn?«

»Die Isolde.«

Ich kann Camilla finden, dachte er. Irgendwer wird schon wissen, wo sie steckt.

»Einverstanden.«

»In Ordnung«, bestätigte er. »Ich werde tun, was ich kann, Schätzchen.«

Er hastete aus dem Haus und über den Rasen zu seinem Wagen. Er fuhr nach Westen, genau in den blendenden November-Sonnenuntergang. Dörfer, Städte, Kartoffelfelder und Straßenstände mit Obst und Gemüse flogen vorbei.

Sie ist verrückt. Alle Sängerinnen sind verrückt.

Aber ein Gedanke ließ ihn nicht los.

Isolde. Die Billings.

Fünf Tage danach rief Boyd Vanessa an. »Camilla Seaton unterrichtet an einer Sonderschule in Bronxville autistische Kinder.«

»Hast du mit ihr gesprochen?«

»Gestern. Sie sieht gut aus – vielleicht eine Spur zu rundlich, aber es steht ihr – und ist bereit, mit dir zusammenzukommen. Um die Wahrheit zu gestehen, ich glaube, du tust ihr leid.«

»Macht nichts. Ich kann Mitgefühl brauchen. Kannst du sie am Dienstag hierherbringen? Ames wird in der Stadt sein, und wir werden das Haus für uns haben.«

Einen Augenblick sah es so aus, als würden sie einander küssen, aber das Zögern dauerte einen Sekundenbruchteil zu lang. »Sie sehen wunderbar aus«, stellte Vanessa fest.
»Sie ebenfalls.« Camilla betrat den Korridor. »Ich bin zum letztenmal vor – wie lange? Vor zwei Jahren hiergewesen. Sie haben die Einrichtung erneuert.«
»Nur eine Menge Kram von Flohmärkten.«
»Es sieht richtig gemütlich aus. So – rustikal und behaglich.«
Sie gingen ins Wohnzimmer. Vanessa fragte, ob sie etwas trinken wollten. Boyd bat um einen Highball, Camilla wollte Tee, wenn es nicht zu viele Umstände machte. Eine Weile plauderten sie nur und stellten nebensächliche, höfliche Fragen: Wo sind Sie gewesen, was haben Sie die ganze Zeit über getan?
Vanessa spürte, daß sie einen Frontalangriff wagen mußte. Solange sie um den heißen Brei herumschlich, konnte sie nichts erreichen. »Ich möchte Sie wieder unterrichten.«
Camilla legte den Kaffeelöffel auf die Untertasse und stellte die Tasse auf den Tisch. »Ich habe keine Zeit für Musik. Ich arbeite mit gehirngeschädigten Kindern. Ich stehe rund um die Uhr zur Verfügung. Ich singe nicht mehr. Ich gehe nicht mehr in die Oper. Ich erlebe die Met gerade noch am Samstagnachmittag im Radio, wenn ich mein freies Wochenende habe.«
Vanessa starrte die junge Frau an. »Warum sind Sie dann hergekommen?«
»Weil Boyd mich nicht in Ruhe gelassen hat. Achtzehn Anrufe innerhalb von drei Tagen. Wir müssen ein für allemal ein Mißverständnis klären. Sie glauben beide, daß ich noch Sängerin bin. Ich bin es nicht.«
»Ich glaube nicht, daß ein Mensch mit Ihrem Talent, Ihren Gaben einfach aufhören kann«, meinte Vanessa.
»Die Oper braucht mich nicht. Die Kinder schon.«
»Ich bin anderer Meinung.« Boyd lehnte bequem im Sofa und hatte die Beine leicht übereinandergeschlagen. »Sie sind hier, Camilla, weil die Musik immer noch ein Teil von Ihnen ist. Sie wollen singen. Sie wollen auftreten. Sie wollen ihr Talent verwerten. Sie empfinden ein Bedürfnis, das sie nicht befriedigen können, indem sie gehirngeschädigten Kindern helfen.«
Camillas Augen wurden schmal. »Musik ist ein Luxus, für den ich keine Zeit habe.«

Vanessa sprach leise und versöhnlich. »Sie sind böse auf mich, und mit Recht. Ich habe Sie im Stich gelassen. Und jetzt bitte ich Sie um Vergebung. Ich möchte es wiedergutmachen.«

»Ich habe nichts zu vergeben. Ich hatte angenommen, daß ich in der Oper etwas erreichen könnte. Ich konnte es nicht. Deshalb tue ich jetzt etwas, was ich tatsächlich kann.«

Vanessa und Boyd tauschten Blicke aus.

»Ich war nie eine Sängerin«, fuhr Camilla fort. »Ich war nur vielversprechend. Das trifft auf Hunderte von Leuten zu. Kleine Mädchen, die auf Geburtstagspartys singen, sind vielversprechend. Ich hatte eine Chance, aber nicht das Zeug dazu. Es hat zwei Jahre gedauert, bis ich mich mit dieser Tatsache abgefunden hatte. Zwei Jahre, in denen ich die Musik gehaßt habe, in denen ich Schallplatten, Radio, kurz alles, was mich an die Oper erinnert hat, nicht ertragen konnte. Und dann hatte ich es irgendwie überwunden. Ich habe zur Kenntnis genommen, was ich nicht bin. Ich habe herausgefunden, was ich sein kann. Ich habe mir ein neues Leben aufgebaut und bin glücklich.«

»Sie sind nicht glücklich«, widersprach Vanessa.

Die grünen Augen fixierten Vanessa. »Der Opernstar Camilla Seaton ist tot. Sie war eine kurze, vielversprechende Sternschnuppe. Lassen Sie sie in Frieden ruhen.«

»Sie gehören auf die Bühne«, wandte Boyd ein. »Ich habe es in dem Augenblick gewußt, in dem ich vor zwei Jahren gehört habe, wie Sie das *Mio superbo guerrier* phrasierten.«

»Ich habe es so phrasiert, wie Verdi es angegeben hat.«

»Nein«, widersprach Boyd. »Sie haben das As wunderbar gehalten. Der Ton schwebte, die gesamte Phrase schwebte. Das ganze Duett schwebte nur wegen dieses einen Tons. Sie haben Othello die Szene gestohlen, und er hat es gewußt.«

»Keine Desdemona stiehlt Othello die Szene.«

»Sie haben es aber geschafft. Was die Kritiker wohl geschrieben hätten, wenn Sie es an der Met gesungen hätten.«

»Ich habe es aber nicht an der Met gesungen. Und im Lauf der Zeit haben die Kritiker eine Menge über mich geschrieben. Außerdem übe ich nicht nur seit einem Jahr überhaupt nicht mehr, ich habe auch das Gefühl für die Tonhöhe vollkommen verloren.«

»Das bezweifle ich«, meinte Boyd. »Was ist Ihr tiefster Ton, das tiefe G, nicht wahr?«

»Früher habe ich es geschafft.«

»Ihr Ohr kann vergessen, aber Ihre Halsmuskeln niemals.« Boyd stand auf und trat so ans Klavier, daß sie die Tasten nicht sehen konnte. Er schlug einen Ton an.

»Das ist kein G«, stellte Camilla fest, »das ist ein As.«
Dann verstummte sie.
»Kein Gehör?« Boyd schlug einen anderen Ton an.
»Zweigestrichenes E«, sagte Camilla.
Er schlug einen Akkord an.
»Dominant-Septakkord in B-Dur. Also schön, mein Gehör funktioniert noch. Aber ich habe meine Stimme verloren.«
»Ich werde Sie unterrichten«, versprach Vanessa. »Ihre Stimme wird wiederkommen.«
»Ich lebe in Bronxville. Ich kann nicht jedesmal hin- und herpendeln. Es sind drei Stunden in eine Richtung.«
»Austin Waters würde uns bestimmt erlauben, sein Studio zu benützen«, meinte Vanessa. »Und Manhattan ist nur fünfundzwanzig Minuten von Bronxville entfernt.«
»Ich könnte es nicht ertragen –« Camilla starrte in ihre Teetasse. »Ich könnte es nicht ertragen, noch einmal alles durchzumachen, die Arbeit, die Hoffnung, das Lernen – und dann wieder zu versagen.«
»Sie werden nicht versagen«, beruhigte sie Vanessa. »Sie haben nie versagt. Ich habe Sie im Stich gelassen.«

»Adolf? Ich bin es, Boyd.«
»Ja, Boyd. Was kann ich für Sie tun?«
»Nein, mein Lieber, ich kann etwas für Sie tun. In der Abschlußvorstellung der Saison singt Vanessa Billings die Isolde.«
»Mein lieber Boyd, ich habe in diesem Beruf so viel erlebt, daß ich nicht mehr an Wunder glaube.«
»Ich besitze ihre Absichtserklärung. Und, Adolf, sie ist großartig bei Stimme. Es wird die spannungsgeladenste Isolde des Jahrzehnts.«
Eine nachdenkliche Pause. »Natürlich ist Clara für diese Vorstellung vorgesehen«, wandte Adolf Erdlich ein.
»Clara kann nicht mehr singen.«
»Wir wissen es, das Publikum beginnt es zu bemerken, aber Clara wünscht sich sehnlichst, als Isolde in Erinnerung zu bleiben. Andererseits kämpft sie mit uns um eine Klimaanlage und hat den Vertrag noch immer nicht unterschrieben.«
»Ah! *Vanitas vanitatum!* Wem gehen auf dieser Welt schon alle Wünsche in Erfüllung, oder wer ist wirklich zufrieden, wenn sie in Erfüllung gehen? Ich sage, besser viertausend glückliche Abonnenten als eine enttäuschte Clara.«
»Ich bin ganz Ihrer Meinung.«

»Eine Bedingung, Adolf. Es muß bis zum letztmöglichen Augenblick absolut geheim bleiben.«

Vanessa rief am Tag nach der Vertragsunterzeichnung an. »Ich möchte Camilla als zweite Besetzung.«
»Ich habe es ja gewußt, ich habe gewußt, daß die Sache einen Haken hat.«
»Einige dich mit Adolf.«
»Glaubst du denn, daß er sie auch nur in die Nähe der Met läßt, nachdem sie vor zwei Saisonen die *Tosca* geschmissen hat?«
»Sorge dafür, Boyd.«

50

Zwei Wochen vor dem Erntedankfest frühstückten Ames und Vanessa in der Küche, als sie plötzlich erklärte: »Ich möchte dem Verein ›Genesung für Frauen‹ beitreten. Es handelt sich um eine Selbsthilfegruppe von ehemaligen Geisteskranken. Mandy van Slyke hat mir davon erzählt.«
»Glaubst du, daß du es nötig hast?«
»Es kann nicht schaden, nicht wahr?«
»Ruf doch Dr. Sandersen an und frage ihn, was er davon hält.«
Am nächsten Tag erzählte sie ihm, daß Dr. Sandersen der Meinung war, sie könne ohne weiteres mitmachen. »Wir kommen zweimal wöchentlich in New York zusammen.«
Er sah sie an.
»Mach dir keine Sorgen. Ich werde die Long-Island-Eisenbahn überleben.«

Am fünften März kehrte Clara Rodrigo von Aufführungen in Europa und New York zurück. In ihrer Post befand sich das abgeänderte Probenprogramm der Met; Absender war ihr Klavierbegleiter.
»*Puta!*« kreischte sie. »*Coño!*«
Am nächsten Vormittag betrat sie Adolf Erdlichs Büro selbstbewußt wie eine regierende Königin. »Wir haben uns im Mai

darüber geeinigt, Adolf, daß die Abschlußvorstellung der Saison mir gehört.«

Er sah sie an. »Unser Vertrag ist nicht unterschrieben worden.«

»Weil Sie in meiner Garderobe keine Klimaanlage installiert haben.«

»Trotzdem ist er nicht unterschrieben.«

»Ich habe überall herumerzählt, daß ich diese Isolde singe. Ich habe es Magazinen, Freunden erzählt. Ich muß sie singen. Ich werde sie singen.«

Adolf Erdlich sah sie unbewegt an, doch um seinen Mund lag die Andeutung eines Lächelns. »Es gibt keinen Vertrag.«

In Claras schwarzem, in Leder gebundenem Telefonbuch standen unter Billings drei Nummern: Die ersten beiden waren durchgestrichen, und die dritte befand sich offenbar auf Long Island, da die Vorwahl 516 lautete.

Ein Anrufbeantworter meldete sich. Sie wartete das Zeichen ab. »Ich werde gegen Sie kämpfen, Vanessa. Sie werden meine Isolde nicht singen.«

Ames hörte die Mitteilung ab.

»Sie werden meine Isolde nicht singen.«

Er löschte sie, bevor Vanessa sie abhören konnte.

Clara stieg wieder einmal die schlechtbeleuchtete Treppe oberhalb des chinesischen Restaurants in der Nähe vom B.-Altmans-Kaufhaus hinauf. Sie schob sich durch den Perlenvorhang in den heißen, stickigen Raum.

Die große schwarze Frau griff nach dem Radio und stellte es leiser. Ihre milchigen Augen richteten sich blicklos auf den Besuch! »*Siéntese*«, befahl sie.

Clara setzte sich. »*Soy yo – Clara.*« – »Ich bin es – Clara.«

»*Te recuerdo.*« – »Ich erinnere mich an dich.«

Clara streifte sich den Diamantring vom Finger und drückte ihn der Frau in die Hand. »Jetzt will die Billings meine Isolde singen.«

»Ich habe dich gewarnt. Es ist zu spät. Jetzt kann dir keine Macht der Welt mehr helfen.«

»Was soll ich tun? Sagen Sie mir wenigstens das.«

Die Alte steckte seufzend den Ring ein. »Du kannst dich jetzt nur noch in Unabänderliches fügen.« Und sie beschrieb Clara mit erschreckenden Details, was geschehen würde, wenn sie sich dem Unabänderlichen widersetzte.

»Clara – *cara*!«

Sie hatte Giorgio Montecavallo für zehn Uhr zu einer Besprechung auf ihre Terrasse bestellt. Als er sich zu ihr hinunterbeugte, um sie zu küssen, fiel das Sonnenlicht auf die haarfeine Narbe seines letzten Gesichtsliftings.

»Zweihunderttausend Dollar, Monte?« Sie hatte den Brief in der Hand, der vor drei Monaten eingetroffen war und in dem er um den Betrag gebeten hatte.

»Eine Investition, *cara* – kein Darlehen.«

»Erzähl mir von dem Restaurant, das du eröffnen willst.«

Monte beschrieb es. Er besaß eine Option auf ein erstklassiges Grundstück in Bergen County. Im Restaurant würde es die besten Fettucine und Saltimboccas von ganz New Jersey geben. Und Giorgio Montecavallo würde zweimal an jedem Abend beliebte Arien aus großen Opern zum besten geben.

Clara dachte nach. »Dein Vorschlag kommt im richtigen Augenblick. Ich denke an einen teilweisen Ruhestand.«

Monte konnte Erstaunen sehr gut spielen. »Du, *cara*?«

»Es ist am besten, wenn man von der Bühne abtritt, solange man sich auf dem Gipfel seines Könnens und seines Ruhms befindet.« Sie schenkte Kaffee ein, starken, duftenden Espresso, und tat in jede Tasse drei Löffel Zucker. »Das Restaurant wird ›Clara und Monte‹ heißen. Wir werden Arien und Duette singen.«

Er nickte. »Ja, Duette sind sehr beliebt.«

»Und ich finde, daß wir – wegen der Publicity – verheiratet sein sollten.«

Ames ging die Mitteilung im Anrufbeantworter nicht aus dem Kopf.

Als Vanessa am Donnerstag bei ihrer Gruppe war, rief er die Abonnementsabteilung der Metropolitan an und fragte, ob es bei den nächsten Aufführungen von *Tristan und Isolde* Umbesetzungen geben würde. Er erfuhr, daß die Rodrigo nicht singen würde, daß aber noch kein Ersatz bestimmt worden war.

Am Dienstag folgte er Vanessa nach New York.

Sie suchte ein altes viktorianisches Apartmenthaus an der 55. Straße West auf. Eine jüngere Frau erwartete sie. Ames erkannte Camilla Seaton. Der Portier ließ die beiden ein.

Ames ging in das Gebäude und fragte nach Dr. Harry Woolrich.

»Hier gibt es keinen Dr. Harry Woolrich, Sir.«

»Sind Sie sicher? Mein Dentist hat mir diese Adresse genannt.«

Der Portier trat zur Seite, so daß Ames die Namensschildchen selbst lesen konnte. Ames entdeckte einen Namen, der bei ihm sofort Assoziationen weckte: A. Waters – Vanessas alter Korrepetitor.

Er ging zu einer Telefonzelle und rief Austin Waters in der 55. Straße an. Ein Mann meldete sich. Im Hintergrund hörte Ames unverkennbar Vanessa mit ihrer hohen Filigranstimme.

Er entschuldigte sich. »Falsch verbunden.«

Die Frauen verließen das Gebäude gemeinsam, angeregt plaudernd wie alte Freundinnen, die Jahre der Trennung aufholen müssen. Sie verabschiedeten sich auf dem Gehsteig, und Vanessa begab sich zu einer Garage in der 55. Straße. Ein kleiner Wagen mit Chauffeur erwartete sie.

Der Wagen setzte sie an der Bahnstation in East Hampton ab, und von dort fuhr sie zum Haus zurück.

Als Ames hereinkam und Vanessa ihn zärtlich küßte und ihn fragte, wie sein Tag verlaufen war, antwortete er: »So-so. Und deiner?«

Sie begann zu beschreiben, wie ermüdend es war, sich drei Stunden lang mit einem Haufen Verrückter zu unterhalten.

Er unterbrach sie. »Ich bin dir gefolgt.«

Vanessa hielt seinem Blick stand. »Dann weißt du, daß Austin mit mir arbeitet.«

»Das habe ich herausgekriegt.«

»Weißt du, daß ich die Isolde singe?«

Unter seinen Füßen schien sich ein Abgrund zu öffnen, sie entglitt ihm wieder in die Welt der hohen C und der verrückten Lucias. »Du solltest mit Dr. Sandersen darüber sprechen.«

»Ich bin keine Patientin mehr, Ames.«

Er hörte die Flutwellen, die aus dem Orchestergraben dröhnten, hörte, wie die gesamten oberen Zehntausend in Abendkleidern und Cuts aufsprangen und Bravo schrien. Er spürte, daß ihr diese Welt wichtiger war als ihre Genesung, wichtiger als Ames Rutherford, wichtiger als alles andere auf der Welt.

»Bedeutet dir alles, was wir besitzen, alles, was wir in den letzten sechs Monaten aufgebaut haben, denn überhaupt nichts?« fragte er.

»Was haben wir aufgebaut?«

Er konnte nicht glauben, daß sie es so ruhig, so nüchtern fragte. »Wir haben deine Genesung aufgebaut.«

»Ich bin nicht der Mensch, für den du mich hältst, Ames. Vielleicht bin ich nicht einmal die Frau, die du geheiratet hast. Ich weiß, daß ich kein Fall von Wahnpsychose bin, wie Dr. Sandersen dir eingeredet hat.«

»Das hat Dr. Sandersen nie von dir behauptet.«

»Natürlich nicht. Es war nicht notwendig. Es war sonnenklar, daß ich eine arme, überarbeitete Verrückte bin, die auf die Wahnsinnsidee verfallen ist, daß sie ihrer Lehrerin auf deren Totenbett ein Versprechen gegeben hat. Ich möchte dich dazu etwas fragen. Wenn ich Wahnvorstellungen habe, wie erklärst du dann den Anruf auf deinem Telefonbeantworter?«

»Moment mal, beruhige dich doch.«

»Nein, ich will mich nicht beruhigen. Du hast mir das Band in der Woche vorgespielt, in der wir hier hinaus übersiedelt sind. Die Stimme am Telefon, die dir gesagt hat, daß du mich in der Perry Street treffen sollst – war ihre Stimme, Ames. Es war Ariana, die mich genauso benützt hat, wie sie mich auf der Bühne benützt hat. Verstehst du denn nicht? Ich habe es mir nicht eingebildet.«

Seine Gedanken rasten. Er erinnerte sich an die telefonische Mitteilung, erinnerte sich, daß er die Stimme mit der von Ariana Kavalaris verglichen hatte. Aber er war damals auf einer Sauftour gewesen, er war betrunken, verrückt gewesen.

Lieber Gott, betete er, laß Vanessa nicht verrückt sein, laß Vanessa nicht verrückt sein.

»Ich will nur, daß du gesund bist«, sagte er.

Sie sah seine flehenden Augen, sein in der Sonne glänzendes Haar, seinen zitternden Mund, und zutiefst in ihrem Inneren sehnte sie sich danach, die Leere zwischen ihnen zu überbrücken. Sie spürte seine quälende Angst.

Aber sie wußte, daß sie sich behaupten mußte. Wenn sie jetzt nachgab, würde sie immer nachgeben.

Sie ging ins Schlafzimmer und begann zu packen.

Ames beobachtete sie von der Tür aus. »Ich drohe dir nicht, aber du solltest dich der Wirklichkeit stellen. Du besitzt weder Geld noch Gut. Alles lautet auf meinen Namen.«

Sie schloß den Koffer.

»Wohin fährst du?«

»Ich habe ein Versprechen gegeben, Ames, ich muß es halten. Das bedeutet offenbar, daß ich nicht bei dir bleiben kann. Es tut mir leid. Ich liebe dich, aber wie du gerade gesagt hast, muß ich mich der Wirklichkeit stellen – nur stelle ich mich meiner Wirklichkeit, nicht deiner.«

Er brachte tausend Argumente dagegen vor, daß sie ihn verließ. Sie gab zu, daß alle vernünftig, wohlbegründet, zu ihrem Besten waren.

Ames sah ungläubig zu, wie sie das Haus verließ, in das Auto stieg und wegfuhr.

Nikos kam im Smoking zur Tür. Aus den Geräuschen, die aus der Wohnung drangen, entnahm sie, daß er eine Party gab.

»Vanessa.« Es war ein leiser, schmerzlicher Ausruf. »Was ist geschehen?«

Er war alt geworden. Sein Gesicht war länger, die Augen und der Mund von tieferen Falten umgeben. Sein Haar war heller; es war innerhalb von zwei Jahren weiß geworden.

Ein Wort, das sie nie gehört, nie ausgesprochen hatte, entrang sich ihrer Kehle. »*Voithia!*«

Er wich zurück. »Ariana?«

»Nicht Ariana. Vanessa.«

»Was hast du gerade gesagt? Das war... ihre Stimme.«

Unvermittelt fühlte sie sich stark. Es war, als würde Ariana aus ihr sprechen, ihm befehlen, ihr zu helfen. »*Voithia!*«

Sein Gesicht wurde weiß. »*Pos?*«

Sie wußte, daß er eingewilligt hatte: Er fragte, wie er ihr helfen könne.

»*Afise mou na kathiso sto spithi sou*«, sagte sie, verstand weder, was sie sagte, noch wieso sie in der Lage war, es zu sagen, wußte nur, daß er sie in seiner Wohnung aufnehmen mußte.

Er trat zur Seite. »*Ela*«, antwortete er. »*Ela.*«

Einen Augenblick lang rührte sie sich nicht.

Dann wiederholte er auf englisch. »Komm herein. Bitte, tritt ein.«

Sie betrat seine Wohnung mit einem Koffer. Er gab ihr das Gästezimmer.

Er stellte ihr alles zur Verfügung: das Klavier, den Begleiter, seine Gesellschaft, seinen Rat, seine Ermutigung.

Und er war froh.

Dr. Sandersen erfuhr es beim Frühstück, als er sich eine zweite Tasse Kaffee einschenkte. Die Schlagzeilen der *New York Times* verkündeten wieder einmal, daß es so nicht weiterging: Die Zahl der Verbrechen war gestiegen, die Steuer war gestiegen, die Arbeitslosigkeit und die Preise waren gestiegen. Alle waren pleite und hatten Sorgen, und niemand reinigte mehr die Straßen oder kümmerte sich um die Milliarden-Dollar-Kriege der Regierung.

Um sich zu trösten, schlug er die Unterhaltungsseite auf.

Aus der dritten Spalte lächelte ihn Vanessa Billings' Foto an. Dreißig Sekunden später war er am Telefon. »Sie gefährden ihre Gesundheit.«

»Ich hatte dabei nichts mitzureden«, antwortete Ames Rutherford. »Sie hat mich verlassen.«

»Sie sind doch noch ihr Ehemann, nicht wahr?«

»Theoretisch schon.«

»Dann verfügen Sie über die Macht, sie daran zu hindern. Ich werde alle eidesstattlichen Erklärungen ausstellen, die Sie benötigen.«

»Dein Mann hat mich angerufen«, erzählte Nikos Vanessa. »Dr. Sandersen ist dagegen, daß du singst.«

»Dr. Sandersen hat mich seit einem Jahr nicht mehr gesehen.«

»Trotzdem, nur damit wir kein Risiko eingehen, sollten wir mit Holly Chambers sprechen.«

»Die Tatsache, daß Ames Rutherford für uns bedeutungslos ist, besagt noch lange nicht, daß er uns nicht Schwierigkeiten bereiten kann.«

»Was für Schwierigkeiten, Holly?« wollte Nikos wissen.

»Die ärgsten. Ich bezweifle, daß Vanessa sich in den nächsten Wochen mit der Frage herumschlagen will, ob sie die Isolde legalerweise singen darf oder nicht.«

Sie saßen im Chez Claudine, einem neuen, kleinen französischen Restaurant auf der Second Avenue. Sie hatten alle drei die Spezialitäten des Tages bestellt, Ragout, und dazu gekühlten jungen Beaujolais. Auf ihrem Ecktisch lag ein kariertes Tischtuch, und darauf standen bunte Blumen; die Terrine maison und das Hauptgericht waren ländlich-deftig gewesen; die Unterhaltung während der letzten Minuten unangenehm.

Vanessa hob sanft protestierend die Hand. »Holly, das einzige, was mich nicht bedrückt, ist die Frage, ob ich diese Rolle singen kann oder nicht. Wenn meine Lunge mich nicht im Stich läßt, stehe ich auf der Bühne.«

»Seien Sie Ihrer Sache nicht so sicher.«

»Ich habe einen Vertrag mit der Met.«

»Sie haben auch einen Vertrag mit Ames Rutherford, der rechtlich gesehen Vorrang hat.«

Sie legte die Gabel entschlossen auf den Teller. »Ich habe nie einen Vertrag mit Ames unterschrieben.«

»Sie haben ihn geheiratet. Juristisch gesehen handelt es sich dabei um einen Vertrag.«

»Aber wir leben getrennt.«

»Gerichtlich?«

»Wenn Sie damit meinen, ob wir Anwälte hinzugezogen haben – nein.«

»Dann besitzt Ames Rutherford unter bestimmten Umständen das Recht, als Vormund von Vanessa Rutherford aufzutreten.«

»Das ist doch lächerlich. Ich bin kein unmündiges Kind.«

»Das Alter ist dabei nicht maßgebend. Wenn ein Gericht Sie für geistig unzurechnungsfähig hält, wird Ihr Mann Ihr Vormund.«

»Aber warum sollte ein Gericht –«

»Sie haben sich in einer Anstalt befunden.«

»Das war vor über einem Jahr.«

»Spielt keine Rolle. Wenn Ihr Mann einen Arzt findet, der bereit ist zu beschwören, daß Sie immer noch geistig unzurechnungsfähig sind, wird ihm das Gericht die Vormundschaft zusprechen. Er verfügt dann über Vollmacht, kann Verträge widerrufen, die Sie abgeschlossen haben, kann Sie wieder ins Krankenhaus einweisen lassen.«

Vanessa verdrängte die Vorstellung einer weißen Zelle und vergitterter Fenster. »Ames würde bestimmt nicht –« Sie sah Nikos an.

»Zeigen Sie es ihr, Holly«, schlug Nikos vor.

Holly schob Butterschälchen und Weingläser zur Seite und legte das Dokument auf den Tisch.

Es war nur eine Xerox-Kopie. Vanessa ergriff es an einer Ecke und las es langsam und ungläubig. »Damit könnten sie mich daran hindern?«

Holly nickte. »Es ist traurig und ungerecht. Aber so lautet nun einmal das Gesetz. Selbst wenn er ein Schweinehund ist, bleiben Sie seine Frau, und in dieser Situation hält eben der Schweinehund die Macht in Händen.«

»Ich habe ihn nie als Schweinehund bezeichnet«, erklärte Vanessa leise. »Er versteht es einfach nicht.«

Holly zuckte die Schultern.

»Es muß doch etwas geben, das ich unternehmen kann«, meinte sie.

»Klar. Erschießen Sie Ihn.«

»Das war gar nicht komisch, Holly«, mischte sich Nikos ein.

»Tut mir leid.« Holly seufzte. »Ich habe lange darüber nachgedacht, und ich sehe für Vanessa nur einen einzigen sicheren Weg auf die Bühne. Bitten Sie das Gericht um eine Trennung. Und zwar sofort. Sobald sie gesetzlich getrennt sind, können Ames Rutherford und alle Ärzte der Welt sie nicht mehr daran hindern, die Isolde zu singen.«

Vanessa schaute Nikos an. Gegen das blendende Sonnenlicht, das zum Fenster hereinfiel, konnte sie sein Gesicht nicht erkennen. »Nikos?« fragte sie.

Er schüttelte den Kopf. »Die Entscheidung liegt bei dir. Du hast meine volle Unterstützung, ganz gleich, wie sie ausfällt.«

»Ich will nur eines: singen.«

Vanessa sah Ames am Tag vor ihrer Vorstellung.

Er saß in einem zerknautschten Regenmantel auf der Seite des Gerichtssaals, und dabei regnete es nicht einmal. Er trug den südamerikanischen Pullover, den sie ihm zum Geburtstag geschenkt hatte, und eine Krawatte, die nicht dazu paßte, und sie war davon überzeugt, daß er auch noch Turnschuhe trug.

Sie wurde traurig. Der arme Ames – er wird immer jemanden brauchen, der ihn anzieht.

Holly Chambers umriß klangvoll das Ansuchen seiner Klientin.

Vanessa schaute den Mann an, von dem sie getrennt werden wollte.

Alles kam ihr vollkommen unwirklich vor: daß sie ihn kennengelernt und so sehr geliebt hatte, daß der Gedanke an ihn alle anderen Gedanken verdrängte; daß sie mit ihm zusammengelebt, daß ihre Liebe sich auf eine Weise verändert hatte, die sie weder verstand noch steuern konnte; daß sie ihn jetzt in einem Gerichtssaal wiedersah, während ihr Anwalt erklärte, daß sie weder sein Geld noch sein Auto noch sein Haus wollte, daß sie überhaupt nichts von ihm wollte, bis auf eines: daß er ihr nie wieder in die Nähe kam.

Sie hatte Holly beschworen: »Ich brauche die Trennung nur bis nach der Vorstellung.« Und er hatte geantwortet: »Gesetzlich müssen Sie sie für immer verlangen.«

Ames saß allein und still in einem Sonnenfleck, hörte zu, schaute zu ihr herüber, und sie schaute zu ihm hinüber.

Sie fühlte, daß sie einander seit Jahrzehnten kannten, und konnte sich noch an das erste Mal erinnern, an den kleinen

Jungen im marineblauen Schulblazer, den sie bei einer Matinee im alten Haus der Metropolitan durch die Menge hindurch erblickt hatte. Plötzlich fiel ihr ein: Ich bin nie in dem alten Haus gewesen, und die Überraschung riß sie in die Gegenwart zurück.

»Befindet sich der Anwalt von Mr. Rutherford im Gerichtssaal?« fragte der Richter. Ames' Stimme war so leise, daß man ihn kaum hörte. »Ich habe keinen Anwalt, Euer Ehren.«

»Würden Sie bitte lauter sprechen.«

»Ich habe keinen Anwalt, Euer Ehren.«

»Vertreten Sie sich selbst?«

»Ich nehme es an, Euer Ehren.«

»Erheben Sie Einwände gegen Vanessa Rutherfords Antrag?«

»Nein, Euer Ehren.«

»Dem Antrag wird stattgegeben.«

Nach der Verhandlung begab sich Ames in das achtundzwanzigste Stockwerk des World Trade Center. Es war dreizehn Uhr fünfzehn, Lunchzeit, und in dem kleinen Konferenzzimmer mit dem Blick auf den Hudson River saßen etliche Männer und Frauen.

An diesem Tag war die Wortführerin eine ältere Frau, eine Büroangestellte in einem Architektenbüro. Ames glitt in einen Stuhl und lauschte ihrer sanften Stimme, die die alte, vertraute Geschichte von Verlust, Einsamkeit, Alkohol... und Genesung erzählte.

Als sie schwieg, gab es Applaus, und dann hob jeder, der etwas zu sagen hatte, die Hand.

Sie rief Ames auf.

»Hi. Mein Name ist Ames. Ich bin Alkoholiker.«

In den sieben Wochen, seit Vanessa ihn verlassen hatte, hatte er dieses und andere, ähnliche Zimmer aufgesucht und war einmal im schrottreifen Mercedes aufgewacht. Neben ihm war eine leere Wodkaflasche gelegen, und er hatte keine Ahnung gehabt, wie er in das Kartoffelfeld geraten war.

»Vor genau einer Stunde hat das Gericht meiner Frau die gesetzliche Trennung zugestanden. Ich habe nicht das Bedürfnis, deshalb zu trinken, aber ich bin zornig, habe Angst und bin sehr allein. Ich hatte mich an die Hoffnung geklammert, daß ich sie irgendwie zurückholen kann, aber jetzt sind die Aussichten nicht sehr rosig. Ich weiß nicht, was ich tun werde, wenn ich sie verliere.«

Die Frau nickte. »Es ist völlig normal, daß Sie zornig sind. Es ist völlig normal, daß Sie Angst haben. Was immer auch geschehen mag, Sie werden das Richtige tun. Sie sind nicht allein, denn Sie sind hier. Und das Gericht ist nicht Gott. Vielleicht verlieren Sie sie nicht.«

»Der Staat New York hat das Scheidungsgesetz geändert. Früher war der einzige Scheidungsgrund Ehebruch. Es mußte einen schuldigen und einen unschuldigen Teil geben.«

Sie fragte sich, warum Nikos es erwähnte. »Das betrifft mich doch nicht, Nikos. Ich bin nicht geschieden, wir leben nur getrennt.«

»Sobald das Gericht die Trennung ausspricht, ist das Ehepaar automatisch nach einem Jahr geschieden, falls sie nicht wieder zusammenziehen oder es sich anders überlegen.«

Im Geist spielte sie mit dem Gedanken, als handle es sich um einen seltsamen Gegenstand, zum Beispiel einen Meteorsplitter, der vor ihren Füßen gelandet war. »Das hat Holly nicht erwähnt.« Sie trat aus dem Arbeitszimmer auf die Terrasse und blickte vierzig Stockwerke hinunter auf den Central Park. Zuerst sah sie nur Dunkelheit, und dann entdeckte sie die Lichter, die die Wege säumten.

Schritte kamen näher und hielten an. Nikos' Stimme erklang neben ihr. »Es war für mich schön, daß du hier warst.«

»Danke, daß du mich aufgenommen hast. Ich weiß nicht, was ich ohne dich getan hätte.«

»Nachdem du geheiratet hast, habe ich mich herumgeschleppt wie ein emotioneller Querschnittgelähmter.«

»Das tut mir leid.«

»Es war nicht deine Schuld. Vielleicht mußte ich nach all den Jahren, in denen ich mich rücksichtslos über das Leben anderer Menschen hinweggesetzt hatte, einmal am eigenen Leib erfahren, was es bedeutet, wenn man jemanden braucht.«

»Du bist gut zu mir gewesen. Ich hatte kein Recht, etwas zu verlangen, und du warst wunderbar.«

»Du bist jetzt praktisch von Ames geschieden. Verstehst du das?«

»Ich kann im Augenblick nicht darüber nachdenken.«

Sie hatte es sanft gesagt. Sie war Nikos dankbar. Er besaß Mitgefühl und Wärme. Sie ergriff seine Hand. Seine Finger schlossen sich um die ihren.

»Bist du jemals in Georgetown gewesen? Auf den Bahamas?« fragte er.

»Ich bin noch nie in der Karibik gewesen.«

»Dort unten ist es schön. Am JFK wartet ein Flugzeug auf uns.«
Manchmal kam er ihr vor wie ein Kind. Er würde nie begreifen, daß andere Menschen ihr eigenes Leben führten, Verpflichtungen hatten und nicht alles liegen- und stehenlassen konnten, weil er gerade spielen wollte.
»Es klingt wunderbar, aber ich singe morgen.«
»Nur für heute abend. Wir können sofort wieder zurückfliegen.«
»Warum sollten wir für eine einzige Nacht so weit fliegen?«
»Die Gesetze sind dort anders. Wir könnten in Georgetown heiraten. Die Ehe wäre in New York zwar nicht gültig, aber in einem Jahr könnten wir auch hier heiraten, und dann wären wir in allen fünfzig Staaten Mann und Frau.«
Er hatte sich ihr völlig ausgeliefert. »Das ist das schönste Angebot, das du mir machen konntest. Danke, Nikos.«
»Ist das alles? Danke?«
»Ich danke dir, und ich liebe dich. Du bist sehr gut zu mir gewesen.«
»Willst du mich heiraten? Endlich?«
Sie sah seine zärtlichen, dunklen, hoffnungsvollen Augen, sein dichtes, weißes, gelocktes Haar. Sie erkannte, wie leicht sie ihn in diesem Augenblick verletzen konnte, und war entschlossen, ihm nie wieder weh zu tun.
»Ich kann mich jetzt nicht entscheiden, Nikos. Erst wenn ich durchgestanden habe, was ich durchstehen muß.«

51

Sie befanden sich in ihrer Garderobe, kaum drei Minuten vor dem Vorspiel. Es klopfte. Vanessa runzelte die Stirn, während sie versuchte, ihr Stirnband zurechtzurücken. »Würden Sie nachsehen, wer das ist?«
Ein Billeteur übergab Camilla ein kleines Päckchen.
Vanessa wandte den Kopf. »Würden Sie es bitte öffnen?«
Eine Halskette aus Cabochon-Diamanten funkelte auf einem Bett aus purpurrotem Samt. Vanessa war sprachlos. Die Edelsteine schienen aus Versehen in das falsche Universum geraten zu sein. Sie las die Karte.
»Nikos.«

»Wollen Sie sie nicht als Talisman umlegen?« fragte Camilla.
»Nein, das hier ist mein Talisman.« Vanessa nahm das Medaillon vom Frisiertisch und öffnete es. Ihre Augen blickten in die der Frau auf dem Porträt. Als sie sich das Medaillon umhängte, floß leicht, vorübergehend ein Hauch von Unsterblichkeit in sie. Sie lächelte über Camillas verblüfften Gesichtsausdruck.
»Liegt meine Zahnbürste irgendwo herum? Ich möchte nicht mit ungeputzten Zähnen beten.«

Die Lüster verdunkelten sich und stiegen zur Decke empor. Die Nachzügler hasteten zu ihren Plätzen. Als Boyd Kinsolving den Orchestergraben betrat, gab es Applaus. Er hob den Taktstock.
Das Vorspiel schwoll an, verklang in zwei gezupften Tönen der Celli und der Bässe. Der große goldene Vorhang ging auf und gab den Blick auf ein Schiff frei, das im Irischen Meer in eine Flaute geraten war.
Das Publikum lauschte dem ersten Akt, ohne sich zu rühren, und nach einer Stunde und zehn Minuten brach der Applaus wie eine Welle los, die sich gegen den Strand wirft.

»Blumen für Miss Billings.«
Der Wächter am Künstlereingang musterte den Mann im Regenmantel, dessen Augen so seltsam geduldig und einsam waren. »Lassen Sie sie hier.«
»Ich muß sie persönlich übergeben.«
»Tut mir leid, wir können nicht –«
Der Mann hielt ihm den gelben Durchschlag der Rechnung der Blumenhandlung hin. Der Wächter las die handgeschriebene Anweisung: »Während der ersten Pause persönlich übergeben« und den Namen des Auftraggebers – Nikos Stratiotis.
»Okay. Rechter Korridor, erster Korridor rechts, und dann ist es die dritte Garderobe links.«

Er klopfte. Die Garderobiere öffnete die Tür. Vanessa drehte sich um, sah den Strauß, sah den Überbringer.
»Ames.« Ihre Hände verkrampften sich.
Er versuchte, ihr mit einem Blick alles zu sagen, was sie seinen Lippen nie glauben würde: daß er sie liebte, daß er nie die Absicht gehabt hatte, ihr zu schaden.
Nikos stürzte herein. »Wie zum Teufel sind Sie hier hereingekommen?«

Die beiden Männer begannen zu brüllen. Vanessa schrie.
Ein Wächter klopfte an die Tür. »Miss Billings?«
»Es ist schon in Ordnung«, rief sie. »Ich habe nur – geübt.«
Nikos ließ sich beschämt in einen Stuhl fallen, und Ames postierte sich neben der Tür.
»Ich befinde mich mitten in einer Vorstellung«, stellte sie fest. »Keiner von euch benimmt sich sehr hilfreich.«
Beide sahen sie verlegen und unglücklich an. Schließlich sprach Nikos. »Du mußt dich entscheiden, Vanessa. Für einen von uns.«
»Nein, Nikos, Ihr müßt euch entscheiden – zwischen mir und der Frau, die ihr wirklich liebt.« Sie schaute von Nikos zu Ames und erkannte, daß keiner sie verstanden hatte. »Laßt mich bis Mitternacht in Ruhe. Laßt mich die Vorstellung zu Ende singen, und dann gehöre ich demjenigen von euch, dem ich mehr bedeute als Ariana Kavalaris.«
Nikos und Ames sahen sich den zweiten Akt aus den sich gegenüberliegenden Seitenkulissen an.

Als Vanessa nach Aktschluß durch den Vorhang zurückkam, sah sie ihn in den Kulissen stehen.
Blitzartig durchzuckte sie die Erkenntnis, daß sie einen ganzen Akt gesungen hatte, während Ames Rutherford kaum zehn Meter von ihr entfernt war.
Es hat sich etwas verändert, wurde ihr klar. Er hat mich nicht mehr gelähmt.
Wortlos lief sie an ihm, an Stützen und Kulissen für ein Dutzend weiterer Opern vorbei.

»Wie Sie sehen«, erklärte Vanessa, »hat dieses Medaillon eine ganz besondere Geschichte. Es ist die Geschichte eines Lebens, das nie sein Ziel erreicht hat und noch einmal gelebt werden mußte.« In der Garderobe herrschte die Stille eines luftleeren Raums. »Fürchten Sie sich?«
»Nein«, antwortete Camilla. »Ich stehe nur Todesängste aus.«
Aus der Ferne erklangen die einsamen, unbegleiteten Töne der Geigen, die in den endlosen Raum aufzusteigen schienen. Der dritte Akt begann.
»Nehmen Sie an?« fragte Vanessa.
Einen Sekundenbruchteil lang zögerte Camilla, dann beugte sie zustimmend den Kopf.
Vanessa reichte ihr das Medaillon und stellte dadurch sicher,

daß sie, im Gegensatz zu Ariana, nicht mehr zurückkonnte. Sie legte ihrer Schülerin die dünne Goldkette um den Hals. »Jetzt gehört alles Ihnen, Camilla – die Gabe, das Versprechen und die Pflicht.«

Vanessa wandte sich Richard Schiller zu.

»Haben Sie die Verträge mitgebracht?«

Er nickte und legte die Dokumente auf den Tisch.

Vanessa überflog die Liste der Partien und Opern. Isolde war die erste. Dann kamen die Heldinnen in *Hoffmanns Erzählungen*, dann die Nedda im *Bajazzo* und die Margarethe in *Faust*; und so weiter, vier Seiten, auf denen alle Rollen aufgezählt waren, die sie je einstudiert hatte.

Nach jeder folgte ein Datum und die gleiche Klausel; von dem hier angegebenen Tag an würde Vanessa Billings diese Rolle nie wieder singen; von nun an würde die Americana Artists Agency alles in ihrer Macht Stehende tun, um Camilla Seaton in besagter Rolle zu fördern.

Vanessa unterschrieb und reichte dann die Füllfeder Camilla.

Camilla unterschrieb schnell und gab die Feder an Richard weiter.

Er schüttelte den Kopf. »Zwanzig Jahre: Kein Mensch unterschreibt einen Vertrag auf zwanzig Jahre.«

Aber er unterschrieb.

Die Oper ging weiter. Von seinem Posten aus konnte Nikos über die Bühne hinweg zusehen, wie Ames auf und ab ging.

Aus der Richtung, in der sich die Garderoben befanden, kam eine Frau. Sie ging langsam und wirkte in dem dunklen Mantel mit Kapuze sehr klein. Sie streifte Nikos beinahe.

Er warf ihr nicht einmal einen Blick zu.

Nach dem dritten Akt brach tobender Applaus aus.

Die Musiker verließen den Orchestergraben, das Licht wurde eingeschaltet, es war fünf Minuten nach Mitternacht, dann zehn Minuten, und immer noch wurden die Sänger herausgerufen, regnete es zerrissene Programme und Blumen auf die Bühne.

In den Kulissen warteten Nikos und Ames darauf, wem sie sich zuwenden würde. Der Vorhang fiel zum letztenmal. Der Applaus erstarb. Sie zögerte und ging dann rasch auf Ames zu.

Er stürzte ihr mit ausgebreiteten Armen entgegen. Und blieb stehen. Die Frau in Isoldes Kostüm, die Frau mit Isoldes Make-up war nicht Vanessa.

Camilla Seaton sah Ames Rutherford seltsam an, dann lächelte sie. »Entschuldigen Sie, bitte.« Und ging um ihn herum.

Aus dem Schatten der Seitenkulissen beobachtete die Gestalt im Mantel die Gratulanten, die sich um Camilla Seaton drängten. Wider Willen empfand sie Stolz.

Ich habe sie unterrichtet. Ich habe es an sie weitergegeben.

Dann blickte sie zu Nikos und Ames hinüber, die immer noch nichts verstanden, die immer noch ratlos am Rand des Trubels standen. Obwohl sie ihnen offen in die Augen schaute, erkannte sie keiner von beiden, als blickten sie zu weit über sie hinaus, um sie wahrzunehmen.

Kein Wunder. Jetzt war sie nur Vanessa Billings, das Mädchen aus einer Kleinstadt namens Hempstead; sie war nicht mehr Ariana.

Ariana befand sich in den Kulissen, dort, wo sie hingehörte, leuchtete aus dem Gesicht von Camilla Seaton.

Vanessas Augen wurden feucht. Lebt wohl, Nikos und Ames, ihr habt geglaubt, daß ihr mich liebt; in Wirklichkeit habt ihr Ariana geliebt.

Und sie fragte sich: Und wie steht es mit mir? Habe ich die beiden je geliebt? Oder war das ebenfalls Ariana?

Vanessa schob ihre Kapuze zurecht und schritt ruhig durch die Bühnentür; der Wächter nickte ihr flüchtig zu.

Sie drehte sich um und flüsterte ein Lebewohl.

Auf dem unterirdischen Gehsteig hatte sich eine Schar Reporter versammelt. Ein Mann mit einer Minikamera stieß sie zur Seite, weil er den Künstlereingang besser ins Blickfeld bekommen wollte.

Sie trat langsam auf die Straße hinaus.

Es war eine klare Vorfrühlingsnacht. Sie hob den Arm, winkte einem Taxi und stieg ein.

Als sich das Taxi in den fließenden Verkehr einordnete, drehte sie sich um und betrachtete das Opernhaus, die großen Bögen der Glasfassade mit den leuchtendroten und gelben Farbflecken der Chagall-Wandgemälde im ersten Rang.

Jetzt bin ich frei.

Die Leere in ihr schmerzte.

Fünf Meter später stürzte sich eine Gestalt wie wahnsinnig in den Verkehr. Der Fahrer stieg auf die Bremse. Hinter ihnen tobten die Hupen wütend.

Ein Mann trommelte an das Fenster. Durch die Trennwand aus Glas trafen Vanessas und Ames' Blick einander.

In ihrer Erinnerung lief ein junger, aufgeregter Mann markig die Treppe zur Chorempore hinauf; ein kleiner Junge in einem Schulblazer starrte sie über die überfüllte Promenade im alten Opernhaus hinweg an.

Sie öffnete die Tür.

Ames glitt atemlos auf den Sitz neben ihr. »Warum bist du davongelaufen? Ich bin in Panik geraten, als mir klar wurde, daß es Camilla war und nicht du.«

»Wann hast du es erkannt?«

»Während der Vorhänge. Du hast beim Künstlereingang gestanden. Du bist stehengeblieben und hast Lebewohl gesagt.«

»Du hast mich gehört?«

»Ich habe es gespürt. Sag nicht Lebewohl, Vanessa. Bitte, sag nie wieder Lebewohl.«

Einen Augenblick lang veränderte sich ihr Gesichtsausdruck nicht. Dann lächelte sie, und es war, als öffne eine Rose ihre Blütenblätter. In dem Lächeln lagen Erinnerung und Trauer, aber auch Hoffnung.

»Ich habe nur Isolde Lebewohl gesagt. Sie hat mir viel bedeutet, und ich werde sie nie wieder singen.« Trauer streifte sie. »Ich werde einer meiner Rollen nach der anderen Lebewohl sagen müssen. In zwanzig Jahren... sind alle fort.«

Sie schwieg. Er nahm ihre Hand.

»Zwanzig Jahre können ein ganzes Leben sein.«

Sie starrte ihn an und spürte, daß er es allmählich genauso begriff wie sie, daß er es genauso glaubte wie sie.

»Wohin fährst du jetzt?« fragte er.

»Das weiß ich nicht genau.«

»Wir können den letzten Zug in die Hamptons erreichen.«

Sie zögerte.

»Ich bin nicht mehr der Mensch, der ich war, Vanessa.«

Es war, als hörte sie zum erstenmal die Stimme, die wirklich die seine war. Und dann kam ein genauso überraschender Klang, die Stimme, die wirklich die ihre war. »Ich bin auch nicht mehr der Mensch, der ich war.«

Seine Finger schlossen sich fest um die ihren. Ein seltsames, erstaunliches Gefühl von Frieden breitete sich in ihnen aus – der Friede der Versöhnung, die nach einem halben Jahrhundert Wirklichkeit geworden war.

Irgendwo in der Ferne küßte ein kleiner Junge in einem Schulblazer ein kleines Mädchen in einem weißen Kleid. Ein junger Seminarist hielt eine dunkeläugige Gesangsstudentin endlich, für immer, in den Armen.

Ames beugte sich vor. »Wir haben es uns überlegt. Bringen Sie uns bitte zur Penn Station.«